RECORDAÇÕES PESSOAIS SOBRE JOANA D'ARC

RECORDAÇÕES PESSOAIS SOBRE JOANA D'ARC

MARK TWAIN

tradução
CARLA DE MOJANA DI COLOGNA RENARD

MARTIN CLARET

PREFÁCIO DA TRADUTORA

"Um clássico é um livro que vem antes de outros clássicos; mas quem leu antes os outros e depois o lê, reconhece imediatamente seu lugar na genealogia."
Italo Calvino

"De todos os meus livros, Joana d'Arc é o meu preferido, e o melhor. Sei muito bem disso. Ademais, proporcionou-me sete vezes o prazer proporcionado por qualquer um dos outros: foram doze anos de preparação e anos de escrita. Os outros não precisaram de nenhuma preparação."
Mark Twain

Março de 1895. A *Harper's Magazine*, revista norte-americana, anuncia: "Um grande romance histórico [...], *Joana d'Arc*, [...] começará a ser publicado em abril. O nome do autor não será divulgado, embora se trate de um dos mais renomados escritores de ficção dos Estados Unidos. Por enquanto, ele se apresenta como 'Sieur Louis de Conte', 'pajem e secretário' de Joana". No mês seguinte, conforme anunciado, a revista publica os capítulos de I a V da Parte I, apresentando o título, a epígrafe, o prefácio do tradutor, a nota do tradutor, a apresentação de Louis de Conte e uma lista com as fontes consultadas. "Nunca serei seriamente aceito se colocar meu nome. As pessoas sempre querem rir do que escrevo e ficam desapontadas se não acham divertido. Este é um livro sério. Significa mais para mim do que qualquer coisa que já empreendi. Vou escrever anonimamente" (PAINE, 2006, on-line), confidencia o autor à sua esposa, Olivia, e à sua filha, Susy. Embora, durante a publicação, ele tenha repensado e solicitado aos editores que inserissem seu nome, para que obtivesse mais sucesso na turnê de palestras que fazia à época, voltou atrás, a pedido de Olivia, e o anonimato foi mantido. A história continuou a ser assim publicada mensalmente, até abril de 1896, quando chegou ao fim. No mês seguinte, maio, o livro integral foi finalmente lançado com o nome do autor — para a surpresa de alguns, para a confirmação da dúvida de outros. Como afirma seu biógrafo Albert Bigelow Paine (2006, on-line), "(...) seu fraseado e humor dificilmente poderiam ter vindo de outra caneta (...)", o que nos leva a crer que, apesar da seriedade e da precisão histórica com toques ficcionais, personagens e interações do narrador com o leitor denunciam o possível autor, dada a época, dados os escritores em voga.

Como foi a recepção da obra? Segundo Paine (2006, on-line), o público em geral duvidava de seu mérito e as primeiras vendas foram decepcionantes. Os críticos fizeram a mesma objeção, talvez porque não o tenham lido com atenção ou porque tenham sido influenciados por uma espécie de veredito geral de que, com Joana d'Arc, o autor fugia de seu campo de atuação. Além disso, muitos livros sobre ela foram publicados à mesma época, retratando-a unicamente como uma santa, que não tinha o direito de sorrir nem de desfrutar da leveza da vida. Para Paine (2006, on-line), era isso que distinguia a Joana d'Arc de Twain: tratava-se não apenas de uma santa, mas também de uma personalidade rara, requintada, adorável e, ainda assim, um ser humano. De todos os pontos de vista, esta "é a expressão literária suprema de Mark Twain, a mais elevada, a mais delicada, o exemplo mais luminoso de sua obra. Desde a primeira palavra do maravilhoso 'Prefácio do tradutor' até a última palavra do último capítulo" (PAINE, 2006, on-line).

No início o livro foi mal compreendido, e o próprio autor, que já esperava essa reação, deixara anotado, provavelmente para si mesmo: "Talvez o livro não seja vendido, mas não importa — foi escrito por amor" (PAINE, 2006, on-line). Mais tarde, para a surpresa de Twain, o público faria jus à obra e as vendas se multiplicariam com o passar dos anos.

Vítima de seu próprio sucesso, Mark Twain, pseudônimo de Samuel Langhorne Clemens, recorreu ao anonimato para se permitir ousar a mudar de tom, de estilo, sem, no entanto, abandonar a ironia que lhe era intrínseca. Mundialmente conhecido por *As aventuras de Tom Sawyer* (1876) e *As aventuras de Huckleberry Finn (1884)*, marcou os leitores com características como oralidade, regionalidade, humor, sátira, crítica social e racial, que o consagraram como o pai da literatura estadunidense. Mas o pai dos meninos rebeldes Tom e Huck, como já vimos, tinha uma filha literária predileta: a fiel Joana, cuja personagem também foi inspirada em sua própria filha, Susy. Twain não se limitou aos romances de aventura; de sua mão e imaginação saíram três romances históricos, bastante conhecidos no universo literário e, os dois primeiros, igualmente famosos no universo cinematográfico: *O príncipe e o pobre* (*The prince and the pauper* — 1881), *Um ianque na corte do rei Artur* (*A Connecticut yankee in king Arthur's court* — 1889) e, o último e mais importante para ele, este *Recordações Pessoais sobre Joana d'Arc* (*Personal Recollections of Joan of Arc* — 1896).

Segundo Paine (2006, on-line), Twain, campeão dos fracos e oprimidos, admirava o fato de Joana ser virgem e a nobreza de seu caráter, o que o tornava o historiador ideal de uma personalidade como ela. E complementa: "Dá para entender que ele tenha escrito essa coisa maravilhosamente bela na velhice (estava perto dos sessenta quando o concluiu). [...] Em todos esses anos preparou-se para isso; amolecer, adquirir a delicadeza da expressão, o refinamento do sentimento, necessários à sua realização". Ao encontro dessa afirmação temos o depoimento de

Coley Taylor (1985, on-line) que, quando menino, foi vizinho de Twain em Redding (Connecticut):

> O encontro mais significativo que tive com Mark Twain ocorreu numa tarde, na velha ponte de pedra. [...] Fiquei feliz por ele estar sozinho. Eu queria lhe dizer o quanto tinha gostado de Tom Sawyer e Huckleberry Finn. Ele me ouviu e então, para minha surpresa, abaixou-se e balançou o dedo para mim, me dando uma bronca: "Você não deveria ler esses livros sobre meninos maus! Ora, os bibliotecários não permitem que eles entrem na seção infantil nas bibliotecas! Não imite aqueles malandros do Tom e do Huck". Ele continuou a sacudir o dedo apontando para o meu rosto. "Agora ouça o que um velho lhe diz. Meu melhor livro é o *Joana d'Arc*. Você é muito jovem para entender e aproveitar agora, mas leia quando for mais velho. E lembre-se do que estou dizendo agora. *Joana d'Arc* é o meu melhor livro". Eu nunca o tinha visto tão bravo. Ainda consigo vê-lo, sacudindo aquele longo indicador para mim.

Importa lembrar que os "malandros", os "meninos maus" a quem o Twain idoso se refere, foram inspirados em seus amigos de infância, e que o autor reconstitui esse período de sua vida em seus romances. Nascido na aldeia da Florida, no estado do Missouri (1835-1910), cresceu na cidade de Hannibal, às margens do rio Mississipi, no oeste americano, onde a violência e o açoitamento de escravos faziam parte de seu dia a dia — como espectador. Órfão de pai aos doze anos, aos treze deixou a escola para ser aprendiz de tipógrafo. Foi quando, numa noite, voltando para casa do trabalho, uma folha chegou voando até ele, que a pegou e a leu. Havia um trecho de um texto sobre uma moça que tinha sido aprisionada por ingleses. Emocionado, o menino Samuel perguntou à mãe e aos irmãos se aquela moça, Joana d'Arc, havia de fato existido. Tratava-se provavelmente de uma folha da tradução do *Jeanne d'Arc* do historiador francês Jules Michelet, que acabava de ser publicada em Nova Iorque (THERY, 2017). Ou seja, Tom, Huck e Joana fizeram, de alguma forma, parte da infância de Twain. Realizando uma brevíssima análise comparativa, vemos algumas semelhanças entre eles: rebeldia, miséria, infância, puberdade e adolescência, universo adulto x universo infanto-juvenil, críticas à religião. É curioso, aliás, o fato de que as aventuras de Tom e de Huck tenham sido censuradas por serem consideradas imorais e antirreligiosas e que, como num ato de redenção, Twain concentre todos os esforços em Joana, voltando a uma infância e juventude igualmente injustas e violentas, mas também puras e libertadoras, sem nunca deixar, no entanto, de reiterar seu ateísmo. Ela, que fora talvez o ponto de partida de sua vida literária antes que ele se aventurasse pelo mundo e virasse jornalista especializado em textos humorísticos e escritor, acompanha-o mundo e vida afora, e volta, em forma de livro, nos últimos anos de vida do escritor.

Pode-se supor que a maturidade do homem e do escritor tenha sido o fator desencadeador do processo de escrita deste livro. Em sua autobiografia (2011, p.322), Twain afirma:

> Existem livros que se recusam a serem escritos. Resistem um ano após o outro e não se deixam persuadir. Não é porque [um livro] não deva virar um livro e não valha a pena: é simplesmente porque a sua forma mais adequada não é evidente. Só existe uma forma adequada para uma história, e se você não conseguir encontrá-la, a história não se deixa ser contada. Você poderá experimentar uma dúzia de formas erradas, mas em cada caso não demorará muito para descobrir que não encontrou a forma certa; então a história vai parar e não vai mais querer continuar. Para *Joana d'Arc*, fiz seis começos errados, e cada vez que mostrava o resultado à minha esposa, ela respondia com o mesmo julgamento fatal: silêncio. Ela não dizia uma palavra, mas seu silêncio tinha a voz do trovão. Quando finalmente encontrei o

caminho certo, reconheci-o imediatamente, e sabia o que ela diria. Foi o que ela disse, sem dúvida ou hesitação.

Twain estava em Florença (Itália) quando começou, pela última vez, seu *Joana d'Arc* definitivo. Continuou a escrevê-lo no Velho Continente, no país de sua heroína, passando pelas cidades de Paris, Aix-les-Bains, Étretat e Rouen. De volta ao Novo Continente, à cidade de Elmira, no estado de Nova Iorque, finalizou sua obra-prima predileta, com a aprovação de Olivia. Esse foi o único livro que Twain considerou digno de ser dedicado à esposa, a quem chamava de consultora literária e editora.

Quando a editora Mayara Zucheli me contatou para encomendar a tradução do livro que eu viria a descobrir ser o preferido de Twain, duas coisas me saltaram aos olhos: o próprio tema, como tradutora literária residente na França, na Normandia — palco onde a personagem principal foi queimada na fogueira —, e a estrutura narrativa do livro. Vamos lá: Esta é uma ficção — quase dramaturgia — baseada em fatos reais que relata a vida de uma personagem-chave do quarto período da Guerra dos Cem Anos (1337-1453), envolvendo principalmente os reinos da França e da Inglaterra. Um romance que se passa na Idade Média, fiel a documentos preservados no Arquivo Nacional da França e às lembranças pessoais da personagem ficcionalizada Louis de Conte (inspirada no real Louis de Coutes, pajem de Joana), que as narra originalmente em língua francesa média e tem suas palavras traduzidas pelo pseudotradutor Jean François Alden, autor de um prefácio e responsável pelas notas do tradutor encontradas ao longo do livro. Explico-me: *pseudo*, do grego *pseûdos*, significa *falsidade*. Assim, um pseudotradutor é um tradutor falso, ou imaginário. O livro de Twain é, portanto, uma pseudotradução. E você, leitor, leitora, lerá nas próximas páginas a tradução de uma pseudotradução.

Do ponto de vista dos Estudos da Tradução, a pseudotradução é uma estratégia que, dentre outras finalidades, serve também "para introduzir inovações num sistema literário, especialmente quando esse sistema é resistente a desvios de modelos e a normas canônicas" (TOURY, 1984, p.83 *apud* SHUTTLEWORTH; COWIE, 2014, p.134). Ora, faz todo o sentido Twain ter imaginado um pseudotradutor para poder manter o anonimato e ousar do ponto de vista estilístico, quebrando suas próprias normas. Ele se esconde na figura do narrador e do tradutor, ambos fictícios. E o interessante, aqui, é que o próprio nome adotado pelo autor para a sua vida de escritor é um pseudônimo — "Mark Twain" era o grito que os homens davam quando sondavam a profundidade do leito do Mississippi, significando algo como duas braças. Isso nos leva a pensar que, talvez, essa seja a chave da imaginação de Twain: criar sendo outrem. Importa apontar que o tradutor é bastante visível e atuante nesta obra, o que nem sempre acontece. E, voltando ao episódio do encontro do menino Samuel com a folha da tradução da obra de Michelet, do francês para o inglês, pergunto-me e compartilho a suspeita, deixando espaço para discordâncias: ao entender, talvez na sétima tentativa, que o formato ideal de seu *Joana d'Arc* seria uma pseudotradução, estaria Twain, de alguma forma, homenageando o ofício da tradução, uma vez que foi graças a uma tradução que ele soube da existência da Donzela de Orléans? Além disso, durante o processo de estudo e de tomada de notas para seu livro, ele estudou a língua francesa e leu muitas fontes bibliográficas nessa língua, mas também fontes traduzidas para o inglês — conforme consta em sua biografia —, o que atesta a importância do ofício para que este *Joana d'Arc* fosse possível. A interpretação, após a leitura, é toda sua. Passemos para as observações a respeito desta tradução.

Seguindo o princípio da verossimilhança, desconsiderei o uso dos pronomes "você" e "vocês" e suas conjugações, optando pelos hoje relativamente obsoletos "tu" e "vós" por serem formas de tratamento atuais para a época em que é narrada a história. Quanto ao estilo, preocupei-me em manter, em língua portuguesa, os longos parágrafos do autor — amplamente pontuados com travessões e pontos e vírgulas —, as expressões usadas pelo narrador personagem (que é também testemunha) ao se comunicar com os leitores, a ironia, quando presente, e o ritmo, na maioria das vezes cadenciado, poucas vezes poético. Procurei, igualmente, transmitir as ideias e as sensações do autor na tradução do único poema-canção que se apresenta em meio à prosa, "curiosamente uma nota perfeita, pois ele [Twain] não era muito bom em versificação", segundo Paine (2006, on-line). Quanto às frases em língua francesa, mantive-as tal como no original e, quando necessário, as corrigi. Para diferenciar as autorias das notas de rodapé, utilizei N. T. A. para "Nota do Tradutor-Autor" e N. T. para "Nota da Tradutora". Procurei, por fim, abrir e fechar as cortinas desta narrativa fazendo jus à obra mais querida de Samuel e de Olivia Clemens. Um clássico, por que não?

Referências bibliográficas

Livros
CALVINO, I. *Perché leggere i classici*. 2 ed. Milano: Editore S.p.A Mondadori, 2002.

PAINE, A. B. *Mark Twain, a biography*: The personal and literary life of Samuel Langhorne Clemens. The Project Gutenberg EBook, 2006. Disponível em: https://www.gutenberg.org/files/2988/2988-h/2988-h.htm.

SHUTTLEWORTH, Mark; COWIE, Moira. *Dictionary of Translation Studies*. 2. ed. EUA: Routledge, 2014. 252 p. ISBN 9781317642336. Ebook.

TWAIN, M. *Mark Twain:* Autobiografia. Tradução para o italiano de Piero Mirizzi. Edizione digitale. Milano: Garzanti Libri S.p.A, 2011.

Revistas
Harper's Magazine. Disponível em www.harpers.org. Acesso em: 6 out. 2021.

TAYLOR, Coley. Our Neighbor Mark Twain: The years the famous writer spent in their town were magic to a young boy and his sister. *American Heritage*, v. 36, ed. 2, 1985. Disponível em: https://www.americanheritage.com/our-neighbor-mark-twain.

Documentário
MARK Twain et Jeanne d'Arc: L'histoire d'une passion. Direção: Patrice Thery. Produção: Université de Lille, SHS. Intérpretes: Louise Buret, Elsa Despret, Thomas Dutoit, Ronald Jenn. Roteiro: Ronald Jenn, Linda Morris e Victor Fischer. Elmira: [*s. n.*], 2017 (10 min.). Disponível em: https://marktwainstudies.com/documentary-about-mark-twain-joan-of-arc-wins-top-prize-at-paris-film-festival/.

RECORDAÇÕES PESSOAIS SOBRE JOANA D'ARC

Considerai esta única e imponente distinção: desde os primórdios da escrita da história humana, Joana d'Arc foi a única pessoa, entre homens e mulheres, responsável pelo comando supremo das forças militares de uma nação aos dezessete anos de idade.

Louis Kossuth

À minha esposa

Olivia Langdon Clemens

Este livro é oferecido em nosso aniversário de casamento em grato reconhecimento por seus vinte e cinco anos de valioso serviço como minha conselheira literária e editora.

1870-1895

O autor

RECORDAÇÕES PESSOAIS SOBRE JOANA D'ARC

Por *Sieur* **Louis de Conte**
(seu pajem e secretário)

Tradução livre de Jean François Alden, do francês antigo[1] ao inglês moderno, do manuscrito original inédito que se encontra no Arquivo Nacional da França.

As seguintes fontes consultadas confirmam a veracidade desta narrativa:

J. E. J. Quicherat, *Condamnation et réhabilitation de Jehanne d'Arc* [Condenação e reabilitação de Joana d'Arc].
J. Fabre, *Procès de condamnation de Jehanne d'Arc* [Processo de condenação de Joana d'Arc].
H. A. Wallon, *Jehanne d'Arc*.
M. Sepet, *Jehanne d'Arc*.
J. Michelet, *Jehanne d'Arc*.
Berriat Saint-Prix, *La famille de Jehanne d'Arc* [A família de Joana d'Arc].
Condessa A. de Chabannes, *La Vierge lorraine* [A Virgem da Lorraine].

---

[1] Embora Twain cite o francês antigo, importa dizer que se falava o francês médio na Idade Média. [N. T.]

Monsenhor Ricard, *Jehanne d'Arc la Venerable* [Joana d'Arc, a venerável].
Lorde Ronald Gower, F.S.A., *Joan of Arc*.
John O'Haga, *Joan of Arc*.
Janet Tuckey, *Joan of Arc the Maid* [Joana d'Arc, a Donzela].

PREFÁCIO DO TRADUTOR

Para obter uma estimativa justa do caráter de um homem renomado, deve-se julgá-lo pelos padrões de seu tempo, não do nosso. Julgados pelos padrões de nosso século, os indivíduos com o caráter mais nobre do século anterior perdem muito de sua grandeza; julgados pelos padrões atuais, não há provavelmente um homem ilustre de quatro ou cinco séculos atrás cujo caráter passe no teste, de todos os pontos de vista. Mas o caráter de Joana d'Arc é único. Pode ser medido pelos padrões de todas as épocas, sem receio ou apreensão quanto ao resultado. Julgado por qualquer um deles, continua impecável, continua idealmente perfeito; continua a ocupar o auge do êxito humano, o lugar mais alto já alcançado por qualquer outro mero mortal.

Ao pensarmos que seu século foi o mais brutal, perverso, podre da história, desde as idades mais sombrias, ficamos maravilhados com o milagre de tal fruto em tal solo. O contraste entre ela e seu século é o contraste entre o dia e a noite. Ela era verdadeira quando mentir era o discurso comum dos homens; ela era honesta quando a honestidade era uma virtude perdida; ela era alguém que cumpria promessas quando não se esperava de ninguém o cumprimento de promessas; ela ocupava sua grandiosa mente com importantes pensamentos e importantes propósitos quando outras grandes mentes eram desperdiçadas com belos enfeites ou poucas ambições; ela era modesta, boa e delicada quando falar em voz alta e ser vulgar eram ações praticamente universais; ela tinha imensa compaixão quando a regra era ter impiedosa crueldade; ela era inabalável quando a estabilidade era desconhecida, e honrada em uma época que tinha esquecido o que era a honra; ela era uma rocha de convicções em uma época em que os homens não acreditavam em nada e zombavam de tudo; ela era infalivelmente genuína em uma época fundamentalmente falsa; ela mantinha sua dignidade pessoal intacta em uma época de bajulações e servilismo; ela tinha uma inabalável coragem quando a esperança e a audácia haviam perecido no coração de sua nação; ela tinha a mente e o corpo impecavelmente puros quando o mais alto escalão da sociedade os tinha sujos. Ela era tudo isso em uma época em que o crime era uma atividade comum de lordes e príncipes e em que as personagens mais ilustres da cristandade eram capazes de surpreender até mesmo aquela época infame e deixá-la perplexa com o espetáculo de suas atrozes vidas sujas, cheias de traições, massacres e bestialidades inimagináveis.

Ela era, talvez, a única pessoa totalmente altruísta cujo nome consta na história profana. Nenhum vestígio ou traço de egoísmo puderam ser encontrados em nenhuma de suas palavras ou ações. Quando ela resgatou seu rei da vagabundagem e fez com que a coroa fosse colocada na cabeça dele, ela recebeu recompensas e honrarias, mas recusou todas elas, e não aceitou nada. A única coisa que teria aceitado para si, caso o rei tivesse concordado, seria partir para voltar à sua aldeia natal e cuidar de suas ovelhas novamente, sentir os braços de sua mãe ao seu redor e ajudá-la com as tarefas domésticas. O egoísmo dessa intocada general de exércitos vitoriosos, companheira de príncipes e ídola de uma nação que a aclamava e lhe era grata, limitava-se a isso.

O trabalho de Joana d'Arc pode ser visto, de maneira bastante justa, como um dos mais importantes registrados na história, considerando as condições nas quais foi realizado, os obstáculos encontrados no caminho e os meios colocados à sua disposição. César foi longe em suas conquistas, mas o fez com os treinados e confiantes veteranos de Roma, e ele mesmo era um soldado treinado; Napoleão aniquilou os exércitos disciplinados da Europa, mas ele também era um soldado treinado, e começou o trabalho com batalhões patrióticos inflamados e inspirados pelo novo sopro milagroso da liberdade insuflado pela Revolução — jovens aprendizes ávidos pelo esplêndido negócio da guerra, não homens de armas velhos e feridos, sobreviventes desesperados de um acúmulo de longa data de derrotas monótonas; mas Joana d'Arc, uma mera menina (dada a sua idade), ignorante, iletrada, pobre aldeã, desconhecida e sem influência alguma, encontrou uma grande nação acorrentada, desprotegida e desesperançosa sob domínio estrangeiro, falida, com soldados desiludidos e dispersos, todos com o espírito tórpido, um povo desprovido de coragem em seu coração depois de longos anos de ultraje e opressão estrangeira e interna, o rei acuado, resignado ao seu destino, preparando-se para fugir do país; e ela pôs a mão sobre essa nação, esse cadáver, e ele se levantou e a seguiu. Ela o levou de vitória em vitória, reverteu a maré da Guerra dos Cem Anos, prejudicou fatalmente o poder inglês e morreu com o título conquistado de Libertadora da França, que carrega até hoje.

E, apesar de toda a recompensa, o rei francês, que ela coroara, permaneceu passivo e indiferente, enquanto os padres franceses pegaram a nobre criança, a mais inocente, a mais encantadora, a mais adorável de todos os tempos, e a queimaram viva na fogueira.

UMA PECULIARIDADE SOBRE A HISTÓRIA DE JOANA D'ARC

Os detalhes da vida de Joana d'Arc formam uma biografia única dentre as biografias do mundo em um aspecto: é a única história de uma vida humana que chega até nós sob juramento, a única que chega até nós do banco das testemunhas. Os registros oficiais do Grande Julgamento de 1431 e do Processo de Reabilitação, que ocorreu um quarto de século depois, ainda estão preservados no Arquivo Nacional da França, e fornecem com notável riqueza os fatos de sua vida. A história de nenhuma outra vida daquele tempo remoto é conhecida com tamanha certeza ou abrangência.

O *Sieur* Louis de Conte é fiel à história oficial em suas recordações pessoais e, até aqui, sua honestidade é indiscutível; mas a credibilidade da quantidade de alguns pormenores acrescentados depende unicamente de sua palavra.

O tradutor[1]

---

[1] Nas páginas a seguir, suas intervenções no texto (notas de rodapé) são identificadas com "N.T.A.", enquanto as intervenções da tradutora são apontadas com "N.T.". [N.T.]

SIEUR LOUIS DE CONTE

Para seus sobrinhos-tetranetos e suas sobrinhas-tetranetas

Estamos em 1492. Tenho 82 anos de idade. As coisas que vos contarei são coisas que vi pessoalmente quando criança e jovem.

Em todos os contos, músicas e histórias sobre Joana d'Arc, que todos leem, cantam e estudam nos livros criados pela recente arte inventada da impressão, são feitas menções a mim, o *Sieur* Louis de Conte. Fui seu pajem e secretário, estive com ela do começo ao fim.

Fui criado com ela, na mesma aldeia. Brincava com ela todos os dias, quando éramos pequenos, assim como brincáveis com vossos amigos. Agora que entendemos o quão excepcional ela era, agora que seu nome está espalhado pelos quatro cantos do mundo, parece estranho que seja verdade o que digo; é como se uma reles vela perecível falasse do sol eterno cavalgando no céu e dissesse: "Ele conversava comigo e morava comigo quando éramos velas juntas". Mas ainda assim é verdade o que afirmo. Fui seu amigo de infância e lutei ao seu lado nas guerras. Até hoje carrego em minha mente, clara como a água, a imagem da querida pequenina figura, com o peito curvado sobre o pescoço do cavalo em movimento, liderando os exércitos da França nos ataques, com os cabelos esvoaçantes para trás, a cota de malha prateada mergulhando cada vez mais no centro da batalha, às vezes quase escondida pelas cabeças agitadas dos cavalos, pelos braços armados levantados, pelas plumas sopradas pelo vento e pelos escudos interceptadores. Estive com ela até o fim. E quando aquele dia tenebroso chegou, cuja sombra acusadora sempre pairará na lembrança dos mitrados escravos franceses da Inglaterra, que foram seus assassinos, e da França, que não agiu nem tentou nenhum resgate, minha mão foi a última que ela tocou em vida.

Com o passar dos anos e das décadas, o espetáculo da maravilhosa menina meteoro voando no firmamento das guerras da França, extinta nas nuvens de fumaça da fogueira, ficava cada vez mais distante, e ao mesmo tempo mais estranho, mais maravilhoso, mais divino, mais comovente, e foi assim que consegui finalmente entendê-la e reconhecê-la pelo que era: a vida mais nobre já nascida neste mundo, com exceção de apenas Uma.

LIVRO I

EM DOMRÉMY

CAPÍTULO 1

Quando os lobos corriam livres em Paris

Eu, *Sieur* Louis de Conte, nasci em Neufchâteau em 6 de janeiro de 1410; ou seja, dois anos antes de Joana d'Arc em Domrémy.[1] Minha família tinha fugido da periferia de Paris para aquela aldeia longínqua nos primeiros anos do século. Politicamente, éramos *armagnacs* — patriotas; estávamos do lado do rei francês, por mais louco e impotente que fosse. Os borguinhões, que estavam do lado dos ingleses, levaram tudo o que tínhamos, e o fizeram de maneira bem-feita. Levaram tudo menos o bocado de nobreza de meu pai, que chegou a Neufchâteau pobre e com o espírito despedaçado. Mas ele gostava da atmosfera de lá, o que já era melhor que nada. Ele chegou a uma região relativamente calma; deixou para trás uma região povoada de homens furiosos, loucos, demônios, onde a matança era um passatempo diário e, por nem um segundo, a vida de nenhum homem estava segura. Em Paris, turbas bramiam pelas ruas a noite toda, saqueando, queimando, matando; imperturbavelmente, ininterruptamente. O sol nascia sobre edificações devastadas exalando fumaça e sobre cadáveres mutilados jazendo aqui e acolá pelas ruas, do jeito

---

[1] Hoje Domrémy-la-Pucelle, remetendo a uma das formas como Joana é chamada: *Jehanne la Pucelle* (Joana a Donzela) ou *La Pucelle d'Orléans* (A Donzela de Orléans). [N. T.]

que caíam, despidos por ladrões, profanos respigadores que passavam depois da turba. Ninguém tinha coragem de recolher os mortos e enterrá-los; eles eram deixados ali, para apodrecer e disseminar pragas.

E pragas eles disseminaram. Epidemias varriam o povo como moscas, e os enterros eram realizados secretamente, à noite, pois funerais públicos não eram autorizados, com medo de que a revelação da magnitude do alcance das pragas desanimasse o povo e o levasse ao desespero. E, finalmente, veio o mais implacável inverno que visitara a França em quinhentos anos. Fome, pestilência, matança, gelo, neve — Paris teve tudo isso ao mesmo tempo. Os mortos jaziam empilhados pelas ruas, e lobos entravam na cidade à luz do dia e os devoravam.

Ah, a França foi aviltada, tão aviltada! Por mais de três quartos de século as presas inglesas estiveram cravadas em sua carne, fazendo os exércitos franceses se acuarem em incessantes debandadas e derrotas; dizia-se que o simples fato de ver um exército inglês fazia os franceses fugirem.

Quando eu tinha cinco anos de idade, o descomunal desastre de Azincourt abateu a França; e embora o rei inglês tenha ido para casa gozar de sua glória, ele deixou o país prostrado e o tornou presa de bandos nômades dos Companheiros Livres, que estavam a serviço dos borguinhões, e um desses bandos tomou de assalto Neufchâteau em uma noite e, à luz das chamas do nosso telhado de palha, vi todos que me eram muito caros neste mundo (exceto um irmão mais velho, vosso ancestral, deixado para trás com a Corte) massacrados enquanto imploravam por misericórdia, e ouvi os algozes rirem de suas orações e imitarem suas súplicas. Não me viram, e escapei sem nenhum arranhão. Quando os selvagens partiram, rastejei para fora e chorei a noite toda, assistindo às casas queimarem; eu estava sozinho, acompanhado apenas por mortos e feridos, pois os outros haviam fugido e se escondido.

Fui enviado para Domrémy, para o padre, cuja criada se tornou uma adorável mãe para mim. O padre, com o passar do tempo, ensinou-me a ler e a escrever, e ele e eu éramos as únicas pessoas da aldeia que tinham esses saberes.

Quando a casa desse bom padre, Guillaume Fronte, virou a minha casa, eu tinha seis anos de idade. Vivíamos perto da igreja da aldeia, e o pequeno jardim dos pais de Joana ficava atrás da igreja. Quanto à sua família, havia o pai, Jacques d'Arc, sua esposa Isabelle Romée, três filhos — Jacques, de dez anos, Pierre, de oito, e Jean, de sete —, Joana, de quatro anos, e sua irmãzinha, Catherine, de aproximadamente um ano de idade. No começo, essas crianças foram minhas companheiras de brincadeiras. Além delas, tive alguns outros amigos, principalmente quatro meninos: Pierre Morel, Étienne Roze, Noël Rainguesson e Edmond Aubrey, cujo pai à época era o prefeito. Havia também duas meninas, da idade de Joana, que pouco a pouco se tornaram suas favoritas. Uma se chamava Hauviette e a outra Pequena Mengette. Eram camponesas comuns, como Joana. Quando cresceram, casaram-se com trabalhadores comuns; elas eram muito modestas. Mas chegou uma época, muitos anos depois, em que nenhum estranho que passasse, por mais importante que fosse, deixava de ir prestar reverência àquelas duas humildes senhoras de idade que tinham tido a honra da amizade de Joana d'Arc quando pequenas.

Eram todas boas crianças, camponesas ordinárias; não eram brilhantes, é claro — não era possível esperar isso —, mas tinham bom coração e eram sociáveis, obedientes aos pais e ao padre; e, à medida que cresceram, tornaram-se adequadamente cheias de limitações e preconceitos adquiridos indiretamente dos mais velhos e adotados sem reservas, e sem verificações — obviamente. A religião era herdada; o ponto de vista político também. Jan Hus[2] e sua laia podem encontrar

---

[2] Ou João Hus, teólogo, pensador e reformador contemporâneo do narrador, defendia a reforma da Igreja Católica e foi precursor do movimento protestante. [N. T.]

falhas na Igreja, mas em Domrémy isso não incomodou a fé de ninguém; e quando o Cisma chegou —eu tinha quatorze anos de idade —, e tínhamos três papas ao mesmo tempo, ninguém em Domrémy se preocupou em como escolher entre eles — o papa de Roma era o papa certo, um papa de fora de Roma não era papa e pronto. Toda criatura humana na aldeia era *armagnac* — patriota —, e embora nós, crianças, não odiássemos ardentemente nada no mundo, certamente odiávamos as menções "inglês" e "borguinhões" e o regime que impunham.

CAPÍTULO 2

A Árvore da Fada, Domrémy

Nossa Domrémy era como qualquer outra pequena aldeia humilde da época, naquela região. Era um labirinto de ruas sinuosas e estreitas e de becos sombrios, protegidos por telhados de palha que pendiam das casas, mais parecidas com celeiros. As casas eram vagamente iluminadas por janelas com persianas de madeira — ou, melhor dizendo, por buracos nas paredes que faziam as vezes de janelas. O chão era sujo e havia pouquíssimos móveis. A pastagem de ovinos e bovinos era a principal fonte de renda; todos os jovens cuidavam dos rebanhos.

O lugar era lindo. Em uma parte da aldeia, uma planície florida se estendia, extensivamente, até o rio Meuse; na parte de trás da aldeia, uma ladeira gramada subia gradualmente, e no topo havia uma grande floresta de carvalhos — uma floresta profunda, sombria, densa, e muito interessante para nós, crianças, pelos muitos assassinatos nela cometidos por foras-da-lei nos velhos tempos, e porque em épocas ainda mais remotas imensos dragões que expeliam fogo e vapores venenosos de suas narinas residiam ali. Na verdade, ainda tinha um por ali, na nossa época. Ele era tão alto quanto uma árvore e tão largo quanto um terço de uma barrica; suas escamas pareciam grandes telhas sobrepostas e ele tinha profundos olhos da cor rubi, tão grandes quanto um chapéu de cavaleiro; o rabo no formato de âncora era tão grande quanto não sei o quê, mas muito grande, realmente incomum para um dragão, conforme falavam todos que tinham conhecimento sobre dragões. Diziam que esse dragão tinha uma cor azul brilhante, com matizes douradas, mas ninguém jamais o vira, portanto, não se sabia se ele era assim; não passava de uma opinião. Mas não a minha opinião; não acho que faça sentido formar uma opinião quando não há evidências que a sustentem. Se uma pessoa for criada sem nenhum osso, ela pode parecer bem feita aos olhos, mas será mole e não conseguirá ficar de pé; para mim, a evidência são os ossos de uma opinião. Mas falarei mais sobre esse assunto em outro momento e tentarei passar a justeza da minha posição. Quanto ao dragão, sempre acreditei que sua cor fosse dourada, sem a azul, pois aquela sempre foi a cor dos dragões. Em uma época, soube-se que o dragão se assentava discretamente no bosque, pois Pierre Morel, um dia, lá estava e sentiu seu cheiro, e o reconheceu pelo cheiro. Isso nos dá a horrenda ideia do quão perto de nós pode estar o perigo mais mortal sem que suspeitemos disso.

    No início dos tempos, uma centena de cavaleiros de muitas terras distantes teria ido até lá, um cavaleiro após o outro, para matar o dragão e obter a recompensa, mas à nossa época esse método já não existia, e o padre era o único que podia abolir dragões. Foi o que o *père* Guillaume Fronte fez, nesse caso. Em uma procissão, com velas, incensos e estandartes, ele caminhou na borda do bosque e exorcizou o dragão, do qual nunca mais se ouvira falar, embora muitos acreditassem que o cheiro nunca tinha partido completamente. Não que alguém o tivesse sentido de novo; era apenas uma opinião, como aquela outra — e não tinha ossos. Sei que a criatura estava lá antes do exorcismo, mas se continuava lá depois ou não, é algo que eu não posso confirmar.

Em um sublime espaço aberto atapetado de grama, no alto de um terreno na direção de Vaucouleurs, havia uma faia majestosa, com galhos largos, que produzia uma grandiosa extensão de sombra. Por ela passava uma fonte límpida de água fria; nos dias de verão as crianças iam para lá — em todos os verões, sim, durante mais de quinhentos anos —, iam para lá e cantavam e dançavam ao redor da árvore por horas, juntas, refrescando-se na fonte, de vez em quando, e na maioria das vezes era agradável e divertido. Elas também faziam guirlandas de flores, as penduravam na árvore e as colocavam ao redor da fonte para agradar as fadas que viviam ali, pois estas gostavam disso; eram pequenas criaturas inocentes e ociosas, como todas as fadas, e tinham afeição por qualquer coisa delicada e bonita, como flores silvestres assim reunidas. E em troca dessa atenção, as fadas faziam tudo o que agradava as crianças, como manter a fonte sempre cheia, límpida e fresca, e afastar serpentes e insetos que picavam. Assim, nunca houve nenhuma desavença entre as fadas e as crianças durante mais de quinhentos anos — mil, segundo a tradição —, mas apenas a mais calorosa afeição e a mais perfeita confiança e confidência; e sempre que uma criança morria, as fadas ficavam de luto, assim como os amigos da criança, e o sinal disso era visível, pois antes do amanhecer, no dia do funeral, elas penduravam uma pequena guirlanda de perpétuas no lugar onde a criança costumava se sentar sob a árvore. Sei que isso é verdade porque vi com meus próprios olhos; não é um rumor. E como sabíamos que eram as fadas que faziam isso? Pois elas usavam flores negras de uma espécie desconhecida na França.

Desde tempos imemoriais, todas as crianças criadas em Domrémy eram chamadas de "Crianças da Árvore"; e elas amavam esse nome, pois ele lhes dava um privilégio místico não concedido a nenhuma outra criança no mundo. O privilégio era este: quando uma delas morria, além das imagens vagas e sem forma flutuando em sua mente escura, uma visão clara e suave da árvore surgia — se tudo estivesse bem com sua alma. É o que alguns diziam. Outros diziam que a visão vinha de duas maneiras: uma vez como um aviso, um ou dois anos antes da morte, quando a alma era refém do pecado, na qual a árvore aparecia com seu desolador aspecto invernal — e aquela alma ficava com um medo terrível. Se houvesse arrependimento e sua vida fosse purificada, a visão da árvore voltava, dessa vez em sua bela forma estia; caso contrário, a alma não a via e passava a vida sabendo de seu fado. Outros também diziam que a visão vinha uma só vez e, além disso, apenas para os moribundos sem pecado, abandonados em terras distantes e esperando, tristes, alguma última querida lembrança de seu lar. E que lembrança poderia atingir seus corações que não fosse a imagem de sua querida e amada árvore, a companheira de suas alegrias e a consoladora de suas pequenas mágoas durante os divinos dias de sua juventude desvanecida?

Quanto às várias tradições, era como eu disse, alguns acreditavam em algumas, outros, em outras. Eu sabia que uma delas era verdadeira, e era a última delas. Não digo nada contra as outras; talvez fossem verdadeiras, mas só sei que a última realmente o era; e para mim, quando alguém se atém às coisas que sabe, e não se preocupa com as coisas sobre as quais não pode ter certeza, será firme quanto ao que pensa — e isso é vantajoso. Eu sei que, quando as Crianças da Árvore morrem em uma terra distante — se em paz com Deus —, elas voltam seus desejosos olhos na direção de seu lar, e lá, um brilho ao longe, vindo através de uma fenda em uma nuvem que cortina o céu, leva-lhes a agradável imagem da Árvore da Fada, envolta pela luz dourada de um sonho; elas veem o prado florescido descendo ao rio e em suas narinas morrediças é soprada a leve e doce fragrância das flores de casa. E então a visão se dissipa e passa — mas elas sabem, elas sabem! E aqueles que veem seus rostos transfigurados também sabem; sim, conhecem a mensagem dada, e sabem que veio do céu.

Joana e eu pensávamos da mesma forma a esse respeito. Mas Pierre Morel e Jacques d'Arc, e muitos outros, acreditavam que a visão aparecia duas vezes para um pecador. Na verdade, eles e muitos outros diziam que sabiam isso. Provavelmente porque seus pais sabiam e lhes disseram; pois, neste mundo, a maioria das coisas que sabemos vem de alguém.

Agora, uma coisa que faz com que seja bastante provável que realmente existissem duas aparições da Árvore, é isto: desde os tempos mais remotos, se alguém visse um aldeão nosso com o rosto branco-acinzentado e rígido, com um pavor medonho, era comum que todos sussurrassem ao vizinho: "Ah, é um pecador, recebeu o aviso". E o vizinho estremecia ao pensar nisso e sussurrava de volta: "Sim, pobre alma, ele viu a Árvore".

Evidências como essa têm seu peso; não dá para colocá-las de lado empurrando-as com a mão. Uma coisa que é apoiada pela evidência acumulada em séculos naturalmente se aproxima, cada vez mais, de se tornar uma prova; e se isso continuar repetidamente, algum dia se tornará autoridade — e a autoridade é uma pedra angular, e ali permanecerá.

Na minha longa vida vi vários casos em que a Árvore apareceu anunciando uma morte que ainda estava distante; mas em nenhum deles a pessoa era pecadora. Não; a aparição era, nesses casos, apenas uma graça especial. Em vez de adiar as notícias da redenção daquela alma até o dia da morte, a aparição as levava bem antes, e com elas, a paz; paz que não poderia mais ser perturbada: a eterna paz de Deus. Eu mesmo, velho e cansado, esperei com serenidade, pois tive a visão da Árvore. Eu a vi, e estou contente.

Sempre, desde os tempos remotos, quando as crianças se davam as mãos e dançavam ao redor da Árvore da Fada, elas cantavam uma canção, a canção da Árvore, a canção *L'Arbre de la fée de Bourlémont*.[1] Elas a cantavam com uma doce e única melodia — uma doce melodia de consolo que passou murmurando em meu espírito sonhador durante toda a minha vida, quando eu me encontrava cansado e preocupado, deixando-me tranquilo e me levando para a casa de novo, apesar das noites e das distâncias. Nenhum estranho pode saber ou sentir o que significou essa canção, ao longo dos séculos, para Crianças da Árvore exiladas, sem casa e com o coração pesado em terras estranhas às suas falas e às suas maneiras. Podeis achar que se trata de algo simples, a canção, e pobre, talvez; mas ao lembrar o que significava para nós, e o que trazia aos nossos olhos quando flutuava pelas nossas lembranças, então a respeitareis. E entendereis por que a água jorra dos olhos e faz com que tudo fique turvo, e nossas vozes quebram e não conseguimos cantar as últimas linhas:

---

[1] Em francês no original. Tradução: A Árvore da Fada de Bourlémont. Os Bourlémont foram senhores de Domrémy até meados de 1420, cujo castelo se encontra em Frebécourt, que fica a menos de dez quilômetros da aldeia de Joana. Conforme Hébert, no Processo de Reabilitação (anos 1450) a senhora Jeannette Thiesselin contou: "Ouvi dizer em um romance que, no passado, o cavaleiro Pierre Granier, senhor de Bourlémont, e uma senhora chamada Fada, costumavam se encontrar sob esta árvore e conversar". Uma das probabilidades é que seria, portanto, um local de encontros, envolvendo lendas relacionadas a fadas. Quanto à denominação, Hébert cita algumas encontradas em documentos: "Arbre charmine faée de Bourlemont", "Arbre de la feé de Bourlemont" e "Arbre fée de Bourlemont". Importa dizer que "fée" se refere a "dotada de virtudes mágicas" e "charmine" a "encantamento". Também conhecida como "A Árvore das Damas", ela ficava nas terras dos senhores de Bourlémont. Embora Twain tenha escrito "L'Arbre fee de Bourlemont", a tradutora optou por utilizar, nesta tradução, o termo que considerou mais adequado. Fonte: HÉBERT, M. *Jehanne d'Arc a-t-elle abjuré ? : étude critique ; précédée de Jehanne d'Arc et ses voix ; et Jehanne d'Arc et les fées*. Paris, 1914. Gallica. [N. T.]

"E quando, no exílio vagarmos,
desfalecermos ansiando te ver,
Ó, aos nossos olhos, ascende!"

E vos lembrareis de que Joana d'Arc, criancinha, adorava essa canção e a cantava conosco ao redor da Árvore. E de que isso a santifica, sim, admiti.

L'ARBRE DE LA FÉE DE BOURLÉMONT

CANÇÃO DAS CRIANÇAS

*O que manteve tuas folhas verdes,
Arbre de la fée de Bourlémont?
As crianças, seu canto plangente!*

*Cada luto acalentaste
Feridos corações encorajaste
Roubaste uma lágrima
Que avivara a folha, curada.*

*O que te fez crescer com tanto vigor,
Arbre de la fée de Bourlémont?
As crianças, seu amor!*

*Amaram-te longamente
Mil anos, veementes,
Alimentaram-te com louvor e canção,
Aqueceram e mantiveram jovem teu coração —
Mil anos na flor dos anos!*

*Em nossos jovens corações sê sempre verde,
Arbre de la fée de Bourlémont!
E seremos sempre joviais, atentos
A não atentar ao tempo.*

> *E quando, no exílio vagarmos,*
> *desfalecermos ansiando te ver*
> *Ó, aos nossos olhos, ascende!*

As fadas ainda estavam lá quando éramos crianças, mas nunca as vimos; porque, cem anos antes, o padre de Domrémy exerceu um ritual religioso sob a Árvore e as denunciou como sendo parentes de sangue do demônio e impediu que fossem redimidas; e então ele as advertiu para que nunca mais aparecessem nem pendurassem mais perpétuas, sob pena de serem eternamente banidas daquela paróquia.

Todas as crianças, à época, defenderam as fadas, e disseram que eram boas amigas e generosas com elas, e que nunca lhes fizeram mal algum, mas o padre não teria ouvido, e disse que era pecaminoso e vergonhoso ter esse tipo de amigas. As crianças lamentaram e ficaram inconsoláveis. Ali entre elas, combinaram que continuariam a pendurar guirlandas de flores na Árvore como um sinal perpétuo às fadas, de amor e recordação, embora não as vissem mais.

Mas em uma noite, bem tarde, uma grande desgraça aconteceu. A mãe de Edmond Aubrey passou pela Árvore e as fadas estavam dançando, escondidas, achando que não havia ninguém por perto; e elas estavam tão ocupadas, e tão bêbadas da frenética felicidade e do mel que bebiam em afiadas lascas de orvalho, que nada notaram; então a dona Aubrey ficou lá, surpresa e admirativa, e viu os fantásticos pequenos átomos se dando as mãos, umas trezentas fadas, formando um círculo tão grande quanto a metade de um quarto de dormir, inclinando-se para trás e abrindo as bocas, cheias de risadas e canções — que ela podia ouvir claramente —, e jogando as pernas para cima a uma altura de uns oito centímetros do chão, totalmente à vontade, tomadas de hilaridade. Ah, a dança mais louca e encantadora que a mulher já vira.

Mas um ou dois minutos depois, as pobrezinhas, arruinadas, viram-na. Deram um gritinho doloroso, de mágoa e terror, e fugiram para todos os lados, com os chorosos olhos cobertos pelos punhos, tão pequenos quanto avelãs; e, assim, desapareceram.

A mulher desalmada — não, insensata; ela não era desalmada, mas apenas descuidada — foi direto para casa e contou aos vizinhos tudo o que viu, enquanto nós, os amiguinhos das fadas, estávamos dormindo e não cientes da calamidade que se abatia sobre nós, inconscientes de que devíamos estar de pé, tentando parar essas línguas fatais. De manhã, todos já sabiam, e o desastre estava consumado, pois quando todos sabem uma coisa, o padre também a sabe, é claro. Todos fomos correndo ver o *père* Fronte, chorando e implorando, e ele acabou chorando, também, vendo a nossa grande tristeza, pois tinha uma natureza muito amável e gentil; não queria banir as fadas, e o disse em voz alta; mas disse que não tinha escolha, pois havia sido decretado que se elas se mostrassem de novo a um ser humano, deveriam partir. Tudo isso aconteceu na pior hora possível, pois Joana d'Arc estava doente, com febre e fora de si, e o que poderíamos fazer sem seus dons de raciocínio e persuasão? Como um enxame, voamos até sua cama e gritamos: "Joana, acorda! Acorda! Não podemos mais perder tempo! Vem, defende as fadas! Vem, salva as fadas! Só tu podes fazer isso!"

Mas sua mente estava distraída, e ela não tinha entendido o que tínhamos dito nem o que quisemos dizer, então fomos embora, sabendo que tudo estava perdido. Sim, tudo estava perdido, perdido para sempre; as fiéis amigas, que estiveram durante mais de quinhentos anos com as crianças, tiveram de partir, e nunca mais voltar.

Foi um dia amargo para nós, dia em que o *père* Fronte realizou o ritual sob a Árvore e baniu as fadas. Não podíamos nos vestir com as cores do luto, porque qualquer um poderia notar, e isso não seria permitido; então tivemos que nos contentar com um pequeno pedaço de pano preto amarrado em nossas roupas, em um local escondido; mas em nossos corações estávamos de luto, grandioso e nobre e ocupando todo o seu espaço, pois nossos corações eram nossos; ninguém podia tomá-los para impedir isso.

A grande Árvore — *Arbre de la fée de Bourlémont* era seu belo nome — deixou de ser tão importante para nós quanto o era antes, mas continuou nos sendo cara; ainda tenho apreço por ela e vou vê-la uma vez por ano, agora velho, para me sentar sob ela e trazer de volta os amigos da juventude perdidos e agrupá-los perto de mim, e olhar seus rostos através das minhas lágrimas e partir meu coração, ó, Deus meu! Não, o local não era o mesmo depois daquilo. Não podia ser, de forma alguma; pois, com o fim da proteção das fadas, a fonte perdeu muito do seu frescor e da sua frieza, e mais de dois terços do seu volume, e as serpentes banidas e os insetos que picam voltaram, e multiplicaram-se, e tornaram-se um tormento, e lá permanecem até hoje. Quando a sábia criancinha, Joana, ficou boa, percebemos o quanto a doença dela tinha nos custado; pois descobrimos que tínhamos razão de achar que ela podia salvar as fadas. Ela foi tomada por uma grande tempestade de raiva para uma criatura tão pequena, e foi diretamente falar com o *père* Fronte, e ficou de pé diante dele, que estava sentado, e fez-lhe reverência e lhe disse:

— As fadas teriam que partir se aparecessem diante das pessoas de novo, não é?

— Sim, isso mesmo, querida.

— Se um homem entra no quarto de uma pessoa à meia-noite e essa pessoa está quase nua, seríeis tão injusto a ponto de dizer que a pessoa estava se exibindo para o homem?

— Bem... não.

O bom padre pareceu um pouco desconcertado e desconfortável ao dizer isso.

— Um pecado é um pecado, de qualquer jeito, mesmo não havendo a intenção de cometê-lo?

O *père* Fronte ergueu as mãos e gritou:

— Ah, pobre criança, o erro é meu! — e ele a chamou para ficar ao seu lado e a envolveu com um braço e tentou fazer as pazes com ela, mas ela estava tão nervosa que não conseguiu se acalmar de imediato, mas enterrou a cabeça contra o peito dele e disparou a chorar e disse:

— Então as fadas não cometeram nenhum pecado, pois não houve essa intenção, elas não sabiam que havia alguém por perto; e como elas eram criaturinhas e não podiam falar por si e dizer que a lei era contra a intenção, não contra o ato inocente, porque elas não tinham amigos para pensar nessa simples coisa para elas e dizer isso, elas foram mandadas embora de sua casa para sempre, e isso foi errado, foi errado fazer isso!

O bom padre a abraçou bem forte e disse:

— Ah, pelas bocas de bebês e anjinhos os negligentes e imprudentes são condenados; quisera Deus eu pudesse trazer de volta as criaturinhas, por ti. E por mim, sim, e por mim, pois fui injusto. Vem, vem, não chores. Não há ninguém mais arrependido do que teu pobre velho amigo. Não chores, querida.

— Mas eu não posso parar, preciso chorar. O que o senhor fez não é uma coisinha boba. Arrepender-vos basta para tal ato?

O *père* Fronte virou o rosto, pois vê-lo rindo teria feito mal a ela, e disse:

— Ah, Joana, sem piedade, apenas acusando, não, não é. Vou cumprir penitência coberto de cinzas e vestido de burel. Pronto. Satisfeita?

Os soluços de Joana começaram a diminuir, e ela logo olhou para o velho homem através de suas lágrimas e disse, com a simplicidade que lhe era característica:

— Sim, será o suficiente, se isso vos deixar limpo.

O *père* Fronte teria rido de novo, talvez, se não tivesse se lembrado, na hora, de que tinha um contrato, não muito agradável. Ele teria de ser respeitado. Então ele se levantou e foi à lareira. Joana o olhava com profundo interesse. Ele pegou uma pá cheia de cinzas frias e ia esvaziá-la sobre sua velha cabeça cinza, quando teve uma ideia melhor, e disse:

— Podes me ajudar, querida?
— Como, padre?

Ele se ajoelhou, abaixou a cabeça e disse:

— Pega as cinzas para mim e espalha-as sobre a minha cabeça.

Tudo terminou ali, é claro. O padre tinha vencido. Dá para imaginar como a ideia de tal profanação atingiria Joana ou qualquer outra criança na aldeia. Ela correu e caiu sobre os joelhos, ao seu lado, e disse:

— Ah, é terrível. Eu não sabia que era isso que queria dizer cumprir penitência coberto de cinzas. Levantai-vos, por favor, padre.

— Mas não posso, até que eu seja perdoado. Perdoas-me?

— Eu? O senhor não fez nada para mim, padre. É o senhor que tem de vos perdoar por ter sido injusto com as pobres criaturas. Por favor, levantai-vos, padre, está bem?

— Mas agora eu estou pior ainda. Achei que estava ganhando o teu perdão, mas se é o meu próprio, não posso ser leniente; isso não me transformaria. O que posso fazer agora? Encontra outra forma de perdão para mim, com tua sábia cabecinha.

O padre não se mexia, apesar de todas as súplicas de Joana. Ela ia chorar de novo, até que teve uma ideia, e pegou a pá e cobriu a própria cabeça com as cinzas, gaguejando entre engasgos e sufocações:

— Pronto, está feito. Por favor, levantai-vos, padre.

O velho homem, tocado e ao mesmo tempo achando divertido, puxou-a contra seu peito e disse:

— Ah, és única, criança! É um martírio humilde, não do tipo para ser tomado como exemplo, mas que contém o espírito correto e verdadeiro; e eu o testemunho.

Então ele tirou as cinzas dos cabelos dela e a ajudou a limpar o rosto e o pescoço e a se arrumar corretamente. Ele estava animado, agora, e pronto para argumentar com mais afinco, então se sentou e aproximou Joana de si novamente e disse:

— Joana, costumavas colocar guirlandas na Árvore da Fada com as outras crianças, não é?

Essa era a forma que ele sempre começava quando ia me botar contra a parede e descobrir alguma coisa — de um jeito gentil e indiferente de enganar uma pessoa e levá-la à armadilha, sem que ela nunca percebesse para qual caminho estava indo, até entrar e a porta se fechar atrás dela. Ele gostava disso. Eu sabia que ele ia lançar a isca para Joana, agora. Ela respondeu:

— Sim, padre.
— E as penduravas na Árvore?
— Não, padre.
— Não as penduravas lá?
— Não.
— Por que não?
— Eu.... bem, eu não queria.
— Não querias?
— Não, padre.
— O que fazias com elas?
— Eu as pendurava na igreja.
— Por que não querias pendurá-las na Árvore?
— Porque diziam que as fadas eram parentes do demônio, e que era pecado homenageá-las.
— Achavas que era errado homenageá-las?
— Sim. Achava que devia ser errado.
— Então, se era errado homenageá-las daquela forma, e se elas eram parentes do demônio, elas podiam ser companhias perigosas para ti e para as outras crianças, não podiam?
— Suponho que sim... sim, acho que sim.

Ele pensou um pouco e julguei que ia encerrar a armadilha, e foi o que fez. Ele disse:

— Então a discussão acaba aqui. Elas foram criaturas banidas, de origem temerosa; podiam ser companhias perigosas às crianças. Agora, dá-me uma razão racional, querida, se puderes pensar em alguma, de porquê achas errado bani-las e por que as terias salvado. Resumindo, o que perdeste com isso?

Que estúpido da parte dele se livrar assim desse caso! Eu podia ter dado uns socos nele até que ele ficasse envergonhado, se ele fosse um menino. Ele estava indo bem, até que arruinou tudo, concluindo daquela maneira insensata e fatal. O que ela tinha perdido com isso?! Ele nunca ia entender que tipo de criança era Joana d'Arc?! Ele nunca ia aprender que ela não dava a mínima às coisas que diziam respeito exclusivamente ao seu próprio ganho ou à sua própria perda? Ele nunca ia entender o simples fato, em sua cabeça, de que o caminho mais seguro, e o único caminho para provocá-la e mexer com ela era lhe mostrar que outra pessoa iria sofrer injustamente, seria ferida ou prejudicada? Ora essa, ele tinha armado e caído na própria armadilha — foi tudo o que conseguiu.

No minuto em que aquelas palavras saíram da boca dele, ela estava de bom humor; lágrimas indignadas surgiram em seus olhos e ela explodiu, com uma energia e uma paixão inesperadas para ele, mas que não me surpreenderam, pois eu sabia que ele havia pisado em uma mina ao atingir o ápice de seus infelizes argumentos.

— Ó, padre, como podeis dizer isso? Quem são os donos da França?

— Deus e o rei.

— E Satanás?

— Satanás, minha menina? A França é o escabelo do Altíssimo — Satanás não possui nenhum punhado de seu solo.

— Então quem deu um lar às pobres criaturas? Deus. Quem as protegeu, nele, durante séculos? Deus. Quem permitiu que elas dançassem e brincassem aqui durante séculos, e não viu problema algum nisso? Deus. Quem desaprovou a aprovação de Deus e ameaçou as fadas? Um homem. Quem as flagrou novamente em brincadeiras inofensivas que Deus permitiu e um homem proibiu, e as ameaçou, e afugentou as pobrezinhas do lar que o bom Deus lhes deu? O bom Deus, misericordioso e piedoso, enviou-lhes Sua chuva, Seu orvalho e Sua luz solar sobre seu lar por quinhentos anos, em sinal de Sua paz. Era o lar delas, delas, pela graça de Deus e de Seu bom coração, e nenhum homem tinha o direito de o roubar delas. E elas foram as amigas mais gentis, mais verdadeiras que as crianças tiveram, e lhes prestaram serviços generosos e amorosos durante cinco longos séculos, e nunca lhes infligiram nenhuma dor ou ferimento; e as crianças as amavam, e agora lamentam por elas, e não há cura para sua mágoa. E o que as crianças fizeram para sofrer esse cruel golpe? As pobres fadas podiam ter sido companhias perigosas para as crianças? Sim, mas nunca o foram, e "podiam" não é um argumento. Parentes do Demônio? E daí? Parentes do Demônio têm direitos, e elas os tinham; crianças têm direitos, e elas os tinham; e se eu estivesse lá eu teria falado, teria implorado pelas crianças e pelos demônios, eu teria impedido o senhor e salvado todos eles. Mas agora, ah, agora, tudo está perdido, tudo está perdido, não há mais nada a ser feito!

Então ela concluiu, criticando a ideia de que às fadas parentes do Demônio deveriam ser evitadas e negadas a simpatia e a amizade humanas porque a salvação lhes fora vetada. Ela disse que, exatamente por isso, as pessoas deveriam ter pena delas, e fazer tudo o que pudessem de humano e amoroso para fazê-las esquecer o duro destino que lhes fora designado por acidente, assim que nasceram, e não por culpa delas.

— Pobres criaturinhas! — ela disse. — Que tipo de coração tem uma pessoa que pode ter piedade de uma criança cristã, mas não pode ter piedade de uma criança das trevas, que precisa dela mil vezes mais?!

Ela teve de se afastar do *père* Fronte, chorando, com os nós dos dedos nos olhos, batendo furiosa os pezinhos, e então deixou o local e partiu antes que pudéssemos retomar os sentidos daquela tempestade de palavras e daquele turbilhão de paixão.

No final da fala, o *père* ficou de pé, passando a mão continuamente na testa, como uma pessoa que está atordoada e preocupada; então ele se virou e caminhou em direção à porta de sua pequena sala de trabalho, e quando passou por ela eu o ouvi murmurar tristemente: "Ai de mim, pobre criança, pobres demônios, eles têm direitos, ela tem razão. Nunca pensei nisso. Deus me perdoe, sou culpado".

Quando ouvi isso, eu sabia que estava certo ao pensar que ele tinha armado uma armadilha para si mesmo. Foi isso, e ele caiu nela, entendeis? Isso me encorajou, e eu achei que talvez pudesse fazê-lo cair em uma armadilha; mas, parando para refletir, meu coração esfriou, pois eu não tinha esse dom.

CAPÍTULO 3

Tudo em chamas em nome do amor pela França

Falar disso fez com que eu me lembrasse de muitos incidentes, de muitas coisas que poderia contar, mas acho que não vou tentar fazer isso agora. Prefiro retomar uma pequena lembrança dos simples e calmos bons momentos que costumávamos ter na nossa aldeia, naqueles dias de paz — especialmente no inverno. No verão, nós, crianças, passávamos o dia nos planaltos ventosos, com os rebanhos, do amanhecer até à noite, brincando e fazendo tudo o que as crianças fazem; já o inverno era um período relaxante, o período do aconchego. Frequentemente nos reuníamos na grande residência do velho Jacques d'Arc, sobre o piso de terra e diante da grande lareira acesa, e jogávamos jogos, cantávamos canções, contávamos fortunas, ouvíamos os velhos aldeões contar contos, histórias e lorotas, e isso e aquilo, até a meia-noite.

Em uma noite de inverno estávamos ali reunidos; uma noite mordaz. Anos depois, aquele foi considerado o mais rígido inverno. Lá fora um vendaval soprava, e o grito do vento era comovente, quase bonito, pois para mim é formidável, e agradável, e bonito ouvir a tempestade e a raiva do vento, que assim sopra suas trombetas, quando estamos dentro de casa e confortáveis. E nós estávamos. Tínhamos uma lareira e o afável chuvisco de neve e granizo caindo sobre ela pela chaminé; e seguimos em ritmo contínuo, com lendas urbanas, risadas e cantos até perto das dez horas da noite; depois, tomados de um voraz apetite, ceamos mingau de aveia quente e feijões e finalizamos com bolo de cevada com manteiga.

A pequena Joana, afastada de nós, sentou-se sobre uma caixa e colocou sobre outra caixa a tigela e o pão, e seus animais de estimação, ao seu redor, a acompanharam. Ela tinha mais animais do que era de costume, incluindo do ponto de vista econômico, uma vez que davam muitos gastos, porque todos os gatos rejeitados se juntavam a ela, e animais abandonados ou mal-amados de outras espécies ouviam a respeito dela e também a procuravam, e assim falavam dela a outras criaturas, que também iam até ela; e como os pássaros e as outras tímidas coisinhas selvagens dos bosques não tinham medo dela e sempre a viam como a uma amiga quando a encontravam, e geralmente se aproximavam no intuito de serem convidados para a sua casa, ela sempre estava acompanhada de vários deles. Ela era hospitaleira com todos, pois, para ela, um animal era um animal, querido pelo simples motivo de ser um animal, independentemente de sua espécie ou posição social; e como ela não consentiria a utilização de gaiolas, coleiras ou grilhões, deixava as criaturas livres para ir e vir à vontade, e aquilo as alegrava e as chamava para si; elas não partiam de jeito nenhum, e eram um maravilhoso incômodo, que fazia Jacques d'Arc praguejar. Mas sua esposa dizia que Deus dera um instinto à criança, e sabia o que Ele estava fazendo quando Ele fez isso; portanto, o curso deveria ser seguido; não seria prudente se intrometer nos assuntos Dele se nenhum convite tivesse sido feito. Assim, os animais de estimação foram deixados em paz. Dentre eles havia coelhos, pássaros, esquilos, gatos e outros répteis, todos ao redor da criança, e muito interessados em sua ceia, ajudando-a o máximo que podiam. Sobre seu ombro havia um esquilo muito pequeno sentado, como essas criaturas fazem, virando sem parar um fragmento rochoso de bolo de castanha pré-histórico em suas patas nodosas, caçando os lugares menos endurecidos e saracoteando a cauda espessa, erguida, e agitando as orelhas quando elas se encontravam — o que significava gratidão e surpresa —, e então ele limou o local escolhido com os dois dentes delgados da frente, que um esquilo tem para esse fim, e não como ornamentos, pois ornamentos nunca poderiam ser, como qualquer um que os tenha notado pode admitir.

Tudo estava indo bem, animado, hilário, mas então houve uma interrupção; havia um bêbado na porta. Era um daqueles moradores de rua maltrapilhos — as guerras eternas faziam com que o país tivesse muitos deles. Ele entrou, todo cheio de neve, bateu e sacudiu os pés, limpou-se, fechou a porta, tirou os restos débeis de um chapéu e o bateu uma ou duas vezes contra a perna para derrubar os flocos de neve, e então olhou em volta, para nós, com um olhar satisfeito no rosto fino, cheio de ânsia e de fome, quando viu os víveres e nos fez uma saudação humilde e conciliatória, e disse que era algo abençoado ter uma lareira como aquela naquela noite, e um teto sobre a cabeça como aquele, e aquela rica comida para comer e amigos amáveis para conversar — ah, sim, isso era verdade —, e que Deus ajuda os sem-teto e aqueles que devem caminhar penosamente pelas estradas com um tempo como aquele.

Ninguém disse nada. A pobre criatura envergonhada ficou ali, parada, e apelou para um rosto, em seguida para o outro, com os olhos, e não encontrou acolhimento em nenhum deles, enquanto o sorriso em seu próprio rosto tremeluzia, esmaecia e perecia; então ele baixou o olhar, os músculos do rosto começaram a se contrair e ele levantou a mão, para cobrir esse sinal feminino de fraqueza.

— Senta-te!

A ordem veio de Jacques d'Arc, e Joana era o motivo. O estranho ficou perplexo, esticou a mão, e lá estava Joana diante dele, oferecendo-lhe sua tigela de mingau. O homem disse:

— Deus Todo-Poderoso vos abençoe, querida menina!

E então as lágrimas surgiram, e deslizaram sobre suas bochechas, mas ele estava com medo de pegar a tigela.

— Ouviste-me? Senta-se, eu disse!

Não havia criança mais fácil de ser persuadida do que Joana, mas não dessa forma. Seu pai não tinha tal arte; nem podia aprendê-la. Joana disse:

— Pai, ele está com fome, dá para ver.

— Então ele tem que trabalhar para ter comida. Estamos sendo devorados por pessoas como ele fora e dentro de casa, e eu disse que não suportaria mais isso, e vou manter minha palavra. De qualquer forma, esse daí parece um malandro, um canalha. Senta-se, estou mandando!

— Não sei se é malandro ou não, mas está com fome, pai, e eu posso lhe dar o meu mingau, não preciso dele.

— Se não obedeceres vou.... malandros não têm direito de serem ajudados por pessoas honestas, e não vão ter nem comida nem bebida nesta casa, Joana!

Ela colocou a tigela sobre a caixa, voltou e parou diante do pai, carrancudo, e disse:

— Pai, se não permitis que eu lhe dê a tigela, deveis estar certo, mas gostaria que pensásseis, então veríeis que não é certo punir uma parte dele pelo que a outra parte fez; pois é a cabeça do pobre estranho que faz as coisas más, mas não é a sua cabeça que está com fome, é o seu estômago, e ele não fez mal a ninguém, e não tem culpa, é inocente, não tem jeito algum de cometer um erro, mesmo se estivesse inclinado a isso. Por favor, deixeis...

— Que ideia! É o discurso mais idiota que já ouvi.

Mas Aubrey, o prefeito, interrompeu; ele gostava de uma discussão, e tinha um grande talento para isso, reconhecido por todos. Ele se ergueu, inclinando os nós dos dedos sobre a mesa e olhando em volta, com uma paz digna, da maneira como fazem os oradores, e começou, tranquilo e persuasivo:

— Quanto a isso, vou discordar de ti, companheiro, e me comprometerei a mostrar o porquê aos presentes.

Nessa hora, ele nos olhou ao redor e acenou com a cabeça, confiante. E começou a explanação: "Há um pingo de sentido no que a criança diz; pois é mais certamente verdadeiro e demonstrável que a mestra e governante suprema de todo o corpo seja a cabeça de um homem. Não é verdade? Alguém negará isso?" — ele olhou em volta novamente; todos indicaram concordar. "Muito bem, então; sendo esse o caso, nenhuma parte do corpo é responsável pelo resultado quando executa uma ordem que lhe é enviada pela cabeça; portanto, a cabeça é, sozinha, responsável por crimes cometidos pelas mãos, pelos pés ou pelo estômago de um homem. Entendestes a ideia? Estou certo, até agora?" — todo mundo disse que sim, com entusiasmo, e alguns disseram, entre si, que o prefeito estava em ótima forma naquela noite, e no seu auge, o que agradou extremamente o *maire*[1] e fez seus olhos brilharem de prazer, pois ele os ouviu; então ele continuou, da mesma maneira fértil e brilhante. "Agora, vamos considerar o que significa o termo 'responsabilidade' e como isso afeta o caso em apreço. A responsabilidade torna um homem responsável apenas pelas coisas pelas quais ele é devidamente responsável" — e, ao dizer isso, moveu sua colher fazendo um grande círculo para indicar a natureza abrangente daquela classe de responsabilidades que torna as pessoas responsáveis, e vários exclamaram, admirados: "Ele está certo! Ele expressou toda essa coisa complicada em poucas palavras. É maravilhoso!". Após uma pequena pausa, para fazer com que o interesse do público aumentasse, ele continuou: "Muito bem. Vamos imaginar o caso de uma tenaz — um alicate — que cai no pé de um homem e o machuca cruelmente. Afirmaríeis que as tenazes podem ser punidas por isso? A pergunta foi respondida; vejo pelos vossos rostos que

---

[1] Em francês no original. Tradução: prefeito. [N. T.]

chamaríeis uma afirmação do gênero de absurda. E por que é absurda? É absurda porque, considerando que uma tenaz não possui a faculdade do raciocínio — ou seja, a faculdade do comando pessoal —, as tenazes não têm responsabilidade pessoal alguma pelos seus atos; e, portanto, não tendo essa responsabilidade, não pode haver punição. Estou certo?" — uma calorosa explosão de aplausos foi a resposta. "Chegamos, então, ao estômago de um homem. Considerai a exatidão com a qual, de fato, sua situação corresponde perfeitamente à da tenaz. Escutai e prestai bastante atenção. O estômago de um homem pode planejar um assassinato? Não. Pode planejar um roubo? Não. Pode planejar um incêndio? Não. Agora respondei: e uma tenaz, pode?" — houve gritos de admiração de "Não!" e "Os casos são exatamente iguais!" e "Ele faz isso de maneira esplêndida!". E ele prosseguiu: "Pois bem, amigos e vizinhos, um estômago que não pode planejar um crime, não pode ser o mandante de sua encomenda. Isso é evidente, como podeis ver. A questão é, portanto, mais específica; vamos nos aprofundar ainda mais. Um estômago, por iniciativa própria, pode ajudar em um crime? A resposta é não, porque não há comando, não há faculdade de raciocínio, não há a volição, vontade; como no caso da tenaz. Agora entendemos ou ainda não entendemos que o estômago é totalmente isento de responsabilidade por crimes cometidos, no todo ou em parte, por ele?" — ele ficou animado com a resposta. "Então a que veredito chegamos? Claramente, a este: que não há algo neste mundo como um estômago culpado; que no corpo do pior malandro reside um estômago puro e inocente; que, o que quer que seu dono possa fazer, pelo menos o estômago deve ser sagrado aos nossos olhos; e que, uma vez que Deus nos dá a mente para termos pensamentos justos, caridosos e honrados, deve ser, e é, nosso privilégio, bem como nosso dever, não apenas alimentar o estômago faminto que reside em um malandro, tendo pena de sua grande tristeza e de sua necessidade, mas fazê-lo com alegria, gratidão, como reconhecimento da sólida e leal persistência, de sua pureza e inocência em meio à tentação e à repugnante companhia de seus sentimentos mais elevados. E aqui concluo".

Bom, não tendes ideia do efeito que ele causou! Eles se levantaram — toda a casa se levantou — e aplaudiram, deram vivas, louvaram a Deus; ainda aplaudindo e gritando, amontoaram-se impacientes, um depois do outro, alguns com os olhos úmidos, e apertaram suas mãos, e lhe disseram coisas tão gloriosas que ele ficou nitidamente orgulhoso e feliz e não conseguiu dizer uma única palavra, tomado de emoção. Foi esplêndido ver aquilo; e todo mundo disse que ele nunca tinha feito um discurso como aquele em sua vida, e que nunca poderia fazê-lo de novo. A eloquência é um poder, sem dúvida alguma. Até o velho Jacques d'Arc tinha se deixado levar, pela primeira vez na vida, e gritou: "Tudo bem, Joana, dá-lhe o mingau!".

Ela ficou envergonhada e parecia não saber o que dizer, então não disse nada. Era porque fazia tempo que ela tinha dado o mingau ao homem e ele já tinha comido tudo. Quando lhe perguntaram por que ela não tinha esperado até que uma decisão fosse tomada a respeito, ela disse que o estômago do homem estava com muita fome, e que não teria sido sábio esperar, pois ela não sabia qual seria a decisão. Essa era uma ideia boa e ponderada para uma criança.

O homem não era, de forma alguma, um malandro. Era um tipo muito bom, só estava sem sorte, e certamente aquilo não era crime, naquela época, na França. Tendo-se provado que seu estômago era inocente, ele teve a permissão de se sentir em casa; e assim que ficou bem cheio e satisfeito, o homem desenrolou a língua e a soltou, e o que disse foi realmente nobre. Ele participou das guerras durante anos, e as coisas que contou e a maneira como as contou acenderam o patriotismo de todos, e fez todos os corações baterem forte e todos os pulsos saltarem;

sem que percebêssemos, ele estava nos conduzindo a uma sublime marcha pelas antigas glórias da França, e maravilhados vimos as formas titânicas dos doze paladinos se elevarem das névoas do passado e encarar seu destino; ouvimos os passos dos vários anfitriões avançando para cercá-los; vimos a maré humana fluir e refluir, refluir e fluir, e desvanecer diante daquele pequeno bando de heróis; vimos passar diante de nós cada detalhe do dia mais estupendo, mais desastroso e ainda assim mais adorado e glorioso da história lendária da França; aqui e acolá, naquele vasto campo de mortos e moribundos, vimos um paladino, depois outro, e outro, dando prodigiosos golpes com o braço cansado e a força falha, e um a um os vimos cair, até que apenas um sobrasse; o único que restara, aquele cujo nome intitula o Cântico dos Cânticos, o cântico que nenhum francês pode ouvir sem se emocionar e sentir orgulho de seu país; e então vimos sua própria morte, comovente — a mais grandiosa e piedosa cena de todas; e em silêncio, enquanto nos sentávamos com os lábios entreabertos e sem fôlego, atentos às palavras do homem, sentimos a terrível tranquilidade que reinou naquele campo de matança quando aquela última alma sobrevivente partiu.

No solene silêncio, o estranho afagou a cabeça de Joana e disse: "Ó, menina, Deus vos proteja! Vós que me trouxestes da morte para a vida nesta noite. Agora ouvi: aqui está a vossa recompensa". E naquele momento supremo, com uma surpresa de derreter o coração e avivar a alma, sem uma palavra a mais, ele soltou a voz mais nobre e comovente já ouvida e começou a declamar ininterruptamente a grande Canção de Rolando!

Imaginai, com um público francês entusiasmado e a postos. Oh, aquela grandiosa eloquência não era nada comparada com o que ouvíamos! Como ele estava bonito, majestoso, inspirado, enquanto o poderoso canto irrompia de seus lábios e de seu coração, com o corpo todo transfigurado, assim como seus farrapos.

Todos se levantaram e ficaram em pé enquanto ele cantava. Os rostos brilharam e os olhos arderam; as lágrimas surgiram e escorreram das bochechas, e os corpos começaram a se mexer, inconscientemente, com o balanço da canção, e os peitos a palpitar e a ofegar; e gemidos irromperam, com profundas lamentações; e quando ele chegou ao último verso, e Rolando morria, sozinho, com o rosto voltado para o campo e para seus mortos, estendidos ali, em pilhas e em sulcos, e partiu e ergueu a Deus sua guante, a luva de guerra, com a mão tremulante, e soprou sua bela oração com seus lábios pálidos, todos caíram em soluços e pranto. Mas quando a grande nota final morreu e a canção acabou, todos se lançaram em um só corpo ao cantor, completamente loucos de amor por ele, amor pela França e orgulho de seus grandes feitos e de seu antigo renome, e o sufocaram de abraços; Joana foi a primeira, e o abraçou bem apertado, e cobriu seu rosto com beijos de idolatria.

A tempestade se enfurecia lá fora, mas isso não importava; aquele era o lar do estranho agora, durante o tempo que ele quisesse.

CAPÍTULO 4

Joana amansa o louco

Todas as crianças têm apelidos, e nós tínhamos os nossos. Cada um de nós teve um apelido bem cedo, que nos seguiu para sempre. Joana foi mais sortuda nesse aspecto, pois, com o passar do tempo, ela ganhou um segundo, um terceiro, e assim por diante, e fomos nós que os demos a ela. No final, ela teve meia dúzia deles. Alguns deles a acompanharam para sempre. Camponesas são naturalmente acanhadas; mas ela foi, até certo ponto, para além dessa regra. Ruborizava tão facilmente, e ficava tão facilmente envergonhada na presença de estranhos, que a apelidamos de "Acanhada". Éramos todos patriotas, mas era ela que chamávamos de "Patriota", porque os nossos mais calorosos sentimentos por nosso país eram frios comparados aos dela. Ela também era chamada de "Bela"; não apenas pela extraordinária beleza de seu rosto e de suas formas, mas também por seu caráter encantador. Esses apelidos foram preservados, além de um outro: "Valente".

Crescemos juntos, naquela região monótona e tranquila, e nos tornamos meninos e meninas bastante crescidos — crescidos o bastante, na verdade, a ponto de começarmos a aprender sobre as guerras que se espalhavam perpetuamente ao oeste e ao norte de nossa aldeia, como os mais velhos, e também ficarmos inquietos com as notícias ocasionais dos campos tingidos de vermelho, como eles. Lembro-me claramente de alguns desses dias. Em uma terça-feira, muitos de nós estávamos brincando e cantando em volta da Árvore da Fada, pendurando guirlandas em memória às nossas amiguinhas fadas, quando a Pequena Mengette gritou:

— Veja! O que é isso?

Quando alguém diz isso dessa forma, mostrando surpresa e apreensão, prestamos atenção. Todos os peitos ofegantes e os rostos corados se reuniram, e todos os olhos ansiosos se voltaram a uma só direção: descendo a ladeira, rumo à aldeia.

— É uma bandeira preta.

— Uma bandeira preta! Não, é isso mesmo?

— Bom, estás vendo, só pode ser isso.

— É uma bandeira preta, com certeza! Mas alguém já viu algo parecido com isso antes?

— O que significa?

— O que significa? Significa algo terrível, o que mais poderia ser?

— Não é disso que estou falando; qualquer um sabe disso, ninguém precisa explicar. Mas significa o quê? Essa é a questão.

— Talvez o homem que a carrega possa responder, e não um de nós, se conseguires esperar um pouco.

— Ele está correndo rápido. Quem é?

Alguns disseram que era fulano, outros, sicrano; mas logo todos disseram que se tratava de Étienne Roze, o Girassol, por causa de seus cabelos amarelos e seu rosto redondo cheio de cicatrizes. Seus ancestrais, alguns séculos atrás, eram germanos. Ele subia a ladeira com esforço, projetando de vez em quando a bandeira ao céu e flamulando aquele símbolo preto de pesar, enquanto todos os olhos olhavam para ele, todas as línguas falavam sobre ele, e todos os corações batiam cada vez mais rápido, impacientes para saber as notícias que trazia. Até que ele saltou entre nós e bateu o bastão da bandeira no chão, dizendo:

—Pronto! Fica aí e representa a França enquanto eu recupero o fôlego. É a única bandeira que lhe é útil agora.

Toda a falação parou. Foi como se alguém tivesse anunciado uma morte. Em meio ao silêncio hostil não houve nem um som audível, apenas os arquejos resfolegados do rapaz. Assim que conseguiu falar, disse:

— Más notícias estão chegando. Foi realizado um tratado, em Troyes, entre a França e os ingleses e os borguinhões. A França foi traída e entregue, com as mãos e os pés atados, ao inimigo. Isso é coisa do duque da Borgonha e do diabo em pessoa, a rainha da França.[1] O tratado indica que Henrique da Inglaterra vai se casar com Catherine da França.

— Mas isso é verdade? Casar a filha da França com o carniceiro de Azincourt? Não dá para acreditar. Não ouviste direito.

— Se não consegues acreditar nisso, Jacques d'Arc, terás uma difícil tarefa diante de ti, pois o pior está por vir. A criança que nascer desse casamento, mesmo que seja uma menina, vai herdar os tronos da Inglaterra e da França, e a dupla propriedade permanecerá para sempre para a posteridade!

— Ah, não, só pode ser mentira, pois vai contra a lei sálica[2] e, portanto, não é legal e não pode ter efeito — disse Edmond Aubrey, chamado de Paladino, por causa dos exércitos que sempre dizia que ia destruir algum dia. Ele teria continuado, mas foi abafado pelos clamores dos outros, que explodiram furiosos com essa particularidade do tratado, todos falando ao mesmo tempo e ninguém ouvindo ninguém, até que Hauviette logo os persuadiu a ficar quietos, dizendo:

— Não é justo cortá-lo no meio da história, diabos, deixai-o continuar. Não acreditais na história porque parece mentira.

---

[1] Isabeau da Baviera. [N. T.]

[2] *Lex Salica*. Corpo de leis dentre as quais está a regra que exclui as mulheres do direito à sucessão à terra; invocadas no século XIV, essas regras visavam a excluir as mulheres da sucessão à coroa da França. Fonte: REY, A.; e REY-DEBOVE, J. *Le Petit Robert de la langue française*. Nouvelle édition millesime 2018. Paris: Le Robert, 2018. [N. T.]

Esse tipo de mentira deveria ser motivo de satisfação, não de descontentamento. Conta o resto, Étienne.

— Só tenho mais isto a dizer: nosso rei, Charles VI, reinará até sua morte, então Henrique V da Inglaterra será o regente da França, até que um filho ou filha dele tenha idade suficiente para sê-lo.

— Esse carniceiro será o nosso rei? Mentira! Só pode ser mentira! — gritou Paladino. — Além disso, diz-me, o que vai acontecer com o nosso delfim? O que o tratado diz sobre ele?

— Nada. Ele o tira do trono e faz dele um pária.

Então todos gritaram ao mesmo tempo e disseram que a notícia não era verdadeira; e todos voltaram a ficar alegres, dizendo: "O nosso rei teria que assinar o tratado para validá-lo; e ele não faria isso, vendo o que aconteceria com seu próprio filho".

— Deixa-me perguntar uma coisa: a rainha assinaria um tratado deserdando seu filho? — perguntou o Girassol.

— Aquela víbora? Com certeza. Ninguém está falando dela. Ninguém espera nada de bom dela. Ela é capaz de qualquer vilania, para alimentar seu ódio; e ela odeia o filho. A assinatura dela não tem importância alguma. É o rei que deve assinar.

— Então vou fazer outra pergunta. Qual é a condição do rei? Louco, não é?

— Sim, e seu povo o ama ainda mais por isso. Seu sofrimento o aproxima do povo, e ter pena dele faz com que ele seja amado.

— Estais certo, Jacques d'Arc. Bom, o que faríeis com um louco? Ele sabe o que faz? Não. Ele faz o que os outros o fazem fazer? Sim. Portanto, assinou o tratado.

— Quem o fez fazer isso?

— Sabeis bem, não preciso dizer. A rainha.

Houve então outro tumulto — todo mundo falando ao mesmo tempo e soltando um monte de maldições contra a rainha. Finalmente, o menino Jacques d'Arc disse:

— Mas há muitos relatos que não são verdadeiros. Nada tão vergonhoso quanto isso aconteceu antes, nada tão profundamente baixo, nada que arrastou a França tão baixo; mas temos esperança de que essa história não passe de um boato inútil. Como soubeste disso?

A cor sumiu do rosto de sua irmã, Joana. Ela receava a resposta; e seu instinto estava certo.

— Do pároco de Maxey.

Houve um suspiro geral. Nós o conhecíamos, mas era um homem confiável, vos digo.

— Ele acreditou nisso?

Os corações quase pararam de bater. E então veio a resposta.

— Sim. E tem mais. Ele disse que sabia que era verdade.

Algumas das meninas começaram a soluçar; os meninos estavam chocados, em silêncio. A angústia no rosto de Joana era como aquela vista na cara de animais mudos que foram mortalmente feridos. O animal aguenta, sem reclamar; ela também aguentou, sem dizer uma única palavra. Seu irmão Jacques colocou a mão na cabeça dela e acariciou seus cabelos para lhe mostrar simpatia, e ela levou a mão dele aos lábios e a beijou em agradecimento, sem nada dizer. As reações vieram, e os meninos começaram a falar. Noel Rainguesson disse:

— Ah, quando seremos homens?! Demoramos tanto para crescer, e a França nunca precisou de soldados como agora, para responder a esse insulto odioso.

— Odeio ser criança! — disse Pierre Morel, chamado de Libélula, por causa de seus olhos salientes. — Temos que esperar, esperar, esperar, e as grandes guerras se arrastam por cem anos, e nunca temos uma chance. Ah, se eu pudesse ser soldado agora!

— Eu também, não vou ter que esperar muito — disse Paladino. — E quando eu começar, ouvireis falar de mim, prometo. Alguns, em um assalto a um castelo, preferem ficar na retaguarda; mas, para mim, é a linha de frente ou nada; não terei ninguém na minha frente, apenas os oficiais.

As meninas também sentiram o espírito da guerra, e Marie Dupont disse:

— Quem dera eu fosse homem; eu começaria agora! — parecendo muito orgulhosa de si, olhou ao redor em busca de aplausos.

— Eu também — disse Cécile Letellier, fungando o ar como um corcel que sente o cheiro da batalha. — Garanto que eu não daria as costas ao campo, mesmo se toda a Inglaterra estivesse à minha frente.

— Até parece! — disse Paladino. — As meninas podem se gabar, mas é só nisso que são boas. Colocai milhares delas cara a cara com um punhado de soldados e vede o que significa "correr". E a Joaninha? Será a próxima a dizer que vai virar soldada!

A ideia era tão engraçada, e levou a tantas risadas, que Paladino tentou de novo, e disse:

— Olhai para ela! Tentai imaginá-la mergulhar na batalha como qualquer veterano. Sim, é claro; e não um pobre soldado comum maltrapilho como nós, mas uma oficial — uma oficial, entretanto, com uma armadura e um elmo de aço, para que ela possa ruborizar atrás das barras e esconder a vergonha ao encontrar um exército à sua frente, ao qual ela não tenha sido apresentada. Uma oficial? Não, ela será capitã! Capitã, vos digo, com uma centena de homens atrás dela — ou talvez meninas. Ah, nada de básico para ela! E, é claro, quando ela começar a atacar o outro exército, será como um furacão o destruindo!

Bom, ele continuou até que começou a ter dor nos quadris de tanto rir; o que era natural, pois certamente era uma ideia muito engraçada naquela época; quero dizer, a ideia daquela criaturinha gentil, que não machucaria uma mosca, e não podia suportar ver sangue, e era tão menininha e acanhada, correndo para a batalha com uma gangue de soldados atrás dela. Pobrezinha. Ela se sentou, confusa e envergonhada por terem rido tanto dela; contudo, naquele exato minuto, algo iria acontecer que mudaria o aspecto de tudo, e faria com que aqueles jovens entendessem que, em se tratando de rir, a pessoa que ri por último, ri melhor. Pois naquele mesmo minuto um rosto que todos conhecíamos e temíamos projetou-se por trás da Árvore da Fada, e todos nós entendemos que o louco Benoist havia fugido de sua jaula, e que estávamos praticamente mortos! A criatura maltrapilha, cabeluda, horrível, saiu por detrás da Árvore e ergueu um machado enquanto vinha em nossa direção. Todos fugimos para todos os lados e sumimos, e as meninas gritavam e choravam. Não, todos não; todos menos Joana. Ela se levantou e encarou o homem, e assim ficou. Quando chegamos ao bosque que bordejava a clareira gramada e pulamos para nela nos abrigar, dois ou três de nós olharam para trás para ver se Benoist estava por perto, e foi isto que vimos: Joana de pé e o maníaco se deslocando furtivamente na sua direção, com o machado levantado. Foi chocante. Ficamos onde estávamos, tremendo, sem conseguir nos mexer. Eu não queria ver seu assassinato, mas ainda assim não pude desviar os olhos. Vi então Joana caminhar na direção do homem, embora eu acreditasse que meus olhos estivessem me traindo. Então o vi parar. Ele a ameaçou com o machado, como para avisá-la que não fosse adiante, mas ela não prestou atenção e continuou, firme, até chegar bem à sua frente, bem embaixo do machado. Então ela parou, e parecia falar com ele. Isso me deixou doente, sim, tonto, tudo ao meu redor ficou embaçado, e não consegui ver nada durante algum tempo — não sei dizer se longo ou breve. Quando passou e olhei de novo, Joana estava caminhando ao lado do homem, rumo à aldeia, segurando-o pela mão. O machado estava na outra mão dela.

Um a um, meninos e meninas rastejamos para fora e ficamos olhando, boquiabertos, até que os dois entraram na aldeia e sumiram de vista. Foi então que lhe demos o apelido de "Valente".

Deixamos a bandeira preta ali, para que continuasse o seu lamentável dever, pois tínhamos outro assunto a tratar. Corremos para a aldeia, para avisar a todos, e deixar Joana fora de perigo; embora, depois de ver o que tinha visto, parecia-me que, enquanto Joana tivesse o machado, não era o homem que estava em vantagem. Quando chegamos, o perigo tinha passado; o louco estava em custódia. Todas as pessoas se reuniram na pequena praça em frente à igreja para conversar, elogiar e se maravilhar com o acontecimento, e isso até fez com que a cidade se esquecesse da má notícia do tratado durante duas ou três horas.

Todas as mulheres abraçavam e beijavam Joana, exaltando-a, enquanto choravam, e os homens a afagavam na cabeça e diziam que desejavam que ela fosse um homem, pois a enviariam às guerras sem nunca dela duvidar, e que ela daria golpes dos quais se ouviria falar. Ela teve que fugir e se esconder, pois tamanha glória era penosa demais para a sua timidez.

É claro que as pessoas começaram a nos pedir mais detalhes. Eu fiquei com tanta vergonha que arranjei uma desculpa para a primeira pessoa que veio me ver e secretamente me afastei e voltei para a Árvore da Fada, para me libertar do embaraço daquelas perguntas. Encontrei Joana, que estava lá para se libertar do embaraço da glória. Um a um, os outros se esquivaram dos inquiridores e se uniram a nós em nosso refúgio. Em seguida, reunimo-nos ao redor de Joana e lhe perguntamos como ela tinha se atrevido a fazer aquilo. Ela foi muito modesta a respeito, e disse:

— Falais disso como se fosse incrível, mas estais enganados; não foi nada. Não sou uma estranha para aquele homem. Eu o conheço, e o conheço faz tempo; e ele me conhece, e gosta de mim. Eu o alimentei através das barras da sua jaula muitas vezes; e em dezembro do ano passado, quando cortaram dois de seus dedos para lembrá-lo de parar de agarrar e ferir as pessoas que passavam por ele, eu coloquei bandagens em sua mão todos os dias, até que tudo ficasse bem de novo.

— Está tudo muito bem — disse a Pequena Mengette —, mas ele é louco, querida, e, portanto, as coisas das quais gosta e sua gratidão e sua amizade não valem nada quando ele fica tomado pela raiva. O que fizeste foi arriscado.

— É claro que foi — disse Girassol. — Ele ameaçou te matar com o machado?

— Sim.

— Ele não te ameaçou mais de uma vez?

— Sim.

— Não ficaste com medo?

— Não, não muito, só um pouco.

— Por que não?

Ela pensou um momento, e disse, simplesmente:

— Não sei.

Isso fez todo mundo rir. Então Girassol disse que era como se um cordeiro estivesse tentando entender como tinha conseguido comer um lobo, mas que sem entender, teve que desistir.

— Por que não fugiste conosco? — perguntou Cécile Letellier.

— Porque eu precisava levá-lo para a sua jaula; caso contrário ele mataria alguém. E poderia machucar a si mesmo.

É evidente que essa observação, que mostra que Joana se esqueceu totalmente de si mesma e do próprio perigo que corria, e tinha pensado e agido pela preservação de outras pessoas, sozinha, não foi questionada, criticada nem comentada por nenhum deles, mas foi considerada por todos como natural e verdadeira. Isso evidencia o quão claramente seu caráter já estava definido e estabelecido e o quão bem o conhecíamos.

Houve silêncio por um tempo, e talvez estivéssemos todos pensando na mesma coisa, ou seja, que papel vergonhoso tínhamos tido naquela aventura, em comparação com a atuação de Joana. Tentei pensar em uma boa maneira de explicar por que eu tinha fugido e deixado uma menininha à mercê de um maníaco armado com um machado, mas todas as explicações que me vinham à mente me pareciam tão medíocres e desprezíveis que desisti do assunto e fiquei quieto. Mas os outros foram menos sábios. Noel Rainguesson inquietou-se um pouco, então soltou uma observação que mostrava o que se passava em sua mente:

— Fui pego de surpresa. É isso. Se eu tivesse tido tempo de pensar, não teria pensado em fugir, pois pensaria fugir de um bebê. Pois, afinal de contas, quem é Théophile Benoist, por que eu deveria ter medo dele? Fazei-me o favor! Que ideia ter medo desse miserável! Como eu gostaria que ele aparecesse agora, ah, sim!

— Eu também! — gritou Pierre Morel. — Se eu não conseguisse fazer com que ele subisse nessa árvore mais rápido do que... bom, veríeis o que eu faria! Pegar uma pessoa de surpresa, assim... por quê? Eu nunca quis fugir correndo; não de verdade, quero dizer. Nunca pensei em correr de verdade; eu só queria me divertir um pouco, e quando vi Joana ali, parada, e ele a ameaçando, foi tudo o que pude fazer para me segurar e não ir até lá e apenas arrancar-lhe o fígado e os pulmões. Eu realmente queria fazer isso, e se fosse para fazer de novo, eu realmente faria! Se um dia ele voltar a brincar comigo de novo, eu...

— Ah, chega! — disse Paladino, intervindo com um ar de desdém. — Do jeito que falais, uma pessoa pensaria que há algo de heroico em se levantar e encarar o pobre resquício de um homem. Ora essa, não é nada! Quase não há glória alguma em encará-lo. Ora, não haveria melhor forma de diversão para mim do que enfrentar uma centena como ele. Se ele viesse aqui agora, eu iria até ele assim como estou agora. Tanto faz se ele tivesse mil machados, e eu diria...

E assim continuou, contando as coisas corajosas que diria e as maravilhas que faria; e os outros davam uma palavrinha de vez em quando, descrevendo de novo as sórdidas maravilhas que fariam se o louco se aventurasse a cruzar seu caminho novamente, pois da próxima vez estariam prontos para ele, e logo lhe ensinariam que, se ele pensava que poderia surpreendê-los duas vezes, porque os havia surpreendido uma vez, ele estava muitíssimo enganado, e pronto.

E assim, ao final, todos recuperaram o respeito próprio; sim, e até o aumentaram; quando a sessão terminou, eles tinham uma opinião sobre si mesmos bem melhor do que jamais haviam tido.

CAPÍTULO 5

Domrémy pilhada e queimada

Nossos dias de juventude eram tranquilos e agradáveis, passavam com certa leveza. Como regra geral, é claro, pois estávamos distantes da guerra; mas de vez em quando bandos de nômades se aproximavam o bastante para vermos o rubor no céu, à noite, que indicava onde estavam queimando as dependências de alguma fazenda ou alguma aldeia, e todos sabíamos, ou pelo menos sentíamos, que eles chegariam, um dia, ainda mais perto, e que seria a nossa vez. Esse pavor silencioso tombava em nossos corações, como um peso físico. Ele aumentou demais pouco tempo depois do Tratado de Troyes.

Foi, realmente, um ano sombrio para a França. Um dia, após uma das batalhas ocasionais contra os malditos meninos borguinhões da aldeia de Maxey, na qual levamos uma surra, estávamos chegando ao nosso lado do rio depois de escurecer, machucados e cansados, quando ouvimos o sino de alarme. Corremos o caminho todo e, quando chegamos à praça, ela estava cheia de aldeões entusiasmados e estranhamente iluminada por tochas fumegantes e flamejantes.

Nos degraus da igreja havia um estranho, um padre borguinhão, contando às pessoas notícias que as faziam chorar, esbravejar, se enfurecer e praguejar, alternadamente. Ele disse que o nosso velho rei louco estava morto, e que agora nós, a França e a coroa, éramos propriedade de um bebê inglês deitado em seu berço, em Londres. E ele nos encorajou a sermos leais a esse bebê, e a sermos seus servos fiéis e a lhe querermos bem; e disse que agora, finalmente, teríamos um governo forte e estável, e que dentro de pouco tempo os exércitos ingleses começariam sua última marcha, e que ela seria breve, pois tudo o que precisariam fazer seria conquistar restos do país que ainda permaneciam sob um pano raro e quase esquecido: a bandeira da França.

As pessoas o atacaram verbalmente e se enfureceram, e dava para ver dezenas delas esticando os punhos sobre o mar de rostos iluminados por tochas e sacudi-los na direção do homem; a imagem era selvagem, impressionante. O padre também fazia parte dela, tendo um papel de destaque, pois estava ali de pé, com o olhar forte, e olhava com frieza e indiferença para as pessoas irritadas, então ao mesmo tempo queriam queimá-lo na estaca, admiravam sua incômoda frieza. E sua conclusão foi a coisa mais indiferente de todas. Pois ele lhes contou como, no funeral do nosso velho rei, o rei de armas francês tinha quebrado seu bastão sobre o caixão de "Charles VI e de sua dinastia", enquanto dizia, em voz alta: "Deus conceda vida longa a Henri, rei da França e da Inglaterra, nosso senhor soberano!", e então o padre lhes pediu que se unissem a ele em um "amém" caloroso!

As pessoas ficaram vermelhas de raiva; sentindo como se suas línguas estivessem atadas, não conseguiram falar. Mas Joana estava ali perto, e ela olhou para o seu rosto, e disse do seu jeito sensato, sincero: "Quem dera eu pudesse ver vossa cabeça fora de vosso corpo!", então, depois de uma pausa, e fazendo o sinal da cruz, "se Deus assim desejasse".

Vale a pena lembrar isso, e vos direi por que: foi a única fala grosseira que Joana proferiu em toda a sua vida. Depois que eu tiver revelado as tempestades pelas quais passou, e as injustiças e as perseguições contra ela, entendereis que foi maravilhoso ela ter dito uma única coisa dura enquanto viveu.

Desde o dia em que as tristes notícias chegaram, tivemos um susto depois do outro, e de tempos em tempos os saqueadores quase chegavam à nossa porta; por isso vivíamos, cada vez mais, mais apreensivos, e ainda assim fomos, de alguma forma, misericordiosamente poupados de ataques reais. Mas, por fim, a nossa vez realmente chegou. Foi na primavera de 1428. No meio da escuridão da noite os borguinhões invadiram a aldeia, estrondosos, e num ímpeto tivemos que saltar e correr pelas nossas vidas. Seguimos a caminho de Neufchâteau e prosseguimos, apressados, em meio à barbárie, todo mundo tentando seguir em frente, o que nos imobilizava; mas Joana estava com a cabeça fria — a única cabeça fria ali —, e assumiu o comando e colocou ordem em meio ao caos. Ela foi rápida, decidida, eficiente, e logo transformou a corrida de pânico em uma marcha perfeitamente constante. É preciso admitir que, para uma pessoa tão jovem, e uma garota como ela, foi um bom trabalho.

Ela tinha dezesseis anos, era formosa e graciosa, de uma beleza tão extraordinária que ao descrevê-la eu poderia me permitir extravagâncias na linguagem e, ainda assim, não teria medo de fugir da verdade. Seu rosto transmitia doçura, serenidade, pureza, refletindo sua natureza espiritual. Ela era profundamente religiosa, e isso é algo que às vezes dá um aspecto melancólico ao semblante de uma pessoa, o que não era seu caso. A religião a deixava contente e alegre por dentro; e se às vezes ela se preocupava, e mostrava no rosto e no comportamento a dor que a invadia, isso vinha da angústia que sentia pelo país; não da religião.

Uma parte considerável da aldeia foi destruída, e quando o ambiente ficou seguro novamente nos aventuramos por lá, e entendemos o quão sofriam as pessoas dos vários distritos da França, há muitos anos — sim, dezenas de anos. Pela primeira vez, vimos lares em ruínas, enegrecidos pela fumaça, e nas ruelas e vielas, carcaças de criaturas mudas que tinham sido abatidas por pura devassidão — dentre elas bezerros e cordeiros, animais de estimação das crianças; dava uma pena ver as crianças se lamentarem por eles!

E os impostos, os impostos! Todo mundo pensava nisso. O fardo cairia pesado, dadas as péssimas condições em que se encontrava a comuna. Todos os rostos pensavam nisso. Joana disse: "Pagar impostos sem ter nada para pagá-los é o que o resto da França vem fazendo há muitos anos, mas não conhecíamos esse amargor. Agora o conhecemos". E continuou falando sobre isso, cada vez mais preocupada, até que ficou claro que aquilo preenchia todos os seus pensamentos.

Por fim vimos algo terrível. O louco — golpeado e apunhalado até a morte em sua jaula de ferro, no canto da praça. Havia muito sangue, era horrível. Dificilmente algum de nós, jovens, tinha visto um homem perder a vida de maneira violenta, então esse cadáver exerceu sobre nós um fascínio horrendo; não conseguimos tirar os olhos dele. Bom, estávamos todos fascinados; todos menos uma: Joana. Ela se virou, horrorizada, e não conseguiu se aproximar dele novamente. É, é um impressionante lembrete de que somos apenas criaturas, dotadas de usos e costumes; sim, e também é um lembrete do quão o destino é duro e injusto conosco, às vezes. Pois foi ordenado que, dentre nós, aqueles mais fascinados pela morte mutilada e sangrenta viveriam suas vidas em paz, enquanto ela, que tinha um horror natural e profundo a isso, deveria então seguir adiante e tê-lo como espetáculo familiar, todos os dias, no campo de batalha.

Acreditai, há muito a ser dito, pois o assalto à aldeia parecia ter sido o maior evento já ocorrido no mundo; embora os desatentos camponeses pudessem achar que entendiam a grande dimensão de algumas das ocorrências na história do mundo que vagamente entraram em suas mentes, a verdade é que não entendiam. Um pequeno evento mordaz, visível aos olhos e sentido em seus próprios sinais vitais, tornou-se para eles mais prodigioso do que o mais grandioso episódio remoto da história mundial a respeito do qual ouviram, em segunda mão, por meio de rumores. Diverte-me, agora, lembrar como os mais velhos falavam disso à época. Era engraçado como se enfureciam e se afligiam.

— Ah, sim — disse o velho Jacques d'Arc —, estamos numa pior, de fato! O rei precisa ser informado sobre isso! Já é hora de ele deixar de ser indolente e sonhador, e cuidar de seus afazeres.

Ele estava falando do nosso jovem rei deserdado, o refugiado caçado, Charles VII.

— É isso mesmo — disse o *maire*. — Ele deveria ser informado, imediatamente. É ultrajante que tais coisas sejam permitidas. Ora essa, não estamos seguros em nossas camas, e ele está lá, tranquilo. É preciso que isso seja dito; toda a França deve saber disso!

Ouvindo-os falar, dava para imaginar que todas as dez mil pilhagens e os incêndios que ocorreram anteriormente na França tinham sido apenas fábulas, e que esse era o único fato. É sempre assim; as palavras bastam quando se trata apenas do vizinho de uma pessoa que esteja com problemas, mas quando a própria pessoa está com problemas, é hora de o rei se erguer e fazer alguma coisa.

O grande evento também deu muito o que falar a nós, jovens. Deixamos fluir em fluxo contínuo enquanto cuidávamos dos rebanhos. Começávamos a nos sentirmos muito importantes, porque eu tinha dezoito anos e os outros jovens eram um a quatro anos mais velhos — rapazes, na verdade. Um dia, Paladino estava criticando arrogantemente os generais patriotas da França e disse:

— Vedes o Dunois, o Bastardo de Orléans — é isso um general? Colocai-me uma única vez no lugar dele; não importa o que eu faria, não cabe a mim dizer, não tenho estômago para falar, eu ajo e deixo que os outros falem; apenas colocai-me no lugar dele uma única vez! E o Xaintrailles, ah, não! E o fanfarrão La Hire, que general é aquele?!

Todos ficamos chocados ao ouvir esses grandes nomes citados com tanta insolência, pois para nós esses renomados soldados eram quase deuses. Em seu remoto esplendor, eles alimentaram a nossa imaginação turva e imensa, sombria e terrível, e foi assustador ouvir falar deles como se fossem meros homens, como se seus atos estivessem abertos a comentários e críticas. O rosto de Joana ficou nuançado, e ela disse:

— Não sei como alguém pode ser tão duro para usar tais palavras em relação a esses homens sublimes, que são os próprios pilares do Estado francês, e o suportam com sua força e o preservam diariamente às custas de seu sangue. Já no que diz respeito a mim, eu me sentiria honrada, para além de tudo o que mereço, se me fosse permitido o privilégio de olhá-los apenas uma vez — à distância, quero dizer, pois não seria do meu feitio me aproximar muito deles.

Paladino ficou desconcertado por um momento, vendo nos rostos ao seu redor que Joana tinha colocado em palavras o que os outros sentiam, então ele foi complacente e voltou a procurar falhas. Jean, o irmão de Joana, disse:

— Se não gostas do que os nossos generais fazem, por que não vais tu mesmo às grandes guerras e fazes melhor o trabalho deles? Sempre falas de ir às guerras, mas nunca vai.

— Ah, como é fácil falar — disse Paladino. — Vou dizer por que fico aqui, tranquilo, sem me sujar de sangue; algo que minha reputação vos ensina que é repulsivo à minha natureza. Não vou porque não sou um cavalheiro. É essa a razão. O que um soldado raso pode fazer em uma disputa como essa? Nada. Ele não tem a permissão de subir nas patentes. Se eu fosse um cavalheiro, ficaria aqui? De jeito algum. Posso salvar a França — ah, podeis rir, mas sei o que há em mim, sei o que está escondido sob este gorro de camponês. Posso salvar a França, e estou pronto para fazê-lo, mas não nas condições atuais. Se eles me quiserem, que mandem me chamar; caso contrário, que sofram as consequências. Só vou arredar o pé como oficial.

— Ai, pobre França, a França está perdida! — disse Pierre d'Arc.

— Já que torces o nariz para os outros, por que não vais tu mesmo às guerras, Pierre d'Arc?

— Ah, também não fui chamado. Sou menos cavalheiro que tu. Tampouco sou cavalheiro. Mas irei; prometo ir. Prometo ir como um soldado raso sob tuas ordens, quando fores enviado.

Todos riram, e o Libélula disse:

— Tão cedo? Então precisas começar a te preparar; podem te chamar daqui a cinco anos, quem sabe? Sim, na minha opinião, marcharás para as guerras dentro de cinco anos.

— Ele irá mais cedo — disse Joana, com a voz baixa e contemplativa, mas vários a ouviram.

— Como sabes disso, Joana? — perguntou Libélula, com um olhar surpreso. Mas Jean d'Arc interrompeu:

—Também quero ir, mas como ainda sou um pouco jovem, também vou esperar e marchar quando Paladino for chamado.

— Não — disse Joana —, ele irá com Pierre.

Ela disse isso como alguém que fala consigo mesmo em voz alta sem saber, e ninguém, além de mim, a ouviu. Olhei para ela e vi que suas agulhas de tricô estavam ociosas em suas mãos, e que seu rosto tinha um olhar sonhador e ausente na direção delas. Houve movimentos passageiros em seus lábios, como se ela estivesse ocasionalmente dizendo partes de frases para si mesma. Mas não houve som, pois eu era a pessoa mais próxima dela e não ouvi nada. Mas mantive meus ouvidos atentos, pois essas duas falas me afetaram de um jeito estranho, sendo eu supersticioso e facilmente perturbado por qualquer coisinha que seja estranha e incomum. Noel Rainguesson disse:

— Tem um jeito de fazer com que a França tenha uma chance de salvação. De qualquer forma, temos um cavalheiro na comuna. Por que o Instruído não muda o nome e a condição com Paladino? Assim Paladino poderia ser um oficial. E a França o chamaria, e ele varreria os exércitos ingleses e borguinhões para o mar, como moscas.

Eu era o Instruído. Esse era o meu apelido, porque eu sabia ler e escrever. Houve um coro de aprovação, e o Girassol disse:

— É exatamente isso. Resolve tudo. O *Sieur* de Conte irá facilmente concordar com isso. Sim, ele marchará atrás do capitão Paladino e morrerá cedo, coberto pela glória do soldado comum.

— Ele marchará com Jean e Pierre e viverá até que as guerras sejam esquecidas — murmurou Joana. — E na décima primeira hora, Noel e Paladino se juntarão a eles, mas não por vontade própria.

A voz era tão baixa que eu não estava totalmente certo de que eram essas as palavras, mas pareciam ser. É assustador para alguém ouvir essas coisas.

— Vamos, agora — continuou Noel —, tudo está arranjado; a única coisa a fazer é se organizar sob o estandarte do Paladino, seguir adiante e salvar a França. Todos vireis?

Todos disseram que sim, exceto Jacques d'Arc, que disse:

— Desculpai-me. É agradável falar sobre a guerra, estou convosco, e sempre achei que deveria ser soldado, mas a nossa aldeia destruída e aquele louco dilacerado e ensanguentado me ensinaram que eu não sou feito para isso, nem para ver essas coisas. Eu nunca poderia me sentir à vontade. Enfrentar as espadas, as grandes armas e a morte? Não é comigo. Não, não; não contais comigo. Além disso, sou o filho mais velho e devo apoiar e proteger a família. Como Jean e Pierre serão levados para as guerras, alguém deve ficar para cuidar da nossa Joana e de sua irmã. Vou ficar em casa e envelhecer em paz e tranquilamente.

— Ele vai ficar em casa, mas não envelhecer — murmurou Joana.

Tagarelas, do jeito alegre e descuidado privilegiado aos jovens, conseguimos fazer com que Paladino projetasse campanhas, travasse batalhas, conquistasse vitórias, eliminasse os ingleses e pusesse nosso rei, coroado, em seu trono. Então lhe perguntamos o que ele responderia quando o rei exigisse que ele indicasse sua recompensa. Paladino tinha tudo organizado na cabeça e respondeu prontamente:

— Ele me dará um ducado, me nomeará primeiro ministro e me tornará Herdeiro Lorde-Alto Condestável da França.

— E casar com uma princesa? Não deixarás isso passar, não?

Paladino ficou um pouco corado e disse, bruscamente:

— Ele pode ficar com suas princesas, eu posso me casar com quem for mais do meu gosto.

Ele se referia a Joana, embora ninguém suspeitasse disso naquele momento. Se alguém suspeitasse, Paladino teria sido primorosamente ridicularizado por sua vaidade. Naquela aldeia não havia ninguém à altura de Joana d'Arc. Todo mundo teria dito isso.

Uma a uma, cada pessoa presente devia dizer que recompensa pediria ao rei se pudesse trocar de lugar com Paladino e fazer as maravilhas que Paladino ia fazer. As respostas foram dadas em tom de deboche, e tentamos, cada um, superar nossos predecessores no que dizia respeito à extravagância da recompensa reivindicada; mas quando chegou a vez de Joana, e a retiraram de seus devaneios e perguntaram o que ela pediria, tiveram que lhe explicar qual era a pergunta, pois sua mente estava ausente, e ela não tinha ouvido nada da última parte da conversa. Ela supôs que eles queriam uma resposta séria, e ela a deu. Ficou sentada, refletindo um pouco, e disse: "Se o delfim, por sua graça e nobreza, me dissesse: 'Agora que sou rico e voltei a ser eu mesmo, escolhe a recompensa que quiseres e a terás', eu me ajoelharia e pediria que ele ordenasse que em nossa aldeia nunca mais tivéssemos que pagar impostos". Foi tão simples, e dito com tanta generosidade, que nos tocou; ao invés de rirmos, ficamos pensativos. Não rimos. Mais tarde chegaria o dia em que nos lembraríamos daquela fala com um orgulho magoado, contentes por não termos rido, percebendo então o quão honestas suas palavras tinham sido, e vendo o quão ela tinha sido fielmente bem-sucedida quando a hora chegou, pedindo apenas aquela vantagem ao rei e se recusando a obter qualquer coisa para si.

CAPÍTULO 6

JOANA E SÃO MIGUEL ARCANJO

Em toda a sua infância e até a metade de seus quatorze anos de idade, Joana tinha sido a criatura mais descontraída e feliz da aldeia. Ela andava num pula-pula-num-pé-noutro-pé, sorrindo, rindo e atraindo as pessoas; e esse temperamento, complementado pela sua natureza calorosa e simpática e pelo seu jeito franco e charmoso, fez dela a queridinha de todos. Naquele tempo ela já era uma fervorosa patriota, e de tempos em tempos as notícias da guerra preocupavam seu espírito e atormentavam seu coração, levando-a às lágrimas; quando passavam, seu espírito se elevava e ela voltava a ser quem era.

Mas depois, durante um ano e meio, ela ficou muito séria; não melancólica, mas voltada às reflexões, à abstração, aos sonhos. Ela carregava a França em seu coração, e o fardo não era leve. Eu sabia que era essa a sua atribulação, mas outros atribuíam sua abstração ao êxtase religioso, pois geralmente ela não compartilhava seus pensamentos com a aldeia, embora me desse indícios deles, e então eu sabia, melhor do que os demais, o que absorvia seu interesse. Achei, muitas vezes, que ela tinha um segredo — um segredo inteiramente velado para si, ignorado por mim e pelos outros. Essa ideia passou pela minha cabeça porque, várias vezes, enquanto falava, ela chegou a cortar uma frase em duas e a mudar de assunto quando aparentemente estava prestes a revelar algo. Eu iria descobrir esse segredo, mais tarde.

No dia seguinte à conversa que acabei de relatar, estávamos juntos nos pastos e começamos a conversar sobre a França, como sempre. Para o bem dela, antes eu sempre falava com esperança, mas era mera mentira, pois na realidade não havia nada para apostar nem um pingo de esperança na França. Era realmente penoso mentir para ela, e era tão vergonhoso trair uma pessoa tão pura quanto a neve, que não mente nem trai, e nem mesmo suspeita de tamanha baixeza por parte de outros, que eu estava decidido a mudar e a recomeçar, e a nunca mais insultá-la dessa foram tão decepcionante. Comecei a nova política abrindo a fala com uma pequena mentira, é claro, pois um hábito é um hábito, que não pode ser logo atirado pela janela, mas induzido a descer um degrau de cada vez:

— Joana, pensei nisso a noite toda, e concluí que estávamos errados o tempo todo; o caso da França é desesperador; é desesperador desde Azincourt; hoje é mais do que desesperador, é desesperançoso.

Não a olhei nos olhos quando disse isso; talvez fossem palavras inesperadas. Partir seu coração, aniquilar sua esperança com um discurso tão francamente brutal, sem um suave espaço caridoso, pareceu vergonhoso, e foi. Mas quando saiu, o peso partiu e a minha consciência subiu à superfície, olhei para o seu rosto buscando ver o resultado. Não havia nada a ser visto. Nada do que eu imaginava, pelo menos. Tinha uma sugestão quase imperceptível de maravilhamento em seus olhos sérios, nada mais; e ela disse, do seu jeito simples e plácido:

— Desesperançoso, o caso da França? Por que achas isso? Conta-me.

É muito bom descobrir que aquilo que pensaste que iria infligir uma dor a alguém que reverencias não inflige dor alguma. Fiquei então aliviado e pude dizer tudo o que queria dizer, sem ser furtivo e sem me constranger. Então comecei:

— Coloquemos de lado o sentimentalismo e as ilusões patrióticas e encaremos os fatos. O que eles dizem? Eles falam tão claramente como os dados no livro de contabilidade de um mercador. Basta acrescentar as duas colunas acima para ver que a casa francesa está falida, que metade da sua propriedade já está nas mãos do xerife[1] inglês e a outra metade está nas mãos de ninguém, com exceção dos saqueadores e ladrões irresponsáveis que confessam lealdade a ninguém. O nosso rei está calado, com seus queridinhos tolos, na inglória indolência e na pobreza, em um cantinho do reino — uma espécie de terreno baldio, digamos —, e não tem autoridade ali e em nenhum outro lugar, não tem nada em seu nome, nem um regimento de soldados; não está lutando, não tem a intenção de lutar, não quer mais resistir; na verdade, há apenas uma coisa que ele pretende fazer: desistir de tudo, jogar a coroa no esgoto e fugir para a Escócia. Esses são os fatos. Eles estão corretos?

— Sim, estão corretos.

— Então é como eu disse: basta vê-los como um todo para perceber o que significam.

Ela perguntou, com um tom normal, equilibrado:

— O quê? Que não há esperanças para a França?

— Necessariamente. Diante desses fatos, é impossível duvidar disso.

— Como podes dizer isso? Como podes sentir isso?

— Como? Como eu poderia pensar ou sentir outra coisa, dadas as circunstâncias? Joana, considerando os dados fatais

---

[1] Interessa notar que, neste livro, "xerife" é a tradução de *sheriff*, do inglês médio "shirreve", contração de *shire* (condado) + *reeve* (oficial senhorial na Inglaterra responsável principalmente por supervisionar o cumprimento das obrigações feudais). Assim, "xerife" deve ser entendido como um oficial graduado de um condado inglês ou de uma área menor que desempenha várias funções administrativas e judiciais. Fontes: *The dictionary by Merriam-Webster* e *Britannica.com*. [N. T.]

que acabo de apresentar, realmente tens alguma esperança para a França? Mesmo, de verdade?

— Esperança? Mais do que isso! A França conquistará sua liberdade e a preservará. Não duvides disso.

Pareceu-me, naquele dia, que sua mente esclarecida estava turva. Devia estar, ou ela teria visto que os dados significavam uma única coisa. Talvez, se eu os colocasse em ordem novamente, ela os visse. Então eu disse:

— Joana, teu coração, que venera a França, está iludindo a tua cabeça. Não estás percebendo a importância desses dados. Vamos lá, vou desenhá-los, aqui no chão, com um graveto. Este grosseiro contorno é a França. No meio, entre leste e oeste, desenho um rio.

— Sim, o Loire.

— E toda esta metade norte do país está sob o controle rigoroso dos ingleses.

— Sim.

— E toda esta metade sul não está realmente nas mãos de ninguém, como confessa o rei ao planejar desertar e fugir para uma terra estrangeira. A Inglaterra tem exércitos aqui; a oposição está morta; a Inglaterra pode assumir a posse plena quando quiser. Na verdade, não há mais França, a França sumiu, a França deixou de existir. O que antes era a França agora não passa de uma província britânica. Não é verdade?

Sua voz estava baixa, e levemente emocionada, mas nítida:

— Sim, é verdade.

— Muito bem. Acrescenta agora este fato decisivo, e a soma certamente será finalizada: quando os soldados franceses tiveram uma vitória? Os soldados escoceses, sob a bandeira francesa, venceram uma luta improdutiva há dois anos, mas estou falando de soldados franceses. Desde que oito mil ingleses quase aniquilaram sessenta mil franceses há doze anos, em Azincourt, a coragem francesa está estagnada. Por isso, hoje, é comum dizer que se cinquenta soldados franceses forem confrontados com cinco ingleses, os franceses fugirão, tal um provérbio.

— Que lástima, até isso é verdade.

— Então certamente o dia da esperança passou.

Eu achava que, naquele momento, o caso ficaria claro para ela. Achava que não havia como não estar claro, e que ela diria, a si mesma, que não havia mais espaço algum para a esperança. Mas me enganei, e fiquei desapontado. Ela disse, sem dúvida alguma na voz:

— A França vai ser erguer novamente. Verás.

— Se erguer? Com o fardo dos exércitos ingleses nas costas?!

— Ela vai se livrar deles; ela vai pisoteá-los! Resoluta.

— Sem soldados para lutar?

— Os tambores vão convocá-los. Eles vão responder e marchar.

— Marchar para a retaguarda, como sempre?

— Não, para o fronte, sempre para o fronte, sempre para o fronte! Verás.

— E o rei pobre?

— Ele vai subir no trono, coroado.

— Bom, assumo que estou ficando um pouco perdido. Ah, se eu pudesse acreditar que daqui a trinta anos não estaríamos mais sob domínio inglês e a cabeça do monarca francês estaria coberta por uma coroa real de soberania...

— As duas coisas vão acontecer dentro de, no máximo, dois anos.

— Mesmo? E quem realizará essas sublimes impossibilidades?

— Deus.

Foi uma nota baixa, respeitosa, mas ressoou claramente.

O que poderia ter colocado essas ideias estranhas em sua cabeça? Essa pergunta não saiu da minha mente durante dois ou três dias. Era inevitável que eu pensasse em loucura. Que outro caminho havia para justificar tais coisas? Lamentar e matutar sobre os infortúnios da França enfraqueceu a sua mente inabalável e a encheu de ilusões — sim, devia ser isso.

Mas eu a observei, e a testei, e não era isso. Seus olhos estavam claros e sãos, seu comportamento era natural, sua fala, direta, e direta ao ponto. Não, não tinha nada a ver com sua mente; ela ainda era a mais sensata da aldeia, e a melhor. Ela continuou pensando nos outros, planejando pelos outros, sacrificando-se pelos outros, assim como sempre o fizera. Ela continuou cuidando de seus doentes e seus pobres, e ainda estava pronta para dar sua cama ao viandante e se contentar com o chão. Havia algum segredo em algum lugar, mas a loucura não era a chave dele. Isso era evidente.

Logo a chave chegou em minhas mãos, e foi assim que aconteceu. Já ouvistes o mundo todo falar sobre este assunto sobre o qual estou prestes a falar, mas nunca ouvistes uma testemunha ocular falar sobre isto antes.

Certo dia eu vinha caminhando desde o cimo — era 15 de maio de 1428 —, e quando cheguei à beira da floresta de carvalhos e estava prestes a alcançar o gramado aberto no qual estava a faia mal-assombrada das fadas, por acaso dei antes uma olhada, depois um passo para trás, e me abriguei na camuflagem da folhagem. Avistei Joana e pensei em lhe fazer uma surpresa divertida. Pensai nisto: essa ideia trivial surgiu pouco antes, com um intervalo de tempo difícil de mensurar, de um evento que ficaria registrado para sempre em histórias e canções.

O dia estava encoberto, e todo o gramado ao redor da Árvore estava recoberto por uma sombra suave e rica. Joana se sentou em um banco natural, formado por grandes raízes retorcidas da Árvore. Suas mãos estavam posicionadas livremente, uma repousando sobre a outra, no colo. Sua cabeça estava um pouco encurvada em direção ao chão, e seu ar denotava que ela estava perdida em pensamentos, imersa em sonhos, e inconsciente de si mesma e do mundo. Foi quando vi uma coisa muito estranha, uma sombra branca deslizando lentamente pela grama na direção da Árvore. Ela tinha grandes proporções — uma forma vestida, alada —, e a brancura da sombra não se equivalia a nenhuma outra brancura que conhecemos, apenas, talvez, à brancura dos raios, mas nem os raios são tão intensos quanto aquilo, pois é possível olhar para eles sem que os olhos doam, enquanto aquele brilho era tão ofuscante que fez meus olhos doerem e lacrimejarem. Descobri minha cabeça, percebendo que estava na presença de algo que não é deste mundo. Comecei a arfar, por causa do terror e do pavor que me possuíam.

Outra coisa estranha. O bosque estava silencioso — afetado pela profunda calma que surge quando uma nuvem de tempestade escurece uma floresta e as criaturas selvagens perdem a coragem e passam a ter medo; mas então todos os pássaros começaram a cantar, e a alegria, o arrebatamento, o êxtase disso ultrapassavam a crença; e era tudo tão convincente e comovente que evidentemente se tratava de um ato de adoração. Na primeira nota dos pássaros, Joana se ajoelhou, abaixou a cabeça e cruzou as mãos sobre o peito.

Ela ainda não tinha visto a sombra. Teria o canto dos pássaros lhe dito que ela estava chegando? Era assim que eu via as coisas. Então algo parecido deve ter acontecido antes. Sim, sem dúvida alguma.

A sombra se aproximou de Joana lentamente; ao alcançá-la, pousou sobre ela, envolvendo-a em seu enorme esplendor. Naquela luz imortal, seu rosto, apenas humanamente belo, antes, tornou-se divino; invadido pela glória transformadora, seu pobre traje camponês se transformou num traje digno daquele dos filhos de Deus, vestidos de sol, quando os vemos em sonhos e na imaginação, amontoando-se nos socalcos do Trono.

Ela logo se levantou e ficou de pé, com a cabeça ainda um pouco inclinada, e com os braços abaixados e as pontas dos dedos levemente atadas à sua frente; e, assim, toda embebida por aquela luz maravilhosa, e por ora aparentemente sem saber disso, ela parecia escutar, mas eu não ouvia nada. Pouco tempo depois ela levantou a cabeça e olhou para cima como quando alguém olha para o rosto de um gigante, e então juntou as mãos e as ergueu, implorando, e começou a rogar. Ouvi algumas das palavras. Ouvi-a dizendo: "Mas eu sou tão jovem! Ah, tão jovem para deixar minha mãe e minha casa e sair pelo mundo estranho para empreender algo tão grande! Ah, como posso falar com os homens, ser companheira dos homens? Dos soldados! Isso daria lugar a insultos, grosserias e desprezo. Como posso ir para as grandes guerras e liderar exércitos? Eu, uma menina, que ignoro essas coisas, e não sei nada sobre armas, nem como montar um cavalo, nem andar a cavalo... mas, se for uma ordem...".

A voz dela ficou um pouco mais baixa e foi cortada por soluços, e não compreendi mais suas palavras. Então voltei a mim. Refleti. Eu estava me intrometendo em um mistério de Deus — qual seria a minha punição? Fiquei com medo, e corri para dentro do bosque. Então entalhei uma marca na casca de uma árvore, dizendo para mim mesmo que eu devia estar sonhando e não tinha visto aquilo. Voltaria quando soubesse que estava acordado e não sonhando, e veria se a marca ainda estava lá; então eu saberia.

CAPÍTULO 7

Ela cumpre a ordem divina

Ouvi meu nome ser chamado. Era a voz de Joana. Fiquei surpreso. Como ela sabia que eu estava lá? Disse para mim mesmo que fazia parte do sonho, tudo aquilo era um sonho: a voz, a visão, tudo; as fadas eram responsáveis por aquilo. Então fiz o sinal da cruz e pronunciei o nome de Deus, para quebrar o encantamento. Eu sabia que estava acordado, não enfeitiçado, pois nenhum feitiço pode resistir a esse exorcismo. Então ouvi novamente meu nome ser chamado, e saí na hora do esconderijo, e ali estava, de fato, Joana, mas não olhando da forma como olhava no sonho. Pois ela não estava chorando, mas olhando da forma como olhava um ano e meio atrás, quando seu coração estava leve e sua alma, elevada. A energia e o fulgor dos velhos tempos estavam de volta, bem como uma espécie de exaltação em seu rosto e em seu comportamento. Foi quase como se ela tivesse estado em transe, o tempo todo, e tivesse despertado novamente. Realmente, foi como se ela tivesse estado distante e perdida, e tivesse finalmente voltado para nós; e eu estava tão contente que tive vontade de correr para chamar todo mundo, para que todos se aglomerassem ao seu redor e lhe dessem as boas-vindas. Corri em sua direção, empolgado, e disse:

— Ah, Joana, tenho algo maravilhoso para te contar! Nem imaginas. Eu tive um sonho, e no sonho te vi bem aqui, onde estás parada agora, e...

Mas ela levantou a mão e disse:
— Não foi um sonho.
Isso me chocou, e voltei a ter medo.
— Não foi um sonho? Como sabes disso, Joana?
— Estás sonhando agora?
— Eu... ahm... acho que não. Acho que não.
— Não, não estás sonhando. Sei que não estás. E não estavas sonhando quando talhastes a marca na árvore.

Senti que comecei a ficar frio de medo, pois tive a certeza de que eu não estava sonhando, mas que tinha realmente estado na presença de algo assustador, algo que não era deste mundo. Então lembrei que os meus pecaminosos pés estavam em solo sagrado, o solo onde aquela sombra celestial tinha pousado. Eu me afastei rapidamente, congelado de medo da cabeça aos pés. Joana me acompanhou e disse:

— Não tenhas medo, não é necessário. Vem comigo. Vamos sentar perto da fonte, vou te contar todos os meus segredos.

Quando ela estava pronta para começar, olhei para ela e disse:

— Primeiro me diz uma coisa. Não podias me ver no bosque; como sabes que talhei uma marca na árvore?

— Espera um pouco; já vou chegar a isso; vais entender.

— Mas me diz: o que era aquela sombra enorme que eu vi?

— Vou dizer, mas não te preocupes; não estás em perigo. Era a sombra de um arcanjo, Miguel, o chefe e lorde dos exércitos do Céu.

A única coisa que fiz foi o sinal da cruz, e tremi por ter poluído aquele solo com os meus pés.

— Não tiveste medo, Joana? Viste seu rosto, viste sua forma?

— Sim. Não tive medo, porque não foi a primeira vez. Tive medo na primeira vez.

— E quando foi isso, Joana?

— Faz quase três anos.

— Tudo isso? E tiveste essa visão muitas vezes?
— Sim, muitas vezes.
— Então foi isso que te mudou; foi isso que te deixou pensativa e diferente de como eras antes. Agora entendo. Por que não nos falaste disso?
— Eu não tinha a permissão. Agora a tenho, e em breve vou contar a todos. Mas só a ti, agora. Isso ainda precisa permanecer em segredo durante alguns dias.
— Ninguém viu a sombra branca antes, além de mim?
— Ninguém. Ela já caiu sobre mim antes, quando tu e os outros estavam presentes, mas nenhum de vós pôde vê-la. Hoje foi diferente, e eu soube por que; mas ela não vai ficar visível de novo, para ninguém.
— Foi um sinal para mim, então, mas um sinal com algum significado?
— Sim, mas não posso falar disso.
— É estranho que aquela luz ofuscante possa repousar sobre um objeto bem na frente de alguém e não ser vista.
— Com ela também vem a fala. Vêm vários santos, assistidos por miríades de anjos, e eles falam comigo; ouço as suas vozes, mas os outros, não. Elas me são muito queridas, as minhas Vozes; é como as chamo para mim mesma.
— O que elas dizem, Joana?
— Todos os tipos de coisas; sobre a França, quero dizer.
— O que elas te contam?
Ela suspirou e disse:
— Desastres; apenas desastres, e desgraças, e humilhações. Não há mais nada a vaticinar.
— Elas falaram disso antes?
— Sim. Para que eu soubesse o que ia acontecer antes que acontecesse. O que me deixou preocupada, como viste. Não podia ser diferente. Mas sempre tinha uma palavra de esperança, também. Mais do que isso: a França seria salva, e seria grandiosa e livre de novo. Mas como e por quem? Isso não disseram. Não até hoje.

Assim que ela disse as últimas palavras, uma luz repentina e profunda surgiu em seus olhos, luz que eu veria muitas vezes nos dias seguintes, quando as cornetas soavam os assaltos, e quando aprendi a chamá-la de "a luz da batalha". Seu peito palpitava, e seu rosto ficou corado.

— Mas hoje eu sei. Deus escolheu a mais insignificante de Suas criaturas para esse trabalho; e comandada por Ele, e com Sua proteção, e Sua força, não a minha, vou liderar Seus exércitos, e reconquistar a França, e colocar a coroa na cabeça de Seu servo, o delfim, e ele será rei.

Eu estava impressionado, e disse:

— Tu, Joana? Tu, uma criança, liderar exércitos?

— Sim. Em alguns momentos fiquei arrasada ao pensar nisso; pois, como disseste, sou só uma criança; criança e ignorante. Ignorante com relação a tudo o que se refere à guerra, e inadequada para a vida dura dos campos de batalha e para estar na companhia de soldados. Mas esses momentos de fraqueza passaram; não vão voltar. Estou alistada; com a ajuda de Deus, só vou desistir quando o domínio inglês libertar a França. Minhas Vozes nunca me contaram mentiras, elas não mentiram hoje. Elas disseram que devo me dirigir a Robert de Baudricourt, comandante de Vaucouleurs, e que ele vai me dar homens de armas, para me acompanharem e me enviarem ao rei. Daqui a um ano vamos realizar um ataque que será o início do fim, e o fim vai chegar rapidamente.

— Onde será o ataque?

— Minhas Vozes não disseram, nem o que vai acontecer agora, neste ano, antes do ataque. Fui designada para atacar, é tudo o que sei; e devo seguir essa ordem realizando outros ataques, bruscos, rápidos, desfazendo em dez semanas os longos anos de trabalho dispendioso da Inglaterra, para assim colocar a coroa na cabeça do delfim — pois essa é a vontade de Deus; foi o que as minhas Vozes disseram, será que devo duvidar? Não; tudo vai acontecer como elas disseram, pois elas dizem apenas a verdade.

Essas palavras foram impressionantes. Racionalmente, para mim, elas eram impossíveis, mas para o meu coração, soaram verdadeiras; enquanto a razão duvidava, o coração acreditava — acreditava e se manteve leal à crença a partir desse dia. E eu disse:

— Joana, acredito no que disseste, e estou contente de marchar ao teu lado às grandes guerras. Bom, se for contigo, devo marchar quando for a hora.

Ela pareceu surpresa, e disse:

— É verdade que estarás comigo quando eu for à guerra, mas como sabes?

— Vou marchar contigo, com Jean e com Pierre, mas sem Jacques.

— Verdade, é essa a ordem, como me foi revelado recentemente, mas até hoje eu não sabia que eu lideraria a marcha nem que eu marcharia. Como sabes disso?

Eu lhe disse quando foi que ela havia dito isso. Mas ela não se lembrava. Foi quando eu soube que ela estava adormecida, ou em transe, ou em êxtase ou algo do tipo, naquela hora. Ela ordenou que eu guardasse essa e outras revelações para mim mesmo por enquanto, e eu disse que o faria, e mantive a promessa.

Ninguém que encontrou Joana naquele dia deixou de notar uma mudança nela. Ela se movia e falava de forma enérgica e enfática; havia um novo fulgor estranho em seus olhos, e também algo totalmente novo e notável em sua postura, e no conjunto de sua cabeça. A nova luz nos olhos e o novo comportamento nasceram da autoridade e da liderança que lhe foram conferidas pelo decreto de Deus, e elas afirmaram a autoridade tão claramente quanto a fala poderia ter feito, mas sem ostentação ou bravata. A calma consciência de comando e a calma expressão externa inconsciente disso permaneceram com ela a partir de então, até que sua missão fosse cumprida.

Da mesma forma que os outros aldeões, ela sempre me tratou com deferência devido à minha posição; mas então, sem dizermos uma única palavra, ela e eu trocamos de lugar; ela dava ordens, não sugestões. Eu as recebia com a deferência devida a um superior e as obedecia sem falar nada. À noite, ela me disse:

— Vou partir antes do amanhecer. És o único a saber. Vou para falar com o comandante de Vaucouleurs, como ordenado; ele me desprezará e me tratará rudemente, e talvez recusará o meu pedido. Vou primeiro a Burey, para convencer meu tio Laxart a ir comigo, pois é melhor que eu não vá sozinha. Posso precisar de ti em Vaucouleurs, porque se o comandante não me receber, ditarei uma carta a ele, e por isso devo ter alguém comigo que conheça a arte de escrever e soletrar as palavras. Partirás daqui amanhã à tarde e ficarás em Vaucouleurs até que eu precise de ti.

Eu disse que obedeceria, e ela seguiu seu caminho. Dava para ver como as coisas estavam claras em sua cabeça, e que seu julgamento era justo e equilibrado. Ela não ordenou que eu fosse com ela; não, não submeteria seu bom nome a fofocas. Ela sabia que o comandante, na qualidade de nobre, concederia a mim, outro nobre, uma audiência; mas não era o que ela queria. Uma pobre menina camponesa apresentando uma petição por intermédio de um nobre, o que pareceria? Ela sempre protegeu sua modéstia de ofensas; e assim, como recompensa, carregava seu bom nome incólume até o fim. Eu sabia o que eu tinha que fazer se quisesse ter a sua aprovação: ir a Vaucouleurs, ficar por lá afastado dela e estar pronto para quando ela precisasse.

Fui na tarde seguinte, e fiquei em uma hospedagem desconhecida; um dia depois, apresentei-me no castelo e cumprimentei o comandante, que me convidou para almoçar com ele ao meio-dia do dia seguinte. Tratava-se de um soldado ideal à época: alto, forte, grisalho, bruto, que dizia muitas imprecações estranhas, adquiridas aqui, ali e acolá nas guerras e ostentadas como se fossem condecorações. Em toda a sua vida ele esteve acostumado com o campo de batalha, e para ele a guerra era o melhor presente de Deus para o homem. Ele usava uma couraça de aço, botas que chegavam acima dos joelhos e carregava uma enorme espada. Quando olhei para aquela figura marcial e ouvi as maravilhosas imprecações, e imaginei quão pouca poesia e quão pouco sentimento poderiam haver naquele local, esperei que a pequena camponesa não tivesse o privilégio de enfrentar essa bateria, mas se contentasse com a carta ditada.

Voltei ao castelo no dia seguinte, ao meio-dia, fui conduzido à grande sala de jantar e me sentei ao lado do comandante a uma pequena mesa, que ficava alguns degraus acima da mesa comum. À pequena mesa estavam vários outros convidados além de mim, e à mesa comum estavam os oficiais da guarnição. Na porta de entrada havia um guarda dos alabardeiros, usando morrião e peitoral.

Quanto à conversa, havia apenas um assunto, é claro: a situação desesperadora da França. Havia um boato, alguém disse, de que Salisbury estava se preparando para marchar contra Orléans. Isso tumultuou as conversas, e as opiniões foram dadas profusa e rapidamente. Alguns acreditavam que ele marcharia imediatamente, outros que ele não poderia realizar a investida antes do outono, outros que o cerco seria demorado e bravamente contestado; mas em uma coisa todas as vozes concordaram: Orléans acabaria caindo e, consequentemente, a França também. Com isso, a prolongada discussão acabou, sendo substituída pelo silêncio. Cada homem parecia se afundar em seus próprios pensamentos, e esquecer onde estava. Essa quietude repentina e profunda, onde antes havia tanta animação, foi impressionante e solene. Veio então um servo e sussurrou algo ao comandante, que disse:

— Quer falar comigo?
— Sim, Vossa Excelência.
— Hum! Certamente uma ideia estranha. Deixe-os entrar.

Eram Joana e seu tio Laxart. Diante do espetáculo de homens importantes, a coragem se esvaiu do pobre e velho camponês e ele parou a meio caminho; não quis ir adiante, mas ficou ali com seu barrete vermelho esmagado nas mãos, fazendo reverência humildemente aqui, ali e para todos os lados, estupefato, embaraçado e com medo. Mas Joana avançou firmemente, ereta e segura de si, e ficou diante do comandante. Ela me reconheceu, mas não deu sinal algum disso. Havia um burburinho de admiração, até o comandante contribuiu para isso, pois o ouvi murmurar: "Pela graça de Deus, que bela criatura!". Ele a examinou seriamente por um momento e então disse:

— Muito bem, qual é o teu recado, minha criança?

— A minha mensagem é para o senhor, Robert de Baudricourt, comandante de Vaucouleurs, e é esta: enviareis e direis ao delfim para esperar e não lutar contra os inimigos, pois Deus logo lhe enviará ajuda.

Esse estranho discurso surpreendeu a companhia, e muitos murmuraram: "A pobre jovem é demente". O comandante, carrancudo, disse:

— Que bobagem é essa? O rei, ou o delfim, como queiras chamá-lo, não precisa de uma mensagem desse tipo. Ele vai esperar; quanto a isso, não te preocupes. O que mais desejas me falar?

— Isto: implorar que me deis uma escolha de homens de armas e me envieis até o delfim.

— Para quê?

— Para que ele possa me transformar em sua general, pois fui designada para expulsar os ingleses da França e coroá-lo.

— O que, tu? Por que, não passas de uma criança!

— Apesar disso, fui designada para fazê-lo.

— De fato! E quando tudo isso vai acontecer?

— Ele será coroado no ano que vem, e depois disso será o mestre da França.

Houve uma grande e generalizada explosão de risadas, e quando ela diminuiu o comandante perguntou:

— Quem te enviou com essas mensagens extravagantes?
— O meu Senhor.
— Que Senhor?
— O Rei do Céu.

Muitos murmuraram "Ah, pobrezinha, pobrezinha!", e outros "Ah, sua cabeça está um desastre!". O comandante saudou Laxart e disse:

— Ei, tu, leva esta criança louca para casa e a chicoteia sem dó. Essa é a melhor cura para a sua enfermidade.

Conforme Joana se afastava, ela se virou e disse, com simplicidade:

— Não sei por que recusais me dar soldados, pois foi o meu Senhor quem ordenou. Sim, foi Ele quem ordenou; portanto deverei voltar, quanta vezes precisar; e então terei os homens de armas.

Houve muitas conversas confabulatórias depois que ela partiu. Os guardas e servos contaram para a cidade, a cidade, para o país; Domrémy já estava falando sobre isso quando voltamos.

CAPÍTULO 8

POR QUE OS ESCARNECEDORES CEDERAM

A natureza humana é a mesma em todos os lugares: desafia o sucesso e despreza enormemente a derrota. A aldeia considerou que Joana a desonrara com sua atuação grotesca e seu fracasso ridículo; então todas as línguas estavam ocupadas com o assunto, e tão irritáveis e amargas quanto ocupadas; a tal ponto que, se as línguas fossem dentes, não teriam sobrevivido às perseguições que sofreram. As pessoas que não a repreenderam fizeram o que foi pior e mais difícil de suportar; elas a ridicularizaram e caçoaram dela, sem cessar, dia e noite, com chistes, escárnios e risadas. Hauviette, Pequena Mengette e eu ficamos ao seu lado, mas a tempestade era muito forte para os outros amigos, e eles a evitaram, envergonhados de serem vistos com ela por ela ser tão impopular, e por causa do incômodo dos insultos que recebiam por sua causa. Ela derramou lágrimas em segredo, mas nenhuma em público. Em público, ela se portava com serenidade, e não mostrava tormento nem ressentimento — conduta que deveria ter abrandado o sentimento contra ela, mas que não surtiu efeito. O pai dela ficou tão enfurecido que não conseguiu falar de maneira comedida sobre o projeto selvagem dela, de ir às guerras, como um homem. Ele tinha sonhado com ela fazendo isso, um tempo atrás, e se lembrou do sonho com apreensão e raiva, e disse que, em vez de vê-la se vestir como homens e ir embora com os exércitos, exigiria que seus irmãos a afogassem; e que, se eles se recusassem, ele o faria com as próprias mãos.

Mas nada disso abalou um pingo do seu objetivo. Seus pais não tiravam o olho dela para impedir que ela saísse da aldeia, mas ela disse que a hora de partir ainda não tinha chegado; que quando chegasse ela saberia, e então os guardiões a vigiariam em vão.

O verão passou; e quando viram que seu objetivo continuava inabalável, os pais ficaram contentes com uma chance que finalmente surgiu para arruinar seus projetos: o casamento. Paladino teve a insolência de fingir que ela tinha se comprometido com ele vários anos antes, e agora reivindicava a ratificação do noivado.

Ela disse que a declaração não era verdadeira, e se recusou a se casar com ele. Ela foi convocada para comparecer perante o tribunal eclesiástico de Toul para responder por sua perversidade; quando ela se recusou a ter um defensor e decidiu conduzir seu caso sozinha, seus pais e todos os mal-intencionados se regozijaram, e a consideraram já derrotada. Isso era natural; quem esperaria que uma camponesa ignorante de dezesseis anos não ficaria assustada e muda quando estivesse pela primeira vez diante de experientes doutores da lei e cercada pelas frias solenidades de um tribunal? Bom, todas essas pessoas estavam enganadas. Elas se reuniram em Toul para ver e apreciar o medo, o constrangimento e a derrota, e perderam tempo. Ela estava modesta, tranquila e bem à vontade. Não chamou nenhuma testemunha, dizendo que se contentaria em examinar as testemunhas do processo. Quando elas depuseram, ela se levantou e recapitulou as declarações em poucas palavras, pronunciando-as de forma vaga, confusa e sem força, então colocou Paladino novamente no banco das testemunhas e começou a examiná-lo. Sua declaração prévia foi pouco a pouco arruinada nas engenhosas mãos de Joana, até que ele finalmente ficou em frangalhos, digamos, ele que tinha chegado tão ricamente vestido de fraude e desonestidade. O defensor dele começou uma argumentação, mas o tribunal se recusou a ouvi-lo e descartou o caso, adicionando poucas palavras com elogios solenes a Joana, e se referindo a ela como "esta maravilhosa criança".

Após essa vitória, com tamanho elogio de uma fonte tão imponente, a instável aldeia mudou de lado, e passou a apoiar e a valorizar Joana, dando-lhe paz. Sua mãe a puxou contra seu coração e até seu pai cedeu, e disse que estava orgulhoso dela. Mas o tempo demorou a passar, pois o cerco de Orléans havia começado, as nuvens baixavam cada vez mais escuras sobre a França, e ainda assim suas Vozes disseram-lhe que esperasse, e não lhe deram ordens diretas. O inverno chegou e passou tediosamente; mas houve, pelo menos, uma mudança.

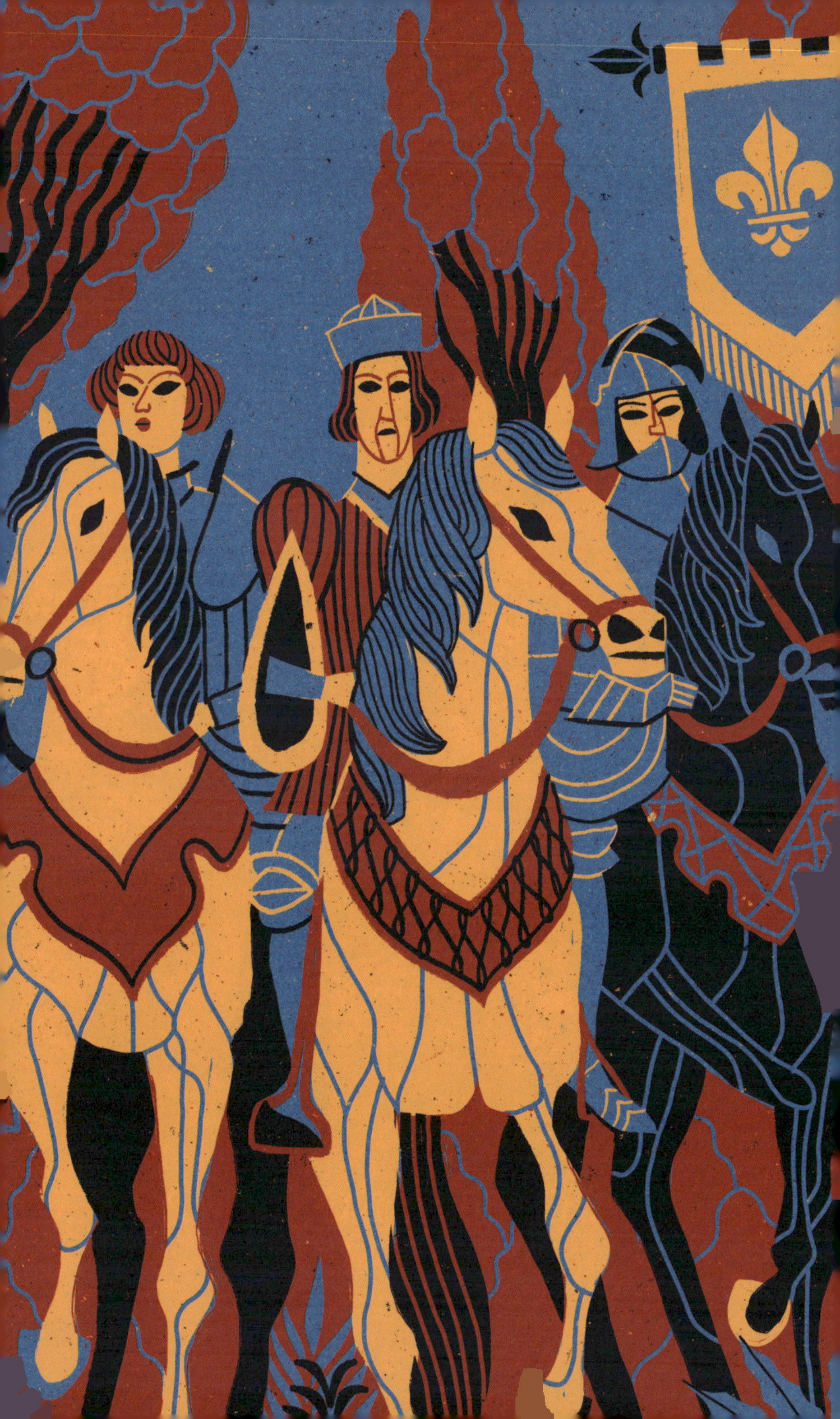

LIVRO II

NA CORTE E NO CAMPO
DE BATALHA

CAPÍTULO 1

Joana se despede

Em 5 de janeiro de 1429, Joana veio me ver com seu tio Laxart, e disse:

— Chegou a hora. Agora as minhas Vozes não estão imprecisas, mas claras, e me disseram o que fazer. Daqui a dois meses estarei com o delfim.

Ela estava muito determinada e se portava de maneira marcial. Fui contaminado e senti um ímpeto, algo mexia comigo, um sentimento análogo a quando alguém ouve o rufar dos tambores e a pesada caminhada dos homens marchando.

— Acredito em vós — eu disse.

— Eu também — disse Laxart. — Se ela tivesse me dito antes que tinha recebido a ordem de Deus de salvar a França, eu não teria acreditado; teria deixado que ela procurasse o comandante sozinha e não me intrometeria no assunto, certo de que ela estava louca. Mas a vi ficar diante daqueles nobres e poderosos, destemida, e dizer o que tinha a dizer; e ela só foi capaz de fazer isso pois teve a ajuda de Deus. Sei disso. Portanto, estou humildemente sob o seu comando, para que ela faça comigo o que quiser.

— Meu tio é muito bom para mim — disse Joana. — Pedi que viesse e convencesse minha mãe a deixá-lo me levar para casa com ele, para cuidar de sua esposa, que não está bem. Já está tudo certo, e iremos amanhã ao amanhecer. De sua casa irei a Vaucouleurs, e esperarei e lutarei para que meu pedido seja aceito. Quem eram os dois cavaleiros que se sentaram à tua esquerda à mesa do comandante naquele dia?

— Um era o *Sieur* Jean de Novelompont de Metz, o outro o *Sieur* Bertrand de Poulengy.

— Homens de garra, os dois. Serão meus homens. Mas o que é que estou vendo em teu rosto? Dúvida?

Eu estava me esforçando para lhe dizer a verdade, sem aparar ou polir o que digo; então eu disse:

— Eles achavam que estáveis perturbada, foi o que disseram. É verdade que ficaram com pena, mas ainda assim vos consideraram louca.

Isso não pareceu preocupá-la ou feri-la de forma alguma. Ela apenas disse:

— Os sábios mudam de ideia quando entendem que se enganaram. É o que farão. Eles marcharão comigo. Eu os verei em breve... Parece que estás duvidando de novo. Estás duvidando?

— Nã... não. Agora não. Estou pensando que isso aconteceu faz um ano, e que eles não eram de lá; estavam viajando e pararam ali por acaso.

— Eles vão voltar. Mas quanto aos assuntos em questão, vim para deixar algumas instruções. Dentro de poucos dias me acompanharás. Organiza as tuas coisas, pois te ausentarás por um bom tempo.

— Jean e Pierre virão comigo?

— Não; agora recusarão, mas logo virão, e com eles trarão a bênção dos meus pais e seu consentimento para que eu assuma a minha missão. Eu ficarei mais forte, então. Mais forte por isso; é a falta disso que me deixa fraca agora.

Ela parou um pouco e as lágrimas se acumularam em seus olhos; e então ela continuou:

— Eu gostaria de me despedir da Pequena Mengette. Preciso que a leves para fora da aldeia ao amanhecer; ela vai me acompanhar um pouco ao longo do caminho.

— E Hauviette?

Ela desmoronou e começou a chorar, dizendo:

— Não, ah, não... ela é muito querida para mim, eu não aguentaria, sabendo que eu provavelmente nunca mais verei seu rosto de novo.

Na manhã seguinte levei Mengette até ela, e nós quatro caminhamos pela estrada na fria manhã, deixando a aldeia longe o bastante; então as duas garotas se despediram, uma segurando o pescoço da outra e derramando a tristeza em palavras amorosas e lágrimas; lastimável de se ver. Joana olhou longamente para a aldeia, já distante, para a Árvore da Fada, a floresta de carvalho, o prado florido, o rio, como se ela estivesse tentando gravar essas cenas na memória, para que elas continuassem ali para sempre e não desaparecessem, pois ela sabia que não as veria mais em vida; então ela se virou e se afastou de nós, soluçando excessivamente. Era o seu aniversário, e o meu. Ela tinha dezessete anos.

CAPÍTULO 2

O comandante apressa Joana

Poucos dias depois, Laxart levou Joana a Vaucouleurs e a deixou sob o abrigo e os cuidados de Catherine Le Royer, a esposa de um carpinteiro que fazia carroças, uma mulher boa e honesta. Joana ia à missa regularmente e ajudava nas tarefas domésticas; era assim que ganhava seu sustento. Quando alguém queria falar com ela sobre sua missão, e muitos a procuravam, ela falava abertamente, sem dissimular nada a respeito. Eu logo fui hospedado perto dela, e testemunhei os efeitos que se seguiram. Imediatamente espalharam-se as notícias de que uma jovem tinha chegado, e que fora designada por Deus para salvar a França. Uma multidão de pessoas comuns se reuniu para vê-la e falar com ela, e sua jovem e encantadora beleza conquistou a metade delas, enquanto sua profunda seriedade e sua transparente sinceridade conquistaram a outra metade. Os abastados não se aproximaram e zombaram dela, mas esse era o jeito deles.

Foi então lembrada uma profecia de Merlin, de mais de oitocentos anos, que dizia que num futuro distante a França seria arruinada por uma mulher e salva por uma mulher. A França estava agora, pela primeira vez, arruinada — por uma mulher, Isabeau da Baviera, sua vil rainha; indubitavelmente a jovem justa e pura foi enviada por Deus para concluir a profecia.

Isso deu um novo e poderoso impulso ao crescente interesse; a empolgação aumentava cada vez mais, juntamente com a esperança e a fé. Assim, de Vaucouleurs, ondas sucessivas desse entusiasmo inspirador fluíram pela Terra, por toda parte, invadindo todas as aldeias e revigorando e avivando os filhos morrediços da França; e das aldeias vieram pessoas que queriam ver por si mesmas, ouvir por si mesmas; e elas viram e ouviram, e acreditaram. Elas encheram o povoado. Aliás, não apenas o encheram; estalagens e alojamentos estavam abarrotados e, ainda assim, metade das pessoas não tinha onde dormir. E mesmo assim elas vieram, em pleno inverno, pois quando a alma de um homem está faminta, o que lhe importa a carne e o teto se ele não pode alimentar a fome mais nobre? Dia após dia, e depois dia após dia, a grande maré aumentava. O povo de Domrémy ficou atordoado, surpreso, estupefato, e disse a si mesmo: "Essa maravilha do mundo estava conosco todos esses anos e fomos cegos a ponto de não a ver?". Jean e Pierre deixaram a aldeia, sob olhares admirados e invejados que os viam como os seres mais grandiosos e afortunados da Terra; a marcha para Vaucouleurs era um triunfo, e todos os camponeses se reuniram para ver e saudar os irmãos daquela com quem os anjos tinham falado cara a cara e em cujas mãos, por ordem de Deus, haviam entregado o destino da França.

Os irmãos levaram a Joana a bênção e o desejo de boa viagem de seus pais, bem como a promessa de que, mais tarde, estes a abençoariam pessoalmente; e assim, com essa felicidade culminante em seu coração e uma grande esperança, ela foi adiante e confrontou novamente o comandante. Mas ele não foi mais tratável do que antes. Recusou-se a enviá-la ao rei. Ela ficou desapontada, mas de maneira alguma desmotivada. E disse:

— Virei até que eu tenha os homens de armas; pois essa é a ordem de Deus, e não posso desobedecê-la. Preciso ir até o delfim, ainda que eu vá de joelhos.

Seus irmãos e eu estávamos com Joana todos os dias, para ver as pessoas que vinham e ouvir o que elas diziam; e um dia, seguro de si, veio o *Sieur* Jean de Metz. Ele conversou com ela, de maneira afável, dizendo brincadeiras, como alguém que fala com crianças, e perguntou:

— O que fazes aqui, garotinha? Vão expulsar o rei da França e todos vamos virar ingleses?

Ela lhe respondeu com seu jeito tranquilo, sério:

— Vim para convidar Robert de Baudricourt a me levar ou enviar ao rei, mas ele não leva em consideração as minhas palavras.

— Ah, tens uma persistência admirável, realmente; um ano se passou e não abandonaste teu desejo. Eu te vi, naquele dia.

Joana disse, tão tranquila quanto antes:

— Não é um desejo, é um propósito. Ele cederá ao meu convite. Posso esperar.

— Ah, talvez não seja tão sábio ter essa certeza, minha menina. Esses comandantes são muito cabeças-duras, difíceis de lidar. Caso ele não conceda teu pedido...

— Ele concederá. Deve fazê-lo. Não é uma escolha.

O humor brincalhão do cavalheiro começou a desaparecer — dava para ver pela sua cara. A seriedade de Joana o afetava. Isso sempre acontecia: as pessoas que começavam fazendo brincadeirinhas com ela acabavam ficando sérias. Logo começavam a perceber nela profundidades das quais não suspeitavam; a sinceridade manifesta e a firmeza pétrea das convicções de Joana eram forças que intimidavam a leviandade, e às quais essas pessoas não resistiam. O *Sieur* de Metz ficou um pouco pensativo, depois retomou, sensato:

— Deve necessariamente ir até ao rei em breve? É... quero dizer...

— Antes da metade da Quaresma, mesmo que eu precise desgastar minhas pernas até os joelhos!

Ela disse isso com o tipo de impetuosidade reprimida muito significativa quando o coração de uma pessoa tem um objetivo.

Dava para ver a resposta no rosto daquele nobre; dava para ver seus olhos brilharem; havia simpatia ali. Ele disse, com muita sinceridade:

— Deus bem sabe que acho que deverias ter os homens de armas, e que assim algo poderia acontecer. O que queres fazer? Qual é tua esperança e teu propósito?

— Salvar a França. Fui designada para fazer isso. Pois ninguém mais no mundo, nem reis, nem duques ou outrem pode recuperar o reino da França, e sou a única que pode ajudar.

As palavras soavam como súplicas, comoventes, e tocaram aquele bom nobre. Era nítido. Joana abaixou um pouco o tom da voz e disse:

— Eu realmente preferiria urdir com minha mãezinha, pois essa não é a minha vocação; mas devo ir e agir, pois é a vontade do meu Senhor.

— Quem é o teu Senhor?

— Deus.

Então o *Sieur* de Metz, seguindo o velho e impressionante costume feudal, ajoelhou-se e esticou suas mãos sobre as de Joana, como sinal de fidelidade, e fez o juramento de que, com a ajuda de Deus, ele mesmo a levaria ao rei.

No dia seguinte chegou o *Sieur* Bertrand de Poulengy, e ele também prestou seu juramento e suas honrarias cavalheirescas, prometendo acompanhá-la e segui-la para onde quer que ela os liderasse.

Nesse mesmo dia, quase à noite, um boato foi rapidamente espalhado pela cidade; diziam que o próprio comandante iria visitar a jovem em seus humildes aposentos. Então de manhã as ruas e vielas estavam abarrotadas de pessoas esperando para ver se essa coisa estranha iria de fato acontecer. E aconteceu, de fato. O comandante cavalgou com grande pompa, assistido por seus guardas, e a notícia correu por toda parte, causando o maior alvoroço; fez os fidalgos pararem os escárnios e aumentou mais do que nunca o crédito de Joana.

O comandante tinha se decidido a respeito de uma coisa: Joana era ou uma bruxa ou uma santa, e ele queria descobrir qual delas ela era. Então ele levou um padre para exorcizar o diabo que estava nela, se houvesse um diabo nela. O padre realizou o ritual, mas não encontrou nenhum diabo. Ele apenas feriu os sentimentos de Joana e ofendeu sua piedade sem necessidade, pois ela já tinha se confessado com ele antes disso, e ele deveria saber, se soubesse alguma coisa, que diabos não toleram o confessionário, mas proferem gritos de angústia e as maldições mais profanas e furiosas sempre que são confrontados com esse ato santo.

O comandante foi embora preocupado e pensativo, sem saber o que fazer. E enquanto ponderava e estudava, passaram-se vários dias, até que o 14 de fevereiro chegou. Então Joana foi ao castelo e disse:

— Em nome de Deus, Robert de Baudricourt, estais demorando muito para me enviar ao rei e, por isso, já causou danos, pois hoje a causa do delfim perdeu uma batalha perto de Orléans e sofrerá ainda mais prejuízos se não me enviardes logo até ele.

O comandante ficou perplexo com o discurso e disse:

— Hoje, menina, hoje? Como podes saber o que aconteceu naquela região hoje? Levaria oito ou dez dias para essa informação chegar.

— Minhas Vozes me contaram, e é verdade. Uma batalha foi perdida hoje, e sois culpado, por tanta demora.

O comandante caminhou, por um tempo, de um lado para o outro, falando consigo mesmo, soltando imprecações de vez em quando, e finalmente disse:

— Ouve... vai em paz e espera. Se as coisas se passaram como dizes, te darei a carta e te enviarei ao rei, mas só nesse caso.

Joana disse, com fervor:

— Ah, graças a Deus, os dias de espera estão quase acabando. Daqui a nove dias trareis a carta para mim.

O povo de Vaucouleurs já tinha lhe dado um cavalo, a armado e a equipado, como a um soldado. Ela não teve a oportunidade de testar o cavalo e ver se podia montá-lo, pois seu primeiro grande dever era continuar em seu posto e aumentar as esperanças e a coragem de todos os que viriam conversar com ela, preparando-os para ajudar a salvar e a recuperar o reino. Isso ocupava todos os seus momentos de vigília. Mas não importava. Não havia nada que ela não pudesse aprender, mesmo em pouquíssimo tempo. Seu cavalo descobriria isso imediatamente. Nesse meio-tempo, seus irmãos e eu pegamos o cavalo e começamos a aprender a cavalgar. Também tivemos aulas sobre o uso da espada e de outras armas.

No dia 20, Joana convocou seu pequeno exército — os dois cavaleiros, seus dois irmãos e eu — para um conselho de guerra particular. Não, não era um conselho, esse não é o nome certo, pois ela não nos consultou, apenas nos deu ordens. Ela mapeou a rota na qual iria viajar na direção do rei, e fez isso como uma pessoa perfeitamente versada em geografia; e esse itinerário de marchas diárias foi organizado de modo a evitar, aqui e ali, flanqueando, regiões particularmente perigosas — o que mostrava que ela conhecia a geografia política tão bem quanto a geografia física; contudo, ela nunca teve um único dia de aula, e não era instruída. Fiquei atônito, mas pensei que talvez esse conhecimento lhe fora passado por suas Vozes. Após refletir, no entanto, entendi que não era isso. Quando se referia ao que fulano ou sicrano tinham lhe contado, percebi que ela questionava diligentemente todos os visitantes desconhecidos, e que a partir dessas conversas ela havia pacientemente adquirido todo esse inestimável conhecimento. Os dois cavaleiros ficaram maravilhados com seu bom senso e sua sagacidade.

Ela ordenou que nos preparássemos para viajar à noite e dormir de dia, camuflados, pois quase toda a nossa longa viagem seria feita em terras inimigas. Além disso, ordenou que mantivéssemos em segredo a data da nossa partida, pois queria fugir sem ser notada. Caso contrário, partiríamos com grandes manifestações que nos anunciariam ao inimigo, e seríamos emboscados e capturados em algum lugar. Por fim, ela disse:

— Nada resta, agora, exceto vos confiar o dia da nossa partida, para que tenhais tempo de vos preparar, sem deixar nada para fazer de maneira precipitada ou mal feita, de última hora. Marcharemos no dia 23, às vinte e três horas.

Fomos, então, dispensados. Os dois cavaleiros ficaram perplexos — sim, e perturbados; e o *Sieur* Bertrand disse:

— Mesmo que o comandante realmente forneça a carta e a escolta, ele não poderá fazê-lo em tempo hábil, na data que ela escolheu. Então como ela se arrisca a definir a data? É um grande risco, um grande risco escolher e decidir a data, considerando o estado de incerteza.

Eu disse:

— Já que ela mencionou o dia 23, podemos confiar nela. Acho que foram as Vozes que lhe disseram a data. Faremos o melhor que pudermos para obedecer.

Nós obedecemos. Os pais de Joana foram notificados para virem antes do dia 23, sem saberem, por prudência, por que esse limite fora estipulado. Durante todo o dia 23, melancólica, ela olhava sempre que novos corpos estranhos entravam na casa, mas seus pais não apareceram. Ainda assim ela não se desanimou, e esperou. Quando finalmente a noite caiu, suas esperanças pereceram e as lágrimas escorreram; no entanto, ela as expulsou, e disse:

— Tinha que ser assim, sem dúvida; sem dúvida foi assim ordenado; devo suportar isso, vou suportar.

Jean de Metz tentou confortá-la, dizendo:

— O comandante não envia nenhuma notícia; pode ser que eles venham amanhã, e ...

Ele não continuou, pois ela o interrompeu, perguntando:

— Com que finalidade? Começamos às onze da noite, hoje.

E foi assim. Às dez horas da noite o comandante chegou, com sua guarda e suas armas, com cavalos e equipamentos para mim e para os irmãos de Joana, e entregou a ela uma carta ao rei. Então ele desembainhou sua espada e a colocou no cinto de Joana, com suas próprias mãos, e falou:

— Disseste a verdade, criança. A batalha foi perdida, naquele dia. Então mantenho minha palavra. Agora vai, aconteça o que acontecer.

Joana lhe agradeceu, e ele partiu.

A batalha perdida foi o famoso desastre que é historicamente conhecido como a Jornada dos Arenques.

Todas as luzes da casa foram apagadas imediatamente e, pouco tempo depois, quando as ruas ficaram escuras e quietas, passamos por elas furtivamente e saímos pelo portão oeste; fugimos cavalgando, com chicote e espora.

CAPÍTULO 3

Paladino se queixa e se gaba

Éramos vinte e cinco, fortes e bem equipados. Cavalgamos em fila dupla, com Joana e seus irmãos no centro da coluna, Jean de Metz à frente e o *Sieur* Bertrand totalmente na retaguarda. Em duas ou três horas deveríamos estar em terras inimigas, então ninguém se aventuraria a desertar. Pouco a pouco começamos a ouvir gemidos, soluços e execrações de diferentes pontos da linha, e, perguntando, descobrimos que seis de nossos homens eram camponeses que nunca tinham montado um cavalo antes, e estavam achando muito difícil ficar nas selas; além disso, começavam a sofrer uma considerável tortura corporal. Eles tinham sido apanhados pelo comandante de última hora e pressionados a servir, para completar a tropa, e ele colocou um veterano ao lado de cada um com ordens para ajudá-los a ficar na sela e matá-los se tentassem desertar.

Os pobres-diabos permaneceram calados o quanto puderam, mas seus sofrimentos físicos ficaram tão agudos àquela altura que eles foram obrigados a desabafar. Mas já estávamos em terras inimigas, então não havia como ajudá-los; eles deveriam continuar a marcha, embora Joana tenha dito que, se decidissem correr o risco, poderiam partir. Preferiram ficar conosco. Alteramos o ritmo e nos movemos com cautela, e os novos homens foram aconselhados a guardar seus pesares para si e a não colocar o comando em perigo com suas pragas e lamentações.

Perto do amanhecer, cavalgamos para dentro de uma floresta, e logo todos, menos as sentinelas, dormiram profundamente, apesar do solo frio e do ar gelado.

Ao meio-dia acordei de um sono tão pesado e estupefaciente que, a princípio, meu juízo estava totalmente desorientado, e eu não sabia onde estava nem o que estava acontecendo. Então meus sentidos clarearam, e eu lembrei. Enquanto eu estava lá deitado, pensando nos estranhos eventos do mês ou dos dois últimos meses, veio-me à mente, surpreendendo-me imensamente, a ideia de que uma das profecias de Joana tinha falhado; ora, onde estavam Noel e Paladino, que se juntariam a nós na décima primeira hora? A essa altura, podeis imaginar, eu já estava acostumado a esperar que tudo o que Joana dissesse se tornasse realidade. Então, perturbado e desconcertado ao pensar nisso, abri os olhos. E lá estava Paladino, encostado em uma árvore, olhando para mim! Com que frequência isso acontece? Pensais em uma pessoa, ou falais de uma pessoa, e lá está ela diante de vós, e nem sonhais que ela está por perto. Parece que é o fato de ela estar por perto que nos faz pensar nela, e que não é uma coincidência, como as pessoas imaginam. Bem, seja como for, lá estava Paladino, olhando para a minha cara e esperando que eu acordasse. Fiquei tão feliz por vê-lo que saltei e apertei sua mão, afastei-o um pouco do acampamento — ele mancava como um aleijado — e pedi que se sentasse, perguntando:

— E então, de onde surgiste? E como apareceste aqui? E que roupas de soldado são essas? Conta-me tudo.

Ele respondeu:

— Marchei contigo ontem à noite.

— Não! (Na minha cabeça, eu disse: "A profecia não falhou totalmente; metade dela se tornou realidade".)

— Sim, marchei. Saí correndo de Domrémy para me unir a vós, e atrasei quase meio minuto. Na verdade, eu estava muito atrasado, mas implorei tanto que o comandante ficou tocado com a minha devoção corajosa à causa do meu país — essas são as palavras que ele usou —, e então ele cedeu, e deixou que eu viesse.

Pensei, comigo mesmo, que era mentira; que ele era um dos seis camponeses recrutados à força pelo comandante, de última hora; sei disso, pois a profecia de Joana disse que ele viria na décima primeira hora, mas não por vontade própria. Então eu disse, em voz alta:

— Estou feliz que tenhais vindo; é uma causa nobre, e não se pode ficar sentado em casa em tempos como estes.

— Sentado em casa! Eu não poderia fazer isso, seria como se o trovão ficasse escondido nas nuvens durante a tempestade!

— É assim que se fala! Agora te reconheço!

Isso o agradou.

— Estou feliz que me conheças. Ao contrário de alguns. Mas eles vão me conhecer, em breve. Bem, e o bastante, antes que eu acabe com essa guerra.

— Também acho. Acredito que, onde quer que o perigo te confronte, serás notado.

Ele ficou encantado com esse discurso, e se inflou como uma bexiga. E disse:

— Se eu bem me conheço, e acho que me conheço, minha atuação nesta campanha fará com que te lembres, mais de uma vez, dessas palavras.

— Seria uma tolice, de minha parte, duvidar disso. Eu sei.

— Não poderei dar o melhor de mim, pois sou apenas um soldado comum; ainda assim, o país ouvirá falar de mim. Se eu estivesse na posição à qual pertenço; se eu estivesse no lugar de La Hire, ou de Xaintrailles, ou do Bastardo de Orléans... bom, não digo mais nada. Não sou do tipo que fala, como Noel Rainguesson e sua laia, graças a Deus. Mas será algo, suponho — uma novidade neste mundo, devo dizer —, que elevará a fama de um soldado raso acima da deles e extinguirá a glória de seus nomes com sua sombra.

— Ótimo, meu amigo — eu disse —, sabes que tiveste uma ideia extraordinária? Entendes as proporções gigantescas disso? Olha para ti; ser um general de grande renome, o que é isso? Nada. A história está lotada deles, confusa; não dá para guardar seus nomes de cabeça, há tantos deles. Mas um soldado comum renomado, ora, ele seria único! Ele seria a única lua em um firmamento de estrelas tão minúsculas quanto sementes de mostarda; o nome dele duraria mais que a raça humana! Meu amigo, quem te deu essa ideia?

Ele estava quase explodindo de felicidade, mas tentou se conter, como pôde. Simplesmente agradeceu o elogio com a mão e disse, complacente:

— Não é nada. Eu tenho frequentemente ideias como essa, ideias melhores ainda. Não acho que essa seja tão boa.

— Estou surpreso; sim, bem surpreso. Então é realmente tua?

— Inteiramente. E há muito mais de onde ela vem — disse, tocando a cabeça com o dedo e aproveitando a ocasião ao mesmo tempo para inclinar seu morrião sobre a orelha direita, o que lhe dava um ar de autossatisfação. — Não preciso tomar ideias emprestadas de ninguém, como Noel Rainguesson.

— Falando em Noel, quando o viste pela última vez?

— Há meia hora. Ele está ali, dormindo como um cadáver. Cavalgou conosco ontem à noite.

Meu coração vibrou e eu disse a mim mesmo: *Agora estou em paz e feliz; nunca mais vou duvidar das profecias dela*. Então, em voz alta, continuei:

— Fico contente. Isso me deixa orgulhoso da nossa aldeia. Não estamos deixando nossos corações de leão em casa nestes grandes tempos, é o que vejo.

— Coração de leão?! Quem, aquele bebê? Ora essa, ele implorou como um cachorro para ser deixado em paz. Chorou e disse que queria ir ter com a mãe. Ele, um coração de leão?! Está mais para um inseto!

— Ui! Achei que ele tinha se voluntariado, é claro. Não?

— Ah, sim, ele se voluntariou da mesma forma que as pessoas o fazem a um algoz. Quando descobriu que eu estava vindo de Domrémy para me voluntariar, me pediu para deixá-lo vir sob a minha proteção, e ver as multidões e o entusiasmo. Bem, chegamos e vimos as filas de tochas saindo no castelo, e corremos para lá, e o comandante o capturou, juntamente com outros quatro, e ele implorou para ser solto, e eu implorei para ficar no seu lugar, e no fim o comandante permitiu que eu me juntasse a eles, mas não deixou Noel partir, porque ficou indignado com ele, um bebê chorão. Que prestará um ótimo serviço ao rei: comerá por seis e correrá por dezesseis. Odeio pigmeus com meio coração e nove estômagos!

— Ah, essas notícias me surpreendem muito! Sinto muito, estou decepcionado. Eu achava que ele fosse um sujeito varonil.

Paladino me lançou um olhar exasperado e disse:

— Não entendo como podes dizer isso, não entendo mesmo. Não entendo como podes ter tido essa ideia. Não tenho nada contra ele, e não digo isso por preconceito, pois não me permito ter preconceitos contra as pessoas. Gosto dele, e sempre fui companheiro dele, desde o berço, mas ele deve me deixar falar o que penso sobre seus defeitos, e estou disposto a ouvir o que ele tem a falar sobre os meus, se eu os tiver. E, é bem verdade, talvez eu os tenha; mas suponho que eles passem na inspeção. Enfim, é o que acho. Um sujeito varonil! Deverias tê-lo ouvido choramingar, se lamentar e xingar ontem à noite, porque a sela o machucava. Ora, a sela, machucar? Eu estava tão à vontade, como se cavalgasse desde que nasci. E, contudo, era a primeira vez que eu montava a cavalo. Os soldados experientes admiraram minha montaria; disseram que nunca tinham visto nada parecido. Mas ele, ora essa, tiveram que segurá-lo, o tempo todo.

Um cheiro de café da manhã veio furtivamente pelo bosque; Paladino, inconscientemente, inflou as narinas dando uma resposta apetitiva, levantou-se e partiu, mancando, com dor, dizendo que devia ir ver o cavalo.

No fundo, ele era bom, um gigante de bom coração, sem mal algum nele, pois não faz mal latir sem morder; não há mal em ser burro estando satisfeito em zurrar e não dar coices. A vasta estrutura de força bruta, músculos, vaidade e estupidez parecia ter uma língua difamatória, mas e daí? Não havia malícia por trás disso; e, além disso, esse defeito não era uma criação própria, mas o resultado do trabalho de Noel Rainguesson, que o nutriu, promoveu, construiu e aperfeiçoou, para entretenimento próprio. Com um jeito despreocupado e descuidado, Noel precisava de alguém para chatear e provocar, e Paladino precisou apenas de algumas mudanças para atender às suas exigências; consequentemente, o projeto foi colocado em prática e diligentemente assistido e cuidado, como "O mosquito e o touro", durante anos, fazendo com que Noel deixasse de lado e negligenciasse preocupações muito mais importantes. O resultado foi um sucesso absoluto. Noel valorizou a sociedade com Paladino acima de qualquer outra coisa; Paladino preferia qualquer um a Noel. O grandalhão era muitas vezes visto com o pequenino, pela mesma razão que o touro é muitas vezes visto com o mosquito.

Na primeira oportunidade, conversei com Noel. Dei-lhe as boas-vindas à expedição e disse:

— Foi bom e corajoso da tua parte te voluntariar, Noel.

Seus olhos brilharam, e ele respondeu:

— Sim, foi muito bom, acho. Ainda assim, não tenho todo o crédito disso; tive ajuda.

— Quem te ajudou?

— O comandante.

— Como?

— Bem, vou te contar tudo. Eu vim de Domrémy para ver as multidões e todo o espetáculo, pois nunca tinha tido nenhuma experiência com essas coisas, é claro, e essa era uma grande oportunidade; mas eu não pensava em me voluntariar. Alcancei Paladino na estrada e o acompanhei ao longo do caminho, embora ele não quisesse, como me dissera; e enquanto estávamos boquiabertos e estuporados ofuscados pelas tochas do comandante, eles nos pegaram, juntamente a outros quatro, e nos adicionaram à escolta, e na verdade foi assim que virei voluntário. Mas, no final das contas, ao me lembrar do quão tediosa a vida seria na aldeia sem Paladino, não me arrependi.

— Como ele se sentiu? Ficou satisfeito?
— Acho que ficou feliz.
— Por quê?
— Porque disse que não estava feliz. Foi pego de surpresa, e seria improvável que ele dissesse a verdade sem estar preparado. Não que ele tivesse se preparado, se tivesse tido a chance, pois não acho que ele o faria. Não o estou acusando disso. No mesmo tempo que ele poderia usar para se preparar para falar a verdade, ele também poderia se preparar para mentir; além disso, ele faria um julgamento com certa frieza, que o advertiria a não brincar com novos métodos em caso de emergência. Não, tenho certeza de que ele ficou feliz, porque ele disse que não ficou.

— Achas que ele ficou muito feliz?
— Sim, sei que sim. Ele implorou como um escravo, e gritou chamando a mãe. Disse que sua saúde era delicada, e que não sabia andar a cavalo, e que não poderia sobreviver à primeira marcha. Mas na verdade ele não parecia tão delicado quanto estava se sentindo. Havia um barril de vinho ali, ideal para quatro homens. O comandante ficou nervoso e explodiu com ele, de tal maneira que a poeira do chão subiu, e lhe disse para carregar o barril sobre os ombros, caso contrário ele faria costeletas com ele e as mandaria para casa em uma cesta. Paladino aceitou, e assim foi promovido ao isolamento na escolta, sem mais discussões.

— É, pareces deixar bem claro que ele ficou feliz em se juntar a nós; isto é, se os pressupostos dos quais partiste estiverem certos. Como ele resistiu à marcha na noite passada?

— Da mesma forma que eu. Só fazia mais barulho por causa da sua corpulência. Ficamos em nossas selas porque tivemos ajuda. Hoje nós dois estamos coxos e, se ele preferir se sentar, deixa-o; eu prefiro ficar de pé.

CAPÍTULO 4

Joana nos conduz até o inimigo

Fomos convocados aos alojamentos e revistados por Joana. Então ela fez um breve discurso no qual disse que mesmo os mais duros assuntos de guerra podiam ser mais bem conduzidos sem profanações e outras brutalidades na fala, e que ela exigia rigorosamente que lembrássemos e aplicássemos essa advertência. Ela então ordenou meia hora de treino de equitação para os novatos e nomeou um dos veteranos para conduzi-lo. Foi uma exibição ridícula, mas aprendemos alguma coisa, e Joana ficou satisfeita e nos elogiou. Ela mesma não recebeu nenhuma instrução nem passou por evoluções e manobras, mas apenas sentou-se sobre o cavalo, como uma pequena estátua marcial, e olhou para a frente. Vede, isso foi suficiente para ela. Ela não perdeu nem esqueceu um único detalhe da lição, absorveu tudo com os olhos e a mente e aplicou tudo, depois, com a mesma certeza e confiança de quem já tinha experiência.

Fizemos três marchas noturnas de pouco mais de cinquenta e oito, sessenta quilômetros cada, cavalgando em paz e tranquilos, sendo vistos como um bando nômade de companheiros livres. O povo do interior estava feliz por ter esse tipo de pessoas passando por lá sem parar. Ainda assim, eram marchas muito desgastantes e desconfortáveis, pois havia poucas pontes e muitos riachos, e como tínhamos que passar a vau por eles, nos movíamos na água terrivelmente fria e depois tínhamos que nos deitar, ainda molhados, no solo gelado ou com neve, e nos aquecer como podíamos e dormir se conseguíssemos, sem fazer fogueiras, pois não seria prudente. Nossas energias se esvaíram devido a essas adversidades e ao cansaço mortal, mas não as de Joana. Seus passos mantiveram o vigor e a firmeza, e seus olhos, a chama. Aquilo nos maravilhava, não podíamos explicar como era possível.

Mas se já tivemos momentos duros antes, não sei como chamar as cinco noites seguintes, pois as marchas foram muito cansativas, os banhos muito frios, e além disso caímos em sete emboscadas, e perdemos dois novatos e três veteranos nas lutas que delas resultaram. As notícias de que a inspirada Virgem de Vaucouleurs estava indo até o rei com uma escolta vazaram e se espalharam, e então todas as estradas passaram a ser vigiadas.

Essas cinco noites desanimaram imensamente o comando. Isso foi agravado por uma descoberta feita por Noel, e que ele prontamente divulgou ao quartel-general. Alguns dos homens estavam tentando entender como Joana continuava alerta, vigorosa e confiante, enquanto os homens mais fortes da companhia estavam esgotados com as pesadas marchas e exposições, e ficaram taciturnos e mal-humorados. É, aqui é possível entender que os homens podem ter olhos e ainda assim não ver. A vida toda, esses homens viram as mulheres de sua própria família atrelando uma vaca e arrastando o arado pelos campos, enquanto os homens dirigiam. Eles também viram outras evidências de que as mulheres têm muito mais resistência, paciência e coragem do que os homens. Mas para que lhes servia ver essas coisas? Para nada. Isso não lhes ensinara nada. Eles ainda se surpreendiam ao ver uma garota de dezessete anos suportar o cansaço da guerra melhor do que os veteranos treinados do exército. Além disso, não pensaram que uma grande alma, com um grande propósito, pode fortalecer um corpo fraco e, assim, o manter; e lá estava a maior alma do universo. Mas como eles, criaturas estúpidas, podiam saber disso? Não, eles não sabiam nada, e sua forma de pensar condizia com sua ignorância. Eles arguiram e discutiram entre si, com Noel ouvindo, e chegaram à decisão de que Joana era uma bruxa, e de que sua estranha garra e sua força vinham de Satanás; então planejaram encontrar uma oportunidade segura de lhe tirar a vida.

Ter conspirações secretas desse tipo em nosso meio era um assunto muito sério, é claro, e os cavaleiros pediram a permissão de Joana para enforcar os conspiradores, mas ela recusou sem hesitar. E disse:

— Nenhum desses homens, nem outros, podem tirar minha vida antes que a minha missão seja cumprida, portanto, por que eu deveria ter seu sangue em minhas mãos? Vou informá-los disso, e adverti-los. Quero que venham me ver.

Diante deles, ela lhes fez essa declaração de forma simples e objetiva, como se nunca tivesse passado pela sua cabeça a ideia de que alguém pudesse duvidar dela depois que ela tivesse dado sua palavra de que tudo o que dissera era verdade. Os homens ficaram evidentemente admirados e impressionados ao ouvi-la dizer tal coisa de maneira tão segura e confiante, pois profecias ousadamente proferidas sempre dão seus frutos em ouvidos supersticiosos. Sim, essa fala certamente os impressionou, mas seu último comentário os impressionou ainda mais. Ao líder dos conspiradores, Joana disse tristemente:

— É uma pena que tenhas de conspirar a morte de outrem quando a tua está tão próxima.

O cavalo daquele homem tropeçou e caiu sobre ele no primeiro vau que atravessamos naquela noite, e ele se afogou antes que pudéssemos ajudá-lo. Não tivemos mais conspirações.

Aquela noite foi atormentada por emboscadas, mas passamos por elas sem que nenhum homem morresse. Mais uma noite e chegaríamos à fronteira hostil, se tivéssemos boa sorte. Com bastante desvelo, vimos a noite se encerrar. Antes, sempre relutávamos um pouco em começar na escuridão e no silêncio, com medo de congelarmos nos vaus e sermos perseguidos pelo inimigo, mas daquela vez estávamos impacientes para começar e acabar logo com isso, embora houvesse promessa de mais lutas, e mais duras do que as lutas das noites anteriores. Além disso, à nossa frente, a cerca de catorze quilômetros, havia um profundo riacho com uma ponte frágil de madeira sobre ele, e como uma chuva fria misturada com neve vinha caindo firmemente o dia todo, estávamos ansiosos para descobrir se seríamos presos em uma armadilha ou não. Se o riacho cheio derrubasse a ponte, poderíamos nos considerar presos, sem possibilidade alguma de escapar.

Assim que escureceu, saímos das profundezas da floresta, onde estávamos escondidos, e começamos a marchar. Desde que começamos a cair em emboscadas, Joana cavalgou liderando a coluna e assumiu, então, esse posto. Quando tínhamos percorrido cinco quilômetros, a chuva e a neve já tinham se transformado em granizo e, impulsionado pelo vento da tempestade, açoitava meu rosto como chicote, e invejei Joana e os cavaleiros, que podiam fechar as viseiras e esconder a cabeça nos elmos, como se fossem caixas. A essa altura, na noite escura como breu, de bem perto, veio a ordem abrupta:

— Alto lá!

Obedecemos. Vi uma vaga massa à nossa frente que poderia ser um corpo de cavaleiros, mas não dava para ter certeza. Um homem avançou a cavalo e disse a Joana, com um tom de repreensão:

— Ora, demorastes muito! E o que descobristes? Ela ainda está atrás de nós, ou à frente?

Joana respondeu com a voz no mesmo nível:

— Ainda está atrás.

Essa notícia abrandou o tom do estranho, que disse:

— Se for verdade, não perdestes tempo, capitão. Mas tendes certeza? Como sabeis?

— Porque eu a vi.

— A vistes?! A própria Virgem?
— Sim, estive em seu acampamento.
— Isso é possível?! Capitão Raymond, peço-vos que me perdoeis pelo meu tom. Prestastes um serviço ousado e admirável. Onde ela estava acampada?
— Na floresta, a menos de cinco quilômetros daqui.
— Muito bem! Eu tinha medo de que ainda estivéssemos atrás dela, mas agora que sabemos que ela está atrás de nós, estamos salvos. É o nosso brinquedinho, agora. Vamos enforcá-la. Sereis vós que a enforcará. Mereceis o privilégio de aniquilar essa traquina pestilenta de Satanás.
— Não sei como vos agradecer o bastante. Se a pegarmos, eu...
— Se?! Eu cuidarei disso; não vos preocupeis. Só quero olhar para ela, para ver como é a peste que conseguiu fazer todo esse barulho, então a tereis, na forca. Quantos homens ela tem?
— Contei só dezoito, mas ela podia ter dois ou três a mais, escondidos.
— Só isso? Não é nada para a minha tropa. É verdade que ela não passa de uma menina?
— Sim; ela não tem mais de dezessete anos.
— É inacreditável! Robusta ou esguia?
— Esguia.
O oficial ponderou um pouco e então disse:
— Ela estava se preparando para levantar acampamento?
— Não quando a espiei pela última vez.
— O que estava fazendo?
— Estava conversando calmamente com um oficial.
— Calmamente? Não estava dando ordens?
— Não, conversava calmamente, como nós agora.
— Ótimo. Ela está sentindo uma falsa segurança. Caso contrário ela teria ficado inquieta e agitada, é típico do seu sexo em momentos de perigo. Como ela não estava se preparando para levantar acampamento...

— Quando a vi pela última vez, com certeza não estava.

— ... e estava conversando calmamente e à vontade, isso significa que o clima não a agrada. Marchar à noite enfrentando granizo e vento não é para moçoilas de dezessete anos. Não; ela ficará onde está. E a agradeço por isso. Vamos acampar; aqui é um lugar tão bom quanto qualquer outro. Vamos lá.

— É claro, se essa é vossa ordem... mas dois cavaleiros a acompanham. Eles podem forçá-la a marchar, principalmente se o tempo melhorar.

Eu estava assustado, e impaciente para nos afastarmos do perigo, e me angustiava e me preocupava ver Joana aparentemente agindo para atrasar e aumentar o perigo. Ainda assim, eu achava que ela provavelmente sabia melhor do que eu o que fazer. O oficial disse:

— Bom, nesse caso, estamos aqui para obstruir o caminho.

— Sim, se vierem por este caminho. Mas e se enviarem espiões e descobrirem o suficiente para fazê-los querer tentar passar pela ponte no meio do bosque? É melhor deixar a ponte de pé?

Ouvi-la me fazia tremer. O oficial pensou um pouco, e então disse:

— Talvez nos baste enviar uns homens para destruir a ponte. Eu pretendia ocupá-la com todo o comando, mas não é mais necessário.

Joana disse, tranquilamente:

— Com vossa permissão, eu mesmo irei e a destruirei.

Ah, agora entendi sua ideia, e estava feliz que ela tivesse a inteligência de inventar isso e a habilidade de manter a cabeça fria e pensar nisso naquele local difícil. O oficial replicou:

— Ela é vossa, Capitão, e eu vos agradeço. Como a destruireis, sei que será bem feito; eu poderia mandar outro homem em vosso lugar, mas não há ninguém melhor que vós.

Eles se cumprimentaram e nós seguimos em frente. Eu respirei mais livremente. Imaginei uma dezena de vezes ter ouvido o barulho dos cascos dos cavalos das tropas do capitão Raymond chegando atrás de nós, e fiquei com o coração na mão enquanto a conversa se arrastava. Eu respirei mais livremente, mas ainda não estava confortável, pois Joana tinha dado apenas a simples ordem: "Em frente!". Consequentemente seguimos a passo. Seguimos a passo morto, ao lado de uma coluna vasta e quase invisível de inimigos. O suspense foi exaustivo, embora breve, pois quando as cornetas inimigas soaram o toque de "apear!" aos seus cavaleiros, Joana nos deu a ordem de trotar, o que foi um grande alívio para mim. Vedes, ela nunca perdia as estribeiras. Antes que a ordem para apear da cavalgadura fosse dada, alguém poderia ter pedido a contrassenha em algum lugar daquela linha se tivéssemos galopado, mas agora parecíamos estar a caminho do nosso acampamento, então fomos autorizados a passar sem sermos contestados. Quanto mais avançávamos, mais formidável era a pujança revelada pela força hostil. Talvez fossem apenas cem ou duzentos, mas para mim pareciam mil. Quando passamos pelos últimos deles, dei graças a Deus, e quanto mais profundamente entrávamos na escuridão, melhor eu me sentia. Pouco a pouco fui me sentindo melhor, no intervalo de uma hora; então encontramos a ponte ainda de pé, e me senti muito bem. Nós a atravessamos e a destruímos, e então eu senti algo que não consigo descrever. Só quem sente isso sabe como é.

Esperávamos ouvir a correria de uma força perseguidora atrás de nós, pois achávamos que o verdadeiro capitão Raymond chegaria e sugeriria que talvez a tropa que tinha sido confundida com a dele pertencesse à Virgem de Vaucouleurs; mas ele deve ter se atrasado muito, pois quando retomamos a marcha depois do rio, não havia sons atrás de nós, exceto aqueles da tempestade.

Eu disse que Joana havia colhido os louros destinados ao capitão Raymond, e que dessa colheita ele encontraria apenas um seco restolho de reprimendas, e um comandante disposto a supervisionar a recolta.

Joana disse:

— Tens razão, pois o comandante achou que fosse a tropa certa, à noite, sem contestar, e teria acampado sem enviar uma força para destruir a ponte se não tivesse sido aconselhado, e ninguém está mais preparado para apontar as falhas dos outros do que aqueles que cometem atos falhos e se culpam depois.

Sieur Bertrand se divertiu com a forma ingênua com a qual Joana se referia ao seu conselho, como se tivesse sido um presente valioso para um líder hostil que fora assim salvo de cometer um erro de omissão passível de ser censurado, e então ele passou a admirar o quão engenhosamente ela tinha enganado aquele homem sem, no entanto, não lhe dizer nada que não fosse verdade. Isso preocupou Joana, e ela disse:

— Achei que ele mesmo estava se enganando. Evitei mentir, pois teria sido errado; mas se minhas verdades o enganaram, talvez isso as tenha transformado em mentiras, e a culpa é minha. Gostaria, por Deus, de saber se fiz algo errado.

Ela tinha certeza de ter agido de maneira correta, e de que, em meio ao perigo e às necessidades da guerra, as enganações que ajudavam a própria causa e feriam aquela dos inimigos eram sempre permitidas; mas ela não estava satisfeita com isso, e pensou que mesmo quando uma grande causa estava em perigo, devia-se primeiro ter o privilégio de tentar maneiras honrosas. Jean disse:

— Joana, foste tu que nos disseste que estava indo para a casa do tio Laxart para cuidar de sua esposa, mas não disseste que iria mais longe, e continuaste a ir a Vaucouleurs. E então?

— Agora entendo — disse Joana, tristemente. — Não menti, mas enganei. Tentei todas as outras formas antes, mas não consegui fugir, e tive que fugir. Minha missão exigia isso. Acho que errei, sou culpada.

Ela ficou silenciosa por um momento, revirando o assunto na cabeça, e então acrescentou, decidida:

— Mas o que fiz foi certo, e o faria de novo.

Parecia uma distinção demasiadamente delicada, mas ninguém disse nada. Se a conhecêssemos tão bem quanto ela se conhecia, e como sua história posteriormente nos revelou, teríamos entendido que havia um significado claro ali, e que sua posição não era idêntica à nossa, como supúnhamos, mas que ocupava um plano bem superior. Ela teria se sacrificado — o melhor de si mesma, ou seja, sua honestidade — para salvar sua causa; mas apenas isso. Ela não teria comprado o direito à vida por aquele preço, ao passo que a nossa ética de guerra permitia que salvássemos a nossa pele, ou obtivéssemos uma mera vantagem militar, pequena ou grande, em troca de uma mentira. Sua fala parecia comum à época; a essência do seu significado nos escapava, mas agora pode-se ver que ela continha um princípio que a elevava acima disso e a tornava grandiosa e boa.

Logo o vento baixou, o granizo parou de cair e o frio ficou menos rigoroso. A estrada virou um brejo e os cavalos passaram por ela a passo, dando o melhor de si. Conforme o mau tempo passava, a exaustão nos vencia, e dormimos sobre nossas selas. Nem mesmo os perigos que nos ameaçavam puderam nos manter acordados.

Essa décima noite parecia mais longa do que todas as outras, e é claro, era a mais difícil, pois tínhamos acumulado cansaço desde o começo, e estávamos mais cansados do que em qualquer momento anterior. Mas não fomos mais importunados. Quando o nublado alvorecer nasceu, vimos finalmente um rio à nossa frente e sabíamos que era o Loire; entramos na aldeia de Gien e sabíamos que estávamos em uma terra amigável, e que tínhamos deixado os inimigos para trás. Era uma manhã feliz.

Éramos uma tropa esgotada, enlameada e desleixada — no que dizia respeito à nossa aparência; e ainda assim, como sempre, Joana era a mais bem-disposta de todos, tanto física quanto mentalmente. Percorremos uma média de sessenta quilômetro por noite, em estradas tortuosas e deploráveis. Foi uma marcha notável, e mostra o que os homens podem fazer quando têm um líder com um propósito específico e uma determinação que nunca esmorece.

CAPÍTULO 5

Escapamos das últimas emboscadas

Descansamos e nos refrescamos duas ou três horas em Gien, mas naquele momento foi espalhada a notícia de que a jovem incumbida por Deus para resgatar a França tinha chegado; por isso, pessoas se espremeram e se aglomeraram em nossos alojamentos para vê-la, e achamos melhor procurar um lugar mais calmo; então continuamos e paramos em uma pequena aldeia chamada Fierbois.

Estávamos a vinte e nove quilômetros do rei, que se encontrava no castelo de Chinon. Joana ditou imediatamente uma carta para ele, e eu a escrevi. Nela, ela disse ter percorrido setecentos e vinte e quatro quilômetros para lhe trazer boas notícias, e implorou pelo privilégio de entregá-la pessoalmente. Acrescentou que, embora nunca o tivesse visto, ela o reconheceria em qualquer disfarce e apontaria para ele.

Os dois cavaleiros foram imediatamente embora com a carta. A tropa dormiu a tarde toda e, depois do jantar, sentimo-nos bem e revigorados, especialmente nosso pequeno grupo de jovens de Domrémy. Tínhamos a confortável taverna da estalagem da aldeia apenas para nós e, pela primeira vez em dez dias indescritivelmente longos, estávamos livres de presságios, medos, adversidades e esforços cansativos. Paladino, de repente, voltou ao seu antigo eu, e começou a se vangloriar para cima e para baixo, um verdadeiro monumento de autocomplacência. Noel Rainguesson disse:

— Acho maravilhosa a maneira como ele nos trouxe até aqui.

— Quem? — perguntou Jean.

— Ora essa, Paladino.

Paladino parecia não ouvir.

— O que ele tem a ver com isso? — perguntou Pierre d'Arc.

— Tudo. Foi graças à confiança de Joana na prudência dele que ela manteve a coragem. Ela podia depender de nós e em si mesma no que diz respeito à valentia, mas é a discrição que vence na guerra, no final das contas; a discrição é a mais rara e a mais elevada das qualidades, e ele a tem mais do que qualquer outro homem na França, talvez mais do que outros sessenta homens juntos na França.

— Vais fazer papel de trouxa, Noel Rainguesson — disse Paladino —, é melhor enrolares tua longa língua ao redor do pescoço e colar a ponta na orelha, aí então será menos provável que tenhas problemas.

— Eu não sabia que ele era mais prudente do que os outros — disse Pierre —, pois prudência demonstra inteligência, e ele não tem mais inteligência do que o resto de nós, na minha opinião.

— Não, nisso estás enganado. A prudência não tem nada a ver com a inteligência; a inteligência é uma obstrução a ela, pois não se trata de raciocinar, mas de sentir. A prudência perfeita é um sinal de ausência de inteligência. A prudência é uma qualidade do coração; uma qualidade unicamente do coração; ela age sobre nós através dos sentimentos. Sabemos disso porque, se fosse uma qualidade intelectual, apenas perceberia um perigo, por exemplo, onde existe um perigo; ao passo que...

— Quantos disparates ele diz, idiota! — murmurou Paladino.

— ... ao passo que, sendo puramente uma qualidade do coração, sendo possível pelo sentimento, e não pela razão, seu alcance é, proporcionalmente, mais amplo e mais sublime, permitindo perceber e evitar perigos que estão longe de existir; como, por exemplo, naquela noite na neblina, quando Paladino confundiu as orelhas de seu cavalo com lanças hostis, desmontou e subiu em uma árvore...

— É mentira! Uma mentira, sem fundamento algum, e peço a todos que tomem cuidado ao acreditar nas invenções maliciosas desse velho caluniador que há anos tem dado o melhor de si para destruir o meu caráter, e que em breve vai destruir vossa reputação. Eu desmontei para apertar a minha sela. Prefiro morrer no caminho, se estiver mentindo. Quem quiser acreditar nisso que acredite, e quem não quiser, não acredite.

— Isso, é assim com ele, estão vendo? Ele nunca consegue discutir um assunto de maneira moderada, mas sempre perde o controle e é desagradável. E notastes a falha em sua memória. Ele se lembra de ter descido do cavalo, mas esqueceu de todo o resto, inclusive da árvore. Mas isso é normal; ele se lembrou de ter descido do cavalo porque estava acostumado a fazer isso. Ele sempre fazia isso quando havia um alarme e o tinido das armas no fronte.

— Por que ele escolheu aquele momento para fazer isso? — perguntou Jean.

— Não sei. Para apertar sua sela, ele acha; para subir em uma árvore, eu acho; eu o vi escalar nove árvores em uma única noite.

— Não viste nada disso! Uma pessoa que pode mentir assim não merece o respeito de ninguém. Peço a todos vós que me respondais: acreditais no que esse réptil diz?

Todos pareceram embaraçados, e apenas Pierre replicou, hesitante:

— Eu... bom, nem sei o que dizer. É uma situação delicada. Parece ofensivo, para mim, me recusar a acreditar em uma pessoa quando ela faz uma declaração tão direta, mas sou obrigado a dizer, por mais rude que possa parecer, que não posso acreditar em tudo; não, não posso acreditar que subiste em nove árvores.

— Isso! — gritou Paladino. — Agora o que achas de ti mesmo, Noel Rainguesson? Em quantas achas que eu subi, Pierre?

— Só em oito.

A risada que seguiu inflamou a raiva de Paladino que, furioso, disse:

— Vai chegar a minha hora, vai chegar a minha hora. Todos vós tereis de vos haver comigo, juro!

— Não o deixem começar — implorou Noel —, ele é um perfeito leão quando começa. Vi o bastante para saber disso, depois da terceira briga. Quando acabou, vi-o sair de trás dos arbustos e atacar um homem morto, sozinho.

— Outra mentira. Estás indo longe demais, estou avisando. Me verás atacar um homem vivo se não tomares cuidado.

— Queres dizer me atacar, é claro. Isso me fere mais do que qualquer outro discurso ofensivo e grosseiro. Em gratidão ao benfeitor...

— Benfeitor? O que eu te devo? Eu gostaria de saber...

— Me deves a tua vida. Eu fiquei entre as árvores e o inimigo, e mantive centenas de milhares de inimigos afastados quando estavam sedentos por seu sangue. E não fiz isso para mostrar minha ousadia. Fiz porque te amava, e não podia viver sem ti.

— Chega! Já disseste o bastante! Não ficarei aqui para escutar essas infâmias. Posso tolerar tuas mentiras, mas não teu amor. Guarda essa depravação para alguém com um estômago mais forte que o meu. Antes de ir, quero dizer umas coisas. Para que vossos fracos desempenhos pudessem parecer melhores e vos dar mais glórias, escondi meus próprios feitos durante toda a marcha. Sempre fui para o fronte, onde a luta era mais intensa, para ficar longe de vós e para que não pudésseis ver e não vos desmotivardes com as coisas que fiz com o inimigo. Meu propósito era manter isso em segredo no meu próprio peito, mas me forçastes a revelar tudo. Se me pedirdes testemunhas, lá estão elas, na estrada pela qual chegamos. Encontrei a estrada enlameada, pavimentei-a com cadáveres. Encontrei o território estéril, fertilizei-o com sangue. Repetidas vezes fui instado a ir para a retaguarda, porque o comando não podia continuar devido aos corpos que fiz tombar. E, no entanto, tu, canalha, me acusas de escalar árvores! Ora, ora!

E ele partiu com passos largos, com um ar altivo, pois o recital de suas ações imaginárias já tinha levantado seu moral novamente e feito com que ele se sentisse bem.

No dia seguinte, montamos e seguimos para Chinon. Orléans estava atrás de nós, e próxima, nas garras estranguladoras dos ingleses; em breve, se Deus quisesse, faríamos face à situação e iríamos em seu auxílio. De Gien, espalhou-se para Orléans a notícia de que a donzela camponesa estava a caminho, divinamente incumbida para levantar o cerco. A notícia causou furor e despertou uma grande esperança — o primeiro sopro de esperança que aquelas pobres almas tinham tido em cinco meses. Enviaram imediatamente mensageiros ao rei para lhe implorar que considerasse essa questão, e não jogasse essa ajuda fora, de maneira leviana. Os mensageiros já estavam em Chinon naquele momento.

Quando estávamos a meio caminho de Chinon, encontramos mais um pelotão de inimigos. Eles irromperam repentinamente do bosque, com um efetivo considerável; mas não éramos os mesmos aprendizes de dez ou doze dias atrás; não, já tínhamos experiência com esse tipo de aventura; nossos corações já não ficavam em nossas mãos e nossas armas não tremiam nelas. Aprendemos a estar sempre em formação de batalha, sempre alertas e sempre prontos para lidar com qualquer emergência que pudesse aparecer. Não ficamos mais consternados do que a nossa comandante ao vê-los. Antes que pudessem se preparar, Joana ordenou: "Em frente!" e apressadamente nos lançamos sobre eles. Não tiveram chance; deram as costas e se dispersaram, passamos por cima deles como arados, como se fossem homens de palha. Essa foi a nossa última emboscada, e provavelmente foi armada para nós por aquele malandro traiçoeiro, o próprio ministro do rei e seu queridinho, de La Trémoïlle.

Nós nos hospedamos em uma estalagem, e logo a cidade veio em massa para ver a donzela.

Ah, o rei tedioso e seus seguidores tediosos! Nossos dois bons cavaleiros logo vieram, com a paciência bem desgastada, e relataram o que ocorrera. Eles e nós ficamos de pé, em um ato de reverência — como fazem as pessoas que estão na presença de reis e fidalgos —, até que Joana, perturbada com o sinal de homenagem e respeito, e não contente nem acostumada com ele — embora não tivéssemos nos permitido fazer o contrário desde o dia em que ela profetizou a morte daquele miserável traidor e ele se afogou imediatamente, assim confirmando muitos sinais anteriores de que ela era de fato uma embaixadora incumbida por Deus —, nos mandasse sentar; então o *Sieur* de Metz disse para Joana:

— O rei recebeu a carta, mas eles não nos deixarão falar com ele.

— Quem nos proíbe?

— Ninguém nos proíbe, mas há três ou quatro perto dele — todos conspiradores e traidores — que obstruem o caminho, e buscam todas as formas, por meio de mentiras e pretextos, de atrasar o encontro. Os chefes deles são Georges de La Trémoïlle e aquela raposa conspiradora, o arcebispo de Reims. Enquanto mantêm o rei ocioso e sujeito aos seus jogos e às suas loucuras, continuam sendo nobres e sua importância aumenta; ao passo que, se alguma vez o rei se afirmar, se erguer e atacar em nome da coroa e de seu país, como um homem, o reinado deles acaba. Então eles apenas prosperam, não ligam se a coroa for destruída e se o rei cair com ela.

— Falastes com mais alguém, além deles?

— Não da corte, não. Os membros da corte são os escravos humildes desses répteis, e observam o que dizem e o que fazem, agindo como agem, pensando como pensam, dizendo o que dizem; por isso, são frios conosco, e se desviam e vão por outro caminho quando aparecemos. Mas falamos com os mensageiros de Orléans. Eles disseram, veementes: "É de se admirar que qualquer homem, em um caso tão desesperador quanto o do rei, possa perambular próximo a ele de forma tão torpe, e ver tudo arruinar sem levantar um dedo para pôr fim ao desastre. É um espetáculo muito estranho! Ei-lo, calado em um cantinho do reino, como um rato em uma armadilha; seu abrigo real, enorme túmulo sombrio de um castelo, com farrapos verminosos de estofamentos e móveis desgastados pelo uso, uma casa desolada; em seu tesouro, quarenta francos, nem mais um cêntimo. Deus é testemunha! Nenhum exército, nenhuma sombra dele; e, em contraste com tanta pobreza e fome, com um pobre rei sem coroa, vemos seu bando de bobos e queridinhos enfeitados com as sedas e os veludos mais chamativos de todas as cortes da cristandade. E vedes, ele sabe que, quando nossa cidade cair — ela certamente cairá, a menos que o socorro venha rapidamente —, a França cairá. Ele sabe que, quando esse dia chegar, ele será um fora-da-lei e um fugitivo, e que atrás dele a bandeira inglesa pairará incontestesobre cada acre de sua grande herança. Ele sabe dessas coisas, sabe que nossa leal cidade está lutando contra todos, solitária e sozinha, contra doenças, inanição e guerras, para pôr fim a essa terrível calamidade, mas ele não dará um golpe para salvá-la, ele não escutará as nossas orações, ele nem olhará para os nossos rostos". Isso é o que os mensageiros disseram, desesperados.

Joana disse, gentilmente:

— Sinto por eles, mas eles não precisam se desesperar. O delfim vai ouvi-los em breve. Dizei-lhes isso.

Ela quase sempre chamava o rei de "delfim". Na sua cabeça ele ainda não era rei, não sem ser coroado.

— Vamos lhes dizer, e eles ficarão contentes, pois acreditam que fostes enviada por Deus. O arcebispo e seu associado têm o apoio do soldado veterano Raoul de Gaucourt, grão-mestre do palácio, um homem digno, mas só um soldado, sem cabeça para assuntos mais importantes. Ele não consegue entender como uma camponesa, que não sabe nada sobre guerras, pode pegar uma espada em sua pequena mão e conquistar vitórias, sendo que há cinquenta anos os generais franceses treinados conhecem apenas derrotas. Tudo o que faz é erguer o bigode grisalho e zombar.

— Quando Deus luta, não importa se a mão que segura a Sua espada é grande ou pequena. Ele entenderá isso, no tempo certo. Não há ninguém do nosso lado no castelo de Chinon?

— Sim, a sogra do rei, Yolanda, rainha da Sicília, que é sábia e boa. Ela falou com o *Sieur* Bertrand.

— Ela está do nosso lado e odeia os outros, aqueles que enganam o rei — disse Bertrand. — Ela estava muito interessada e fez mil perguntas, às quais respondi conforme aquilo que sabia. Então ela se sentou, pensando nas respostas, e eu inclusive achei que ela estivesse perdida em um sonho e não iria mais acordar. Mas não. Ela disse, por fim, devagar, e como se estivesse falando consigo: "Uma criança de dezessete anos... uma menina... criada no campo... sem instrução, ignorante no que diz respeito à guerra, ao uso de armas, à condução de batalhas... modesta, gentil, acanhada... larga seu cajado de pastora e se veste com aço, e luta durante os setecentos e vinte e quatro quilômetros de medo que atravessa, e chega aqui... ela... para quem um rei deveria ser uma presença pavorosa e terrível... e ela ficará diante desse rei e lhe dirá: 'Não tenhais medo, Deus me enviou para vos salvar! Ah, tanta coragem e convicção, tão sublimes, só poderiam vir de Deus". Ela ficou novamente em silêncio por um momento, pensando e tentando se convencer; então disse: "Ela vindo ou não em nome de Deus, há algo em seu coração que a coloca acima dos homens... bem acima de todos os homens que respiram, hoje, na França... pois nela há algo misterioso que toca o coração dos soldados, e transforma turbas de covardes em exércitos de combatentes que esquecem o que é o medo quando estão em sua presença... combatentes que vão à batalha com alegria nos olhos e canções nos lábios, e varrem o campo como tempestades... é esse o espírito que pode salvar a França, o único, venha ele de onde vier! Ele está nela, eu sinceramente acredito nisso, pois o que mais poderia ter feito essa menina aguentar a grande marcha, apesar do perigo e do cansaço? O rei tem de vê-la, cara a cara. Deve!". Ela me dispensou com essas palavras positivas e eu sei que sua promessa será mantida. Eles vão atrasá-la o máximo que puderem, aqueles animais, mas no fim ela não falhará.

— Ah, se ela fosse rei! — disse o outro cavaleiro, fervorosamente. — Pois não há muita esperança de que o rei possa despertar de sua letargia. Ele não tem esperança alguma, e pensa unicamente em se livrar de tudo e fugir para alguma terra estrangeira. Os mensageiros dizem que há um feitiço contra ele que o deixa desesperançoso. Sim, e que está preso em um mistério que eles não conseguem compreender.

— Eu sei que mistério é esse — disse Joana, confiante. — Eu sei, e ele sabe, trata-se unicamente de Deus. Quando eu o vir vou lhe contar um segredo que irá acabar com suas preocupações, então ele erguerá novamente a cabeça.

Eu fiquei desolado, curioso para saber o que ela lhe diria, mas ela não me disse, e eu não esperava que dissesse. Ela era apenas uma menina, é verdade; mas não era tagarela a ponto de contar grandes coisas e mostrar-se importante para pessoas pequenas; não, ela era reservada, e guardava coisas para si, como quem é verdadeiramente grandioso sempre faz.

No dia seguinte, a rainha Yolanda triunfou sobre os guardiões do rei, pois, apesar de seus protestos e obstruções, ela conseguiu uma audiência para os nossos dois cavaleiros, e eles aproveitaram a oportunidade o máximo que puderam. Falaram ao rei sobre o caráter belo e imaculado de Joana, a grandeza e a nobreza de seu espírito, e lhe imploraram que confiasse nela, acreditasse nela, e tivesse fé que ela tinha sido enviada para salvar a França. Imploraram-lhe para que a visse. Ele estava fortemente inclinado a recebê-la, e prometeu que não deixaria de pensar no assunto, mas que consultaria seus conselheiros a respeito. Isso começou a parecer encorajador. Duas horas depois houve um grande alvoroço no andar de baixo, e o dono da estalagem chegou rapidamente para dizer que uma comissão de ilustres eclesiásticos vinha em nome do rei — do próprio rei, prestai atenção! Pensai que imensa honra à sua pequena e humilde estalagem! —, e ele estava tão emocionado com isso que mal conseguia encontrar fôlego o bastante em seu corpo exaltado para colocar os fatos em palavras. Eles tinham vindo em nome do rei para falar com a Donzela de Vaucouleurs. Então ele correu para baixo e logo apareceu novamente, voltando para a sala, e se curvando a cada passo, diante de quatro bispos imponentes e austeros e sua comitiva de servos.

Joana se levantou e, como ela, todos ficamos de pé. Os bispos se sentaram e, por um momento, nenhuma palavra foi dita, pois tinham a prerrogativa de falar primeiro, e eles ficaram tão surpresos ao ver a criança que fazia tanto barulho no mundo e reduzia sua autoridade à função de meros embaixadores que a visitavam em uma taberna plebeia, que não conseguiram encontrar palavras para começar. Então seu porta-voz logo disse a Joana que eles estavam cientes de que ela tinha uma mensagem para o rei, por isso ordenavam que ela a colocasse em palavras, de modo breve, sem perder tempo e sem floreios na fala.

Quanto a mim, foi difícil conter a alegria; a nossa mensagem tinha finalmente chegado ao rei! E havia a mesma alegria e exultação nos rostos dos cavaleiros, também, e dos irmãos de Joana. Eu sabia que eles estavam orando, como eu, e que o deslumbramento que sentíamos na presença de grandes dignitários, que teria amarrado nossas línguas e travado nossos queixos, não a afetaria no mesmo nível, mas que ela seria capaz de transmitir claramente sua mensagem, sem se atrapalhar, e assim causar uma impressão favorável, em um momento tão valioso e importante.

Ah, estávamos longe de imaginar o que aconteceria em seguida! Ficamos perplexos ao ouvi-la dizer o que disse. Ela estava de pé, em uma posição de reverência, com a cabeça abaixada e as palmas das mãos unidas diante dela; pois ela era sempre reverente perante os consagrados servos de Deus. Quando o porta-voz acabou, ela levantou a cabeça e olhou calmamente para aqueles rostos; não mais perturbada por sua condição e grandeza do que uma princesa estaria, e disse, com toda a simplicidade e modéstia de sua voz e de seus modos:

— Perdoai-me, reverendíssimos senhores, mas a minha mensagem é destinada somente ao rei.

Os homens, surpresos, emudeceram por um momento, e seus rostos coraram, sisudos, e o porta-voz disse:

— Vamos ver se entendi. Atirais a ordem do rei na cara dele e vos recusais a pronunciar vossa mensagem aos servos designados para recebê-la?

— Deus me designou para recebê-la, e o mandamento de outrem não pode ter precedência nisso. Rogo que me deixais falar com Sua Graça, o delfim.

— Contende-vos desse disparate e transmiti vossa mensagem! Deixai de perder tempo com isso e a pronunciai.

— Na verdade os senhores estão cometendo um pecado, reverendíssimos padres de Deus, e isso não é bom. Não vim até aqui para falar, mas para resgatar Orléans e levar o delfim à sua cidade, Reims, e colocar a coroa em sua cabeça.

— É essa a mensagem que enviais ao rei?

Joana disse simplesmente, como era de seu costume:

— Queirais me desculpar por vos lembrar novamente, mas não tenho nenhuma mensagem para enviar a ninguém.

Os mensageiros do rei se levantaram profundamente irritados e, arrogantes, deixaram o local, sem mais palavras, e nós e Joana nos ajoelhamos à sua passagem.

Nossos semblantes ficaram inexpressivos, nossos corações preenchidos por uma sensação de desastre. Nossa preciosa oportunidade fora jogada fora; não podíamos entender a conduta de Joana, ela que tinha sido tão sábia, até esse momento fatal. Por fim, *Sieur* Bertrand encontrou coragem para lhe perguntar por que ela havia deixado passar a grande chance de enviar sua mensagem ao rei.

— Quem os enviou aqui? — ela perguntou.
— O rei.
— Quem impeliu o rei a enviá-los? — Ela esperou uma resposta; não obteve nenhuma, pois começamos a entender o que ela tinha em mente. Então ela mesma respondeu: — Os conselheiros do rei o impeliram a fazê-lo. Eles são inimigos meus e da felicidade do delfim ou são amigos?
— Inimigos — respondeu *Sieur* Bertrand.
— Quando alguém quer que uma mensagem seja sensata e exata, escolhe traidores e charlatões para enviá-la?

Entendi que tínhamos sido tolos, e ela, prudente. Eles entenderam o mesmo que eu, então ninguém disse nada. Ela continuou:

— Eles não foram muito perspicazes ao planejarem essa armadilha. Pensaram em obter a minha mensagem e dar a impressão de entregá-la diretamente, mas distorcendo-a habilmente de seu propósito. Sabeis que uma parte da minha mensagem é esta: impelir o delfim, com conversa e argumentos, a me dar homens de armas e a me enviar ao cerco. Se um inimigo a transportasse com as palavras certas, as palavras exatas, sem nenhuma palavra faltando, ele ainda assim não utilizaria a persuasão pelos gestos, pelo tom de rogo e pelos olhares suplicantes que justificam as palavras e as fazem viver. Que valor teria tal argumento, quem ele convenceria? Tende paciência, o delfim me ouvirá em breve; não tenhais medo.

O *Sieur* de Metz assentiu com a cabeça várias vezes, e murmurou para si mesmo: "Ela estava certa e foi prudente, e nós tolos, agora que tudo foi dito".

Era exatamente o que eu pensava, eu mesmo poderia tê-lo dito; e, de fato, era o que todos os presentes pensavam. Uma espécie de deslumbramento nos dominou, ao pensarmos como aquela garota sem instrução, desprevenida e despreparada, tinha conseguido penetrar as astutas táticas dos conselheiros de um rei, treinados, e derrotá-los. Maravilhados, atônitos, ficamos em silêncio e não falamos mais. Sabíamos que ela era notável quanto à coragem, à força moral, à resistência, à paciência, à convicção, à fidelidade a todos os deveres; em todas as coisas, de fato, que fazem um bom e confiável soldado e o aperfeiçoam para o seu posto. Agora começávamos a sentir que talvez houvesse grandezas em sua mente que fossem ainda maiores que essas grandes qualidades do coração. Isso nos levou a refletir.

O que Joana fez naquele dia deu frutos já no dia seguinte. O rei foi obrigado a respeitar o espírito de uma jovem que conseguiu se afirmar e se manter firme dessa forma, e ele se afirmou o suficiente para demonstrar seu respeito por meio de um ato, não de palavras educadas e vazias. Ele tirou Joana daquela simples estalagem e a hospedou conosco, seus servos, no castelo de Courdray, confiando-a pessoalmente aos cuidados de Madame Bellier, esposa do velho Raoul de Gaucourt, senhor do palácio. É claro, essa atenção real teve um resultado imediato: todos os grandes lordes e damas da corte afluíram para lá para ver e ouvir a maravilhosa menina-soldado da qual todo o mundo falava, e que tinha respondido à ordem do rei recusando-se, educadamente, a obedecer. Joana encantou a todos com sua doçura, simplicidade e inconsciente eloquência, e todos os melhores e mais competentes dentre eles reconheciam que havia algo indefinível nela, atestando que ela não era feita de barro comum, mas que fora construída em um plano mais imponente do que a massa da humanidade, e que se movia em um plano elevado. Isso fez com que sua fama se espalhasse. Dessa forma, ela sempre fez amigos e conquistou defensores; ninguém, das pessoas mais importantes às mais simples, ficava indiferente ao som de sua voz e à visão de seu rosto.

CAPÍTULO 6

Joana convence o rei

Bem, eles faziam de tudo para nos atrasar. O rei foi aconselhado a não tomar uma decisão precipitada demais no que dizia respeito a nós. Ele, tomar uma decisão de maneira muito precipitada?! Então eles enviaram um comitê de padres — sempre padres — a Lorraine, para inquirir o caráter e a história de Joana. Algo que consumiria várias semanas, é claro. Vedes o quão meticulosos eles eram. É como se pessoas fossem apagar o fogo da casa em chamas de um homem, mas, antes disso, tivessem que ir a outra região para verificar se ele sempre tinha respeitado o domingo, o dia de descanso, ou não, antes de ajudá-lo.

Os dias foram passando; um pouco melancólicos para nós, jovens, mas não totalmente, pois tínhamos uma grande expectativa à nossa frente; nunca tínhamos visto um rei, e agora, algum dia, veríamos o prodigioso espetáculo e o guardaríamos em nossas memórias pelo resto de nossas vidas; então estávamos em estado de alerta, sempre ansiosos e atentos a essa chance. Os outros estavam fadados a esperar mais tempo do que eu, como viríamos a saber. Um dia chegaram boas notícias: os mensageiros de Orléans, com Yolanda e nossos cavaleiros, haviam finalmente alterado a posição do conselho e persuadido o rei a ver Joana.

Joana recebeu as ótimas notícias agradecidamente, mas sem perder a cabeça, ao contrário do que aconteceu conosco. Não conseguíamos comer, dormir ou fazer qualquer coisa racional devido à emoção e a glória do acontecimento. Durante dois dias, o nosso par de nobres cavaleiros ficou angustiado e agitado por conta de Joana, pois a audiência seria à noite e eles tinham medo que Joana ficasse paralisada diante do brilho da luz das longas filas de tochas, das solenes pompas e cerimônias, da grande confluência de personagens renomados, dos trajes fulgurantes e de outros esplendores da corte, pois ela, uma simples camponesa, não acostumada com essas coisas, seria dominada pelo medo e fracassaria, lamentavelmente.

Eu certamente poderia tê-los confortado, mas não tinha a liberdade de falar. Joana, perturbada com um espetáculo barato, um esplendor falseado, um reizinho e seus duquezinhos fúteis? Ela, que tinha falado cara a cara com os príncipes do Céu, os parentes de Deus, e visto seu séquito de anjos voltando para o Céu distante, miríades e miríades deles, como um imensurável leque de luz, uma glória como a glória do sol radiando de cada uma daquelas inumeráveis cabeças, o brilho coletivo enchendo as profundezas do espaço com um esplendor ofuscante? Não, aquilo não a perturbaria.

A rainha Yolanda queria que Joana causasse a melhor impressão possível ao rei e à corte, e se esforçou para vesti-la com as roupas mais esplêndidas, elaboradas segundo o padrão principesco, realçada com joias; mas ela ficaria desapontada, é claro, pois Joana não estava convencida disso, mas implorava para estar simples e sinceramente vestida, como uma serva de Deus, enviada para uma missão séria e de grande importância política. Então, a graciosa rainha imaginou e planejou aquele traje simples e fascinante que descrevi tantas vezes, e no qual não consigo pensar nem mesmo agora, na minha idade enfadonha, sem ser movido da mesma forma que a música primorosa move alguém; pois aquilo era música, aquele vestido

— ou o que quer que fosse —, era música vista pelos olhos e sentida no coração. Sim, meus caros, vestida assim, ela era um poema, um sonho, um espírito.

Ela sempre estava com aquele traje, e o usou diversas vezes em ocasiões de Estado; ele está guardado até hoje no Tesouro de Orléans, com duas de suas espadas e seu estandarte, e outras coisas agora sagradas porque lhe pertenceram.

Na hora marcada o conde de Vendôme, um importante senhor da corte, chegou suntuosamente vestido, com sua comitiva de servos e assistentes, para conduzir Joana ao rei, e os dois cavaleiros e eu fomos com ela, tendo esse privilégio por sermos seus oficiais.

Quando entramos na grande sala de audiência, tudo era como eu já tinha descrito. De um lado fileiras de guardas com armaduras brilhantes e alabardas polidas; dois lados da sala pareciam jardins floridos devido à variedade de cores e à magnificência dos trajes; sobre essas massas de cor, a luz fluía de duzentos e cinquenta archotes. Havia um amplo espaço livre no meio da sala e, ao fundo dela, um trono magnificamente coberto com dossel, no qual estava sentada uma figura coroada portando um cetro, nobremente vestida e coberta de joias reluzentes.

É verdade que Joana tinha sido impedida e desencorajada por um bom tempo, mas agora que ela tinha, finalmente, sido admitida em uma audiência, ela fora recebida com honras concedidas apenas às mais importantes personagens. Na porta de entrada havia quatro arautos enfileirados, em esplêndidos tabardos, com longos e delgados trompetes prateados na boca, nos quais bandeiras quadradas de seda, bordadas com o brasão de armas da França, estavam penduradas. Enquanto Joana e o conde passavam, os trompetes emitiam em uníssono uma longa e rica nota, e enquanto caminhávamos pela sala sob a abóbada desenhada e dourada, isso se repetia a cada cinquenta passadas que dávamos — seis vezes no total. Isso deixou nossos bons cavaleiros orgulhosos e felizes, e eles permaneceram eretos e firmaram os passos, formosos, como soldados. Eles não esperavam essa bela e honrosa homenagem à pequena camponesa.

Joana andou quase dois metros atrás do conde, nós três andamos quase dois metros atrás de Joana. Nossa marcha solene acabou quando ainda estávamos a oito ou dez passos do trono. O conde fez uma profunda reverência, pronunciou o nome de Joana, curvou-se novamente e foi para o seu lugar, passando no meio de um grupo de oficiais próximos ao trono. Eu devorava, com os olhos, o personagem coroado, e meu coração quase parou de tão deslumbrado.

Os olhos de todos os outros estavam fixados em Joana, com olhares maravilhados que denotavam uma espécie de adoração e que pareciam dizer: "Que meiga, que adorável, divina!". Todos os lábios estavam entreabertos e imóveis, o que era um sinal seguro de que aquelas pessoas, que raramente se esquecem de si mesmas, tinham se esquecido de si mesmas, e não tinham consciência de nada além do único objeto que estavam admirando. Elas tinham os olhares de pessoas encantadas por uma visão.

Então logo começaram a voltar à vida, despertando do feitiço e o expulsando, como alguém que se livra pouco a pouco de uma sonolência persistente ou de uma intoxicação. Mantiveram a atenção em Joana, agora com um forte interesse de outro tipo; estavam muito curiosas para ver o que ela iria fazer — elas tinham uma razão secreta e particular para essa curiosidade. Assim, assistiram. Eis o que viram:

Ela não fez nenhuma reverência, nem mesmo inclinou levemente a cabeça, mas ficou olhando na direção do trono, em silêncio. Lá estava tudo o que tinha para ser visto no momento.

Eu olhei para de Metz e fiquei chocado com a palidez de seu rosto. Sussurrei e perguntei:

— O que foi, homem, o que foi?

Sua resposta sussurrada foi tão fraca que mal pude ouvi-la:

— Eles se aproveitaram do que ela disse na carta para pregar uma peça nela! Ela vai cometer um erro, e eles vão rir dela. Não é o rei que está sentado ali.

Então olhei para Joana. Ela ainda estava olhando fixamente, de maneira inabalável, para o trono, e eu tive a curiosa impressão de que mesmo seus ombros e a parte de trás de sua cabeça expressavam espanto. Ela virou a cabeça devagar e seu olhar caminhou pelas fileiras de cortesãos que ali estavam, de pé, até parar sobre um jovem que estava vestido muito discretamente; então seu rosto se iluminou alegremente e ela correu e se jogou aos seus pés, abraçando seus joelhos, e exclamando com sua inata voz suave e melodiosa, carregada de um sentimento profundo e terno:

— Que Deus, em Sua graça, vos conceda uma longa vida, ó caro e gentil delfim!

Tomado de surpresa e exultação, de Metz gritou:

— Bendito seja Deus, é incrível!

Então ele esmagou todos os ossos da minha mão com um aperto de gratidão e acrescentou, sacudindo com orgulho sua juba:

— E agora, o que esses falsos infiéis têm a dizer?!

Enquanto isso, o jovem de roupas simples dizia para Joana:

— Ah, estais enganada, menina, não sou o rei. Ele está lá — e apontou para o trono.

Os olhos do cavaleiro se apagaram, e ele murmurou triste e indignado:

— Ah, que vergonha usá-la assim. Mas, por essa mentira, ela passou a salvo. Eu irei e proclamarei a toda a casa que...

— Ficai aí! — sussurramos eu e o *Sieur* Bertrand, fazendo-o ficar onde estava.

Joana continuou abraçada aos joelhos do homem e, feliz, ergueu o rosto para olhá-lo e disse:

— Não, gracioso suserano, é o senhor, mais ninguém.

As preocupações de Jean de Metz desapareceram, e ele disse:

— Na verdade, ela não adivinhou, ela sabia. Mas como ela podia saber? É um milagre. Estou contente. Não vou mais me intrometer, vejo que ela está à altura da situação; o que ela tem em sua mente é muito superior ao vácuo da minha.

Essa interrupção me fez perder uma ou outra observação da outra conversa; no entanto, peguei a próxima pergunta do rei:

— Mas, dizei-me, quem sois, e o que quereis?

— Chamam-me de Joana, a Donzela, e fui enviada para dizer que o Rei do Céu deseja que vós sejais coroado e consagrado em vossa nobre cidade de Reims, e vos torne, assim, tenente do Senhor do Céu: o rei da França. E Ele também deseja que me prepareis para a tarefa a mim designada e me deis homens de armas.

Depois de uma breve pausa ela acrescentou, com os olhos brilhando ao som das palavras:

— Para que assim eu levante o cerco de Orléans e acabe com o poderio inglês!

O rosto risonho do jovem monarca ficou um pouco sóbrio quando o discurso marcial foi pronunciado naquele ambiente nauseabundo, tal um sopro soprado de campos de batalha e de guerra, e o banal sorriso logo esmaeceu completamente, desaparecendo. Ele ficou sério e pensativo. Logo acenou levemente com a mão e todas as pessoas partiram e deixaram os dois sozinhos, em um local vazio. Os cavaleiros e eu fomos para o lado oposto da sala e ali ficamos. A um sinal, vimos Joana se levantar, e então ela e o rei tiveram uma conversa privada.

Todos os presentes foram consumidos pela curiosidade de ver o que Joana faria. Bem, eles viram, e ficaram espantados ao ver que ela realmente havia realizado aquele estranho milagre, conforme prometera em sua carta; e ficaram ainda mais espantados ao descobrir que ela não ficou impressionada com toda a pompa e o esplendor ao redor, e que estava ainda mais tranquila e à vontade ao falar com um monarca do que eles mesmos, apesar de toda a prática e a experiência que tinham.

Quanto aos nossos dois cavaleiros, eles explodiram de orgulho de Joana, mas estavam quase mudos, no que diz respeito à fala, não conseguindo pensar em nenhuma forma de explicar como ela conseguia enfrentar essa imponente provação sem nem um erro ou embaraço de qualquer tipo para arruinar a graça e o crédito de sua ótima performance.

A conversa entre Joana e o rei foi longa e sincera, e mantida em voz baixa. Não podíamos ouvir, mas nossos olhos estavam atentos e pudemos notar os efeitos; e logo nós e toda a casa notamos um efeito memorável e surpreendente, que ficou marcado em livros de memórias e histórias e foi narrado em forma de testemunhos no Processo de Reabilitação, por algumas testemunhas; pois todos sabiam que se tratava de um acontecimento significativo, embora ninguém soubesse o que isso significasse naquele momento, é claro. De repente, vimos o rei mudar sua atitude indolente e se endireitar como um homem, parecendo, ao mesmo tempo, imensamente surpreso. Era como se Joana tivesse lhe dito algo quase maravilhoso demais para acreditar, mas ainda assim inspirador e agradável.

Demorou muito para que descobríssemos o segredo da conversa, mas agora o sabemos, e o mundo todo sabe. Essa parte da conversa, como se pode ler em todas as histórias, foi assim: O rei, perplexo, pediu a Joana um sinal. Ele queria acreditar nela e em sua missão, e que suas Vozes eram sobrenaturais e dotadas de conhecimento digno apenas a imortais, mas ele só poderia acreditar se as Vozes pudessem provar o que reivindicavam de alguma maneira absolutamente incontestável. Foi então que Joana disse:

— Vos darei um sinal, e não tereis mais dúvida. Em vosso coração há um sofrimento secreto, do qual não falais com ninguém. Uma dúvida que enfraquece vossa coragem e vos faz sonhar em deixar tudo para trás e fugir de vosso reino. Nesse curto tempo rezastes, em vosso íntimo, para que Deus Todo Poderoso respondesse a essa dúvida, mesmo que Ele vos mostrasse que nenhum direito real vos seria conferido.

Isso surpreendeu o rei, pois ela estava certa: sua reza era o segredo em seu peito, e ninguém além de Deus poderia saber disso. Então ele disse:

— Esse sinal é o suficiente. Sei agora que essas Vozes vêm de Deus. Elas disseram a verdade sobre isso; se disseram outras coisas, dizei-me, que eu acreditarei.

— Elas responderam à dúvida. Trago suas próprias palavras: "És o herdeiro legítimo do rei teu pai, e verdadeiro herdeiro da França. É Deus quem está falando. Agora ergues a cabeça e não duvides mais, mas dá-me homens de armas e deixa-me continuar meu trabalho".

Dizer-lhe que seu nascimento era legítimo foi o que fez com que ele se aprumasse e virasse homem em um instante, acabando com a dúvida que o atormentava e o convencendo de seu direito real; e se alguém pudesse ter enforcado os membros de seu conselho inibitivo e pernicioso e tê-lo libertado, ele teria respondido à súplica de Joana e a enviado ao campo de batalha. Mas não, aquelas criaturas receberam apenas o xeque, não o xeque-mate; elas ainda podiam inventar mais alguns atrasos.

Ficamos orgulhosos com as honrarias que tanto distinguiram a entrada de Joana naquele local, honrarias restritas a personagens de posição e valor muito altos, mas esse orgulho não era nada comparado com o orgulho que tivemos com a honraria que lhe fora feita na hora de deixá-lo. Pois enquanto as primeiras honrarias eram dirigidas apenas aos personagens ilustres, as últimas, até então, eram dirigidas apenas à realeza. O próprio rei levou Joana pela mão, na grande sala, até a porta, em meio à reluzente multidão de pé que lhes fazia reverência enquanto passavam e aos trompetes de prata que soavam ricas notas. Em seguida, ele a dispensou com palavras atenciosas, curvando-se sobre a mão dela e a beijando. Sempre, com todas as pessoas que conhecia, nobres ou plebeias, ela partia com muito mais honrarias e estima do que quando chegava.

E o rei fez outra coisa bonita para Joana, pois ele nos enviou de volta ao castelo de Courdray, iluminados por tochas e com grande pompa, sob a escolta de sua própria tropa — sua guarda de honra —, os únicos soldados que tinha; eram homens bem equipados e adornados, embora não tivessem visto a cor de seus ordenados desde crianças, praticamente. Como as maravilhas que Joana havia realizado diante do rei já tinham sido espalhadas corte afora, a estrada estava tão cheia de pessoas que queriam vê-la que mal podíamos passar; não conseguíamos nem conversar entre nós, pois todas as tentativas de conversa eram afogadas na tempestade de gritos e vivas que irrompiam quando passávamos, e nos acompanhou como uma onda durante todo o caminho.

CAPÍTULO 7

Nosso Paladino em sua glória

Estávamos condenados a sofrer esperas e atrasos tediosos, e nos acostumamos com o nosso destino e o suportamos com uma paciência melancólica, contando as lentas horas e os enfadonhos dias e esperando uma reviravolta, caso Deus desejasse enviá-la. Paladino era a única exceção — ou seja, ele era o único que estava feliz e não passava por momentos difíceis. Isso se devia parcialmente à satisfação que tinha com suas roupas. Ele as comprou em segunda mão: um terno completo de cavaleiro espanhol, um chapéu de abas largas com plumas flutuantes, colarinho e punhos rendados, gibão de veludo desbotado e greguescos, capa curta sobre o ombro, borzeguins, uma rapieira e todas essas coisas. Um traje gracioso e pitoresco, e a estrutura robusta do Paladino era ideal para provocar um certo efeito. Ele o usava quando estava de folga; e quando se gabava com uma mão descansando no punho da rapieira e girando o novo bigode com a outra, todos paravam para olhá-lo e admirá-lo; e eles tinham motivo, pois ele representava um elegante e imponente contraste com os pequenos cavalheiros franceses da época, espremidos no trivial traje francês.

Ele era a abelha-rainha da pequena aldeia que se aninhava sob o abrigo das torres e dos baluartes sombrios do castelo de Courdray, e o reconhecido senhor da taverna da estalagem. Quando abria a boca, era ouvido. Os simples artesãos e camponeses ouviam-no com profundo e curioso interesse; pois ele era um viajante e tinha visto o mundo, que era tudo o que estava entre Chinon e Domrémy, pelo menos, e isso era muito mais do que eles jamais poderiam esperar ver; e ele esteve em batalhas, e sabia como descrever o choque e a luta, os perigos e as surpresas, com uma arte única. Ele era o mandachuva, o herói da estalagem; atraía a clientela da mesma forma que o mel atrai as moscas; assim, era o queridinho do dono da estalagem, de sua esposa e de sua filha, e eles eram seus servos obsequiosos e dispostos.

A maioria das pessoas que tem o dom da narrativa — esse grande e raro dote — tem o defeito de contar as coisas que escolhem da mesma forma, todas as vezes, e isso as prejudica e faz com que pareçam sem graça e enfadonhas, depois de tantas repetições; mas não era o caso de Paladino, cuja arte era de um tipo mais refinado; era mais estimulante e interessante ouvi-lo contar sobre uma batalha na décima vez do que na primeira vez, porque ele não a contava duas vezes da mesma maneira, mas sempre a transformava em uma nova e melhor batalha, com mais baixas do lado do inimigo todas as vezes, e mais destruições e desastres ao redor, e mais viúvas e órfãos e sofrimento nas redondezas de onde ocorria a batalha. Ele não conseguia distinguir suas batalhas, exceto pelos nomes; e quando contava uma delas dez vezes, ele a aumentava tanto que não havia mais espaço suficiente na França para ela; ela ultrapassava as fronteiras. Mas, até aquele momento, o público não permitiria que ele a substituísse por uma nova batalha, sabendo que as antigas eram as melhores, certos de que elas melhorariam enquanto a França pudesse mantê-las; e assim, em vez de lhe dizer o que teriam dito a outro, como "contai-nos algo novo, estamos cansados dessas velhas histórias", diziam, a uma só voz e muito interessados: "Contai de novo como ocorreu a surpresa em Beaulieu, contai três ou quatro vezes!". Esse é um elogio que poucos especialistas em narrativa ouviram em sua vida.

A princípio, quando Paladino nos ouviu contar sobre as glórias da audiência real, ficou com o coração partido porque não veio conosco; depois, sua fala estava cheia do que ele teria feito se tivesse estado lá; e dois dias depois ele contava o que tinha feito quando esteve lá. Sua empreitada tomava uma boa direção, agora, o que significava que ela podia dar conta do assunto. Três noites depois, todas as suas batalhas estavam descansando, pois seus adoradores na taverna já estavam tão apaixonados pelo grande conto da audiência real que não queriam nenhum outro, e estavam tão enfeitiçados por ele que teriam chorado se não pudessem ouvi-lo.

Noel Rainguesson se escondeu e o ouviu, e veio me contar, e depois disso fomos juntos para ouvi-lo, subornando a dona da estalagem para que pudéssemos ter seu pequeno salão privado, onde poderíamos ficar de pé nos postigos da porta e ver e ouvir.

A taverna era grande, confortável e aconchegante; tinha convidativas mesinhas e cadeiras espalhadas irregularmente sobre o piso de azulejos vermelhos e uma grande lareira, cujo fogo flamejava e crepitava na ampla chaminé. Era um lugar confortável para passar as noites de março, frias e com grandes ventanias, como as de então; um grupo simpático tinha se abrigado ali, bebericando alegremente um bom vinho e conversando, cordialmente, enquanto esperava o historiador. O dono, a dona e sua linda filha iam para cá e para lá entre as mesas e davam o melhor de si para atender os pedidos. A sala tinha menos de quatro metros quadrados, e um espaço ou corredor no centro tinha sido deixado livre e reservado para as necessidades de Paladino. Ao fundo, havia uma plataforma elevada de três a três metros e meio de largura, sobre a qual estavam acomodadas uma grande cadeira e uma pequena mesa; três degraus levavam até ela.

Entre os bebedores de vinho havia muitos rostos familiares: o sapateiro, o ferrador, o ferreiro, o fabricante de carroças, o armeiro, o preparador de malte, o tecelão, o padeiro, o moleiro com seu casaco empoeirado e assim por diante; e o mais consciente e importante deles, evidentemente, o barbeiro-cirurgião, o mais influente em todas as aldeias. Como ele arranca os dentes de todo mundo, purga e sangra todas as pessoas crescidas uma vez por mês para mantê-las em boa saúde, ele conhece todo mundo, e devido ao contato constante com todo tipo de gente, torna-se um mestre de etiqueta e boas maneiras e um grande proseador. Havia também muitos carregadores, negociantes de gado e esse tipo de gente, além de artesãos pagos por dia de trabalho.

Quando Paladino logo entrou gingando indolentemente, foi recebido com vivas, e o barbeiro se apressou e o cumprimentou com várias humildes reverências, graciosas e corteses, pegando sua mão e nela roçando os lábios. Em seguida pediu, em voz alta, uma garrafa de vinho para Paladino, e quando a filha do anfitrião a levou até a plataforma, deixou-lhe a cortesia e partiu, e o barbeiro a chamou e pediu que colocasse o vinho em sua conta. Isso lhe rendeu gritos de aprovação, o que o agradou muito e fez seus olhinhos de rato brilharem; tais aplausos são corretos e apropriados, pois quando fazemos algo generoso e galante, é natural que queiramos ser notados.

O barbeiro convidou as pessoas a se levantarem e a beberem à saúde de Paladino, o que fizeram com entusiasmo e afeição sincera, brindando juntos com suas canecas de metal e aumentando o efeito das batidas com um sonoro "saúde!". Foi bom ver como o jovem espadachim tinha se tornado tão popular em uma terra estranha em tão pouco tempo e sem a ajuda dos outros para progredir, bastando-lhe apenas a língua e o talento, dados por Deus — talento que era apenas um no começo, mas que se multiplicava por dez graças à gestão cuidadosa, ao desenvolvimento e ao usufruto, que naturalmente o seguiam e o recompensavam, justos.

As pessoas se sentaram e começaram a bater nas mesas, com as canecas, e a pedirem "A audiência do rei! A audiência do rei! A audiência do rei!". Paladino estava lá, de pé, fazendo uma de suas melhores poses, com o grande chapéu emplumado inclinado para a esquerda, as dobras da capa curta caindo do ombro e uma mão no punho da espada, enquanto a outra erguia um copo. Quando o barulho diminuiu, ele fez um imponente tipo de reverência, copiado de algum outro lugar; então pegou o copo, levou-o aos lábios, inclinou a cabeça para trás e o esvaziou totalmente. O barbeiro saltou até o copo e o colocou na mesa de Paladino. Então Paladino começou a subir e a descer da plataforma, com muita dignidade e bastante à vontade; e enquanto caminhava, falava, e de vez em quando parava e ficava encarando o público da casa, continuando a fala.

Nós fomos três noites seguidas. Era evidente que havia um encanto em sua performance que ia além do mero interesse ligado à mentira. Logo foi possível descobrir que esse encanto residia na sinceridade de Paladino. Ele não estava mentindo conscientemente; acreditava no que dizia. Para ele, suas declarações iniciais eram fatos e, sempre que ele aumentava uma declaração, o elemento adicional também se tornava um fato. Ele se lançou de corpo e alma à extravagante narrativa, assim como um poeta se lança em uma ficção heroica, e sua seriedade desarmou a crítica — desarmou-a no que dizia respeito a ele. Ninguém acreditava em sua narrativa, mas todos acreditavam que ele acreditava nela.

Ele aumentava a história sem floreios, sem ênfase, e tão casualmente que frequentemente não percebiam que uma mudança havia sido feita. Na primeira noite, ele falou do comandante de Vaucouleurs simplesmente como comandante de Vaucouleurs; na segunda noite, falou de seu tio, o comandante de Vaucouleurs; na terceira noite, o comandante virou seu pai. Ele não parecia saber que estava fazendo essas mudanças extraordinárias; elas saíam de seus lábios naturalmente, sem esforço. Segundo o relato da primeira noite, o comandante apenas o anexara à escolta militar da Donzela, de maneira geral e não oficial; na segunda noite, seu tio, o comandante, o enviou com a Donzela como tenente responsável pela retaguarda; na terceira noite, seu pai, o comandante, colocou todo o comando, a Donzela e todos os outros sob sua responsabilidade exclusiva. Na primeira noite, o comandante falou dele como um jovem sem nome ou linhagem, mas "destinado a alcançar ambos"; na segunda noite, seu tio, o comandante, falou dele como o mais recente e mais digno descendente da linhagem do chefe e mais nobre dos doze paladinos de Carlos Magno;[1] na terceira noite, ele falou de si como o descendente da linhagem de todos os doze. Em três noites, ele promoveu o conde de Vendôme de um recente conhecido a um colega de escola, e depois a cunhado.

Na audiência com o rei, tudo foi aumentado, da mesma maneira. Primeiro, os quatro trompetes de prata eram doze, depois trinta e cinco, por fim noventa e seis; e à época ele tinha adicionado no discurso tantos tambores e pratos que teve de ampliar a sala de cento e cinquenta metros a duzentos e setenta metros para acomodá-los. As pessoas presentes também se multiplicaram.

Nas duas primeiras noites, ele se contentou apenas em descrever e exagerar o principal incidente dramático da audiência, mas na terceira noite adicionou uma ilustração à descrição. Ele colocou o barbeiro em sua própria cadeira alta, à guisa de trono, para representar o falso rei; então contou como a corte olhava a Donzela com intenso interesse e alegria reprimida, esperando vê-la sendo enganada pela fraude e ser para sempre descreditada pela tempestade de risadas escarnecedoras que se seguiriam. Ele ficou nessa cena até que o público ardesse de ansiedade, e então chegou ao clímax. Virando-se para o

---

[1] Também conhecidos como "os doze pares da França", são cavaleiros da história narrada no poema épico "A canção de Rolando" (*La chanson de Roland*), famosa obra da literatura francesa medieval. Paladinos eram os cavaleiros que acompanhavam Carlos Magno (771-814), o rei dos francos declarado imperador, às guerras. [N. T.]

barbeiro, disse: "Mas prestai atenção no que ela fez. Ela fitou inabalavelmente o rosto de vilão daquele espúrio, da mesma forma como eu fito vossos rostos agora — essa sendo sua nobre e simples atitude, assim como estou agora —, então ela se virou — assim — para mim e, esticando o braço — assim —, apontou com o dedo e disse, com o tom firme e calmo que ela costumava usar para liderar de uma batalha: 'Arranca esse tratante falso do trono!'. Eu, avançando como faço agora, peguei-o pelo colarinho, levantei-o e o segurei no ar, assim, como se fosse uma criança. (A casa se levantou, gritando, batendo os pés e as canecas, e enlouqueceu com a magnífica exibição de força; e não havia nem uma sombra de risada em nenhum lugar, apesar do espetáculo do frouxo e orgulhoso barbeiro, pendurado ali no ar como um cãozinho segurado pelo cangote, algo que não tinha nada de solene.) — Então o coloquei de pé, assim, pensando em pegá-lo com mais força e jogá-lo pela janela, mas ela pediu que eu me contivesse, e por causa desse erro ele escapou com vida. Então ela se virou e viu a multidão, com aqueles olhos dela que são as brilhantes janelas por onde sua sabedoria imortal olha para o mundo, resolvendo as falsidades e chegando ao cerne da verdade escondida, e eles logo caíram sobre um jovem vestido de maneira modesta, e ela proclamou quem ele realmente era, dizendo: 'Sou vossa serva, sois o rei!'. Então todos ficaram surpresos, e o forte grito em uníssono dos seis mil presentes foi ouvido, e as paredes balançaram, tamanho eram o volume e o tumulto".

Ele criou uma história boa e pitoresca sobre a marcha de saída da audiência, aumentando suas glórias até o último limite da impossibilidade; então tirou do dedo e ergueu uma porca de latão retirada de uma cabeça de parafuso que o responsável pela estrebaria do castelo lhe dera naquela manhã, e chegou à conclusão, dizendo: "Então o rei dispensou a Donzela da maneira mais graciosa — como, de fato, ela merecia — e, voltando-se a mim, disse: 'Pegai este anel de sinete, filho dos paladinos, e me chamai, com ele, quando precisardes; e vede bem', ele disse, tocando minha têmpora, 'preservai este cérebro, a França precisa dele; e cuidai também de vossa caixola, pois prevejo que um dia ela carregará uma coroa ducal'. Peguei o anel, ajoelhei-me e beijei sua mão, dizendo: 'Senhor, onde a glória chamar, lá eu serei encontrado; onde o perigo e a morte forem abundantes, lá será minha casa; quando a França e o trono precisarem de ajuda — bom, não digo nada, pois não sou do tipo que fala —, deixai minhas ações falarem por mim, é tudo o que peço'. Assim acabou esse episódio, o mais feliz e memorável de todos, apontando para um futuro próspero para a coroa e a nação. Que os agradecimentos sejam feitos a Deus! Levantai-vos! Enchei as canecas! Agora, em homenagem à França e ao rei, bebei!".

E eles tomaram tudo, explodindo em vivas e hurras durante uns dois minutos, com Paladino em pé, à vontade, com toda sua pompa, sorrindo graciosamente em sua plataforma.

CAPÍTULO 8

Joana persuade seus inquisidores

Quando Joana disse ao rei o profundo segredo que torturava o coração dele, suas dúvidas se dissiparam; ele acreditava que ela tinha sido enviada por Deus e, caso se sentisse em paz, a enviaria imediatamente para sua grande missão. Mas não ficou em paz. A raposa sagrada de Reims e De La Trémoïlle conheciam o homem. Tudo o que precisavam dizer era isto — e disseram: "Vossa Alteza diz que as Vozes dela vos revelaram, pela boca dela, um segredo conhecido apenas por vós e por Deus. Como pode saber que as Vozes não são de Satanás e que ela não é sua porta-voz? Pois Satanás conhece os segredos dos homens e usa esse conhecimento para destruir suas almas, não? É um assunto perigoso, e Vossa Alteza agirá corretamente ao não prosseguir sem sondar profundamente o assunto".

Isso foi suficiente. Murchou a pequena alma do rei como uma uva passa, cheia de medos extremos e apreensões, e ele imediatamente nomeou uma comissão de bispos para visitar e interrogar Joana diariamente, até que descobrissem se sua ajuda sobrenatural vinha do Céu ou do Inferno.

O parente do rei, duque d'Alençon, três anos prisioneiro de guerra dos ingleses, fora, naqueles dias, liberado do cativeiro devido à promessa de um grande resgate; o nome e a fama da Donzela chegaram até ele — pois estavam em todas as bocas e penetraram em todas as partes —, e ele foi a Chinon para ver com seus próprios olhos que tipo de criatura era. O rei mandou chamar Joana e a apresentou ao duque. Ela disse, com o seu jeito simples: "Sejais bem-vindo; quanto mais sangue francês se juntar à causa, melhor para a causa e para o país". Então os dois conversaram e ocorreu o que sempre ocorria: quando partiram, o duque era seu amigo e defensor.

Joana assistiu à missa do rei no dia seguinte e depois jantou com o rei e o duque. O rei estava aprendendo a apreciar sua companhia e a valorizar sua conversa; e isso poderia ser muito bom, pois, como outros reis, ele estava acostumado a não tirar nada das conversas com as pessoas, a não ser frases reservadas, incolores e descomprometidas, ou cuidadosamente matizadas para corresponder à cor do que ele próprio dizia; o tipo de conversa enfadonha que apenas vexa e aborrece; mas a conversa de Joana era livre e original, sincera e honesta, sem frustrações provocadas pela receosa auto-observação e pelo constrangimento. Ela disse exatamente o que estava em sua mente, e o disse de maneira clara e direta. Imaginai que, para o rei, isso deve ter sido como água fria e fresca das montanhas aos lábios desidratados acostumados com a água das poças ferventes sob o sol da planície.

Depois do jantar, Joana encantou imensamente o duque com o domínio que tinha da arte de cavalaria e da prática da lança nos prados do castelo de Chinon, a ponto de o rei também ter ido vê-la e lhe ter presenteado um grande corcel de guerra preto.

Todos os dias a comissão de bispos vinha e questionava Joana sobre suas Vozes e sua missão, e depois ia até ao rei com seu relatório. Os bisbilhoteiros foram bem-sucedidos, mas só um pouco. Ela dizia o que considerava oportuno e guardava o resto para si. Com ela, ameaças e trapaças foram desperdiçadas. Ela não ligava para as ameaças, e as armadilhas não capturavam nada. Ela era totalmente franca e inocente com relação a isso. Sabia que os bispos tinham sido enviados pelo rei, que suas perguntas eram as perguntas do rei e que, conforme todas as leis e costumes, as perguntas de um rei deveriam ser respondidas; ainda assim ela disse ao rei, do seu jeito ingênuo, um dia em que estavam juntos à mesa, que ela respondera apenas às perguntas que lhe convinham.

Os bispos concluíram, por fim, que não podiam saber se Joana fora enviada por Deus ou não. Eles foram cautelosos, vos digo. Havia dois partidos poderosos na corte; portanto, tomar qualquer uma decisão os envolveria infalivelmente com um desses partidos; assim, acharam mais sensato se empoleirar na cerca e transferir o fardo a outros ombros. Foi o que fizeram. No relatório final, indicaram que o caso de Joana estava além de seus poderes e recomendaram que fosse colocado nas mãos dos eruditos e ilustres doutores da Universidade de Poitiers. Então saíram de campo, deixando para trás este pequeno item de testemunho extraído deles pela sábia reticência de Joana: disseram que ela era uma "pastorinha gentil e simples, muito cândida, não dada a conversas". E era verdade, no caso deles. Mas se pudessem ter olhado para o passado e a visto conosco, nos felizes pastos de Domrémy, teriam percebido que ela gostava de derramar-se em palavras quando nenhum mal podia vir delas.

Então viajamos para Poitiers, onde suportamos três semanas de tediosa delonga enquanto a pobre criança era diariamente questionada e importunada diante de um grande tribunal de... o quê? Especialistas militares, posto que ela havia se candidatado a liderar um exército e ao privilégio de levá-lo à batalha contra os inimigos da França? Ah, não; era um grande tribunal de padres e monges — casuístas profundamente tendenciosos e astutos —, renomados professores de teologia! Em vez de criar uma comissão militar para descobrir se a pequena soldada valorosa poderia obter vitórias, definiram um grupo de pedantes sacros preocupados com frases de efeito para descobrir se a soldada era pia, pura e se não tinha lacunas doutrinárias. Os ratos estavam devorando a casa, mas em vez de examinar os dentes e as garras do gato, apenas se preocuparam em descobrir se o gato era sagrado. Se fosse um gato piedoso, um gato de princípios, tudo bem; tanto faz as outras capacidades, elas não tinham consequência alguma.

Joana estava tão autoconfiante, tranquila diante do deprimente tribunal, com suas celebridades paramentadas, suas pompas e cerimônias imponentes, que ela mais parecia uma espectadora do que a ré em julgamento. Sentou-se no banco, solitária, sossegada, e desconcertou a erudição dos sábios com sua sublime ignorância — ignorância que era sua fortaleza; ciências humanas, artimanhas, o aprendizado advindo dos livros, todos projéteis que ricochetearam em sua inconsciente alvenaria e caíram no chão, inofensivos, sem conseguir desalojar a guarnição que a compunha: o grande coração sereno e o espírito de Joana, os guardas e guardiões de sua missão.

Ela respondeu com franqueza a todas as perguntas, e contou toda a história de suas visões e experiências com os anjos e o que eles lhe disseram; e a maneira de contar foi tão espontânea, tão séria e sincera, tornando tudo tão realístico e real, que até a dura corte prática esqueceu-se de si e ficou estática e muda, ouvindo-a com interesse, encanto e curiosidade até o fim. E se quiserdes ter acesso a outro testemunho além do meu, procurai nas histórias e encontrarão uma testemunha ocular, que prestou um testemunho juramentado no Processo de Reabilitação, dizendo ter contado o ocorrido "com nobre dignidade e simplicidade" e, quanto ao seu efeito, dizendo substancialmente o que eu disse.

Dezessete, ela tinha dezessete anos, e estava sozinha no banco, sozinha; embora não tivesse medo, enfrentou a grande assembleia de doutores eruditos em direito e teologia; e com a ajuda de arte alguma aprendida nas escolas, mas usando apenas os encantamentos que lhe eram inatos, como a juventude, a sinceridade, a voz suave e musical e a eloquência cuja fonte era o coração, não a cabeça, ela lançou o feitiço sobre eles. Ah, foi lindo de se ver. Se eu pudesse, vos apresentaria exatamente o que vi; então eu saberia o que diríeis.

Como eu já disse, ela não sabia ler. Um dia eles a atormentaram e a incomodaram com argumentos, raciocínios, objeções e outras trivialidades fúteis e prolixas, colhidas dos trabalhos de fulano, sicrano e outra grande autoridade teológica, até que finalmente sua paciência acabou, e ela se virou abruptamente para eles e disse: "Eu não sei diferenciar A de B, mas sei isto: que vim seguindo a ordem do Senhor do Céu para libertar Orléans do domínio dos ingleses e coroar o rei de Reims, e os assuntos que apresentais não têm importância alguma!"

Aqueles certamente eram dias difíceis para ela e desgastantes para todos os participantes; mas sua parte era a mais dura, porque ela não tinha descanso, devia estar sempre disponível e ficar ali por longas horas, enquanto que este, aquele e o outro inquisidor podiam se ausentar e repousar quando estivessem esgotados. E ainda assim ela não mostrava desgaste, fadiga e raramente se excedia. Como regra, ela passava o dia calma, alerta, paciente, esgrimindo com os mestres veteranos da esgrima acadêmica e saindo sempre sem nem um arranhão.

Um dia, um dominicano lhe fez uma pergunta que fez com que todos prestassem ouvidos, interessados; eu tremi, e disse a mim mesmo que, daquela vez, ela não aguentaria mais, pobre Joana, pois não havia como responder àquilo. O espertalhão dominicano começou assim, indolente, como se o assunto de que tratava não tivesse importância alguma:

— Afirmas que Deus quer libertar a França da escravidão inglesa?

— Sim, é o que Ele quer.

— Desejas homens de armas, para que possas libertar Orléans, não?

— Sim, e quanto antes, melhor.

— Deus é todo-poderoso e capaz de fazer qualquer coisa que queira fazer, não é?

— Com certeza. Sem dúvida alguma.

O dominicano levantou a cabeça, de repente, e soltou a pergunta de que falei, exultado:

— Então me respondas. Se Ele quer libertar a França, e é capaz de fazer tudo o que quiser, por que precisa de homens de armas?

Houve um belo alvoroço e uma comoção quando ele disse isso, e repentinamente cabeças começaram a se mexer e mãos foram colocadas nas orelhas para ouvir a resposta; o dominicano abanou a cabeça, satisfeito, e olhou ao seu redor recolhendo aprovações, que brilhavam em cada rosto. Mas Joana não estava perturbada. Não havia nenhuma nota de inquietação em sua voz quando ela respondeu:

— Ele ajuda quem se ajuda. Os filhos da França lutarão nas batalhas, mas Ele lhes dará a vitória!

Deu para ver uma luz de admiração percorrer a casa de cima a baixo, como um raio de sol. Até o dominicano pareceu satisfeito ao ver seu golpe de mestre tão habilmente esquivado, e ouvi um venerável bispo murmurar, com um fraseado comum aos padres e ao povo naquela época bruta: "Por Deus, a criança disse a verdade. Ele quis que Golias fosse assassinado, e enviou uma criança como esta para fazê-lo!".

Outro dia, quando a inquisição se arrastou até que todos parecessem sonolentos e cansados, menos Joana, o irmão Seguin, professor de teologia na Universidade de Poitiers, que era um homem irascível e sarcástico, bombardeou Joana com todos os tipos de perguntas inoportunas em seu francês bastardo de Limousin — pois ele era de Limoges. Perguntou, por fim:

— Como é que entendes esses anjos? Que língua eles falam?

— Francês.

— É mesmo?! Que maravilha saber que a nossa língua é tão honrada! Um bom francês?

— Sim, perfeito.

— Perfeito, é? Bom, tu certamente deves saber. Era melhor que o teu?

— Quanto a isso, eu... não sei dizer — ela disse, e ia continuar, mas parou. Então acrescentou, quase como se dissesse a si mesma:

— Era ainda melhor que o vosso!

Eu sabia que tinha um riso por entre dentes atrás daqueles olhos inocentes. Todos começaram a falar em voz alta. O irmão Seguin ficou ofendido, e perguntou bruscamente:

— Acreditas em Deus?

Joana respondeu, com uma indiferença irritante:

— Ah, sim, é claro, mais do que vós, provavelmente.

O irmão Seguin perdeu a paciência e soltou um sarcasmo depois do outro, e finalmente explodiu, com uma raiva sincera, exclamando:

— Muito bem, posso dizer-te isto, a ti cuja crença em Deus é tão excepcional: Deus não quis que ninguém acreditasse em ti sem um sinal. Qual é o teu sinal? Mostra-o!

Joana, sentindo-se provocada, aguentou por um momento, e lançou sua réplica de maneira espirituosa:

— Não vim a Poitiers para mostrar sinais e fazer milagres. Quando eu for enviada a Orléans, tereis sinais o bastante. Dai-me homens de armas — poucos ou muitos — e deixai-me ir!

Seus olhos flamejavam. Ah, a pequena heroína! Até consigo vê-la! Houve uma enorme explosão de aclamações e ela se sentou, corada, pois não era de sua delicada natureza ser conspícua.

Essa fala e esse episódio sobre a língua francesa marcaram dois pontos contra o irmão Seguin, enquanto ele não marcou nem um ponto contra Joana; apesar do homem irascível que era, era um homem varonil, honesto, como se pode ver nas histórias; pois na reabilitação ele poderia ter omitido esses incidentes infelizes se assim tivesse escolhido, mas não o fez, relatando-os sem demora em seu depoimento.

Em um dos últimos dias da sessão, que durou três semanas, os togados acadêmicos e professores a atacaram ferozmente do começo ao fim, afrontando consideravelmente Joana com objeções e argumentos selecionados dos escritos de cada uma das antigas e ilustres autoridades da Igreja Católica Romana. Ela estava quase sufocada, mas finalmente se sacudiu para se libertar e revidou, gritando: "Escutai! O Livro de Deus vale muito mais do que todas as vossas citações, e eu me atenho a ele. E vos digo que há coisas nesse Livro que nenhum de vós sabe ler, apesar de todo o aprendizado que tendes!".

Desde o começo ela foi tratada como uma visita, a convite da senhora Rabateau, esposa do conselheiro do Parlamento de Poitiers; e a essa casa as grandes damas da cidade iam todas as noites para ver Joana e falar com ela; não só elas, mas também velhos advogados, conselheiros e acadêmicos do parlamento e da universidade. E esses homens sérios, acostumados a pesar cada coisa diferente e questionável, e a considerá-las com cautela, e a revirá-las aqui e ali e ainda assim duvidar delas, vieram numa noite, na noite seguinte, na noite posterior, e assim sucessivamente, sendo cada vez mais profundamente influenciados por aquele algo misterioso, aquele encantamento, aquele fascínio elusivo e indizível que era o dote supremo de Joana d'Arc, aquele algo vitorioso, persuasivo e convincente que tanto nobres como plebeus reconheciam e sentiam, mas que nem nobres nem plebeus podiam explicar ou descrever, ao qual estavam, um a um, rendidos. "Essa criança foi enviada por Deus", diziam.

Ao longo do dia, Joana, no grande tribunal e sujeita às rígidas regras de procedimento, esteve em desvantagem; seus juízes fizeram as coisas do jeito deles; mas à noite ela mesma se apresentou no tribunal e os assuntos foram invertidos: com a língua livre ela o presidiu, diante dos mesmos juízes. Apenas um resultado foi possível: todas as objeções e os impedimentos que eles duramente construíam no decorrer do dia, perderam seu encanto à noite. Ao final, ela convenceu todos os juízes e teve seu grande veredito sem uma única voz dissonante.

Foi incrível ver a reação do tribunal quando o presidente leu o veredito de seu trono, pois todas as pessoas importantes da cidade, que puderam entrar e encontrar um lugar para ficarem, estavam lá. Primeiro houve algumas cerimônias solenes, apropriadas e habituais para tais ocasiões; sem seguida, quando o silêncio voltou a reinar, prosseguiu-se à leitura, que penetrou a profunda quietude para que cada palavra fosse ouvida até nas partes mais remotas da casa: "Foi constatado, e é pelo presente declarado, que Joana d'Arc, chamada de Donzela, é uma boa cristã e uma boa católica; que não há nada em sua pessoa ou em suas palavras que contrarie sua fé; e que o rei pode e deve aceitar o socorro que ela oferece, pois repeli-lo seria ofender o Espírito Santo e tornar-se indigno do apoio de Deus".

O tribunal se levantou e a tempestade de aplausos irrompeu sem censura, abrandando e estourando repetidamente, e perdi Joana de vista, pois ela foi engolida por uma grande maré de pessoas que corriam para parabenizá-la e despejar bênçãos sobre ela e a causa da França, agora solene e irrevogavelmente entregue às suas pequenas mãos.

CAPÍTULO 9

Ela é nomeada comandante em chefe

Foi certamente um grande dia, um acontecimento emocionante. Ela tinha vencido! Georges de La Trémoïlle e aqueles que tinham más intenções contra ela erraram ao permitir que ela recebesse visitas naquelas noites.

A comissão de padres enviada ostensivamente a Lorraine para investigar o caráter de Joana — na verdade para cansá-la com atrasos, desgastar seu propósito e fazê-la desistir — voltou e relatou que seu caráter era irreprovável. Como podeis ver, as coisas estavam indo bem.

O veredito causou um alvoroço prodigioso. A defunta França acordou repentinamente para a vida, por onde quer que viajassem as ótimas notícias. Antes, as pessoas desalentadas e intimidadas abaixavam a cabeça e se afastavam quando alguém mencionava a palavra "guerra"; agora elas clamavam para se alistar sob o estandarte da Donzela de Vaucouleurs, e o rugido das canções de guerra e a trovoada dos tambores preenchiam o ambiente. Acabei de me lembrar do que ela dissera, lá na nossa aldeia, quando provei com fatos e estatísticas que o caso da França era desesperançoso, e que nada jamais poderia despertar o povo de sua letargia: "Os tambores vão convocá-los. Eles vão responder e marchar".

Dizem que infortúnios nunca acontecem um de cada vez, mas todos juntos. Foi o que aconteceu no nosso caso, mas com a sorte. Assim que começou, veio como uma inundação, maré após maré. E até a onda que estava por vir foi desse tipo. Os padres tinham sérias dúvidas sobre se a Igreja deveria permitir que uma mulher-soldado se vestisse como um homem. Houve então um veredito a esse respeito, emitido por dois dos maiores estudiosos e teólogos da época — um deles, ex-chanceler da Universidade de Paris. Eles decidiram que, como Joana "deve fazer o trabalho de um homem e de um soldado, é justo e legítimo que sua vestimenta esteja em conformidade com a situação".

Foi um ótimo ponto para nós: a autoridade cristã permitira que ela se vestisse como um homem. Ah, sim, uma onda atrás da outra carregada de boa sorte. Sobre as pequenas, não falarei; vamos à maior de todas, à onda que nos carregou, como pequenos peixinhos, e quase nos afogou de alegria. No dia do grande veredito, mensageiros o levaram até o rei, e no ar fresco da manhã seguinte, brilhantes e sem demora, claras notas de uma corneta nos alcançaram flutuando, e aguçamos os ouvidos e começamos a contá-las. Uma, duas, três, pausa; uma, duas, pausa; uma, duas, três, de novo. Logo levantamos e corremos, pois essa fórmula era usada apenas quando o arauto do rei ia entregar uma proclamação ao povo. À medida que corríamos, pessoas afluíam de todas as ruas, casas e vielas, homens, mulheres e crianças, todos ruborizados, animados e acabando de se vestir enquanto corriam; as claras notas ainda ecoavam, e a multidão de pessoas ainda aumentava, até a cidade inteira estar nas ruas e se espalhar pela rua principal. Por fim, chegamos à praça, lotada de cidadãos, e ali, no alto do pedestal da grande cruz, vimos o arauto em seu traje esplêndido, rodeado por seus servos. No momento seguinte ele começou a elocução, com a poderosa voz que é própria de seu ofício: "Que todos os homens saibam, e prestem atenção que o mais nobre, o mais ilustre Charles, o rei da França, segundo a graça de Deus, teve o prazer de conferir à sua amada serva Joana d'Arc, chamada de Donzela, o título, os emolumentos, as autoridades e a dignidade de comandante em chefe dos exércitos da França...".

A isso, mil boinas voaram ao ar, e a multidão explodiu em um furacão ininterrupto de aplausos que parecia não ter fim; quando este chegou, o arauto prosseguiu e terminou: "... e nomeou para ser seu tenente e chefe do estado-maior um príncipe de sua casa real, Vossa Graça o duque d'Alençon!". À Conclusão do anúncio o furacão recomeçou e foi multiplicado, chegando a todas as vielas e ruas do povoado.

General dos exércitos da França, com um príncipe de sangue como subordinado! Ontem ela não era nada, hoje ela era general. Ontem ela nem sequer era sargento, nem cabo, nem raso; hoje, dando apenas um passo, estava no topo. Ontem ela era menos que ninguém para o recruta mais novo; hoje seu comando era lei para La Hire, Xaintrailles, o Bastardo de Orléans e todos os outros, veteranos de renome, ilustres mestres na arte da guerra. Eu pensava nisso, meus caros, tentando entender esse acontecimento estranho e maravilhoso.

Minha mente viajou de volta no tempo, e logo iluminou-se uma imagem; uma imagem que ainda era tão nova e fresca na minha memória que parecia um assunto de ontem. E, de fato, datava dos primeiros dias de janeiro. Era a imagem de uma menina camponesa em uma aldeia remota, ainda prestes a completar o décimo sétimo ano de vida, e ela e sua aldeia eram desconhecidas, como se estivessem do outro lado do globo. Ela pegou um andarilho solitário em algum lugar e o levou para casa — um gatinho cinza, abandonado e faminto —, e o alimentou e o confortou, e conquistou sua confiança e fez com que acreditasse nela, e agora ele estava enrolado no colo dela, dormindo, e ela estava tricotando uma meia grossa e pensando, sonhando; sobre o quê, talvez nunca se saiba. O gatinho mal teve tempo de se tornar um gato e a menina já era general dos exércitos da França, tendo como subalterno direto um príncipe de sangue. Na escuridão de sua aldeia, seu nome subiu como o Sol e passou a ser visível de todos os cantos da Terra! Fiquei tonto ao pensar nessas coisas; elas estavam tão fora da ordem, e pareciam tão impossíveis!

CAPÍTULO 10

A espada e o estandarte da Donzela

O primeiro ato oficial de Joana foi ditar uma carta aos comandantes ingleses em Orléans, convocando-os a entregar todas as fortalezas em seu poder e deixar a França. Ela deve ter pensado e organizado tudo isso antes, em sua mente, pois fluiu suavemente de seus lábios, em uma linguagem vivaz e enérgica. Ou não, pois ela sempre teve uma mente rápida e uma língua habilidosa, e suas faculdades estavam em constante desenvolvimento naquelas últimas semanas. A carta deveria ser encaminhada rapidamente, de Blois. Homens, provisões e dinheiro eram oferecidos em abundância, agora, e Joana escolheu Blois como posto de recrutamento e depósito de suprimentos, e ordenou a La Hire, do fronte, que assumisse o comando.

O Grande Bastardo — da casa ducal, comandante de Orléans — vinha clamando havia semanas que Joana lhe fosse enviada, e agora chegava outro mensageiro, o velho d'Aulon, um oficial veterano, homem de confiança, bom e honesto. O rei o manteve e o cedeu a Joana, para que ele chefiasse sua casa militar, e ordenou que ela mesma nomeasse o restante de seus homens, considerando que a quantidade e a dignidade deles deveria estar de acordo com a grandeza do cargo dela; exigiu, igualmente, que fossem adequadamente equipados com armas, roupas e cavalos.

Enquanto isso, em Tours, uma armadura completa feita para ela, a mando do rei, estava à sua espera. Era feita com o melhor aço, toda banhada a prata, ricamente ornamentada com desenhos gravados e tão bem polida que parecia um espelho.

As Vozes de Joana lhe disseram que havia uma antiga espada escondida em algum lugar atrás do altar de Santa Catarina em Fierbois, e ela enviou *Sieur* de Metz para pegá-la. Os padres não sabiam nada dessa espada, mas após uma busca ela foi encontrada naquele exato lugar, enterrada um pouco abaixo do solo. Não tinha bainha e estava muito enferrujada, mas os padres a poliram e a enviaram a Tours, para onde estávamos indo. Protegeram a espada com uma bainha de veludo carmesim feita especialmente para ela, e o povo de Tours lhe deu outra, feita de pano de ouro. Como Joana pretendia carregar sempre a espada, nas batalhas, deixou de lado as bainhas vistosas e usou uma de couro. Acreditava-se que a espada pertencia a Carlos Magno, mas era apenas uma opinião. Eu quis afiar a velha lâmina, mas ela disse que não era necessário, pois nunca mataria ninguém, e deveria levá-la apenas como um símbolo de autoridade.

Em Tours ela desenhou seu estandarte, que foi pintado pelo escocês Hauves Poulvoir. Ele foi feito com o mais delicado bocaxim branco, com franjas de seda. O desenho era a imagem de Deus, o Pai, no trono nas nuvens, segurando o mundo em Suas mãos; dois anjos ajoelhados aos Seus pés, apresentando lírios; a inscrição JESUS, MARIA; no verso, a coroa da França sustentada por dois anjos. Ela também solicitou um estandarte menor, uma flâmula, representando um anjo oferecendo um lírio à Santa Virgem.

Havia um grande burburinho em Tours. De vez em quando, ouvíamos os sons e a batida da música militar, às vezes ouvíamos os pesados passos medidos de homens marchando — pelotões de recrutas que partiam para Blois; canções, gritos e hurras preenchiam o ar, noite e dia; a cidade estava cheia de estranhos, as ruas e as estalagens, lotadas, a agitação da preparação estava por toda parte, e todos exibiam rostos felizes e alegres. Ao redor do quartel-general de Joana, havia sempre uma multidão de pessoas amontoadas, esperando vislumbrar a nova general e, quando conseguiam, enlouqueciam; mas raramente conseguiam, pois ela estava ocupada planejando a campanha, recebendo relatórios, dando ordens, despachando correspondência e dedicando os raros momentos que poderia poupar à companhia de gente importante, que a esperava na sala de estar. Quanto a nós, rapazes, mal a víamos; ela estava muito ocupada.

Estávamos num estado de espírito misto — às vezes esperançoso, às vezes não; principalmente não. Ela ainda não tinha nomeado sua equipe — essa era a nossa preocupação. Sabíamos que as candidaturas eram muito superiores à quantidade de vagas e que eram apoiadas por grandes nomes, de grande influência, ao passo que não tínhamos ninguém desse tipo para nos indicar. Ela poderia ocupar os cargos mais humildes com pessoas de renome — pessoas que seriam um baluarte para ela, e um apoio valioso em todos os momentos. Nessas circunstâncias, a política permitiria que ela nos escolhesse? Não estávamos tão alegres quanto o resto da cidade, mas inclinados à depressão e à preocupação. Às vezes discutíamos sobre as poucas chances que tínhamos, procurando ser otimistas. Mas a própria menção ao assunto era angustiante para Paladino; nós tínhamos pouca esperança, já ele, não tinha nenhuma. Como regra, Noel Rainguesson estava disposto a deixar o triste assunto em paz, mas não na presença de Paladino. Uma vez estávamos conversando sobre o assunto, quando Noel disse:

— Anima-te, Paladino, tive um sonho ontem à noite, e foste o único nomeado entre nós. Não era um alto cargo, mas era um cargo, de qualquer maneira — um tipo de lacaio ou criado particular, algo assim.

Paladino se levantou e quase pareceu contente, pois acreditava em sonhos e em toda e qualquer coisa supersticiosa. Ele disse, cada vez mais esperançoso:

— Eu gostaria que se tornasse realidade. Achas que vai se tornar realidade?

— É claro; eu quase posso dizer que sei que vai se tornar, porque meus sonhos quase nunca falham.

— Noel, eu poderia te abraçar se esse sonho pudesse se tornar realidade, eu poderia, de verdade! Ser servo da primeira general da França e o mundo todo ouvir sobre ela, e as notícias voltarem para a aldeia e deixar boquiabertos os parvos que sempre disseram que eu nunca chegaria a nenhum lugar, seria incrível! Achas que vai se tornar realidade, Noel? Acreditas nisso?

— Acredito. Coloco minha mão no fogo por isso.

— Noel, se isso se tornar realidade, nunca mais vou me esquecer de ti! Eu estaria vestido com um nobre libré, e as notícias iriam para a aldeia, e aqueles animais diriam: "Ele, servo da comandante em chefe, com os olhos do mundo inteiro sobre ele, admirados. Ah, esse sim subiu na vida!".

Ele começou a caminhar de um lado para o outro e a empilhar castelos no ar tão rápido e tão alto que mal conseguimos acompanhá-lo. Então, de repente, toda a alegria partiu de seu rosto, que foi tomado de tristeza, e ele disse:

— Oh, que besteira, nunca vai se tornar realidade. Esqueci-me daquele negócio insensato em Toul. Fiquei longe dela o máximo que pude, todas essas semanas, esperando que ela se esquecesse disso e me perdoasse, mas sei que ela nunca vai esquecer. Ela não pode, é claro. No final das contas, eu não tive culpa. Eu disse que ela prometeu se casar comigo, mas foram eles que me colocaram nisso e me convenceram. Juro que fizeram isso!

A imensa criatura estava quase chorando. Então ele se recompôs e disse, com remorso:

— Foi a única mentira que eu já contei e....

Ele se afogou em um coro de queixas e exclamações de indignação; e antes que pudesse recomeçar, um dos criados de d'Aulon, vestido com libré, apareceu e disse que nossa presença era solicitada no quartel-general. Levantamo-nos e Noel disse:

— Viu, o que eu disse? Tenho um pressentimento, sou dado a profecias. Ela vai te indicar, e devemos ir até lá e lhe prestar uma homenagem. Vem!

Mas Paladino estava com medo de ir, então o deixamos.

Quando, pouco tempo depois, ficamos diante dela, diante de uma multidão de esplêndidos oficiais do exército, Joana nos saudou com um sorriso vitorioso, e disse que nomeou todos nós para postos em sua casa militar, pois queria seus velhos amigos ao seu lado. Foi uma bela surpresa sermos honrados dessa maneira, quando ao invés de nós ela poderia ter pessoas nobres e importantes ao seu lado, mas não conseguimos encontrar palavras para dizer isso; naquele momento, ela se tornara mais grandiosa ainda, ficara muito acima de nós. Avançamos um a um e recebemos a autorização legal da mão de nosso chefe, d'Aulon. Todos nós tivemos postos honrosos. Os dois cavaleiros permaneceram em postos mais altos; em seguida, os dois irmãos de Joana; eu fui nomeado o primeiro pajem e secretário; um jovem cavalheiro chamado Raimond era o segundo pajem; Noel era seu mensageiro; ela tinha dois arautos e também um capelão e esmoler, cujo nome era Jean Pasquerel. Ela já havia indicado anteriormente um *maître d'hôtel*, ou chefe de mesa, e vários domésticos. Ela então olhou à sua volta e perguntou:

— Mas onde está Paladino?

O *Sieur* Bertrand disse:

— Ele achou que não tinha sido chamado, Vossa Excelência.

— Ah, não. Ele deve ser chamado.

Paladino entrou, bastante humilde. Não se aventurou a se afastar da porta. Parou ali, parecendo envergonhado e temeroso. Então Joana falou, com amabilidade:

— Observei-te na estrada. Começaste mal, mas melhoraste. Antigamente eras um incrível falador, mas há um homem em ti, e eu o trarei para fora — foi bom ver o rosto do Paladino se iluminar quando ela disse isso.

— Irás me seguir por onde eu for?

— Mesmo dentro do fogo! — ele disse.

E eu disse a mim mesmo: *A essa altura, acho que ela transformou esse fanfarrão em herói. É mais um dos seus milagres, não duvido disso.*

— Acredito em ti — disse Joana. — Toma, pega meu estandarte. Cavalgarás comigo em todos os campos de batalha e, quando a França for salva, o devolverás a mim.

Ele pegou o estandarte, que agora é o mais precioso dos memoriais que restam de Joana d'Arc, e sua voz estava emocionalmente instável quando disse:

— Se alguma vez eu desonrar essa confiança, meus camaradas, aqui presentes, saberão o que fazer com o corpo de amigo oficial, e eu lhes incumbo essa tarefa, pois sei que não falharão comigo.

CAPÍTULO 11

Começa a marcha para a guerra

Noel e eu voltamos juntos. Silenciosos, no começo, e impressionados. Finalmente Noel colocou para fora o que pensava e disse:

— Os primeiros serão os últimos e os últimos, os primeiros, temos motivo para estarmos surpresos. Mas, ao mesmo tempo, foi muito estimulante para o nosso grande touro!

— Foi! Ainda estou atordoado. O melhor posto para o seu dom.

— É verdade. Há muitos generais, e ela pode dar espaço para outros; mas há apenas um porta-estandarte.

— Sim. É o posto mais notável no exército, depois do dela.

— E o mais cobiçado e honrado. Os filhos de dois duques tentaram conquistá-lo, como bem sabemos. E de todas as pessoas no mundo, o majestoso moinho de vento o assume. Bom, é uma promoção imensa, pensando bem!

— Sem dúvida alguma. É uma espécie de cópia em miniatura de Joana.

— Não sei como explicar isso, tu sabes?

— Sim, sem problemas; bom, acho.

Noel ficou surpreso e olhou para cima rapidamente, como se quisesse ver se eu estava falando a sério. Ele disse:

— Achei que não estavas falando a sério, mas estou vendo que sim. Explica-me esse quebra-cabeça.

— Acho que consigo. Percebeste que nosso cavaleiro-chefe diz muitas coisas boas e sábias e tem uma mente bastante reflexiva sobre os ombros, não? Um dia, cavalgando, estávamos conversando sobre os grandes talentos de Joana, e ele disse: "O melhor de todos os seus dons é o olho que vê". Eu disse, como um idiota, sem pensar: "O olho que vê? Eu não contaria muito com isso. Suponho que todos o temos". "Não", ele disse, "pouquíssimos o têm". Então ele explicou, e tudo ficou claro. Ele disse que o olho comum vê apenas o exterior das coisas, e assim, julga, mas o olho que vê penetra e lê o coração e a alma, encontrando ali capacidades que o exterior não denota nem prenuncia, e que o outro tipo de olho não pode detectar. Ele disse que o gênio militar mais forte fracassaria e não conquistaria nada se não tivesse o olho que vê — ou seja, se não pudesse ler os homens e selecionar seus subordinados com um julgamento infalível. Ele vê intuitivamente que tal homem é bom para a estratégia, outro para ataques impetuosos e intrépidos, outro para a paciente persistência de Jó, e aponta cada um ao posto certo e vence, enquanto um comandante que não tem o olho que vê daria a cada um o posto do outro e perderia. Ele estava certo sobre Joana, eu vi isso. Quando ela era criança e um andarilho veio uma noite, seu pai e todos nós o vimos como um malandro, mas ela viu o homem honesto por trás dos farrapos. Quando eu jantei com o comandante de Vaucouleurs, há muito tempo, não vi nada em nossos dois cavaleiros, embora eu tenha me sentado com eles e conversado com eles por duas horas; Joana esteve lá cinco minutos, não falou com eles nem os ouviu, mas notou que eram homens de valor e fiéis, e eles confirmaram seu julgamento. Quem ela mandou chamar para se encarregar da turba tonitruante de novos recrutas em Blois, composta por velhos saqueadores *armagnacs* debandados, todos verdadeiros diabos? Ora, o próprio Satanás — ou seja, La Hire —, furacão militar, espadachim ímpio, sinistra conflagração de blasfêmias, Vesúvio da profanação em erupção eterna. Ele sabe como lidar com a turba de diabos ruidosos? Melhor do que qualquer homem vivo; pois ele é o chefe deles neste mundo, é o encontro de todos eles combinados, e provavelmente o pai da maioria deles. Ela o coloca temporariamente no comando até que ela consiga chegar a Blois sozinha — e então? Ora, então ela certamente se encarregará deles pessoalmente, ou eu não a conheço tão bem quanto deveria, depois de todos estes anos de intimidade. Será algo imperdível: o espírito justo em sua armadura branca, expressando sua vontade àquela pilha de lixo, àquele monte de trapos, àquele refugo abandonado de perdição.

— La Hire! — gritou Noel. — Nosso herói, todos esses anos. Quero ver esse homem!

— Eu também. Seu nome mexe comigo agora da mesma forma de quando eu era pequeno.

— Quero ouvi-lo praguejar.

— Eu também, prefiro ouvi-lo praguejar a ouvir qualquer outro rezar. Ele é o homem mais franco que existe, e o mais ingênuo. Uma vez, quando foi repreendido por pilhagem nos ataques, disse que não era nada. Ele disse: "Se Deus nosso pai fosse um soldado, Ele roubaria". Acredito que ele seja o homem certo para estar temporariamente no comando em Blois. Joana lançou o olho que vê sobre ele, vês?

— O que nos traz de volta para onde estávamos. Tenho uma afeição honesta pelo Paladino, e não somente porque é um bom sujeito, mas porque é o meu menino — fiz dele o que é, o mais fanfarrão e o católico mais mentiroso do reino. Estou feliz pela sua sorte, mas eu não tenho o olho que vê. Eu não o teria escolhido para o posto mais perigoso do exército. Eu o teria colocado na retaguarda, para matar os feridos e profanar os mortos.

— Bom, veremos. Joana provavelmente sabe melhor do que nós o que há nele. Vou dizer outra coisa. Quando uma pessoa na posição de Joana d'Arc diz a um homem que ele é corajoso, ele acredita nisso; e acreditar é o suficiente; na verdade, acreditar que és corajoso te torna corajoso; é só isso que importa.

— Acertaste em cheio! — gritou Noel. — Ela tem a boca criadora, além do olho que vê! É isso! A França estava acossada e assustada; Joana d'Arc apenas falou e a França já está marchando, com a cabeça erguida!

Fui então convocado para escrever uma carta ditada por Joana. Durante o dia e a noite seguintes nossos uniformes foram feitos pelos alfaiates, e recebemos uma nova armadura. Estávamos bonitos, vestidos para a paz e para a guerra. Vestido para a paz, com acessórios caros e cores suntuosas, Paladino era uma fortaleza tingida pelas glórias do pôr do sol; emplumado, com uma cinta e encouraçado para a guerra, ele estava ainda mais imponente aos olhos.

Tinham sido dadas as ordens para que marchássemos a Blois. Era uma bela manhã, o céu estava límpido e o ar, fresco. Nossa pomposa companhia trotou em colunas, com os homens cavalgando de dois em dois, Joana e o duque d'Alençon na liderança, d'Aulon e o grande porta-estandarte em seguida, e assim por diante. Fizemos um belo espetáculo, como podeis imaginar; e conforme abríamos caminho através das multidões que gritavam "viva", com Joana curvando a cabeça emplumada para a esquerda e para a direita e o sol reluzindo em sua cota de malha prateada, os espectadores perceberam que, diante de seus olhos, as cortinas se abriam para o primeiro ato de um drama prodigioso, e suas crescentes esperanças foram expressas em um entusiasmo que aumentava a cada instante, até que finalmente tinha-se a impressão de se sentir mesmo fisicamente a concussão das hurras, não apenas ouvi-las. Vindo do final da rua, ouvimos as melodias suaves da música soprada pelo vento, e vimos uma nuvem de lanceiros se movendo; o sol brilhava suavemente na armadura maciça, mas batia forte nas pontas de lança levantadas, tal uma nebulosa vagamente luminosa, com uma constelação brilhando sobre ela — e essa era a nossa guarda de honra. Ela se juntou a nós e a procissão ficou completa. Começou a primeira marcha de Joana d'Arc para a guerra, as cortinas estavam abertas.

CAPÍTULO 12

Joana entrega-se de corpo e alma ao exército

Estivemos em Blois por três dias. Ah, que acampamento! É um dos tesouros gravados na minha memória! Ordem? Havia tanta ordem entre aqueles bandoleiros quanto a que há entre lobos e hienas. Eles rugiam e bebiam, bradando, gritando, xingando e se divertindo com todos os tipos de deboches rudes e turbulentos; além disso, o lugar estava cheio de mulheres espalhafatosas e lascivas, que não ficavam nem um pouco atrás dos homens em se tratando de traquinagem, barulho e excentricidades.

Foi em meio a essa turba selvagem que Noel e eu avistamos pela primeira vez La Hire, de relance. Ele correspondeu aos nossos sonhos mais caros. Grande, com um porte marcial, estava coberto com uma cota de malha da cabeça aos pés; muitas plumas elegantes decoravam seu elmo e a imensa espada que usava à época o acompanhava.

Pomposo, dirigia-se a Joana para saudá-la, e ao passar pelo acampamento restaurava a ordem, proclamando que a Donzela estava lá e que ele não queria um espetáculo como aquele exposto à chefe do exército. Era exclusivamente dele a forma como restaurava a ordem, não tendo sido emprestada de ninguém. Ele o fez com seus grandes punhos. Enquanto caminhava xingando e admoestando, atirava para todos os lados, e onde quer que seu ataque aterrasse, um homem caía.

"Maldito!", dizia, "cambaleando e praguejando assim, e a comandante em chefe no acampamento! Endireita-te!", e ele punha o homem de pé. O que era, para ele, "endireitar-se", era um segredo seu.

Seguimos o veterano ao quartel-general, ouvindo, observando e admirando — sim, devorando, pode-se dizer — o herói predileto dos meninos da França, desde nossos berços até aquele dia feliz; seu ídolo, nosso ídolo. Lembrei-me de como Joana tinha, uma vez, repreendido Paladino nos pastos de Domrémy, por pronunciar de maneira leviana os poderosos nomes de La Hire e do Bastardo de Orléans, e de como ela disse que seria um privilégio se pudesse, de longe, pousar uma única vez seus olhos sobre aqueles homens grandiosos. Para ela e as outras meninas, eles eram vistos da mesma forma que o eram pelos meninos. Bom, aqui está um deles, finalmente. E o que ele ia fazer? Foi difícil de acreditar, e ainda assim era verdade; ele estava vindo para descobrir a cabeça diante dela e obedecer às suas ordens.

Enquanto, com o seu jeito calmo, ele acalmava um grupo considerável de bandoleiros perto do quartel-general, seguimos e vimos a comitiva de Joana, os grandes chefes do exército; todos tinham chegado. Lá estavam, seis oficiais renomados, belos homens em belas armaduras, mas o Lorde Grande Almirante da França era o mais bonito e o mais galante deles.

Quando La Hire entrou, seu rosto revelou sua surpresa diante da beleza e extrema juventude de Joana, que por sua vez sorriu, contente, e ficou feliz ao ver, finalmente, o herói de sua infância. La Hire se curvou, com o elmo à mão calçada com uma guante, e fez um pequeno discurso franco e bonito, quase sem juramentos, e foi possível ver que os dois se deram bem imediatamente.

A visita da cerimônia logo acabou, e os outros foram embora; mas La Hire ficou, e ele e Joana se sentaram; ele tomou um gole do vinho dela e eles conversaram e riram juntos, como velhos amigos. Ela logo lhe deu algumas instruções, dada sua qualidade de líder do acampamento, o que o deixou paralisado. Para começar, ela disse que todas aquelas mulheres perdidas tinham de deixar o local imediatamente, ela não permitiria que nenhuma delas permanecesse. Em seguida, a descomedida farra tinha que acabar, a bebida seria aceita dentro de limites adequados e estritamente definidos e a disciplina substituiria a desordem. Por fim, ela chegou ao clímax da lista de surpresas com isto, o que quase fez com que o corpo de La Hire saísse da armadura:

— Cada homem que se une ao meu estandarte deve se confessar com o padre e ser absolvido de seus pecados; e todos os recrutas aceitos devem estar presentes no ofício divino duas vezes por dia.

La Hire não conseguiu dizer nada durante quase um minuto, e então disse, profundamente desanimado:

— Ah, doce criança, eles foram jogados no lixo do Inferno, meus pobres homens. Assistir à missa? Ora essa, minha querida, eles vão nos amaldiçoar, primeiro!

Ele continuou, despejando o mais patético fluxo de argumentos e blasfêmias, o que desmontou Joana e fez com que ela risse como não tinha rido desde que brincava nos pastos de Domrémy. Foi divertido ouvi-lo. Ela então se conteve; o soldado cedeu e disse que tudo bem, se eram essas as ordens que deveria obedecer, e que daria o melhor de si. Reanimado, fez muitos juramentos, e disse que se algum homem no acampamento se recusasse a renunciar ao pecado e a levar uma vida pia, ele mesmo lhe arrancaria a cabeça. Joana voltou a rir; ela estava realmente se divertindo, como podeis imaginar. Mas ela não consentiria essa forma de conversão. Ela disse que eles tinham que ser voluntários. La Hire disse que tudo bem, ele não mataria os voluntários, só os outros. Não, nenhum deles deveria ser morto, impediu-o Joana. Ela disse que, dar a um homem a chance de se voluntariar sob pena de morte se não o fizesse, o deixaria mais ou menos impedido, e ela queria que ele fosse totalmente livre. Então o soldado suspirou e disse que anunciaria a missa, mas que duvidava que houvesse um único homem no acampamento que iria, incluindo ele. Então teve outra surpresa, pois Joana disse:

— Mas, caro homem, também ireis!
— Eu? Impossível! Que loucura!
— Ah, não. Ireis ao ofício duas vezes por dia.
— Ó, estou sonhando? Estou bêbado ou são meus ouvidos que estão me traindo? Porque eu preferiria ir a...
— Não importa para onde. Começareis de manhã, e depois disso será mais fácil. Mas não fiqueis assim desanimado. Logo nem vos importareis com isso.

La Hire tentou se animar, mas não conseguiu. Suspirou como um zéfiro e logo disse:

— Bom, farei isso por vós, porque se fosse para outro, juro...
— Não jureis. Parai com isso.
— Parar com isso? É impossível! Imploro-vos que... que... ora essa... ah, minha general, é assim que falo!

Ele implorou tanto que ela fosse indulgente com suas limitações que Joana consentiu-lhe preservar fragmentos delas; disse que ele tinha de jurar por seu bastão, o símbolo do seu mandato de general.

Ele prometeu que juraria apenas pelo bastão quando estivesse em sua presença, e que tentaria mudar seus costumes algures, mas duvidava que conseguiria, pois se tratava de um hábito velho e persistente que lhe servia de consolo e apoio no fim da vida.

Aquele leão velho e duro foi embora dali domado e civilizado — para não dizer enternecido e abrandado, pois talvez essas expressões dificilmente lhe servissem. Noel e eu acreditávamos que quando ele estivesse longe da influência de Joana, suas velhas aversões surgiriam tão fortes que ele não poderia dominá-las, e que, portanto, não iria à missa. Mas nos levantamos cedo, de manhã, para ver.

E ele foi, realmente! Foi difícil de acreditar, mas lá estava ele, andando a passos de gigante, mantendo-se fiel ao seu dever, e parecendo o mais piedoso que podia, mas rosnando e praguejando como um demônio. Era outro exemplo da mesma coisa de sempre; quem ouvia a voz de Joana d'Arc e olhava em seus olhos caía sob um feitiço, e não era mais si mesmo. Satanás fora convertido, como vedes. Bem, a partir daí, o resto da conversão continuou. Joana cavalgou para cima e para baixo no acampamento, e onde quer que a bela jovem aparecia com sua brilhante armadura, seu doce rosto que adornava e completava o ambiente, o rude exército parecia estar vendo a deusa da guerra em pessoa, descida das nuvens; primeiro os homens se maravilhavam e, em seguida, adoravam-na. Ela podia fazer o que quisesse com eles.

Em três dias o acampamento estava limpo e ordenado, e os bárbaros assistiam ao ofício divino duas vezes por dia, como crianças comportadas. As mulheres tinham ido embora. La Hire estava surpreso com essas maravilhas; não conseguia entendê-las. Saía do acampamento quando queria praguejar. Ele era esse tipo de homem — pecaminoso por natureza e por hábito, mas cheio de respeito supersticioso pelos lugares santos.

O entusiasmo do exército reformado por Joana, sua devoção a ela e o ardente desejo que ela tinha despertado nele de ser liderado contra o inimigo, excediam qualquer manifestação desse tipo vista por La Hire em sua longa carreira. Ele não conseguia expressar em palavras a admiração que tinha e o maravilhamento com o mistério e o milagre presentes. Ele já tinha conduzido esse exército medíocre antes, mas agora o orgulho e a confiança nele não tinham limites. Ele disse:

— Há dois ou três dias, tinham medo de um galinheiro; agora, poderiam atacar as portas do Inferno.

Joana e ele eram inseparáveis, e juntos formavam um contraste entre excentricidade e encanto. Ele era tão grande, ela era tão pequena; ele era tão grisalho e estava tão avançado em suas peregrinações, ela era tão jovem; o rosto dele era tão queimado pelo sol e cheio de cicatrizes, o dela era tão belo e rosado, tão fresco e suave; ela era tão graciosa, ele era tão severo; ela era tão pura, tão inocente, e ele, uma grande enciclopédia do pecado. Nos olhos dela estavam armazenadas toda a caridade e a compaixão do mundo, nos dele, trevas; quando o olhar dela caía sobre alguém, parecia lhe levar a bênção e a paz de Deus; já com o olhar dele, as coisas eram geralmente diferentes.

Eles cavalgavam pelo campo uma dúzia de vezes por dia, visitando, observando, inspecionando, aperfeiçoando cada canto; e onde quer que aparecessem, o entusiasmo irrompia. Cavalgavam lado a lado; ele, uma notável figura vigorosa e musculosa, ela, uma pequena obra-prima harmoniosa e graciosa; ele, uma fortaleza de ferro enferrujado, ela, uma brilhante estatueta de prata; e quando os saqueadores e bandidos reformados os avistavam, falavam, com carinho e cordialidade na voz: "Lá vêm eles! O Satanás e a Pajem de Cristo!".

Nos três dias que estivemos em Blois, Joana trabalhou seriamente e incansavelmente para conduzir La Hire a Deus — e resgatá-lo da escravidão do pecado —, para soprar em seu tempestuoso coração a serenidade e a paz da religião. Ela insistiu, suplicou, implorou-lhe que rezasse. Nos três dias de nossa estada, ele resistiu, implorando piedosamente para ser dispensado — para ser dispensado de apenas uma coisa, daquela coisa impossível; ele faria qualquer outra coisa, qualquer coisa que ela ordenasse, ele atravessaria o fogo por ela, se ela desse o sinal, mas que fosse poupado disso, só disso, pois ele não podia rezar, nunca tinha rezado, ignorava como elaborar uma prece, não tinha palavras para ela. E ainda assim — dá para acreditar? — ela chegou até a esse ponto, ela conquistou aquela incrível vitória. Ela fez La Hire rezar. Isso mostra, acho, que nada era impossível para Joana d'Arc. Sim, ele ficou lá, na frente dela, ergueu as mãos revestidas com cota de malha e fez uma prece. Não uma prece criada por outrem, mas por ele mesmo; ele não tinha ninguém que o ajudasse a elaborá-la, fê-la sair de sua própria cabeça, dizendo: "Justo Senhor Deus, rogo que façais por La Hire o que ele faria por vós se fôsseis La Hire e se ele fosse Deus".[1] Então colocou o elmo e saiu da barraca de Joana tão satisfeito consigo mesmo quanto qualquer um que tivesse resolvido um assunto perplexo e difícil, para a alegria e a admiração de todas as partes envolvidas. Se eu soubesse que esteve rezando, eu teria entendido por que ele estava com um ar de superioridade, mas é claro que eu não poderia saber disso.

Eu estava indo para a barraca naquele momento e o vi sair, e ir embora daquela maneira nobre, e foi, de fato, algo agradável e bonito de se ver. Mas quando cheguei à entrada da barraca, parei e dei um passo para trás, aflito e chocado, pois ouvi, equivocadamente, Joana chorando — chorando como se não pudesse conter nem tolerar a angústia de sua alma, chorando como se fosse morrer. Mas não era nada disso, ela estava rindo, rindo da prece de La Hire.

Apenas trinta e seis anos depois descobri isso, e então, ah, então cedi ao choro quando aquela imagem de regozijo despreocupado surgiu diante de mim, saindo das brumas e da névoa daquele tempo há muito desaparecido; pois o bom dom do riso dado por Deus, nesse entretempo, tinha me deixado para nunca mais voltar.

---

[1] Essa oração foi roubada muitas vezes e por muitas nações nos últimos quatrocentos e sessenta anos, mas teve origem em La Hire, e o fato está oficialmente registrado no Arquivo Nacional da França. Fonte: Michelet. [N. T. A.]

CAPÍTULO 13

Derrubado pela insensatez da sábia

Partimos cheios de vigor e esplendor e pegamos a estrada que levava a Orléans. O início do grande sonho de Joana estava finalmente acontecendo. Era a primeira vez que qualquer um de nós, jovens, víamos um exército; um espetáculo majestoso e imponente. Foi, de fato, inspirador ver aquela interminável coluna, distanciando-se, desvanecendo e se encurvando, para dentro e para fora da tortuosa estrada, tal como uma poderosa serpente. Joana cavalgou à frente com sua equipe pessoal; em seguida, vinha o corpo de padres cantando o hino cristão *Veni Creator Spiritus*, do meio do qual erguia-se o estandarte da cruz; atrás dele, a floresta de lanças reluzia. As várias divisões foram comandadas pelos grandiosos generais *armagnacs*: La Hire, o marechal de Boussac, Gilles de Rais,[1] Florent d'Illiers e Poton de Xaintrailles.

Cada um tinha um grau de severidade, e havia três graus — severo, mais severo, mais severo ainda —, e La Hire era o último por pouco, por muito pouco. Tratava-se apenas de bandidos oficiais ilustres, todos eles; com tantos hábitos de desacato à lei, tinham perdido qualquer conhecimento sobre obediência, se é que já o tiveram alguma vez na vida.

---

[1] O companheiro de armas de Jehanne d'Arc seria acusado e julgado, mais tarde, de ser assassino em série de crianças, inspirando Charles Perrault, em 1697, a escrever o renomado conto "Barba azul" (*Barbe bleue*). [N.T.]

As ordens estritas do rei foram: "Obedecei à comandante em chefe em tudo; não tenteis nada sem seu conhecimento, não façais nada sem seu comando". E qual era a vantagem disso? Essas aves livres não conheciam nenhuma lei. Raramente obedeciam ao rei; nunca lhe obedeciam quando não lhes convinha. Obedeceriam à Donzela? Em primeiro lugar, não saberiam obedecer a ela ou a qualquer outra pessoa e, em segundo lugar, é claro que não era possível para eles levarem a sério sua figura militar: uma camponesa de dezessete anos que tinha sido treinada para o complexo e terrível negócio da guerra. Como? Tomando conta de ovelhas.

Os veteranos não tinham a intenção de obedecê-la, exceto quando o que exigisse fosse sólido e correto o bastante do ponto de vista do conhecimento e da experiência militar. Eles tinham culpa de agirem assim? Na minha opinião, não. Velhos capitães cansados de guerra são homens cabeças-duras e práticos. Não acreditam com facilidade na capacidade de crianças ignorantes planejarem campanhas e comandarem exércitos. Nenhum general vivo poderia ter levado Joana a sério (do ponto de vista militar) antes de ela ter levantado o cerco de Orléans e continuado a grande campanha do Loire.

Consideravam Joana alguém sem valor? Longe disso. Valorizavam-na da mesma forma que a terra fértil valoriza o sol — acreditavam plenamente que ela podia produzir a safra, mas que cabia a eles, não a ela, colhê-la. Reverenciavam-na de maneira profunda e supersticiosa, posto que ela era dotada de algo misterioso e sobrenatural capaz de fazer algo poderoso que não estava ao alcance deles: soprar o sopro da vida e da valentia nos corpos mortos de exércitos acuados e transformá-los em heróis. Na cabeça deles, com ela, tudo podiam, sem ela, nada podiam. Ela inspirava os soldados e os preparava para a batalha — mas lutar a batalha sozinha? Ah, que despautério! Essa era a função deles. Eles, os generais, lutariam as batalhas, e Joana lhes daria a vitória. Essa era a ideia deles — uma paráfrase inconsciente da resposta de Joana ao dominicano.

Então começaram a enganá-la. Ela tinha uma ideia clara de como pretendia proceder. Marchariam audaciosamente para Orléans, pela margem norte do Loire. Foi a ordem que deu aos generais. Estes disseram a si mesmos: "A ideia é insensata, é o erro número um; é o que se poderia esperar de uma criança que não sabe nada sobre a guerra". Informaram, a portas fechadas, o Bastardo de Orléans. Ele também reconheceu a insanidade disso — pelo menos foi o que achou — e aconselhou secretamente os generais a contornarem a ordem, de alguma forma.

Foi o que fizeram, enganando Joana. Ela acreditava nessas pessoas, não esperava esse tipo de tratamento, não estava atenta a isso. Foi uma lição para ela; ela tomou cuidado para que o golpe não fosse dado uma segunda vez.

Por que a ideia de Joana era insensata, do ponto de vista dos generais, mas não para ela? Porque o plano dela era levantar o cerco imediatamente, lutando, enquanto o deles era sitiar os sitiantes e matá-los de fome fechando suas vias de comunicação — um plano que exigiria meses para se consumar.

Os ingleses tinham construído uma barreira de fortes fortalezas, chamadas "bastilhas", ao redor de Orléans — fortalezas que fechavam todas as portas da cidade, menos uma. Para os generais franceses, era disparatada a ideia de tentar lutar para passar por essas fortalezas e liderar o exército até Orléans; conjeturavam que o resultado seria a destruição do exército. Não se podia duvidar de que a opinião deles era militarmente sólida — não, teria sido sólida, se não fosse por uma circunstância que não levaram em consideração. Ei-la: os soldados ingleses estavam desmoralizados e aterrorizados, pois, supersticiosos, convenceram-se de que a Donzela era aliada de Satanás. Muito de sua coragem tinha se esvaído e desaparecido. Por outro lado, os soldados da Donzela estavam cheios de coragem, entusiasmo e fervor. Joana poderia ter marchado até os fortes ingleses. Mas não foi o que ocorreu. Ela fora enganada na primeira chance de dar um duro golpe em nome de seu país.

No acampamento, naquela noite, ela dormiu sem despir a armadura, no chão. Era uma noite fria e ela estava quase tão hirta quanto a própria armadura quando retomamos a marcha, pela manhã, pois o ferro não é um bom substituto para um cobertor. No entanto, a alegria que sentia por estar, até então, a caminho do palco de sua missão, era ardente o suficiente para aquecê-la. O entusiasmo e a impaciência da Donzela aumentavam a cada quilômetro avançado, até chegarmos a Olivet e eles se dissiparem, abrindo caminho à indignação. Haviam pregado uma peça nela — o rio estava entre nós e Orléans.

Ela pretendia atacar uma das três bastilhas que estavam do nosso lado do rio e forçar o acesso à ponte que ela protegia — um projeto que, se bem-sucedido, levantaria o cerco instantaneamente —, mas o grande e antigo temor arraigado que os generais sentiam dos ingleses os dominou e eles imploraram para não atacar. Os soldados queriam atacar, e ficaram decepcionados. Então continuamos e fizemos uma pausa em um ponto oposto a Chécy, a quase dez quilômetros acima de Orléans.

Jean de Dunois, o Bastardo de Orléans, acompanhado por um corpo de cavaleiros e cidadãos, veio da cidade para dar as boas-vindas a Joana. Joana ainda guardava imenso rancor devido à peça pregada nela e não estava disposta a discursos brandos, nem mesmo para reverenciados ídolos militares de sua infância. Ela disse:

— Sois o Bastardo?

— Sim, e estou muito contente com a vossa vinda.

— Aconselhastes que eu fosse trazida para este lado do rio em vez de levada diretamente para Talbot e os ingleses?

A forma autoritária como falara o envergonhou, e ele não foi capaz de responder com presteza e confiança, mas cheio de hesitação e desculpas parciais; acabou confessando que a deliberação fora o resultado do que ele e o conselho consideraram razões militares imperativas.

— Por Deus — disse Joana —, o conselho do meu Senhor é mais seguro e sábio do que o vosso. Achastes que me enganaríeis, mas enganastes a vós mesmos, pois eu vos trouxe a melhor ajuda que qualquer reino ou cidade pode ter; é a ajuda de Deus, não enviada por amor a mim, mas porque Deus assim deseja. Na oração de São Luís e São Carlos Magno Ele teve pena de Orléans, e não suportará que o inimigo tenha o duque de Orléans e sua cidade. As provisões para salvar o povo faminto estão nos barcos, na parte de baixo da cidade, e com o vento contrário, não podem subir o rio. Agora, então, dizei-me, em nome de Deus, vós que sois tão sábio, no que pensava vosso conselho para inventar essa dificuldade insensata?

Dunois e os demais ficaram sem jeito, por um momento, depois cederam e admitiram terem cometido um erro.

— Sim, um erro foi cometido — disse Joana —, e a menos que Deus tome para Si vosso trabalho e mude o vento e corrija vosso erro, não há ninguém que possa remediar isso.

Alguns deles começaram a perceber que, apesar de toda sua ignorância técnica, ela tinha bom senso prático e que, a despeito da doçura e do charme que lhe eram naturais, ela não era o tipo de pessoa com quem brincar.

Imediatamente Deus tomou as rédeas da situação e, por Sua graça, o vento mudou. Com isso, a frota de barcos subiu e partiu carregada de provisões e gado, e transportou aquele bem-vindo socorro à cidade faminta. A operação foi bem-sucedida graças à proteção de uma incursão realizada a partir das muralhas contra a bastilha de Saint-Loup. Então Joana recomeçou com o Bastardo:

— Estais vendo, aqui, o exército?
— Sim.
— Ele está aqui, deste lado, devido à recomendação do vosso conselho?
— Sim.
— Agora, em nome de Deus, esse sábio conselho pode explicar por que é melhor tê-lo aqui do que no fundo do mar?

Dunois fez algumas tentativas incoerentes para explicar o inexplicável e desculpar o indesculpável, mas Joana o interrompeu e disse:

— Respondei, bom senhor: o exército tem algum valor deste lado do rio?

O Bastardo confessou que não — considerando o plano de campanha que ela havia imaginado e decretado.

— Contudo, sabendo disso, tivestes a intrepidez de desobedecer às minhas ordens. Já que o lugar do exército é do outro lado, aguardo vossa explicação sobre como chegar lá.

Era óbvia a magnitude daquela bagunça desnecessária. Evasões eram inúteis; portanto, Dunois admitiu que não havia como corrigir o erro, a não ser enviando o exército de volta a Blois e fazendo-o marchar do outro lado, dessa vez, conforme o plano original de Joana.

Qualquer outra garota, depois de triunfar dessa forma sobre um soldado veterano de renome, teria o direito e a anuência de se exultar um pouco, mas Joana mostrou não ter inclinação a fazer isso. Emitiu uma ou duas palavras de pesar pelo precioso tempo que seria perdido e começou, ao mesmo tempo, a dar ordens para a marcha da volta. Ela lamentou ver o exército partir; pois disse que o coração de seus homens era grande e seu entusiasmo, intenso, e que com eles atrás dela, ela não temia enfrentar toda a potência da Inglaterra.

Com todos os preparativos concluídos para o retorno do corpo principal do exército, ela convocou o Bastardo e La Hire e mil homens e desceu para Orléans, onde toda a cidade estava impacientemente febril para ver seu rosto. Eram oito da noite quando ela e as tropas entraram cavalgando no portão da Borgonha, com Paladino e o estandarte na dianteira. Ela montava um cavalo branco e carregava nas mãos a espada sagrada de Fierbois. Não imaginais como estava Orléans. Que imagem! Marés pretas de pessoas, um firmamento estrelado de tochas, ruidosos redemoinhos de boas-vindas, sinos retumbando e canhões trovejando! Era como se o mundo estivesse acabando. Em toda parte, sob o brilho intenso das tochas, viam-se fileiras atrás de fileiras de rostos brancos voltados para cima, com as bocas bem abertas, gritando, e lágrimas descontroladas escorrendo; Joana forjou uma passagem através das massas sólidas, com sua forma de cota de malha projetando-se sobre o pavimento de cabeças, como uma estátua de prata. As pessoas ao seu redor se debatiam, olhando fixamente para ela em meio às lágrimas; homens e mulheres com o olhar extasiado de quem acredita estar vendo alguém divino; seus pés sempre eram beijados por pessoas agradecidas, e aqueles que não conseguiam esse privilégio tocavam o cavalo de Joana e beijavam seus dedos.

Nada do que Joana fez deixou de ser notado; tudo o que ela fazia era comentado e aplaudido. As observações eram ouvidas o tempo todo. "Ela está sorrindo, olhai!"; "Agora ela está tirando o chapéu emplumado para saudar alguém! Ah, como é boa e graciosa!"; "Está afagando a cabeça daquela mulher com sua guante"; "Ah, ela sempre cavalgou, vede como vira na sela e beija o punho da espada para as senhoras na janela, aquelas que lhe lançaram flores"; "Uma pobre mulher está erguendo uma criança, ela a beijou! Ah, que divina!"; "Que graciosa figura, que rosto adorável; e que vivacidade, que entusiasmo!".

O longo e fino estandarte de Joana, pendurado para trás, sofreu um acidente — a franja pegou fogo com uma tocha. Ela se inclinou para a frente e apagou a chama com a mão. "Ela não tem medo de fogo, de nada!", gritaram, e deram aplausos tempestuosos de admiração, que fizeram tudo tremer.

Ela cavalgou até a catedral e agradeceu a Deus, e as pessoas se aglomeraram no local e uniram sua devoção à dela; então ela retomou a marcha e prosseguiu lentamente através da multidão e da imensidão de tochas até a casa de Jacques Boucher, tesoureiro do duque de Orléans, onde seria hospedada por sua esposa enquanto ficasse na cidade, e teria sua jovem filha como amiga e companheira de quarto. O delírio do povo seguiu noite afora, e com ele o clamor dos sinos festivos e do canhão de boas-vindas.

Joana d'Arc tinha finalmente pisado no palco e estava pronta para começar.

CAPÍTULO 14

O QUE OS INGLESES RESPONDERAM

Ela estava pronta, mas precisou sentar e esperar até que houvesse um exército para comandar.

Na manhã seguinte, sábado, dia 30 de abril de 1429, ela começou a questionar o mensageiro que levou sua proclamação ao inglês de Blois — aquela que fora ditada em Poitiers. Eis uma cópia. Trata-se de um documento notável, por diversas razões: pela objetiva franqueza, pela coragem, pela dicção convincente; pela ingênua confiança em sua capacidade de realizar a prodigiosa tarefa que impusera a si mesma, ou que lhe tinha sido imposta — como preferirdes. Nela, tem-se a impressão de ver as pompas da guerra e ouvir o rufar dos tambores. Nela revela-se a alma guerreira de Joana e, nessa hora, a afável pastorazinha some de vista. A donzela do interior sem instrução, que não tinha o costume de ditar nada a ninguém, muito menos documentos oficiais a reis e generais, disparou uma procissão de frases vigorosas, fluentes, como se fizesse isso desde a infância:

JESUS MARIA

Rei da Inglaterra e duque de Bedford, que vos autoproclamais Regente da França; William de la Pole, o conde de Suffolk, e Thomas Scales, que vos declarais tenentes de Bedford: fazei o certo perante o Rei do Céu. Entregai à Donzela enviada por Deus as chaves de todas as cidades que tomastes e violastes na França. Ela fora enviada por Deus para restaurar o sangue real. Está muito disposta a instaurar a paz, se fizerdes o que vos compete, desistindo da França e pagando pelos atos que cometestes. E vós, arqueiros, companheiros de guerra, nobres e outros, que vos encontrais diante da cidade de Orléans, voltai à vossa terra, em nome de Deus, ou aguardai a Donzela que em breve chegará, e vos causará um enorme sofrimento. Rei da Inglaterra, se não fizerdes isso, eu, senhora da guerra, sempre que encontrar vosso povo na França, o expulsarei, por bem ou por mal; e se não obedecerem, matarei a todos; se obedecerem, terei misericórdia. Vim até aqui enviada por Deus, o Rei do Céu, para expulsar-vos um a um da França, apesar dos malfeitores e traidores do reino. Não penseis que tereis, um dia, o reino do Rei do Céu, o Filho da abençoada Maria; o trono está destinado ao rei Charles, a quem a Donzela revelou seu destino; esse é o desejo de Deus. Se não acreditardes nas notícias enviadas por Deus por meio da Donzela, onde quer que nós vos encontremos vos atacaremos valentemente, e faremos um estrondo como jamais fora ouvido na França nos últimos mil anos. Não duvideis: nenhum ataque contra a Donzela, realizado por vossos homens de armas, será mais potente do que a força enviada por Deus; e então veremos quem terá mais vantagem, o Rei do Céu ou Vossa Alteza. Duque de Bedford, a Donzela reza para que não provoqueis vossa própria destruição. Se lhe derdes razão, podereis acompanhá-la na mais grandiosa ação realizada pelos franceses na cristandade; caso contrário, sereis logo lembrado por vossos grandes erros.

Na frase de encerramento ela os convida a participar da cruzada para, juntos, resgatarem o Santo Sepulcro. Não houve resposta a essa proclamação, e nem o mensageiro voltou. Então ela enviou seus dois arautos com uma nova carta, ordenando que os ingleses levantassem o cerco e exigindo que mandassem de volta o mensageiro desaparecido. Os arautos voltaram sem ele. Tudo o que trouxeram foi a notícia dos ingleses para Joana: disseram que logo a capturariam e a queimariam se ela não se retirasse naquele instante, enquanto ainda tinha uma chance, e que "voltasse ao vosso real ofício de cuidadora de vacas".

Ela se calou, dizendo apenas que era uma pena que os ingleses persistissem em provocar o desastre e a eventual destruição quando ela estava "fazendo tudo o que podia para mandá-los embora do país com seus corpos ainda vivos". Pensou então em um acordo que fosse talvez aceito e disse aos arautos: "Voltai e dizei isto ao senhor Talbot, de minha parte: 'Saí de vossas bastilhas com vosso exército, e eu irei com o meu; se eu vos vencer, parti da França em paz; se me vencerdes, queimai-me, como desejais'". Não fui eu quem ouviu isso, mas Dunois, que nos contou. O duelo foi recusado.

Na manhã de domingo suas Vozes, ou algum instinto, deram-lhe um aviso, e ela enviou Dunois a Blois para assumir o comando do exército e levá-lo rapidamente a Orléans. Foi uma jogada sábia, pois ele encontrou Regnault de Chartres e mais alguns dos malandros prediletos do rei dando o melhor de si para dispersar o exército e paralisar todos os esforços dos generais de Joana para ir a Orléans. Eles eram bons, aqueles canalhas. Tentaram persuadir Dunois, mas como ele já havia depreciado Joana uma vez, obtendo resultados desagradáveis para si, não pretendia interferir de novo daquela maneira. Logo fez o exército marchar.

CAPÍTULO 15

Meu primoroso poema destruído

Nós, da equipe pessoal, estávamos praticamente em um conto de fadas nos poucos dias que esperamos pelo retorno do exército. Fazíamos parte da alta sociedade. Para nossos dois cavaleiros não havia novidade, mas para nós, jovens aldeões, era uma vida nova e maravilhosa. Qualquer posição de qualquer tipo próxima à Donzela de Vaucouleurs conferia alta distinção ao titular e fazia com que sua companhia fosse cortejada; assim, os irmãos d´Arc, Noel e Paladino, humildes camponeses em casa, tornaram-se aqui cavalheiros, personagens de peso e influência. Foi bom ver o quão rápido as reservas que tinham com relação ao local e o embaraço que sentiam se dissolveram e desapareceram sob a calorosa deferência recebida, e com que facilidade e leveza se adaptaram ao novo ambiente. Paladino era o homem mais feliz do mundo. Falava o tempo todo, e todos os dias se deleitava ao se ouvir falar. Começou a aumentar a sua ancestralidade e a espalhá-la por toda parte, enobrecendo-a aqui e ali, e não demorou muito para que ela fosse formada quase inteiramente por duques. Engrandeceu suas antigas batalhas e as embelezou com novos esplendores; mas também com novos horrores, pois acrescentou a artilharia. Tínhamos visto canhões pela primeira vez em Blois, apenas algumas unidades. Aqui havia muitos deles, e de vez em quando tínhamos o impressionante espetáculo de uma enorme bastilha inglesa escondida por uma montanha de fumaça proveniente de suas próprias armas, com lanças de chamas vermelhas sendo lançadas através dela; e essa grandiosa imagem, juntamente com trovões trementes em seu centro, inflamava a imaginação de Paladino e lhe permitia exagerar tão bem as emboscadas--escaramuças que era impossível para qualquer um que lá estivera reconhecê-las.

Talvez suspeiteis que houvesse uma inspiração especial para esses grandes esforços de Paladino, e houve. Era a filha da casa, a bela, gentil e amável Catherine Boucher, que tinha dezoito anos de idade. Acho que ela poderia ser tão bonita quanto Joana, se tivesse os olhos de Joana. Mas isso nunca poderia acontecer. Houve somente um único par de olhos como os da Donzela, nunca haverá outro igual. Os olhos de Joana eram profundos, ricos e maravilhosos, para além de qualquer coisa meramente terrena. Falavam todas as línguas — não precisavam de palavras. Produziam todos os efeitos — e somente com um olhar, um único olhar; um olhar que podia convencer um mentiroso de sua mentira e fazê-lo confessá-la; que podia acabar com o orgulho de um homem orgulhoso e torná-lo humilde; que podia dar coragem a um covarde e golpear à morte a coragem dos mais valentes; que podia apaziguar ressentimentos e ódios reais; que podia fazer aquele que duvida acreditar e aquele que perdeu a esperança a tê-la novamente; que podia purificar a mente impura; que podia persuadir — ah, aí está, persuasão! Essa é a palavra; o que ou quem seu olhar não podia persuadir? O maníaco de Domrémy, o padre que baniu as fadas, o reverendo tribunal de Toul, o cético e supersticioso Laxart, o obstinado veterano de Vaucouleurs, o herdeiro sem caráter da França, os sábios e acadêmicos do Parlamento e da Universidade de Poitiers, o queridinho de Satanás (La Hire), o errante Bastardo de Orléans — acostumado a não reconhecer nenhuma forma de agir como correta e racional, além da sua; esses eram os troféus daquele grande presente que fazia dela a maravilha e o mistério que era.

Nós nos misturávamos amistosamente com a imensa quantidade de pessoas que ia à grande casa para conhecer Joana; elas nos superestimavam e nos deixavam nas nuvens, praticamente. O que preferíamos, porém, a essa felicidade, eram as ocasiões mais calmas, quando os convidados formais partiam e a família e algumas dúzias de amigos se reuniam, aproveitando um bom momento juntos. Era quando dávamos o melhor de nós; nós, os cinco jovens, fascinados, principalmente com Catherine. Nenhum de nós tinha se apaixonado antes, e caímos na desgraça de nos apaixonarmos pela mesma pessoa ao mesmo tempo — que foi quando a vimos pela primeira vez. Ela tinha um coração alegre e cheio de vida, e ainda me lembro afetuosamente daquelas poucas noites em que pude ter minha parcela de sua querida presença e da camaradagem daquele pequeno grupo de pessoas encantadoras.

Paladino deixou todos nós com ciúmes na primeira noite, pois quando começou a narrar as batalhas das quais participara, teve todas as atenções voltadas para si, e era inútil que alguém tentasse obtê-las. Fazia sete meses que aquelas pessoas viviam no meio de uma guerra real, e ouvir o gigante prolixo expondo suas campanhas imaginárias, que nadavam em sangue e o respingavam ao redor, fê-las quase morrer de tanto rir. Catherine riu demasiadamente de prazer. Ela não riu alto — nós, é claro, queríamos que sim —, mas escondeu-se com um leque e tremeu tanto de rir que suas costelas quase saíram de sua espinha. Então, quando Paladino acabou de falar sobre a batalha e começamos a nos sentir agradecidos e a esperar uma mudança, ela quis falar de uma maneira tão doce e persuasiva que me irritou, e lhe pediu alguns detalhes da parte inicial da batalha, que ela disse que a interessara muito, e perguntou se ele poderia descrevê-la novamente daquela maneira tão incrível e com um pouco mais de particularidades — o que, é claro, nos levou novamente à batalha, com uma centena de mentiras acrescentadas que tinham sido, antes, negligenciadas.

Não consigo explicar a dor que senti. Nunca senti ciúmes antes, e parecia intolerável que a criatura tivesse tamanha sorte, à qual não tinha direito, e eu tinha que me sentar e ser negligenciado enquanto ansiava por uma ínfima atenção dentre as milhares que a adorável garota lhe destinava. Eu estava perto dela e tentei duas ou três vezes começar a contar algumas das coisas que tinha feito nessas batalhas — sentindo-me envergonhado por ter de me rebaixar tanto —, mas ela não se importava com nada além das batalhas dele e não me ouvia; quando uma de minhas tentativas fez com que ela perdesse alguns elementos preciosos ou outras de suas mendacidades, e ela pediu que ele as repetisse, ele recomeçou e, é claro, decuplicou o caos e a carnificina, fazendo com que eu me sentisse tão humilhado pela minha lamentável falha, que desisti e não tentei mais.

Os outros ficaram tão indignados com a conduta egoísta do Paladino quanto eu, e com sua grande sorte também, é claro — talvez, de fato, essa fosse a principal injustiça. Conversamos sobre os nossos problemas, o que era natural, porque os rivais viram irmãos quando uma aflição comum os assalta e um inimigo comum ostenta a vitória.

Cada um de nós poderia ter feito coisas agradáveis e dignas de serem notadas se não fosse por ele, que monopolizava as atenções o tempo todo e não dava chance aos outros. Eu tinha feito um poema que me ocupou uma noite inteira, um poema no qual celebrei, com muita felicidade e delicadeza, os encantos da doce menina, sem mencionar seu nome, mas qualquer um podia entender a quem se referia; o simples título, *A rosa de Orléans*, já o transparecia. Ele retratava uma rosa branca, pura e delicada, crescendo no duro solo da guerra e olhando, com seus afetuosos olhos, para o horrível maquinário da morte, o que — observai este conceito — a deixara envergonhada, devido à natureza pecaminosa do homem, e em uma única noite ela ficou vermelha. Ela virou uma rosa vermelha, entendeis?

Uma rosa que antes era branca. A ideia era minha, e bastante original. Então ela enviou seu doce perfume sobre a cidade em combate e, quando as forças que provocavam o cerco o sentiram, largaram as armas e choraram. Essa também foi minha ideia, original. Isso fechou essa parte do poema. Então eu a comparei ao firmamento; não à sua totalidade, mas apenas a uma parte. Ou seja, ela era a lua e todas as constelações a seguiam, seus corações estavam em chamas pelo amor que por ela sentiam, mas ela não parava, não ouvia, porque, segundo o que diziam, amava outrem. Acreditava-se que ela amava um pobre suplicante terreno indigno, que enfrentava o perigo, a morte e a possível mutilação no campo sangrento, travando uma guerra implacável contra um inimigo sem coração, para salvá-la da morte prematura e salvar a cidade da destruição. E quando as tristes constelações que a seguiam entenderam e perceberam a amarga tristeza que as invadia — observai esta ideia —, seus corações se partiram e suas lágrimas fluíram, enchendo a abóbada celestial de um esplendor incandescente, pois as lágrimas eram estrelas cadentes. Uma ideia audaciosa, mas bonita; bonita e comovente; maravilhosamente comovente, do jeito que a construí, rimada e tal. No final de cada estrofe havia dois versos repetidos cheios de pena do pobre amante terreno separado até então, e talvez para sempre, dela, a quem ele tanto amava; ele ficava cada vez mais pálido, mais fraco e mais magro, todo agoniado, à medida que se aproximava de seu túmulo cruel — a parte mais tocante; nem os rapazes conseguiram conter suas lágrimas, dada a forma como Noel lera as linhas. Havia oito estrofes de quatro versos na primeira parte do poema — a parte sobre a rosa, a horticultura, se esse não for um nome muito grande para um poema tão pequeno —, e oito estrofes na parte astronômica. Havia dezesseis estrofes ao todo, e eu poderia ter feito cento e cinquenta se quisesse; eu estava tão inspirado e tão cheio de belos pensamentos e fantasias! Mas teria sido demais para cantar ou recitar diante de uma plateia, enquanto dezesseis era o número ideal para um poema, que poderia ser recitado mais de uma vez, se desejassem. Os rapazes ficaram surpresos que eu pudesse escrever um poema como esse de minha própria cabeça, e eu também, é claro, pois isso surpreendia muito mais a mim mesmo do que a qualquer outra pessoa; eu não sabia que tinha esse dom. Se alguém tivesse me perguntado um dia antes se eu o tinha, eu teria dito francamente que não, não o tinha. Vede como são as coisas; podemos passar metade da vida sem saber que possuímos algo, quando na realidade esse algo estava lá o tempo todo e só precisávamos que alguma coisa acontecesse e o desvelasse. Bom, sempre foi assim na minha família. Meu avô teve câncer e nunca souberam o que ele tinha até sua morte, nem ele. É incrível como dons e doenças podem permanecer ocultos. No meu caso, bastava que essa garota adorável e inspiradora cruzasse o meu caminho para que o poema saísse, e para mim foi tão fácil escrevê-lo, rimá-lo e aperfeiçoá-lo quanto atirar pedras em um cachorro. Não, eu teria dito que não tinha esse dom, mas tinha. Os rapazes não puderam falar muito a respeito; ficaram encantados e surpresos. O que mais os agradou foi a forma como Paladino seria afetado. Eles poderiam, enfim, tirá-lo de cena e silenciá-lo, juntamente com a angústia que sentiam. Noel Rainguesson, estava, claramente, fora de si, de tanta admiração que sentia pelo poema, e desejou poder fazer algo assim, mas isso estava fora de suas capacidades, o que o impedia de fazê-lo, é claro. Ele o decorou em meia hora, e nunca houve nada tão comovente e bonito como sua recitação. Pois esse era seu único dom, além da imitação. Ele podia recitar qualquer coisa melhor do que qualquer um no mundo, e podia se fazer passar por La Hire como se fosse o próprio — ou qualquer outra pessoa. Eu, no entanto, nunca fui um grande declamador; e quando tentei, com esse poema, os rapazes não me deixaram terminar; só Noel podia fazê-lo. Assim, como eu queria que o poema causasse a melhor impressão possível a Catherine e à plateia, deixei Noel recitá-lo. Nunca alguém ficara tão feliz. Ele mal podia acreditar que eu estava falando a sério, e estava mesmo. Se dei minha permissão foi para que eles soubessem que ser autor do poema já me bastava. Os rapazes se exaltaram, e Noel disse que a única coisa que queria era ter uma única chance com aquelas pessoas; ele as faria perceber que havia algo superior e mais refinado do que as mentiras sobre a guerra.

Mas como saber qual era a oportunidade certa? Essa era a nossa dificuldade. Inventamos vários esquemas que pareciam bons, e finalmente chegamos ao mais certeiro deles. Ou seja: deixar Paladino se lançar em uma batalha inventada e então inventarmos que alguém o estava chamando, e quando ele estivesse fora da sala Noel tomaria seu lugar e terminaria a batalha, no mesmo estilo de Paladino, imitando-o à perfeição. Ele receberia muitos aplausos, ganharia os favores da casa e a deixaria no clima certo para ouvir o poema. Os dois atos triunfais acabariam com o porta-estandarte — bom, certamente o fariam mudar, e dariam ao resto de nós uma futura chance.

Assim, na noite seguinte, esperei que Paladino começasse o espetáculo e destruísse o inimigo como um redemoinho à frente de seus homens, depois entrei pela porta com meu uniforme oficial e anunciei que um mensageiro dos alojamentos do general La Hire desejava falar com o porta-estandarte. Ele deixou a sala e Noel tomou seu lugar, dizendo que a interrupção era deplorável, mas que felizmente ele mesmo conhecia pessoalmente os detalhes da batalha e, se Paladino permitisse, ele ficaria feliz em narrá-los à plateia. Então, sem esperar a permissão, ele incorporou Paladino — um Paladino menor, é claro —, com seus modos, tons, gestos, atitudes, tudo perfeito, e continuou a batalha, e seria impossível imaginar uma imitação mais perfeita e minuciosamente ridícula do que aquela fornecida às pessoas, que se exaltaram. Elas tiveram espasmos, convulsões, frenesis de risos, e lágrimas escorreram como riachos pelas suas bochechas. Quanto mais riam, mais inspirado Noel ficava com sua composição e com as mais importantes maravilhas nas quais trabalhava, até que realmente o riso não fosse mais propriamente riso, mas grito. A figura mais abençoada de todas, Catherine Boucher, estava em êxtase e, logo, pouco dela restava, a não ser arquejos e faltas de ar. Vitória? Foi uma perfeita Batalha de Azincourt.

Paladino saiu por apenas alguns minutos; ele descobriu imediatamente que uma peça tinha sido pregada nele, então voltou. Quando se aproximou da porta, ouviu o discurso inflamado de Noel e compreendeu o que estava acontecendo; então ficou perto da porta, mas sem ser visto, e ouviu a apresentação até o fim. Os aplausos que Noel recebeu ao terminar foram maravilhosos; e eles continuaram, ininterruptamente, batendo palmas como loucos, e gritando para que o fizesse novamente.

Mas Noel era inteligente. Ele sabia que a melhor experiência para um poema de sentimento profundo, refinado e melancolicamente comovente era aquela em que uma imensa alegria preparava o espírito para um poderoso contraste. Então ele parou até que tudo ficasse quieto; seu rosto ficou sério e assumiu um aspecto impressionante e, respeitando-o, todos os rostos ficaram sóbrios ao mesmo tempo e assumiram um olhar de admiração e interesse. Noel começou com a voz baixa e clara os versos iniciais de *A rosa*. Enquanto ele respirava as medidas rítmicas uma após a outra, e um gracioso verso após o outro caía sobre os encantados ouvidos na profunda quietude, podia-se capturar, por todos os lados, exclamações semiaudíveis de "que adorável!", "que lindo!", "que requintado!".

Paladino, que tinha se afastado por um momento, voltara durante a abertura do poema e dera um passo até a porta. Ele ficou lá, pousando sua grande estrutura contra a parede e olhando fixamente para o declamador, fascinado. Quando Noel chegou à segunda parte, e o refrão de partir o coração começou a derreter e emocionar todos os ouvintes, Paladino começou a limpar as lágrimas com o dorso de uma mão, e depois da outra. Quando o refrão foi repetido, ele começou a fungar e meio que a soluçar, e passou a limpar os olhos com as mangas do gibão. Ele chamou tanta atenção que envergonhou um pouco Noel, além de influenciar negativamente o público. Na repetição seguinte ele sucumbiu e começou a chorar como um bezerro, o que arruinou todo o efeito e fez com que muitos da plateia começassem a rir. Então ele passou de mal a pior, e eu nunca tinha visto tal espetáculo; ele tirou uma toalha de dentro do gibão e começou a esfregar os olhos com ela, dando berros infernais misturados com soluços, gemidos, regurgitações, vociferações, tosses, bufadas, gritos e uivos; girou sobre seus calcanhares e se contorceu de um lado para o outro, soltando ainda um clamor brutal e agitando a toalha no ar, esfregando-a de novo e torcendo-a. Ouvir? Não era possível ouvir nem os próprios pensamentos. Noel estava totalmente afogado e silenciado, e pessoas riam a plenos pulmões, fora de si. Foi a imagem mais degradante já vista. Ouvi então o clamoroso tinido emitido pela armadura de placas quando o homem que a veste está correndo, e então ao lado da minha cabeça estourou a mais desumana explosão de risos que jamais dilacerara o ouvido de alguém; virei-me para olhar, era La Hire; ele ficou ali, com os guantes nos quadris, a cabeça inclinada para trás e as mandíbulas alargadas, soltando seus furacões e trovões, o que representava uma exposição indecente, pois dava para ver tudo o que havia em si. Apenas uma coisa pior poderia acontecer, e aconteceu: na outra porta, vi o alvoroço, o agito, as reverências e os chiados de oficiais e lacaios, o que significava que um grande personagem estava chegando — então Joana d'Arc entrou, e a casa se levantou! Sim, e tentou calar a sua boca indecorosa e ficar séria e decente; mas quando viu a própria Donzela rir, agradeceu a Deus por essa misericórdia, e o terremoto de risos continuou.

Tais coisas deixam a vida amarga, e eu não desejo insistir nelas. O efeito do poema foi desfeito.

CAPÍTULO 16

A descoberta do Anão

Esse episódio me fez mal e não consegui sair da cama no dia seguinte. Os outros estavam nas mesmas condições. Se não fosse por isso, um de nós poderia ter tido a boa sorte que teve Paladino naquele dia; mas nota-se que Deus, com Sua compaixão, envia a boa sorte àqueles que não têm muitos dons, para compensar seus defeitos, mas requer dos mais afortunados muito trabalho e talento para obter o que aqueles obtêm por sorte. Foi Noel quem disse isso, e achei bem pensado e justo.

Paladino, errando pela cidade o dia todo para ser seguido e admirado e ouvir casualmente as pessoas dizerem com uma voz deslumbrada: "Ei! Olha, é o porta-estandarte de Joana d'Arc!", falava com pessoas de todos os tipos e condições e soube, por alguns barqueiros, que havia uma espécie de alvoroço acontecendo nas bastilhas do outro lado do rio; e à noite, querendo saber mais, encontrou um desertor do forte chamado *Augustins,* que disse que os ingleses iriam enviar homens para fortalecer as guarnições do nosso lado do rio na escuridão da noite, e estavam extremamente exultantes pois pretendiam atacar e destruir Dunois e nosso exército quando passassem pelas bastilhas; algo muito fácil de fazer, já que a "bruxa" não estaria lá, e que sem a sua presença nosso exército faria como os exércitos franceses dos anos anteriores: abandonaria as armas e fugiria ao avistar um rosto inglês.

Eram dez da noite quando Paladino trouxe essa notícia e pediu licença para falar com Joana. Eu estava acordado e de serviço. Foi como levar um soco no estômago quando vi a oportunidade que eu tinha perdido. Joana fez algumas investigações e se convenceu de que a notícia era verdadeira, então fez esta observação incômoda: "Bom trabalho, recebas meus agradecimentos. Talvez tenhas evitado um desastre. Teu nome e teu serviço receberão uma menção oficial". Então ele fez uma reverência e, quando se levantou, tinha quase quatro metros de altura. Conforme crescia ao passar por mim, puxou dissimuladamente para baixo o canto do olho com o dedo e murmurou parte do sujo refrão: "Oh, lágrimas, ah, lágrimas, oh, doces lágrimas tristes! Nome nas ordens gerais, menção pessoal ao rei, vês!".

Quem dera Joana tivesse visto sua conduta, mas ela estava ocupada pensando no que iria fazer. Então ela me pediu para buscar o cavaleiro Jean de Metz e em um minuto ele partiu para os aposentos de La Hire que, com lorde de Villars e Florent d'Illiers, teria de se reportar a ela às cinco horas da manhã do dia seguinte, com quinhentos homens selecionados montados. As histórias dizem quatro e meia, mas não é verdade, ouvi a ordem dada.

Estávamos a caminho às cinco horas exatas e encontramos o chefe da coluna, entre as seis e as sete, a alguns quilômetros da cidade. Dunois ficou aliviado, pois o exército começava a ficar inquieto e a mostrar preocupação agora que estava tão perto das temidas bastilhas. Mas a notícia de que a Donzela havia chegado corria ao longo da linha, da qual um "viva" ressoou como uma onda e expulsou toda apreensão. Dunois pediu que ela parasse e deixasse a coluna passar à frente, assim os homens teriam a certeza de que os relatos de sua presença não eram um estratagema para que retomassem a coragem. Ela se posicionou então à beira da estrada com seu estado-maior, e os batalhões passaram com passo marcial, dando vivas. Joana portava a armadura e tinha apenas a cabeça exposta. Usava o engenhoso chapéu de veludo com plumas brancas de avestruz, curvadas e caídas sobre as bordas, que a cidade de Orléans lhe dera na noite em que chegara — cuja foto está exibida no *Hôtel de Ville* de Rouen, a prefeitura. Ela parecia ter quinze anos. Sempre que via soldados, seu sangue fervia e chamas se acendiam em seus olhos, suscitando a cor quente e vibrante em suas bochechas; era quando se via que ela era bonita demais para ser terrena ou, de qualquer forma, que havia alguma sutilidade em sua beleza que a diferenciava dos tipos humanos conhecidos, que não chegavam aos pés dela.

Na fila de carroças carregadas de suprimentos, um homem estava deitado sobre as mercadorias. Ele estava estendido de costas e suas mãos atadas com cordas, bem como seus tornozelos. Joana fez sinal ao oficial encarregado daquela divisão da fila para que ele fosse até ela, ao qual ele respondeu cavalgando e saudando-a.

— Quem é aquele homem amarrado? — ela perguntou.

— Um prisioneiro, general.

— Qual é o seu crime?

— É um desertor.

— O que acontecerá com ele?

— Ele deveria ter sido enforcado, mas não seria conveniente durante a marcha, e não temos pressa.

— Fala-me sobre ele.

— É um bom soldado, mas pediu uma licença para ver sua esposa que estava morrendo e não a obteve; mesmo assim, partiu. Enquanto isso a marcha começava, e ele só nos alcançou ontem à noite.

— Alcançou-vos? Veio por vontade própria?

— Sim, por vontade própria.

— E é um desertor?! Por Deus! Trá-lo a mim.

O oficial foi até o homem, soltou seus pés e o levou até ela com as mãos ainda amarradas. Que figura! Uns dois metros de altura e porte de soldado! Rosto vigoroso, cabeleira preta despenteada, realçada quando o oficial tirou seu morrião; como arma, um grande machado despontava de seu grande cinto de couro. Ao lado do cavalo de Joana, sobre o qual ela estava, ele fazia com que ela parecesse menor ainda, pois sua cabeça chegava quase à mesma altura que a dela. Seu rosto estava profundamente melancólico; qualquer vontade de vida parecia finda. Joana disse:

— Levanta as mãos.

A cabeça do homem estava abaixada. Ele a levantou ao ouvir aquela voz suave e amigável, e o aspecto pensativo de seu rosto deu a entender que ela parecia música aos seus ouvidos, e que ele gostaria de escutá-la novamente. Quando ele ergueu as mãos, Joana colocou a espada em suas amarras, e o oficial disse, apreensivo:

— Senhora, minha general!
— O quê? — ela perguntou.
— É um condenado!
— Sim, eu sei. Sou responsável por ele — e cortou as amarras. Seus pulsos, dilacerados, sangravam. — Ah, lastimável — ela disse. — Sangue. Não gosto disso — e ela se encolheu ao vê-lo, mas apenas por um momento. — Dai-me alguma coisa, qualquer um de vós, para enfaixar esses pulsos.

O oficial disse:

— Minha general! Não é apropriado. Vou trazer alguém que o faça.

— Alguém?! *De par le Dieu*! Por Deus! Seria muito demorado encontrar alguém que faça isso melhor do que eu, algo que aprendi há muito tempo, entre homens e bestas. Amarro melhor do que amarraram; se eu o tivesse amarrado, as cordas não teriam cortado sua carne.

O homem olhou, silencioso, enquanto estava sendo enfaixado, roubando um olhar furtivo do rosto de Joana, ocasionalmente, como um animal que recebe uma gentileza inesperada e está tentando aceitar o ato e quem o faz. Sua equipe, esquecendo-se do exército que passava nas nuvens rolantes de poeira e dava vivas, esticou o pescoço para observar a bandagem como se fosse a novidade mais interessante e cativante que já existira. Vi pessoas fazerem isso frequentemente: ficarem totalmente perdidas com as ninharias mais simples, em se tratando de algo incomum para elas. Lá em Poitiers, uma vez, vi dois bispos e uma dúzia de doutos, sérios e célebres, juntos, observando um homem pintar uma tabuleta em uma taberna; não respiravam, pareciam mortos; quando o homem começou a borrifar, não notaram, inicialmente; quando perceberam, cada um deles deu um suspiro profundo e olhou ao redor, estarrecido, perguntando-se por que os outros estavam ali, e como ele mesmo tinha ido parar lá. As pessoas são assim, como eu já disse. Não há como justificar o que fazem. É preciso aceitá-las como são.

— Pronto — disse Joana, enfim, satisfeita com o bom resultado. — Ninguém poderia ter feito melhor; não tão bem, acho. O que fizeste? Podes contar-me? Contai tudo.

O gigante disse:

— Ó, ser angelical, o que aconteceu foi o seguinte: minha mãe morreu e, depois, meus três filhos pequenos, um depois do outro, no decorrer de dois anos. Morreram de fome. Outros conseguiram se salvar. Foi a vontade de Deus. Eu os vi morrer, tive essa graça. E os enterrei. Então, quando chegou a hora da minha pobre esposa, implorei para poder ir vê-la, ela que era tão importante para mim, ela que era tudo o que eu tinha; implorei de joelhos. Mas não me deixaram ir. Eu poderia deixá-la morrer, sem amigos e sozinha? Eu poderia deixá-la morrer, esperando não mais me ver? Ela me deixaria morrer sem vir me ver, se estivesse com os pés livres para vir, arriscando sua própria vida? Não, ela viria, atravessaria labaredas! Então eu fui. Eu a vi. Ela morreu nos meus braços. Eu a enterrei. E o exército partiu. Não foi fácil alcançá-lo, mas minhas pernas são longas e há muitas horas em um dia. Alcancei-o ontem à noite.

Joana disse, contemplativa, como se estivesse pensando em voz alta:

— Parece verdade. Se for verdade, não seria um grande dano não aplicar a lei desta vez; qualquer um diria isso. Pode não ser verdade, mas se for verdade...

Ela se virou de repente para o homem e disse:

— Quero ver teus olhos, olha para cima!

Os olhos dos dois se encontraram e Joana disse ao oficial:

— Este homem está perdoado. Tenhas um bom dia! Podes ir.

Então ela disse ao homem:

— Sabias que voltar para o exército equivalia à morte certa?

— Sim — disse ele —, sabia.

— Então por que fizeste isso?

O homem disse, simplesmente:

— Por causa da morte. Ela era tudo que eu tinha. Não havia nada mais para amar.

— Sim, claro que havia! A França! Os filhos da França sempre terão sua mãe. Eles não podem ficar sem nada para amar. Deves viver, e deves servir à França.

— Servirei!

— Deves lutar pela França.

— Lutarei por vós!

— Serás um soldado da França.

— Serei vosso soldado!

— Deves dar teu coração à França.

— Meu coração é dela, e toda a minha alma, se eu tiver uma; e toda a minha imensa força. Porque eu estava morto e agora vivo de novo; não tinha nada pelo que viver, mas agora tenho! Sois a França, para mim. Sois a minha França, única.

Joana sorriu, e ficou tocada e contente com o grande entusiasmo do homem. Entusiasmo solene, pode-se dizer, pois era mais profundo do que uma mera severidade. E ela disse:

— Muito bem, como desejas. Qual é o teu nome?

O homem respondeu com uma indiferente simplicidade:
— Me chamam de Anão, mas acho que é mais uma gozação.
Joana riu, e disse:
— Certamente! Para o que serve esse grande machado?
O soldado respondeu com a mesma severidade, que devia, naturalmente, ser uma característica dele:
— Para persuadir as pessoas a respeitarem a França.
Joana riu de novo e perguntou:
— Deste muitas lições com ele?
— Ah, de fato, sim, muitas.
— Os alunos ficaram mais calmos contigo, depois?
— Sim, ficaram bem quietos; bem simpáticos e quietos.
— Posso imaginar. Gostarias de ser meu homem de armas? Oficial de dia, sentinela ou algo assim?
— Sim, se eu puder!
— É o que serás. Terás uma armadura apropriada e continuarás a ensinar a tua arte. Pega um daqueles cavalos e segue o grupo quando partirmos.

Foi assim que conhecemos o Anão, e a boa pessoa que era. Joana o escolheu logo que o viu, e acertou em cheio; ninguém poderia ser mais fiel do que ele, e quando ele se soltava com seu machado, virava o próprio filho do diabo; aliás, o próprio diabo. Ele era tão grande que fazia Paladino parecer um homem comum. Como ele gostava de apreciar as pessoas, as pessoas o apreciavam. Ele gostou de nós, rapazes, desde o início; e gostou dos cavaleiros, e gostava praticamente de quase todos que cruzava; mas ele pensava mais em aparar a unha de Joana do que em todo o resto do mundo junto.

Sim, foi assim que o encontramos: esticado na carroça, indo para a morte, pobre coitado, sem ninguém para lhe dizer algo de bom. Foi um bom achado. Os cavaleiros o tratavam quase como alguém igual a eles. Sim, essa é a verdade; esse é o tipo de homem que ele era. Às vezes eles o chamavam de Bastilha, e outras vezes de Fogo do Inferno, por causa de seu estilo caloroso e suntuoso na batalha e, vedes, eles não lhe teriam dado apelidos se não se sentissem muito afeiçoados a ele.

Para o Anão, Joana era a França, o espírito da França em carne e osso. Ele nunca deixou aquela ideia inicial; Deus sabe como isso era verdade. Ele tinha um olhar humilde o bastante para ver uma grande verdade onde outros não viam nada. Para mim, isso é bastante notável. E ainda assim, afinal, é, de certa forma, apenas o que as nações fazem. Quando amam algo grande e nobre, o personificam. Querem-no para que possam vê-lo com seus próprios olhos; como a liberdade, por exemplo. Não se contentam com a confusa ideia abstrata; fazem dela uma bela estátua e então a ideia amada passa a ser tangível, e eles podem olhar para ela, adorá-la. E é assim, como estou dizendo: para o Anão, Joana era a personificação de nosso país, nosso país transformado em uma graciosa forma carnal visível. Os outros, quando a tinham diante de si, viam Joana d'Arc, mas ele via a França. Às vezes ele usava esse nome próprio para falar de Joana. Isso mostra como a ideia estava incorporada em sua mente, e como era real para ele. Foi assim que o mundo chamou nossos reis, mas não conheço nenhum deles que tenha sido competente o suficiente para esse sublime título.

Quando a marcha terminou, Joana voltou para o fronte e cavalgou à frente da coluna. Quando iniciamos a transitar pelas temíveis bastilhas e vimos os homens ali, em pé com suas armas e prontos para ocasionar a morte em nossas filas, senti inanição e indisposição, e todas as coisas pareciam escurecer e flutuar diante de meus olhos; e os outros rapazes também pareciam abatidos, pensei, incluindo Paladino, embora eu não tivesse certeza disso, porque ele estava diante de mim e eu tive que voltar os olhos para a bastilha, porque eu podia vacilar melhor ao ver por que vacilaria.

Joana, por outro lado, sentia-se à vontade; no Paraíso, posso dizer. Ela se endireitou e pude ver que a forma como se sentia diferia da minha. O pior era o silêncio; não houve som algum, apenas o rangido das selas, os ruídos dos passos medidos e os espirros dos cavalos, aflitos devido às nuvens de poeira sufocantes que eles levantavam. Eu queria espirrar, mas preferi não espirrar nem sofrer uma tortura ainda mais amarga, se houvesse, do que chamar a atenção.

Eu não estava na posição de fazer sugestões; caso contrário, teria sugerido que, se fôssemos mais rápido, chegaríamos mais cedo. Para mim, não era uma boa hora para passear. Exatamente quando estávamos à deriva naquela quietude sufocante, passando por um grande canhão situado do lado dentro de um rastrilho levantado, sem nada entre mim e ele além do fosso, um asno no fossado dividiu o mundo com seu zurro, e eu caí do selim. *Sieur* Bertrand me agarrou, ainda bem, pois se eu tivesse caído no chão com minha armadura, não conseguiria me levantar de novo sozinho. Os guardas ingleses nas ameias riram, vulgarmente, esquecendo que todos devem, algum dia, começar, e que houve um tempo em que eles mesmos não se saíram melhor quando foram derrubados por um asno.

Os ingleses nunca proferiram um desafio nem dispararam um tiro. Foi dito, mais tarde, que quando os homens viram a Donzela cavalgando à frente e como ela era adorável, sua entusiasta coragem esfriou, em muitos casos, e desapareceu, em outros, pois tinham a certeza de que a criatura não era mortal, mas a própria filha de Satanás, e por isso os oficiais foram prudentes e não tentaram fazer os homens lutar. Também foi dito que alguns dos oficiais foram afetados pelos mesmos medos supersticiosos. Bem, em todo o caso, eles nunca tentaram nos importunar, e adentramos nas macabras fortalezas em paz. Durante a marcha, fiquei em dia com todas as minhas devoções, que estavam atrasadas; então, no final das contas, nem tudo foi perda para mim, apesar de não ter tido nenhum lucro.

Foi nessa marcha que as histórias contam que Dunois disse a Joana que os ingleses estavam esperando reforços sob o comando de *Sir* John Fastolf, e que ela se voltou a Dunois e disse: "Bastardo, Bastardo, em nome de Deus, avisai-me sobre sua vinda assim que souberdes; pois se ele passar sem meu conhecimento, perdereis a cabeça!". Pode ser que tenha sido assim, não nego, mas não ouvi isso. Se realmente o disse, acho que ela quis dizer que o tiraria da liderança oficial, do comando. Não era típico dela ameaçar a vida de um camarada. Ela tinha dúvidas com relação a seus generais, e era seu direito tê-las, pois sempre incentivava assaltos e ataques, enquanto eles preferiam conter e cansar os ingleses. Como não acreditavam no jeito dela, e eram velhos soldados experientes, era natural que preferissem seu próprio jeito e tentassem contornar o dela.

Mas ouvi algo que as histórias não mencionam e não conhecem. Ouvi Joana dizer que, agora que as guarnições da outra margem estavam enfraquecidas para fortalecer aquelas do nosso lado, o ponto de operações mais eficaz tinha mudado para a margem sul; então ela queria ir até lá e assaltar os fortes que estavam na extremidade da ponte; isso abriria a comunicação com nossos próprios domínios e levantaria o cerco. Os generais relutaram imediatamente, mas somente a deixaram desconcertada e a atrasaram, e isso por apenas quatro dias.

O povo de Orléans recebeu o exército na porta da cidade e o levou pelas ruas, decoradas com estandartes, até seus alojamentos, e ninguém teve de embalar os homens ao som de cantigas; eles capotaram, exaustos, pois Dunois os tinha feito correr sem piedade, e nas próximas vinte e quatro horas ficariam quase silenciosos — não esqueçamos os roncos.

CAPÍTULO 17

Fruta doce, verdade amarga

Quando chegamos na casa, o café da manhã da plebe já nos aguardava no refeitório, e a família nos honrou à mesa. O bom e velho tesoureiro... bom, na verdade, os três nos lisonjearam e estavam ansiosos para ouvir sobre as nossas aventuras. Ninguém pediu ao Paladino que começasse, mas ele começou, porque como seu posto militar especialmente ordenado e peculiar o colocava acima de todos da equipe pessoal, com exceção do velho d'Aulon, que não comia conosco, ele não se importou nenhum pouco com a nobreza dos cavaleiros nem com a minha. Era o primeiro a falar sempre que lhe convinha, o que acontecia o tempo todo; ele era assim. E começou:

— Graças a Deus encontramos o exército em condições admiráveis, acho que nunca vi um bando de animais melhor.

— Animais! — exclamou a senhorita Catherine.

— Vou explicar o que ele quer dizer — disse Noel. — Ele...

— Vou incomodar-te para que não te incomodes em explicar o que digo — disse Paladino, com arrogância. — Eu tenho motivos para pensar...

— Ele é assim mesmo — disse Noel. — Sempre que acha que tem razão para pensar, ele pensa que pensa, mas não. Ele não viu o exército. Observei o Paladino naquele momento, e vi que ele não o viu. Ele estava preocupado remoendo uma antiga queixa.

— E de que antiga queixa se trata? — Catherine perguntou.
— Prudência — eu disse, vendo que podia ajudar. Mas não foi uma observação feliz, pois Paladino falou:
— Não cabe a ti criticar a prudência das pessoas, logo tu que cais da sela quando um burro zurra.

Todos riram, e eu fiquei com vergonha de mim mesmo pela minha esperteza precipitada. Respondi:
— Não é muito justo dizer que caí por conta do zurro do burro. Fui abalado emocionalmente naquela hora, foi simplesmente isso, uma emoção.
— Muito bem, se quiseres chamar assim, não te contesto. Como chamaríeis isso, *Sieur* Bertrand?
— Bem... bem... seja o que for, era perdoável, acho. Aprendestes como vos comportar em ardentes combates corpo a corpo e não precisais vos envergonhar de vossos antecedentes no assunto; mas caminhar diante da morte, com as mãos ociosas e sem barulho, sem música, sem nada acontecendo, é uma situação muito difícil. Em vosso lugar, de Conte, eu chamaria de emoção; não há vergonha alguma nisso.

Foi o discurso mais direto e sensato que ouvi, e fiquei grato pela abertura que me deu; então, declarei:
— Foi medo o que senti. Mas obrigado pela ideia honesta.
— Foi a melhor e mais decente saída — disse o velho tesoureiro. — Fizestes bem, meu rapaz.

Isso me deixou confortável, e quando a senhorita Catherine disse "concordo", agradeci a mim mesmo por ter me envolvido naquele embaraço.

Sieur Jean de Metz disse:
— Estávamos todos no mesmo combate quando o burro zurrou, e estava terrivelmente calmo naquele momento. Não vejo como qualquer jovem soldado em campanha poderia escapar de sentir um pingo de emoção.

Ele olhou em volta com uma expressão agradável de inquirição em seu rosto bom, e quando cada par de olhos, alternadamente, encontrava os seus, as pessoas assentiam. Até Paladino fez esse sinal com a cabeça. Isso surpreendeu todo mundo, e foi um ponto a favor do porta-estandarte. Foi inteligente da parte dele; ninguém acreditava que ele pudesse contar a verdade da maneira como eu fizera, sem preparação, ou que ele diria esse tipo particular de verdade, estando preparado ou não. Suponho que ele tenha julgado que isso impressionaria positivamente a família. Então o velho tesoureiro disse:

— Passar pelos fortes daquele jeito difícil exigia o mesmo tipo de coragem que uma pessoa deve ter quando os fantasmas estão à sua volta no escuro. O que o porta-estandarte acha?

— Bem, não sei bem, senhor. Já pensei, algumas vezes, que gostaria de ver um fantasma se eu ...

— Gostaríeis?! — exclamou a jovem. — Nós temos um! Quereis vê-lo? Quereis?

Ela estava tão ansiosa e tão bonita que Paladino disse na hora que sim; e então, como nenhum dos outros foi valente o suficiente para expor o medo que sentia, eles se voluntariaram um após o outro, boquiabertos e com o coração na mão, até que todos aceitassem a viagem; a menina bateu palmas, alegre, e os pais ficaram gratos, dizendo que os fantasmas de sua casa os apavoravam e angustiavam, a eles e aos antepassados, por gerações e gerações, e até então nunca haviam encontrado alguém disposto a confrontá-los e a descobrir qual era o problema deles, para que a família pudesse curar e contentar os pobres espectros e convencê-los a aceitarem a tranquilidade e a paz.

CAPÍTULO 18

O PRIMEIRO CAMPO DE BATALHA DE JOANA

Era por volta do meio-dia e eu conversava com a senhora Boucher; nada estava acontecendo, tudo estava calmo, quando de repente Catherine Boucher entrou, eufórica, e disse:

— Correi, senhor, correi! A Donzela estava em sua cadeira, no meu quarto, quando se levantou e gritou: "O sangue francês está jorrando! Minhas armas, minhas armas!". Seu gigante estava de guarda na porta, e ele levou d'Aulon até ela, que começou a prepará-la. Eu e o gigante fomos avisar os homens. Correi! E ficai ao seu lado. Se realmente houver uma batalha, mantende-a fora dela, não deixai que ela se arrisque, não há necessidade; basta que os inimigos saibam que ela está por perto e olhando. Mantende-a fora da luta, não falheis nisso!

Eu comecei a correr, dizendo, sarcasticamente — pois sempre gostei de sarcasmo, e disseram que eu tinha um ótimo dom:

— Ah, é claro, é tão fácil. Vou cuidar disso!

No fundo da casa encontrei Joana, pronta, correndo para a porta.

— O sangue francês está sendo derramado, e não me disseste nada — ela me advertiu.

— Mas eu não sabia — respondi. — Não há nenhum som de guerra; está tudo quieto, Vossa Excelência.

— Os sons de guerra chegarão em breve aos teus ouvidos — ela disse, partindo.

Era verdade. Antes que se pudesse contar até cinco, a quietude foi quebrada pela aceleração da corrida e dos passos pesados de uma multidão de homens e de cavalos que se aproximavam, dando gritos enrouquecidos de comando; e então, ao longe, veio o "bum" abafado de canhão — "bum-bum-bum!" —, e imediatamente a multidão apressada rouquejou pela casa, como um furacão.

Os cavaleiros e todos os homens partiram, armados, mas os cavalos não estavam prontos, e irrompemos atrás de Joana em um só corpo, tendo Paladino à frente, com o estandarte. A crescente multidão era composta por metade de cidadãos e metade de soldados, e não tinha um líder declarado. Quando Joana foi vista, foi aclamada, e gritou:

— Um cavalo! Um cavalo!

Uma dúzia de selas estava à sua disposição em um instante. Ela montou, enquanto uma centena de pessoas gritou:

— Abri o caminho, abri o caminho para a *Donzela de Orléans*!

Foi a primeira vez que seu nome imortal foi pronunciado — e eu, graças a Deus, estava lá para ouvi-lo! A massa se dividiu como as águas do Mar Vermelho, e descendo a estrada Joana foi voando como um pássaro, gritando: "Avante, corações franceses! Segui-me!", e voamos atrás dela no resto dos cavalos emprestados, com o estandarte sagrado esvoaçando sobre nós, e a estrada se fechando na retaguarda.

Isso foi diferente da medonha marcha pelas sombrias bastilhas. Não, estávamos bem, e éramos um turbilhão de entusiasmo. A explicação para essa insurreição repentina foi esta. A cidade e a pequena guarnição, por tanto tempo sem esperança e com medo, enlouqueceram com a chegada de Joana, e não conseguiram mais conter o desejo de atacar o inimigo; então, sem as ordens de ninguém, algumas centenas de soldados e cidadãos lançaram-se contra a porta da Borgonha, em um impulso repentino, e assaltaram uma das fortalezas mais formidáveis do senhor Talbot, a Saint-Loup — e estavam levando a pior. A notícia se espalhou pela cidade e formou a nova multidão à qual estávamos inseridos.

Quando saímos da porta, encontramos soldados levando para dentro os feridos do fronte. A cena comoveu Joana, que disse:

— Ah, sangue francês! Que horror, que horror!

Logo estávamos no campo, no meio da turbulência. Joana estava vendo sua primeira batalha real, e nós também.

Era uma batalha em campo aberto; pois a guarnição de Saint-Loup tinha feito uma surtida confiante para enfrentar o ataque, acostumada com vitórias quando "bruxas" não estavam por perto. A investida foi reforçada por tropas da bastilha *Paris* e, quando nos aproximamos, os franceses estavam sendo açoitados e recuavam. Mas quando Joana chegou em meio à desordem, exibindo o estandarte e gritando "Avante, homens! Segui-me!", algo mudou; os franceses se viraram e dispararam como uma onda sólida do mar, varrendo os ingleses que estavam à sua frente, golpeando e esfaqueando, e sendo golpeados e esfaqueados, algo terrível de se ver.

No campo, o Anão não tinha uma missão específica; ou seja, não tinha ordens de ocupar nenhum lugar em particular, portanto ele mesmo escolheu seu lugar, e foi à frente de Joana, abrindo-lhe o caminho. Foi horrível ver os elmos de ferro se despedaçarem no ar sob seu terrível machado. Ele chamava isso de "quebrar nozes", e era o que parecia. Ele fez uma boa estrada e a pavimentou bem, com carne e ferro. Joana e todos nós o seguimos tão rapidamente que ultrapassamos os nossos homens, de forma a ficarmos cercados por ingleses tanto atrás como na frente. Os cavaleiros ordenaram que fizéssemos um círculo ao redor de Joana olhando para fora dele, e foi o que fizemos; um belo trabalho. Naquele momento, Paladino ganhou nosso respeito. Sob o olhar exaltante e transformador de Joana, ele esqueceu sua prudência inata, esqueceu sua timidez diante do perigo, esqueceu o que era medo; em suas batalhas imaginárias, nunca falara de sua atuação de forma tão impressionante quanto a que teve nessa batalha real: onde quer que ele atingisse, havia um inimigo a menos.

Ficamos naquele círculo por apenas alguns minutos; então as forças que estavam na retaguarda irromperam, gritando, e se juntaram a nós, e os ingleses lutavam enquanto recuavam, finos e galantes, e nós os levamos para sua fortaleza, um a um; eles nos enfrentaram o tempo todo, enquanto nas muralhas faziam chover pancadas de flechas, setas e pelouros sobre nós.

A maior parte dos inimigos entrou em segurança na fortificação; ficamos do lado de fora, acompanhados por pilhas de franceses e ingleses mortos e feridos — uma visão repugnante, uma visão horrível para nós, jovens, pois nossas pequenas emboscadas de fevereiro tinham acontecido à noite, e o sangue, as mutilações e os rostos mortos estavam misericordiosamente turvos, ao passo que víamos essas coisas agora pela primeira vez, em toda a sua palidez cadavérica nua.

Enquanto isso, Dunois chegou da cidade em seu cavalo, que espumava saliva, e foi direto à batalha; galopou até Joana saudando-a e lhe proferiu belos elogios. Ele acenou com a mão em direção às distantes muralhas da cidade, onde inúmeras bandeiras se exibiam alegremente ao vento, e disse que a população estava lá observando e se rejubilando com seu bom desempenho, e acrescentou que ela e seu exército seriam muito bem recebidos naquele instante.

— Neste instante? Será difícil agora, Bastardo. Ainda não!

— Por que ainda não? Tem algo a mais a ser feito?

— Algo a mais, Bastardo? Acabamos de começar! Vamos tomar a fortaleza.

— Não falais a sério! Não podemos tomar este lugar; insisto, não tenteis; é desesperador. Deixai-me ordenar que os efetivos voltem.

O coração de Joana transbordava com as alegrias e os entusiasmos da guerra, e esse argumento a deixou impaciente. Ela gritou:

— Bastardo, Bastardo, brincareis até quando com esses ingleses? Não vamos sair por nada daqui, até que este lugar seja nosso. Vamos atacá-lo e tomá-lo. Ao ataque!

— Ah, minha general...

— Não percais mais tempo, homem, fazei com que as cornetas soem o assalto!

E vimos aquela estranha luz profunda em seus olhos, que chamávamos de luz da batalha — que mais tarde aprendemos a identificar muito bem em campos de batalha.

As notas marciais ressoaram, as tropas responderam com um brado e se lançaram contra a formidável fortificação, cujos contornos estavam escondidos na fumaça de seus próprios canhões, que cuspiam chamas e trovões.

A cada tentativa éramos repelidos, mas Joana estava aqui, ali e em todos os lugares, encorajando os homens, e os mantinha firmes para continuar. Durante três horas a maré baixou e subiu, subiu e baixou; mas por fim La Hire, que tinha chegado, fez uma investida final e sem chances de defesa, e tomamos a bastilha Saint-Loup. Nós a esventramos e pegamos todas as suas provisões e sua artilharia, e então a destruímos.

Quando todos os nossos homens gritaram roucos de júbilo, inclusive para a general, pois queriam louvá-la, glorificá-la e homenageá-la por sua vitória, tivemos dificuldade em encontrá-la; e quando a encontramos, ela estava sozinha, sentada no meio de um amontoado de cadáveres, com o rosto nas mãos, chorando — pois ela era uma menina, como bem sabeis, e seu coração de heroína era o coração de uma menina também, com a piedade e a ternura que lhe eram inatas. Ela estava pensando nas mães daqueles amigos e inimigos mortos.

Entre os prisioneiros havia muitos padres, e Joana os colocou sob sua proteção e salvou suas vidas. Foi argumentado que eles eram provavelmente combatentes disfarçados, mas ela disse: "Como alguém pode saber isso? Eles vestem a libré de Deus e, mesmo se um só deles a usar por ofício, é melhor salvar todos os culpados do que termos em nossas mãos o sangue do homem inocente. Eu os hospedarei onde me hospedo, e os alimentarei, e deixarei que partam em segurança".

Marchamos de volta à cidade exibindo a colheita de canhões, os prisioneiros e os estandartes. Essa foi a primeira ação de guerra substancial que os presos tinham visto nos sete meses de cerco; a primeira chance que tiveram de se regozijar com uma proeza francesa. Podeis imaginar que eles a aproveitaram bem. Eles e os sinos enlouqueceram. Eles idolatravam Joana, e a pressão de pessoas se debatendo e se apoiando umas nas outras para vê-la era tão grande que mal podíamos franquear o caminho. Seu novo nome tinha se espalhado por toda parte, e estava na boca do povo. A Santa Donzela de Vaucouleurs era um título esquecido; a cidade a reivindicou para si, e agora ela era a *Donzela de Orléans*. Fico muito feliz ao lembrar que ouvi esse epíteto na primeira vez que foi enunciado. Entre aquela primeira vez e a última que será enunciada na Terra, ah, imaginai quantos séculos passarão!

A família Boucher a recebeu de volta como a uma filha salva da morte, contra toda esperança ou probabilidade. Repreenderam-na por ter ido à batalha e se exposto ao perigo durante todas aquelas horas. Não tinham entendido que ela pretendia ir tão longe como guerreira, e lhe perguntaram se ela realmente tinha o objetivo de participar da luta ou se ela tinha sido levada acidentalmente até ela, na afobação das tropas. Imploraram para que ela fosse mais cuidadosa da próxima vez. Talvez tenha sido um bom conselho, mas entrou por um ouvido e saiu pelo outro.

CAPÍTULO 19

ATACANDO FANTASMAS

Exaustos com a longa luta, todos dormimos durante o resto da tarde e duas ou três horas à noite. Levantamos, revigorados, e jantamos. Quanto a mim, estava disposto a esquecer a história do fantasma; os outros pensavam a mesma coisa, sem dúvida, pois falavam com diligência da batalha e nada diziam sobre aquela outra coisa. E, realmente, foi agradável e estimulante ouvir Paladino ensaiar seus feitos e vê-lo empilhar seus mortos, quinze aqui, dezoito ali e trinta e cinco acolá; mas isso apenas adiou o problema; não dava mais. Ele não podia continuar para sempre; quando tomou a bastilha de assalto e destruiu a guarnição, não havia mais o que fazer a não ser parar, a menos que Catherine Boucher lhe desse um novo começo e que tudo fosse feito novamente — o que esperávamos que ela fizesse, daquela vez —, mas ela tinha outra coisa em mente. Assim que houve uma abertura e a oportunidade certa, ela abordou o indesejado assunto, e o enfrentamos da melhor forma que pudemos.

Seguimos ela e seus pais até a sala mal-assombrada às vinte e três horas, com velas e tochas, que seriam colocadas em cavidades nas paredes. Era uma casa grande, com paredes muito grossas, e o cômodo ficava em uma parte remota dela, desocupado por sabe-se lá quantos anos, por causa de sua má reputação. Era uma sala grande como um salão, com uma grande mesa de carvalho robusta e bem preservada; mas as cadeiras estavam carcomidas por vermes e a tapeçaria nas paredes estava apodrecida e descolorida pelo tempo. As teias de aranha empoeiradas no teto pareciam não ter tido nenhuma função havia um século. Catherine disse: "Segundo a tradição, esses fantasmas nunca foram vistos — e quase não foram ouvidos. É claro que essa sala já foi maior do que é agora, e que a parede deste lado foi construída há muito tempo para criar e cercar uma sala estreita, ali. Não há comunicação alguma com a sala estreita; se houver, e quanto a isso não há dúvida plausível, não há luz nem ar, é uma verdadeira masmorra. Esperai e vede o que acontece". E foi tudo. Então ela e seus pais nos deixaram.

 Quando o ruído de seus passos deixou de ser ouvido ao longe, nos vazios corredores de pedra, houve um silêncio e uma solenidade estranhos, que foram mais terríveis para mim do que a marcha muda entre as bastilhas. Sentamos, olhando vagamente uns para os outros, e dava para notar que ninguém estava confortável. Quanto mais tempo ficávamos sentados, mais mortal era a quietude; e quando o vento começou a gemer ao redor da casa, senti-me maldisposto e infeliz, e eu gostaria de ter sido corajoso o suficiente para ser covarde, dessa vez, pois na verdade não há vergonha alguma em ter medo de fantasmas, vendo como os vivos ficam indefesos em suas mãos. Fantasmas que eram invisíveis, o que, para mim, piorava as coisas. Eles talvez estivessem conosco na sala, naquele momento — não podíamos saber. Senti leves toques nos ombros e nos cabelos, então me afastei e me encolhi, e não tive vergonha de mostrar medo, pois vi os outros fazendo o mesmo, e sabia que eles também estavam sentindo aqueles leves contatos. Conforme isso acontecia — ah, parecia uma eternidade, o tempo se arrastava tão melancolicamente —, todos os rostos empalideciam, e eu me senti em um congresso de mortos.

 Finalmente, leve e longe, estranho e lento, ouvimos um "blém-blém-blém!" — um sino distante dobrava à meia-noite.

Quando o último golpe soou, a deprimente quietude continuou e, como antes, eu estava olhando para os rostos que pareciam feitos de cera, e sentindo de novo leves toques nos cabelos e nos ombros.

Um minuto... dois minutos... três minutos... então ouvimos um gemido longo e profundo, e todos se ergueram e de pé permaneceram, com as pernas tremendo. Vinha da pequena masmorra. Houve uma pausa. Ouvimos, então, soluços abafados e lamentações. Havia uma segunda voz, baixa e vaga, e uma parecia tentar consolar a outra; assim, as duas vozes continuaram, com gemidos, soluços suaves, e, ah, os tons eram tão cheios de compaixão, suspiros e desespero! De fato, o coração condoía-se ao ouvi-los. Mas aqueles sons eram tão reais, tão humanos e tão comoventes que a ideia de fantasmas saiu de nossas mentes, e o Sieur Jean de Metz disse: "Vinde comigo! Vamos quebrar a parede e libertar os pobres reféns. Aqui, com o seu machado!". O Anão saltou para frente, balançando seu grande machado com as mãos, e os outros se levantaram e foram buscar as tochas. Paf! Pof! Pou! Os antigos tijolos foram quebrados e abriu-se um buraco pelo qual um boi poderia passar. Passamos por ele e erguemos as tochas. Vazio! No chão havia uma espada enferrujada e um leque podre.

Agora sabeis tudo o que sei. Pegai as patéticas relíquias e tecei, com base nelas, um romance sobre os presos da masmorra, há muito tempo mortos, da melhor forma que puderdes.

CAPÍTULO 20

Joana transforma covardes em
corajosos vencedores

No dia seguinte, Joana queria ir novamente de encontro ao inimigo, mas era a festa da Ascensão, e o santo conselho de generais bandidos era devoto demais para se dispor a profaná-la com derramamento de sangue. No entanto, na esfera privada, a profanavam com conluios, uma espécie de iniciativa que lhes convinha. Decidiram fazer a única coisa adequada, dadas as novas circunstâncias do caso: fingir um ataque à mais importante bastilha do lado de Orléans e então, se os ingleses enfraquecessem as fortalezas mais importantes do outro lado do rio para socorrê-la, atravessar o rio em massa e capturá-las. Assim eles se apropriariam da ponte e se comunicariam livremente com Sologne, que era um território francês. Decidiram não contar a Joana essa última parte do plano.

Joana se intrometeu e os pegou de surpresa. Ela perguntou do que estavam tratando e o que tinham resolvido. Eles disseram que tinham resolvido atacar as bastilhas inglesas mais importantes do lado de Orléans na manhã seguinte, e então o porta-voz parou. Joana disse:

— Continuai.

— Não há mais nada. É só isso.

— Tenho que acreditar nisso? Tenho que acreditar que perdestes o juízo?

Ela se virou para Dunois e perguntou:

— Bastardo, vós que tendes bom senso, respondei: se esse ataque fosse feito e a bastilha tomada, estaríamos muito melhor do que estamos agora?

Bastardo hesitou e começou uma conversa desconexa, pouco relacionada à pergunta. Joana o interrompeu e disse:

— Não adianta continuar, meu bom Bastardo, já respondestes. Se Bastardo não é capaz de mencionar nenhuma vantagem a ser obtida ao tomar a bastilha e parar o ataque, é improvável que algum de vós possa dizer algo. Perdeis muito tempo inventando planos que não levam a nada e provocando atrasos que são danosos. Escondeis algo de mim? Bastardo, este conselho tem um plano geral, imagino; sem entrar em detalhes, qual é o plano?

— É o mesmo que no início, sete meses atrás: conseguir provisões para um longo cerco, depois sentar e cansar os ingleses até que eles partam.

— Por Deus! Como se sete meses não bastassem, quereis ficar assim por um ano. Abandonai esses sonhos pusilânimes. Os ingleses devem partir dentro de três dias!

Vários deles exclamaram:

— Ah, general, general, sede prudente!

— Ser prudente e passar fome? Chamais isso de guerra? Pois eu digo, se ainda não souberdes: as novas circunstâncias mudaram o aspecto das coisas. O verdadeiro ponto de ataque mudou; ele está do outro lado do rio. É preciso tomar as fortificações que controlam a ponte. Os ingleses sabem que, se não formos tolos e covardes, vamos tentar fazer isso. Eles são gratos por vossa demonstração de piedade ao desperdiçar este dia. Hoje à noite vão reforçar os fortes que controlam a ponte deste lado, sabendo o que pode acontecer amanhã. A única coisa que fizestes foi perder um dia e dificultar a nossa tarefa, porque atravessaremos o rio e tomaremos aqueles fortes. Bastardo, dizei a verdade, este conselho não sabe que não há outra saída para nós além desta da qual estou falando?

Dunois admitiu que o conselho sabia que essa saída era a mais desejável, mas a considerou impraticável; e ele se desculpou em nome do conselho da melhor forma que pôde, dizendo que, uma vez que nada era realmente e racionalmente esperado, a não ser uma longa continuação do cerco e o cansaço dos ingleses, eles naturalmente tinham um pouco de medo das noções impetuosas de Joana. Ele disse:

— Temos certeza que é melhor esperar, ao passo que vós arrasaríeis tudo de maneira tempestuosa.

— É o que eu faria! Aliás, é o que farei! Tendes minhas ordens, aqui e agora. Vamos avançar na direção dos fortes da margem sul amanhã, ao amanhecer.

— E derrubá-los tempestuosamente?

— Sim, derrubá-los tempestuosamente!

La Hire chegou tinindo em sua armadura, e ao ouvir o último comentário gritou:

— Pelo meu bastão, essa é a música que amo ouvir! Sim, é o momento certo e as palavras são belas, minha general. Vamos atacá-los e derrubá-los!

Ele fez uma saudação exagerada, típica dele, caminhou até Joana e apertou sua mão.

Ouviu-se algum membro do conselho dizer:

— Mas devemos começar com a bastilha de Saint-Jehan, e isso dará aos ingleses tempo para...

Joana se virou e disse:

— Não vos preocupeis com a bastilha de Saint-Jehan. Os ingleses saberão o suficiente para se retirar e voltar para as bastilhas que controlam a ponte quando nos virem chegar.

Ela acrescentou, com um toque sarcástico:

— Até um conselho de guerra saberia o suficiente para fazer isso sozinho.

E então ela se despediu. La Hire fez esta observação geral ao conselho:

— É uma criança, parece que só vedes isso. Guardai essa superstição se precisardes, mas percebeis que essa criança entende o complexo jogo da guerra tão bem quanto qualquer um de vós; e se quiserdes a minha opinião sem ter o incômodo de pedi-la, aqui está, sem delongas: por Deus, ela pode ensinar aos melhores de vós como jogar esse jogo!

Joana tinha sido sincera; os sagazes ingleses viram que a política dos franceses tinha passado por uma revolução; que a política de hesitar e protelar havia acabado; que ao invés de receber os ataques, preparavam-nos e deixavam-nos prontos para serem executados; portanto, prepararam-se para a nova situação, transferindo pesados reforços das bastilhas da margem norte para aquelas da margem sul.

A cidade soube da grande notícia de que mais uma vez na história da França, depois de tantos anos humilhantes, a França ia tomar a ofensiva; de que a França, tão acostumada a recuar, ia avançar; de que a França, há tanto tempo acostumada a se esquivar, ia enfrentar e atacar. A alegria do povo ultrapassou todas as fronteiras. As muralhas da cidade estavam cheias de pessoas para ver o exército partir, de manhã, naquela nova estranha posição — a frente de combate, não a retaguarda, estava voltada ao acampamento inglês. Podeis imaginar a excitação e a forma como aquela gente a expressou quando Joana cavalgou à frente do exército com seu estandarte drapeando sobre ela.

Atravessamos, numerosos, e foi um trabalho demorado e cansativo, pois havia poucos e pequenos barcos. Nosso desembarque na ilha de Saint-Aignan não foi contestado. Lançamos uma ponte feita com alguns barcos pelo estreito canal, de lá até a costa sul, e retomamos a marcha de maneira ordenada e sem ser incomodados; pois embora houvesse uma fortaleza lá, a Saint-Jehan, os ingleses a desocuparam, a destruíram e voltaram para os fortes situados à ponte assim que os primeiros barcos foram vistos, e deixaram a costa de

Orléans; exatamente o que Joana disse que aconteceria quando contestou o conselho.

Descemos o rio e Joana plantou seu estandarte antes da bastilha Augustins, a primeira das formidáveis fortificações que protegiam a extremidade da ponte. As trombetas soaram o assalto, e dois ataques se seguiram em belo estilo; mas estávamos muito fracos, pois nosso corpo principal ainda estava atrasado. Antes que pudéssemos nos reunir para um terceiro assalto, a guarnição de Saint-Pryvé foi vista subindo com reforços para a grande bastilha. Eles chegaram correndo e a tropa do Augustins atacou, e ambas as forças vieram rapidamente contra nós, e fizeram o nosso pequeno exército fugir, em pânico, e nos seguiram, esfaqueando e matando, xingando e insultando.

Joana estava fazendo o melhor que podia para reagrupar os homens, mas eles não tinham mais juízo, seus corações estavam dominados, naquele momento, pelo antigo pavor dos ingleses. Joana perdeu a calma, parou e ordenou que as trombetas soassem o avanço. Então deu meia-volta e gritou: "Uma dúzia de não covardes já me basta. Segui-me!".

Ela partiu juntamente com umas doze pessoas, que ouviram suas palavras e se inspiraram nelas. O exército que os perseguia ficou surpreso ao vê-la avançando sobre eles com aquele punhado de homens, e foi então a vez de eles vivenciarem um pavor terrível. *Ela é com certeza uma bruxa, uma filha de Satanás!*, foi o que pensaram e, sem parar para analisar a questão, viraram-se e fugiram, em pânico.

Nossos rápidos esquadrões ouviram as cornetas e se viraram para olhar; e quando viram o estandarte da Donzela ondeando e se encaminhando velozmente na outra direção, e o inimigo se deslocando desordenadamente, retomaram a coragem e nos seguiram.

La Hire também ouviu o som, apressou seus homens e nos alcançou quando estávamos novamente plantando nosso estandarte diante das muralhas do Augustins. Estávamos fortes o bastante agora. Tínhamos um longo e difícil trabalho pela frente, mas o finalizamos antes do anoitecer, com Joana nos mantendo firmes, e ela e La Hire dizendo que éramos capazes de tomar a grande bastilha, e que devíamos fazê-lo. Os ingleses lutaram como... bem, lutaram como ingleses; isso dito, não há nada mais a dizer. Atacamos sem parar, através da fumaça, das chamas e das explosões ensurdecedoras dos canhões e, por fim, quando o sol estava se pondo, tomamos rapidamente o lugar e fincamos o estandarte em suas muralhas.

O Augustins era nosso. O forte das Tourelles também seria nosso, se quiséssemos liberar a ponte e levantar o cerco. Havíamos conquistado um grande feito, Joana estava determinada a realizar mais um. Tínhamos que dormir ali mesmo, mantendo firmemente o que havíamos conseguido, e estar prontos para a nossa missão pela manhã. Joana não deixou os homens se desmoralizarem cometendo pilhagem, rebeliões e farras; mandou queimar o Augustins com todas as suas provisões, exceto a artilharia e a munição.

Todo mundo estava cansado com aquele longo dia de trabalho duro, incluindo Joana; ainda assim, ela quis permanecer com o exército diante do Tourelles, para estar pronta para o assalto de manhã. Os comandantes conversaram com ela e por fim a persuadiram a ir para seus aposentos e se preparar para a grande fortificação, descansando devidamente e fazendo um tratamento com sanguessuga, em um ferimento que ela tinha no pé. Atravessamos o rio com eles e fomos para casa.

Como de costume, encontramos a cidade explodindo de alegria, todos os sinos ressonando, todo mundo gritando e várias pessoas embriagadas. Nunca partimos ou voltamos sem fornecer razões boas e suficientes para essas agradáveis comemorações, e por isso elas estavam sempre prontas para serem realizadas. Nos últimos sete meses, houve uma ausência de razões para esse tipo de comemoração; por isso, o povo comemorou com mais alegria ainda.

CAPÍTULO 21

Ela reprova gentilmente sua querida amiga

Para se afastar da habitual multidão de visitantes e descansar, Joana foi com Catherine diretamente para a residência que as duas dividiam, onde jantaram e onde a ferida foi tratada. Mas então, ao invés de ir para a cama, Joana, cansada do jeito que estava, pediu para o Anão me chamar, apesar dos protestos e dos argumentos de Catherine. Ela disse que tinha algo em mente e precisava enviar um mensageiro a Domrémy com uma carta, para que o velho *père* Fronte a lesse para sua mãe. Fui ao seu encontro e ela começou a ditar. Depois de algumas palavras de amor e saudações à mãe e à família, veio isto: "Mas o que me move a escrever agora é dizer que, quando ouvires que estou ferida, não deveis vos preocupar e deveis recusar crer em qualquer um que tente vos fazer acreditar que é sério". Ela prosseguia, quando Catherine disse:

— Ah, mas ela ficará apavorada ao ler essas palavras. Apaga-as, Joana, apaga-as, e espera apenas um dia, dois dias no máximo, e então escreve e diz que teu pé foi ferido, mas que já está curado, pois com certeza vai ficar bom, ou quase. Não a deixes angustiada, Joana; faz o que digo.

Uma risada como a risada de antigamente, a risada impulsiva e livre de um espírito imperturbável, uma risada como o toque de sinos foi a resposta de Joana, que disse:

— Meu pé? Por que eu deveria escrever sobre este arranhãozinho? Eu não estava pensando nisso, querida.

— Menina, tens outra ferida, pior, e não me falaste dela? Sonhaste com o quê, que...

Ela deu um pulo, receosa, para que a sanguessuga usada para a sangria no pé de Joana voltasse imediatamente, mas Joana colocou a mão no braço de Catherine e fez com que ela se sentasse de novo, dizendo:

— Pronto, agora, fica tranquila, não há outra ferida, ainda; estou escrevendo sobre uma ferida que terei quando atacarmos a bastilha amanhã.

Catherine tinha a expressão de quem está tentando entender uma proposição intrigante e não consegue. Ela disse, furiosa:

— Uma ferida que vais ter? Mas, mas... por que deixar tua mãe angustiada quando isso... quando isso pode não acontecer?

— Pode não acontecer? Por quê? Mas vai acontecer.

O quebra-cabeça continuava sendo um quebra-cabeça. Catherine disse da mesma maneira abstrata de antes:

— Vai. É uma palavra forte. Parece que eu não... minha mente não consegue entender isso. Ah, Joana, esse pressentimento é horrível, tira a paz e a coragem de uma pessoa. Liberta-te dele! Livra-te dele! Isso vai deixar a tua noite péssima, e em vão, pois esperamos...

— Mas não é um pressentimento, é um fato. E isso não vai me deixar péssima. São as incertezas que me deixam péssima, e isso não é uma incerteza.

— Joana, tu sabes que isso vai acontecer?

— Sim, sei. Minhas Vozes me contaram.

— Ah — disse Catherine, resignada. — Se elas te contaram... mas tens certeza que eram elas? Certeza absoluta?

— Sim, absoluta. Isso vai acontecer, sem dúvida.

— É terrível! Desde quando sabes disso?

— Desde... acho que já faz várias semanas.

Joana se virou para mim.

— Louis, vais te lembrar. Faz quanto tempo?

— Vossa Excelência falastes disso primeiro com o rei, em Chinon — respondi. — Isso foi há sete semanas. Falastes sobre isso de novo no dia 20 de abril, e também no dia 22, há duas semanas, segundo estas anotações aqui.

Essas informações impressionantes perturbaram profundamente Catherine, mas fazia tempo que eu não me surpreendia mais com isso. Acostuma-se a tudo neste mundo. Catherine disse:

— E vai acontecer amanhã? Ainda amanhã? Continua sendo a mesma data? Não houve nenhum engano, nenhuma confusão?

— Não — disse Joana. — A data é 7 de maio, não há outra data.

— Então não deves dar um passo para fora desta casa até que esse dia terrível tenha passado! Não vais sonhar com isso, Joana, vais? Promete que vais ficar conosco.

Mas Joana não estava persuadida. Ela disse:

— Isso não ajudaria, minha querida amiga. Eu serei ferida, e ferida amanhã. Se eu não for atrás da ferida, ela virá atrás de mim. Meu dever me chama para esse lugar amanhã; eu teria de ir mesmo se minha morte me aguardasse ali; eu deveria ficar longe só por causa de um ferimento? Ah, não, precisamos tentar fazer melhor do que isso.

— Então estás determinada a ir?

— Sim, sem dúvida alguma. Tem apenas uma coisa que posso fazer pela França: encorajar seus soldados para a batalha e a vitória.

Ela pensou por um momento e acrescentou:

— Mas não posso ser insensata, e realmente gostaria de vos agradar, vós que sois tão bons para mim. Amas a França?

Tentei imaginar o que ela estava planejando, mas não tive ideia alguma. Catherine disse, em tom de reprovação:

— O que eu fiz para merecer essa pergunta?

— Então amas a França. Eu não duvidava disso, querida. Não te sintas ofendida, mas responde: já disseste uma mentira?

— Em minha vida, não contei uma única mentira de propósito; mentirinhas sem importância, mas não mentiras.

— Isso é suficiente. Amas a França e não conta mentiras; então confio em ti. Se vou partir ou ficar, a decisão será tua.

— Ah, eu te agradeço de coração, Joana! Como é bom e adorável de tua parte fazer isso por mim! Fica, não parte!

Deleitada, ela abriu os braços e os fechou ao redor do pescoço de Joana, esbanjando palavras bonitas, tão bonitas que uma única delas teria feito com que eu me sentisse magnífico, rico, mas, na realidade, só fizeram com que eu percebesse o quão pobre eu era, o quão miseravelmente pobre eu era no que eu mais teria apreciado ter neste mundo. Joana disse:

— Então vais mandar ao meu quartel-general a notícia de que não vou partir?

— Ah, com prazer. Deixa isso comigo.

— É gentil da tua parte. E como vais escrever isso? Pois deve ter uma forma oficial adequada. Quer que eu elabore para ti?

— Ah, sim, porque conheces os procedimentos solenes e as propriedades imponentes, já eu não tenho nenhuma experiência.

— Então escreve assim: A chefe do estado-maior ordena que seja informado às forças do rei, na guarnição e no campo de batalha, que a comandante em chefe dos exércitos da França não enfrentará os ingleses amanhã, pois teme ser ferida. Assinado Joana d'Arc, pela mão de Catherine Boucher, que ama a França.

Houve uma pausa. Um silêncio do tipo que nos tortura a olhar furtivamente ao redor para ver como está a situação, que foi o que fiz. Havia um sorriso amoroso no rosto de Joana, mas em Catherine a cor vermelha se alterava gradualmente em ondas, e seus lábios estremeciam e as lágrimas se reuniam; então ela disse:

— Oh, estou tão envergonhada de mim! És tão nobre, corajosa, sábia, e eu sou tão mesquinha! Tão mesquinha e tão tola!

E ela desmoronou e começou a chorar, e eu queria muito pegá-la nos braços e confortá-la, mas Joana o fez, e é claro que eu não disse nada. Joana fez bem, e do jeito mais doce e terno possível, mas eu também poderia tê-lo feito bem, embora soubesse que seria uma tolice e impróprio sugerir tal coisa, e que também poderia causar embaraço, e ser embaraçoso para todos nós, então não a abracei, e espero ter feito o certo e o melhor, embora eu não pudesse saber, e fui muitas vezes torturado com dúvidas, depois, de talvez ter deixado passar uma chance que poderia ter mudado toda a minha vida e a deixado mais feliz e mais bonita; infelizmente foi o que aconteceu. Por isso ainda sofro quando penso naquela cena, e não gosto de tirá-la do fundo da memória por causa do remorso que me traz.

Muito bem, nada como uma pequena coisa boa e sadia, inofensiva, para nos divertir neste mundo; ela revigora a alma e nos mantém humanos, impedindo que fiquemos amargos. Armar aquela pequena armadilha para Catherine foi uma forma tão boa e eficaz quanto qualquer outra para lhe mostrar que coisa grotesca ela estava pedindo a Joana. Foi uma ideia engraçada, não, se olharmos de vários ângulos? Até Catherine secou as lágrimas e riu quando pensou nos ingleses sabendo a razão de a comandante em chefe francesa ter ficado fora de uma batalha. Ela reconheceu que eles poderiam se divertir com uma coisa dessas.

Voltamos a trabalhar na carta e é claro que não tivemos que falar sobre o ferimento. Joana estava animada; mas quando começou a enviar mensagens para fulano, sicrano, aquele colega, aquele outro amigo, tudo voltou: a nossa aldeia, a Árvore da Fada, a planície florida, as ovelhas pastando e toda a beleza pacífica do nosso velho e humilde local de origem, e os nomes familiares começaram a tremer em seus lábios; e quando ela pensou em Hauviette e na Pequena Mengette não teve jeito, sua voz falhou e ela não conseguiu continuar. Ela esperou um pouco e então disse:

— A vós dou o meu amor, meu caloroso amor, meu profundo amor, oh, do fundo do meu coração! Nunca mais verei a nossa casa.

Então chegou Pasquerel, o confessor de Joana, e lhe apresentou um valente cavaleiro, Sire de Rais, que tinha sido enviado com uma mensagem. Ele disse que fora instruído a dizer que o conselho havia decidido que, até então, já fora feito o suficiente; que seria mais seguro e melhor se contentar com o que Deus fizera; que a cidade estava agora bem aprovisionada e podia resistir a um longo cerco; que o rumo sábio seria necessariamente retirar as tropas do outro lado do rio e retomar a defensiva — eles tinham, portanto, deliberado conforme as circunstâncias.

— Incuráveis covardes! — exclamou Joana. — Então foi para me afastar dos meus homens que eles fingiram tanta preocupação com relação ao meu cansaço. Levai esta mensagem de volta, não para o conselho — não tenho palavras para aquelas servas disfarçadas —, mas para o Bastardo e La Hire, que são homens. Dizei-lhes que o exército deve ficar onde está, e que eu os responsabilizo se este comando não for cumprido. E dizei que a ofensiva será retomada de manhã. Podei ir, bom senhor.

Então ela disse ao padre:

— Acordareis cedo amanhã, e ficareis ao meu lado o dia todo. Eu terei muito trabalho, e serei ferida entre o pescoço e o ombro.

CAPÍTULO 22

O destino da França decidido

Levantamos ao amanhecer e começamos depois da missa. Na sala encontramos o dono da casa, um bom homem, aflito por ver Joana sair sem ter tomado café da manhã para um dia como aquele, e lhe implorou que esperasse e comesse, mas ela não podia permitir-se aquele tempo, isto é, ela não podia permitir-se ter paciência, pois estava passando por um arroubo de ansiedade para chegar à última bastilha remanescente que permanecia entre ela e o término do primeiro grande passo para o resgate e a redenção da França. Ele apresentou, então, outro argumento:

— Mas pensai: nós, pobres cidadãos sitiados, que mal sentimos o sabor do peixe nesses vários meses, temos esse tipo de mimo de novo, e devemos isso a vós. Há um sublime sável para o café da manhã; esperai, vereis.

Joana disse:

— Ah, haverá uma fartura de peixes; quando o dia de hoje tiver terminado, toda a margem do rio será vossa para fazer o que quiserdes.

— Ah, Vossa Excelência tereis êxito, sei disso; mas não exigimos tanto assim, mesmo de vós; tereis um mês para isso, não apenas um dia. Agora aceitai meu pedido: esperai e comei. Há um ditado que diz que aquele que cruzar um rio duas vezes no mesmo dia, em um barco, deve comer peixe para ter sorte e não sofrer um acidente.

— Esse não é o meu caso, porque hoje só vou atravessar uma vez em um barco.

— Oh, não digais isso. Não voltareis?

— Sim, mas não em um barco.

— Como, então?

— Pela ponte.

— Ah, claro, pela ponte! Basta de brincadeiras, cara general. Fazei o que peço. É um peixe nobre.

— Então sede bom e guardai um pouco para mim, para o jantar, e trarei um dos ingleses comigo para compartilhar o peixe com ele.

— Ah, bem, como quiserdes, se for do que precisais. Mas aquele que jejua pouco pode fazer e logo deve parar. Quando voltareis?

— Quando tivermos levantado o cerco de Orléans. Vamos!

Partimos. As ruas estavam cheias de cidadãos e de grupos e pelotões de soldados, mas o espetáculo era melancólico. Não havia nem um sorriso em lugar algum, apenas uma tristeza universal. Era como se uma vasta calamidade tivesse acabado com toda a esperança e aclamado a morte. Não estávamos acostumados com isso, e ficamos atônitos. Mas quando viram a Donzela, houve um alvoroço imediato, e a ansiosa pergunta correu de boca em boca: "Aonde ela está indo? Para onde ela vai?". Joana ouviu e gritou: "Para onde achais que vou? Vou tomar o Tourelles".

Ninguém conseguiria descrever como aquelas poucas palavras transformaram o luto em alegria, exaltação, frenesi; e como uma explosão de vivas irrompeu pelas ruas em todas as direções e despertou as multidões de cadáveres à vigorosa vida, à ação e à agitação em um minuto. Os soldados deixaram a multidão e vieram em massa ao nosso estandarte, e muitos cidadãos correram e pegaram piques e alabardas e se juntaram a nós. À medida que seguíamos em frente, nossos efetivos aumentavam continuamente e os gritos de guerra continuavam. Sim, caminhávamos em uma sólida nuvem de barulho, pode-se dizer, e todas as janelas de ambos os lados contribuíam para isso, pois estavam cheias de pessoas entusiasmadas.

Vedes, o conselho havia fechado a porta da Borgonha e colocado uma força sólida lá, sob o comando do robusto soldado Raoul de Gaucourt, o meirinho de Orléans, que recebera a ordem de impedir que Joana saísse e prosseguisse o ataque ao Tourelles, e essa coisa vergonhosa tinha mergulhado a cidade em uma grande tristeza e em desespero. Mas aquele sentimento foi-se embora. Eles achavam que a Donzela era uma rival à altura do conselho, e estavam certos.

Quando chegamos à porta, Joana pediu que Gaucourt a abrisse e a deixasse passar. Ele disse que seria impossível, pois seguia ordens do conselho, e elas eram severas. Joana disse:

— A única autoridade acima de mim é o rei. Se tiverdes um pedido do rei, apresentai-o.

— Não posso afirmar que sigo uma ordem de Sua Alteza, general.

— Então deixai o caminho livre, ou assuma as consequências!

Ele começou a defender o caso, pois ele era como o resto da tribo, sempre pronto para lutar com as palavras, não com os atos; mas no meio das bobagens que dizia, Joana o interrompeu com a ordem sucinta: "Atacar!"

Aceleramos o passo e logo cumprimos a pequena tarefa. Foi bom ver o quão surpreso o meirinho ficou. Ele não estava acostumado a essa prontidão prosaica. Disse depois que foi interrompido no meio do que estava dizendo; no meio de um argumento pelo qual poderia ter provado que não podia deixar Joana passar; um argumento ao qual Joana não teria conseguido responder. "Mesmo assim, parece que ela vos deu uma resposta", disse a pessoa com quem ele estava falando.

Passamos pela porta em grande estilo enquanto o forte barulho aumentava, vindo principalmente dos risos, e logo os homens da frente de batalha estavam no rio, avançando contra o Tourelles.

Primeiro tivemos que tomar uma fortificação de apoio que chamávamos de baluarte, pois não tinha um nome, antes de podermos atacar a grande bastilha. A parte posterior se comunicava com a bastilha por uma ponte levadiça, sob a qual corria uma faixa rápida e profunda do Loire. O baluarte era robusto, e Dunois duvidava da nossa capacidade de tomá-lo, ao contrário de Joana. Ela o bombardeou com artilharia durante toda a manhã, e por volta do meio-dia ordenou e liderou um ataque. Investimos o fosso através da fumaça e de uma tempestade de projéteis, e Joana, soltando palavras encorajadoras aos seus homens, começou a subir uma escada de assalto quando aconteceu o infortúnio que sabíamos que iria acontecer: o dardo de ferro de uma besta a atingiu entre o pescoço e o ombro, e atravessou sua armadura. Quando ela sentiu a dor aguda e viu o sangue jorrando do peito, ficou assustada, pobre menina, e enquanto caía ao chão começou a chorar amargamente.

Os ingleses deram gritos de alegria e muitos deles desceram para capturá-la, e por alguns minutos a força de ambos os adversários se concentrou naquele local. Ao seu redor, ingleses e franceses lutaram desesperadamente, pois ela representava a França; na verdade, para ambos ela era a França; quem a vencesse, venceria a França, e a teria para sempre. Bem ali, naquele lugarzinho, em dez minutos cronometrados, o destino da França seria para sempre decidido, e foi decidido.

Se os ingleses tivessem capturado Joana, Charles VII teria desaparecido do país, o Tratado de Troyes teria sido validado e a França, já propriedade inglesa, teria se tornado, sem mais disputas, uma província inglesa, para assim permanecer até o dia do Juízo Final. Uma nacionalidade e um reino estavam em jogo, e o tempo para que essa decisão fosse tomada equivalia ao tempo de cozimento de um ovo. Foram os dez minutos mais importantes que o relógio já marcou ou marcará na França. Sempre que lerdes histórias sobre horas ou dias ou semanas em que o destino de uma ou outra nação estava em suspenso, permitais que seus corações franceses batam mais rápido: lembrai-vos dos dez minutos que a França, também chamada de Joana d'Arc, jazeu sangrando no fosso naquele dia, com duas nações lutando para possuí-la.

E não vos esqueçais do Anão. Ele a cobriu, fazendo o trabalho de seis homens. Brandia seu machado com as duas mãos e, sempre que o abaixava, dizia estas duas palavras: "Pela França!"; a seguir, um elmo estilhaçado voava como cascas de ovo, e o crânio que o carregava aprendia a ter bons modos e a não mais ofender os franceses. Ele empilhou um baluarte de mortos encouraçados à sua frente e lutou atrás dele; por fim, quando a vitória foi nossa, ficamos envolta dele e o protegemos enquanto ele carregava Joana escada acima, com tanta facilidade quanto outro homem carregaria uma criança, e a retirou da batalha. Uma grande multidão a seguiu, ansiosa, porque ela estava encharcada de sangue até os pés, metade dele jorrando dela e a outra metade vinda dos ingleses, pois corpos haviam caído sobre ela enquanto ela jazia e derramado seus fluidos vermelhos vitais sobre ela. Não dava para ver a armadura branca, com aquela horrível vestimenta que a recobria.

O dardo de ferro ainda estava no ferimento — alguns dizem que atravessava o ombro. Pode ser. Eu não queria ver e nem tentei. Ele foi puxado, e a dor fez Joana chorar de novo, pobrezinha. Alguns dizem que ela mesma o puxou porque os outros se recusaram, dizendo que não suportariam machucá-la. Quanto a isso, não sei; só sei que foi retirado, e que o ferimento foi tratado com óleo e devidamente coberto.

Joana deitou na grama, fraca, sofrendo, uma hora, duas, três, quatro, mas ainda insistindo para que a luta continuasse. E foi o que aconteceu, mas sem muito propósito, pois os homens eram destemidos heróis apenas diante dos olhos dela. Eles eram como Paladino, que tinha medo de sua própria sombra, à tarde, quando ela ficava muito grande e comprida; mas quando ele ficava diante dos olhos de Joana e sob a inspiração de seu grandioso espírito, tinha medo do quê? De nada neste mundo. Essa é a verdade.

No final da tarde, Dunois desistiu. Joana ouviu as cornetas. "O quê!?", ela gritou. "Estão soando a retirada!".

Seu ferimento foi esquecido num instante. Ela deu uma contraordem ao oficial que estava no comando de uma das baterias: ele tinha de se preparar para disparar cinco tiros sucessivamente. Esse era um sinal para o exército da margem do rio do lado Orléans, sob o comando de La Hire, que não estava conosco, ao contrário do que algumas das histórias contam. Ele seria enviado quando Joana tivesse certeza de que o baluarte estava prestes a cair em suas mãos — então essa força lançaria um contra-ataque ao Tourelles pela ponte.

Joana montou seu cavalo e seu estado-maior a seguiu, e quando nosso povo nos viu chegar deu um forte grito, ansiando por outro assalto ao baluarte. Joana cavalgou direto para a fossa onde foi ferida e ali, sob a chuva de dardos e flechas, ordenou ao Paladino que deixasse o comprido estandarte voar livremente e que observasse o momento em que suas franjas tocariam a fortaleza. Ele logo disse:

— Estão tocando.

— Agora! — disse Joana aos batalhões em espera. — O lugar é vosso, entrai! Cornetas, soar o assalto! Agora, todos juntos, ide!

E assim foi. Nunca se viu nada parecido. Invadimos a fortaleza pelas escadas e ameias como uma onda, e ela passou a ser nossa. Mesmo se alguém vivesse mil anos, nunca veria uma coisa tão maravilhosa como aquela de novo. Lá, corpo a corpo, lutamos como bestas selvagens, pois os ingleses não desistiam. Não tinha como convencer nenhum deles; a única possibilidade era matá-los, e ainda assim eles duvidaram. Pelo menos era o que se pensava, naquela época, e foi o que muitos continuaram a pensar.

Estávamos ocupados e nunca ouvimos os cinco disparos de canhão, mas foram disparados logo depois que Joana ordenou o assalto; e assim, enquanto estávamos atacando e sendo atacados na fortaleza menor, os homens que estavam na margem de Orléans saíram aos montes pela ponte e investiram o Tourelles daquele lado. Um brulote foi levado e atracado sob a ponte levadiça que ligava o Tourelles ao nosso baluarte; por isso, quando finalmente conseguimos fazer com que os ingleses ficassem à nossa frente e tentassem cruzar a ponte levadiça para se juntar aos seus amigos no Tourelles, as vigas em chamas cederam sob eles e os lançaram em massa ao rio, presos em suas pesadas armaduras, e foi lastimável ver homens valentes morrerem de uma morte como aquela. "Ah, Deus, tende piedade deles!" disse Joana, chorando, ao ver o triste espetáculo. Ela pronunciou essas gentis palavras e chorou clementes lágrimas, embora um dos homens que pereciam a tenha insultado grosseiramente com um nome vulgar três dias antes, quando ela lhe enviara uma mensagem pedindo sua rendição. Era o líder deles, *Sir* Williams Glasdale, um cavaleiro muito valente. Ele estava todo vestido de aço; então mergulhou na água como uma lança e, é claro, não subiu mais.

Logo improvisamos uma espécie de ponte e nos lançamos contra a última fortaleza do poderio inglês que impedia Orléans de receber amigos e suprimentos. Antes que o sol se pusesse, o memorável dia de trabalho de Joana terminou, seu estandarte drapeou no forte das Tourelles, sua promessa foi cumprida e ela levantou o cerco de Orléans!

O cerco de sete meses terminou, e o que os primeiros generais da França chamaram de impossível foi realizado; apesar de tudo o que os ministros do rei e os conselhos de guerra puderam fazer para evitá-lo, a pequena Donzela de dezessete anos completara sua tarefa imortal em apenas quatro dias!

As boas notícias chegam logo, às vezes, assim como as ruins. Quando estávamos prontos para voltar para casa pela ponte, toda a cidade de Orléans representava uma chama vermelha de fogueiras refletidas no céu, que corou de satisfação ao vê-la; e o estouro e o estampido de canhões e o soar dos sinos ultrapassavam definitivamente qualquer coisa que ocorrera antes em Orléans em termos de barulho.

Quando chegamos, ah, nem consigo descrever. Ora, aqueles acres de pessoas pelas quais tivemos de passar derramavam lágrimas o suficiente para fazer transbordar o rio; não havia um rosto no intenso brilho das tochas que não tivesse lágrimas escorrendo; e se os pés de Joana não estivessem protegidos com ferro, eles os teriam beijado. "Sejais bem-vinda! Recebei as nossas boas-vindas, Donzela de Orléans!" Esse foi o grito; eu o ouvi umas cem mil vezes. "Bem-vinda, nossa Donzela!", alguns disseram.

Nenhuma outra menina, em toda a história, alcançou o auge da glória como Joana d'Arc naquele dia. E achais que isso subiu na cabeça dela, e que ela se sentou para aproveitar aquela deliciosa música de homenagem e aplausos? Não; outra menina teria feito isso, mas não ela. Esse foi o maior coração e o mais simples que já bateu. Ela foi direto para a cama, dormir, como qualquer criança cansada; e quando as pessoas descobriram que ela estava ferida e ia descansar, fecharam todas as passagens e o tráfego naquela região e ficaram de guarda a noite toda, para garantir que não a incomodassem. Disseram: "Ela nos deu paz, ela também terá paz".

Todos sabiam que a região ficaria vazia de ingleses no dia seguinte, e todos disseram que os cidadãos presentes, bem como seus herdeiros, sacralizariam aquele dia em memória a Joana d'Arc. Essa palavra tem sido mantida há mais de sessenta anos; e assim continuará, para sempre. Orléans jamais esquecerá o dia 8 de maio, nem deixará de celebrá-lo. É o dia de Joana d'Arc — um dia sagrado.[1]

---

[1] Ainda é celebrado, anualmente, com pompas cívicas e militares e solenidades. [N. T. A.] / Embora a nota do tradutor-autor refira-se ao ano da primeira publicação deste livro em sua língua original (1896), ainda hoje Joana é festejada na França, principalmente em Orléans. As comemorações são realizadas na semana de 29 de abril a 8 de maio e são conhecidas como *Fêtes johanniques d'Orléans* ou *Les fêtes de Jehanne d'Arc*. [N. T.]

CAPÍTULO 23

Joana inspira o fútil rei

Nos primeiros raios do amanhecer, Talbot e as forças inglesas evacuaram suas bastilhas e marcharam, sem parar para queimar, destruir e sequestrar tudo o que viam, deixando suas fortalezas como estavam, com provisões, armadas e equipadas para um longo cerco. Era difícil para as pessoas acreditarem que essa coisa incrível tinha realmente acontecido; que elas estavam, de verdade, livres novamente, e podiam ir e vir passando por qualquer porta que quisessem, sem ninguém para aborrecê-los ou impedi-los; que o terrível Talbot, que flagelava os franceses, aquele homem cujo mero nome era capaz de anular a eficácia dos exércitos franceses, tinha partido, desaparecido, se retirado — expulso por uma menina.

A cidade foi esvaziada. Multidões afluíram para fora das portas. Invadiram as bastilhas inglesas como uma colônia de formigas, mas mais barulhentas que essas criaturas, e se apropriaram da artilharia e das provisões, e então transformaram aquelas dúzias de fortalezas em fogueiras monstruosas, imitações de vulcões cujas colunas altivas de espessa fumaça pareciam suportar o arco celestial.

As crianças se deleitaram de outra forma. Para os menores, sete meses era como uma vida toda. Eles tinham esquecido como era a grama; após o longo costume de não ver nada além de vielas e ruas sujas, os aveludados prados verdes eram um paraíso, para sua surpresa e para a felicidade de seus olhos. Para eles eram maravilhosas aquelas extensões espaçosas de campo aberto para correr, dançar, cair e brincar depois do tedioso e triste cativeiro; para correr rapidamente, por toda parte, pelas belas regiões dos dois lados do rio e voltar no cair da noite, exaustos, mas carregados de flores e saudavelmente corados devido ao ar puro do campo e do vigoroso exercício.

Depois de incendiar as bastilhas, as pessoas, cada vez mais numerosas, seguiram Joana de igreja em igreja e passaram o dia agradecendo pela libertação da cidade; à noite a iluminaram e celebraram Joana e seus generais, e plebeus e nobres entregaram-se às festividades e ao regozijo. Na hora que os habitantes estavam na cama, perto do amanhecer, estávamos nas selas partindo para Tours, para nos reportarmos ao rei.

Essa marcha teria revirado a cabeça de qualquer um, menos de Joana. Durante o caminho todo, passamos por grupos emocionados de camponeses agradecidos. Eles se amontoavam próximos a Joana para tocar seus pés, seu cavalo, sua armadura, e até se ajoelhavam na estrada e beijavam as pegadas de seu cavalo.

Ela recebia estimados louvores na região. Os chefes mais ilustres da igreja escreveram ao rei exaltando a Donzela, comparando-a a santos e a heróis da bíblia, e o advertindo a não deixar "incredulidade, ingratidão ou outra injustiça" obstruírem ou enfraquecerem a ajuda divina enviada por meio dela. Era possível pensar que havia um toque de profecia nisso, mas deixamos por isso mesmo; no entanto, para mim, isso ocorreu devido ao conhecimento preciso daqueles grandes homens sobre o caráter trivial e traiçoeiro do rei.

O rei foi a Tours para encontrar Joana. Hoje, aquela coisa reles é chamada de Charles o Vitorioso, devido às vitórias que outras pessoas conquistaram para ele, mas na nossa época tínhamos um nome privado para ele, que o descrevia melhor, e lhe fora santificado por merecimento pessoal: Charles o Vil.

Quando entramos na sala de audiências, ele estava sentado no trono, rodeado por seus esnobes e dândis admiradores pomposos. Ele parecia uma cenoura com a raiz bifurcada, com roupas muito justas da cintura para baixo; usava sapatos com o bico flexível em forma de corda, de cerca de trinta centímetros de comprimento, que precisava ser puxado até o joelho para que o rei não caísse no chão; nas costas, uma capa carmim aveludada chegava até os cotovelos; a cabeça estava encimada por uma coisa alta de feltro que parecia um dedal, com uma pluma encaixada em uma faixa de joias tal como uma pena num tinteiro, e debaixo daquele dedal sua dura e espessa cabeleira ia até os ombros, curvando-se para fora nas pontas, de forma que o chapéu e o cabelo juntos faziam a cabeça parecer uma peteca. Todos os materiais de seu vestuário eram ricos, e todas as cores, brilhantes. No colo, ele acariciava um galgo em miniatura que rosnava, levantando os lábios e mostrando os dentes brancos sempre que qualquer movimento leve o incomodava. Os dândis do rei estavam vestidos mais ou menos da mesma forma que ele, e quando eu lembrei que Joana tinha chamado o conselho de guerra de Orléans de "servas disfarçadas", isso me fez pensar em pessoas que esbanjam todo seu dinheiro com futilidades e depois não têm nada para investir quando deparam com uma chance melhor; aquela denominação lhes caía bem.

Joana se ajoelhou diante da majestade da França e do outro frívolo animal em seu colo — para mim, foi duro ver isso. O que aquele homem tinha feito para seu país ou para qualquer cidadão para que ela ou qualquer outra pessoa tivessem que se ajoelhar diante dele? Já ela, ela acabara de concretizar o único grande feito já realizado na França em cinquenta anos, e o consagrara com a libação de seu próprio sangue. As posições deveriam ter sido invertidas.

No entanto, para ser justo, é preciso admitir que Charles se saiu muito bem na maior parte do tempo, naquela ocasião — muito melhor do que estava acostumado. Ele passou seu cãozinho a um cortesão e tirou a capa em respeito a Joana, como se ela fosse uma rainha. Então deixou seu trono e, pegando-a pela mão, levantou-a; mostrou uma alegria e uma gratidão animada e varonil em recebê-la e a agradeceu pelo seu extraordinário serviço. Meus preconceitos são posteriores a isso. Se ele tivesse continuado a agir assim, eu não os teria.

Ele agiu elegantemente. Disse: "Não precisais vos ajoelhar para mim, incomparável general; trabalhastes magnificamente bem, e tendes direito às cortesias reais". Vendo que ela estava pálida, continuou: "Não fiqueis de pé, perdestes vosso sangue pela França, e vossa ferida ainda é recente. Vinde". Ele a levou até um banco e se sentou ao seu lado. "Agora, falai francamente, como a alguém que vos deve muito e o confessa livremente diante de toda esta cortês assembleia. O que desejais como recompensa? Dizei-me".

Fiquei envergonhado por ele. Mas não fui justo, pois como ele poderia esperar conhecer aquela maravilhosa menina em poucas semanas, quando nós, que pensávamos tê-la conhecido durante toda a sua vida, víamos diariamente nuvens desvelando novas altitudes de seu caráter, de cuja existência nunca havíamos suspeitado? Mas somos todos assim: quando conhecemos uma coisa, desprezamos outras pessoas que não a conhecem. E também fiquei envergonhado por aqueles cortesãos, pela forma como lamberam seus beiços, digamos, como se invejassem Joana por sua grande chance, sendo que eles não a conheciam melhor do que o rei. As bochechas de Joana começaram a ficar coradas devido à ideia de que ela estava trabalhando pelo seu país para ser paga, e ela baixou a cabeça e tentou esconder o rosto, como as garotas sempre fazem quando percebem que estão corando; ninguém sabe por que isso acontece, mas acontece, e quanto mais elas coram, menos elas conseguem se conformar com isso e suportam menos ainda que as pessoas olhem para elas, quando isso ocorre. O rei piorou ainda mais a situação ao chamar a atenção para isso, que é a coisa mais grosseira que uma pessoa pode fazer quando uma garota está corada; às vezes, quando há uma multidão de estranhos, é até provável que ela chore se ela for tão jovem quanto Joana era. Só Deus sabe o porquê disso, não os homens. Quanto a mim, eu preferiria corar a espirrar; sim, preferiria. Mas essas meditações não têm importância: vou continuar de onde parei. O rei fez troça dela por ela corar, e isso fez com que o resto do sangue subisse e seu rosto ficasse todo vermelho. Ele então se desculpou, ao ver o que tinha feito, e tentou confortá-la dizendo que ela estava excessivamente corada e para não se importar com isso, o que fez com que até o cachorro notasse, então é claro que o vermelho no rosto de Joana virou roxo, e as lágrimas transbordaram e escorreram. Eu tinha certeza que isso ia acontecer. O rei ficou aflito, e viu que a melhor coisa a fazer era trocar de assunto, então começou a dizer as coisas mais gentis sobre a tomada do Tourelles por Joana e logo, quando ela estava se recompondo, ele mencionou novamente a recompensa e a pressionou a responder à sua pergunta. Todos ouviram ansiosamente para saber o que ela desejava, mas quando ela respondeu seus rostos mostraram que o que ela pedira não era o que eles esperavam.

— Oh, adorável e gracioso delfim, tenho apenas um desejo, apenas um. Que...

— Não tenhais medo, minha menina, falai.

— Que não atraseis um dia. Meu exército é forte e valente, e não vê a hora de acabar seu trabalho. Marchai comigo para Reims e recebei vossa coroa.

O indolente rei ficou explicitamente acanhado em suas espalhafatosas roupas fúteis.

— Para Reims? Oh, impossível, minha general! Caminhar no coração do poderio inglês?

Seriam franceses aqueles rostos? Nenhum deles se iluminou em resposta à proposta da corajosa garota, mas todos prontamente mostraram satisfação com a objeção do rei. Deixar a sedosa ociosidade para entrar em contato com a áspera guerra? Nenhum daqueles homens fúteis desejava isso. Começaram a passar suas caixas de confeitos enfeitadas com joias uns aos outros e a sussurrar que aprovavam a prudência prática do fútil mor do reino. Joana suplicou ao rei, dizendo:

— Ah, rogo para que não desperdiceis esta oportunidade perfeita. Tudo é favorável, tudo. É como se as circunstâncias tivessem sido criadas especialmente para isso. O nosso exército está com o espírito exaltado devido à vitória, enquanto as forças inglesas estão deprimidas devido à derrota. A demora mudará isso. Ao ver que hesitamos a aproveitar a vantagem, nossos homens irão imaginar coisas, duvidar, perder a confiança, e os ingleses vão imaginar coisas, criar coragem e se atrever de novo. A hora é agora. Por favor, vamos marchar!

O rei balançou a cabeça e de La Trémoïlle, ao ser questionado sobre o que achava, logo disse:

— Senhor, isso não é nada prudente. Pensai nas fortalezas inglesas no Loire; pensai naquelas que ficam entre nós e Reims!

Ele ia continuar, mas Joana o interrompeu e disse, voltando-se a ele:

— Se esperarmos, todas elas serão fortalecidas, reforçadas. Isso será vantajoso para nós?

— Ora essa, não.

— Então qual é a vossa sugestão? O que propondes que façamos?

— Sugiro esperar.

— Esperar o quê?

O ministro foi obrigado a hesitar, pois ele sabia que nenhuma explicação soaria bem. Além disso, não estava acostumado a ser questionado dessa forma, com os olhares de uma multidão de pessoas voltados a ele, o que o irritou. Então disse:

— Questões de Estado não são questões adequadas para serem discutidas em público.

Joana disse, calmamente:

— Perdoai-me. Meu delito se deve à ignorância. Eu não sabia que questões relacionadas à vossa função no governo eram questões de Estado.

Divertidamente surpreso, o ministro ergueu as sobrancelhas e disse, com um toque de sarcasmo:

— Sou o ministro-chefe do rei, e ainda tendes a impressão de que questões relacionadas ao meu cargo não são questões de Estado? Diabos, como assim?

Joana respondeu, indiferente:

— Porque não há Estado.

— Não há Estado!

— Não, senhor, não há Estado, nem motivo para haver um ministro. A França está reduzida a alguns poucos acres de terra; um xerife poderia cuidar disso; vossos negócios não são questões de Estado. O termo é amplo demais.

O rei não enrubesceu, mas riu calorosa e naturalmente, e a corte também riu, mas escondeu a cabeça, prudente, e fê-lo silenciosamente. Já De La Trémoïlle ficou bravo e abriu a boca para falar, mas o rei levantou a mão e disse:

— Atenção. Ela ficará sob a proteção real. Ela disse a verdade, a cruel verdade. Como é raro ouvi-la! Embora impregnado e rodeado de tanto falso esplendor, eu não passo de um xerife, no final das contas, um pobre e desprezível oficial de dois acres, e vós sois apenas um condestável — e ele deu uma risada cordial de novo. — Joana, minha franca e honesta general, qual será vossa recompensa? Mereceis um título de nobreza. Que tal um brasão? A coroa acima e os lírios da França nas laterais, divididos pela vossa vitoriosa espada, para defendê-los. O que achais?

Isso provocou um grande burburinho de surpresa e inveja na assembleia, mas Joana balançou a cabeça e disse:

— Ah, não posso, adorável e nobre delfim. Ter a permissão de trabalhar para a França, dedicar-me à França, já é uma recompensa tão suprema que nada pode se somar a isso, nada. Dai-me a recompensa que vos pedi, a mais cara de todas as recompensas, vosso mais elevado presente. Marchai comigo para Reims e recebei vossa coroa. Imploro-vos, ajoelhando-me, se preciso.

O rei pousou a mão no braço de Joana. Ouviu-se um despertar realmente corajoso em sua voz e viu-se um fogo varonil em seus olhos quando ele disse:

— Não, sentai. Me convencestes. Será como vós...

Mas um sinal de alerta de seu ministro fez com que ele não continuasse, para o alívio da corte. E assim concluiu:

— Muito bem, muito bem, reavaliaremos isso. Isso vos contentará, soldadinha impulsiva?

A primeira parte da fala lançou um brilho de contentamento sobre o rosto de Joana, mas a parte final o apagou e ela pareceu triste, e lágrimas se formaram em seus olhos. Pouco tempo depois ela se manifestou com o que pareceu um tipo de impulso aterrorizado, e disse:

— Servi-vos de mim, eu vos suplico, servi-vos de mim! O tempo urge!

— O tempo urge?

— Um ano, não vou durar mais de um ano.

— Ora essa, minha menina, ainda há uns bons cinquenta anos nesse pequeno corpo compacto.

— Oh, engana-vos, na realidade. Dentro de um único ano o fim virá. Ah, o tempo é muito curto, muito curto; os minutos voam, e há tanto a ser feito. Oh, servi-vos de mim, rápido! É uma questão de vida ou morte para a França!

Mesmo aqueles insetos mostraram cautela com as palavras exaltadas de Joana. O rei pareceu muito sério; sério e extremamente impressionado. Seus olhos subitamente se iluminaram com eloquentes faíscas, e ele se levantou, desembainhou sua espada e a ergueu no ar; então a abaixou lentamente sobre o ombro de Joana e disse: "Ah, sois tão simples, tão verdadeira, tão grandiosa! Com esta acolada vos declaro membro da nobreza da França, vosso lugar ideal! Assim, por vosso intermédio, toda a vossa família terá esse mesmo status, bem como todos os descendentes de vossos parentes nascidos dentro do casamento; não apenas da linhagem masculina, mas também da feminina. E mais! Para distinguir vossa casa e honrá-la acima de todas as outras, acrescentamos um privilégio nunca antes concedido a ninguém na história destes domínios: as mulheres da vossa linhagem terão e manterão o direito de transmitir seu título de nobreza aos seus maridos, quando estes forem de classe inferior". (Surpresa e inveja irromperam em cada semblante quando essas palavras de graça extraordinária foram proferidas. O rei parou e olhou ao redor, para esses sinais, nitidamente satisfeito.) "Levantai, Joana d'Arc, agora e doravante alcunhada du Lys em grato reconhecimento ao bom ataque que lideraste pelos lírios da França; e estes, a coroa real e vossa vitoriosa espada, companhias adequadas e justas, serão agrupados em vosso escudo de armas e serão o símbolo eterno de vossa alta nobreza".

Quando a Dama du Lys se levantou, os dourados filhos do privilégio correram para lhe dar as boas-vindas, vestidos de suas sagradas posições sociais, e para chamá-la por seu novo nome; mas ela estava desconcertada, e disse que tais honrarias não eram adequadas para alguém de sua origem modesta, e solicitou a gentileza de continuar a ser simplesmente Joana d'Arc, nada mais. E assim ser chamada.

Nada mais! Como se pudesse haver algo a mais, qualquer coisa superior, qualquer coisa maior! Dama du Lys — pfff... tão falso, insignificante, perecível. Já *Joana d'Arc*! O mero som de seu nome faz o coração vibrar.

CAPÍTULO 24

Falsos adornos da nobreza

Foi vexatório ver o alvoroço que as notícias causaram em toda a cidade e, depois, em todo o país. Joana d'Arc enobrecida pelo rei! As pessoas ficaram bobas de admiração e deleite. Nem podeis imaginar como a encararam, boquiabertas, invejosas. Ora, era de se imaginar que alguma coisa grande e venturosa tinha acontecido com ele. Mas ninguém imaginava tamanha grandeza. Na nossa cabeça, nenhuma mera mão humana poderia dar a glória a Joana d'Arc. Para nós, ela era um sol altaneiro no céu, e seu novo status de nobreza nada mais era do que uma reles vela sobre ele; para nós, essa vela seria engolida e se perderia em sua própria luz. E Joana estava tão indiferente a isso quanto o outro sol estaria em seu lugar.

Já com seus irmãos, foi diferente. Eles estavam orgulhosos e felizes com a nova dignidade, o que era natural. Vendo o quão alegres eles ficaram, ela ficou contente. Foi inteligente da parte do rei contornar os escrúpulos de Joana tocando no amor que tinha pela sua família.

Jean e Pierre exibiram seus brasões imediatamente, e sua presença foi cortejada por todos, tanto pelos nobres como pelos cidadãos comuns. O porta-estandarte disse, com um certo tom de amargura, que dava para ver como eles se sentiam bem só por estarem vivos, de tão embebidos que estavam no conforto de sua glória; e que não gostavam de dormir, pois quando dormiam não sabiam que eram nobres, e então dormir passou a ser uma completa perda de tempo. E ele me disse:

— Eles não podem ter precedência sobre mim em funções militares e cerimônias de Estado, mas em se tratando de assuntos civis e sociais, acho que vão se aconchegar friamente atrás de ti e dos cavaleiros, e Noel e eu teremos que caminhar atrás deles, hem?

— Sim — eu disse. — Acho que tens razão.

— Era exatamente o que eu temia... exatamente o que eu temia — o porta-estandarte disse, suspirando. — O que eu temia. Estou falando como um idiota; é claro que eu sabia. Sim, eu estava falando como um idiota.

Noel Rainguesson disse, contemplativo:

— De fato, há algo natural na maneira em que o dizes.

Nós rimos.

— Oh! É mesmo? Achas-te muito inteligente, não? Um dia desses vou pegar e torcer teu pescoço, Noel Rainguesson.

O *Sieur* de Metz disse:

— Paladino, teus medos ainda estão longe de chegar ao topo da escala. Há coisas muito maiores por vir. Não pensastes que, no que diz respeito às funções civis e sociais, eles terão precedência sobre todos da equipe pessoal, ou seja, sobre cada um de nós?

— Ah, não pode ser...

— É o que vais descobrir. Olha o escudo de armas deles. Os lírios da França se sobressaem. Eles são reais, homem, reais. Entendes a dimensão disso? Os lírios estão ali por autorização do rei. Entendes a dimensão disso? Embora não em detalhes nem inteiramente, eles dividem substancialmente, contudo, as armas da França em seu brasão. Imagina só isso! Pensa nisso! Mede a magnitude disso! Andaremos na frente desses meninos? Ah, fizemos isso pela última vez antes desse acontecimento. Na minha opinião, não há um único senhor em toda esta região que possa andar diante deles, exceto o duque d'Alençon, príncipe de sangue.

Dava para derrubar Paladino com uma pluma. Ele parecia empalidecer. Mexeu um pouco os lábios sem emitir nada, e então disse:

— Eu não sabia disso, nem da metade disso; como poderia saber? Fui um idiota. Entendo agora. Fui um idiota. Encontrei-me com eles hoje cedo, e lhes dei "oi" como teria feito com qualquer um. Eu não quis ser mal-educado, mas não sabia a metade do que acabas de me contar. Fui um tolo. Sim, isso. Um tolo.

Noel Rainguesson disse, de um jeito meio enfastiado:

— Sim, é provável; mas não vejo por que deverias estar surpreso com isso.

— Isso não te surpreende? Por quê?

— Porque não vejo nenhuma novidade nisso. Para algumas pessoas, isso acontece o tempo todo. Agora tu pegas algo que acontece o tempo todo e os resultados disso serão uniformes; essa uniformidade de resultados ficará monótona com o tempo; a monotonia, pela lei de sua existência, é cansativa. Se tivesses manifestado cansaço ao perceber que tinhas sido um tolo, isso teria sido lógico, isso teria sido racional; ao passo que me parece que manifestar surpresa seria ser tolo de novo, porque a condição do intelecto que permite a uma pessoa ser surpreendida e ficar inquieta devido à monotonia inerte é uma...

— Chega, Noel Rainguesson; para por aí, antes que arranjes problemas. E faz-me o favor de não me incomodar mais por alguns dias ou por uma semana, não suporto tua tagarelice.

— Ora, essa é boa! Eu não queria falar. Tentei sair da conversa. Se não querias ouvir minha tagarelice, por que continuaste me intrometendo na tua conversa?

— Eu? Nunca nem sonhei com isso.

— Bom. foi o que fizeste. E eu tenho o direito de me sentir ofendido, e me sinto ofendido, por teres me tratado assim. Quando uma pessoa incita, e pressiona, e de certa forma obriga outra pessoa a falar, não é muito justo nem muito educado chamar o que ela diz de "tagarelice".

— Oh, snif, snif! Coitadinho, estás com o coração em pedaços. A bonequinha precisa de açúcar, ela está mal. *Sieur* Jean de Metz, dizei-me, tendes certeza absoluta disso?

— Disso o quê?

— Ora essa, de que Jean e Pierre vão ter precedência sobre todos os nobres leigos por aqui, exceto o duque d'Alençon.

— Acho que não há dúvidas quanto a isso.

O porta-estandarte caiu em pensamentos e sonhos profundos por um momento, e então a extensão de seda e veludo que cobria seu vasto peito levantou-se e caiu com um suspiro, e ele disse:

— Meu Deus! Meu Deus! Que ascensão! Isso só mostra o que acontece quando se tem sorte. Bom, eu não ligo. Não passa de um acidente, de algo artificial — eu não daria valor a isso. Estou mais orgulhoso de ter chegado aonde estou por puro mérito natural do que estaria se tivesse subido no próprio sol, no zênite, e tivesse que pensar que eu não passava de um mero acidente, tendo sido lançado lá em cima pela catapulta de outra pessoa. Para mim, o mérito é tudo — na verdade, é a única coisa que importa. Todo o resto é refugo.

Só então as cornetas anunciaram a assembleia, e isso interrompeu a nossa conversa.

CAPÍTULO 25

Finalmente: Avante!

Os dias começaram a se definhar; nada decidido, nada feito. O exército estava bastante entusiasmado, mas também faminto. Não houve soldo, a tesouraria estava ficando desguarnecida e era cada vez mais impossível alimentá-lo; sob a pressão da privação, os homens começaram a se desmantelar e a se dispersar, o que agradou excessivamente a insignificante Corte. Era penoso ver a angústia de Joana. Ela foi obrigada a resistir, impotente, enquanto seu vitorioso exército se dissolvia e o esqueleto dele estava quase extinto.

Até chegar o dia em que ela foi se encontrar com o rei, que gozava do ócio no castelo de Loches. Quando o encontrou, ele estava conversando com três de seus conselheiros: Robert le Maçon, que era um ex-chanceler da França, Christophe d'Harcourt e Gérard Machet. Bastardo de Orléans também estava presente, e foi por ele que soubemos o que aconteceu. Joana se jogou sobre os pés do rei e beijou seus joelhos, dizendo:

— Nobre delfim, por favor, não prossigais essas longas e inúmeras conversas, mas vinde, vinde rapidamente para Reims, e recebei vossa coroa.

Christophe d'Harcourt perguntou:

— São vossas Vozes que ordenam esse pedido ao rei?

— Sim, e elas urgem!

— Então dizei agora, diante do rei, qual é o meio pelo qual vos comunicais com as Vozes.

Foi mais uma tentativa maldosa de fazer com que Joana caísse em admissões indiscretas e pretensões perigosas. Mas não deu certo. A resposta de Joana foi simples e direta, e o bajulador bispo foi incapaz de nela encontrar algum erro. Ela disse que, ao cruzar pessoas que duvidavam da verdade de sua missão, afastava-se e rezava, reclamando de suas suspeitas, e então as reconfortantes Vozes pronunciavam-se em seu ouvido dizendo, de maneira branda e num tom baixo: "Vai em frente, filha de Deus, vamos te ajudar". Então ela acrescentou:

— Quando as ouço, oh, a alegria em meu peito é insuportável!

Bastardo disse que, a essas palavras, seu rosto se acendeu como uma chama, e ela ficou praticamente em êxtase.

Joana pedia, induzia, ponderava; ganhava terreno aos poucos, mas pouco a pouco os conselheiros se opunham. Ela suplicou, ela implorou para marchar. Quando não puderam responder mais nada, admitiram que talvez tivesse sido um erro ter deixado o exército enfraquecido, mas como era possível ajudá-lo agora? Como poderíamos partir sem um exército?

— Formemos um exército! — disse Joana.

— Mas levará seis semanas.

— Não importa. Comecemos! Comecemos logo!

— É tarde demais. Sem dúvida alguma o duque de Bedford já está reunindo tropas para acudir suas fortalezas no Loire.

— Sim, enquanto dispersamos as nossas. É uma pena. Mas não podemos mais perder tempo; precisamos nos mexer!

O rei fez a objeção de que ele não podia se arriscar a ir até Reims com as fortalezas do Loire no caminho. Mas Joana disse:

— Vamos acabar com elas. E então podereis marchar.

Com esse plano, o rei estava disposto a arriscar e a dar seu consentimento. Ele podia esperar enquanto a estrada era desobstruída.

Joana voltou, bem-humorada. Na hora, houve uma excitação geral. Foram lançadas proclamações convocando homens e foi estabelecido um campo de recrutamento em Selles-en-Berry, ao qual o povo e os nobres se dirigiam, entusiasmados.

Uma parte do mês de maio tinha sido desperdiçada; contudo, no dia 6 de junho, Joana tinha reunido um novo exército e estava pronta para marchar. Ela tinha oito mil homens. Pensai nisso. Reunir um corpo como aquele naquela pequena região. E eles também eram soldados veteranos. Na verdade, a maioria dos homens na França eram soldados, pois as guerras duraram muitas gerações. Sim, a maioria dos franceses eram soldados; e corredores admiráveis também, pela prática e por herança; a única coisa que fizeram durante quase um século, praticamente, foi correr. Mas não era culpa deles. Eles não tinham tido uma liderança justa e decente; ou pelo menos líderes com uma chance justa e decente. Em tempos passados, o rei e a corte se habituaram a ser traiçoeiros com os líderes; então os líderes facilmente se habituaram a desobedecer ao rei e a seguir seu próprio caminho, cada um por si e ninguém por todos. Assim, ninguém poderia conquistar vitórias. Por isso, as tropas francesas se habituaram a correr, evidentemente. Mas a única coisa de que as tropas precisavam para serem boas combatentes era de um líder que tratasse estritamente de negócios. Um líder com toda a autoridade em suas mãos, que não a compartilhasse com outros nove generais, cada um deles tendo apenas um décimo dela. Agora, eles tinham um líder devidamente coberto de autoridade, e com a cabeça e o coração voltados intensa e sinceramente à guerra — e teriam resultados, sem dúvida alguma. Eles tinham Joana d'Arc; e sob sua liderança suas pernas perderiam a arte e o mistério de correr.

Sim, Joana estava bem-disposta. Ela ia para cá, para lá, para todo lugar, caminhava em todo o acampamento, de dia e de noite, para impulsionar os preparativos. E onde quer que ela fosse, comandando as fileiras, examinando as tropas, era bom ouvi-las aclamá-la e aplaudi-la. E ninguém podia impedir os aplausos; era tanto frescor juvenil, tanta beleza e graça, e tamanha personificação de coragem, de vida, de êxito! Diante de nossos olhos ela crescia a cada dia, mais e mais, perfeitamente bela. E aqueles eram dias de amadurecimento, pois ela já tinha passado dos dezessete anos — na verdade, estava chegando aos dezessete e meio; era praticamente uma jovem mulher.

Um dia chegaram dois jovens condes de Laval — elegantes jovens aliados às maiores e mais ilustres casas da França —, que não puderam descansar antes de verem Joana d'Arc. Então o rei mandou chamá-los e os apresentou a ela e, acreditai, ela correspondeu às suas expectativas. Quando ouviram sua suntuosa voz, devem ter pensado que se tratava de uma flauta; e quando viram seus profundos olhos e seu rosto, e a alma que olhava para fora daquele rosto, podeis entender que a ver mexia com eles da mesma forma que um poema, que uma eloquência elevada, que uma música marcial. Um deles escreveu para seu povo, e em sua carta disse: "Foi divino vê-la e ouvi-la". Ah, sim, a enunciação era verdadeira. Nunca uma enunciação fora tão verdadeira quanto essa.

Ele a viu quando ela estava pronta para começar a marchar e abrir a campanha, e sobre isso, disse: "Ela estava vestida com uma armadura inteiramente branca, com exceção da cabeça, e carregava na mão um pequeno machado de guerra; e quando ela estava pronta para montar em seu grande corcel preto, ele se empinou, caiu e não a deixou subir. Então ela disse: 'Levai-o até a cruz'. A cruz estava na frente da igreja que ficava perto dali. Então o levaram até lá. E ela o montou e ele ficou imóvel, mais do que se tivesse sido amarrado. Então ela se voltou para a porta da igreja e disse, com sua suave voz feminina: 'Vós, padres e pessoas da Igreja, fazei procissões e rezai a Deus por nós!'. Ela então bateu as esporas, sob o estandarte, com o pequeno machado na mão, gritando: 'Avante! Marchai!'. Um de seus irmãos, que chegara havia oito dias, partiu com ela; ele também estava inteiramente vestido com uma armadura branca".

Eu estava lá e também vi isso; vi tudo, exatamente como ele descreve. E ainda vejo tudo: o machadinho de guerra, o delicado chapéu emplumado, a armadura branca; tudo na branda tarde de junho, como se fosse ontem. Cavalguei com a equipe — a equipe pessoal —, a equipe de Joana d'Arc.

O jovem conde estava morrendo de vontade de ir, também, mas o rei o deteve naquele momento. Joana fizera-lhe, então, uma promessa. Em sua carta, ele disse: "Ela me disse que, quando o rei começasse a ir para Reims, eu iria com ele. Mas Deus queira que eu não tenha de esperar até lá, e que eu possa participar das batalhas!".

Ela lhe fizera essa promessa quando estava se despedindo de Sua Alteza a duquesa d'Alençon. A duquesa estava exigindo uma promessa, então pareceu o momento ideal para que outros fizessem o mesmo. A duquesa ficou preocupada com seu marido, pois previu lutas desesperadas; ela parou Joana pelo peito, acariciou seus cabelos carinhosamente e disse: "Devei tomar conta dele, querida, e cuidar dele, e enviá-lo de volta para mim em segurança. Exijo-vos isso; eu não vos deixarei partir até que me deis vossa palavra". Joana disse: "Tendes a minha palavra, de todo o coração; e não são apenas palavras, é uma promessa; o tereis de volta sem nenhum machucado. Acreditais? Estais satisfeita comigo, agora?". A duquesa não podia falar, mas beijou Joana na testa; e assim se separaram.

Partimos no dia 6 e paramos em Romorantin; no dia 9, Joana entrou em Orléans com grande pompa, sob arcos do triunfo, com as boas-vindas de tiros de canhão e mares de bandeiras tremulando na brisa. O estado-maior cavalgou com ela, vestido de maneira magnífica, com brilhantes trajes e condecorações: o duque d'Alençon; o Bastardo de Orléans; o senhor de Boussac, marechal da França; o senhor de Granville, mestre dos besteiros; o senhor de Culan, almirante da França;

Ambroise de Loré; Étienne de Vignoles, conhecido como La Hire; Gautier de Brusac e outros capitães ilustres.

Foram grandiosos momentos: os gritos e as multidões aglomeradas de sempre, e o aperto de sempre para ver Joana; mas por fim nos amontoamos até chegarmos aos nossos antigos aposentos, e vi o velho Boucher, sua esposa e a querida Catherine puxarem Joana na direção de seus corações e sufocá-la de beijos — ah, como doeu meu coração! Pois eu poderia ter beijado Catherine melhor do que qualquer um, mais e por mais tempo; mas o momento ainda não tinha chegado, e eu ansiava por ele. Ah, ela era tão linda e tão doce! Eu a amei desde o primeiro dia que a vi, e daquele dia em diante ela foi sagrada para mim. Carrego sua imagem em meu coração há sessenta e três anos, e nele ela permanece sozinha, sim, solitária, pois nunca teve companhia, e estou tão velho, tão velho; mas, oh, sua imagem continua fresca, jovem, alegre, travessa, adorável, doce, pura, fascinante e divina, como quando nele entrou furtivamente, levando bênção e paz para sua morada há muito, muito tempo — sem envelhecer um dia sequer!

CAPÍTULO 26

As últimas dúvidas dissipadas

Dessa vez, como antes, a última ordem do rei aos generais foi esta: "Atenção, não façais nada sem a aprovação da Donzela". E, dessa vez, a ordem foi obedecida; e continuaria a ser obedecida no decorrer dos grandiosos dias da campanha do Loire.

Isso era uma mudança! Isso era novo! Um rompimento com as tradições. Isso vos mostra que tipo de reputação como comandante em chefe a menina construíra em dez dias no campo. Foi a superação das dúvidas e das suspeitas dos homens e a captura e solidificação da crença e da confiança deles, o que o veterano mais grisalho do estado-maior não tinha sido capaz de alcançar em trinta anos. Lembrai-vos de quando Joana, aos dezesseis anos de idade, conduziu seu próprio caso em um tribunal de justiça desfavorável a ela e ganhou, e o velho juiz a mencionou como "esta maravilhosa criança"? Então, foi a forma ideal de designá-la.

Os veteranos não iriam se dividir e agir sem a aprovação da Donzela — isso é verdade; e foi um grande ganho. Mas, ao mesmo tempo, havia alguns entre eles que ainda tremiam suas novas e impetuosas táticas de guerra e desejavam sinceramente modificá-las. E assim, durante o dia 10, enquanto Joana trabalhava duro em seus planos e emitia uma ordem após a outra com incansável diligência, alguns generais continuavam as antigas consultas, discussões e discursos entre eles.

Na tarde daquele dia, eles vieram todos juntos para realizar um daqueles conselhos de guerra; e enquanto esperavam Joana se juntar a eles, discutiram a situação. Bom, essa discussão não consta nas histórias; mas eu estava lá, e vou falar disso, pois sei que confiareis em mim, já que não é do meu feitio enganar-vos com mentiras.

Gautier de Brusac foi o porta-voz dos tímidos; Joana foi firmemente defendida por d'Alençon, Bastardo, La Hire, o almirante da França, o marechal de Boussac e todos os outros chefes realmente importantes.

De Brusac argumentou que a situação era muito grave; que Jargeau, o primeiro ponto de ataque, era formidavelmente robusto; suas imponentes muralhas estavam repletas de artilharia, com sete mil veteranos ingleses cuidadosamente escolhidos atrás delas, e à sua frente o grande conde de Suffolk e seus dois irmãos temíveis, os de la Pole. Parecia-lhe que a proposta de Joana d'Arc de tentar tomar aquele local por meio de um ataque era uma ideia muito precipitada e extremamente ousada, e ela deveria ser persuadida a desistir dela em favor do procedimento mais sensato e seguro de investida por cerco regular. Parecia-lhe que a nova moda impetuosa e furiosa de arremessar massas de homens contra muralhas de pedra invencíveis, desafiando as leis e os métodos da guerra, era...

Ele não continuou. La Hire lançou impacientemente seu elmo emplumado e estourou, dizendo: "Por Deus, ela conhece seu ofício, e ninguém pode ensiná-lo a ela!". E antes que pudesse dizer alguma outra coisa, d'Alençon, o Bastardo de Orléans e meia dúzia de homens estavam de pé, gritando ao mesmo tempo, despejando seu indignado descontentamento sobre todos e qualquer um que pudesse, secreta ou publicamente, desconfiar da sabedoria da comandante em chefe. E quando disseram o que tinham a dizer, La Hire se arriscou novamente, e disse: "Tem gente que não sabe como mudar. As circunstâncias podem mudar, mas esse tipo de gente nunca consegue ver que também precisa mudar para enfrentá-las. Gente que só conhece o único caminho batido seguido por seus pais e avós e que também seguiu, quando chegou sua vez. Se um terremoto vier e transformar a terra num caos, e esse caminho batido levar a precipícios e a pântanos, essas pessoas não conseguirão entender que devem abrir uma nova estrada — não; elas marcharão estupidamente e seguirão o velho caminho, na direção da morte e da perdição. Homens, há um novo estado de coisas; e um gênio militar extraordinário entendeu isso, com seus olhos claros. Uma nova estrada é necessária, e esses mesmos olhos claros notaram e nos mostraram aonde ir. Não há homem, nunca existiu e nunca existirá, que possa fazer melhor do que ela, nosso gênio! O antigo estado de coisas era a derrota, a derrota, a derrota — e, consequentemente, tínhamos tropas sem energia, sem coração, sem esperança. Atacaríeis muralhas de pedra com elas? Não. Havia apenas uma coisa a ser feita com elas: sentar-se diante de um lugar e esperar, esperar — vencê-lo pela fome, se desse. O novo caso é exatamente o oposto; é isto: homens fervorosos, com garra, impetuosidade, força, fúria e energia — uma conflagração contida! O que faríeis com eles? Vós os reprimiríeis e os deixaríeis arder lentamente, sucumbir e se apagar? O que Joana d'Arc faria com eles? Ela os libertaria, pelo Senhor Deus do Céu e da Terra, e os deixaria devorar o inimigo no turbilhão de suas chamas! Nada mostra melhor o esplendor e a sabedoria de seu gênio militar do que sua compreensão instantânea do tamanho da mudança que ocorreu e sua percepção instantânea da maneira certa e única de tirar vantagem disso. Com ela, não há essa história de sentar e morrer de fome; nada de perder tempo e fazer disparates por aí; nada de ficar ocioso, vadiar e ir dormir; não, com ela é atacar! Atacar! Atacar! E atacar! Atacar! Atacar! E eternamente atacar! Atacar! Atacar! Caçar o inimigo em seu esconderijo, depois soltar os furacões franceses sobre eles e vencê-los, atacando! Ela é das minhas! Jargeau? O que dizer de Jargeau, com suas ameias e torres, sua artilharia devastadora, seus sete mil veteranos escolhidos a dedo? Joana d'Arc está à frente, e pelo esplendor de Deus seu destino está selado!".

Oh, ele os conquistou. Não houve uma única palavra sobre persuadir Joana a mudar sua tática. Eles se sentaram e conversaram, confortavelmente, depois disso.

Passado algum tempo, Joana entrou, e eles se levantaram e a saudaram com suas espadas, e ela perguntou o que lhes alegrava. La Hire disse: "Está decidido, minha general. O assunto envolvia Jargeau. Alguns pensaram que não poderíamos assumir".

Joana deu sua risada agradável, sua risada alegre e descontraída; a risada que estremeceu tão vigorosamente seus lábios e fez com que os velhos se sentissem jovens novamente ao ouvi-la; e disse para a companhia: "Não tenhais medo. Na verdade, não há necessidade nem ocasião para isso. Vamos atacar os ingleses, com valentia, assaltá-los, vereis". Em seguida, um olhar distante tomou conta de seus olhos, e acho que uma imagem de sua casa passou pela sua mente; pois ela disse muito gentilmente, e como alguém que medita: "Mas eu sei que Deus nos guia e nos guiará à vitória, embora eu preferisse tomar conta das ovelhas a tolerar esses perigos".

Tivemos um jantar de despedida acolhedor naquela noite — só nós e a família. Joana teve que se ausentar, pois a cidade havia oferecido um banquete em sua homenagem, ao qual ela participou com grande pompa com seu estado-maior, em meio a uma profusão de sinos alegres e uma brilhante Via Láctea de iluminações.

Depois do jantar, alguns jovens cheios de vida que conhecíamos entraram, e logo esquecemos que éramos soldados, lembrando-nos apenas de que éramos meninos e meninas cheios de espírito animal há muito tempo reprimido e de vontade de nos divertir; então dançamos, jogamos, brincamos e rimos escancaradamente — extravagantes, inocentes, barulhentos —, e passei o melhor momento da minha vida. Há quanto tempo! E à época eu era jovem. Do lado de fora, naquele entretempo, ouvia-se a pesada caminhada medida de batalhões em marcha, soldados atrasados reunindo-se para a tragédia do dia seguinte no fúnebre palco da guerra. Sim, naquela época tínhamos esses contrastes lado a lado. E enquanto eu ia para a cama, outro contraste acontecia: o grande Anão, vestido com uma bela nova armadura, sentava-se no posto de sentinela na porta de Joana — o inflexível Espírito da Guerra em carne e osso, por assim dizer —, com um gatinho adormecido enrolado sobre seu grande ombro.

CAPÍTULO 27

Como Joana tomou Jargeau

No dia seguinte, ao sairmos pelas deslumbrantes portas de Orléans, com estandartes ao vento e Joana e o estado-maior liderando a longa coluna, demos um imponente espetáculo. Os dois jovens de Laval vieram, então, e se uniram ao estado--maior. Isso foi positivo, pois a guerra estava em seu sangue; eles eram netos do ilustre combatente Bertrand du Guesclin, que já havia sido condestável da França. Louis de Bourbon, o marechal Gilles de Rais e o vidama de Chartres também estavam presentes. Estávamos no direito de nos sentirmos um pouco desconfortáveis, pois sabíamos que um exército de cinco mil homens estava a caminho, sob o comando de *Sir* John Fastolf, para reforçar Jargeau, mas acho que não nos sentimos desconfortáveis. Na verdade, aqueles homens ainda não estavam nas redondezas. *Sir* John era lento; por algum motivo, não tinha pressa. Ele estava perdendo um tempo precioso: quatro dias em Étampes e outros quatro em Janville.

Chegamos a Jargeau e logo partimos para o que interessava. Joana mandou, primeiro, um número considerável de homens que se lançou, com classe, contra a fortificação, estabelecendo assim uma posição e lutando com afinco para mantê-la; mas logo começaram a recuar, devido à surtida da cidade. Vendo a situação, Joana deu um grito de guerra e liderou um novo assalto sob um furioso fogo de artilharia. Paladino estava caído ao seu lado, ferido, mas ela apanhou o estandarte de sua enfraquecida mão e se jogou em meio a projéteis voadores, apoiando seus homens com gritos encorajadores; então, por um bom tempo, houve tumulto, choques entre aços, colisão e confusão de multidões lutando, além do brado enrouquecido das armas; em seguida ocorreu a dissimulação de tudo isso sob um enfurecido firmamento esfumaçado — um firmamento através do qual, de vez em quando, apareciam vazios velados, dando vagos indícios incertos da selvagem tragédia encenada do outro lado; e sempre, nessas horas, via-se a delicada figura em cota de malha branca, que era o centro e a alma de nossa esperança e confiança, e sempre que a víamos, de costas para nós e olhando a luta, sabíamos que tudo estava bem. Finalmente, ouviu-se um forte grito, um alegre rugido de gritos, na verdade, o que bastou para nos dar o sinal de que os *faubourgs* — os subúrbios — eram nossos.

Sim, eram nossos; o inimigo tinha sido reconduzido para dentro dos muros. No chão no qual Joana ganhara, acampamos; a noite estava chegando.

Joana enviou uma intimação aos ingleses, prometendo que, se se rendessem, permitiria que partissem em paz e levassem seus cavalos com eles. Ninguém sabia que ela podia tomar esse importante local, apenas ela sabia — e sabia bem; apesar disso, ela ofereceu essa graça, e a ofereceu em uma época em que uma coisa do gênero era desconhecida na guerra; em uma época em que era usual e costumeiro massacrar as guarnições e os habitantes de cidades capturadas, sem pena ou remorso. Sim, às vezes até mesmo as mulheres e crianças mais inofensivas. Há certamente vizinhos vossos que se lembram bem das atrocidades indescritíveis que Charles o Temerário infligiu aos homens, às mulheres e às crianças de Dinant quando, alguns anos antes, ele tomara o lugar. Joana ofereceu àquela guarnição uma graça única e bondosa. Ela era assim, era sua natureza amorosa e misericordiosa — ela sempre dava o melhor de si para salvar a vida e o orgulho de soldado dos inimigos quando os dominava.

Os ingleses pediram um armistício de quinze dias para analisar a proposta. E Fastolf veio com cinco mil homens! Joana disse: "não!", mas ofereceu outra graça: eles poderiam levar seus cavalos e suas armas, mas teriam de partir dentro de uma hora.

Bem, aqueles bronzeados veteranos ingleses eram muito cabeças-duras. Recusaram-se novamente. Então Joana ordenou que seu exército se preparasse para o assalto às nove da manhã. Considerando o acordo de marchar e lutar que os homens tinham feito naquele dia, de Alençon achou muito cedo, mas Joana disse que era melhor assim, e que, portanto, a ordem deveria ser obedecida. Então ela explodiu com um daqueles entusiasmos que sempre ardiam nela quando a batalha era iminente, e disse: "Ao trabalho! Ao trabalho! Deus trabalhará conosco!". Sim, pode-se dizer que seu lema era "Trabalhai! Dedicai-vos a ele; continuai trabalhando!", pois na guerra ela não conhecia o significado da palavra indolência. E quem quer que adotasse seu lema e vivesse por ele, seria provavelmente bem-sucedido. Há muitas maneiras de vencer neste mundo, mas nenhuma delas vale muito sem trabalho duro para obtê-la.

Naquele dia, ela podia ter perdido nosso porta-estandarte, se nosso grande Anão não estivesse por perto para retirá-lo, ferido, do meio da multidão. Ele estava inconsciente, e teria sido pisoteado à morte por nosso próprio cavalo se o Anão não o tivesse resgatado imediatamente e o arrastado para a retaguarda, mantendo-o em segurança. Ele se recuperou e, depois de duas ou três horas, voltou a si; sentiu-se, então, feliz e orgulhoso, e aproveitou ao máximo sua ferida, gabando-se de suas bandagens, exibindo-se como uma criança grande inocente — que era exatamente o que ele era. Ele tinha mais orgulho de ter sido ferido do que uma pessoa realmente modesta teria de ter sido morta. Mas não havia maldade em sua vaidade, e ninguém se importava. Ele disse que tinha sido atingido por uma pedra de uma catapulta — uma pedra do tamanho da cabeça de um homem. Mas a pedra cresceu, é claro. Antes de terminar, alegara que o inimigo havia lançado uma casa contra ele.

"Deixai-o tranquilo", disse Noel Rainguesson. "Não interrompais seus processos. Amanhã será uma catedral". Ele disse isso em particular, a poucas pessoas. E sim, no dia seguinte a pedra virou uma catedral. Nunca vi alguém com uma imaginação tão desenfreada.

Joana estava fora ao amanhecer, galopando aqui, ali e acolá, examinando minuciosamente a situação e escolhendo as posições que considerava mais eficazes para sua artilharia; e organizou as armas com um discernimento tão cuidadoso que a admiração de seu tenente-general por ela sobreviveu na memória dele e foi narrada durante o depoimento que deu no Processo de Reabilitação, um quarto de século depois.

Nesse depoimento, o duque d'Alençon disse que em Jargeau, naquela manhã de 12 de junho, ela deu ordens não como uma novata, mas "com o discernimento seguro e claro de uma general treinada, com vinte ou trinta anos de experiência".

Os capitães veteranos dos exércitos da França disseram que ela era ótima na guerra em todos os sentidos, mas principalmente no que dizia respeito à sua genialidade em posicionar e manobrar a artilharia.

Quem ensinou a pastorinha a fazer essas maravilhas, ela que não sabia ler e não teve a oportunidade de estudar as complexas artes da guerra? Não faço ideia de como resolver um enigma tão misterioso como esse, não havendo precedente para isso nem nada na história para efeitos de comparação e avaliação. Pois na história não há um grande general, por mais talentoso que tenha sido, que tenha obtido sucesso de outra forma que não fosse por meio de ensino qualificado, estudo intenso e alguma experiência. É um enigma que nunca será decifrado.

Acho que esse grande poder e as habilidades nasceram com ela, e que ela os aplicou seguindo sua infalível intuição.

Às oito horas, todo o movimento cessou, e com ele todos os sons, todo o barulho. Reinou uma expectativa muda. A quietude era horrível, porque significava muito. O ar estava estático. As bandeiras nas torres e muralhas pendiam retas, como fitas. Quando uma pessoa era vista, via-se que ela tinha parado o que estava fazendo e estava em posição de espera, de escuta. Estávamos em um ponto de comando, agrupados ao redor de Joana. Não muito longe de nós, ruelas e humildes moradias de subúrbios afastados nos rodeavam. Via-se muitas pessoas — todas estavam ouvindo, nenhuma se mexia. Um homem colocou um prego; ia fixar algo com ele no batente da porta de sua loja, mas parou. Lá estava sua mão, segurando o prego; e lá estava sua outra mão, no ato de bater com o martelo; mas ele tinha se esquecido de tudo — sua cabeça estava virada de lado, à escuta. Mesmo as crianças, inconscientemente, pararam de brincar. Vi um menininho com seu bastão apontado para o chão no ato de virar o bambolê na esquina; ele tinha parado e estava à escuta — o bambolê estava rolando, seguindo sua própria direção. Vi uma jovem lindamente enquadrada em uma janela aberta, com um regador na mão e uma floreira de janela com flores vermelhas sob seu bico, mas a água tinha parado de correr; a garota estava à escuta. Essas formas petrificadas impressionantes estavam por toda parte; e por toda parte havia um movimento em suspensão e aquela terrível quietude.

Joana d'Arc ergueu sua espada no ar. A esse sinal, o silêncio foi rasgado em farrapos; canhões vomitaram, um após o outro, chamas e fumaça e lançaram estrondos trêmulos; e vimos línguas de fogo respondendo das torres e dos muros da cidade, acompanhadas por estrondos profundos como resposta, e em um minuto os muros e as torres desapareceram, e em seu lugar ficaram grandes bancos e pirâmides de fumaça nevosa, estática, no ar morto. A menina, perplexa, deixou cair o regador e juntou as mãos, e naquele momento uma bala de canhão de pedra atingiu seu corpo encantador.

O grande duelo de artilharia continuou, com cada lado batendo o máximo que podia; foi esplêndido no que diz respeito à fumaça e ao barulho, e muito excitante para o ânimo. A pobre cidadezinha ao nosso redor sofreu cruelmente. As balas de canhão despedaçaram suas casinhas, demolindo-as como se fossem de cartas; e a cada instante era possível ver uma enorme rocha se curvando no ar acima das nuvens de fumaça e indo mergulhar nos telhados. O fogo explodiu, e colunas de chamas e fumaça subiram ao céu. Logo, os impactos da artilharia fizeram com que o tempo mudasse. O céu ficou encoberto e um vento forte se ergueu e soprou a fumaça que escondia as fortalezas inglesas.

O espetáculo estava ótimo: muros cinza atorreados e torres, brilhantes bandeiras tremulantes, jatos de fogo vermelho e golfadas de fumaça branca em longas fileiras; tudo se sobressaía nitidamente contra o profundo fundo plúmbeo do céu; e então os projéteis sibilantes começaram a levantar a sujeira ao nosso redor e não me interessei mais pelo cenário. Um canhão inglês estava conseguindo mirar na nossa posição com cada vez mais precisão. Joana rapidamente apontou para ele e disse: "Honesto duque, saí daí, senão aquela máquina irá vos matar". O duque d'Alençon obedeceu, mas o *Monsieur* du Lude tomou irrefletidamente seu lugar, e o canhão arrancou sua cabeça em um minuto.

Joana estava de olho, para identificar o momento certo de ordenar o ataque. Finalmente, por volta das nove horas, gritou: "Agora, atacar!", e as cornetas soaram sem descanso.

Instantaneamente, vimos o corpo de homens que tinham sido nomeados para esse serviço avançar em direção a um ponto onde o fogo concentrado de nossas armas tinha transformado a metade superior de um largo trecho de muro em ruínas; vimos a tropa descer ao fosso e começar a colocar as escadas de assalto. Logo estávamos juntos. O tenente-general achou o ataque prematuro, mas Joana disse: "Ah, gentil duque, estais com medo? Não sabeis que prometi mandar-vos para casa a salvo?"

Foi um trabalho perigoso no fosso. Os muros estavam lotados de homens, que lançaram avalanches de pedras sobre nós. Um único inglês gigantesco nos machucou bem mais do que uma dúzia de seus camaradas. Ele sempre dominava os lugares mais fáceis de atacar e lançava grandes pedras extremamente perigosas, que esmagavam homens e escadas — e em seguida quase desatava a rir do que tinha feito. Mas o duque acertou as contas com ele. Encontrou o famoso artilheiro Jean le Lorrain e lhe disse: "Preparai vosso canhão e matai esse demônio para mim". E assim o fez, com o primeiro tiro. Acertou o inglês bem no peito e o derrubou, de costas, para dentro da cidade.

A resistência do inimigo foi tão eficaz e obstinada que nosso pessoal começou a mostrar sinais de dúvida e desânimo. Diante disso, Joana deu seu inspirador grito de batalha e desceu para o fosso, com a ajuda do Anão e com Paladino, que corajosamente grudara-se a ela com o estandarte. Ela começou a subir uma escada de assalto, mas uma grande pedra lançada de cima caiu sobre seu elmo e a deixou estirada, ferida e atordoada, no chão. Por um breve momento. O Anão a levantou e ela imediatamente começou a subir a escada, exclamando: "Atacar, amigos, atacar! Os ingleses são nossos! Chegou a hora!".

Houve uma grande investida, e um bramido feroz de gritos de guerra, e nos precipitamos sobre as muralhas como formigas. A guarnição fugiu, nós a perseguimos; Jargeau era nossa!

O conde de Suffolk foi encurralado e cercado, e o duque d'Alençon e o Bastardo de Orléans exigiram que ele se rendesse. Mas ele era um nobre orgulhoso e vinha de uma raça orgulhosa. Recusou-se a ceder sua espada a subordinados, dizendo: "Prefiro morrer. Vou me render somente à Donzela de Orléans, e a mais ninguém". E assim o fez. Foi tratado por ela de maneira cortês e honrada.

Seus dois irmãos recuaram, lutando passo a passo, em direção à ponte, conforme pressionávamos suas tropas desesperadas e derrubávamos muitos de seus homens. Chegando à ponte, a matança continuou. Alexander de la Pole foi empurrado da ponte ou caiu, e se afogou. Onze mil homens caíram; John de la Pole decidiu desistir da luta. Mas ele era quase tão orgulhoso e exigente quanto seu irmão de Suffolk no que diz respeito a quem ele se renderia. O oficial francês mais próximo era Guillaume Renault, que o pressionava com seu corpo. *Sir* John lhe perguntou:

— Sois um cavalheiro?
— Sim.
— E cavaleiro?
— Não.

Então o próprio *Sir* John o condecorou como cavaleiro ali, na ponte, dando-lhe a honraria com a frieza e a tranquilidade inglesas no meio daquela tempestade de massacres e mutilações; e então, curvando-se cortesmente, pegou a espada pela lâmina e colocou o punho dela na mão do homem, como sinal de rendição. Ah, que família orgulhosa, aquela dos de la Pole.

Foi um grande dia, um memorável dia, uma esplêndida vitória. Tínhamos muitos prisioneiros, mas Joana não permitiria que fossem machucados. Nós os levamos conosco e marchamos para Orléans no dia seguinte, sob a usual tempestade de boas-vindas e alegria.

Dessa vez, houve uma nova homenagem à nossa líder. Em todas as ruas, abarrotadas, os novos recrutas se espremiam para chegar ao lado de Joana d'Arc, tocar sua espada e extrair dela um pouco da misteriosa característica que a tornava invencível.

CAPÍTULO 28

Joana prevê seu destino

As tropas precisavam descansar. Elas teriam dois dias para isso. Na manhã do dia 14 eu estava escrevendo o ditado de Joana, em um pequeno quarto que ela às vezes usava como escritório particular quando queria ficar longe de oficiais e de suas interrupções. Catherine Boucher entrou, sentou-se e disse:

— Querida Joana, fales comigo.

— Mas é claro, é um prazer, uma alegria. No que estás pensando?

— Nisto: quase não dormi à noite, pensando nos perigos que corres. Paladino me contou como fizeste o duque ficar fora do caminho quando as balas de canhão iam atingi-lo, e assim salvou sua vida.

— Bem, foi o certo a fazer, não?

— O certo? Sim, mas ficaste lá. Por que farias isso? Parece um risco injustificado.

— Ah, não, não foi injustificado. Não corri perigo.

— Como podes dizer isso, Joana, com aquelas coisas mortíferas voando sobre ti?

Joana riu e tentou mudar de assunto, mas Catherine continuou:

— Foi horrivelmente perigoso, e não precisavas ter ficado naquele lugar. Além do mais, comandaste um assalto de novo. Joana, isso é provocar a Providência. Quero que me faças uma promessa. Quero que me prometas que deixará os outros liderarem os assaltos, se tiver de haver assaltos, e que cuidarás melhor de ti nessas terríveis batalhas. Prometes?

Joana se esquivou da promessa. Catherine ficou preocupada, descontente, e então disse:

— Joana, serás para sempre soldada? Essas guerras não têm fim. Duram para sempre, para todo o sempre!

Um faceiro lampejo cruzou o olhar de Joana quando ela exclamou:

— Todo o trabalho duro será feito nesta campanha, nos próximos quatro dias. O resto será mais brando, muito menos sangrento. Sim, daqui a quatro dias a França vai colher outro troféu como a redenção de Orléans e dar seu segundo longo passo em direção à liberdade!

Catherine se assustou (e eu também); então olhou demoradamente para Joana, como se estivesse em transe, murmurando "quatro dias... quatro dias...", como se fosse para si mesma e inconscientemente. Finalmente perguntou, com a voz baixa tomada de um certo fascínio:

— Joana, me diz: como sabes disso? Porque sabes disso, imagino.

— Sim — disse Joana, como se sonhasse. — Eu sei, eu sei. Devo atacar uma, duas, três vezes. E antes que o quarto dia termine, devo atacar novamente.

Ela se calou. Ficamos sentados, pensando, silenciosos. Isso durou um minuto. Ela ficou olhando para o chão enquanto seus lábios se moviam sem nada dizer. Então estas palavras saíram, quase inaudíveis: "E em mil anos o poder inglês na França não se reerguerá desse golpe".

Fiquei arrepiado. Foi estranho. Ela estava em um transe, de novo — deu para perceber —, como se estivesse, naquele dia, nos pastos de Domrémy quando profetizou que nós, meninos, iríamos para a guerra, e depois não sabia o que tinha feito. Ela não estava consciente; mas Catherine não sabia disso, e então disse, com a voz feliz:

— Oh, acredito nisso, acredito muito, e estou tão feliz! Então vais voltar e ficar conosco pelo resto da tua vida, e vamos amar-te e honrar-te!

Um espasmo quase imperceptível passou rapidamente pelo rosto de Joana, e a voz sonhadora murmurou:

— Em menos de dois anos morrerei, de uma forma muito cruel!

Dei um pulo para a frente e ergui a mão, como sinal de alerta. Foi por isso que Catherine não gritou. Ela ia fazer isso — foi o que vi, com clareza. Então sussurrei para que ela saísse devagar dali e não dissesse nada sobre o ocorrido. Eu disse que Joana estava dormindo — dormindo e sonhando. Catherine sussurrou e disse:

— Oh, só um sonho, que alívio! Achei que fosse uma profecia — e partiu.

Uma profecia! Eu sabia que era uma profecia, e me sentei, chorando, por saber que iríamos perdê-la. Logo ela levou um susto, tremeu levemente e voltou a si; olhou em volta e, ao me ver chorando, pulou da cadeira na qual estava e correu até a mim, em um turbilhão de simpatia e compaixão, e colocou a mão na minha cabeça, dizendo:

— Meu pobre menino! O que foi? Olha para cima e me diz.

Eu tive que contar uma mentira. Fiquei aflito por ter feito isso, mas foi tudo o que pude fazer. Peguei uma velha carta da minha mesa, só Deus sabe escrita por quem, sobre algum assunto que só Deus conhece, e lhe disse que tinha acabado de recebê-la do *père* Fronte, e que nela estava escrito que a Árvore da Fada das crianças tinha sido derrubada por algum canalha ou sabe-se lá quem, e... parei por aí. Ela arrancou a carta da minha mão e a prescrutou de cima a baixo, revirando-a, soluçando sem parar, com as lágrimas escorrendo pelo rosto, exclamando o tempo todo: "Oh, quanta crueldade! Como alguém poderia ser tão sem coração? Ah, coitada da *Arbre de la fée de Bourlémont*, está morta! Nós, crianças, adorávamos ela! Onde está escrito isso? Onde?!". E eu, ainda mentindo, mostrei-lhe as supostas palavras fatais na suposta página fatal, e ela olhou para elas através das lágrimas, e disse que podia ver que eram palavras odiosas, feias, que "era assim mesmo que pareciam". Então ouvimos uma voz forte no corredor, anunciando: "O mensageiro de Sua Majestade, com despachos para Sua Excelência a comandante em chefe dos exércitos da França!".

CAPÍTULO 29

A MUDANÇA DE OPINIÃO DO CRUEL TALBOT

Eu sabia que ela tinha tido a visão da Árvore. Mas quando? Isso eu não sabia. Tenho certeza de que, pouco tempo antes, ela dissera ao rei que a usasse, pois tinha apenas mais um ano para atuar. Não pensei nisso naquela época, mas estou convencido agora de que, à época, ela já tinha visto a Árvore. Esta lhe deixara uma mensagem de boas-vindas, isso era evidente, pois naqueles últimos dias ela estava muito alegre e descontraída. Para ela, o aviso de sua morte não tinha nada de sombrio; não, ele era a remissão do exílio, a permissão para voltar para casa.

Sim, ela tinha visto a Árvore. Ninguém tinha levado a sério a profecia que ela anunciara ao rei; e por uma boa razão, não tenho dúvida alguma disso; ninguém quis levá-la a sério; todos quiseram bani-la e esquecê-la. E todos foram bem-sucedidos, e assim continuariam até o fim, plácidos e confortáveis. Todos menos eu. Eu devia guardar meu terrível segredo, sem ninguém para me ajudar. Uma carga pesada, um fardo amargo, pelo qual eu sofria todos os dias. Ela ia morrer; e dentro de pouco tempo. Nunca sonhei com isso. Como poderia, com ela tão forte, vibrante e jovem, a cada dia ganhando mais direitos a uma velhice pacífica e honrada? Naquela época, eu achava que a velhice era valiosa. Não sei por que, mas era o que eu achava. Todos os jovens pensam assim, imagino, eles que são ignorantes e cheios de superstições. Ela tinha visto a Árvore.

Durante toda aquela pesarosa noite, aqueles versos antigos iam e vinham na minha mente:

> *E quando, no exílio vagarmos,*
> *desfalecermos ansiando te ver*
> *Ó, aos nossos olhos, ascende!*

Mas, ao amanhecer, as cornetas e os tambores quebraram o silêncio sonhador da manhã, e tudo virou realidade! Montar e cavalgar. Tínhamos um trabalho duro pela frente.

Marchamos até Meung sem parar. Lá tomamos a ponte de assalto e deixamos uma tropa para vigiá-la. O resto do exército marchou, na manhã seguinte, em direção a Beaugency, onde o leão Talbot, o terror dos franceses, estava no comando. Quando chegamos àquele lugar, os ingleses entraram no castelo e nos assentamos na cidade abandonada. Naquela hora, Talbot não estava presente, pois tinha partido para aguardar e dar as boas-vindas a Fastolf e ao seu reforço de cinco mil homens.

Joana posicionou suas baterias e bombardeou o castelo até a noite. Tivemos então duas notícias: Richemont, condestável da França, há muito tempo em desgraça com o rei, em grande parte por causa das perversas maquinações de Georges de La Trémoïlle e seu grupo, estava se aproximando com um grande corpo de homens para oferecer seus serviços a Joana — e ela precisava muito deles, agora que Fastolf estava tão perto. Richemont queria ter se unido a nós antes, quando marchamos pela primeira vez para Orléans; mas o rei louco, escravo daqueles conselheiros mesquinhos, avisou-lhe que mantivesse distância e recusou qualquer reconciliação com ele.

Entro nesses detalhes porque são importantes. Importantes porque mostram um novo dom na extraordinária constituição mental de Joana: a arte de governar. É bem estranho encontrar essa grande qualidade em uma camponesa ignorante de dezessete anos e meio, mas ela a tinha.

Joana ia receber Richemont cordialmente, assim como La Hire e os dois jovens de Laval e outros chefes, mas o tenente--general, d'Alençon, opôs-se categórica e obstinadamente a isso. Ele disse que tinha ordens irrefutáveis do rei para recusar e se opor a Richemont, e que se elas não fossem respeitadas, ele deixaria o exército. Isso teria sido um grande desastre, de fato. Mas Joana impôs a si mesma a tarefa de persuadi-lo de que a salvação da França prevalecia sobre todas as pequenas coisas, inclusive os comandos de um asno com um cetro; e ela foi bem-sucedida. Ela o persuadiu a desobedecer ao rei em nome da nação, e a se reconciliar com o conde Richemont e a lhe dar as boas-vindas. Isso é a arte de governar; e do tipo mais elevado e sensato. Tudo o que for considerado "grande" pelos homens, procure em Joana d'Arc e encontrareis.

Na manhãzinha de dezessete de junho, os batedores relataram a aproximação de Talbot e Fastolf com as tropas de socorro de Fastolf. Ao rufar dos tambores partimos ao encontro dos ingleses, deixando Richemont e suas tropas para trás para vigiar o castelo de Beaugency e manter sua guarnição em casa. Depois de um tempo, vimos o inimigo. Fastolf tinha tentado convencer Talbot de que seria mais sábio recuar e não arriscar uma batalha com Joana naquele momento, mas sim distribuir as novas levas de tropas entre as fortalezas inglesas do Loire, protegendo-as contra a captura; ou seja, ser paciente e esperar — esperar mais tropas chegarem de Paris; deixar Joana esgotar seu exército com infrutíferos combates diários; então, no momento certo, cair sobre ela com a massa implacável e aniquilá-la. Esse era Fastolf, um velho general sábio e experiente. Mas o cruel Talbot não queria ouvir falar de atrasos. Ele estava furioso com o castigo que a Donzela lhe infligira em Orléans e, desde então, jurou por Deus e por São Jorge que a enfrentaria, mesmo se tivesse de lutar sozinho contra ela. Então Fastolf cedeu, lembrando, entretanto, que assim arriscavam perder tudo o que os ingleses tinham ganhado com tantos anos de trabalho e tantos golpes duros.

O inimigo havia assumido uma forte posição e estava esperando, pronto para a batalha, com os arqueiros na frente e uma barreira de defesa à frente deles.

A noite estava chegando. Um mensageiro veio, da parte dos ingleses, com uma rude provocação e uma proposta de batalha. Mas a dignidade de Joana não foi perturbada e sua postura permaneceu inabalada. Ela disse ao arauto: "Voltai e dizei que, hoje à noite, será muito tarde para nos encontrarmos; mas amanhã, se Deus e Nossa Senhora quiserem, nos veremos".

A noite caiu, escura e chuvosa. Foi o tipo de chuva leve e contínua que cai suavemente e dá serenidade e paz ao espírito. Por volta das dez horas da noite, d'Alençon, Bastardo de Orléans, La Hire, Poton de Xaintrailles e dois ou três outros generais vieram à nossa tenda, no quartel-general, e se sentaram para conversar com Joana. Alguns achavam que era uma pena que Joana tivesse recusado a batalha, outros, não. Então Poton lhe perguntou por que ela havia recusado. Ela disse:

— Por vários motivos. Esses ingleses são nossos. Eles não podem fugir de nós. Por isso, não precisamos correr riscos, como em outros momentos. O dia foi longo. É bom termos mais tempo e o auxílio da luz do dia quando uma tropa está enfraquecida. Novecentos de nós ali, mantendo a posição da ponte de Meung com o marechal de Rais, e outros mil e quinhentos com o condestável da França, mantendo a ponte e vigiando o castelo de Beaugency.

Dunois disse:

— Sinto por essa decisão, Excelência, mas não há nada a fazer. O caso será o mesmo, amanhã.

Joana ia e vinha. Deu aquela risada afetuosa, companheira, e parando diante daquele velho tigre de guerra colocou a mão sobre sua cabeça para tocar uma de suas plumas, dizendo:

— Dizei-me, sábio homem, em qual pena estou tocando?

— Sinceramente, Excelência, não sei.

— Por Deus, Bastardo, Bastardo! Não sabeis essa coisa insignificante, mas ousais dizer uma coisa significativa. Afirmais o que vai acontecer no ainda não nascido amanhã e que não teremos aqueles homens. E eu, o que acho? Que eles estarão conosco.

Isso causou um alvoroço. Todos queriam saber por que ela achava isso. Mas La Hire tomou a palavra e disse:

— Que seja. Se é o que achais, nos basta. É o que vai acontecer.

Então Poton de Xaintrailles disse:

— Vossa Excelência disse que houve outras razões para recusar a batalha?

— Sim. Uma porque, estando fracos e o dia acabando, a batalha poderia não ser decisiva. Quando há um combate, ele deve ser decisivo. E assim será.

— Que Deus o permita, amém.

— Houve outros motivos?

— Um outro, sim.

Ela hesitou antes de continuar:

— Hoje não era o dia certo. Amanhã será o dia certo. Está escrito.

Eles iam atacá-la com perguntas ansiosas, mas ela levantou a mão e os impediu. E disse:

— Será a vitória mais nobre e benéfica de todas que Deus terá concedido à França. Peço que não me pergunteis como sei disso, mas que fiqueis contentes que seja assim.

Em todos os rostos via-se prazer, convicção e muita confiança. A isso seguiu-se um murmúrio de conversa, logo interrompido por um mensageiro dos postos avançados que trouxe notícias; a saber que, no intervalo de uma hora, houve alvoroço e movimentação incomuns para aquele período no acampamento inglês, para um exército que, hipoteticamente, estava descansando. Espiões tinham sido enviados sob a cobertura da chuva e da escuridão para investigar aquilo. Tinham acabado de voltar e relatado que grandes grupos de homens foram vagamente vistos escapando furtivamente na direção de Meung. Os generais ficaram muito surpresos, conforme delatavam seus rostos.

— É uma retirada — disse Joana.

— É o que parece — disse d'Alençon.

— Com certeza — observaram Bastardo e La Hire.

— Não era de se esperar — disse Louis de Bourbon —, mas dá para adivinhar o propósito disso.

— Sim — respondeu Joana. — Talbot pensou bem. Seu cérebro em erupção esfriou. Ele pensa em pegar a ponte de Meung e fugir para o outro lado do rio. Ele sabe que isso deixa sua guarnição de Beaugency à mercê do destino, para escapar de nossas mãos, se puder; mas não há outra direção se ele quiser evitar essa batalha, e ele também sabe disso. Mas ele não vai chegar à ponte. Cuidaremos disso.

— Sim — disse d'Alençon —, devemos segui-lo e cuidar disso. E Beaugency?

— Deixai Beaugency comigo, gentil duque. Vou tomá-lo em duas horas, sem nenhum derramamento de sangue.

— É verdade, Excelência. Basta lhes dar a notícia e eles se renderão.

— Sim. E estarei ao vosso lado em Meung ao amanhecer, levando o condestável e seus mil e quinhentos homens; e quando Talbot souber que Beaugency caiu, ele terá um choque.

— Santo Deus, sim! — gritou La Hire. — Ele vai juntar a guarnição de Meung ao seu exército e partir para Paris. Então teremos conosco as sentinelas da ponte e de Beaugency, e estaremos mais fortalecidos para esse grande dia, com cerca de dois mil e quatrocentos soldados competentes, como foi aqui prometido há uma hora. Na verdade, esse inglês está fazendo nossos afazeres por nós e nos livrando de muito sangue e de problemas. Comando, Excelência. Aguardamos vosso comando!

— Ele é simples. Deixai os homens descansarem três horas. À uma hora da madrugada a guarda avançada marchará, sob nosso comando, com Poton de Xaintrailles como segundo oficial; a segunda divisão partirá às duas horas, sob o comando do tenente-general. Ficai bem na retaguarda do inimigo, mas de forma a evitar um combate. Cavalgarei com minha guarda até Beaugency e farei por lá um trabalho tão rápido que eu e o condestável da França nos juntaremos a vós e a vossos homens antes do amanhecer.

Ela manteve sua palavra. Nós, membros de sua guarda, montamos e cavalgamos sob uma forte chuva, levando conosco um oficial inglês capturado para confirmar as notícias de Joana. Percorremos rapidamente o trajeto e enviamos uma convocação ao castelo. Richard Guétin, o tenente de Talbot, convencido de que ele e seus quinhentos homens estavam indefesos, admitiu que seria inútil tentar resistir. Ele não podia esperar termos fáceis, mas Joana os concedeu. Sua guarnição poderia ficar com seus cavalos e suas armas, e levar seus bens pelo valor de um marco de prata por homem. Eles poderiam ir para onde quisessem, mas não deveriam pegar em armas contra a França nos próximos dez dias.

Antes do amanhecer, estávamos com o nosso exército, o condestável e quase todos os seus homens; deixamos apenas uma pequena guarnição no castelo de Beaugency. Ouvimos o surdo estrondo de canhões mais à frente, e sabíamos que Talbot estava começando seu ataque à ponte. Mas um pouco antes do nascer do sol, o som cessou e não o ouvimos mais.

Guétin enviara um mensageiro pelas nossas linhas, sob um salvo-conduto dado por Joana, para contar a Talbot sobre a rendição. É claro que o *poursuivant*[1] havia chegado antes de nós. Talbot achou sábio recuar e bater em retirada para Paris.

---

[1] Em francês no original. *Poursuivant d'armes*: arauto, mensageiro. [N. T.]

Ao amanhecer, ele havia desaparecido; e com ele Lord Scales e a guarnição de Meung.

Fizemos uma bela colheita de fortalezas inglesas naqueles três dias! Fortalezas que desafiaram confiantemente a França, até a nossa chegada.

CAPÍTULO 30

O CAMPO VERMELHO DE PATAY

Quando a manhã finalmente deu as caras naquele memorável dia 18 de junho, não havia inimigo visível em lugar algum, como eu já disse. Mas isso não me preocupou. Eu sabia que íamos encontrá-lo e atacá-lo; dar-lhe o golpe prometido — aquele contra o qual o poder inglês na França não se levantaria em mil anos, como Joana dissera em um de seus transes.

O inimigo havia mergulhado nos vastos prados de Beauce — um local ermo, sem estradas, coberto de arbustos, com grupos de árvores em florestas espalhados aqui e ali —, uma região onde um exército poderia rapidamente se esconder. Encontramos os rastros na terra macia e úmida e os seguimos. Eles indicavam uma marcha ordenada; sem confusão, sem pânico. Mas tínhamos que ser cautelosos. Naquela parte do território, poderíamos cair facilmente em uma emboscada. Assim, Joana enviou corpos de cavalaria à frente, sob o comando de La Hire, Poton e outros capitães, para verificar o caminho. Alguns dos outros oficiais começaram a mostrar inquietação; essa história de esconde-esconde os perturbava e abalava um pouco sua confiança. Joana adivinhou como se sentiam e gritou, impetuosamente:

"Por Deus! O que está acontecendo? Precisamos derrotar os ingleses, e o faremos. Eles não vão escapar de nós. Mesmo se estivessem pendurados nas nuvens, os pegaríamos!".

Pouco tempo depois estávamos perto de Patay, a aproximadamente cinco quilômetros de distância. Naquele momento, ao fazermos o reconhecimento do local, tateando o caminho no mato, assustamos um veado, e ele partiu saltitando e logo sumiu de vista. Então, menos de um minuto depois, deu uma grande brama ao longe, na direção de Patay. Sim, eram os soldados ingleses. Fazia tanto tempo que estavam encerrados em uma guarnição com comida mofada, que não puderam reter o contentamento ao ver a excelente carne fresca surgir diante deles. Pobre criatura! Causara danos a uma nação que a amava. Pois agora os franceses sabiam onde os ingleses estavam, enquanto os ingleses não suspeitavam de onde estavam os franceses.

La Hire parou e transmitiu a notícia. Joana ficou radiante de alegria. O duque d'Alençon lhe disse:

— Ótimo, os encontramos; vamos lutar contra eles?

— Tendes boas esporas, príncipe?

— Por quê? Eles virão atrás de nós?

— *Nenni, en nom de Dieu*! Não, por Deus! Esses ingleses são nossos. Estão perdidos. Vão sair correndo. Quem ultrapassá-los vai precisar de boas esporas. Em frente! Cerrar fileiras!

Quando alcançamos La Hire, os ingleses descobriram nossa presença. A força de Talbot estava marchando em três corpos. Primeiro, a guarda avançada; em seguida, a artilharia; por fim, o corpo de batalha, na retaguarda. Talbot estava fora do mato, em campo aberto. Postou imediatamente a artilharia, a guarda avançada e quinhentos arqueiros, cuidadosamente escolhidos, em algumas cercas vivas por onde os franceses seriam obrigados a passar, e esperava manter essa posição até que seu corpo de batalha pudesse aproximar-se. *Sir* John Fastolf encorajou o corpo de batalha a galopar. Joana identificou a oportunidade e ordenou que La Hire avançasse — o que La Hire fez prontamente, lançando seus cavaleiros selvagens tal como o vento de tempestades, como sempre fazia.

O duque e o Bastardo queriam segui-lo, mas Joana disse: "Ainda não, esperai".

Então eles esperaram — impacientemente, agitados em suas selas. Mas ela estava pronta — olhando fixamente à sua frente, medindo, pesando, calculando, cada minuto, cada fração de minuto, de segundo, com sua grandiosa alma presente, nos olhos, no conjunto da cabeça e na nobre postura corporal —, paciente, firme, dona de si; dona de si e da situação.

E ao longe, afastando-se pouco a pouco, plumas subindo e descendo, subindo e descendo, via-se a estrondosa investida do ímpio grupo de La Hire, com a grande figura de La Hire dominando a cena e sua espada erguida como um mastro de bandeira. "Oh, Satanás e seus demônios, vedes como se lançam!", alguém murmurou, com profunda admiração. E eles então cerraram as fileiras — cerraram as fileiras indo contra o impetuoso corpo de Fastolf. E o atingiram — atingiram-no sem dó e o dispersaram. O duque e Bastardo ergueram-se de suas selas para ver a cena; e voltaram-se à Joana, tremendo de excitação, exclamando:

— Agora!

Mas ela levantou a mão, ainda olhando, pesando, calculando, e disse novamente:

— Esperai, ainda não.

O agressivo corpo de batalha de Fastolf avançou como uma avalanche, enfurecido, na direção da guarda avançada. De repente, percebeu que ela estava em pânico diante de Joana e fugiu; então, naquele momento, o próprio corpo se desintegrou e se afastou, totalmente em pânico, sob os ataques e xingamentos de Talbot.

Foi o momento mais aguardado. Joana esporeou sua cavalgadura na direção do inimigo e acenou o avanço com sua espada. "Segui-me!", gritou, inclinando a cabeça sobre o pescoço de seu corcel e voando como o vento!

Caímos na confusão daquela rota aérea e, por três longas horas, cortamos, mutilamos e apunhalamos. Por fim, as cornetas soaram "Parar!". A Batalha de Patay tinha sido ganha.

Joana d'Arc desmontou e ficou inspecionando o terrível campo, perdida em seus pensamentos. E disse:

— Louvemos a Deus. Ele se empenhou intensamente, hoje.

Pouco depois ela ergueu o rosto e, olhando ao longe, disse, como se pensasse em voz alta:

— Nem daqui a mil anos — mil anos — o poder inglês na França se erguerá desse golpe.

Ela voltou a ficar pensativa e então se virou para seus generais, agrupados, cheia de glória em seu rosto e uma luz nobre em seus olhos, dizendo:

— Oh, amigos, amigos, sabeis o que está acontecendo? Compreendeis? A França está a caminho de ser livre!

— Algo que ela nunca foi, a não ser com Joana d'Arc! — disse La Hire, passando diante dela e fazendo-lhe uma reverência, sendo seguido pelos outros, que repetiram seu gesto. Enquanto falava, murmurou:

— E sempre o direi, embora seja condenado por isso.

Em seguida, os batalhões do nosso exército vitorioso brandiram, aplaudindo loucamente. E gritaram:

— Vida eterna à Donzela de Orléans, vida eterna! — enquanto Joana, sorrindo, batia continência com sua espada.

Essa não foi a última vez que vi a Donzela de Orléans no campo vermelho de Patay. Quase ao fim do dia, encontrei-me com ela onde os mortos e moribundos jaziam empilhados; nossos homens tinham ferido mortalmente um prisioneiro inglês que era muito pobre para pagar um resgate e, de longe, ela vira tamanha crueldade; galopou então até o local e mandou chamar um padre, e segurou a cabeça do inimigo moribundo no colo e atenuou sua morte com palavras doces de consolo, assim como a irmã dele poderia ter feito; e as lágrimas femininas escorreram, o tempo todo, em seu rosto.[1]

---

[1] Lord Ronald Gower (Joan of Arc, p. 82) diz: "Michelet descobriu essa história na deposição do pajem de Joana d'Arc, Louis de Conte, que foi provavelmente uma testemunha ocular da cena". Isso é verdade. Isso fez parte da declaração do autor destas "Recordações pessoais sobre Joana d'Arc", dada por ele no Processo de Reabilitação de 1456. [N. T. A.]

CAPÍTULO 31

A França volta a viver

Joana disse a verdade: a França estava a caminho de ser livre. A chamada Guerra dos Cem Anos ficou enferma naquele dia. Enferma do lado inglês — pela primeira vez desde que nascera, havia noventa e um anos.

Devemos julgar as batalhas pelo número de mortos e pela ruína provocada? Ou devemos, ao contrário, julgá-las pelos seus resultados? Qualquer um dirá que uma batalha só é verdadeiramente grande ou pequena de acordo com seus resultados. Sim, qualquer um reconhecerá isso, porque é a verdade.

A julgar pelos resultados, Patay está dentre as poucas batalhas supremamente grandes e imponentes que foram travadas desde que os povos do mundo recorreram às armas para resolver suas brigas. Assim julgada, é até possível que Patay não tenha equivalente entre as poucas mencionadas e seja única, a batalha mais importante dentre os conflitos históricos. Pois quando começou, a França estava dando os últimos suspiros do resto de uma vida exausta, e seu caso era totalmente irremediável segundo todos os médicos políticos; quando acabou, três horas depois, ela estava em convalescença. Em convalescença, bastando apenas tempo e cuidados ordinários para deixá-la novamente em perfeita saúde. O médico mais estúpido de todos podia ver isso, e ninguém podia negar.

Muitas nações agonizantes alcançaram a convalescença por meio de uma série de batalhas, uma procissão de batalhas, uma exaustiva história de conflitos desastrosos que duraram anos, mas apenas uma a alcançou em um único dia e por meio de uma única batalha. Essa nação é a França, e essa batalha é a de Patay.

Lembrai-vos disso e tende orgulho; pois sois franceses, e esse é o mais majestoso fato dos longos anais de vosso país. Ei-lo, com a cabeça erguida, nas nuvens! E quando crescerdes, ireis peregrinar ao campo de Patay e ficareis na presença de quê? De um monumento com a cabeça nas nuvens? Sim. Pois todas as nações, em todos os tempos, construíram monumentos em seus campos de batalha para preservar a memória da ação efêmera que fora ali praticada e do nome efêmero de quem a praticou; e a França negligenciará Patay e Joana d'Arc? Não por muito tempo. E ela construirá um monumento dimensionado à sua grandeza em comparação com outros campos e heróis do mundo? Talvez — se houver espaço para ele antes do limite do céu.

Mas olhemos um pouco para trás e consideremos alguns fatos estranhos e impressionantes. A Guerra dos Cem Anos começou em 1337. Ela foi continuamente agravada, ano após ano, após ano, após ano; e, por fim, a Inglaterra pressionou a França com aquele pavoroso golpe em Crécy. Mas ela se ergueu e lutou, ano após ano, e por fim caiu de novo, sob outro golpe devastador: Poitiers. Ela reuniu novamente suas débeis forças e a guerra continuou, perseverou, perdurou, ano após ano, década após década. Crianças nasceram, cresceram, casaram-se, morreram — a guerra continuou; seus filhos, sucessivamente, cresceram, casaram-se, morreram — a guerra continuou; seus filhos, crescendo, viram a França caída novamente; dessa vez, sob o incrível desastre de Azincourt — e a guerra ainda continuou, ano após ano, e com o tempo essas crianças também se casaram. Destruição, ruína, desolação: essa era a França. A metade dela pertencia à Inglaterra, sem ninguém para pôr a afirmação à prova nem negar a verdade; a outra metade não pertencia a ninguém — dentro de três meses a bandeira inglesa estaria nela tremulando; o rei francês estava se preparando para jogar fora sua coroa e fugir para além-mar.

Até que veio a ignorante camponesa, que deixou sua aldeia remota e enfrentou essa antiquíssima guerra, essa conflagração que tudo consumiu, varrendo a Terra por três gerações. Então começou a campanha mais breve e mais incrível já registrada na história. Depois de sete semanas, a guerra foi terminada. Depois de sete semanas a camponesa acabou, de maneira infalível, com a gigantesca guerra de noventa e um anos. Em Orléans, ela lhe deu um golpe terrível; no campo de Patay, quebrou suas costas. Pensai nisso. Sim, dá para fazer isso; mas entender? Ah, isso é outra história; ninguém nunca será capaz de compreender essa estonteante maravilha.

Sete semanas — com ela e com pouco sangue derramado; talvez a maior parte dele em uma única luta, em Patay, onde os ingleses começaram com uma força de seis mil homens e deixaram dois mil mortos no campo. Diz-se e acredita-se que em apenas três batalhas — Crécy, Poitiers e Azincourt — cerca de cem mil franceses caíram, sem contar as outras mil lutas da longa guerra. Uma longa lista lúgubre, interminável, é composta pelos mortos daquela guerra. Dos homens mortos no campo, a contagem chega a dezenas de milhares; de mulheres e crianças inocentes mortas por amargas privações e fome, chega a este chocante termo: milhões.

Aquela guerra era um ogro; um ogro que durou quase cem anos, esmagando homens e pingando o sangue de suas mandíbulas. E com sua mãozinha aquela menina de dezessete anos o derrubou; e ali ele jaz, estirado no campo de Patay, e não se levantará mais enquanto este velho mundo durar.

CAPÍTULO 32

As boas notícias voam rápido

A ótima notícia de Patay voou pela França inteira dentro de vinte horas, disseram as pessoas. Eu não sei nada sobre isso; mas de qualquer forma uma coisa é certa: assim que um homem soube dela, correu voando, gritando e glorificando a Deus e contou para o vizinho; e o vizinho correu com a notícia até a próxima propriedade; e assim por diante, e assim por diante, ininterruptamente, e a notícia viajou; e quando uma pessoa a recebia durante a noite, a qualquer hora, ela pulava da cama e transmitia a mensagem abençoada. E a alegria que veio com ela foi como a luz que se move na Terra quando um eclipse está se afastando da face do Sol; e, de fato, podeis dizer que a França esteve coberta por um eclipse por todo esse tempo; sim, enterrada em uma escuridão que essas boas novas estavam varrendo agora, antes do avanço de seu esplendor branco.

A notícia chegou antes do inimigo, que fugia para Yeuville, e a cidade se levantou contra seus senhores ingleses e fechou as portas contra os seguidores deles. A notícia chegou rapidamente a Montpipeau, a Saint-Simon, a essa, àquela e a outras fortalezas inglesas; e imediatamente a guarnição acendeu as tochas e se refugiou nos campos e nos bosques. Um destacamento do nosso exército ocupou Meung e a pilhou.

Ao chegarmos a Orléans, o povo estava cinquenta vezes mais insano de alegria do que jamais havíamos visto antes — o que significava muito. A noite acabara de cair, e as iluminações estavam tão maravilhosas que parecíamos sulcar mares de fogo; e quanto ao barulho, ah, encorajamentos enrouquecidos da multidão, o estrondo dos canhões, o bater dos sinos — na verdade, nunca houve nada assim. E por toda parte elevou-se um novo grito que explodiu sobre nós como uma tempestade quando a coluna entrou pelas portas da cidade, e nunca mais cessou: "Bem-vinda, Joana d'Arc! Abri o caminho para a Salvadora da França!". E houve outro grito: "Crécy foi vingada! Poitiers foi vingada! Azincourt foi vingada! Patay viverá para sempre!"

Loucura? Ora, isso era inimaginável. Os prisioneiros estavam no centro da coluna. Quando eles entraram e o povo viu o velho e poderoso inimigo Talbot, que os fizera dançar por tanto tempo ao som de sua música de guerra fúnebre, deixo-vos imaginar a algazarra, se conseguirdes, pois não posso descrevê-la. Eles ficaram tão felizes ao vê-lo que quiseram tirá-lo de lá imediatamente e enforcá-lo; então Joana o levou para a frente, para cavalgar sob sua proteção. Eles formavam um par surpreendente.

CAPÍTULO 33

Os cinco grandes feitos de Joana

Sim, Orléans estava delirando de felicidade. Convidaram o rei e organizaram preparativos suntuosos para recebê-lo, mas... ele não veio. Ele era simplesmente um servo naquela época, tendo De La Trémoïlle como seu mestre. Mestre e servo estavam visitando juntos o castelo do mestre de Sully-sur-Loire.

Em Beaugency, Joana havia se comprometido a obter a reconciliação entre o condestável Richemont e o rei. Ela levou Richemont para Sully-sur-Loire e cumpriu sua promessa.

Os grandes feitos de Joana d'Arc são cinco:
1. O levantamento do cerco.
2. A vitória de Patay.
3. A reconciliação em Sully-sur-Loire.
4. A coroação do rei.
5. A marcha sem derramamento de sangue.

Logo chegaremos à marcha sem derramamento de sangue (e à coroação). Foi a longa marcha vitoriosa que Joana fez pelo país do inimigo, de Gien a Reims, e daí até as portas de Paris, capturando cada cidade e fortaleza inglesas que bloqueavam a estrada, do começo ao fim da viagem; e isso pela mera força de seu nome, e sem derramar um pingo de sangue — fato que talvez a tenha transformado na campanha mais extraordinária da história. Essa é a mais gloriosa de suas proezas militares.

A reconciliação foi uma das conquistas mais importantes de Joana. Ninguém mais poderia tê-la realizado; e, de fato, ninguém mais de grande importância estava disposto a tentar. No que diz respeito a gênios, na ciência da guerra e na arte de governar, o condestável Richemont era o homem mais capaz da França. Sua lealdade era sincera; sua probidade estava acima de qualquer suspeita — e isso o tornou suficientemente conspícuo naquele tribunal trivial sem escrúpulo.

Ao devolver Richemont à França, Joana fez com que fosse completamente segura a conclusão bem-sucedida da grande obra que havia começado. Ela nunca tinha visto Richemont antes de ele ir até ela com seu modesto exército. Não era maravilhoso que à primeira vista ela soubesse que ele era o único homem capaz de terminar e aperfeiçoar seu trabalho e estabelecê-lo de maneira perpétua? Como aquela criança podia fazer isso? É porque ela tinha o "olho que vê", como um de nossos cavaleiros disse uma vez. Sim, ela tinha aquele grande dom — quase o mais elevado e mais raro já concedido ao ser humano. Não havia mais nada de extraordinário a ser feito, mas o trabalho que restava não podia ser deixado nas mãos dos idiotas do rei; pois isso exigiria sábia competência de estadista e uma longa e paciente, embora sem método, vitória contra o inimigo. De vez em quando, ainda por um quarto de século, haveria algumas lutas, e um homem habilidoso poderia enfrentá-las com pequenas perturbações para o resto do país; e pouco a pouco, progressivamente, os ingleses certamente desapareceriam da França.

E foi o que aconteceu. Sob a influência de Richemont, o rei tornou-se, posteriormente, um homem — um homem, um rei, um soldado valente, capaz e determinado. Seis anos depois de Patay, ele mesmo chefiava grupos de ataque; lutando em fossos de fortalezas com água até a cintura e escalando escadas de assalto sob um fogo furioso, com uma garra que teria satisfeito até Joana d'Arc. Com o tempo, ele e Richemont eliminaram todos os ingleses; mesmo em regiões onde o povo esteve sob seu domínio por trezentos anos. Nessas regiões era necessário um trabalho sábio e cuidadoso, pois o regime inglês tinha sido justo e gentil; e os homens que foram governados dessa forma nem sempre ansiavam mudanças.

Qual é o mais importante dentre os cinco principais feitos de Joana? Para mim, cada um deles é igualmente importante. E com isso digo que, juntos, eles se igualam, e nenhum deles foi mais importante do que o outro. Entendeis? Cada um deles foi uma etapa em um processo de ascensão. Deixar de fora um deles seria acabar com a jornada; alcançar um deles na hora errada e no lugar errado teria tido o mesmo efeito.

Pensemos na coroação. Como obra-prima da diplomacia, em que parte de nossa história podeis encontrar algo que seja superior a ela? O rei suspeitou de sua imensa importância? Não. E os seus ministros? Não. E o astuto Bedford, representante da coroa inglesa? Não. Uma vantagem de importância incalculável estava lá, sob os olhos do rei e de Bedford; o rei poderia consegui-la com um golpe ousado, Bedford poderia consegui-la sem esforço; mas, ignorando seu valor, nenhum deles se mexeu. De todas as pessoas sábias em altos cargos na França, apenas uma conhecia o valor inestimável desse prêmio negligenciado: a menina sem instrução de dezessete anos, Joana d'Arc, e ela sabia disso desde o início, sendo este um detalhe essencial de sua missão.

Como ela sabia disso? Simples: ela era camponesa. Isso diz tudo. Ela era do povo e conhecia o povo; já os dois se moviam em uma esfera nobre e não sabiam muito sobre o povo. Fazemos pouco caso dessa massa vaga, informe e inerte, dessa poderosa força oculta que chamamos de "povo" — um epíteto que carrega consigo o desprezo. É uma atitude estranha; pois, no fundo, sabemos que o trono que o povo apoia permanece e que, quando esse apoio é removido, nada no mundo pode salvá-lo.

Agora, então, considerai esse fato e observai sua importância. Em qualquer coisa em que o pároco acredite, seu rebanho acreditará; seu rebanho o ama, o reverencia; o pároco é seu amigo infalível, seu intrépido protetor, seu consolador nos momentos tristes, seu ajudante nos dias de necessidade; ele tem sua total confiança; o que o pároco lhe diz para fazer, ele fará, com uma obediência cega e afetuosa, custe o que custar. Juntai cuidadosamente esses fatos, e qual é o resultado? Este: o pároco governa a nação. O que acontece com o rei, então, se o pároco retira seu apoio e rejeita sua autoridade? Vira uma mera sombra, deixa de ser um rei; deve renunciar.

Entendeis meu ponto de vista? Então vamos prosseguir. Um padre é consagrado ao seu ofício pela terrível mão de Deus, colocada sobre ele por seu representante designado na Terra. Essa consagração é definitiva; nada pode desfazê-la, nada pode removê-la. Nem o papa nem qualquer outro poder pode privar o sacerdote de seu ofício; ele lhe foi dado por Deus, e é sagrado e seguro para todo o sempre. A paróquia, indiferente, sabe de tudo isso. Para o padre e a paróquia, tudo o que é ungido por Deus ocupa um cargo cuja autoridade não pode mais ser discutida ou ameaçada. Para o pároco e para seus súditos, para a nação, um rei sem coroa assemelha-se a uma pessoa que foi nomeada por ordens sagradas, mas não foi consagrada; ele não tem ofício, ele não foi ordenado, outrem pode ser nomeado para seu cargo. Resumindo, um rei sem coroa é um rei duvidoso; mas se Deus o nomeia e o Seu servo, o bispo, o unge, a dúvida é aniquilada; o padre e a paróquia são seus súditos leais imediatos e, enquanto viver, será o único rei admitido.

Para Joana d'Arc, a camponesa, Charles VII não era rei até ser coroado; para ela, ele era apenas o delfim; ou seja, o herdeiro. Se alguma vez a fiz chamá-lo de rei, foi um erro; ela o chamava de delfim, apenas assim, até depois da coroação. É possível ver como em um espelho — pois Joana era um espelho no qual os humildes habitantes da França eram claramente refletidos — que, para toda aquela vasta força oculta chamada "povo", ele não era rei, mas apenas o delfim antes de sua coroação, e depois dela tornou-se rei, indiscutível e irrevogavelmente.

Agora podeis entender como a coroação foi uma jogada colossal no tabuleiro do xadrez político. Bedford percebeu isso depois, e tentou remediar seu erro coroando seu rei; mas em que bem isso poderia resultar? Em nenhum.

Por falar em xadrez, os grandes atos de Joana podem ser comparados a esse jogo. Cada jogada foi feita na ordem certa, e foi tão boa e eficaz por ter sido feita na ordem certa e não em outra ordem. Cada uma, no momento em que fora feita, parecia a melhor jogada; mas o resultado final fez com que todas fossem reconhecidas como igualmente essenciais e igualmente importantes. Este é o jogo, como foi jogado:

1. Joana se movimenta a Orléans e a Patay — xeque.

2. Movimenta-se então para proporcionar a reconciliação — mas não proclama o xeque, sendo um movimento de posição, para poder ter efeito mais tarde.

3. Em seguida, ela se movimenta à coroação — xeque.

4. Em seguida, à marcha sem derramamento de sangue — xeque.

5. Jogada final (após sua morte). O condestável Richemont reconciliado com o apoio do rei francês — xeque-mate.

CAPÍTULO 34

Bobos borguinhões

A campanha do Loire tinha quase aberto o caminho para Reims. Não havia uma boa razão para que a coroação não ocorresse. A coroação completaria a missão que Joana recebera do Céu, e então ela nunca mais participaria da guerra e voltaria correndo para casa, para sua mãe e suas ovelhas, e nunca mais deixaria o lar e a felicidade. Esse era o seu sonho; e ela não podia descansar enquanto não o realizasse. Ela ficou tão obcecada com isso que comecei a perder a fé em suas duas profecias de morte prematura — e, é claro, quando descobri que a fé vacilava, encorajei-a a vacilar ainda mais.

O rei estava com medo de partir para Reims, porque a estrada estava cheia de fortalezas inglesas, alegava. Joana não lhes dava muita importância, e não achava que havia coisas para temer, dada a atual modificação no que dizia respeito à confiança com os ingleses.

E ela estava certa. No fim, a marcha para Reims foi praticamente uma excursão de férias: Joana nem levou a artilharia com ela, pois tinha a certeza de que não seria necessário. Marchamos de Gien com doze mil homens. Era 29 de junho. A Donzela cavalgou ao lado do rei; do outro lado dele, estava o duque d'Alençon. Atrás do duque havia três outros príncipes de sangue. Atrás deles, o Bastardo de Orléans, o marechal de Boussac e o almirante da França. Em seguida, La Hire,

Xaintrailles, De La Trémoïlle e uma longa procissão de cavaleiros e nobres. Descansamos três dias antes de Auxerre. A cidade abasteceu o exército e uma delegação estava às ordens do rei, mas não entramos no local. Saint-Florentin abriu suas portas para o rei.

Em 4 de julho chegamos a Saint-Phal, e lá estava Troyes à nossa frente — uma cidade que interessava imensamente a nós, meninos; pois nos lembramos de como, sete anos atrás, nos pastos de Domrémy, Girassol veio com a bandeira preta e nos trouxe as vergonhosas notícias do Tratado de Troyes, aquele tratado que deu a França à Inglaterra e uma filha de nossa linhagem real em casamento para o carniceiro de Azincourt. A pobre cidade não tinha culpa, é claro; contudo, ficamos exaltados com aquela velha lembrança e esperamos que houvesse um mal-entendido, pois realmente queríamos atacar o lugar e queimá-lo. Ele estava poderosamente guarnecido de soldados ingleses e borguinhões e aguardava reforços de Paris. Antes da noite cair, acampamos diante de suas portas e trabalhamos duro para conter uma surtida contra nós.

Joana intimou Troyes a se render. O comandante, vendo que ela não tinha artilharia, zombou da ideia e enviou-lhe uma resposta grosseiramente ofensiva. Durante cinco dias conversamos e negociamos. Sem resultado. O rei estava prestes a voltar e a desistir. Ele estava com medo de continuar, deixando aquele lugar importante em sua retaguarda. Então La Hire foi direto ao ponto, o que foi como um tapa para alguns dos conselheiros de Sua Majestade:

— A Donzela de Orléans encarregou-se desta expedição por iniciativa própria; e, a meu ver, é o julgamento dela que deve ser seguido, e o de ninguém mais, independentemente de sua raça ou posição.

Havia sabedoria e retidão nisso. Então o rei mandou chamar a Donzela e perguntou-lhe o que achava. Ela disse, sem qualquer tom de dúvida ou questionamento na voz:

— Daqui a três dias, o lugar será nosso.

O presunçoso chanceler disse:

— Se tivéssemos certeza disso, esperaríamos por ela seis dias.

— Seis dias, de fato! Por Deus, homem, passaremos amanhã pelas portas!

Então ela montou e cavalgou para a frente das linhas, gritando: "Preparai-vos! Ao trabalho, amigos, ao trabalho! Atacaremos ao amanhecer!".

Ela trabalhou duro naquela noite, um trabalho escravo com as próprias mãos, como um soldado comum. Ela ordenou que faxinas e feixes de madeira fossem preparados e jogados no fosso, para assim fazer uma ponte; e nesse trabalho árduo, ela ocupou o lugar de um homem.

Ao amanhecer, ela tomou o lugar à frente da força de assalto e as cornetas anunciaram o ataque. Naquele momento, uma bandeira de trégua foi arremessada das muralhas ao vento, e Troyes se rendeu sem disparar um tiro.

No dia seguinte o rei, com Joana ao lado e Paladino carregando o estandarte, entrou na cidade exibindo grande pompa, à frente do exército. Era um belo exército agora, pois crescia cada vez mais, desde o início.

E então algo curioso aconteceu. Pelos termos do tratado feito com a cidade, a guarnição de soldados ingleses e borguinhões deveria ser autorizada a levar consigo seus "bens". Isso era bom, pois, caso contrário, como eles comprariam seus meios de subsistência? Muito bom; todas essas pessoas deviam sair pela mesma porta da cidade, e na hora marcada da partida, nós, jovens companheiros, fomos até aquela porta, junto com o Anão, para ver a marcha. Logo formou-se uma interminável fila, com os soldados de infantaria na frente. Enquanto se aproximavam, podia-se ver que cada um deles carregava um fardo volumoso e pesado, que exigia deles muito esforço; e dissemos entre nós que estavam bem de vida para pobres soldados comuns. Quando se aproximaram, nem imaginais! Cada malandro daquele tinha um prisioneiro francês nas costas! Eles estavam levando consigo seus "bens", entendeis, "sua propriedade", estritamente de acordo com a permissão concedida pelo tratado.

Agora pensais em como aquilo foi inteligente, engenhoso. O que um corpo poderia dizer? O que um corpo poderia fazer? Pois certamente aquelas pessoas estavam fazendo o que lhes era de direito. Os prisioneiros eram sua propriedade; ninguém podia negar isso. Meus caros, se aqueles fossem prisioneiros ingleses, imaginem a riqueza do espólio! Pois os prisioneiros ingleses tinham sido escassos e preciosos por cem anos, o que era bem diferente em se tratando de prisioneiros franceses. Eles tinham sido abundantes por um século. O possuidor de um prisioneiro francês não o prendia por muito tempo para pedir um resgate, como era de praxe, mas logo o matava para não ter de arcar com seu sustento. Isso mostra o quão pequeno era o valor de tal possessão naqueles tempos. Quando tomamos Troyes, um bezerro valia trinta francos, uma ovelha, dezesseis, um prisioneiro francês, oito. Eram preços extremamente elevados os dos outros animais — preços que, naturalmente, parecem-vos caros. Estávamos em guerra, ora. E ela propiciou estas duas coisas: deixou a carne cara e os prisioneiros, baratos.

Pois bem, lá estavam os pobres franceses sendo levados. O que podíamos fazer? Muito pouco, definitivamente, mas fizemos o que pudemos. Enviamos um mensageiro para Joana, e nós e os guardas franceses paramos a procissão para conversar — para ganhar tempo, podeis entender. Um grande borguinhão perdeu a paciência e jurou que ninguém ficaria em seu caminho; ele passaria e levaria seu prisioneiro com ele. Mas o bloqueamos, e ele viu que estava enganado; não podia passar por nós. Ele explodiu, lançando os mais desvairados insultos e maldições e, soltando o prisioneiro de suas costas, levantou-o, todo amarrado e indefeso; em seguida, puxou sua faca e nos disse com uma luz de triunfo sarcástico nos olhos: "Não posso levá-lo embora, dizeis, mas ele é meu, ninguém vai contestar isso. Já que não posso levá-la, esta minha propriedade, tem outro jeito. Sim, posso matá-lo; nem mesmo o mais tapado de vós pode questionar esse direito. Ah, não pensastes nisso, vermes!".

O pobre sujeito faminto nos implorou, com seus olhos piedosos, para salvá-lo; em seguida, disse que tinha uma esposa e filhos pequenos em casa. Pensais em como aquilo atormentou o fundo de nossos corações. Mas o que podíamos fazer? Era o direito do borguinhão. Só podíamos implorar e suplicar pelo prisioneiro. Que foi o que fizemos. E o borguinhão gostou. Gesticulou com as mãos para que continuássemos a falar, e riu. Isso doeu profundamente. Então o Anão disse:

— Por favor, jovens senhores, deixeis-me seduzi-lo; pois quando um assunto que requer primeiramente persuasão, eu tenho realmente esse dom, como qualquer um que me conhece bem vos dirá. Sorrides; assim castigais a minha vaidade; justamente merecido, assumo. Ainda assim, se posso brincar um pouco, só um pouco.... — e continuou, dizendo que marcharia para a Borgonha, e começou um discurso justo, de bom teor, gentil; e no meio mencionou a Donzela; e ia dizer como, com seu bom coração, iria valorizar e elogiar a ação compassiva que ele estava prestes a — e parou por aí.

O borguinhão interrompeu sua tranquila oração com um insulto dirigido a Joana d'Arc. Demos um salto para frente, mas o Anão, com o rosto todo lívido, nos afastou e disse, de uma forma muito grave e séria:

— Rogo pela vossa paciência. Não sou o guarda de honra dela? Este é o meu caso.

E, dizendo isso, ele de repente levantou a mão direita e agarrou o grande borguinhão pela garganta, segurando-o ereto, sobre seus pés.

— Insultastes a Donzela — ele disse —, e a Donzela é a França. A língua que faz isso ganha uma longa licença.

Ouviu-se a quebra abafada de ossos. Os olhos do borguinhão começaram a se projetar de suas órbitas e a olhar com um entorpecimento pesado para o vazio. Seu rosto escureceu e ficou roxo opaco. Suas mãos se afrouxaram, seu corpo entrou em colapso, tremendo, um a um os músculos relaxaram sua tensão e suas funções. O Anão abriu a mão e a coluna de mortalidade inerte caiu vagarosamente ao chão.

Tiramos as amarras do prisioneiro e dissemos que ele estava livre. Sua humildade rastejante transformou-se, repentinamente, em alegria frenética, e seu horrível medo em raiva infantil. Ele voou até o cadáver morto e chutou-o, cuspiu em seu rosto, dançou sobre ele, enfiou lama em sua boca, rindo, zombando, xingando-o e vomitando indecências e bestialidades como um demônio bêbado. Era de se esperar; a carreira das armas faz poucos santos. Muitos dos espectadores riram, outros ficaram indiferentes, nenhum ficou surpreso. Mas logo, dando loucos saltos, o homem libertado saltou na direção da fila de espera e outro borguinhão prontamente enfiou uma faca em seu pescoço e a desceu, dando um grito de morte, enquanto o sangue colorido da artéria jorrava a até três metros, tão reto e brilhante quanto um raio de luz. Houve uma grande explosão de gargalhadas alegres de amigos e inimigos; e assim foi encerrado um dos incidentes mais agradáveis da minha duvidosa vida militar.

E então Joana chegou, apressada, profundamente perturbada. Ouviu a reivindicação da guarnição e disse:

— Tendes a lei do vosso lado. É simples. A frase do tratado é negligente, muito ampla. Mas não podeis levar esses pobres homens embora. Eles são franceses, não vou aceitar. O rei deve pagar seu resgate, a cada um deles. Aguardai até que eu vos dê a palavra dele, e não machuqueis nem um fio de cabelo de suas cabeças; pois eu vos digo, eu que falo, que isso vos custaria muito caro.

Isso resolveu tudo. Por fim, os prisioneiros ficaram a salvo por um tempo. Então ela partiu, ansiosa, e fez aquela exigência ao rei, disposta a não dar ouvidos a nenhuma manipulação e a nenhuma desculpa. O rei cedeu ao pedido. Ela voltou e comprou os cativos, libertando-os em nome do rei, e os deixou ir.

CAPÍTULO 35

O herdeiro da França é coroado

Foi em Troyes que vimos novamente o grão-mestre da Casa Real, que recebera Joana em seu castelo em Chinon, logo nos primeiros dias que ela deixará seu próprio território. Ela o nomeou "meirinho de Troyes", com a permissão do rei.

E então marchamos novamente. Chalons rendeu-se a nós; e lá em Chalons, durante uma conversa, ao perguntarem a Joana se ela não tinha medo do futuro, ela disse que sim, de uma traição. Quem acreditaria nisso, quem poderia sonhar com isso? E, no entanto, em certo sentido, era uma profecia. Realmente, o homem é um animal lastimável.

Marchamos, marchamos, continuamos marchando; e, finalmente, no dia 16 de julho, vimos o nosso objetivo e, ao longe, as grandes torres da catedral de Reims! Muitos vivas varreram o exército, da frente de batalha à retaguarda; quanto a Joana d'Arc, lá estava ela em seu corcel, admirando, vestida com sua armadura branca, sonhadora, bonita, e em seu rosto se via uma profunda, profunda alegria, uma alegria que não era terrena, oh, ela não era de carne, era um espírito! Sua missão sublime estava sendo cumprida — cumprida triunfal e impecavelmente. Amanhã ela poderia dizer: "Acabou. Deixai-me ir, livre".

Acampamos, e a pressa e a agitação dos grandes preparativos começaram. O arcebispo e uma grande delegação chegaram; e depois deles, um grupo após o outro, multidão após multidão, de cidadãos e de camponeses, gritando, com bandeiras e música, e passaram pelo acampamento; exultantes regozijos ininterruptos, todo mundo ébrio de felicidade. Trabalhou-se duro a noite toda em Reims, martelando, decorando a cidade, construindo arcos do triunfo e revestindo a antiga catedral, dentro e fora, com a glória de esplendores opulentos.

Logo cedo já estávamos de pé; as cerimônias de coroação começariam às nove e durariam cinco horas. Estávamos cientes de que a guarnição de soldados ingleses e borguinhões havia desistido de pensar em resistir à Donzela, de que deveríamos encontrar as portas abertas de forma hospitaleira e de que toda a cidade estaria pronta para nos receber com entusiasmo. Foi uma manhã deliciosa, iluminada pelos brilhos dos raios de sol, mas fria, fresca e inspiradora. O exército estava em grande forma, admirável, saindo e se desenrolando pouco a pouco de seu covil, até se esticar na marcha final da pacífica campanha de coroação.

Joana, em seu corcel preto, com o tenente-general e a equipe pessoal agrupados ao seu redor, assumiu o posto para realizar a última inspeção e se despedir, pois esperava nunca mais ser soldada, ou nunca mais servir com aqueles ou quaisquer outros soldados depois daquele dia. O exército sabia disso, e os homens acreditavam que estavam olhando pela última vez para o rosto feminino de sua pequena chefe invencível, sua predileta, seu orgulho, sua querida, a quem, nobremente em seu coração, nomeavam "Filha de Deus", "Salvadora da França", "Querida da Vitória", "Pajem de Cristo", juntamente com títulos ainda mais afáveis, afetos ingênuos e francos, pelos quais os homens costumam chamar as crianças que amam. E assim viu-se algo novo; algo gerado pela emoção que estava lá presente em ambas as partes. Antes, nas marchas passadas, os batalhões passavam por tempestades de aplausos, com as cabeças erguidas e olhos radiantes; os tambores ecoavam, as bandas bramavam os peãs da vitória; mas dessa vez não houve nada disso. Houve um único som impressionante e, se não fosse por ele, teria sido possível fechar os olhos e imaginar a si mesmo em um mundo de mortos. Esse som foi tudo o que visitou o ouvido na quietude do verão — apenas este som: o piso surdo do anfitrião em marcha. À medida que as massas compactas se deslocavam, os homens colocavam as mãos direitas em suas têmporas, com as palmas para a frente, fazendo a saudação militar, voltando os olhos para o rosto de Joana com um mudo "Deus vos abençoe, adeus", e mantendo-as assim enquanto podiam. Eles ainda deixavam as mãos erguidas, com a reverente saudação, muitos passos depois de terem passado por ela. Toda vez que Joana colocava o lenço nos olhos, dava para ver um pequeno tremor de emoção enrugando os rostos das filas. Após uma vitória, a revista das tropas é algo que enlouquece o coração de júbilo; mas essa tinha o poder de parti-lo.

Cavalgamos até os alojamentos do rei, ou seja, o palácio de campo do arcebispo; o rei já estava pronto, e galopamos e tomamos posição à frente do exército. Àquela altura, multidões de camponeses estavam chegando, de todas as direções, e se aglomerando nos dois lados da estrada para ver Joana — assim como ocorria todos os dias desde que a marcha do primeiro dia começou. Marchamos sobre a planície gramada, e os camponeses se organizaram de maneira a dividi-la em duas. Eles se espalharam nas laterais, formando um amplo cinto de cores brilhantes em cada lado da estrada; cada menina e cada mulher camponesa presente estavam vestidas com uma blusa branca e uma saia carmesim. Infinitas guarnições de papoulas e lírios estendiam-se à nossa frente — era o que parecia. E esse era o tipo de caminho no qual tínhamos marchado todos aqueles dias. Não um caminho entre flores multitudinárias em pé em seus caules — não, essas flores estavam sempre ajoelhadas; ajoelhadas, as flores humanas, com as mãos e os rostos erguidos em direção a Joana d'Arc e as lágrimas agradecidas escorrendo. E o tempo todo, aqueles que se encontravam à beira da estrada abraçavam e beijavam seus pés e colocavam suas bochechas umedecidas carinhosamente contra eles. Nunca, em todos aqueles dias, vi nenhum indivíduo, de ambos os sexos, ficar de pé enquanto ela passava, nem nenhum homem manter a cabeça coberta. Depois, no Grande Julgamento, essas cenas tocantes foram usadas como arma contra ela. O povo a tinha transformado em um objeto de adoração, e essa era a prova de que ela era uma herege — alegou então o injusto tribunal.

À medida que nos aproximávamos da cidade, via-se o longo recorte curvo de muralhas e torres, com bandeiras esvoaçantes e massas escurecidas de pessoas; todo o ar vibrava com o estrondo da artilharia e ficava encoberto com nuvens de fumaça à deriva. Passamos pomposamente pelas portas e caminhamos em procissão pela cidade, com todos os membros das guildas e diligências em traje de festa, marchando atrás de nós com seus estandartes; e toda a estrada foi cercada por uma multidão de pessoas dando vivas, e todas as janelas e todos os telhados estavam cheios; e nas sacadas pendiam coisas caras de cores vivas; e o aceno de lenços, visto em perspectiva à distância, assemelhava-se a uma tempestade de neve.

O nome de Joana havia sido inserido nas orações da Igreja — uma honraria até então restrita à realeza. Mas ela tinha uma honraria mais preciosa, e uma honraria a mais para se orgulhar, de uma fonte mais humilde: as pessoas comuns tinham recebido medalhas de chumbo com sua efígie e seu escudo, e as usavam como amuletos. Era possível vê-las em todos os lugares.

Do palácio do arcebispo, onde paramos, e onde o rei e Joana se hospedariam, o rei solicitou à abadia de Saint-Remi, que ficava na direção da porta pela qual havíamos entrado na cidade, a Santa Ampola, que era o frasco de óleo sagrado. Esse óleo não era terrestre; fora feito no Céu; o frasco também. O frasco, com o óleo dentro, foi trazido do Céu por uma pomba. Foi enviado para Saint-Remi na ocasião do batizado do rei

Clóvis, que se tornara cristão. Sei que isso é verdade. Eu já sabia disso antes, pois o *père* Fronte tinha me contado em Domrémy. Não posso dizer o quão estranho e horrível me senti quando vi aquele frasco e soube que estava olhando com meus próprios olhos para uma coisa que realmente estava no Céu, uma coisa que tinha sido vista por anjos, talvez; e pelo próprio Deus, com certeza, pois Ele o enviara. E eu estava olhando para ele — eu. Em algum momento eu poderia ter tocado nele. Mas fiquei com medo; eu não podia saber se Deus o tinha tocado. Era mais provável que sim.

Clóvis havia sido ungido desse frasco; e dele todos os reis da França haviam sido ungidos desde então. Sim, desde a época de Clóvis, e fazia novecentos anos. E assim, como eu disse, enquanto esperávamos, tinham ido buscar o frasco de óleo sagrado. Uma coroação sem ele não teria sido uma coroação, na minha opinião.

Então, para obter o frasco, um cerimonial mais antigo teve de ser levado adiante; caso contrário, o abade de Saint-Remi, guardião hereditário perpétuo do óleo, não iria entregá-lo. Assim, conforme o costume, o rei nomeou cinco nobres ilustres para cavalgar em estado solene, eles e seus corcéis ricamente armados e ornados, até a abadia, para serem guardas de honra do arcebispo de Reims e de seus cônegos, que deviam atender à solicitação do rei — entregar-lhe o óleo. Quando os cinco ilustres senhores estavam prontos para começar, ajoelharam-se em uma fileira e colocaram as mãos vestidas de cota de malha, palma contra palma, diante de seus rostos, e juraram pelas suas vidas conduzir o vaso sagrado com segurança, e com segurança devolvê-lo para a igreja de Saint-Remi após a unção do rei. O arcebispo e seus subordinados, nobremente escoltados, seguiram para Saint-Remi. O arcebispo estava com um faustoso traje, com a mitra na cabeça e a cruz na mão. Na porta de Saint-Remi eles pararam e ficaram, para receber o frasco sagrado. Logo ouviram as notas profundas do órgão e dos homens cantando; e viram, na igreja obscura, uma longa fila de luzes se aproximando. E então veio o abade, em sua panóplia sacerdotal, carregando o frasco, acompanhado de seus subordinados. Fazendo solenes cerimônias, o entregou ao arcebispo. Então a marcha da volta começou, e foi muito impressionante; ela se movia, por todo o caminho, entre duas multidões de homens e mulheres que se deitavam de bruços sobre seus rostos e oravam em silêncio mudo, com pavor, enquanto passava aquela coisa formidável que estivera no Céu.

A augusta comitiva chegou à grande porta oeste da catedral; e quando o arcebispo entrou, um hino nobre se elevou e encheu a vasta edificação. A catedral estava cheia de pessoas — milhares de pessoas. Apenas um amplo espaço no centro estava vazio. Nesse espaço caminharam o arcebispo e seus cônegos, e atrás deles as cinco figuras majestosas com esplêndidos arneses, cada uma carregando sua bandeira feudal — e cavalgando! Ah, foi magnífico. Cavalgando na vastidão cavernosa da abadia sob as vivas luzes irradiadas em longos raios através dos vitrais — oh, nunca nada foi tão grandioso!

Eles cavalgaram até o coral — a cerca de cento e vinte metros da porta, disseram. O arcebispo logo os dispensou e fizeram uma profunda reverência, até que suas plumas tocassem o pescoço de seus cavalos, depois fizeram essas orgulhosas criaturas saltitantes, amáveis e dançantes voltarem até a porta — o que foi bonito de se ver, e gracioso; e então, de pé sobre as patas traseiras, os cavalos giraram, colocaram-se novamente sobre as quatro patas e desapareceram.

Por alguns minutos houve um silêncio intenso, uma pausa de espera; um silêncio tão profundo que era como se todas aquelas milhares de pessoas estivessem imersas em um sono sem sonhos — ora, podia-se ouvir até os sons mais fracos, como o zumbido sonolento dos insetos; então veio uma poderosa enxurrada de ricos acordes de quatrocentos trompetes de prata, e em seguida, emoldurados no arco quebrado gótico da grande porta oeste, apareceram Joana e o rei. Eles avançaram lentamente, lado a lado, através de uma tempestade de boas-vindas — explosões consecutivas de aplausos e gritos, misturados com as profundas notas do órgão e com marés ondulantes da música triunfal cantada pelo coral. Atrás de Joana e do rei via-se Paladino e o estandarte; via-se sua figura majestosa, com a postura mais inflada e altiva, pois sabia que as pessoas estavam reparando nele e prestando atenção na linda vestimenta oficial que cobria sua armadura. Ao seu lado estava o Senhor d'Albret, representante do condestável da França, portador da Espada de Estado. Depois deles, na ordem de classificação, veio um corpo magnificamente vestido representando os pares laicos da França, que consistiam em três príncipes de sangue, De La Trémoïlle e nos jovens irmãos de Laval. Eles foram seguidos pelos representantes dos pares eclesiásticos — o arcebispo de Reims e os bispos de Laon, Châlons, Orléans e outra cidade. Atrás deles estava o estado-maior, todos os nossos grandes generais e nomes famosos, e todos ansiavam vê-los. No meio de todo aquele barulho ouvia-se gritos o tempo todo, que anunciavam dois deles: "Viva o Bastardo de Orléans!" e "Sempre juntos com La Hire, o Satanás!".

A augusta procissão chegou ao local designado na hora certa, e as solenidades da coroação começaram. Elas eram longas e imponentes — com orações, hinos e sermões, e tudo o que é apropriado para tais ocasiões; e Joana estava ao lado do rei o tempo todo, com o estandarte na mão. Finalmente chegou a hora do grande ato: o rei fez o juramento, foi ungido com o óleo sagrado; um personagem esplêndido, seguido pelo carregador da comitiva e outros servos, se aproximou, carregando a coroa da França sobre uma almofada e, ajoelhando-se, ofereceu-a ao rei. O rei pareceu hesitar — na verdade, hesitou; pois estendeu a mão e depois a parou no ar sobre a coroa, com os dedos dando sinais de se apossar dela. Mas isso durou um breve momento — embora um momento seja algo notável quando faz parar o batimento cardíaco de vinte mil pessoas e as deixa sem fôlego. Sim, apenas um breve momento; então ele conseguiu a atenção de Joana, e ela olhou para ele com toda a alegria de sua grande alma agradecida; ele sorriu, pegou a coroa da França em sua mão, delicadamente a levantou e a colocou sobre sua própria cabeça.

O público explodiu de alegria! Choros, aplausos, o canto dos corais, os gemidos do órgão ao redor de nós; fora, o clamor dos sinos e o estrondo do canhão. O sonho fantástico, o sonho incrível, o sonho impossível da camponesa virou realidade; o poder inglês foi destituído, o herdeiro da França foi coroado.

Ela estava transfigurada; era divina a alegria que brilhava em seu rosto enquanto se ajoelhava aos pés do rei e olhava para ele através de suas lágrimas. Seus lábios tremiam, e suas palavras eram suaves, baixas e fragmentadas:

— Agora, ó gentil rei, a vontade de Deus foi cumprida de acordo com Seu comando, de que deveríeis vir a Reims e receber a coroa que vos pertence de direito, apenas a vós. A tarefa que me foi dada está concluída; dai-me a vossa paz, e deixai-me voltar para minha mãe, que é pobre e velha, e precisa de mim.

O rei fê-la se levantar e ali, diante de todo o exército, elogiou seus grandes feitos com palavras nobres; confirmou sua nobreza e seus títulos e igualou sua titulação à de um conde, designando-lhe uma casa militar e oficiais, conforme sua dignidade; e então lhe disse:

— Salvastes a coroa. Dizei, exigi, reivindicai, e qualquer graça que pedirdes será concedida, mesmo que empobreça o reino para atendê-la.

Isso era ótimo, magnífico. Joana ajoelhou-se de novo, imediatamente, e disse:

— Ó gentil rei, se, por compaixão, estais realmente dizendo o que pensais, peço que ordene que minha aldeia, pobre e duramente afetada pela guerra, possa ter seus impostos perdoados.

— Ordem dada. Prossegui.

— Isso é tudo.

— Tudo? Nada além disso?

— Nada além disso. Não tenho outro desejo.

— Mas isso não é nada, é menos do que nada. Pedi, não tenhais medo.

— Mas não posso, gentil rei. Não me pressioneis. Não quero mais nada, só isso.

O rei pareceu desorientado, e ficou parado por um momento, como se tentasse compreender e se dar conta da grandeza desse estranho altruísmo. Então levantou a cabeça e disse:

— Ganhou um reino e coroou seu rei; e tudo o que ela pede e tudo o que terá é essa parca graça. E isso nem é para ela, mas para os outros. Muito bem; seu ato é proporcional à dignidade de alguém que carrega na cabeça e no coração riquezas que superam tudo o que qualquer rei poderia dar, embora ele tenha oferecido tudo. Ela seguirá seu caminho. Agora, portanto, decreto que, a partir de hoje, Domrémy, aldeia natal de Joana d'Arc, Libertadora da França, chamada de Donzela de Orléans, está livre de todos os impostos para sempre.

A esse anúncio, as cornetas de prata soaram um som jubilante.

Vede, ela tinha tido uma visão dessa mesma cena quando estava em um transe nos pastos de Domrémy, e pedimos que ela indicasse ao rei o que queria se ele lhe perguntasse do que ela gostaria. Mas ela tendo ou não a visão, esse ato mostrou que, depois de todas as grandezas vertiginosas que conquistou, ela ainda era a mesma criatura simples e altruísta daquele dia.

Sim, Charles VII perdoou os impostos "para sempre". Muitas vezes a gratidão dos reis e das nações desaparece e suas promessas são esquecidas ou deliberadamente violadas; mas vós, filhas e filhos da França, deveis lembrar com orgulho que a França manteve essa gratidão fielmente. Passaram-se sessenta e três anos daquele dia. Os impostos da região onde fica Domrémy foram recolhidos sessenta e três vezes desde então, e todas as aldeias da região os pagaram, exceto Domrémy. O cobrador de impostos nunca visita Domrémy. Domrémy se esqueceu, há muito tempo, de como é aquela terrível aparição que semeava tristeza. Foram arquivados sessenta e três livros de impostos nesse período, e eles estão lá com os outros registros públicos, e qualquer um que desejar pode vê-los. No topo de cada página dos sessenta e três livros há o nome de uma aldeia, e abaixo desse nome sua pesada carga tributária é vista e exibida; isso ocorre com todas as aldeias, menos uma. É verdade, como vos digo. Em cada um dos sessenta e três livros há uma página intitulada "Domremi", mas sob esse nome não há figura alguma. Onde as figuras deveriam estar, há três palavras escritas; e essas mesmas palavras foram escritas todos os anos em todos esses anos; sim, é uma página em branco, sempre com aquelas palavras de agradecimento escritas em toda a sua superfície — um tocante memorial. Assim:

DOMREMI
RIEN — LA PUCELLE[1]

Embora breve, diz muito! É a nação falando. Tem-se o espetáculo daquela coisa sem sentimentos, um governo, reverenciando esse nome e dizendo ao seu agente: "Deixai a cabeça à mostra e passai adiante; é a França que ordena". Sim, a promessa foi cumprida; será sempre cumprida; "para sempre", foi a palavra do rei.[2]

---

[1] NADA — A DONZELA. [N. T.]
[2] O decreto foi fielmente mantido durante mais de trezentos e sessenta anos; depois, a profecia octogenária excessivamente confiante falhou. Durante o tumulto da Revolução Francesa, a promessa foi esquecida e a graça, desfeita. Desde então, permanece em desuso. Joana nunca pediu para ser lembrada, mas a França se lembrou dela com um amor e reverência inextinguíveis; Joana nunca pediu uma estátua, mas a França as espalhou em seu solo; Joana nunca pediu uma igreja para Domrémy, mas a França está construindo uma; Joana nunca pediu santidade, mas mesmo isso está prestes a acontecer. Tudo o que Joana d'Arc não pediu foi-lhe dado, e com nobre profusão; mas a única coisinha humilde que ela pediu e obteve foi tirada dela. Há algo infinitamente comovente nisso. A França deve a Domrémy cem anos de impostos, e dificilmente poderia encontrar um cidadão dentro de suas fronteiras que votaria contra o pagamento da dívida. [N. T. A.]

Às duas horas da tarde, as cerimônias da coroação chegaram finalmente ao fim; em seguida, a procissão se formou mais uma vez, com Joana e o rei à frente, e retomou a solene marcha no meio da igreja, enquanto os instrumentos e as pessoas davam gritos de júbilo, o que foi, de fato, maravilhoso de se ouvir.

E assim terminou o terceiro dos grandes dias da vida de Joana. Como foi curto o intervalo entre eles: 8 de maio, 18 de junho e 17 de julho!

CAPÍTULO 36

Joana recebe notícias de casa

Nós montamos e cavalgamos, um espetáculo a ser lembrado, uma exibição muito nobre de ricas vestimentas e plumas balançando, e à medida que passávamos em meio às multidões às margens do caminho, elas afundavam conforme ficavam para trás, como grãos diante do ceifeiro, e ajoelhadas aclamavam com estimulantes boas-vindas o consagrado rei e sua companheira, a Libertadora da França. Mas passado algum tempo, quando já tínhamos desfilado nas principais partes da cidade e estávamos chegando perto do final da nossa rota, ao nos aproximarmos do palácio do arcebispo vimos à direita, perto da estalagem conhecida como "Zebra", uma coisa estranha — dois homens não ajoelhados, mas de pé! De pé na frente da fila dos ajoelhados; inconscientes, paralisados, olhando fixamente. Sim, e vestidos com o traje rudimentar do campesinato, os dois. Dois alabardeiros saltaram furiosos sobre eles para lhes ensinar as boas maneiras; mas, assim que os agarraram, Joana gritou "contende-vos!", deslizou de sua sela e lançou os braços sobre um desses camponeses, chamando-o por todos os tipos de nomes carinhosos, e soluçando. Um era seu pai; o outro, seu tio, Laxart.

As notícias voaram por toda parte, e gritos de boas-vindas ecoaram, e rapidamente aqueles dois plebeus desprezados e desconhecidos ficaram famosos e populares e foram invejados, e todos desejavam ardentemente vê-los para poder dizer, em toda a sua vida, que tinham visto o pai de Joana d'Arc e o irmão de sua mãe. Como era fácil para ela fazer milagres como esse! Ela era como o sol; qualquer objeto escuro e humilde atingido por seus raios era imediatamente inundado de glória.

Graciosamente o rei disse: "Trazei-os a mim". E ela os levou até o rei. Joana irradiava felicidade e afeto, enquanto eles tremiam, assustados, com os gorros nas mãos trêmulas; e ali, diante de todo mundo, o rei lhes deu a mão para que a beijassem, enquanto o povo olhava com inveja e admiração. E ele disse ao velho d'Arc: "Recebestes de Deus a graça de ser pai dessa criança, essa disseminadora de imortalidade. Vós que carregais um nome que ainda viverá na boca dos homens quando toda a raça de reis tiver sido esquecida, não convém ficar com a cabeça à mostra diante da dignidade e da fama efêmeras. Cobri-vos!". E essa fala foi, realmente, digna de um rei. Então ele ordenou que trouxessem o meirinho de Reims e, quando este chegou, e se inclinou com a cabeça descoberta, o rei lhe disse: "Estes dois são convidados da França", e lhe ordenou que fosse hospitaleiro com eles.

Tanto faz eu dizer agora ou mais tarde: papai d'Arc e titio Laxart pararam naquela pequena estalagem chamada "Zebra" e lá permaneceram. Quartos mais sofisticados foram oferecidos pelo meirinho, além de homenagens públicas e a participação em festas; mas assustados, por serem apenas camponeses humildes e ignorantes, pediram licença para se retirar e permanecer tranquilos. Essas coisas não lhes interessavam. Pobres almas! Nem sabiam o que fazer com as mãos, e tinham que prestar toda a atenção do mundo nelas. Dadas as circunstâncias, o meirinho fez o melhor que pôde. Solicitou ao dono da estalagem que disponibilizasse um andar inteiro à sua disposição, e disse-lhe para fornecer tudo o que poderiam desejar, enviando a conta à cidade. O meirinho também deu um cavalo para cada um e acessórios, o que os encheu de orgulho, deleite e espanto, de maneira que não conseguiram dizer uma só palavra, pois em suas vidas nunca tinham sonhado com tamanha riqueza, e não podiam acreditar, a princípio, que os cavalos eram reais e não se dissolveriam em uma névoa. Eles não podiam parar de pensar naquelas grandezas, e sempre mudavam de assunto para que pudessem dizer "meu cavalo" aqui, "meu cavalo" ali, por toda parte, e saborear as palavras e lambê-las nos beiços, e alongar as pernas e colocar os polegares nas axilas, e se sentir como o bom Deus se sente quando Ele olha para Suas frotas de constelações arando as terríveis profundezas do espaço e reflete, satisfeito, que são Sua propriedade. Eram as velhas crianças mais felizes que já se vira, e as mais simples.

No meio da tarde a cidade deu um grande banquete ao rei e a Joana, à corte e ao estado-maior; e enquanto ocorria o pai d'Arc e Laxart foram chamados, mas não se aventuraram até que prometessem que eles poderiam ficar sentados em uma tribuna, sozinhos, e ver tudo o que deveria ser visto sem serem incomodados. E então se sentaram e assistiram ao esplêndido espetáculo, e ficaram comovidos até que as lágrimas escorressem por suas bochechas para ver as inacreditáveis honrarias feitas à sua pequena amada, e quão ingenuamente serena e sem medo ela se sentou lá, com todas aquelas glórias.

Mas sua serenidade não tardou a desaparecer. Sim, resistiu à melodia do discurso gracioso do rei e às palavras louváveis de d'Alençon e do Bastardo, e até mesmo à trovoada da voz de La Hire, que dominou o local; mas no final, como eu disse, uma incrível força fê-la desmoronar. Durante o encerramento, o rei ergueu a mão para ordenar silêncio e esperou, com a mão erguida, até que todos os sons estivessem mortos e a paz quase fosse alcançada, dada sua profundidade. Então, de algum canto remoto daquele vasto lugar, ergueu-se uma voz lamentosa, e com tons ternos, doces e intensos chegou flutuando, através do silêncio encantado, nossa pobre e simples canção "L'Arbre de la fée de Bourlémont", e então Joana desabou; colocou o rosto entre as mãos e chorou. Sim, vedes, em um segundo todas as pompas e grandezas se dissolveram e ela voltou a ser a criança que pastoreava suas ovelhas nos tranquilos pastos de sua terra, e a guerra, as feridas, o sangue, a morte, o louco frenesi e o tumulto da batalha não passavam de um sonho. Ah, isso mostra o poder da música, a mágica das mágicas, que levanta sua varinha e diz sua palavra misteriosa e todas as coisas reais desaparecem e as fantasias de vossa mente caminham diante de vós, em carne e osso.

Uma invenção do rei, aquela doce e querida surpresa. Na verdade, ele tinha coisas boas escondidas em sua natureza, embora raramente fossem vistas, pois aquele intriguista De La Trémoïlle e os outros sempre cobriam sua luz, e ele se satisfazia, indolentemente, em se poupar de confusão e discussão e deixá-los à vontade.

Ao cair da noite, nós, o contingente de Domrémy da equipe pessoal, estávamos com o pai e o tio de Joana na estalagem, em sua sala privada, preparando bebidas generosas e abrindo caminho para uma conversa sobre Domrémy e os vizinhos, quando uma grande encomenda chegou, enviada por Joana, para ser guardada até que ela aparecesse; logo ela apareceu e solicitou ao guarda que fosse embora, dizendo que ia ficar em um dos quartos de seu pai e dormir sob seu teto, estando assim novamente em casa. Nós nos levantamos e ficamos de pé, como era de se esperar, até que ela pediu que sentássemos. Então ela se virou e viu que os dois velhos haviam se levantado também, e estavam de pé de uma forma embaraçada e não militar, o que a fez querer rir, mas ela se segurou, como se não quisesse ofendê-los; e fez com que se sentassem e se aconchegou entre eles, e colocou a mão de cada um deles sobre seus joelhos e aninhou suas próprias mãos nelas, dizendo:

— Chega de cerimônias, seremos parentes e amigos como em outros tempos, pois não aguento mais as grandes guerras, e me levareis para casa convosco, e verei... — ela parou, e por um momento seu rosto feliz ficou sóbrio, como se uma dúvida ou um pressentimento tivesse passado rapidamente pela sua mente; então ela voltou a si e disse, com um anseio apaixonado:

— Oh, se o dia chegasse e pudéssemos partir!

O velho pai, surpreso, disse:

— Por que, criança? Estás falando a sério? Deixarias de fazer essas maravilhas pelas quais és elogiada por todos enquanto ainda há tanta glória a ser conquistada? Deixarias essa grande camaradagem com príncipes e generais para ser uma aldeã-escrava novamente, uma ninguém? Não é racional.

— Não — disse o tio Laxart. — É incrível ouvir isso e, de fato, incompreensível. É mais estranho ouvir-te dizer que vais deixar de ser soldada do que foi ouvir-te dizer que serias soldada; e eu, que te falo, posso dizer com toda a verdade que essa foi a coisa mais estranha que ouvi até agora. Espero tuas explicações.

— Não é difícil — disse Joana. — Eu nunca gostei de feridas e sofrimentos, nem faz parte da minha natureza infligi-los; querelas sempre me afligiram, e não gosto de barulho nem de tumulto. Prefiro a paz e a tranquilidade, e o amor por todas as coisas que têm vida; sendo feita assim, como poderia suportar pensar em guerras e sangue, e na dor que provocam, e na tristeza e no luto que vêm depois? Mas, por meio de Seus anjos, Deus me enviou Seus grandes mandamentos, e eu poderia desobedecê-lo? Fiz o que me foi anunciado. Ele ordenou que eu fizesse muitas coisas? Não, só duas: levantar o cerco de Orléans e coroar o rei em Reims. As tarefas foram concluídas, e estou livre. Alguma vez um pobre soldado caiu diante dos meus olhos, amigo ou inimigo, e eu não senti sua dor em meu próprio corpo, e a tristeza de seus familiares em meu próprio coração? Não, nenhuma; e, oh, que felicidade saber que ganhei minha libertação, e que não verei mais essas coisas cruéis nem sofrerei essas torturas psicológicas de novo! Então por que eu não iria para a minha aldeia para ser como eu era antes? É um paraíso! E vos espantais com esse meu desejo. Ah, homens, homens! Minha mãe entenderia.

Eles não sabiam bem o que dizer; então ficaram sentados por um tempo, com o olhar vago. Então o velho d'Arc disse:

— Sim, tua mãe. Isso é verdade. Nunca vi uma mulher assim. Ela se preocupa o tempo todo; e acorda à noite, e dorme assim, pensando, se preocupando; se preocupando contigo. E quando as tempestades noturnas se prolongam, ela geme e diz: "Ah, Deus, tenha piedade dela, ela está lá fora com seus pobres soldados molhados". E quando os relâmpagos brilham intensamente e o trovões se pronunciam, ela torce as mãos e treme, dizendo: "É como o terrível canhão e o clarão, e em algum lugar ela está cavalgando sobre pistolas e eu não estou lá para protegê-la".

— Ah, minha pobre mamãe, que dó, que dó!

— Sim, uma mulher muito estranha, já notei muitas vezes. Quando há notícias de uma vitória e toda a aldeia enlouquece de orgulho e alegria, ela corre para cá e para lá em um frenesi maníaco até descobrir a única coisa que ela quer saber — que tu estás segura; em seguida, ela se ajoelha e louva a Deus, assim que retoma o fôlego; e tudo por ti, pois ela nunca menciona as batalhas. E ela sempre diz: "Agora acabou. Agora a França está salva. Agora ela voltará para casa", e sempre fica desapontada e se lamenta.

— Chega, meu pai, isso parte meu coração. Serei muito boa com ela quando chegar em casa. Farei o seu trabalho por ela, e serei o seu conforto, e ela não sofrerá mais por mim.

Houve mais algumas conversas desse tipo, então o tio Laxart disse:

— Fizeste a vontade de Deus, querida, e estás quite; é verdade, e ninguém pode negar isso; mas e o rei? És sua melhor soldada dentre os soldados; e se ele ordenar que fiques?

Isso foi esmagador — e repentino! Joana precisou de um tempinho para se recuperar do choque; então ela disse, de forma bastante simples e resignada:

— O rei é o meu senhor, e eu sou sua serva.

Ela ficou em silêncio e pensativa, então se iluminou e disse, alegremente:

— Mas vamos parar de pensar nisso, não é hora. Contai-me sobre a nossa casa.

Então os dois velhos tagarelas falaram, falaram; falaram sobre tudo e todos na aldeia; e foi bom ouvi-los. Joana, com sua gentileza, tentou fazer com que entrássemos na conversa, mas não deu certo, é claro. Ela era a comandante em chefe, nós não éramos ninguém; seu nome era o mais poderoso na França, enquanto éramos átomos invisíveis; ela era a companheira dos príncipes e dos heróis, nós, dos humildes e dos obscuros; ela estava acima de todas as autoridades e de todas as potências em toda a Terra, pois sua missão fora ordenada por Deus. Resumindo, ela era Joana d'Arc. E quando isso é dito, tudo é dito. Para nós, ela era divina. Entre ela e nós jaz o abismo sem ponte que essa palavra implica. Não podíamos mais ter com ela a mesma familiaridade da infância. Não, podeis ver que isso teria sido impossível.

E ainda assim ela era tão humana, também, e tão boa, gentil, querida, amorosa, alegre, encantadora, imaculada e genuína! Essas são as palavras nas quais eu penso agora, mas não são suficientes; não, são poucas, incolores e escassas para contar tudo, ou dizer a metade. Aqueles velhos simples não entenderam Joana; não podiam; nunca tinham conhecido outras pessoas além de seres humanos, e por isso não tinham outro padrão para medi-la. Para eles, uma vez superada a timidez inicial, ela era apenas uma garota — isso era tudo. Era incrível. Era de arrepiar, às vezes, ver o quão calmos, tranquilos e confortáveis eles estavam em sua presença, e ouvi-los falar com ela exatamente como teriam falado com qualquer outra garota da França.

Ora, aquele velho simplório Laxart sentou-se ali e narrou com a voz monótona a narrativa mais tediosa e vazia que já se ouvira, e nem ele nem o pai d'Arc perceberam a falta de etiqueta que cometiam, nem suspeitaram que aquela narrativa tola fosse tudo menos uma história digna e valiosa. Não havia um só átomo de valor nela; e embora eles pensassem que fosse angustiante e comovente, não era nada comovente, mas ridícula. Pelo menos foi o que achei, e ainda acho. Certamente, sei que era, porque fez Joana rir; e quanto mais triste ficava, mais a fazia rir; e Paladino disse que ele poderia ter rido se ela não estivesse lá, e Noel Rainguesson disse o mesmo.

Tratava-se da ida do velho Laxart a um funeral em Domrémy, duas ou três semanas atrás. Ele tinha manchas no rosto e nas mãos, sobre as quais Joana passou uma pomada curativa, e enquanto ela fazia isso, e o confortava, e tentava mostrar compaixão pelas palavras, ele lhe contou como aconteceu. Primeiro ele lhe perguntou se ela se lembrava do bezerro preto que havia deixado para trás ao partir, e ela disse que sim, e que o adorava, e o amava muito; ele estava bem? — e disparou perguntas sobre a criatura. Ele disse que era um touro jovem agora, muito levado; e que teria no funeral um papel muito importante; e ela perguntou: "O touro?" e ele disse: "Não, eu"; mas disse que o touro teve seu papel, mas não por ser um convidado, porque não era; Laxart estava longe do funeral, do outro lado da Árvore da Fada, e adormeceu na grama com suas roupas funerárias de domingo e com um longo pano preto em seu chapéu, que pendia sobre suas costas; ao acordar, viu pela altura do sol que já estava tarde, e que não tinha nem um momento a perder; levantou-se de sobressalto, terrivelmente preocupado, e viu o jovem touro ali, pastando, e pensou que talvez pudesse montar e partir sobre ele para ganhar tempo; então amarrou uma corda em torno do corpo do touro, para se segurar, e colocou nele um cabresto, para guiá-lo; montou e partiu; mas era tudo novo para o touro, e ele não estava gostando, e correu em círculos, bramiu, se empinou e saltou sobre as patas traseiras, e aquilo bastava para o tio Laxart, que quis descer e encontrar pelo caminho outro touro, mais tranquilo, mas não se atreveu a tentar; estava ficando muito quente para ele, também, e perturbador e cansativo, e inadequado para um domingo; mas depois de algum tempo o touro perdeu toda a paciência, e disparou ladeira abaixo com a cauda ao ar e bufando de uma forma assustadora; e ao se aproximar da aldeia derrubou algumas colmeias, e as abelhas saíram e se uniram à excursão, e voaram em uma nuvem preta que quase escondeu os dois, e os picaram, os espetaram, e os fizeram berrar e urrar, e urrar e berrar; e dali eles seguiram rugindo pela aldeia como um furacão, e chegaram bem ao centro da procissão fúnebre, dispersando-a, galopando sobre as pessoas, que se espalharam e fugiram gritando em todas as direções, cada pessoa com uma camada de abelhas sobre si, e nenhum fragmento daquele funeral restou, apenas o cadáver; e finalmente o touro partiu para o rio e saltou nele, e quando pescaram o tio Laxart este estava quase se afogando, e seu rosto parecia um pudim com passas. E então ele se virou, o velho simplório, e olhou demoradamente de maneira atordoada para Joana, que tinha o rosto em uma almofada, morrendo de rir, aparentemente, e perguntou:

— Do que achas que ela está rindo?

E o velho d'Arc ficou olhando para ela da mesma forma, meio que coçando a cabeça, distraidamente; mas teve que desistir, e disse que não sabia.

— Deve ter acontecido alguma coisa quando não estávamos olhando.

Sim, os dois velhos achavam a narrativa comovente; enquanto, para mim, era puramente ridícula, e totalmente inútil. Foi o que achei, e é o que ainda acho. Se pensarmos em uma história, isso não parece uma história; pois o papel da história é fornecer fatos sérios e importantes que ensinam, ao passo que esse evento estranho e inútil não ensina nada; nada que possa me ser útil, exceto o fato de não montar um touro para ir a um funeral; e certamente nenhuma pessoa com cérebro precisa que lhe ensinem isso.

CAPÍTULO 37

Novamente às armas

Agora eles eram nobres, como sabeis, por decreto do rei! Ah, preciosas crianças. Mas não perceberam; não se podia dizer que tinham consciência disso; era uma abstração, uma quimera; para eles, algo sem substância; suas mentes não podiam se apossar disso. Não, eles não se importavam com sua nobreza; viviam em seus cavalos. Os cavalos eram sólidos; eram fatos visíveis, e provocariam um grande alvoroço em Domrémy. Logo, algo foi dito sobre a coroação, e o velho d'Arc disse que seria incrível poder dizer, quando chegassem em casa, que estavam presentes na cidade quando ela acontecera. Joana pareceu desconcertada, e disse:

— Ah, isso me fez pensar em uma coisa. Estáveis aqui e não me mandastes notícias. Aqui, na cidade! Ora, poderíeis ter vos sentado com os outros nobres, e teríeis sido bem-vindos; e poderíeis ter assistido à coroação, e levado isso para casa, para contar. Por que me usastes assim, sem me enviar nenhuma notícia?

O velho pai ficou envergonhado, visivelmente envergonhado, com o ar de alguém que não sabia bem o que dizer. Mas Joana estava olhando para o seu rosto, com as mãos sobre seus ombros, esperando. Ele teve de falar; então logo a puxou para seu peito, que estava agitado de emoção; e disse, fazendo as palavras saírem com dificuldade:

— Vem, esconde teu rosto, criança, e deixa teu velho pai se humilhar e confessar. Eu, eu... não vês, não entendes? Eu não tinha como saber que essas grandezas não subiriam à tua jovem cabecinha; seria tão natural. Eu poderia te envergonhar diante desses grandes per...

— Pai!

— E então eu fiquei com medo, lembrando daquela coisa cruel que eu disse, uma vez, com uma raiva pecaminosa. Nomeada por Deus para ser uma soldada, e a mais importante da Terra! E na minha raiva ignorante eu disse que te afogaria com minhas próprias mãos se usasses vestes masculinas e envergonhasses teu nome e tua família. Ah, como eu pude dizer isso! Tu és tão boa, adorável, inocente! Fiquei com medo, pois eu era culpado. Agora já sabes, minha criança. Peço-te perdão.

Vedes? Até aquele pobre coitado, com a cabeça vazia, tinha orgulho. Não é maravilhoso? E mais: ele tinha consciência; ele tinha um senso do que era certo e do que era errado, tal como era; ele era capaz de sentir remorso. Parece impossível, parece incrível, mas não é. Acredito que, um dia, descobrirão que os camponeses são pessoas. Sim, seres em muitos aspectos, como nós. E acredito que, um dia, eles também descobrirão isso, e então... Bom, então acho que se levantarão e exigirão ser considerados como parte da raça, e que, consequentemente, haverá problemas. Sempre que alguém vê em um livro ou na proclamação de um rei as palavras "a nação", vê as classes superiores; apenas elas; não conhecemos nenhuma outra "nação"; para nós e para os reis nenhuma outra "nação" existe. Mas desde o dia em que vi o velho d'Arc, o camponês, agindo e se sentindo exatamente como eu teria agido e me sentido, carrego no coração a convicção de que nossos camponeses não são meramente animais, bestas de carga colocadas aqui pelo bom Deus para produzir alimento e conforto para a "nação", mas algo além disso, e melhor. Pareceis incrédulos. Bom, é assim que fostes educados; todos são educados assim; quanto a mim, agradeço aquele incidente por me dar uma luz a esse respeito, nunca esqueci aquilo.

Deixai-me ver, onde eu estava? A mente de alguém vagueia por aqui e por ali quando se é velho. Acho que eu disse que Joana o confortou. É claro, isso é o que ela faria; não havia necessidade de dizer isso. Ela o adulou, o afagou e o acariciou, e deixou de molho as lembranças daquele velho discurso penoso. Deixou-as de molho até sua morte. Pois ele se lembraria disso de novo — sim, sim! Oh, meu Senhor, como essas coisas ardem, queimam e corroem — as coisas que fizemos contra os mortos inocentes! E dizemos, angustiados: "Ah, se pudessem voltar!". O que é muito bom de ser dito, mas, pelo que vejo, não serve para nada. Na minha opinião, o melhor é não fazer tais coisas. E não sou o único a pensar assim; ouvi nossos dois cavaleiros dizerem a mesma coisa; e um homem lá em Orléans — não, acho que foi em Beaugency, ou em um desses lugares; parece mais que foi em Beaugency do que nos outros lugares —; esse homem disse exatamente a mesma coisa, quase as mesmas palavras; um homem tenebroso, estrábico e com uma perna mais curta do que a outra. Seu nome era, era... é curioso que eu não consiga me lembrar do nome daquele homem; estava na ponta da língua, sei que começa com... não, não me lembro de como começa; mas não importa, deixai para lá; pensarei nisso daqui a pouco, e vos direi.

Bem, logo o velho pai quis saber como Joana se sentia quando estava no meio de uma batalha, com as lâminas brilhantes penetrando e cintilando ao seu redor, e os golpes em seu escudo, e sangue jorrando sobre ela, vindo de horripilantes rostos fendidos, dos dentes do vizinho que quebraram em seu cotovelo; quando estava em meio à perigosa onda repentina de um grupo de cavalos galopando sobre uma pessoa quando as fileiras da vanguarda cediam diante de uma forte pressão do inimigo, e os homens caíam de suas selas ao redor, mancando e gemendo, e bandeiras de batalha caídas de mãos mortas eram usadas para limpar o rosto de alguém e esconder momentaneamente a agitação; quando estava em meio à confusão da luta cambaleante, oscilante, e as patas de alguns cavalos afundavam em substâncias macias, que respondiam com gritos de dor, e logo havia pânico, corrida, enxame, fuga, e morte e Inferno! E o velho se exaltou; e andou para cima e para baixo, enquanto sua língua se movia como um moinho, fazendo uma pergunta depois da outra sem nem esperar a resposta; e finalmente ele fez com que Joana se levantasse no meio da sala, deu um passo para trás, a examinou criticamente e disse:

— Não, eu não entendo. És tão pequena. Tão pequena e esguia. Quando estavas de armadura, hoje, pude ter uma noção disso; mas com estas belas sedas, estes veludos, és apenas uma pajem delicada, não um colapso de guerra, movendo-se em nuvens e trevas e respirando fumaça e trovões. Eu gostaria, Deus bem sabe, de te ver no meio disso tudo e ir contar à tua mãe! Isso a ajudaria a dormir, pobrezinha! Já sei: mostra-me tuas artes de soldada, para que eu possa explicá-las a ela.

E ela o fez. Deu-lhe uma lança e o instruiu sobre o uso de armas, obrigando-o a fazer os passos, também. A forma como ele marchava era incrivelmente estranha e desleixada, assim como o treino com a lança; mas ele não sabia disso, e estava maravilhosamente satisfeito consigo mesmo, e poderosamente animado e encantado com as palavras de comando vibrantes e firmes. Sou obrigado a dizer que, se parecer orgulhoso e feliz quando se está marchando fosse suficiente, ele teria sido um soldado perfeito.

Ele quis uma aula de esgrima, e a teve. Mas é claro que isso estava além dele; ele era muito velho. Foi lindo ver Joana manuseando as lâminas, mas o velho foi um verdadeiro fiasco. Ele estava com medo, e pulou, se esquivou e se moveu como uma mulher que perde a cabeça por causa da chegada de um morcego. Não era uma boa exibição. Mas se La Hire tivesse participado, teria sido outra história. Joana e La Hire esgrimiam frequentemente; eu os vi muitas vezes. Sem dúvida alguma ela tinha sido sua mestra, e isso proporcionava uma bela exibição, pois La Hire era um grande espadachim. Que criatura rápida era Joana! Ela ficava ereta, com os ossos do tornozelo juntos e a lâmina arqueada sobre a cabeça, o punho em uma mão e o botão na outra; o velho general, do lado oposto, curvado para frente, a mão esquerda reposicionada em suas costas, sua lâmina avançada, ligeiramente balançando e se contorcendo, seus olhos atentos encaravam diretamente os dela; e, de repente, ela dava um salto para frente e para trás novamente; e lá estava ela, com a lâmina arqueada sobre a cabeça, como antes. La Hire era atingido, mas tudo o que o espectador via era algo como um fino clarão de luz no ar, mas nada distinto, nada definido.

Continuamos a fazer as bebidas circularem, pois isso agradaria ao meirinho e ao senhorio; e os velhos Laxart e d'Arc começaram a se sentir bastante confortáveis, mas nada que desse para dizer que estavam adorando. Eles nos mostraram os presentes que tinham comprado para levar para casa; coisas humildes e baratas, mas que agradariam o povo da aldeia. Deram a Joana um presente de *père* Fronte e um de sua mãe: uma pequena imagem de chumbo da Santa Virgem e uma fita de seda azul de uns quarenta centímetros; e ela ficou tão satisfeita quanto uma criança; e tocada, também, como se podia ver claramente. Sim, ela beijou aquelas coisas simples repetidas vezes, como se fossem coisas caras e maravilhosas; e fixou a Virgem em seu gibão, e mandou buscar seu elmo e amarrou a fita nele; primeiro de um jeito, depois de outro; depois de um novo jeito, depois de outro; e a cada esforço pondo o elmo em sua mão e o segurando de um jeito, de outro, e inclinando a cabeça para um lado, para o outro, examinando o efeito, como faz um pássaro quando há um novo inseto ao redor. E ela disse que quase poderia desejar ir à guerra novamente, pois assim lutaria com mais coragem, por ter sempre com ela algo que o toque de sua mãe abençoara.

O velho Laxart disse que esperava que ela fosse à guerra novamente, mas primeiro para casa, pois todos estavam extremamente ansiosos para vê-la. E continuou:

— Eles estão orgulhosos de ti, querida. Sim, mais orgulhosos do que qualquer aldeia já esteve de alguém antes. E, de fato, é correto e racional; pois é a primeira vez que uma aldeia tem alguém como tu para se orgulhar e chamar de sua. E é estranho e bonito como eles tentam dar o teu nome a cada criatura do teu mesmo sexo. Faz só seis meses que caíste na boca do povo e nos deixaste, e por isso é surpreendente ver quantos bebês já existem naquela região que levam o teu nome, em tua homenagem. Primeiro foi apenas Joana; depois Joana-Orléans; depois Joana-Orléans-Beaugency-Patay; e os próximos terão muitas cidades e a coroação adicionada, é claro. Sim, e os animais também. Eles sabem como tu amas os animais, então tentam honrar-te e mostrar seu amor por ti, dando o teu nome a todas essas criaturas em tua homenagem; de tal forma que, se alguém sair e gritar "Joana d'Arc, vem!", haverá uma avalanche de gatos e de todos os tipos de animais, cada um supondo que estava sendo chamado, e todos dispostos a tirar o benefício da dúvida, de qualquer maneira, para o bem da comida que poderia estar à sua espera. A gatinha que deixaste para trás — o último animal vadio que levaste para casa — tem teu nome, agora, e pertence ao *père* Fronte, e é o animal de estimação e o orgulho da aldeia; e as pessoas percorrem várias milhas para vê-lo e acariciá-lo, olhá-lo e admirá-lo, porque era o gato de Joana d'Arc. Todos te dirão isso. Um dia, quando um estranho jogou uma pedra nela, sem saber que era tua gata, a aldeia se levantou contra ele, como um só homem, e o enforcou! E se não fosse o *père* Fronte...

Houve uma interrupção. Era um mensageiro do rei, com uma nota para Joana, que eu li em voz alta, dizendo que ele havia refletido e consultado seus outros generais, e era obrigado a lhe pedir que ficasse à frente do exército e retirasse sua renúncia. Além disso, ela estava sendo convocada para ir imediatamente participar de um conselho de guerra. Ao mesmo tempo, perto dali os comandos militares e o estrondo dos tambores irromperam na noite calma, e sabíamos que sua guarda estava se aproximando.

Uma profunda decepção obscureceu seu rosto por apenas um momento, nada mais; foi-se embora, assim como a garota com saudades de casa, e ela era Joana d'Arc novamente, a comandante em chefe, e estava pronta para seu dever.

CAPÍTULO 38

O REI GRITA: "AVANTE!"

Na minha dupla qualidade de pajem e secretário, segui Joana até o conselho. Ela entrou com o porte de uma deusa desolada. O que aconteceu com a criança volátil que pouco tempo atrás estava encantada com uma fita e morrendo de rir sobre a angústia de um camponês tolo que havia invadido um funeral montado sobre um touro picado por abelhas? Impossível saber. Ela simplesmente desapareceu, sem deixar nenhum sinal. Ela foi diretamente para a mesa do conselho e ali ficou. Seus olhos examinaram os rostos, um a um, e entre aqueles nos quais se demorou, uns acenderam como tochas, outros queimaram como carimbos de ferro para marcar. Ela sabia onde atacar. Indicou os generais com um aceno de cabeça e disse:

— Não vim falar convosco. Não queríeis um conselho de guerra. Então se virou para o conselho particular do rei e continuou: — Não, é convosco. Um conselho de guerra! É incrível. Há apenas uma coisa a fazer, apenas uma, e convocais um conselho de guerra! Os conselhos de guerra não têm valor, a não ser decidir entre duas ou várias vias duvidosas. Mas um conselho de guerra quando há apenas uma via? Imaginai um homem em um barco; sua família está na água e ele vai até seus amigos para perguntar o que seria melhor fazer. Um conselho de guerra, por Deus! Para determinar o quê?

Ela parou e se virou até que seus olhos repousassem sobre o rosto de Georges de La Trémoïlle; e então ela o encarou, em silêncio, medindo-o; a excitação em todos os rostos queimava cada vez mais, e todos os corações batiam cada vez mais rápido; então ela disse, decidida:

— Todo homem são, cuja lealdade é ao seu rei e não um espetáculo ou um pretexto, sabe que há apenas uma coisa racional diante de nós: a marcha a Paris!

La Hire desceu o punho, dando um golpe de aprovação sobre a mesa. Já De La Trémoïlle ficou vermelho de raiva, mas se recompôs firmemente e manteve a paz. O preguiçoso sangue do rei foi estimulado e seus olhos se acenderam, admiravelmente, pois o espírito de guerra estava em algum lugar neles, e um discurso franco e ousado os encontrou e fê-los cintilar alegremente. Joana esperou para ver se o ministro-chefe ia querer defender sua posição; mas ele era experiente e sábio, e não um homem que desperdiça suas forças quando a corrente está contra ele. Ele esperaria; o ouvido privado do rei estaria à sua disposição.

A raposa piedosa, o chanceler da França, tomou a palavra. Ele esfregou suas macias mãos, sorrindo persuasivamente, e disse a Joana:

— Seria cortês, Vossa Excelência, sair abruptamente daqui sem esperar uma resposta do duque da Borgonha? Imagino que não saibais que estamos negociando com Sua Graça, e que é provável que haja uma trégua de quinze dias entre nós; e, de sua parte, temos a promessa da entrega de Paris em nossas mãos sem o custo de um golpe ou a fadiga de uma marcha até lá.

Joana virou-se para ele e disse, bem séria:

— Isso não é um confessionário, meu senhor. Não fostes obrigado a expor essa vergonha aqui.

O rosto do chanceler enrubesceu, e ele retrucou:

— Vergonha? O que há de vergonhoso nisso?

Joana respondeu de maneira uniforme e equilibrada:

— Pode-se descrevê-la em poucas palavras. Eu sabia dessa piada de mau gosto, meu senhor, embora não tivesse a intenção de sabê-la. Tentaram escondê-la para o benefício de seus idealizadores, essa piada cujo texto e cujo impulso podem ser descritos em duas palavras.

O chanceler falou ironicamente:

— Verdade? E Vossa Excelência seria boa o suficiente para pronunciá-las?

— Covardia e traição!

Os punhos de todos os generais desceram, dessa vez, e novamente os olhos do rei brilharam de prazer. O chanceler se levantou e apelou para a Sua Majestade:

— Senhor, peço vossa proteção.

Mas o rei acenou para que ele se sentasse de novo, dizendo:

— Paz. Ela tinha o direito de ser consultada antes que aquilo fosse realizado, uma vez que dizia respeito tanto à guerra quanto à política. É justo que ela seja ouvida, agora.

O chanceler se sentou, tremendo de indignação, e lembrou Joana:

— Por caridade, considerarei que não sabíeis quem concebera essa medida que condenais em linguagem tão cândida.

— Guardai vossa caridade para outra ocasião, meu senhor — disse Joana, tão calmamente quanto antes. — Sempre que algo é feito para ferir os interesses e degradar a honra da França, todos, exceto os mortos, sabem como nomear os dois principais conspiradores...

— Senhor, Majestade, essa insinuação...

— Não é uma insinuação, meu senhor — disse Joana, placidamente. — É uma acusação. Eu a faço contra o ministro-chefe do rei e seu chanceler.

Os dois homens se levantaram, insistindo que o rei remediasse a franqueza de Joana; mas ele não estava disposto a fazê-lo. Seus conselhos ordinários eram como a água estagnada: seu espírito estava bebendo vinho, e o sabor era bom. Ele disse:

— Sentai e sede paciente. O que é justo para um deve, de maneira justa, ser permitido ao outro. Pensai e sede justos. Quando a poupastes? E quanto a vossas acusações sombrias e vossas difamações contra ela? — então ele acrescentou, com um brilho velado nos olhos: — Se essas são ofensas, não vejo nenhuma diferença particular entre elas, exceto que ela diz coisas duras diante de vós, enquanto vós as dizeis pelas costas.

Ele ficou satisfeito com aquele tiro certeiro e a maneira como reduziu aqueles dois, e fez La Hire rir em voz alta e os outros generais tremerem e rirem suavemente. Joana retomou tranquilamente:

— Desde o início, temos sido prejudicados por essa política vacilante; essa forma de aconselhamento, aconselhamento, aconselhamento, quando não há necessidade de aconselhamento, mas de luta. Tomamos Orléans no dia 8 de maio, e poderíamos ter limpado a região em três dias e evitado a matança de Patay. Poderíamos ter estado em Reims há seis semanas, e em Paris agora; e no intervalo de seis meses veríamos o último inglês sair da França. Mas não fizemos nenhum ataque depois de Orléans, e fomos para o interior. Para quê? Para dar conselhos, ostensivamente; realmente, para dar tempo a Bedford de enviar reforços para Talbot, o que ele fez; e Patay teve que ser combatida. Depois de Patay, mais aconselhamentos, mais perda de tempo precioso. Oh, meu rei, eu gostaria que fôsseis persuadido! — ela começou a se entusiasmar. — Temos mais uma vez uma boa oportunidade. Se nos levantarmos e atacarmos, tudo ficará bem. Pedi-me, vos suplico, para marchar até Paris. Em vinte dias ela será vossa e, em seis meses, toda a França! Esse é o trabalho dos próximos seis meses; se essa chance for desperdiçada, dou-vos vinte anos para isso. Dizei o que achais, ó gentil rei, dizei, mas aquele...

— Clamo por misericórdia! — interrompeu o chanceler, que viu um entusiasmo perigoso subindo no rosto do rei. — Marchar até Paris? Vossa Excelência não podeis esquecer do caminho cheio de fortalezas inglesas.

— Não ligo a mínima para vossas fortalezas inglesas! — disse Joana, soltando com desdém um pouco de ar pela boca. — De onde marchamos nos últimos dias? De Gien. E para onde? Para Reims. O que encontramos no caminho? Fortalezas inglesas. O que são agora? Francesas. E nunca nos custaram um ataque! — a essa explanação sucederam aplausos do grupo de generais, e Joana teve que parar um momento até que eles diminuíssem. — Sim, fortalezas inglesas pululavam diante de nós; agora as francesas pululam atrás de nós. Qual é o argumento? Uma criança pode entendê-lo. As fortalezas entre nós e Paris não são guarnecidas por nenhuma nova raça inglesa, mas pela mesma raça que os outros — com os mesmos medos, os mesmos questionamentos, as mesmas fraquezas, a mesma disposição para ver a mão pesada de Deus descendo sobre eles. Temos que marchar! Neste instante! E eles são nossos, Paris é nossa, a França é nossa! Dai a ordem, meu rei, ordenai à vossa serva que...

— Ficai! — gritou o chanceler. — Seria loucura afrontar Sua Graça, o duque da Borgonha. Pelo nosso tratado, toda esperança de...

— Oh, o tratado que esperamos ter com ele! Ele o desprezou por anos, e o desafiou. Foram vossas persuasões sutis que suavizaram suas maneiras e o seduziram a ouvir as propostas? Não, foram os ataques! Os ataques que fizemos contra ele! Esse é o único ensinamento que aquele tenaz rebelde pode entender. Ele liga para conversa fiada? O tratado que esperamos ter com ele — ai de mim! Ele entregar Paris! Ninguém nesta Terra é menos capaz disso do que ele. Ele entregar Paris! Ah, mas isso faria Bedford sorrir! Oh, o lamentável pretexto! Os cegos podem ver que essa fraca conversa de trégua de quinze dias não tem outro propósito senão dar a Bedford tempo para apressar suas forças contra nós. Mais traição! Sempre traição! Nós convocamos um conselho de guerra, sem nada para discutir; mas Bedford não convoca nenhum conselho para lhe ensinar qual via seguir. Ele sabe o que faria em nosso lugar. Ele enforcaria seus traidores e marcharia até Paris! Ó gentil rei, despertai! O caminho está aberto, Paris apela, a França implora, fala e nós...

— Senhor, é loucura, pura loucura! Vossa Excelência, não podemos, não devemos voltar atrás no que fizemos; propusemos negociar, devemos negociar com o duque da Borgonha.

— E vamos! — disse Joana.

— Ah, sim? Como?

— Na ponta da lança!

A casa toda se levantou, ao menos todos que tinham os corações franceses; deu uma salva de palmas e a manteve; e no meio dela ouviu-se La Hire afirmar: "Na ponta da lança! Por Deus, isso é música aos meus ouvidos!". O rei, levantando-se, desembainhou a espada e, tomando-a pela lâmina, caminhou até Joana e entregou-a em suas mãos pelo punho, dizendo:

— Pegai esta espada, o rei se rende. Levai-a para Paris.

E então os aplausos explodiram novamente, e o conselho histórico de guerra, a partir do qual tantas lendas foram criadas, acabou.

CAPÍTULO 39

Vencemos, mas o rei hesita

Já passava da meia-noite, e tinha sido um dia difícil, cheio de emoções e fadiga, mas isso não importava para Joana quando havia afazeres à vista. Ela nem pensou em ir dormir. Os generais a seguiram até seus aposentos oficiais e ela lhes deu ordens falando o mais rápido que podia, e eles as enviaram aos seus diferentes comandos tão rapidamente quanto as receberam; os mensageiros, galopando para lá e para cá, fizeram algazarra e barulho nas ruas tranquilas; e a isso logo adicionaram-se a música de cornetas distantes e o rufar de tambores — notas de preparação, pois a linha de frente atacaria o acampamento ao amanhecer.

Os generais logo foram dispensados, mas eu não, nem Joana; era minha vez de trabalhar. Joana caminhou de um lado para o outro e ditou uma convocação ao duque da Borgonha, para que depusesse as armas e fizesse as pazes e se desculpasse com o rei; ou, se devesse lutar, que fosse lutar contra os sarracenos. *"Pardonnez-vous l'un à l'autre de bon cœur, entièrement, ainsi que doivent faire loyaux chrétiens, et, s'il vous plaît de guerroyer, allez contre les Sarrasins."*[1] Era longo, mas bom, e tinha um toque

---

[1] Em francês no original. Tradução: "Perdoai-vos uns aos outros de todo o coração, inteiramente, tal como leais cristãos e, por favor, lutai contra os sarracenos". [N. T.]

genuíno. Na minha opinião, foi o documento oficial mais fino, simples, direto e eloquente que ela já proferira.

Fora entregue nas mãos de um mensageiro, que partiu com ele, galopando. Joana me dispensou, e me disse para ir à estalagem e ficar por lá, e de manhã dar a seu pai o pacote que ela lhe havia deixado. Ele continha presentes para os parentes e amigos de Domrémy e um vestido de camponesa que ela havia comprado para si. Ela disse que se despediria do pai e do tio pela manhã, se eles ainda desejassem partir, em vez de ficar um pouco para ver a cidade. Eu não disse nada, é claro, mas eu poderia ter dito que cavalos selvagens não manteriam aqueles homens naquela cidade nem meio dia. Desperdiçar a glória de serem os primeiros a levar a grande notícia a Domrémy — os impostos perdoados para sempre! — e ouvir os sinos tilintarem, e as pessoas aplaudirem e gritarem? Oh, não eles. Patay, Orléans e a coroação foram eventos cujo caráter colossal esses homens não captaram; em suas mentes, eram névoas, camadas de abstrações colossais; já os cavalos, uma realidade gigantesca!

Quando cheguei na estalagem, achais que estavam deitados? Muito pelo contrário. Eles e o resto estavam levemente ébrios, e Paladino estava reproduzindo suas batalhas em grande estilo, e os dois velhos camponeses estavam colocando a estrutura do local em perigo com seus aplausos. Naquela hora, Paladino narrava Patay; e estava curvando sua grande estrutura para a frente e mostrando as posições e movimentos, inclinando-se para cá e para lá, com sua formidável espada no chão, e os camponeses estavam inclinados para a frente com as mãos sobre os joelhos estendidos, observando animados e soltando exclamações de maravilhamento e de admiração o tempo todo: "Sim, lá estávamos, aguardando as ordens; nossos cavalos se agitavam, bufavam e dançavam para fugir, e nós estávamos deitados sobre as rédeas enquanto nossos corpos se inclinavam para trás; a ordem finalmente foi dada: 'Ide!', e fomos! Fomos? Nunca se viu nada parecido! Onde fomos invadidos por esquadrões de ingleses galopando, o mero vento de nossa passagem os colocou em pilhas e fileiras! Então mergulhamos na luta dos frenéticos corpos de batalha de Fastolfe e os atravessamos como um furacão, deixando para trás um longo caminho de mortos; sem demora, sem rédeas frouxas, adiante! Adiante! Adiante! Lá longe estava a nossa presa: Talbot e seu exército, que se aproximavam vultuosos e escuros, como uma nuvem de tempestade refletindo no mar! Fomos para cima deles, escurecendo todo o ar com um manto trêmulo de folhas mortas arremessadas pelo redemoinho provocado pelo nosso ataque. Em outro momento, nós os atingimos como dois planetas se chocam quando constelações desorbitadas colidem com a Via Láctea, mas por desgraça e pela inescrutável isenção de Deus, fui reconhecido! Talbot empalideceu e gritou: 'Salvai-vos, é o porta-estandarte de Joana d'Arc!'. Bateu as esporas na outra direção até que chegassem às entranhas de seu cavalo, e fugiu do campo levando consigo sua multidão de homens! Eu tinha que ter me amaldiçoado por não ter me disfarçado. Vi reprovação nos olhos de Sua Excelência, e fiquei amargamente envergonhado. Causei o que parecia um desastre irreparável. Outra pessoa poderia ter se retirado para se lamentar, não vendo como consertar isso; mas agradeço a Deus por não ser assim. Grandes ocasiões só convocam as reservas adormecidas do meu intelecto, como os toques de trompetes. Vi minha oportunidade na hora; e logo parti! Desapareci pela floresta — fst! — como uma luz que se apaga! Na floresta, que rapidamente me escondeu dos olhos alheios, como se eu tivesse asas, ninguém sabia o que acontecera comigo, ninguém suspeitava do meu projeto. Minuto após minuto eu voava, voava, voava; e, finalmente, com grande alegria, lancei meu estandarte à brisa e irrompi na frente de Talbot! Oh, foi uma ideia poderosa! Aquele caos tumultuoso de homens distraídos girou e recuou como uma onda gigantesca que atingiu um continente, ganhamos o dia! Pobres criaturas indefesas, tinham caído em uma armadilha;

estavam cercadas; não podiam escapar para a retaguarda, pois havia nosso exército; não podiam escapar para a frente, pois eu estava lá. Seus corações murcharam em seus corpos, suas mãos caíram para os lados, apáticas. Eles ficaram parados e, extasiados, pudemos abatê-los como a um só homem; todos, exceto Talbot e Fastolfe, que salvei e trouxe comigo, um debaixo de cada braço".

Bem, não há como negar, Paladino estava em ótima forma naquela noite. Que estilo! Que gestos nobres, graciosos, que atitude grandiosa, que energia quando começou! Que ascensão constante, em asas tão seguras, que escrúpulo no emprego gradual da voz de acordo com a importância do tema, que abordagens habilmente calculadas para provocar surpresas e explosões, que sinceridade persuasiva no tom de voz e na maneira de se expressar, que clímax brotou descaradamente de seus pulmões, e que imagem vívida de sua forma com a cota de malha e o vistoso estandarte quando ele irrompeu diante daquele exército desesperado! E, oh, a arte afável da última metade de sua última frase, dita com o tom descuidado e indolente de alguém que terminou sua história real, e só acrescenta um detalhe desinteressante e irrelevante que lhe ocorrera, de forma preguiçosa.

Foi uma maravilha ver aqueles inocentes camponeses. Ora, eles se acabaram, extasiados, e deram ruidosos aplausos dignos de levantar o telhado e acordar os mortos. Quando finalmente se acalmaram e fizeram silêncio, tomado apenas pela respiração ofegante, o velho Laxart disse, admirado:

— Estou vendo que, sozinho, sois um exército inteiro.

— Sim, é o que ele é — disse Noel Rainguesson, de maneira convincente. — Ele é um terror; e não apenas por estas bandas. Seu mero nome leva com ele o tremor para terras longínquas — apenas seu mero nome. E quando ele franze a testa, o céu se escurece até Roma, e as galinhas correm para o poleiro uma hora antes da hora marcada. Sim, e alguns dizem...

— Noel Rainguesson, vais criar problemas... Vou te dizer apenas uma coisa, e é melhor tu...

Vi que a coisa de sempre tinha começado. Nenhum homem poderia profetizar quando terminaria. Então transmiti a mensagem de Joana e fui para a cama.

Joana despediu-se dos velhos familiares pela manhã, com abraços amorosos e muitas lágrimas, diante de uma multidão lotada de simpatizantes, e eles cavalgaram orgulhosamente em seus preciosos cavalos para levar as ótimas notícias para casa. Já vi melhores cavaleiros, alguns diriam; pois a arte da cavalaria era novidade para eles.

A guarda avançada saiu ao amanhecer e pegou a estrada, em meio a bandas tocando e a estandartes voando. A segunda divisão seguiu às oito. Então vieram os embaixadores da Borgonha, e o resto do nosso dia foi desperdiçado, e todo o dia seguinte também. Mas seus esforços foram recompensados, pois Joana estava disponível. O resto de nós pegou a estrada ao amanhecer, na manhã seguinte, dia 20 de julho. E o quão longe fomos? Vinte e nove quilômetros. Georges de La Trémoïlle estava trabalhando arduamente com o rei vacilante, como podeis imaginar. O rei parou em Saint Marcoul e orou três dias. Precioso tempo perdido para nós; precioso tempo ganho para Bedford. Ele saberia como usá-lo.

Não podíamos continuar sem o rei; seria como deixá-lo no campo dos conspiradores. Joana argumentou, raciocinou, implorou; e, finalmente, retomamos o caminho.

A previsão de Joana estava certa. Não se tratava de uma campanha, era apenas mais uma excursão festiva. Fortalezas inglesas alinhavam nossa rota; elas se renderam sem um único golpe; nós as guarnecemos com os franceses e seguimos. A essa altura Bedford estava marchando contra nós com seu novo exército, e no dia 25 de julho as forças hostis se enfrentaram e se prepararam para a batalha; mas o bom senso de Bedford prevaleceu, e ele se virou e recuou em direção a Paris. Essa era a nossa chance. Nossos homens estavam com o moral alto.

Acreditais? Nosso pobre rei permitiu que seus conselheiros inúteis o convencessem a voltar para Gien, de onde ele partiu quando marchamos pela primeira vez para Reims e para a coroação! E nós realmente começamos a voltar. A trégua de quinze dias tinha acabado de ser concluída com o duque da Borgonha, e iríamos ficar em Gien até que ele nos entregasse Paris, sem lutar.

Marchamos para Bray; então o rei mudou de ideia mais uma vez, voltando seu rosto em direção a Paris. Joana ditou uma carta aos cidadãos de Reims para encorajá-los a manter o ânimo, apesar da trégua, e prometeu apoiá-los. Ela mesma lhes deu a notícia de que o rei havia dado a trégua; e, fazendo isso, foi a pessoa franca de sempre. Disse que não estava satisfeita, e que não sabia se iria mantê-la ou não; que se ela a mantivesse, seria apenas em consideração à honra do rei. Todas as crianças francesas conhecem essas famosas palavras. Como são ingênuas! *"De cette trêve qui a été faite, je ne suis pas contente, et je ne sais si je la tiendrai. Si je la tiens, ce sera seulement pour garder l'honneur du roi."*[2] Mas, de qualquer forma, como ela disse, ela não permitiria abuso algum contra o sangue real, e manteria o exército em ordem e pronto para a ação no final da trégua.

Pobre criança, ter que lutar contra a Inglaterra, a Borgonha e uma conspiração francesa ao mesmo tempo — foi horrível. Ela era uma rival à altura dos outros, mas uma conspiração! Ah, ninguém está à altura disso, quando a vítima a ser atingida é fraca e solícita. Isso a entristeceu, nesses dias conturbados, por ser tão prejudicada, atrasada e desorientada, e às vezes ela ficava triste e as lágrimas corriam de seus olhos. Uma vez, falando com seu fiel amigo e servo, Bastardo de Orléans, ela disse: "Ah, se Deus me deixasse tirar este traje de aço e

---

[2] Em francês no original. Tradução: "Com esta trégua que foi dada contente não estou, e não sei se a manterei. Se a mantiver, será apenas para preservar a honra do rei". [N. T.]

voltar para meu pai e minha mãe, e cuidar de minhas ovelhas novamente com minha irmã e meus irmãos, que ficariam tão felizes em me ver!".

No dia 12 de agosto estávamos acampados perto de Dammartin. Mais tarde, tivemos um pequeno atrito com a retaguarda de Bedford, e tínhamos esperanças de uma grande batalha no dia seguinte, mas Bedford e toda a sua força escaparam à noite e seguiram em direção a Paris.

Charles enviou arautos e obteve a rendição de Beauvais. O bispo Pierre Cauchon, fiel amigo e escravo dos ingleses, não foi capaz de impedi-lo, embora tenha feito o melhor que pôde. Ele era desconhecido na época, mas seu nome logo viajaria pelo mundo e viveria para sempre amaldiçoado pelos franceses! Tende paciência comigo agora, enquanto me imagino cuspindo em seu túmulo.

Compiègne se rendeu e arriou a bandeira inglesa. No dia 14, acampamos a quase dez quilômetros de Senlis. Bedford voltou e se aproximou, e assumiu uma boa posição. Nos movemos contra ele, mas todos os nossos esforços para fazê-lo sair de suas trincheiras falharam, embora ele tivesse nos prometido um duelo em campo aberto. A noite caiu. Ele teria que manter os olhos abertos até a manhã! Mas de manhã ele se foi, de novo.

Entramos em Compiègne no dia 18 de agosto, acabando com a guarnição inglesa e içando nossa própria bandeira.

No dia 23, Joana deu a ordem de avançar até Paris. O rei e sua corja não ficaram satisfeitos com isso, e se retiraram, amuados, para Senlis, que acabara de se render. Dentro de alguns dias, muitos lugares fortes cederam: Creil, Pont-Saint--Maxence, Choisy, Gournay-sur-Aronde, Remy, Le Neuville--en-Hez, Moguay, Chantilly, Saintines. O poder inglês estava desmoronando, confronto após confronto! E ainda assim o rei, amuado, desaprovou, e tinha medo do nosso movimento contra a capital.

No dia 26 de agosto de 1429, Joana acampou em Saint Denis, sob as muralhas de Paris.

E mesmo assim o rei hesitou e ficou com medo. Ah, se pudéssemos tê-lo conosco para nos apoiar com sua autoridade! Bedford havia perdido a coragem e decidiu renunciar à resistência e concentrar sua força na melhor e mais leal província que lhe restava — a Normandia. Ah, se tivéssemos conseguido persuadir o rei a vir e a nos apoiar com sua presença e aprovação naquele momento importante!

CAPÍTULO 40

A TRAIÇÃO VENCE JOANA

Um mensageiro após o outro foi enviado ao rei, e este prometeu vir, mas não veio. O duque d'Alençon foi até ele e conseguiu que ele fizesse sua promessa novamente, que viria a quebrar novamente. Nove dias foram perdidos dessa forma, até que ele veio; chegou em Saint Denis em 7 de setembro.

Enquanto isso, o inimigo começou a se animar: a conduta desanimada do rei não poderia provocar outro resultado. Preparativos haviam sido feitos para defender a cidade. As chances de Joana tinham diminuído, mas ela e seus generais ainda as consideravam boas o suficiente. Joana ordenou o ataque para as oito horas da manhã seguinte, e naquela hora ele começou.

Joana posicionou a artilharia e começou a atacar continuamente uma robusta fortificação que protegia a porta Saint Honoré. Quando ficou bem danificada, o ataque soou ao meio-dia, e o local foi devastado. Então avançamos para invadir a própria porta, e nos lançamos contra ela repetidamente. Joana na liderança, com seu estandarte ao lado, a fumaça nos envolvendo em nuvens sufocantes e os projéteis voando sobre nós e através de nós, tão grossos quanto o granizo.

No meio do último ataque, que teria com certeza derrubado a porta e nos dado Paris e, na verdade, a França, Joana foi atingida pela flecha de uma besta, e nossos homens recuaram instantaneamente e quase em pânico: o que eles eram sem ela? Ela era o exército, ela.

Embora incapacitada, ela se recusou a se retirar, e implorou que um novo ataque fosse feito, dizendo que venceriam; e acrescentando, com a luz da batalha subindo aos seus olhos: "Ou tomo Paris agora ou morro!". Ela teve que ser retirada a força por Gaucourt e pelo duque d'Alençon. Mas sua vitalidade estava no pico. Ela transbordava entusiasmo. Disse que seria levada para a frente da porta pela manhã, e em meia hora Paris seria nossa, sem dúvida alguma. Assim ela poderia manter sua palavra. Sobre isso, não havia dúvida. Mas ela esqueceu um fator: o rei, sombra daquela coisa chamada de La Trémoïlle. O rei proibiu a tentativa!

Vedes, uma nova embaixada tinha acabado de surgir, e era coisa do duque da Borgonha; outro comércio privado fraudulento de algum tipo estava a caminho.

Saberíeis, sem que eu vos dissesse, que o coração de Joana estava quase partido. Por causa da dor de sua ferida e da dor em seu coração, ela dormiu pouco naquela noite. Várias vezes as sentinelas ouviram soluços abafados vindos da sala escura onde ela estava deitada em Saint Denis, e muitas vezes as palavras de dor: "Podíamos tê-la tomado! Podíamos tê-la tomado!", que foram as únicas que disse.

No dia seguinte ela se arrastou para fora da cama, novamente esperançosa. D'Alençon havia montado uma ponte sobre o Sena, perto de Saint Denis. Ela poderia atravessá-la e atacar Paris em outro ponto. Mas o rei descobriu e derrubou a ponte! E mais: declarou que a campanha estava encerrada! E mais ainda: deu uma nova trégua, e uma longa trégua: concordou deixar Paris sem ameaças e intacta, e voltar para o Loire, de onde tinha vindo!

Joana d'Arc, que nunca havia sido derrotada pelo inimigo, foi derrotada por seu próprio rei. Ela havia dito uma vez que tudo o que temia em sua causa era a traição. Esta acabava de dar seu primeiro golpe. Joana pendurou sua armadura branca na basílica real de Saint Denis, e pediu ao rei que a liberasse de suas funções e a deixasse ir para casa. Como sempre, foi sábia. Operações combinadas, ações militares de longo alcance estavam no fim, agora; futuramente, quando a trégua terminasse, a guerra seria meramente uma guerra de confrontos aleatórios e ociosos, aparentemente; tarefa adequada para subalternos, sem necessidade da supervisão de um sublime gênio militar. Mas o rei não a deixou partir. A trégua não abrangia toda a França; havia fortalezas francesas a serem vigiadas e preservadas; ele precisaria dela. A sério, De La Trémoïlle queria mantê-la onde pudesse frustrá-la e impedi-la.

Suas Vozes voltaram. Disseram: "Permanece em Saint Denis". Não havia explicação. Não disseram o porquê. Essa era a voz de Deus; ela prevalecia sobre a ordem do rei; Joana resolveu ficar. Mas isso encheu De La Trémoïlle de medo. Ela era uma força tremenda demais para ser deixada à sua própria mercê; ela certamente desbarataria todos os planos dele. Assim, ele convenceu o rei a ser coercitivo. Joana teve que ceder, porque estava ferida e indefesa. No Grande Julgamento, ela disse que foi levada contra sua vontade; e que, se não tivesse sido ferida, isso não teria acontecido. Ah, que determinação ela tinha, a delicada garota! Determinação para enfrentar todos os poderes terrenos e desafiá-los. Nunca saberemos por que as Vozes ordenaram que ela ficasse. Só sabemos isso; que se ela pudesse ter obedecido, a história da França não seria como está, agora, escrita nos livros. Sim, bem, sabemos disso.

No dia 13 de setembro, o exército, triste e desanimado, voltou-se para o Loire e marchou, sem música! Sim, esse detalhe chamou a atenção. Era uma marcha fúnebre; sim, era isso. Uma longa e melancólica marcha fúnebre, sem gritos nem aplausos; os olhos amigos versavam lágrimas, no caminho todo, enquanto os inimigos riam. Finalmente chegamos a Gien, o local de onde partimos em nossa esplêndida marcha em direção a Reims havia menos de três meses, com bandeiras ao vento, bandas tocando, o rubor da vitória de Patay brilhando em nossos rostos e as multidões aglomeradas gritando, louvando e nos desejando boa viagem. Caía uma chuva tediosa, o dia estava escuro, o céu se lamentava e os espectadores eram poucos; não recebemos as boas-vindas, mas o silêncio, a piedade e as lágrimas.

Em seguida, o rei dissolveu aquele nobre exército de heróis; as bandeiras foram enroladas, as armas, guardadas: a desgraça da França estava completa. Era De La Trémoïlle que usava a coroa do vencedor; Joana d'Arc, a invencível, fora vencida.

CAPÍTULO 41

A DONZELA NÃO MARCHARÁ MAIS

Sim, foi como eu disse: Joana tinha Paris e a França em suas mãos e a Guerra dos Cem Anos a seus pés, e o rei a fez abrir as mãos e afastar os pés.

Isso depois de cerca de oito meses à deriva com o rei e seu conselho, e sua Corte alegre, vistosa, dançante, sedutora, intransigente, brincalhona, fazedora de serenatas e libertina; à deriva de cidade em cidade e de castelo em castelo, levando uma vida que era agradável para nós, de sua equipe pessoal, mas não para Joana. Que só viu isso, não viveu isso. O rei fez o melhor que pôde para fazê-la feliz, e mostrou uma gentil e constante inquietação a esse respeito.

Todos os outros tiveram que seguir rigidamente a exigente etiqueta da corte, mas ela estava livre, ela tinha esse privilégio. Suas incumbências eram: cumprir seu dever para com o rei uma vez por dia e dar agradáveis ordens; nada mais era exigido dela. Naturalmente, então, ela se transformou em eremita, e durante todos aqueles dias enfadonhos se lamentou em seus aposentos, dedicando pensamentos e devoções aos companheiros, e planejando operações militares combinadas irrealizáveis, para se entreter. Ela imaginava mover corpos de homens deste e daquele e do outro ponto, calculando as distâncias a serem percorridas, o tempo necessário para cada corpo e as características naturais do país a ser atravessado, para que eles aparecessem diante do inimigo em determinado dia ou em determinada hora, e se concentrassem na batalha. Era seu único jogo, o único alívio daquele fardo de grande tristeza e inação. Ela jogava uma, duas, três horas, enquanto outros jogavam xadrez; e nesse jogo se perdia, encontrando assim repouso para a mente e cura para o coração.

Ela nunca reclamou, é claro. Não era o jeito dela. Ela era do tipo que aguentava em silêncio. Da mesma forma que uma águia engaiolada, ansiando pelo ar livre, pelas alturas alpinas, pelos intensos prazeres da tempestade.

A França estava cheia de andarilhos; soldados debandados prontos para qualquer coisa que surgisse. Várias vezes, periodicamente, quando o cativeiro monótono de Joana ficava pesado demais para que ela o suportasse, ela era autorizada a reunir uma tropa de cavalaria e comandar um ataque saudável contra o inimigo. Essas coisas eram, para ela, injeções de ânimo.

Isso nos remetia aos velhos tempos, como em Saint-Pierre-le-Moûtier, vê-la liderando um ataque após o outro, tendo que recuar repetidamente, mas sempre reunindo os homens e atacando novamente, tudo com uma chama de ansiedade e deleite; até que, finalmente, a tempestade de projéteis choveu tão intoleravelmente espessa que o velho d'Aulon, ferido, soou a retirada (pois o rei lhe ameaçara cortar a cabeça se algo de mal acontecesse a Joana); e todos correram atrás dele — como ele supunha; mas quando ele se virou e olhou, lá estávamos nós, do estado-maior de Joana, ainda em ação; por isso ele voltou e a chamou, dizendo que ela estava louca de ficar lá com apenas uma dúzia de homens. O olhar de Joana dançou alegremente, e ela se virou para ele, gritando: "Uma dúzia de homens?! Por Deus! São cinquenta mil, e nunca me moverei até que este lugar seja tomado! Ao ataque!". Ele cumpriu a ordem, escalamos os muros e a fortaleza foi nossa. O velho d'Aulon achava que sua mente estava sem rumo; mas tudo o que ela quis dizer era que sentia o poder de cinquenta mil homens surgindo em seu coração. Foi uma expressão fantasiosa; mas, a meu ver, nunca algo tão verdadeiro fora dito antes.

Depois, houve o caso perto de Lagny, onde atacamos os borguinhões entrincheirados em campo aberto quatro vezes, e na última vez vencemos; o melhor prêmio desse combate foi Franquet d'Arras, filibusteiro e flagelador impiedoso da região.

De vez em quando havia outras lutas desse tipo; e, finalmente, no final de maio de 1430, estávamos nas redondezas de Compiègne e Joana resolveu ir em auxílio daquele lugar, que estava sendo sitiado pelo duque da Borgonha. Eu tinha sido ferido recentemente, e não era capaz de montar sem ajuda; mas o bom Anão me levou atrás dele, e me agarrei a ele e fiquei bem seguro. Começamos à meia-noite, sob um caprichoso aguaceiro morno, e prosseguimos devagar, suavemente, em um silêncio morto, pois tivemos que passar pelas linhas inimigas. Fomos desafiados apenas uma vez; não respondemos, mas prendemos a respiração e nos arrastamos firme e furtivamente, e conseguimos passar sem acidente algum. Perto das três, ou meia hora depois, chegamos a Compiègne, no mesmo momento que o amanhecer cinzento rompia a leste.

Joana colocou as mãos à obra imediatamente, e combinou um plano com Guillaume de Flavy, capitão da cidade — plano para uma surtida, à noite, contra o inimigo, que estava organizado em três corpos do outro lado do Oise, na planície. Do nosso lado, uma das portas da cidade se comunicava com uma ponte. Do outro lado do rio, o final desta ponte era defendido por uma daquelas fortalezas chamadas de baluartes; e aquele baluarte também dominava uma estrada elevada, que à sua frente se estendia pela planície, até a aldeia de Margny. Um exército de borguinhões ocupou Margny; outro estava acampado em Clairoix, a algumas milhas acima da estrada elevada; e um corpo de ingleses estava guardando Venette, uma milha e meia abaixo dela. Uma espécie de arranjo de arco e flecha, imaginai: a estrada era a flecha; o baluarte, a extremidade com a pena; Margny, a farpa; Venette, uma ponta do arco, Clairoix, a outra.

O plano de Joana era seguir direto pela estrada até Margny, atacá-la, depois virar-se rapidamente a Clairoix, à direita, e também capturar aquele acampamento, depois encarar a retaguarda e se preparar para ações mais duras, pois o duque da Borgonha estava depois de Clairoix, com uma tropa reserva. De Flavy, com arqueiros e a artilharia do baluarte, tinha de impedir que as tropas inglesas subissem e tomassem a estrada e bloqueassem uma possível retirada de Joana. Além disso, uma frota de barcos cobertos deveria estar posicionada perto do baluarte, como ajuda adicional, caso fosse necessária uma retirada. Era 24 de maio. Às quatro da tarde, Joana liderou seiscentos cavaleiros. Foi sua última marcha em vida! Isso parte meu coração. Ajudaram-me a escalar a muralha, e de lá vi muito do que aconteceu; quanto ao resto, nossos dois cavaleiros e outras testemunhas oculares me contaram, bem depois. Joana atravessou a ponte, logo deixou o baluarte para trás e passou pela estrada elevada, acompanhada de seus cavaleiros. Ela usava uma capa dourada-prateada brilhante sobre a armadura, e a capa se remexia e soltava chispas, e subia e caía, como um pequeno fragmento de chama branca.

Era um dia claro, e dava para ver toda a planície. Logo vimos a força inglesa avançar, rapidamente e bem organizada, com o reflexo da luz do sol em suas armas. Joana atacou os borguinhões em Margny e foi rechaçada. Viu então os outros borguinhões descendo de Clairoix. Reuniu seus homens e atacou novamente, e foi novamente repelida. Dois assaltos levam um bom tempo — e ali o tempo foi precioso. Os ingleses estavam se aproximando da estrada, vindo de Venette, mas as tropas do baluarte abriram fogo sobre eles e os imobilizaram. Joana incentivou seus homens com palavras inspiradoras e comandou novamente um ataque, em grande estilo. Dessa vez, ela tomou Margny e foi saudada com vivas. Então ela se virou imediatamente para a direita, seguiu adiante com o plano e atingiu a força de Clairoix, que estava chegando; seguiu-se um grande embate, um imenso embate: os dois exércitos foram empurrados para trás, virando para lá e para cá, e a vitória inclinando-se primeiro para um, depois para o outro. Então, de repente, houve pânico do nosso lado. Alguns dizem que uma coisa o causou, outros, outra coisa. Alguns dizem que o bombardeio fez as fileiras da frente pensarem que a retirada estava sendo interrompida pelos ingleses, outros dizem que as fileiras da retaguarda acharam que Joana tinha sido morta. De qualquer forma nossos homens correram, e seguiram, irrefreados, por uma rota selvagem, na direção da estrada. Joana tentou agrupá-los e encará-los, jurando-lhes que a vitória era certa, mas de nada serviu; eles se dividiram e passaram por ela como uma onda. O velho d'Aulon implorou que ela se retirasse enquanto ainda havia uma chance segura, mas ela se recusou; então ele agarrou a rédea do cavalo dela e a levou contra sua vontade, em meio à destruição e às ruínas. E assim, ao longo da estrada, eles a percorreram como a um enxame, uma confusão selvagem de homens e de cavalos frenéticos, e a artilharia teve que parar de disparar, é claro; consequentemente, os ingleses e os borguinhões se aproximaram em segurança, os primeiros na frente e os últimos atrás de suas presas. Até o baluarte os franceses foram lavados nessa inundação envolvente; e lá, encurralados em um ângulo formado pelo flanco do baluarte e pela ladeira da estrada, lutaram bravamente uma luta sem esperança e afundaram, um a um.

Flavy, observando a partir dos muros da cidade, ordenou que a porta fosse fechada e a ponte levadiça, levantada. Assim, Joana ficou do lado de fora.

A pequena guarda pessoal ao seu redor diminuiu rapidamente. Os nossos dois bons cavaleiros caíram, incapacitados; os dois irmãos de Joana foram feridos; depois Noel Rainguesson; todos foram feridos enquanto protegiam lealmente Joana de golpes que a visavam. Quando sobraram apenas o Anão e o Paladino, eles não desistiram, mas permaneceram firmes, como um par de torres de aço listradas e salpicadas de sangue; e onde o machado de um e a espada do outro caíam, um inimigo engasgava e morria. E lutando assim, leais ao seu dever até o fim, boas almas simples, eles chegaram ao seu honroso fim. Paz à memória deles! Eram muito queridos para mim.

Houve então gritos de viva e correria, e Joana, ainda desafiadora, ainda erguendo sua espada, foi agarrada pela capa e arrastada de seu cavalo. Ela foi levada como prisioneira para o acampamento do duque da Borgonha e, atrás dela, vinha o exército vitorioso, rugindo de alegria.

A terrível notícia começou a se espalhar instantaneamente; voou de boca em boca; e aonde quer que chegasse, golpeava as pessoas com um tipo de paralisia; e elas murmuravam repetidas vezes, como se falassem consigo mesmas, ou sonolentas: "A Donzela de Orléans foi pega!"; "Joana d'Arc, prisioneira!"; "A salvadora da França foi tirada de nós!"; e continuavam tais exclamações, como se não conseguissem entender como aquilo podia ter acontecido, ou como Deus tinha permitido aquilo, pobres criaturas!

Tendes ideia do que é uma cidade coberta de preto, da goteira ao pavimento? Então podeis imaginar como estava Tours, assim como algumas outras cidades. Mas alguém pode explicar a tristeza nos corações dos camponeses da França? Não, ninguém pode, e, coitadinhos, nem eles mesmos poderiam tê-la explicado, mas ela foi fortemente sentida, sim. Ora, o espírito de uma nação inteira estava de luto!

Era 24 de maio. Encerramos aqui as cortinas do drama militar mais estranho, comovente e maravilhoso que foi encenado no palco do mundo. Joana d'Arc não marchará mais.

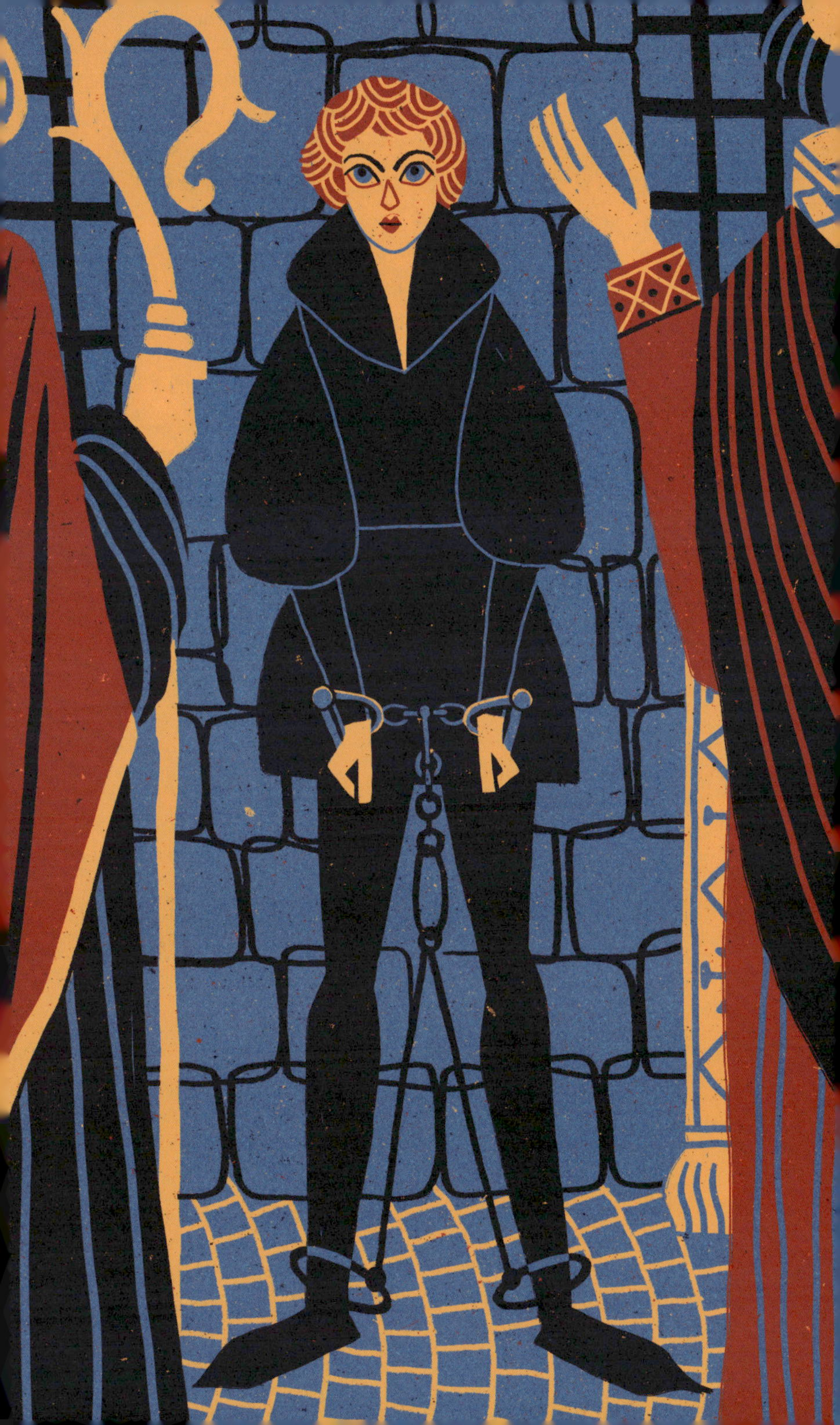

LIVRO III

JULGAMENTO
E MARTÍRIO

CAPÍTULO 1

A Donzela acorrentada

Não suporto falar muito a respeito da vergonhosa história que ocorreu no verão e no inverno após a captura. Por um tempo, não me preocupei muito, pois todos os dias esperava ouvir a notícia de um pedido de resgate para Joana, e que o rei — não, não o rei, mas a grata França — iria ansiosamente pagá-lo. Pelas leis da guerra, não lhe podia ser negado o privilégio do resgate. Ela não era uma rebelde; era uma soldada legitimamente constituída, chefe dos exércitos da França nomeada por seu rei, e não era culpada por nenhum crime conhecido pela lei militar; portanto, não poderia ser detida sob qualquer pretexto, se o resgate fosse solicitado.

Mas os dias passavam e nenhum resgate foi pedido! Parece incrível, mas é verdade. Aquele réptil De La Trémoïlle estava colocando coisas no ouvido do rei? Tudo o que sabemos é que o rei ficou em silêncio, e não fez nenhuma oferta e nenhum esforço em nome da pobre garota que tinha feito tanto por ele.

Mas, infelizmente, havia muita agitação longe dali. A notícia da captura chegou a Paris no dia seguinte, e os alegres ingleses e borguinhões ensurdeceram o mundo, o dia todo e a noite toda, com o clamor de seus sinos de júbilo e os festivos estampidos de sua artilharia, e no dia seguinte o vigário-geral da Inquisição enviou uma mensagem ao duque da Borgonha exigindo a entrega da prisioneira à Igreja, para que fosse julgada por idolatria.

Os ingleses viram a exigência como uma oportunidade, pois na realidade era o poder inglês que estava atuando, não a Igreja. A Igreja estava sendo usada como fachada, disfarce; e por uma ótima razão: a Igreja não era apenas capaz de tirar a vida de Joana d'Arc, mas também de destruir sua influência e a inspiração valorosa de seu nome, enquanto o poder inglês poderia apenas matar seu corpo; isso não diminuiria nem destruiria a influência de seu nome, mas o engrandeceria e o imortalizaria. Joana d'Arc era a única potência na França que os ingleses não desprezavam, a única potência na França que consideravam formidável. Se a Igreja pudesse ser levada a tirar sua vida, ou proclamá-la idólatra, herege, bruxa, enviada por Satanás, não pelo Céu, acreditava-se que a supremacia inglesa poderia ser imediatamente restabelecida.

O duque da Borgonha ouviu, mas esperou. Ele tinha certeza de que o rei francês ou o povo francês se apresentariam em breve e pagariam um preço mais alto do que os ingleses. Ele manteve Joana como prisioneira em uma fortaleza bem protegida e continuou a esperar, enquanto as semanas passavam. Como príncipe francês que era, tinha vergonha de vendê-la aos ingleses. No entanto, depois de tanto esperar, não lhe chegou oferta alguma do lado francês.

Um dia Joana fez um truque astuto com seu carcereiro, e não apenas escapou da prisão, como o trancou nela. Mas quando fugiu, foi vista por uma sentinela, recapturada e levada de volta.

Foi então enviada para Beaurevoir, um castelo mais bem protegido. Isso ocorreu no início de agosto, e ela estava presa havia mais de dois meses. Fora encarcerada no topo de uma torre de dezoito metros de altura. E lá ficou, angustiada, por mais um longo período — cerca de três meses e meio. Durante todos aqueles cansativos cinco meses de prisão ela estava ciente de que os ingleses, acobertados pela Igreja, estavam-na negociando como alguém negocia um cavalo ou um escravo, e que a França estava em silêncio, o rei estava em silêncio, assim como todos os seus amigos. Sim, foi lamentável.

E, no entanto, quando ela finalmente ouviu que Compiègne estava sendo cercada e que seria provavelmente tomada, e que o inimigo havia declarado que nenhum habitante escaparia do massacre, nem mesmo crianças de sete anos de idade, ela quis imediatamente correr em nosso socorro. Rasgou suas roupas de cama em tiras e as amarrou juntas até que virassem uma corda, pela qual ela desceria, numa noite; frágil, a corda arrebentou, fazendo com que Joana caísse e ficasse gravemente ferida; ela permaneceu três dias inconsciente, sem comer nem beber.

Até que vieram ao nosso auxílio, liderados pelo conde de Vendôme, e Compiègne foi salva e o cerco, levantado. Isso foi um desastre para o duque da Borgonha. Ele tinha que economizar dinheiro, agora. Era um bom momento para uma nova oferta para obter Joana d'Arc. Os ingleses imediatamente enviaram um bispo francês — o eternamente infame Pierre Cauchon de Beauvais. Prometeram-lhe, como parte de sua recompensa, a arquidiocese de Rouen, que estava vaga, se ele fosse bem-sucedido. Ele reivindicou o direito de presidir o julgamento eclesiástico de Joana porque o campo de batalha onde ela foi capturada pertencia à sua diocese. Segundo o costume militar da época, o resgate de um príncipe real custava 10 mil libras de ouro, o que equivale a 61.125 francos — uma quantia fixa. Ele deve ser aceito quando oferecido; não pode ser recusado.

Cauchon ofertou essa mesma quantia, como os ingleses — um pagamento de resgate para a pobre camponesa de Domrémy equivalente ao de um príncipe real. Isso mostra de forma impressionante a importância que ela tinha para os ingleses. A oferta foi aceita. Por aquela quantia Joana d'Arc, a salvadora da França, foi vendida; vendida aos seus inimigos; aos inimigos de seu país; inimigos que haviam chicoteado, espancado e trucidado a França por um século e fizeram disso um passatempo; inimigos que haviam esquecido, anos e anos atrás, como era o rosto de um francês, de tão acostumados que estavam a não ver nada além de suas costas; inimigos que ela chicoteou, que ela intimou, a quem ela havia ensinado a respeitar o valor do povo francês, valor recém-nascido em sua nação, incitado pela determinação de Joana; inimigos que ansiavam por sua vida como sendo a única potência capaz de ficar entre o triunfo inglês e a degradação francesa. Vendida a um padre francês por um príncipe francês, com o rei francês e a nação francesa parados, sem dizer nada.

E ela... o que ela disse? Nada. Nem uma reprovação passou por seus lábios. Ela era boa demais para isso — ela era Joana d'Arc. Nome que, por si só, diz tudo.

Como soldada, seus antecedentes eram impecáveis. Ela não podia ser chamada para prestar contas sobre nada relacionado a isso. Um subterfúgio devia ser encontrado, e, como vimos, foi encontrado. Ela devia ser julgada por padres por crimes contra a religião. Se nenhum pudesse ser descoberto, alguns deveriam ser inventados. O canalha Cauchon, sozinho, podia inventá-los.

Rouen foi escolhida como o cenário do julgamento. Era a principal cidade tomada pelo poderio inglês; sua população estava sob domínio inglês havia tantas gerações que dificilmente era formada por franceses, exceto no que dizia respeito à língua falada. O local estava fortemente guarnecido. Joana foi levada para lá perto do final de dezembro de 1430, e jogada em uma masmorra. Sim, e acorrentada, aquele espírito livre!

Ainda assim, a França não se mexeu. Como posso explicar isso? Acho que há apenas uma maneira. Lembrar-vos-eis que sempre que Joana não estava na frente, os franceses se seguravam e não arriscavam nada; que sempre que ela liderava, eles derrubavam tudo o que estava diante deles, contanto que pudessem ver sua armadura branca ou seu estandarte; que toda vez que ela caía ferida ou que diziam que ela estava morta, como em Compiègne, eles entravam em pânico e fugiam como ovelhas. A partir disso, sustento que eles ainda não haviam passado por nenhuma transformação real; que, no fundo, ainda estavam sob o feitiço de uma timidez nascida de gerações de insucesso, e tomados por uma falta de confiança uns nos outros e em seus líderes, nascida de experiências antigas e amargas em termos de traições de todos os tipos, pois seus reis haviam sido traiçoeiros com seus grandes vassalos e generais, e estes, por sua vez, eram traiçoeiros com o chefe de estado e uns com os outros. Os soldados descobriram que podiam contar totalmente com Joana, e somente com ela. Sem ela, tudo se foi. Ela era o sol que tinha derretido as torrentes congeladas e as feito ferver; com a retirada desse sol, elas congelaram novamente, e o exército e toda a França se tornaram o que eram antes, meros cadáveres — nada mais do que isso; incapazes de qualquer pensamento, esperança, ambição ou movimento.

CAPÍTULO 2

Vendida para os ingleses

Minha ferida me causou muitos problemas na primeira parte de outubro; mais tarde, o clima mais fresco renovou minha vida e minha força. Durante esse tempo, houve relatos de que o rei iria resgatar Joana. Eu acreditava nisso, pois eu era jovem e ainda não tinha descoberto a pequenez e a maldade de nossa pobre raça humana, que se gaba tanto de si mesma e acha que é melhor, superior aos outros animais.

Em outubro eu estava bem o suficiente para participar de duas surtidas, e na segunda, dia 23, fui ferido de novo. Minha sorte tinha mudado, como podeis ver. Na noite do dia 25 os sitiantes se retiraram, e em meio à desordem e à confusão um de seus prisioneiros escapou; refugiando-se em Compiègne, entrou no meu quarto, tal um objeto pálido e deplorável. "O quê?! Vivo?! Noel Rainguesson!".

Era ele mesmo. Foi um encontro maravilhosamente alegre, como podeis imaginar; mas também tão triste quanto alegre. Não podíamos falar o nome de Joana. A voz de um ou de outro teria se entristecido. Sabíamos de quem falávamos quando a mencionávamos. Podíamos dizer "ela" e "dela", mas não podíamos falar seu nome.

Falamos sobre o estado-maior. O velho d'Aulon, ferido e prisioneiro, ainda estava com Joana e a servia, com a permissão do duque da Borgonha. Joana estava sendo tratada com respeito devido à sua posição e ao seu caráter de prisioneira de guerra, capturada durante um conflito honroso. E assim continuou, como viemos a saber mais tarde, até que ela caiu nas mãos daquele filho ilegítimo do Satanás, Pierre Cauchon, bispo de Beauvais.

Noel fazia nobres e afetuosos elogios e apreciações ao nosso velho e orgulhoso porta-estandarte, agora calado para sempre, com suas batalhas reais e imaginárias todas travadas, seu trabalho feito, sua vida honrosamente encerrada e concluída.

— Pensa na sorte dele! — explodiu Noel, com os olhos cheios de lágrimas. — O filho preferido da sorte!

— Ela o seguiu e ficou perto dele, desde o primeiro passo até o fim, no campo ou fora dele; sempre uma figura esplêndida aos olhos do público, cortejada e invejada em todos os lugares; sempre tendo a chance de fazer coisas boas e sempre as fazendo; no início, ele foi chamado de Paladino por gozação, e depois a sério, porque fez jus ao título; e, finalmente, a maior sorte de todos, morreu no campo de batalha! Morreu com seu arnês; morreu fiel ao seu cargo, com o estandarte na mão; morreu — oh, imagina isso — com o olhar aprovador de Joana d'Arc sobre ele!

— Ele bebeu o cálice da glória até a última gota e, regozijando-se, alcançou a paz, abençoadamente poupado de todo o desastre que se seguiria. Que sorte, que sorte! E nós? Qual foi o nosso pecado por ainda estarmos aqui, nós que também ganhamos o nosso lugar ao lado dos felizes mortos?

E ele logo disse:

— Eles arrancaram o estandarte sagrado de sua mão morta e o levaram embora. Seu prêmio mais precioso depois que seu dono foi capturado. Mas agora não o têm. Há um mês arriscamos nossas vidas — nossos dois bons cavaleiros, meus companheiros de prisão, e eu — e o roubamos, e o levamos escondido, em mãos de confiança, para Orléans, e lá está ele agora, seguro para sempre no Tesouro local.

Fiquei feliz e grato por saber disso. Desde então o vejo com frequência, quando vou a Orléans no dia 8 de maio como o velho convidado favorito da cidade e ocupo o primeiro lugar de honra nos banquetes e nas procissões — quero dizer, desde que os irmãos de Joana morreram. Ele ainda estará lá, sagradamente guardado pelo amor francês, daqui a mil anos — sim, enquanto restarem seus fragmentos.[1]

Duas ou três semanas depois dessa conversa veio a terrível notícia, bombástica, e ficamos horrorizados: Joana d'Arc tinha sido vendida aos ingleses! Nem por um momento tínhamos sonhado com isso. Bem sabeis que éramos jovens, e não conhecíamos a raça humana, como eu disse antes. Tínhamos ficado tão orgulhosos do nosso país, tão seguros de sua nobreza, de sua magnanimidade, de sua gratidão. Esperávamos pouco do rei, mas da França, esperávamos tudo. Todos sabiam que em várias cidades os padres patriotas marchavam em procissão pedindo ao povo que sacrificasse dinheiro, propriedade, tudo, e comprasse a liberdade de sua libertadora enviada pelo Céu. Não tínhamos dúvida de que o dinheiro seria levantado.

Mas estava tudo acabado agora, tudo acabado. Foi uma época amarga para nós. O céu parecia nebuloso; toda a alegria partira de nossos corações. O camarada ao meu lado era realmente Noel Rainguesson, aquela criatura descontraída, cuja

---

[1] O estandarte ali permaneceu durante trezentos e sessenta anos. Foi destruído por uma turba na época da Revolução em uma fogueira pública, juntamente com duas espadas, um chapéu plumado, vários trajes de cerimônia e outras relíquias da Donzela. Nada do que se sabe que foi tocado pela mão de Joana d'Arc existe hoje, exceto alguns documentos militares oficiais preciosamente guardados, que ela assinou, e sua caneta, que era guiada por um funcionário ou por seu secretário, Louis de Conte. Existe também uma rocha sobre a qual ela subiu, uma vez, montada em seu corcel, quando estava partindo para uma campanha. Até um quarto de século atrás, havia um único fio de cabelo de sua cabeça ainda existente, que fora extraído da cera de um selo anexado ao pergaminho de um documento oficial. Ele foi furtivamente cortado, selado e tudo, por algum vândalo caçador de relíquias, que o levara com ele. Ainda existe, sem dúvida, mas só o ladrão sabe onde está. [N. T. A.]

vida foi apenas uma longa anedota, e que usara a respiração mais para rir do que para manter seu corpo vivo? Não, não, aquele Noel eu não veria mais. Seu coração estava partido. Ele se arrastava, aflito e ausente, como em um sonho; o arroio de seu riso estava seco na fonte.

Bem, foi melhor assim. Eu estava do mesmo jeito. Fizemos companhia um ao outro. Ele cuidou de mim pacientemente durante as longas e enfadonhas semanas e, finalmente, em janeiro, eu estava forte o suficiente para continuar. Então ele disse:

— Vamos, agora?
— Sim.

Não foi preciso explicar nada. Nossos corações estavam em Rouen; nós carregaríamos nossos corpos para lá. Tudo o que nos importava na vida estava preso naquela fortaleza. Não podíamos ajudá-la, mas para nós seria um consolo estarmos perto dela, respirar o ar que ela respirava e olhar diariamente para os muros de pedra que a escondiam. E se nos prendessem? Bem, a única coisa que podíamos fazer era dar o melhor de nós, e deixar a sorte e o destino decidirem o que viria depois.

Então começamos. Não conseguíamos perceber as mudanças ocorridas no país. Parecia que podíamos escolher nosso próprio caminho e ir aonde quiséssemos, livres e sossegados. Quando Joana d'Arc estava no campo de batalha, havia uma espécie de pânico por toda parte; mas agora que ela estava fora do caminho, o medo havia desaparecido. Ninguém estava preocupado convosco nem com medo de vós, ninguém tinha a curiosidade de saber quem éreis ou o que fazíeis, todos estavam indiferentes.

Vimos que podíamos ir pelo Sena, sem nos cansar com viagens terrestres. Foi o que fizemos, e fomos levados em um barco a até cinco quilômetros de Rouen. Então chegamos à terra firme; não do lado acidentado, mas do outro, tão nivelado quanto um piso. Ninguém podia entrar ou sair da cidade sem explicar o porquê. Pois temiam tentativas de resgate de Joana.

Não tivemos problemas. Paramos naquele planalto com uma família de camponeses e ali ficamos uma semana, ajudando-os no trabalho para pagar a alimentação e o alojamento. Viramos amigos. Procuramos roupas como as deles, e as vestimos. Quando conseguimos quebrar a barreira que nos impunha seu modo reservado e ganhamos sua confiança, descobrimos que, secretamente, abrigavam corações franceses em seus corpos. Então fomos francos e lhes contamos tudo, e eles se disponibilizaram a fazer qualquer coisa para nos ajudar.

Nosso plano foi logo preparado, e foi bastante simples. Iríamos ajudá-los a levar um rebanho de ovelhas ao mercado da cidade. Em uma manhã, bem cedo, colocamos a aventura em prática sob um chuvisco melancólico e passamos pelas portas da cidade franzindo a testa, sem ser incomodados. Nossos amigos tinham amigos vivendo sobre uma humilde bodega de vinhos em um imóvel pitoresco e alto, situado em uma das vielas que desciam da catedral até o rio, e nos deixaram com eles; no dia seguinte, trouxeram nossas próprias roupas e outros pertences nossos. A família que nos alojou, os Pierron, simpatizava com os franceses, e não precisamos esconder deles os nossos segredos.

CAPÍTULO 3

A REDE É TECIDA SOBRE ELA

Eu precisava, de alguma maneira, ganhar o pão para Noel e para mim; e quando os Pierron descobriram que eu sabia escrever, contataram seu confessor em meu nome e este conseguiu uma vaga para mim com um bom padre chamado Manchon, que seria o escrivão principal no Grande Julgamento de Joana d'Arc, que se aproximava. Era uma posição estranha para mim — empregado do escrivão — e perigosa, se descobrissem com quem eu simpatizava e qual tinha sido meu último emprego. Mas não era tão perigoso. Manchon, no fundo, simpatizava com Joana e não me trairia; meu nome também não me exporia, pois descartei meu sobrenome e mantive apenas o nome, como uma pessoa de classe baixa.

Acompanhei constantemente Manchon, de janeiro a fevereiro, e estive frequentemente na cidadela com ele — na própria fortaleza onde Joana estava presa, embora não na masmorra onde ela estava confinada e, portanto, não a vi, é claro.

Manchon me contou tudo o que tinha acontecido antes da minha chegada. Desde a compra de Joana, Cauchon estava ocupado reunindo seu júri para a destruição da Donzela — ele passou várias semanas ocupado com essa cruel empreitada. A Universidade de Paris enviou-lhe vários eclesiásticos eruditos, competentes e confiáveis, da espécie que ele queria; e ele tinha reunido clérigos renomados de espécie semelhante, constituindo assim um tribunal formidável com cerca de meia centena de nomes distintos. Eram nomes franceses, cujos interesses condiziam com os dos ingleses, com quem simpatizavam.

Um importante oficial da Inquisição também foi enviado de Paris, pois a acusada devia ser julgada de acordo com os métodos da Inquisição; mas tratava-se de um homem corajoso e justo, e ele logo disse que o tribunal não tinha o poder de julgar o caso, por isso se recusou a agir; a mesma fala honesta foi proferida por dois ou três outros.

O Inquisidor estava certo. O caso aqui ressuscitado contra Joana já havia sido julgado muito tempo atrás em Poitiers, e fora decidido a seu favor. Sim, e por um tribunal superior a esse, pois à frente dele estava o arcebispo metropolitano de Reims, o superior de Cauchon. Aqui podeis ver que uma corte inferior estava se preparando descaradamente para tentar obter uma nova decisão a uma causa que já havia sido decidida por seu superior, por uma corte com mais autoridade. Imaginai algo semelhante! Não, o caso não podia ser julgado de novo decentemente. Cauchon não podia presidir decentemente essa nova corte, por vários motivos: Rouen não fazia parte de sua diocese; Joana não havia sido presa em seu domicílio, que ainda era Domrémy; e, finalmente, o juiz proposto era o inimigo declarado da prisioneira, e, portanto, ele era incompetente para julgá-la. No entanto, nenhum desses grandes obstáculos o pararam. O capítulo territorial de Rouen finalmente concedeu as cartas territoriais a Cauchon, embora somente depois de muita luta e sob coação. Sem saída, o Inquisidor foi obrigado a ceder.

Assim, por meio de seu representante, o pequeno rei inglês entregou formalmente Joana nas mãos do tribunal, mas com esta reserva: se a corte não a condenasse, ele a teria de volta! Oh, céus, que chance teria aquela criança abandonada e sem amigos? Sem amigos, de fato — é o termo certo. Pois ela estava em uma masmorra escura, com meia dúzia de soldados comuns, brutos, vigiando noite e dia a sala onde sua jaula estava — pois ela estava em uma jaula; uma jaula de ferro, e acorrentada à sua cama pelo pescoço, pelas mãos e pelos pés. Perto dela nunca havia alguém que ela já tivesse visto; nunca uma mulher. Sim, de fato, faltava-lhe a amizade.

Ora, foi um vassalo de Jean de Luxembourg que capturou Joana em Compiègne, e foi Jean quem a vendeu ao duque da Borgonha. No entanto, o próprio de Luxembourg não teve um pingo de vergonha para ir e mostrar seu rosto a Joana em sua jaula. Ele foi com dois condes ingleses, Warwick e Stafford. Pobre réptil. Disse que a libertaria se ela prometesse não lutar mais contra os ingleses. Fazia muito tempo que ela estava naquela jaula, mas não o suficiente para partir sua alma. Ela retrucou, desdenhosamente:

— Por Deus, zombais de mim. Sei que não tendes nem o poder nem a vontade de fazer o que dizeis.

Ele insistiu. Então o orgulho e a dignidade da soldada se sobrepuseram a Joana, e ela levantou as mãos acorrentadas e as deixou cair, ruidosas, dizendo:

— Olhai estas correntes! Elas sabem mais do que vós, e profetizam melhor. Sei que os ingleses vão me matar, pois pensam que quando eu morrer vão poder ficar com o Reino da França. Mas não vão. Mesmo se houvesse cem mil deles, eles nunca conseguiriam.

Essa provocação enfureceu Stafford, ele — agora pensai nisso —, um homem livre e forte, ela, uma garota acorrentada e indefesa; ele puxou sua adaga e se jogou sobre ela para apunhalá-la. Mas Warwick o agarrou e o puxou de volta. Warwick foi esperto. Tirar a vida dela daquela maneira? Mandá-la para o Céu imaculada e sem ter sido desgraçada? Isso faria dela a ídola da França, e toda a nação se levantaria e marcharia em busca da vitória e da emancipação, inspirada por sua alma. Não, ela tinha de ser poupada para ter outro destino.

Bem, o Grande Julgamento estava se aproximando. Por mais de dois meses, Cauchon vasculhou, varreu todos os lugares em busca de qualquer evidência trivial ou de suspeitas ou conjecturas que pudessem ser usadas contra Joana, enquanto eliminava cuidadosamente todas as evidências que chegavam a seu favor. Ele tinha maneiras, meios e poderes ilimitados à sua disposição para preparar e fortalecer o caso para a acusação, e usou todos eles.

Mas Joana não tinha ninguém para preparar o caso para ela, e ela estava fechada naquelas paredes de pedra e não tinha nenhum amigo ao qual pedir ajuda. Quanto às testemunhas, ela não poderia chamar uma única testemunha em sua defesa; todas estavam longe, sob a bandeira francesa, e aquela era uma corte inglesa; elas teriam sido apreendidas e enforcadas se tivessem mostrado seus rostos nas portas de Rouen. Não, a prisioneira seria a única testemunha — testemunha para a acusação, testemunha para a defesa; e o veredito de morte já estava resolvido, antes que as portas fossem abertas para a primeira sessão no tribunal. Quando ela soube que o tribunal era composto de eclesiásticos que respondiam aos interesses dos ingleses, ela implorou que justiça fosse feita e um número igual de padres do lado francês se juntasse a eles. Cauchon zombou de sua mensagem, e nem sequer se dignou a respondê-la.

Segundo a lei da Igreja, sendo ela menor de idade com menos de vinte e um anos, ela tinha o direito de ter um defensor para conduzir seu caso, aconselhá-la a responder quando questionada e protegê-la para que não caísse em armadilhas criadas por engenhosos dispositivos da acusação. Ela provavelmente não sabia que tinha esse direito, e que poderia exigi-lo e requerê-lo, pois não havia ninguém para lhe dizer isso; mas, de qualquer forma, ela implorou por essa ajuda. Cauchon recusou. Ela insistiu, rogou, arguindo que era jovem e ignorante no que dizia respeito às complexidades e aos pormenores da lei e do procedimento legal. Cauchon recusou novamente, e disse que ela deveria se virar sozinha nesse caso, e dar o melhor de si. Ah, ele tinha um coração de pedra.

Cauchon preparou o *procès-verbal*.[1] Vou simplificá-lo chamando-o de "Lista de Particularidades". Tratava-se de uma lista detalhada das acusações contra ela, que formou a base do julgamento. Acusações? Era uma lista de suspeitas e rumores públicos — essas foram as palavras usadas. Havia a mera acusação de que ela era suspeita de ter sido culpada de heresia, bruxaria e outras ofensas contra a religião.

Ora, pela lei da Igreja, um julgamento desse tipo não poderia ser iniciado até que um inquérito de verificação tivesse sido feito sobre a história e o caráter da acusada, e era essencial que o resultado desse inquérito fosse adicionado ao *procès--verbal* e fizesse parte dele. Lembrai-vos: essa foi a primeira coisa feita antes do julgamento em Poitiers. Dessa vez, fizeram a mesma coisa. Um eclesiástico foi enviado a Domrémy. Lá e em toda a vizinhança ele fez um inquérito exaustivo sobre a história e o caráter de Joana, e voltou com seu veredito, que era muito claro. Segundo o inquiridor, o caráter de Joana era, em todos os sentidos, como ele "gostaria que fosse o caráter de sua própria irmã". Quase o mesmo relatório que foi levado a Poitiers, vedes? Joana era uma personagem que poderia suportar o exame mais minucioso.

Esse veredito era importante para Joana, pensais. Sim, teria sido se pudesse ter sido visto; mas Cauchon estava bem atento, e fez com que ele desaparecesse do *procès-verbal* antes

---

[1] Em francês no original. Conforme explica Viviane do Amaral Ferini, "Antigamente alguns agentes públicos faziam um relatório verbal ao seu superior hierárquico das diligências realizadas, pois não sabiam escrever. O termo 'procès-verbal' permanece, sendo atualmente escrito. Trata-se então de um relatório redigido por um agente público para relatar fatos de sua competência (é em alguns casos assinado também pelas outras pessoas que participaram do ato). O termo em português 'relatório' é um equivalente funcional". FERINI, V.A. *Dicionário terminológico bilíngue francês-português de termos jurídicos*: Tratamento terminográfico e reflexões sobre terminologia. Dissertação de mestrado — programa de Pós-Graduação em Estudos Linguísticos da Universidade Estadual Paulista. São José do Rio Preto, p. 234. 2006. [N. T.]

do julgamento. As pessoas foram prudentes o suficiente para não perguntar o que aconteceu com ele.

Podeis imaginar que Cauchon estava pronto para começar o julgamento, àquela altura. Mas não, ele planejou mais um esquema para destruir a pobre Joana, e prometeu ser fatal.

Uma das importantes personagens escolhidas e enviadas pela Universidade de Paris foi um eclesiástico chamado Nicolas Loyseleur. Ele era alto, bonito, sério, tinha uma fala suave e gentil e modos corteses e vistosos. Não parecia haver traição ou hipocrisia nele, mas ele estava tomado por elas. Ele foi admitido na prisão de Joana à noite, disfarçado de sapateiro; fingiu ser de sua região; professou ser secretamente um patriota; revelou o fato de que era padre. Ela ficou imensamente alegre ao ver alguém que vinha das colinas e das planícies que lhe eram tão queridas; mais feliz ainda ao olhar para um padre e desabafar seu coração em confissão, pois os ofícios da Igreja eram o pão da vida, o sopro em suas narinas, para ela, e ela havia sido forçada a ansiar por eles, em vão. Ela abriu seu inocente coração a essa criatura e, em troca, ele lhe deu conselhos sobre seu julgamento que poderiam tê-la destruído, se a profunda sabedoria que lhe era inata não a tivesse protegido para não os seguir.

Perguntareis: que valor poderia ter esse esquema, uma vez que os segredos do confessionário são sagrados e não podem ser revelados? Verdade, mas suponhais que outra pessoa os ouça. E que essa pessoa não é obrigada a guardar o segredo. Bem, foi o que aconteceu. Cauchon fizera com que um buraco fosse furado na parede e ficou ali de pé, ouvindo tudo. É lamentável pensar nisso. Como podiam tratar daquela forma a pobre criança? Ela não lhes fizera mal algum.

CAPÍTULO 4

TODOS PRONTOS PARA CONDENAR

Na terça-feira, 20 de fevereiro, enquanto eu estava sentado fazendo o trabalho do meu mestre, à noite, ele entrou, parecendo triste, e disse que haviam chegado ao consenso de que o julgamento começaria às oito horas da manhã seguinte, e que eu devia me preparar para ajudá-lo.

É claro que fazia muitos dias que eu esperava essa notícia, todos os dias; mas não importa, o choque quase me deixou sem ar, e me fez tremer como uma folha. Suponho que, inconscientemente, eu imaginava que no último momento algo aconteceria, algo que impediria o fatal julgamento; talvez La Hire invadisse as portas com seus diabinhos atrás dele; talvez Deus tivesse piedade e estendesse Sua poderosa mão. Mas agora.... agora não havia esperança.

O julgamento começaria na capela da fortaleza e seria público. Então, extremamente triste, fui contar a novidade a Noel, para que ele pudesse estar lá mais cedo e garantir um lugar. Isso lhe daria a chance de olhar novamente para o rosto que tanto veneramos e que era tão precioso para nós. Ao longo de todo o caminho, indo e vindo, passei por multidões de soldados ingleses e cidadãos franceses de coração inglês que tagarelavam e se regozijavam. Não houve conversa que não se referisse ao evento que se aproximava. Muitas vezes ouvi o comentário, acompanhado por uma risada impiedosa:

"O bispo gordo fez tudo como queria, no final, e diz que vai conduzir a vil bruxa a uma dança divertida e precisa". Mas em vários lugares vislumbrei compaixão e angústia em outros rostos, que nem sempre eram franceses. Os soldados ingleses temiam Joana, mas a admiravam por seus grandes feitos e por seu espírito invencível.

Pela manhã, Manchon e eu partimos cedo, mas quando nos aproximamos da grande fortaleza encontramos ali multidões de homens, e outros chegando. A capela já estava cheia e o caminho tinha sido barrado contra novas admissões de pessoas não oficiais. Ocupamos os lugares que nos haviam sido indicados. Sentado ao alto estava o presidente, Cauchon, bispo de Beauvais, em suas vestes grandiosas, e diante dele, em fileiras, sentados, seus cinquenta eclesiásticos distintos, homens de alto grau na hierarquia da Igreja, com rostos intelectuais bem definidos; homens de profundo conhecimento, veteranos adeptos da estratégia e da casuística, criadores experientes de armadilhas para mentes ignorantes e pés incautos. Quando olhei ao redor para esse exército de mestres da defesa legal, reunidos para chegar a apenas um veredito, um único, e lembrei que Joana devia lutar por seu bom nome e sua vida sozinha contra eles, perguntei-me que chance uma pobre camponesa ignorante de dezenove anos poderia ter em um conflito tão desigual; e meu coração ficou apertado, muito apertado. Quando olhei novamente para aquele presidente obeso, que estava ali soprando e sibilando, com sua grande barriga se distendendo e recuando a cada respiração, e notei seus três queixos, um dobrado acima de uma dobra e de outra, e seu rosto nodoso e onduloso, e sua tez roxa e manchada, e seu repulsivo nariz de couve-flor, e seus olhos frios e malignos — um ser bruto, cada detalhe dele —, meu coração ficou ainda mais apertado. E quando notei que todos tinham medo daquele homem, e se encolhiam e se remexiam em seus assentos quando os olhos do bispo feriam os deles, meu último pobre raio de esperança se dissolveu e desapareceu completamente.

Havia um assento desocupado naquele lugar, apenas um. Encostado na parede, à vista de todos. Era um pequeno banco de madeira sem encosto, e estava à parte e solitário em uma espécie de estrado. Homens de armas altos com morriões, peitorais e guantes de aço estavam tão rígidos quanto suas próprias alabardas, cada um de um lado do estrado, mas nenhuma outra criatura estava ali perto. Para mim, era um banquinho comovente, pois eu sabia para quem era; e vê-lo fez com que minha mente voltasse ao tribunal de Poitiers, onde Joana sentou-se em um banco como aquele e calmamente lutou sua astuta luta contra os surpresos doutores da Igreja e do parlamento, e ergueu-se dele vitoriosa e aplaudida por todos, e saiu para encher o mundo com a glória de seu nome.

Que figura delicada ela era, e quão gentil e inocente, quão vencedora e bonita na fresca flor de seus dezessete anos! Aqueles foram dias grandiosos. E tão recentes, pois ela tinha apenas dezenove anos agora, e quanta coisa ela vira desde então, e que maravilhas ela havia realizado!

Mas agora, ah, tudo tinha mudado. Ela estava definhando em masmorras, longe da luz e do ar e da alegria de rostos amigos, fazia quase nove meses; ela, filha nascida do sol, companheira natural dos pássaros e de todas as criaturas livres e felizes. Ela deveria estar cansada agora, e desgastada com o longo cativeiro; suas forças estavam prejudicadas; desanimada, talvez, por saber que não havia esperança. Sim, tudo tinha mudado.

Havia, o tempo todo, um zumbido abafado de conversa, sussurros de túnicas e arranhões de pés no chão, uma combinação de ruídos enfadonhos que enchiam todo o lugar. De repente: "Trazei a acusada!". Isso fez com que eu recuperasse o fôlego. Meu coração começou a bater como um martelo. Mas houve silêncio. Silêncio absoluto. Todos os ruídos cessaram, e foi como se nunca tivessem existido. Nem um som; a quietude tornou-se opressiva; era como ter um peso nas costas. Todos os rostos estavam voltados para a porta; e era exatamente o que se podia esperar, pois a maioria das pessoas presentes entendeu, de repente, sem dúvida, que estavam prestes a ver, em carne e osso, o que antes para elas era apenas um prodígio encarnado, uma palavra, uma frase, um Nome mundano.

A quietude continuou. Então, no fundo dos corredores pavimentados de pedra, ouviu-se um som vagamente lento se aproximando: clanque... clinque... clanque — Joana d'Arc, Libertadora da França, acorrentada!

Minha cabeça latejou; todas as coisas rodopiaram e giraram em torno de mim. Ah, só naquela hora me dei conta daquilo.

CAPÍTULO 5

CINQUENTA PERITOS CONTRA UMA NOVATA

Dou-vos minha palavra de honra, agora, de que não vou distorcer nem alterar os fatos desse julgamento miserável. Não, vou contá-los honestamente, cada detalhe, assim como Manchon e eu os colocamos diariamente no registro oficial do tribunal, e assim como se pode lê-los nas histórias impressas. Haverá apenas esta diferença: ao vos falar familiarmente, usarei meu direito de comentar os procedimentos e explicá-los à medida que avanço, para que possais entendê-los melhor; vou também acrescentar trivialidades que nos saltaram aos olhos e têm um certo interesse para vós e para mim, mas não foram importantes o suficiente para entrar no registro oficial.[1]

Retomo minha história de onde parei.

Ouvimos o tilintar das correntes de Joana pelos corredores; ela estava se aproximando. Logo ela apareceu; uma emoção varreu a casa, e ouviu-se respirações profundas. Dois guardas a seguiram a uma curta distância. Sua cabeça estava um pouco curvada, e ela se moveu lentamente, pois estava fraca, e seus ferros eram pesados. Ela usava trajes masculinos — pretos; um tecido de lã macia, intensamente preto, funerariamente preto,

---

[1] Ele manteve sua palavra. Seu relato sobre o Grande Julgamento foi considerado rigoroso e detalhado, de acordo com os fatos históricos registrados sob juramento. [N. T. A.]

sem um pingo de alívio colorido da garganta aos pés. Uma larga gola daquele mesmo tecido preto jazia em pregas que irradiavam sobre seus ombros e seios; as mangas de seu gibão eram estufadas até os cotovelos e, a partir deles, apertadas até os pulsos algemados; nas pernas, uma meia-calça preta apertada descia até as correntes dos tornozelos.

A meio caminho do banco ela parou, exatamente onde um amplo feixe de luz caiu inclinado de uma janela, e lentamente levantou o rosto. Outra emoção! Ele estava totalmente incolor, branco como a neve; um rosto de neve reluzente contrastando vividamente com aquela esbelta estátua preta, sombria e imaculada. Um rosto suave, puro e feminino, de uma beleza inconcebível, infinitamente triste e terno. Mas, oh, Deus meu! Quando aqueles olhos indomáveis caíram desafiando o juiz e o corpo inclinado se endireitou de maneira militar e nobre, meu coração pulou de alegria; e eu disse, tudo está bem, tudo está bem, eles não a destruíram, eles não a venceram, ela ainda é Joana d'Arc! Sim, ficou claro para mim que havia ali um espírito que o temido juiz não podia reprimir nem assustar.

Ela foi ao seu lugar, subiu no estrado e sentou-se no banco, juntando as correntes em seu colo e aninhando suas mãozinhas brancas. Então ela esperou com uma dignidade tranquila, sendo a única pessoa lá que parecia imóvel e sem emoção. Na primeira fileira dos espectadores cidadãos, um soldado inglês bronzeado e musculoso, em pose marcial, levantou sua grande mão de maneira galante e respeitosa e a saudou militarmente; e ela, com um sorriso amigável, ergueu a dela e lhe respondeu, instaurando uma pequena pausa simpática de aplausos, que o juiz silenciou severamente.

A memorável inquisição chamada historicamente de "Grande Julgamento" tinha começado. Cinquenta peritos contra uma novata, e ninguém para ajudar a novata! O juiz resumiu as circunstâncias do caso e os relatórios públicos e as suspeitas em que se baseou; exigiu então que Joana se ajoelhasse e jurasse que responderia com exata veracidade a todas as perguntas que lhe seriam feitas.

A mente de Joana estava bem alerta. Ela suspeitou que possibilidades perigosas podiam estar por trás desse pedido aparentemente justo e razoável. Ela respondeu com a simplicidade que tantas vezes estragou os melhores planos do inimigo no julgamento de Poitiers, e disse:

— Não, pois não conheço as perguntas; podeis me perguntar coisas que eu não vos diria.

Isso irritou o tribunal, e provocou uma forte enxurrada de exclamações furiosas. Joana não se alterou. Cauchon levantou a voz e começou a falar em meio ao barulho, mas ele estava tão bravo que mal conseguia fazer as palavras saírem. E disse:

— Com a ajuda divina de Nosso Senhor, exigimos que esses procedimentos sejam acelerados, para o bem-estar de vossa consciência. Jurai, com as mãos sobre o Evangelho, que respondereis verdadeiramente às perguntas que vos serão feitas! — e ele abaixou a mão gorda fazendo um imenso barulho sobre a mesa do tribunal.

Joana disse, serena:

— No que diz respeito a meu pai e a minha mãe, e à fé, e às coisas que tenho feito desde que cheguei à França, responderei de bom grado; mas em relação às revelações que recebi de Deus, minhas Vozes me proibiram de confiá-las a qualquer um, exceto ao meu rei...

Aqui houve outro surto de raiva de ameaças e de expletivos, e muita agitação e confusão; ela teve que parar, e esperar que o barulho diminuísse; seu rosto encerado corou um pouco e ela se endireitou e fixou seus olhos nos do juiz, e terminou a sentença com o mesmo tom de outrora:

— ...e eu nunca as revelarei, mesmo que Vossa Excelência corte minha cabeça!

Bem, talvez imagineis como seja lidar com um corpo de franceses com o poder de deliberar. O juiz e metade do tribunal ficaram logo de pé, e todos sacudiram os punhos para a prisioneira, todos a atacaram e a repreenderam ao mesmo tempo, de modo que eu não consegui ouvir nem meus próprios pensamentos. Eles continuaram assim por vários minutos; e como Joana estava sentada tranquila e indiferente, ficaram mais furiosos e fizeram mais barulho ainda. Ela disse uma vez, com um vestígio fugaz da travessura dos velhos tempos em seu olhar e em sua maneira:

— Por favor, um de cada vez, senhores, para que eu possa responder a todos.

Ao final de três horas inteiras de debates furiosos sobre o juramento, a situação não mudou nada. O bispo ainda estava exigindo um juramento inalterado e Joana estava se recusando pela vigésima vez a realizá-lo, insistindo naquele proposto por ela. Havia uma mudança física aparente, mas estava confinada ao tribunal e ao juiz; eles estavam roucos, cabisbaixos, exaustos depois de tanto frenesi, e tinham uma espécie de olhar abatido em seus rostos, uns coitados, enquanto Joana ainda estava plácida e relaxada e não parecia visivelmente cansada.

O barulho se acalmou; houve uma pausa de espera de alguns momentos. Então o juiz se rendeu à prisioneira, e com amargura em sua voz lhe disse que fizesse o juramento à sua maneira. Joana colocou-se imediatamente de joelhos; e enquanto ela punha as mãos sobre o Evangelho, o grande soldado inglês soltou em voz alta o que lhe passava em mente: "Por Deus, se ela fosse inglesa, não estaria neste lugar nem mais meio segundo!".

Era o soldado nele falando com a soldada nela. Que repreensão ardente, que acusação ao caráter francês e à realeza francesa! Como eu gostaria que essa frase tivesse chegado aos ouvidos do povo de Orléans! Sei que essa cidade grata, essa cidade adorada teria, até o último homem e a última mulher, marchado para Rouen. Alguns discursos — discursos que envergonham um homem e o humilham — ficam marcados na memória e lá permanecem. Esse está marcado na minha.

Depois que Joana fez o juramento, Cauchon perguntou seu nome, onde ela nasceu e fez algumas perguntas sobre sua família; também quis saber sua idade. Ela lhe respondeu. Então ele lhe perguntou sobre a educação que tinha.

— Aprendi com minha mãe o Pai Nosso, a Ave Maria e o Credo. Tudo o que sei foi-me ensinado por minha mãe.

Questões desse tipo, nada importantes, levaram um tempo considerável. Todos já estavam cansados, menos Joana. O tribunal se preparou para se levantar. Nessa hora Cauchon proibiu Joana de tentar escapar da prisão, sob pena de ser considerada culpada do crime de heresia — uma lógica singular! Ela simplesmente respondeu:

— Não estou sujeita a essa proposta. Se eu pudesse escapar, não me repreenderia, pois não prometi nada e nada prometerei.

Então ela reclamou do fardo de suas correntes e pediu que fossem removidas, pois ela estava muito bem vigiada na masmorra e não havia necessidade delas. Mas o bispo recusou, e lembrou-lhe de que ela já tinha fugido da prisão duas vezes. Joana d'Arc era orgulhosa demais para insistir. Ela disse apenas, quando se levantou para ir com o guarda:

— É verdade, eu quis fugir, eu quero fugir — e acrescentou, de uma forma que daria pena a qualquer um, acho: — É o direito de todo prisioneiro.

E então saiu de onde estava passando no meio de uma quietude impressionante, o que tornou mais afiado e angustiante, para mim, o barulho das tristes correntes.

Que presença de espírito! Ninguém nunca poderia surpreendê-la! Ela nos viu, Noel e eu, quando se sentou no banco pela primeira vez, e nos enxugamos na testa entusiasmados e emocionados, mas seu rosto não mostrou nada, não traiu nada. Seus olhos nos procuraram cinquenta vezes naquele dia, mas eles passaram pelos nossos e nunca houve nenhum sinal, neles, de que ela tinha nos reconhecido. Outro teria começado a olhar para nós, e aí.... ora, aí poderíamos ter tido problemas, é claro.

Caminhamos lentamente para casa, juntos, cada um ocupado com sua própria dor, sem dizermos uma única palavra.

CAPÍTULO 6

A Donzela confunde seus opressores

Naquela noite, Manchon me contou que durante todo aquele dia do processo, Cauchon tinha posicionado alguns funcionários escondidos na fresta de uma janela, que deveriam fazer um relatório especial reunindo as respostas de Joana, para distorcer seu real significado. Ah, esse foi certamente o homem mais cruel e sem-vergonha que viveu neste mundo. Mas seu esquema falhou. Aqueles clérigos tinham corações humanos, e tal trabalho baixo os revoltou, e eles se voltaram contra o mandante e ousadamente fizeram um relatório correto, diante do qual Cauchon os amaldiçoou e ordenou que saíssem de sua frente ameaçando afogá-los, que era sua ameaça favorita e mais frequente. A notícia havia vazado e estava gerando uma grande e desagradável repercussão, e Cauchon não tentaria repetir esse jogo desprezível de imediato. Confortou-me ouvir isso.

Quando chegamos à cidadela na manhã seguinte, descobrimos que uma mudança fora feita. A capela era muito pequena. O tribunal havia sido removido para uma sala nobre situada no final do grande salão do castelo. O número de juízes subiu para sessenta e dois — uma menina ignorante contra tais disparidades, e ninguém para ajudá-la.

A prisioneira foi trazida. Ela estava branca como sempre, mas não parecia pior do que quando apareceu pela primeira vez no dia anterior. Não é estranho? Ontem ela ficou sentada cinco horas naquele banco sem encosto com as correntes no colo, e foi assediada, atormentada, perseguida por aquela tripulação profana, sem sequer o refresco de uma xícara de água — pois nunca lhe ofereceram nada, e como até agora eu já vos falei bastante dela, sabeis sem que eu vos diga que ela não era uma pessoa propensa a pedir favores àquelas pessoas. Embora tivesse passado a noite enjaulada em sua masmorra invernal, com as correntes sobre ela, lá estava, como poso dizer, recolhida, revigorada e pronta para o conflito; sim, e era a única pessoa ali que não mostrava os sinais de desgaste e de preocupação de ontem. E seus olhos — ah, se os tivésseis visto, teríeis os corações partidos. Já vistes um brilho profundo velado, uma comovente dignidade ferida, um espírito indomado e indomável que queima e arde nos olhos de uma águia enjaulada e faz com que vos sentísseis malvados e desprezíveis sob o fardo de sua reprovação muda? Seus olhos eram assim. Competentes, maravilhosos! Sim, em todos os momentos e em todas as circunstâncias eles podiam expressar como uma gravura cada nuance da ampla gama de suas emoções. Neles havia um dilúvio escondido de alegres raios de sol, crepúsculos suaves e pacíficos e tempestades e relâmpagos devastadores. Não existiram, neste mundo, outros olhos comparáveis aos dela. Essa é a minha opinião, e ninguém que tivesse o privilégio de vê-los diria o contrário do que eu disse a respeito deles.

A sessão começou. E como começou? Exatamente como começou antes — com a mesma coisa tediosa que havia sido resolvida uma vez, depois de tanta discussão. O bispo abriu assim:

— Sois obrigada, agora, a fazer o juramento puro e simples, a responder verdadeiramente a todas as perguntas que vos serão feitas.

Joana respondeu, calmamente:

— Fiz um juramento ontem, meu senhor; que isso seja suficiente.

O bispo insistiu e insistiu, cada vez mais irritado; Joana, porém, balançou a cabeça e permaneceu em silêncio. Por fim, disse:

— Fiz um juramento ontem; é o suficiente — então suspirou e disse: — Para ser sincera, me oprimis demais.

O bispo ainda insistiu, ainda ordenou, mas não conseguiu movê-la. Por fim, desistiu e entregou-a para o inquérito do dia a um velho perito em truques, armadilhas e plausibilidades enganosas: Beaupère, um doutor em teologia. Agora notai a forma da primeira observação desse estrategista sofisticado; ele se lançou com facilidade, de maneira espontânea, o que teria desestabilizado qualquer pessoa imprudente.

— Agora, Joana, o assunto é muito simples; basta falar e, francamente e verdadeiramente, responder às perguntas que farei, como jurastes.

Foi um fracasso. Joana estava bem alerta. Ela viu o ardil. E disse:

— Não. Podeis me perguntar coisas que eu não poderia vos dizer, e não diria.

Então, refletindo sobre o quão profano e sem caráter era, para esses ministros de Deus, se intrometerem em assuntos que haviam procedido de Suas mãos sob o terrível selo de Seu segredo, ela acrescentou, com uma nota de advertência no tom da voz:

— Se estivésseis bem informado a meu respeito, desejaríeis que eu estivesse bem longe. Tudo o que fiz foi por revelação.

Beaupère mudou o ataque, e começou uma aproximação de outro ponto. Ele cairia sobre ela, vedes, sob o disfarce de perguntas inocentes e sem importância.

— Aprendestes algum ofício em casa?

— Sim, costurar e urdir.

E então a invencível soldada, vencedora de Patay, que derrotou o leão Talbot, libertadora de Orléans, restauradora da coroa de um rei, comandante em chefe dos exércitos de uma nação, endireitou-se orgulhosamente, mexeu um pouco a cabeça e disse, com ingênua complacência:

— E quando se trata disso, não tenho medo de ser comparada a nenhuma mulher de Rouen!

A multidão de espectadores irrompeu em aplausos — o que agradou Joana —, e havia muitos sorrisos amigáveis e carinhosos para serem vistos. Mas Cauchon esbravejou contra o povo e avisou que ficassem quietos e tomassem cuidado com suas maneiras. Beaupère fez outras perguntas.

— Tínheis outras ocupações em casa?

— Sim. Ajudava minha mãe no trabalho doméstico e ia para os pastos com as ovelhas e o gado.

Sua voz tremia um pouco, mas mal se podia notar. Quanto a mim, ela trouxe aqueles velhos dias encantados de volta, e eu não conseguia ver o que escrevia por um tempo.

Beaupère se aproximou cautelosamente com outras perguntas ao terreno proibido e, finalmente, repetiu uma pergunta que ela se recusou a responder um pouco antes — sobre se recebera a Eucaristia naqueles dias em outras festividades, fora da Páscoa. Joana apenas disse:

— *Passez outre* — ou, em outras palavras, "Passai para assuntos que tendes o privilégio de consultar".

Ouvi um membro do tribunal dizer a um vizinho:

— Geralmente, as testemunhas são apenas criaturas tediosas, e presas fáceis. Sim, e facilmente envergonhadas, facilmente assustadas. Mas, de verdade, não se pode assustar essa criança nem a cansar.

Logo a casa apurou os ouvidos e começou a escutar ansiosamente, pois Beaupère começou a abordar as Vozes de Joana, uma questão interessante e curiosa para todos. Seu propósito era enganá-la com ditos descuidados que pudessem indicar que as Vozes, por vezes, tinham-lhe dado maus conselhos — uma vez que tinham vindo de Satanás, é claro. Lidar com o diabo — isso a teria enviado para a fogueira em um instante, e esse era o fim e o objetivo deliberados desse julgamento.

— Quando ouvistes essas Vozes pela primeira vez?
— Eu tinha treze anos quando ouvi pela primeira vez uma Voz vinda de Deus para me ajudar a viver bem. Eu fiquei assustada. Ela surgiu ao meio-dia, no jardim do meu pai, no verão.
— Jejuáveis?
— Sim.
— No dia anterior?
— Não.
— De que direção ela veio?
— Da direita, indo para a igreja.
— Ela veio com uma luz brilhante?
— Ah, sim. Era brilhante. E quando saí de minha região, muitas vezes ouvi as Vozes em um tom muito alto.
— Como era o som da Voz?
— Era uma voz nobre, achei que tinha sido enviada por Deus. Na terceira vez que a ouvi, entendi que era de um anjo.
— Conseguíeis entendê-la?
— Muito facilmente. Ela era sempre clara.
— Que conselho ela vos deu sobre a salvação de vossa alma?
— Ele me disse para viver corretamente, e respeitar regularmente os ofícios da Igreja. E disse que eu deveria percorrer a França.
— Em que espécie de forma a Voz apareceu?

Joana olhou desconfiada para o padre por um momento, depois disse, tranquilamente:

— Não vos direi isso.
— A Voz vos procurou com frequência?
— Sim. Duas ou três vezes por semana, dizendo: "Deixa a tua aldeia e vai percorrer a França".
— Vosso pai sabia sobre a partida?
— Não. Como a Voz disse "Vai percorrer a França", eu não poderia mais ficar em casa.
— O que mais ela disse?
— Que eu deveria levantar o cerco de Orléans.

— Isso foi tudo?

— Não, eu iria para Vaucouleurs, e Robert de Baudricourt me daria soldados para percorrer a França comigo; e eu respondi, dizendo que era uma garota pobre que não sabia nem montar nem lutar.

Então ela contou como foi impedida e bloqueada em Vaucouleurs, mas finalmente conseguiu seus soldados, e começou sua marcha.

— Que trajes vestíeis?

A corte de Poitiers havia decidido distintamente e decretado que, como Deus a designara para fazer o trabalho de um homem, vestir-se como um homem era respeitoso e nada escandaloso do ponto de vista religioso; mas não importava, esta corte estava pronta para usar todas e quaisquer armas contra Joana, mesmo as avariadas e desacreditadas, e elas seriam muito usadas antes que o julgamento terminasse.

— Um traje masculino e uma espada, que Robert de Baudricourt me deu, e nenhuma outra arma.

— Quem vos aconselhou a usar um traje masculino?

Joana ficou novamente desconfiada. Ela não respondeu. A pergunta foi repetida. Ela se recusou novamente.

— Respondei. É uma ordem!

— *Passez outre* — foi tudo o que ela disse.

Então Beaupère desistiu do assunto, naquela hora.

— O que Baudricourt vos disse quando partistes?

— Ele fez com que meus acompanhantes prometessem se encarregar de mim, e para mim ele disse: "Vai, e que aconteça o que tiver que acontecer!" *(Advienne que pourra!).*

Depois de outras perguntas sobre outros assuntos, ela foi questionada novamente sobre seu traje. Ela disse que precisava se vestir como um homem.

— Foi a Voz que vos aconselhou isso?

Joana apenas respondeu, calmamente:

— Acredito que a Voz tenha me dado um bom conselho.

Foi tudo o que pôde ser tirado dela, então as perguntas abordaram outros assuntos, até chegarem ao seu primeiro encontro com o rei, em Chinon. Ela disse que escolheu o rei, que ela desconhecia, por meio da revelação das Vozes. Tudo o que aconteceu naquela época é passado. Por fim:

— Ainda ouvis essas Vozes?

— Elas vêm a mim todos os dias.

— O que lhes pedis?

— Eu nunca lhes pedi nenhuma recompensa, apenas a salvação da minha alma.

— A Voz sempre vos instou a seguir o exército?

Ele estava novamente caindo em cima dela. Ela respondeu:

— Precisei ficar para trás em Saint Denis. Eu teria obedecido se estivesse livre, mas estava indefesa com a minha ferida, e os cavaleiros me levaram à força.

— Quando fostes ferida?

— Fui ferida no fosso em frente a Paris, no assalto.

A próxima pergunta revela o que Beaupère estava preparando:

— Foi um dia festivo?

Compreendeis? A sugestão de que uma voz vinda de Deus dificilmente aconselharia ou permitiria a violação, por meio da guerra e do derramamento de sangue, de um dia sagrado. Joana ficou perturbada por um momento, depois respondeu que sim, que era um dia festivo.

— Agora, então, respondeis: fizestes bem em atacar naquele dia?

Esse foi um tiro que poderia fazer o primeiro buraco em uma parede que não tinha sofrido nenhum dano até agora. Houve um silêncio imediato no tribunal e uma expectativa intensa, perceptível em toda parte. Mas Joana decepcionou a casa. Ela apenas fez um pequeno movimento com a mão, como quando alguém afasta uma mosca, e disse com uma indiferença serena:

— *Passez outre.*

Por um momento, sorrisos dançaram em alguns dos rostos mais severos, e vários homens até riram sem reservas. A armadilha havia sido longa e laboriosamente preparada; foi lançada, mas ficou vazia.

A corte se levantou. Havia muitas horas que estavam sentados, e sentiam-se cruelmente cansados. A maior parte do tempo tinha sido ocupada com inquéritos aparentemente ociosos e sem propósito sobre os eventos de Chinon, o duque exilado de Orléans, a primeira proclamação de Joana e assim por diante, mas todas essas coisas aparentemente aleatórias realmente tinham sido plantadas e escondiam armadilhas. Felizmente, Joana escapou de todas elas; de algumas devido à sorte protetora que auxilia a ignorância e a inocência, de outras por felizes coincidências; das demais, pela força de sua melhor e mais segura ajudante: a visão clara e as intuições luminosas de sua mente extraordinária.

Ora, então o engodo e a importunação diários a essa menina sem amigos, uma refém acorrentada, tinham a intenção de continuar por muito tempo como um entretenimento, um canil de mastins e cães de caça assediando um gatinho! E eu posso muito bem dizer, mediante testemunho juramentado, como foi, do primeiro ao último dia. Depois de um quarto de século que a pobre Joana estava em seu túmulo, o papa convocou um grande tribunal que deveria reexaminar sua história, e cujo veredito justo limpou seu ilustre nome de todas as desonras e manchas, e puniu à execração eterna o veredito e a conduta do tribunal de Rouen. Manchon e vários dos juízes que tinham sido membros do nosso tribunal estavam entre as testemunhas que compareceram a esse Processo de Reabilitação. Recordando os miseráveis procedimentos de que falei, Manchon testemunhou o que segue:

Aqui está, registrado na história oficial: Quando Joana falava de suas aparições, era interrompida a praticamente cada palavra que dizia. Eles a cansaram com muitos interrogatórios longos, sobre todos os tipos de coisas. Quase todos os dias, os interrogatórios da manhã duravam três ou quatro horas; a partir desses interrogatórios matinais, eles extraíam os pontos particularmente difíceis e sutis, e estes serviam como material para os interrogatórios da tarde, que duravam duas ou três horas. Eles pulavam de um assunto para outro; apesar disso, ela sempre respondia com surpreendente sabedoria e uma memória ímpar. Ela muitas vezes corrigia os juízes, dizendo: "Mas eu já respondi a isso, perguntai ao escrivão", apontando para mim.

E abaixo está o testemunho de um dos juízes de Joana. Lembrai-vos, essas testemunhas não estão falando de dois ou três dias, estão falando de uma longa e tediosa procissão de dias:

Fizeram-lhe perguntas perspicazes, mas ela se saiu muito bem. Às vezes, os inquisidores mudavam de repente e passavam para outro assunto para ver se ela não se contradizia. Eles a sobrecarregaram com longos interrogatórios de duas ou três horas, dos quais os próprios juízes saíram fatigados. Das ciladas que lhe foram preparadas, o homem mais experiente do mundo teria conseguido se livrar com muita dificuldade. Ela respondia com grande prudência; a tal ponto que, durante três semanas, achei que ela fosse uma pessoa iluminada.

Será que ela estava tão cautelosa quanto descrevi? Basta ver o que esses padres dizem sob juramento, homens escolhidos para aquela corte terrível devido ao seu conhecimento, à sua experiência, aos seus intelectos afiados e experientes e ao seu grande preconceito contra a prisioneira. Sem dar chance alguma à pobre camponesa e, pior ainda: eles eram sessenta e dois adeptos treinados colocando-se contra ela. Sessenta e dois! Eles, da Universidade de Paris, ela, do curral de ovelhas e do estábulo de vacas! Ah, sim, ela foi ótima, maravilhosa. Levou-se seis mil anos para se produzir alguém como ela; e não se verá ninguém semelhante a ela na Terra, novamente, dentro de cinquenta mil anos. É o que acho.

CAPÍTULO 7

Ofício vão

A terceira reunião do tribunal foi naquela mesma sala espaçosa, no dia seguinte, 24 de fevereiro.

Como começou? Da mesma maneira de sempre. Quando os preparativos terminaram, os sessenta e dois togados se amontoaram em suas cadeiras e os guardas e os encarregados dirigiram-se a seus postos; Cauchon, em seu trono, ordenou que Joana colocasse as mãos sobre o Evangelho e jurasse dizer a verdade com relação a tudo o que lhe perguntassem!

Os olhos de Joana lampejaram, e ela se levantou; levantou-se e ficou em pé, bela e nobre, olhou para o bispo e disse:

— Tomai cuidado com o que fazeis, meu senhor, vós que sois meu juiz, pois assumis uma terrível responsabilidade e exagerais em vossas conjecturas.

Isso causou um grande alvoroço, e Cauchon irrompeu sobre ela com uma terrível ameaça: a ameaça de condenação instantânea, a menos que ela obedecesse. Isso fez com que os ossos do meu próprio corpo gelassem, e vi bochechas ao meu redor empalidecerem — pois significava fogo e estaca! Mas Joana, ainda de pé, respondeu-lhe, orgulhosa e indiferente:

— O clero de Paris e de Rouen não pode me condenar, ele não tem esse direito!

Isso causou um grande tumulto, incluindo o aplauso dos espectadores. Joana retomou seu lugar. O bispo insistiu. Joana disse:

— Já fiz um juramento. É o suficiente.
O bispo gritou:
— Ao vos recusar a jurar, vos colocais sob suspeita!
— Que seja. Eu já jurei. É o suficiente.
O bispo continuou a insistir. Joana respondeu que "ela diria o que sabia, mas não tudo o que sabia". O bispo a atormentou continuamente, até que, finalmente, ela disse, cansada:
— Eu venho de Deus; não tenho mais nada a fazer aqui. Devolvei-me a Deus, de quem vim.
Foi lamentável ouvir aquilo; foi o mesmo que dizer: "Tudo o que quereis é a minha vida; pegai-a e deixai-me em paz".
O bispo atacou de novo:
— Ordeno novamente que...
Joana interrompeu com um indiferente *passez outre*, e Cauchon desistiu da luta; mas desistiu com algum crédito, dessa vez, pois propôs um compromisso, e Joana, sempre lúcida, viu nele proteção para si e prontamente e voluntariamente o aceitou. Ela juraria dizer a verdade "no tocante aos assuntos estabelecidos no *procès-verbal*". Eles não podiam mais levá-la para fora dos limites definidos; sua navegação prosseguiria sobre um mar mapeado, doravante. O bispo havia concedido mais do que pretendia, e mais do que honestamente tentaria cumprir.
Beaupère recebeu a ordem de retomar o interrogatório da acusada. Como era a Quaresma, poderia haver uma chance de pegá-la negligenciando alguns detalhes de seus deveres religiosos. Eu poderia lhe ter dito que ele falharia. Ora, a religião era a vida dela!
— Quando comestes ou bebestes pela última vez?
Se a coisa mais ínfima tivesse passado por seus lábios para nutri-la, nem sua juventude nem o fato de que ela estava meio faminta na prisão poderia salvá-la de perigosas suspeitas de desprezo pelos mandamentos da Igreja.
— Não comi nem bebi desde ontem ao meio-dia.
O padre se referiu às Vozes de novo.

— Quando ouvistes a Voz?
— Ontem e hoje.
— A que horas?
— Ontem foi de manhã.
— E o que fazíeis?
— Eu estava dormindo e ela me acordou.
— Tocando vosso braço?
— Não, sem me tocar.
— Agradecestes? Vos ajoelhastes?

Ele tinha Satanás em sua mente, compreendeis? E estava esperando, talvez, que logo pudesse mostrar que ela tinha prestado homenagem ao arqui-inimigo de Deus e do homem.

— Sim, agradeci; e ajoelhei-me na cama, onde estava acorrentada, e juntei as mãos e supliquei que implorasse a ajuda de Deus por mim, para que eu pudesse ter luz e instrução sobre as respostas que deveria dar aqui.

— E então, o que a Voz disse?

— Ela me disse para responder corajosamente, e que Deus me ajudaria.

Então ela se virou para Cauchon e disse:

— Dizeis que sois o meu juiz; agora eu vos digo novamente, prestai atenção no que fazeis, pois sou uma enviada de Deus e vos arriscais muito.

Beaupère perguntou a ela se os conselhos da Voz não eram instáveis e variáveis.

— Não. Ela nunca se contradiz. Hoje mesmo me disse novamente para responder corajosamente.

— Ela proibiu que respondêsseis apenas parte do que vos é perguntado?

— Não vos direi nada sobre isso. Tenho revelações relacionadas ao meu mestre, o rei, que não vos contarei.

Então ela se agitou, muito emocionada, e as lágrimas brotaram em seus olhos e ela falou com forte convicção:

— Acredito totalmente, tanto quanto na fé cristã e no fato de que Deus nos redimiu do fogo do Inferno, que Deus fala comigo por essa Voz!

Sendo ainda mais questionada sobre a Voz, ela disse que não tinha liberdade para contar tudo o que sabia.

— Achais que Deus ficaria descontente se dissésseis toda a verdade?

— A Voz ordenou que eu dissesse ao rei certas coisas, não a vós. E algumas delas muito tarde, até ontem à noite; coisas que eu gostaria que ele soubesse. Ele se sentiria melhor no jantar.

— Por que a Voz não fala diretamente com o rei, como fazia quando estáveis com ele? Ela não o faria se fosse um pedido vosso?

— Não sei se é o desejo de Deus.

Ela ficou pensativa por um momento, ocupada em seus pensamentos e distante, sem dúvida; então acrescentou um comentário em que Beaupère, sempre atento, sempre alerta, detectou uma possível abertura, uma chance de montar uma armadilha. Achais que ele a jogou instantaneamente, traindo a alegria que tinha em mente, como um novato no ofício e em artifícios faria? Não, oh, não, nem dava para dizer que ele tinha notado o comentário. Ele logo se afastou dela, com certa indiferença, e começou a fazer perguntas inúteis sobre outras coisas, passando por ela como se fosse dar o bote, por trás. Perguntas tediosas e vazias sobre se a Voz havia lhe dito que ela escaparia da prisão; se tinha dado respostas para serem usadas por ela na sessão de hoje; se estava acompanhada de uma luz gloriosa; se tinha olhos, etc. A observação arriscada de Joana foi a seguinte:

— Sem a Graça de Deus, eu não poderia fazer nada.

A corte entendeu a jogada do padre, e assistiu à jogada com um cruel afã. A pobre Joana devaneava, ausente; devia estar cansada. Sua vida estava em perigo iminente, e ela não suspeitava disso. Chegou a hora, e Beaupère silenciosa e furtivamente jogou sua armadilha:

— Estais em estado de graça?

Havia dois ou três homens honrados e corajosos naquele grupo de juízes, e Jean Le Fèvre era um deles. Ele se levantou e gritou:

— É uma pergunta terrível! A acusada não é obrigada a respondê-la!

O rosto de Cauchon ficou roxo de raiva ao ver aquela boia lançada à menina que perecia, e gritou:

— Silêncio! Sentai-vos. A acusada responderá à pergunta!

Não havia esperança, não havia saída para o dilema; pois tanto faria se ela dissesse sim ou não; a resposta seria desastrosa, pois segundo as Escrituras não havia como saber isso. Pensai no quão duros eram seus corações a ponto de armar aquela armadilha fatal para a jovem ignorante e se orgulhar dela, felizes. Para mim, aquela espera foi um momento doloroso; parecia durar um ano. Toda a casa mostrou furor; um furor principalmente alegre. Joana olhou para os rostos ávidos, com seus olhos inocentes e inquietos, e então humilde e gentilmente deu a imortal resposta que varreu a formidável armadilha como se fosse apenas uma teia de aranha:

— Se eu não estiver em estado de Graça, peço a Deus que me coloque nele; se eu estiver nele, peço a Deus que me mantenha assim.

Ah, nunca vereis o efeito daquela resposta; não, não enquanto viverdes. Por um momento houve um silêncio sepulcral. Os homens olharam para os rostos uns dos outros, e alguns ficaram impressionados e fizeram o sinal da cruz; e ouvi Le Fèvre murmurar:

— A concepção dessa resposta ultrapassa a sabedoria humana. De onde vêm as inspirações incríveis dessa criança?

Beaupère logo retomou seu trabalho, mas a humilhação de sua derrota pesava sobre ele, e ele apenas continuou divagante e sombrio, sem conseguir encontrar ânimo.

Fez a Joana mil perguntas sobre sua infância e sobre a madeira de carvalho, e as fadas, e os jogos e brincadeiras infantis sob a nossa querida *Arbre de la fée de Bourlémont*, e a evocação dessas velhas lembranças enfraqueceu a voz de Joana e fê-la chorar um pouco, mas ela aguentou o quanto pôde, e respondeu a tudo.

Por fim, o padre terminou, tocando novamente no assunto dos trajes. Um assunto que nunca deveria ser perdido de vista na caçada pela vida da inocente criatura, e que sempre pairava sobre ela; uma ameaça cheia de tristes possibilidades:

— Gostaríeis de trajes femininos?
— Sim, é claro, se eu puder sair desta prisão; mas aqui, não.

CAPÍTULO 8

Joana fala sobre suas visões

A corte se reuniu na segunda-feira, dia 27. Acreditais nisso? O bispo ignorou o contrato que limitava o interrogatório aos assuntos estabelecidos no *procès-verbal* e novamente ordenou que Joana fizesse o juramento sem reservas. Ela disse:

— Deveríeis estar contente por eu ter jurado o suficiente.

Ela se manteve firme, e Cauchon teve que ceder. O interrogatório foi retomado, no tocante às Vozes de Joana.

— Dissestes que as reconhecestes como sendo vozes de anjos na terceira vez que as ouvistes. Tratava-se de que anjos?

— Santa Catarina e Santa Margarida.

— Como sabíeis que eram essas duas santas? Como pudestes distinguir uma da outra?

— Sei que eram elas; e sei como distingui-las.

— Como?

— Pelo jeito de me cumprimentarem. Faz sete anos que sigo seu comando, e eu sabia quem eram porque me disseram.

— De quem foi a primeira Voz que ouvistes quando tínheis treze anos?

— Foi a voz de São Miguel. Eu o vi, com os meus próprios olhos; e ele não estava sozinho, mas assistido por uma nuvem de anjos.

— Vistes o arcanjo e os anjos assistentes em carne e osso ou seus espíritos?

— Eu os vi com os olhos do meu corpo, assim como vos vejo; e quando eles foram embora eu chorei, porque não me levaram com eles.

Isso fez com que eu visse aquela terrível sombra novamente, a deslumbrante sombra que caiu branca sobre ela sob a *Arbre de la fée de Bourlémont*, e tremi novamente, embora tivesse ocorrido havia tanto tempo. Na verdade, não havia muito tempo, mas parecia que sim, porque muita coisa havia acontecido desde então.

— Como era a silhueta e a forma de São Miguel?
— Não tenho permissão para falar disso.
— O que o arcanjo vos disse naquela primeira vez?
— Não posso responder hoje.

Bom, acho que ela teria que pedir permissão às Vozes, primeiro.

Depois de mais algumas perguntas sobre as revelações que haviam sido transmitidas por ela ao rei, ela reclamou da desnecessidade de tudo isso, e disse:

— Vou dizer novamente, como eu já disse várias vezes nestas sessões, que respondi a todas as perguntas desse tipo perante a corte de Poitiers, e gostaria que trouxésseis aqui o registro daquela corte e o lesse. Por cortesia, mandai buscar esse livro.

Não houve resposta. Era um assunto que tinha que ser resolvido e posto de lado. O livro havia sido sabiamente retirado do caminho, pois continha coisas que seriam muito estranhas, ali. Entre elas havia a decisão de que a missão de Joana fora dada por Deus, ao passo que a intenção dessa corte inferior era mostrar que fora dada pelo diabo; havia também uma decisão que permitia que Joana usasse trajes masculinos, ao passo que o propósito dessa corte era fazer com que o traje masculino a prejudicasse.

— O que vos moveu a percorrer a França? Foi vosso próprio desejo?

— Sim, e por ordem de Deus. Se não fosse Sua vontade, eu não teria vindo. Eu preferiria ter meu corpo despedaçado por cavalos do que vir, sem ter que passar por isso.

Beaupère passou, mais uma vez, para a questão do traje masculino, e começou a fazer um discurso solene sobre isso. Perdendo a paciência, Joana logo o interrompeu e disse:

— É algo insignificante e sem consequências. E eu não o vesti por conselho de um homem, mas por ordem de Deus.

— Robert de Baudricourt não ordenou que o usásseis?

— Não.

— Achais que fizestes bem em pegar um traje masculino?

— Fiz bem em fazer qualquer coisa que tenha sido ordenada por Deus.

— Mas, neste caso específico, achais que fizestes bem em usar um traje masculino?

— Tudo o que fiz foi ordenado por Deus.

Beaupère tentou várias vezes fazer com que ela se contradissesse e também colocasse suas palavras e atos em desacordo com as Escrituras. Mas foi perda de tempo. Ele não foi bem-sucedido. Voltou às visões, a luz que brilhava sobre elas, às suas relações com o rei e assim por diante.

— Havia um anjo acima da cabeça do rei na primeira vez que o vistes?

— Pela Virgem Maria! — ela controlou a impaciência e terminou a sentença com tranquilidade: — Se houve, não o vi.

— Havia luz?

— Havia mais de três mil soldados lá, e quinhentas tochas, sem levar em conta a luz espiritual.

— O que fez o rei acreditar nas revelações que lhe fizestes?

— Ele tinha sinais delas, além dos conselhos do clero.

— Que revelações foram feitas ao rei?

— Não obtereis isso de mim neste ano.

Logo ela acrescentou:

— Durante três semanas fui interrogada pelo clero em Chinon e em Poitiers. O rei teve um sinal antes de acreditar em mim; e o clero considerou bons os meus atos, não maus.

O assunto foi abandonado por um tempo, e Beaupère assumiu a questão da espada milagrosa de Fierbois para ver se não poderia encontrar nisso uma chance de incriminar Joana por feitiçaria.

— Como sabíeis que havia uma espada antiga enterrada no chão atrás do altar da igreja de Santa Catarina de Fierbois?

Joana não tinha ocultações a fazer quanto a isso:

— Eu sabia que a espada estava lá porque minhas Vozes me contaram; e pedi que a dessem para mim, para eu levá-la às guerras. Parecia-me que ela não estava enterrada muito profundamente no solo. O clero da igreja fez com que a procurassem e a desenterrassem; a poliram, e a ferrugem saiu facilmente.

— E a levastes convosco à batalha de Compiègne?

— Não. Mas a usei constantemente até deixar Saint Denis, após o ataque a Paris.

Suspeitava-se que essa espada, descoberta de forma tão misteriosa e vitoriosa por tanto tempo e com tanta constância, estivesse sob a proteção de um encantamento.

— Essa espada foi abençoada? Que bênção fora invocada sobre ela?

— Nenhuma. Eu a adorava porque foi encontrada na igreja de Santa Catarina, e eu adorava aquela igreja.

Ela a adorava porque tinha sido construída em homenagem a um de seus anjos.

— Não a colocastes sobre o altar, para que ela tivesse mais sorte? — ele se referia ao altar de Saint Denis.

— Não.

— Não rezastes para que ela pudesse ter mais sorte?

— Na verdade, não havia perigo algum para desejar sorte ao meu arnês.

— Então não foi essa espada que usastes na batalha de Compiègne? Que espada usastes?

— A espada do borguinhão Franquet d'Arras, a quem fiz prisioneiro na batalha de Lagny. Eu a guardei porque era uma boa espada de guerra. Boa para dar fortes pancadas e golpes.

Ela disse isso com muita naturalidade; e o contraste entre seu delicado euzinho e as palavras sombrias de soldada que ela soltou com tanta familiaridade de seus lábios fez muitos espectadores sorrirem.

— O que aconteceu com a outra espada? Onde ela está agora?

— Isso está no *procès-verbal*?

Beaupère não respondeu.

— O que mais amais, vosso estandarte ou vossa espada?

Seu olhar se iluminou alegremente com a menção do estandarte, e ela gritou:

— Amo meu estandarte — oh, quarenta vezes mais do que a espada! Às vezes, eu mesma o carregava quando atacava o inimigo, para não matar ninguém.

Então ela acrescentou, ingenuamente, e novamente com aquele curioso contraste entre sua personalidade feminina e o assunto tratado:

— Nunca matei ninguém.

Isso fez muitos sorrirem; e não é de se admirar, pensando no quão gentil e inocente ela parecia ser. Mal se podia acreditar que ela já tinha visto homens serem massacrados, ela parecia pouco preparada para isso.

— No assalto final a Orléans, dissestes a vossos soldados que as flechas disparadas pelo inimigo e as pedras descarregadas de suas catapultas não atingiriam ninguém além de vós?

— Não. E a prova é que mais de cem dos meus homens foram atingidos. Eu lhes disse que não tivessem dúvidas nem medos; que eles levantariam o cerco. Fui ferida no pescoço por uma flecha no assalto à bastilha que controlava a ponte, mas Santa Catarina me amparou e fui curada em quinze dias, sem ter que deixar a sela nem meu trabalho.

— Sabíeis que seríeis ferida?
— Sim, e eu já havia dito isso ao rei, de antemão. Minhas Vozes me avisaram.
— Quando tomastes Jargeau, por que não pedistes um resgate para o comandante?
— Permiti que ele saísse ileso do local, com toda a sua guarnição; e se ele não o fizesse, eu a tomaria de assalto.
— E foi o que fizestes, imagino.
— Sim.
— Vossas Vozes vos aconselharam a tomá-lo de assalto?
— Quanto a isso, não lembro.

Assim acabou uma longa e cansativa sessão, sem resultados. Todos os planos que poderiam ser tramados para fazer Joana cair em pensamentos errados, em atos errados ou provar deslealdade para com a Igreja, ou algum pecado quando criança ou mais tarde, haviam sido tentados, e nenhum deles foi bem-sucedido. Ela saiu ilesa daquela experiência.

O tribunal ficou desanimado? Não. Mas é claro, ficou muito surpreso, muito atônito, ao achar seu trabalho confuso e difícil em vez de simples e fácil, mas tinha aliados poderosos na forma de fome, frio, fadiga, perseguição, engano e traição; e, do lado oposto, apenas uma menina indefesa e ignorante, que em algum momento se renderia à exaustão física e mental, ou cairia em uma das mil armadilhas que lhe eram armadas.

E o tribunal não havia feito nenhum progresso durante essas sessões aparentemente sem resultados? Sim. Ele estava seguindo seu caminho, tateando aqui, tateando ali, e encontrou uma ou duas trilhas vagas que poderiam dar boas indicações e levar a algo. O traje masculino, por exemplo, e as visões e as Vozes. É claro que ninguém duvidava de que ela tinha visto seres sobrenaturais, que tinham falado com ela e a aconselhado. E, obviamente, ninguém duvidava que, com a ajuda sobrenatural, Joana tinha feito milagres, como escolher o rei em uma multidão quando ela nunca o tinha visto antes e a descoberta da espada enterrada sob o altar. Teria sido tolice duvidar dessas coisas, pois todos sabemos que o ar está cheio de demônios e de anjos que são visíveis para quem lida com magia, por um lado, e para os santos imaculados, por outro; mas do que muitos e talvez a maioria duvidassem era de que as visões, as Vozes e os milagres de Joana tinham vindo de Deus. Eles esperavam que, com o tempo, pudessem provar que eram de origem satânica. Portanto, como podeis ver, a persistência do tribunal em voltar a esse assunto de vez em quando e nele mexer e remexer não era um passatempo: tinha um fim estritamente interesseiro em vista.

CAPÍTULO 9

Libertação prevista

A sessão seguinte teve início na quinta-feira, dia 1º de março. Estavam presentes cinquenta e oito juízes — os outros descansavam. Como sempre, foi exigido que Joana fizesse um juramento sem reservas. Ela não mostrou irritação, dessa vez. Sentia-se bem fortalecida com o compromisso do *procès-verbal*, que Cauchon ansiava repudiar e ignorar; então ela simplesmente recusou, distinta e decididamente; e acrescentou, com um tom justo e franco:

— Mas com relação aos assuntos estabelecidos no *procès--verbal*, direi livremente toda a verdade. Sim, tão livre e plenamente como se estivesse diante do papa.

Havia aqui uma chance! Tínhamos dois ou três papas, à época; apenas um deles poderia ser o verdadeiro papa, é claro. Todos judiciosamente se esquivaram da questão de qual era o verdadeiro papa e se abstiveram de nomeá-lo, pois claramente era perigoso entrar em detalhes sobre esse assunto. Essa era uma oportunidade de enganar uma garota imprudente e fazê-la se colocar em perigo, e o juiz injusto não perdeu tempo em tirar proveito disso. Ele perguntou, de forma plausivelmente indolente e distraída:

— Quem é o verdadeiro papa?

A casa prestou muita atenção e esperou para ouvir a resposta e ver a presa cair na armadilha. Mas quando a resposta foi dada, o juiz ficou bem confuso, e vi que muitas pessoas riam às escondidas. Pois Joana perguntou com uma voz e uma maneira que quase me enganou, de tão inocente que parecia:

— Há dois papas?

Um dos padres mais hábeis daquele grupo, e um dos melhores jurados, falou de modo que metade da casa o ouvisse, e disse:

— Por Deus, que golpe de mestre!

Assim que o juiz se recompôs um pouco da vergonha, voltou para a acusação, mas foi prudente e desconsiderou a pergunta de Joana:

— É verdade que recebestes uma carta do conde de Armagnac perguntando a qual dos três papas ele deveria obedecer?

— É verdade, e lhe respondi.

Cópias de ambas as cartas foram reproduzidas e lidas. Joana disse que a dela não tinha sido copiada de maneira fiel. Ela disse que havia recebido a carta do conde quando estava montando em seu cavalo; e acrescentou:

— Ao ditar uma ou duas palavras de resposta, eu disse que tentaria respondê-la de Paris ou de algum lugar onde eu pudesse estar tranquila.

Perguntaram-lhe novamente qual era o verdadeiro papa.

— Não fui capaz de instruir o conde de Armagnac sobre a qual papa ele deveria obedecer.

Então ela acrescentou, com um destemor franco que parecia puro e saudável naquele covil de oportunistas e trapaceiros:

— Mas, quanto a mim, sustento que somos obrigados a obedecer ao nosso senhor, o papa, que está em Roma.

O assunto foi encerrado. Eles reproduziram e leram uma cópia do primeiro esforço de Joana em ditar — sua proclamação convocando os ingleses a se retirar do cerco de Orléans e desocupar a França —; uma carta grandiosa e refinada para uma garota inexperiente de dezessete anos.

— Reconheceis como vosso o documento que acabou de ser lido?

— Sim, mas há erros nele, palavras que fazem com que eu dê muita importância a mim mesma — eu entendi o que estava por vir; fiquei perturbado e envergonhado. — Por exemplo, eu não disse "Entregai à Donzela" (*rendez à la Pucelle*); eu disse "Entregai ao rei" (*rendez au roi*); e eu não me identifiquei como "comandante em chefe" (*chef de guerre*). São palavras que meu secretário substituiu; ou talvez ele tenha me ouvido mal ou esquecido o que eu disse.

Ela não olhou para mim quando disse isso; poupou-me desse embaraço. Eu não a tinha ouvido mal, e não tinha esquecido. Mudei sua linguagem propositadamente, pois ela era comandante em chefe e tinha o direito de se chamar assim, e isso era conveniente e apropriado; e quem iria entregar alguma coisa ao rei? Naquela época, um pobre-diabo, um desqualificado? Se qualquer rendição fosse feita, seria à nobre Donzela de Vaucouleurs, já famosa e formidável, embora ainda não tivesse desferido um golpe.

Ah, eu teria passado por poucas e boas se o impiedoso tribunal tivesse descoberto que o próprio escrevinhador daquela parte do ditado, secretário de Joana d'Arc, estava presente. E não apenas presente, mas ajudando a construir o relatório; e não apenas isso, mas fadado, em um dia distante, a testemunhar contra mentiras e perversões nele incluídas por Cauchon e a entregá-lo à infâmia eterna!

— Reconheceis ter ditado essa proclamação?

— Reconheço.

— Vos arrependestes dela? A retirais?

Ah, ela ficou indignada!

— Não! Nem mesmo estas correntes — e ela as sacudiu —, nem mesmo estas correntes podem desmotivar as esperanças que proferi. E mais! — ela se levantou e, por um momento, uma luz divina estranha iluminou seu rosto, então suas palavras explodiram tal como uma inundação: — Estou avisando agora que dentro de sete anos um desastre atingirá os ingleses, ah, e ele será mil vezes maior do que a queda de Orléans! E...

— Silêncio! Sentai-vos!

— ... e então, logo depois, eles perderão toda a França!

Agora considerai estas coisas. Os exércitos franceses não existiam mais. A causa francesa estava parada, nosso rei estava parado e não havia indícios de que o condestável Richemont iria se apresentar, assumir e terminar o grande trabalho de Joana d'Arc. Diante de tudo isso, Joana proferiu essa profecia — com perfeita confiança — e ela se tornou realidade. Cinco anos depois Paris caiu — 1436 —, e nosso rei marchou até ela hasteando a bandeira do vencedor. Assim, a primeira parte da profecia foi então cumprida — na verdade, quase toda a profecia; pois, com Paris em nossas mãos, o cumprimento do resto foi assegurado. Vinte anos depois, toda a França era nossa, exceto uma única cidade: Calais.

Isso vos lembrará de uma profecia anterior de Joana. Na época em que ela queria tomar Paris e poderia ter feito isso com facilidade se nosso rei tivesse consentido, ela disse que era a hora certa; que, com Paris em nossas mãos, toda a França seria nossa em seis meses. Mas se essa oportunidade de ouro para recuperar a França fosse desperdiçada, ela disse: "Dou-vos vinte anos para libertá-la". Ela estava certa. Depois que Paris caiu, em 1436, o resto do trabalho teve que ser feito cidade por cidade, castelo por castelo, e levou vinte anos para terminar.

Sim, foi no primeiro dia de março de 1431, lá no tribunal, que ela ficou diante de todos e proferiu essa previsão estranha e incrível. De vez em quando, neste mundo, a profecia de alguém mostra-se correta, mas quando olhais para ela mais de perto, certamente haverá um espaço considerável para a suspeita de que a profecia foi dita após o fato. Mas aqui trata-se de outra questão. Ali, naquela corte, a profecia de Joana foi estabelecida no registro oficial, na hora e no momento de sua declaração, anos antes do acontecimento, e é possível lê-la até hoje.

Vinte e cinco anos após a morte de Joana, o registro foi produzido no grande Processo de Reabilitação e verificado sob juramento por Manchon e por mim, e os juízes do tribunal que ainda estavam vivos confirmaram a exatidão de seu testemunho no registro.

A surpreendente declaração de Joana sobre aquele agora tão comemorado primeiro de março provocou um grande tumulto, que demorou a ser controlado. Naturalmente, todo mundo estava preocupado, pois uma profecia é uma coisa macabra e horrível, quer ela suba do Inferno ou desça do Céu. Tudo o que as pessoas sabiam era que a inspiração por trás daquilo era genuína e potente. Elas teriam dado tudo para saber de onde vinha. Por fim, as perguntas foram retomadas.

— Como sabeis que essas coisas vão acontecer?

— Sei por revelação. E sei isso com tanta certeza quanto sei que estais sentado diante de mim.

Esse tipo de resposta não iria aliviar o desconforto crescente. Portanto, depois de um pouco mais de enrolação, o juiz mudou de assunto e retomou outro, de que ele poderia desfrutar melhor.

— Que idiomas vossas Vozes falam?

— Francês.

— Santa Margarida também?

— Sim. Por quê? Ela está do nosso lado, não dos ingleses!

Santos e anjos que não se dignam a falar inglês é uma grave afronta. Eles não podiam ser levados ao tribunal e punidos por desacato, mas o tribunal podia tomar uma nota silenciosa da observação de Joana e lembrar dela contra ela — o que fizeram. Pode ser útil, de vez em quando.

— Vossos santos e anjos usam joias? Coroas, anéis, brincos?

Para Joana, perguntas como essas eram frivolidades profanas e não dignas de serem levadas a sério; ela respondeu com indiferença. Mas a pergunta trouxe à sua mente outro assunto, e ela se virou para Cauchon e disse:

— Eu tinha dois anéis. Eles foram tirados de mim quando fui presa. Estais com um deles. É um presente dado pelo meu irmão. Devolvei-o para mim. Se não for para mim, peço que seja para a Igreja.

Os juízes pensaram na ideia de que talvez os anéis fossem encantados. E que talvez pudessem prejudicar Joana.

— Onde está o outro anel?
— Com os borguinhões.
— Onde o conseguistes?
— Foi um presente de meu pai e de minha mãe.
— Descrevei-o.
— É liso e simples, e tem "Jesus e Maria" gravado nele.

Todos podiam ver que aquele não era um equipamento valioso para um trabalho do diabo. Então não valia a pena seguir essa pista. Ainda assim, para ter certeza, um dos juízes perguntou a Joana se ela já havia curado pessoas doentes tocando-lhes com o anel. Ela disse que não.

— Agora, passemos às fadas, que costumavam morar perto de Domrémy, das quais há muitos relatos e tradições. Dizem que vossa madrinha surpreendeu essas criaturas em uma noite de verão dançando sob a árvore chamada *Arbre de la fée de Bourlémont*. Não é possível que vossos falsos santos e anjos sejam essas fadas?

— Isso está no *procès*? — ela não deu outra resposta.
— Não conversastes com Santa Margarida e Santa Catarina debaixo dessa árvore?
— Não sei.
— Ou perto da fonte próxima à árvore?
— Sim, às vezes.
— Que promessas elas vos fizeram?
— Nenhuma que não tivesse a autorização de Deus.
— Mas que promessas fizeram?

— Isso não está em vosso *procès*, mas vos direi isto: elas me disseram que o rei se tornaria o mestre de seu reino, apesar de seus inimigos.

— E o que mais?

Houve uma pausa; então ela disse, humildemente:

— Elas prometeram me levar ao Paraíso.

Naquele momento, se os rostos realmente traem o que está passando na mente dos homens, pairou sobre muitos deles naquela casa o medo de que talvez, afinal, um servo e arauto escolhido por Deus estivesse aqui sendo caçado até a morte. O interesse se aprofundou. Os movimentos e os sussurros cessaram: a quietude tornou-se quase dolorosa.

Notastes que, quase desde o início, a natureza das perguntas feitas a Joana mostrou que, de uma forma ou de outra, o inquisidor muitas vezes já conhecia o fato antes de fazer a pergunta? Notastes que, de uma forma ou de outra, os inquisidores geralmente sabiam exatamente como e onde procurar os segredos de Joana; que eles realmente conheciam a maior parte de sua vida privada — um fato não suspeitado por ela —, e que sua única tarefa era enganá-la para que ela expusesse esses segredos?

Lembrai-vos de Loyseleur, o hipócrita, o padre traiçoeiro, ferramenta de Cauchon? Lembrai-vos que sob o selo sagrado do confessionário Joana lhe revelou, livre e confiante, tudo o que dizia respeito à sua história, exceto apenas algumas coisas sobre as revelações sobrenaturais que as Vozes a proibiram de contar a qualquer um; e que o juiz injusto, Cauchon, estava ouvindo escondido o tempo todo?

Agora entendeis como os inquisidores foram capazes de conceber essa longa gama de perguntas minuciosamente curiosas; perguntas cuja sutileza, engenhosidade e profundidade são surpreendentes até que nos lembremos do desempenho de Loyseleur e reconheçamos sua fonte. Ah, bispo de Beauvais, depois de tantos anos no Inferno estais agora lamentando essa cruel iniquidade! Sim, a menos que alguém tenha ido em vossa ajuda. Há apenas uma pessoa entre os redimidos que o faria; e é inútil esperar que ela ainda não o tenha feito — Joana d'Arc. Voltemos aos interrogatórios.

— Elas vos fizeram outra promessa?

— Sim, mas isso não está no *procès*. Não vou dizer agora, mas dentro de três meses direi.

O juiz parecia já conhecer o assunto sobre o qual estava perguntando; é o que se pôde deduzir a partir da próxima pergunta.

— Vossas Vozes disseram que seríeis libertada dentro de três meses?

Muitas vezes Joana mostrava um tímido olhar de surpresa com o bom palpite dos juízes, como o que mostrara neste momento. Eu ficava frequentemente aterrorizado, pois minha mente (que eu não conseguia controlar) ficava criticando as Vozes e dizendo: "Elas a aconselham a falar com ousadia, algo que ela faria sem qualquer sugestão delas ou de qualquer outra pessoa, mas quando se trata de dizer qualquer coisa útil, como a maneira pela qual esses conspiradores conseguem se infiltrar tão habilmente em seus assuntos, elas estão sempre ocupadas com outras coisas".

Eu sou reverente por natureza; e quando tais pensamentos inundam minha cabeça, me deixam gelado, e se houvesse uma tempestade com trovões naquele momento, eu estaria tão doente que dificilmente poderia permanecer no meu posto e fazer o meu trabalho.

Joana respondeu:

— Isso não está no *procès*. Não sei quando serei libertada, mas alguns que me desejam fora deste mundo partirão dele antes de mim.

Isso fez alguns deles tremerem.

— Vossas Vozes vos disseram que sereis libertada da prisão?

Sem dúvida tinham-no dito, e o juiz sabia disso antes de fazer a pergunta.

— Perguntai-me novamente dentro de três meses e eu vos direi.

Ela disse isso com um olhar tão feliz, a fatigada prisioneira! E eu? E Noel Rainguesson, que se inclinara para baixo? Ora, uma avalanche de alegria passou por nós, da cabeça aos pés! E tudo o que pudemos fazer foi ficarmos quietos e evitar expormos fatalmente nossos sentimentos. Ela seria libertada em três meses. Foi o que ela quis dizer; foi o que entendemos. As Vozes lhe disseram isso, e lhe disseram a verdade, e o dia exato, 30 de maio. Mas agora sabemos que elas tinham misericordiosamente escondido dela como ela seria libertada, e a deixaram na ignorância.

Para casa de novo! Para nós, aquele era o dia — Noel e eu; esse era o nosso sonho; e agora contaríamos os dias, as horas, os minutos. Eles voariam levemente; logo acabariam. Sim, levaríamos aquela que idolatrávamos para casa; e lá, longe das pompas e dos tumultos do mundo, retomaríamos nossa vida feliz e a viveríamos como tínhamos começado, ao ar livre e sob o sol, com as amistosas ovelhas e as amistosas pessoas como companheiras, e a graça e o charme dos prados, dos bosques e do rio sempre diante de nossos olhos, e sua profunda paz em nossos corações. Sim, esse era o nosso sonho, o sonho que nos levou corajosamente ao longo de três meses para um desfecho exato e terrível, cujo pensamento teria nos matado, acho, se o tivéssemos previsto e sido obrigados a suportar o fardo dele em nossos corações durante a metade daqueles dias desgastantes.

Nossa leitura da profecia foi esta: achamos que a alma do rei seria atingida pelo remorso; e que ele planejaria, escondido, um resgate com os antigos tenentes de Joana, d'Alençon, Bastardo e La Hire, e que o resgate ocorreria ao final de três meses. Então decidimos nos preparar para lhes dar uma mão.

Naquele momento e também em sessões posteriores, Joana foi instada a indicar o dia exato de sua libertação; mas ela não podia fazer isso. Ela não tinha a permissão de suas Vozes. Além disso, as Vozes não tinham indicado o dia preciso. Desde o cumprimento da profecia, tenho acreditado que Joana imaginava que sua libertação seria a morte. Mas não aquele tipo de morte! Por mais divina que fosse, destemida como era nas batalhas, ela também era humana. Não era apenas uma santa, um anjo; também era uma garota vinda do pó, uma garota humana como qualquer outra no mundo, e cheia de sensibilidade, ternura e delicadezas características de uma garota humana. Mas aquela morte! Não, ela não poderia ter vivido os três meses sabendo aquilo, acho. Lembrai-vos de que na primeira vez que foi ferida ela estava assustada e chorava, assim como qualquer outra garota de dezessete anos teria feito, embora soubesse fazia dezoito dias que seria ferida naquele mesmo dia? Não, ela não tinha medo da morte comum, e uma morte comum era o que ela acreditava que a profecia da libertação significava, acho, pois seu rosto mostrou felicidade, não horror, quando ela a proferiu.

Agora vou explicar por que penso o que penso. Cinco semanas antes de ser capturada na batalha de Compiègne, suas Vozes lhe disseram o que estava por vir. Elas não lhe disseram o dia ou o lugar, mas disseram que ela seria feita prisioneira e que seria antes da festa de São João. Ela implorou que a morte, certa e rápida, fosse seu destino, e a prisão, breve; pois ela era um espírito livre e temia o confinamento. As Vozes não prometeram nada, mas apenas lhe disseram para suportar o que viesse. Como elas não recusaram a morte rápida, uma jovem esperançosa como Joana naturalmente apreciaria isso e aproveitaria ao máximo, permitindo que essa ideia crescesse e se estabelecesse em sua mente. E agora que lhe fora dito que ela seria "libertada" em três meses, acho que ela acreditava que significava que ela morreria em sua cama na prisão, e que era por isso que ela parecia feliz e satisfeita — as portas do Paraíso se abrindo para ela, o tempo tão curto, vedes, seus problemas logo acabariam, sua recompensa estava próxima. Sim, isso faria com que ela parecesse feliz, e a deixaria paciente e corajosa, e capaz de lutar como uma soldada. Salvar a si mesma, se fosse possível, é claro, e tentar o melhor para conseguir, pois ela era assim; mas se tivesse que morrer, que fosse com o rosto para a frente.

Então, mais tarde, quando acusou Cauchon de tentar matá-la com um peixe envenenado, sua noção de que ela seria "libertada" pela morte na prisão — se ela a tivesse, e acredito que ela a tivesse — seria naturalmente muito fortalecida, vedes.

Mas estou me afastando do julgamento. Foi pedido a Joana que ela dissesse a hora em que seria libertada da prisão.

— Eu sempre disse que não tinha a permissão de vos contar tudo. Serei libertada, e desejo perguntar às minhas Vozes se posso vos contar o dia. É por isso que desejo um adiamento.

— As Vozes vos proíbem de dizer a verdade?

— Desejais saber de assuntos relativos ao rei da França? Digo-vos novamente que ele recuperará o reino, e que sei isso tão bem quanto sei que estais sentado aqui, diante de mim, neste tribunal — ela suspirou e, depois de uma pequena pausa, acrescentou: — Eu deveria estar morta se não fosse essa revelação, que sempre me conforta.

Algumas perguntas triviais lhe foram feitas sobre a roupa e a aparência de São Miguel. Ela respondeu com dignidade, mas deu para ver que a incomodavam. Pouco tempo depois, ela disse:

— Fico muito alegre ao vê-lo, pois quando o vejo tenho a sensação de que não estou cometendo um pecado mortal — e acrescentou: — Às vezes Santa Margarida e Santa Catarina permitiam que eu me confessasse a elas.

Aqui havia uma possível chance de montar uma armadilha bem-sucedida contra sua inocência.

— Quando vos confessastes, vossos pecados eram mortais, não?

Mas sua resposta não lhe fez mal. Assim, as perguntas voltaram-se novamente às revelações feitas ao rei — segredos que a corte tinha tentado repetidas vezes tirar de Joana, em vão.

— Quanto ao sinal dado ao rei...
— Eu já vos disse que não direi nada sobre isso.
— Conheceis o sinal?
— Não descobrireis isso por mim.

Tudo isso se refere à entrevista secreta de Joana com o rei, embora dois ou três outros estivessem presentes. Era sabido — por intermédio de Loyseleur, é claro — que esse sinal era a coroa e a garantia da veracidade da missão de Joana. Mas isso tudo é um mistério até hoje — a natureza da coroa, quero dizer —, e continuará a ser um mistério até o fim dos tempos. Nunca poderemos saber se uma coroa desceu de verdade sobre a cabeça do rei ou se foi apenas um símbolo, a estrutura mística de uma visão.

— Vistes uma coroa na cabeça do rei quando ele recebeu a revelação?
— Não posso falar sobre isso sem cometer perjúrio.
— O rei tinha a coroa em Reims?
— Acho que o rei colocou sobre sua cabeça uma coroa que encontrou lá; mas uma muito mais suntuosa lhe foi levada depois.
— A vistes?
— Não posso vos dizer sem cometer perjúrio. Mas, quer eu a tenha visto ou não, ouvi dizer que era opulenta e magnífica.

Eles continuaram e a importunaram com a fadiga daquela misteriosa coroa, mas não conseguiram mais nada dela. A sessão foi encerrada. Um dia longo e difícil para todos nós.

CAPÍTULO 10

Os inquisidores não sabem mais o que fazer

O tribunal descansou um dia e voltou a trabalhar no sábado, 3 de março. Essa foi uma das nossas sessões mais tempestuosas. Todo o tribunal estava sem paciência, e com razão. Os sessenta clérigos distintos, táticos ilustres, gladiadores legais veteranos, deixaram postos importantes onde eram necessários para viajar partindo de várias regiões até Rouen e realizar uma tarefa muito simples e fácil: condenar e enviar à morte uma camponesa de dezenove anos que não sabia ler nem escrever, não conhecia as artimanhas e as perplexidades do procedimento legal, não podia chamar uma única testemunha em sua defesa, não tinha a permissão de defender nem aconselhar, e devia conduzir seu caso sozinha, contra um juiz hostil e um imenso júri. Em duas horas ela seria irremediavelmente emaranhada, encurralada, derrotada, condenada. Não havia nada mais exato do que isso — assim pensavam. Mas foi um erro. As duas horas tinham se transformado em dias; o que prometia ser uma discussão tinha virado um cerco; aquilo que parecia tão fácil provou ser surpreendentemente difícil; a leve vítima que deveria ter sido soprada como uma pena permaneceu plantada como uma rocha; e, acima de tudo, se alguém tinha o direito de rir, era a pátria, e não o tribunal.

Ela não estava fazendo isso, pois não era típico dela; outros, sim. A cidade inteira cobria o riso na manga da roupa, e o tribunal sabia disso, e sua dignidade estava profundamente ferida. Os membros não podiam esconder seu aborrecimento.

E assim, como eu disse, a sessão foi tempestuosa. Era fácil ver que os homens tinham decidido forçar Joana a dizer o que queriam nesse dia, para encurtar seu caso e levá-lo a uma conclusão rápida. Isso mostra que, depois de tudo o que passaram com ela, ainda não a conheciam.

Entraram enérgicos na batalha. Não deixaram o interrogatório para um membro específico; não, todos ajudaram. Eles lançavam perguntas a Joana de todos os cantos da casa, e às vezes tantos deles falavam juntos que ela tinha de lhes pedir que disparassem um de cada vez seus tiros, e não por pelotões. O começo foi como sempre:

— Sois novamente solicitada a fazer o juramento puro e simples.

— Responderei ao que está no *procès-verbal*. Eu mesma escolherei a ocasião, caso queira responder além do que está nele.

O velho terreno foi debatido e disputado centímetro a centímetro, com grande amargor e muitas ameaças. Mas Joana permaneceu firme, e os questionamentos tiveram que passar para outros assuntos. Meia hora foi gasta sobre as aparições de Joana — vestido, cabelo, aparência geral e assim por diante —, na esperança de fisgar algo prejudicial fora das respostas; mas sem resultado. Em seguida, o traje masculino foi retomado, é claro. Depois de muitas perguntas bem desgastantes terem sido feitas novamente, uma ou duas novas foram apresentadas.

— O rei ou a rainha não pediam, às vezes, que retirásseis o traje masculino?

— Isso não está no *procès*.

— Achais que teríeis pecado se tivésseis pegado a roupa de seu sexo?

— Fiz o melhor que pude para servir e obedecer ao meu soberano Senhor e Mestre.

Depois de um tempo, a questão do estandarte de Joana foi retomada, na esperança de relacioná-lo à magia e à feitiçaria.

— Vossos homens não copiaram vosso estandarte em seus galhardetes?

— Os lanceiros da minha guarda, sim. Para se distinguirem do resto das forças. Foi ideia deles.

— Os galhardetes eram frequentemente renovados?

— Sim. Quando as lanças eram quebradas, eram renovadas.

O propósito da pergunta se revela a seguir.

— Não dissestes aos vossos homens que os galhardetes feitos como vosso estandarte dariam sorte?

A alma de soldada de Joana ficou ofendida com essa puerilidade. Ela se levantou e disse, com dignidade e ardor:

— O que eu disse a eles foi: "Derrubai os ingleses!", e eu mesma fiz isso.

Sempre que ela lançava um discurso desdenhoso como aquele contra os subalternos franceses travestidos de ingleses eles ficavam enraivecidos; e foi o que aconteceu dessa vez. Havia dez, vinte, às vezes até trinta deles de pé a cada vez, atacando a prisioneira a cada minuto, mas Joana não se alterava. Pouco a pouco a paz reinou, e o inquérito foi retomado.

Procurava-se agora virar contra Joana as milhares de honrarias cheias de amor que lhe haviam sido feitas quando ela estava erguendo a França da sujeira e da vergonha de um século de escravidão e de castigo.

— Não fizestes com que pinturas e imagens vossas fossem realizadas?

— Não. Em Arras vi uma pintura minha ajoelhada diante do rei e entregando-lhe uma carta; mas não pedi que tais coisas fossem feitas.

— As missas e as orações não foram pronunciadas em vossa honra?

— Se foram, não fui eu quem as ordenou. Mas se alguém rezou por mim, não vejo mal algum nisso.

— O povo francês acreditou que fostes enviada por Deus?
— Não sei; mas, acreditando ou não, não altera o fato de eu ter sido enviada por Deus.
— Se eles pensaram que fostes enviada por Deus, achais que pensaram certo?
— Se acreditaram nisso, sua confiança não foi traída.
— Que impulso, achais, que moveu o povo a beijar vossas mãos, vossos pés e vossas vestes?
— Eles ficaram felizes em me ver, e por isso fizeram essas coisas; e eu não poderia tê-los impedido, nem se eu quisesse. As pobres pessoas vieram amorosamente a mim porque eu não lhes havia feito nenhum mal, ao contrário; por elas, fiz o melhor que pude, com todas as minhas forças.

Atentai para as palavrinhas modestas que ela usa para descrever o comovente espetáculo, suas marchas pela França cercadas, de ambos os lados, pelas multidões que a adoravam: "Eles ficaram felizes em me ver". Felizes? As pessoas iam vê-la invadidas de alegria. Quando não podiam beijar suas mãos ou seus pés, ajoelhavam-se na lama e beijavam as pegadas de seu cavalo. Elas a veneravam; e era o que esses padres estavam tentando provar. Para eles não importava que ela não fosse culpada pelo que outras pessoas faziam. Não, se ela fosse venerada, era o suficiente; ela era culpada de pecado mortal. Lógica curiosa, é preciso dizer.

— Não fostes madrinha de algumas crianças batizadas em Reims?
— Em Troyes, sim, e em Saint Denis; e eu nomeei os meninos de Charles, em homenagem ao rei, e as meninas, de Joana.
— As mulheres não tocavam seus anéis aos vossos?
— Sim, muitas, mas eu não sei por que faziam isso.
— Em Reims, vosso estandarte foi levado para a igreja? Ficastes no altar com ele na mão, na coroação?
— Sim.
— Ao atravessar o país, vos confessastes nas Igrejas e recebestes o sacramento?

— Sim.
— Com um traje masculino?
— Sim. Mas não lembro se estava de armadura.

Era quase uma concessão! Quase uma meia rendição da permissão concedida pela Igreja em Poitiers para que ela se vestisse como um homem. O astuto tribunal mudou de assunto: continuar aquele assunto, naquele momento, poderia chamar a atenção de Joana para seu pequeno erro, e com a inteligência que lhe era intrínseca, ela poderia recuperar o terreno perdido. A sessão tempestuosa a desgastou e entorpeceu seu estado de alerta.

— Consta que trouxestes uma criança morta de volta à vida, na igreja de Lagny. Isso ocorreu em resposta às vossas orações?
— Não sei. Outras meninas estavam orando pela criança, e eu me juntei a elas e rezei também; não fiz mais do que elas.
— Prossiga.
— Enquanto rezávamos, ela voltou à vida, e chorou. Estava morta havia três dias, e estava tão preta quanto o meu gibão. Foi batizada na hora, depois deixou a vida novamente e foi enterrada em solo sagrado.
— Por que pulastes da torre de Beaurevoir à noite e tentastes escapar?
— Para ir ao socorro de Compiègne.

Insinuaram que se tratava de uma tentativa de cometer o grave crime de suicídio para que não caísse nas mãos dos ingleses.

— Não dissestes que preferiríeis morrer do que ser entregue ao poderio inglês?

Joana respondeu francamente, sem perceber a armadilha:
— Sim, minhas palavras foram que eu preferiria que minha alma voltasse a Deus do que caísse nas mãos dos ingleses.

Foi então insinuado que, quando ela acordou, depois de saltar da torre, ela estava com raiva e blasfemou o nome de Deus; e que ela fez isso novamente quando ouviu falar da deserção do comandante de Soissons. Ela ficou magoada e indignada, e disse:

— Não é verdade. Nunca disse blasfêmias. Não tenho esse costume.

CAPÍTULO 11

O TRIBUNAL SE REORGANIZA PARA O ASSASSINATO

Foi feita uma pausa. Era hora. Cauchon estava perdendo terreno, Joana estava ganhando a luta. Havia sinais de que um ou outro juiz estava amolecendo com Joana por sua coragem, sua presença de espírito, sua força, sua constância, sua piedade, sua simplicidade e seu candor, sua pureza manifesta, a nobreza de seu caráter, sua inteligência refinada e a boa e corajosa luta que ela estava travando, sem amigos e sozinha, contra circunstâncias injustas, e havia motivos para se temer que esse processo de abrandamento se espalhasse ainda mais e debilitasse os planos de Cauchon.

Algo deveria ser feito, e foi feito. Cauchon não era conhecido como alguém que tinha compaixão, mas agora dava provas de a ter em seu caráter. Ele considerava penoso submeter todos aqueles juízes às fadigas prostrantes do julgamento quando ele poderia ser muito bem e suficientemente conduzido por apenas um punhado deles. Oh, gentil juiz! Mas ele não se lembrou de atenuar o cansaço da prisioneira.

Ele deixaria quase todos os juízes partirem e preservaria alguns deles, por ele selecionados; foi o que fez. Escolheu tigres. Se um cordeiro ou dois entrassem, seria por descuido, não por intenção; e ele sabia o que fazer com cordeiros se fossem descobertos.

Ele convocou um pequeno conselho e, durante cinco dias, examinaram minuciosamente o enorme volume de respostas até então dadas por Joana. Separaram toda a palha, toda a matéria inútil, isto é, toda a matéria favorável a Joana; economizaram toda a matéria que poderia ser distorcida para lhe prejudicar e, a partir disso, construíram uma base para um novo julgamento que deveria parecer uma continuação do antigo. Outra mudança. Era claro que o julgamento público tinha provocado danos: seus procedimentos haviam sido discutidos por todos na cidade, e muitos ficaram com pena da prisioneira abusada. Eles não podiam continuar com aquilo. As sessões seriam secretas dali em diante, e nenhum espectador seria admitido. Assim, Noel não poderia mais assisti-las. Pedi que lhe enviassem a notícia. Não tive coragem de contar diretamente para ele. Ia vê-lo à noite, e assim lhe daria tempo para que apaziguasse sua dor.

No dia 10 de março, o julgamento secreto começou. Uma semana se passara desde que eu vira Joana. Sua aparência me causou um grande choque. Ela parecia cansada e fraca. Estava apática e distante, e suas respostas mostraram que estava atordoada e que não era capaz de acompanhar muito bem tudo o que era feito e dito. Outro tribunal não teria se aproveitado de seu estado, já que sua vida estava em jogo, mas teria adiado a sessão e a poupado. Foi o que esse fez? Não; ele a perturbou por horas, com uma ferocidade alegre e ansiosa, fazendo tudo o que podia com essa grande chance, a primeira que teve.

Ela foi torturada para que se confundisse sobre o "sinal" que havia sido dado ao rei, nesse dia e no dia seguinte, por horas a fio. Como resultado, ela fez revelações parciais de detalhes proibidos por suas Vozes, e pareceu-me afirmar como sendo fatos coisas que eram apenas alegorias e visões misturadas com fatos.

No terceiro dia estava mais brilhante, e parecia menos desgastada. Ela estava quase normal novamente, e fez bem seu trabalho. Muitas tentativas foram feitas para seduzi-la a dizer coisas indiscretas, mas ela entendeu o propósito e respondeu com tato e sabedoria.

— Sabeis se Santa Catarina e Santa Margarida odeiam os ingleses?

— Elas amam a quem Nosso Senhor ama, e odeiam a quem Ele odeia.

— Deus odeia os ingleses?

— Sobre o amor ou o ódio de Deus para com os ingleses, nada sei — então ela falou com o velho tom marcial em sua voz e a velha audácia em suas palavras, e acrescentou: — Mas disto eu sei: que Deus enviará a vitória aos franceses, e que todos os ingleses serão expulsos da França, exceto os mortos!

— Deus estava do lado dos ingleses quando eles eram prósperos na França?

— Não sei se Deus odeia os franceses, mas acho que Ele permitiu que eles fossem castigados por seus pecados.

Era uma maneira suficientemente ingênua de explicar um castigo que agora durava noventa e seis anos. Mas ninguém censurou isso. Não havia ninguém lá que não puniria um pecador durante noventa e seis anos se pudesse, nem ninguém que sonharia com algo como o Senhor sendo menos rigoroso do que os homens.

— Já abraçastes Santa Margarida e Santa Catarina?

— Sim, as duas.

O rosto diabólico de Cauchon mostrou-se satisfeito quando ela disse isso.

— Quando pendurastes as guirlandas na *Arbre de la fée de Bourlémont*, fizestes isso em homenagem às vossas aparições?

— Não.

Satisfação de novo. Sem dúvida Cauchon tomaria como certo que ela as pendurava lá pelo amor pecaminoso que sentia pelas fadas.

— Quando as santas apareceram diante de vós, vos curvastes, fizestes reverência, vos ajoelhastes?

— Sim, fiz-lhes as maiores honras e reverências que pude.

Um bom ponto de vista para Cauchon, se ele pudesse eventualmente fazer parecer que ela não tinha feito reverência às santas, mas a demônios disfarçados.

Em seguida, foi colocada a questão de Joana esconder de seus pais suas relações sobrenaturais. Um ponto que podia ser bastante explorado. E, de fato, foi dada uma ênfase particular a esse assunto, em uma observação privada escrita à margem do *procès*: "Ela escondeu as visões de seus pais e de todos. Possivelmente a deslealdade para com seus pais pode ser o sinal da fonte satânica de sua missão".

— Achais que foi certo partir para as guerras sem a permissão de vossos pais? Está escrito que se deve honrar pai e mãe.

— Eu os obedeci em relação a tudo, menos a isso. E por isso implorei para que me perdoassem, em uma carta, e recebi seu perdão.

— Ah, pedistes seu perdão? Então sabíeis que levava a culpa do pecado ao partir sem a permissão deles!

Joana ficou agitada. Seus olhos brilharam, e ela exclamou:

— Foi uma ordem de Deus, e foi correto partir! Mesmos se eu tivesse cem pais e cem mães ou fosse filha de um rei, eu teria partido.

— Nunca perguntastes às vossas Vozes se podíeis contar aos vossos pais?

— Elas eram a favor de que lhes contasse, mas por nada neste mundo eu teria dado essa dor aos meus pais.

Na mente dos inquisidores, a conduta obstinada de Joana se devia ao orgulho. O tipo de orgulho que moveria alguém a ver adorações sacrílegas.

— As Vozes não vos chamaram de Filha de Deus?

Joana respondeu com simplicidade, e sem suspeitas:

— Sim; antes do cerco de Orléans. E, desde então, elas me chamaram várias vezes de Filha de Deus.

Foram procurados mais indícios de orgulho e vaidade.

— Com qual cavalo estáveis quando fostes capturada? Quem o vos deu?

— O rei.

— Possuíeis outras coisas, riquezas, do rei?

— Eu tinha cavalos e armas, e dinheiro para pagar o serviço militar que me era prestado.

— Não tínheis um tesouro?

— Sim. Dez ou doze mil coroas — então continuou, com ingenuidade: — Não era uma grande soma para continuar uma guerra.

— Ainda o tendes?

— Não. É o dinheiro do rei. Meus irmãos o guardam para ele.

— Quais armas deixastes como oferenda na igreja de Saint Denis?

— Minha armadura de cota de malha prateada e uma espada.

— As deixastes lá para que pudessem ser adoradas?

— Não. Foi apenas um ato de devoção. E é costumeiro que os homens de guerra feridos façam esse tipo de oferenda por lá. Fui ferida antes de Paris.

Nada influenciava seus corações de pedra, suas imaginações monótonas, nem mesmo a bela imagem, tão simplesmente desenhada, da menina-soldada ferida pendurando seu pequeno arnês ao lado da curiosa companhia de cotas de malha de ferro escuras e empoeiradas dos defensores históricos da França. Não, isso não significava nada para eles; nada, a menos que, de alguma forma, pudessem tirar disso algo que causasse mal e danos àquela criatura inocente.

— Fostes vós que ajudastes mais o estandarte ou o estandarte vos ajudou mais?

— Tanto faz, o estandarte ou eu. As vitórias vieram de Deus.

— Mas baseastes vossas esperanças de vitória em vós mesma ou em vosso estandarte?

— Em nenhum dos dois. Em Deus, apenas.

— Vosso estandarte não foi brandido ao redor da cabeça do rei na coroação?

— Não. Não foi.

— Por que, durante a coroação do rei na catedral de Reims, vosso estandarte prevaleceu àqueles dos outros capitães?

Então, suave e baixo, veio aquele discurso tocante que viverá enquanto a língua viver, e passará para todas as línguas, e moverá todos os corações gentis aonde quer que vá, até o último dia:

— Ele suportou o fardo; ele mereceu a honra.[1]

Como é simples, como é belo! E como excede a eloquência dos estudos dos mestres da oratória! A eloquência era um dom de Joana d'Arc; vinha de seus lábios, sem esforço e sem preparação. Suas palavras eram tão sublimes quanto seus atos, tão sublimes quanto seu caráter; elas vinham de um grande coração e foram cunhadas em um grandioso cérebro.

---

[1] O que ela disse foi traduzido muitas vezes, mas nunca de maneira bem-sucedida. No original há um *páthos* encantador que escapa de todos os esforços de transmiti-lo em nossa língua. É tão sutil quanto um odor, que escapa na transmissão. Suas palavras foram estas: "Il avait été à la peine, c'était bien raison qu'il fût à l'honneur". Monsenhor Ricard, vigário-geral honorário do Arcebispo de Aix, fala muito bem disso como "aquela resposta sublime, que perdura na história de ditos célebres como o grito de uma alma francesa e cristã ferida até a morte em seu patriotismo e em sua fé" (Jeanne d'Arc, La Vénérable, página 197). [N. T. A.]

CAPÍTULO 12

Cauchon evita o golpe de mestre de Joana

Como próximo passo, o pequeno tribunal secreto de sacros assassinos fez algo tão básico que, mesmo hoje, na minha velhice, é difícil falar disso sem perder a paciência.

No início do relacionamento com as Vozes em Domrémy, a criança Joana dedicou solenemente a vida a Deus, jurando seu corpo puro e sua alma pura a Seu serviço. Lembrai-vos de que seus pais tentaram impedi-la de ir à guerra, levando-a ao tribunal em Toul para obrigá-la a se casar, algo que ela nunca prometera fazer. Casar-se com nosso pobre, bom, palavroso, grande, competente lutador, o camarada mais querido e que faz falta, o porta-estandarte, que caiu em batalha honrosa e dorme com Deus nos último sessenta anos. Paz às suas cinzas! Lembrai-vos também de como Joana, aos dezesseis anos, ergueu-se naquele venerável tribunal e conduziu seu caso sozinha, rasgando o pobre caso do Paladino em pedaços e dispersando-o com um sopro; e de como o velho juiz espantado no banco falou dela como "esta maravilhosa criança".

Lembrai-vos disso, não? Pensai no que eu senti ao ver os falsos padres no tribunal em que Joana havia lutado uma quarta luta solitária em três anos; ao vê-los distorcendo deliberadamente e totalmente esse acontecimento para tentar fazer parecer com que Joana tivesse arrastado Paladino à força ao tribunal e fingido que ele prometera se casar com ela, decidida a obrigá-lo a fazê-lo.

Certamente não existia um limite para a baixeza à qual aquelas pessoas apelavam na caçada à vida da garota sem amigos. Era isso que pretendiam mostrar, que ela havia cometido o pecado de voltar atrás em seu voto e tentar violá-lo.

Joana contou detalhadamente a verdadeira história do ocorrido, mas perdeu a paciência enquanto falava, e terminou dizendo a Cauchon algumas palavras de que ele ainda se lembra, quer esteja se abanando no mundo ao qual pertence, quer tenha trapaceado para ir ao outro.

No resto daquele dia e em parte do dia seguinte, o tribunal voltou ao velho tema: o traje masculino. Era uma tarefa torpe para homens tão severos; pois eles bem sabiam que uma das razões de Joana se agarrar ao traje masculino era que os soldados da guarda estavam sempre presentes em seu quarto, estivesse ela dormindo ou acordada, e que o traje masculino protegia melhor sua modéstia do que qualquer outro traje.

Os homens do tribunal sabiam que um dos propósitos de Joana tinha sido a libertação do duque exilado de Orléans, e estavam curiosos para saber como ela pretendia lidar com isso. Seu plano era caracteristicamente prático, e sua declaração caracteristicamente simples e direta:

— Eu teria feito uma quantidade suficiente de prisioneiros ingleses na França para regatá-lo; e, caso não conseguisse, teria invadido a Inglaterra e o trazido à força.

Era o jeito dela. Se uma coisa tinha de ser feita, era primeiro por amor e, em seguida, ela se dedicava com todo o afinco, sem vacilar. Ela acrescentou com um leve suspiro:

— Nesses três anos, se eu estivesse livre, eu o teria libertado.

— Tendes a permissão de vossas Vozes para fugir da prisão sempre que puderdes?

— Pedi a permissão várias vezes, mas não a recebi.

Acho que é como eu disse, ela esperava a libertação da morte, e dentro das paredes da prisão, antes que os três meses expirassem.

— Escaparíeis se vísseis as portas abertas?

Ela falou com franqueza:

— Sim, pois veria nisso a permissão de Nosso Senhor. Deus ajuda a quem se ajuda, diz o provérbio. Mas se eu não achasse que tivesse a permissão, eu não iria.

Naquele momento ocorreu algo que me convence, sempre que penso nisso — e foi impressionante na época —, que, pelo menos por um momento, suas esperanças vagaram até o rei, e colocaram em sua mente a mesma noção sobre sua libertação que Noel e eu tínhamos: um resgate feito por seus antigos soldados. Acho que a ideia do resgate lhe ocorreu, mas apenas como um pensamento passageiro, que passou rapidamente.

Algumas observações do bispo de Beauvais moveram-na a lembrá-lo mais uma vez de que ele era um juiz injusto e não tinha o direito de presidir aquele tribunal, e de que corria um grande risco.

— Que risco? — ele perguntou.

— Não sei. Santa Catarina prometeu me ajudar, mas não sei de que forma. Não sei se serei libertada desta prisão ou se quando me enviardes para o cadafalso haverá um problema e, por causa dele, serei libertada. Não penso muito a respeito, para mim tanto faz.

Depois de uma pausa, ela acrescentou estas palavras, palavras eternamente memoráveis cujo significado ela pode ter entendido mal, incompreendido; quanto a isso, nunca poderemos realmente saber; palavras que ela pode ter entendido corretamente e, quanto a isso, também nunca poderemos saber; mas palavras cujo mistério se afastou delas há muitos anos e revelou seu significado para o mundo todo:

— Mas o que minhas Vozes disseram com mais clareza é que serei libertada por uma grande vitória.

Ela fez uma pausa. Meu coração estava batendo rápido, pois para mim essa grande vitória significava a repentina invasão de nossos velhos soldados com o grito de guerra e o choque entre aços no último momento e o triunfo da libertação de Joana d'Arc. Mas, oh, esse pensamento teve uma vida muito breve! Pois ela levantou a cabeça e terminou com as solenes palavras que os homens ainda tantas vezes citam e às quais se detêm, e que me encheram de medo; pareciam uma previsão.

— E sempre dizem: "Submetei-vos a tudo o que vier; não vos aflijais pelo vosso martírio; dele ascendereis ao Reino do Paraíso".

Ela estava pensando em fogo e estaca? Acho que não. Eu mesmo pensei nisso, mas acredito que ela só estava pensando no lento e cruel martírio das correntes, da prisão e dos insultos. Certamente, martírio era o nome certo para aquilo.

Era Jean de la Fontaine quem fazia as perguntas. Ele estava disposto a explorar ao máximo o que ela havia dito.

— Como as Vozes vos disseram que ireis ao Paraíso, tendes certeza de que isso vai acontecer e que não sereis condenada no Inferno. É isso?

— Acredito no que elas me disseram. Sei que serei salva.

— É uma resposta significativa.

— Para mim, é precioso saber que serei salva.

— E depois dessa revelação seríeis capaz de cometer um pecado mortal?

— Não sei. É por cumprir o juramento de me manter pura, corpo e alma, que tenho a esperança de ser salva

— Sabendo que sereis salva, achais necessário vos confessar?

A cilada foi engenhosamente tramada, mas a resposta simples e humilde de Joana a destramou:

— Não há como ter a consciência limpa, sozinha.

Estávamos nos aproximando do último dia desse novo julgamento. Joana se saiu bem da provação. Foi uma luta longa e cansativa para todos os envolvidos. Tinham tentado percorrer todos os caminhos para condenar a acusada, e até agora ninguém tinha apontado a boa direção. Os inquisidores estavam completamente irritados e insatisfeitos.

No entanto, resolveram fazer mais um esforço, em um único dia de trabalho. E o fizeram, em 17 de março. No início da sessão, uma armadilha notável foi montada para Joana:

— Submetereis à decisão da Igreja todas as vossas palavras e ações, sejam elas boas ou más?

Isso foi bem planejado. Joana estava em perigo iminente. Se ela dissesse, desatentamente, que sim, arriscaria sua própria missão, e eles saberiam prontamente como decidir sua origem e seu caráter. Se ela dissesse não, ela se responsabilizaria pelo crime de heresia.

Mas ela estava à altura da ocasião. Ela traçou uma linha distinta de separação entre a autoridade da Igreja sobre ela como membro individual e o assunto de sua missão. Ela disse que amava a Igreja e estava pronta para apoiar a fé cristã com todas as suas forças; mas quanto às tarefas realizadas no âmbito de sua missão, elas deveriam ser julgadas apenas por Deus, que as ordenou.

O juiz ainda insistiu que ela as submetesse à decisão da Igreja. Ela disse:

— Eu as submeterei ao Nosso Senhor, que me enviou para cumpri-las. Parece-me que Ele e Sua Igreja são um, e que não deve haver nenhuma dificuldade quanto a isso — então ela se virou para o juiz e disse: — Por que dificultais o que é tão simples?

Jean de la Fontaine corrigiu a noção de que havia apenas uma Igreja. Havia duas: a Igreja Triunfante, composta por Deus, pelos santos, pelos anjos e pelos redimidos, que tem sua sede no Céu; e a Igreja Militante, composta pelo santo padre o papa, o vigário de Deus, pelos prelados, pelo clero e por todos os bons cristãos e católicos, que tem sua sede na Terra e é governada pelo Espírito Santo, e não pode errar.

— Não submetereis esses assuntos à Igreja Militante?

— Fui até ao rei da França nomeada pelo alto comandante da Igreja Triunfante, e a essa Igreja submeterei todas as coisas que fiz. Para a Igreja Militante, não tenho outra resposta, agora.

O tribunal tomou nota dessa recusa estritamente formulada e gostaria de obter lucro com ela; mas o assunto foi abandonado, e uma longa perseguição foi feita retomando o velho terreno de caça: as fadas, as visões, o traje masculino, todas essas coisas.

À tarde, o próprio bispo satânico assumiu a cadeira e presidiu as cenas finais do julgamento. Perto do final, esta pergunta foi feita por um dos juízes:

— Dissestes ao meu senhor, o bispo, que lhe responderia como responderia perante nosso santo padre, o papa, e, no entanto, há várias perguntas que vos recusais continuamente a responder. Não responderíeis ao papa com mais detalhes do que respondestes ao meu senhor de Beauvais? Não vos sentiríeis obrigada a responder mais detalhadamente ao papa, que é o vigário de Deus?

A essas perguntas, um trovão manifestou-se no céu claro:

— Levai-me ao papa. Responderei a tudo o que devo.

Isso fez com que o rosto vermelho do bispo ficasse bastante pálido de consternação. Se Joana soubesse, se soubesse! Ela havia colocado uma mina sob a macabra conspiração, capaz de explodir os esquemas do bispo aos quatro ventos, mas não sabia disso. Ela disse isso por mero instinto, sem suspeitar de que forças malignas estavam por trás dele, e não havia ninguém para lhe dizer o que ela havia feito. Eu sabia, Manchon sabia; e se ela soubesse ler, poderíamos tê-la feito entender de alguma forma; mas a palavra falada era a única maneira, e ninguém podia se aproximar dela o suficiente para isso. Então lá ela se sentou, mais uma vez, Joana d'Arc a Vitoriosa, mas inconsciente disso. Ela estava miseravelmente desgastada e cansada, pela longa luta do dia e por estar doente, caso contrário teria notado o efeito de seu discurso e adivinhado a razão de tal efeito.

Ela tinha dado muitos golpes de mestre, mas esse foi O Golpe de Mestre. Era um apelo a Roma. Era claramente seu direito; e se ela tivesse persistido, o enredo de Cauchon teria caído por terra como um castelo de cartas, e ele teria saído daquele lugar como o homem mais derrotado do século. Ele era ousado, mas não ousaria o suficiente para enfrentar esse pedido se Joana tivesse insistido. Mas não, ela era ignorante, coitadinha, e não entendia o golpe que ela tinha dado pela vida e pela liberdade.

A França não era a Igreja. Roma não tinha interesse na destruição da mensageira de Deus. Roma lhe teria dado um julgamento justo, a única coisa de que sua causa precisava. Ela teria saído livre, honrada e abençoada desse julgamento. Mas não era o seu destino. Cauchon imediatamente o evitou e mudou de assunto, apressando o julgamento para que logo acabasse.

Quando Joana se afastou, fraca, arrastando suas correntes, fiquei estupefato e atordoado, e continuei dizendo para mim mesmo: *Há pouco tempo ela disse a palavra da salvação e poderia ter ficado livre; e agora, lá vai ela na direção da morte; sim, da sua morte, eu sei, eu sinto. Eles vão dobrar os guardas; a partir de agora, nunca deixarão ninguém se aproximar dela, desta sessão até a condenação, para que ela não receba uma única dica e não repita o pedido. É o pior dia de todos deste período deplorável.*

CAPÍTULO 13

O TERCEIRO JULGAMENTO FALHA

O segundo julgamento, na prisão, acabou. Acabou, sem nenhum resultado definitivo. Seu caráter, já conheceis. Basearam-se em algo mais específico do que o anterior; dessa vez, as acusações não haviam sido comunicadas a Joana, portanto, ela tinha sido obrigada a lutar no escuro.

Sem chances de pensar antecipadamente; sem chances de prever quais armadilhas poderiam ser armadas; sem chances de se preparar para elas. Na verdade, foi desprezível tirar vantagem de uma garota nessa situação. Um dia, durante o processo, um advogado competente da Normandia, *maître*[1] Jean Lohier, esteve em Rouen, e vos darei minha opinião sobre esse julgamento, para que possais ver que minhas palavras foram honestas e que o meu partidarismo não me fez vos enganar no que diz respeito ao seu caráter injusto e ilegal. Cauchon mostrou a Lohier o processo e pediu sua opinião sobre o julgamento. Para Lohier, a coisa toda era nula e sem efeito, por estas razões: 1. O julgamento era secreto, e não havia possibilidade de plena liberdade de expressão e ação por parte dos presentes; 2. O julgamento tocava a honra do rei da França

---

[1] Em francês no original. Tratamento formal usado para se dirigir a advogados. Idealmente "Senhor" em português, ou "doutor", caso este tenha o título acadêmico homônimo. [N. T.]

e ele não fora convocado para se defender, nem qualquer um que o representasse; 3. As acusações contra a prisioneira não foram comunicadas a ela; 4. A acusada, embora jovem e ingênua, tinha sido forçada a defender sua causa sem a ajuda de um defensor, apesar de estar correndo muitos riscos.

Isso agradou o bispo Cauchon? Não. Ele soltou sobre Lohier as pragas mais cruéis e jurou que o afogaria. Lohier escapou de Rouen e partiu da França o mais rápido que pôde, para salvar sua vida.

Bem, como eu disse, o segundo julgamento acabou, sem resultado definitivo. Mas Cauchon não desistiu. Ele poderia inventar outro. Muitos outros, se necessário. Ele tinha recebido, em parte, a promessa de um enorme prêmio da arquidiocese de Rouen se conseguisse queimar o corpo e condenar ao Inferno a alma da jovem que nunca lhe fizera mal algum; e para um prêmio como esse, para um homem como o bispo de Beauvais, valia a pena queimar e condenar cinquenta meninas inofensivas; uma não significava nada.

Então ele recomeçou o trabalho no dia seguinte, cheio de confiança, insinuando com uma alegria brutal que, dessa vez, seria bem-sucedido. Ele e os outros necrófagos levaram nove dias para extrair matéria suficiente do testemunho de Joana e de suas próprias invenções para construir a nova massa de acusações. E era uma massa formidável, de fato, pois numerava sessenta e seis artigos.

Esse enorme documento foi levado para o castelo no dia seguinte, 27 de março; e lá, diante de uma dúzia de juízes cuidadosamente selecionados, o novo julgamento foi iniciado. Opiniões foram dadas, e o tribunal decidiu que Joana deveria ouvir os artigos lidos, dessa vez. Talvez devido ao comentário de Lohier; ou talvez porque esperassem que a leitura matasse a prisioneira de cansaço — pois, como se viu, essa leitura ocupou vários dias. Também foi decidido que Joana deveria ser obrigada a responder diretamente a todos os artigos, e que se ela se recusasse, deveria ser considerada condenada. Como podeis ver, Cauchon estava conseguindo reduzir as chances da menina cada vez mais; ele estava se aproximando, cada vez mais, de seu objetivo.

Joana foi trazida, e o bispo de Beauvais começou com um discurso que deveria tê-lo feito corar, de tão carregado de hipocrisia e mentiras. Ele disse que o tribunal era composto por santos e piedosos clérigos cujos corações estavam cheios de benevolência e de compaixão para com ela, e que eles não desejavam de jeito algum ferir seu corpo, mas pretendiam apenas instruí-la e conduzi-la ao caminho da verdade e da salvação.

Ora, isso não era um homem, mas um demônio nato; agora pensai nele descrevendo a si mesmo e a seus insensíveis escravos usando tal linguagem. E, ainda, o pior estava por vir. Pois agora, tendo em mente outra das dicas de Lohier, ele teve a fria audácia de fazer a Joana uma proposta que, para mim, vos surpreenderá quando a ouvirem. Ele disse que o tribunal, reconhecendo que ela não tinha instrução e que era incapaz de lidar com os assuntos complexos e difíceis que estavam prestes a ser considerados, determinou, por piedade e misericórdia a ela, permitir que ela escolhesse uma ou mais pessoas dentre eles para ajudá-la em sua defesa e lhe dar conselhos!

Pensai nisso: um tribunal composto por Loyseleur e sua raça de répteis. Ele estava concedendo a um cordeiro a licença para pedir ajuda a um lobo. Joana olhou para cima para ver se ele estava falando a sério, e percebendo que, pelo menos, fingia estar, ela recusou, é claro. O bispo não esperava outra resposta. Ele havia feito uma demonstração de justiça e poderia inscrevê-la na ata; portanto, estava satisfeito.

Ordenou em seguida a Joana que respondesse diretamente a todas as acusações; e ameaçou expulsá-la da Igreja se ela não cumprisse a ordem ou atrasasse as respostas para além de um determinado tempo. Sim, ele estava reduzindo as chances dela, passo a passo.

Thomas de Courcelles iniciou a leitura do interminável documento, artigo por artigo. Por sua vez, Joana respondeu a cada artigo; às vezes apenas negando sua veracidade, às vezes dizendo que sua resposta seria encontrada nos registros dos julgamentos anteriores.

Que documento estranho aquele, e que exibição e exposição do coração do ser humano, a única criatura autorizada a vangloriar-se de ser feita à imagem de Deus! Conhecer Joana d'Arc era conhecer uma pessoa totalmente nobre, pura, verdadeira, corajosa, compassiva, generosa, piedosa, altruísta, modesta, inocente como as próprias flores nos campos — uma natureza refinada e bonita, uma personagem supremamente fantástica. Conhecê-la por aquele documento era como conhecê-la como o exato oposto de tudo isso. Nada do que ela era aparecia nele, tudo o que ela não era aparecia lá, em detalhes.

Considerai algumas das coisas da qual foi acusada e lembrai-vos de quem estava falando. Ele a chamava de feiticeira, falsa profeta, invocadora e companheira de espíritos malignos, negociante de magia, ignorante da fé católica, cismática; de sacrílega, idólatra, apóstata, blasfemadora de Deus e de Seus santos, escandalosa, sediciosa, perturbadora da paz; dizia que ela incitava os homens à guerra e ao derramamento de sangue humano; que ela recusava as decências e as conveniências de seu sexo, assumindo irreverentemente o traje masculino e a vocação de um soldado; seduzia príncipes e pessoas; usurpava honras divinas e se fazia adorar e venerar, oferecendo suas mãos e suas vestes para serem beijadas.

Pronto: cada fato de sua vida distorcido, pervertido, revertido. Quando criança, ela amava as fadas, tinha mostrado compaixão por elas quando foram banidas de sua casa; ela havia brincado debaixo da Árvore e ao redor de sua fonte. Portanto, era companheira de espíritos malignos.

Por ter tirado a França da lama e a impelido a lutar pela liberdade, assim a levando a uma sequência de vitórias, era perturbadora da paz — o que de fato era — e provocadora de guerra — o que de fato era, novamente! —, e a França ficará orgulhosa e grata por isso, por muitos e muitos séculos. E ela tinha sido adorada — como se ela pudesse evitar isso, coitadinha, ou fosse de alguma forma culpada. Os covardes veteranos e os vacilantes recrutas haviam sorvido o espírito de guerra dos olhos de Joana e tocado sua espada com as deles, e avançaram invencíveis — ela era, portanto, feiticeira.

E o documento prosseguiu, detalhe por detalhe, transformando as águas da vida em veneno, o ouro em refugo, as provas de uma vida nobre e bela em evidências de uma vida sórdida e odiosa.

Naturalmente, os sessenta e seis artigos foram apenas uma repetição das coisas que haviam surgido no decorrer dos julgamentos anteriores, então vou abordar esse novo julgamento, mas levemente. Na verdade, Joana entrou pouco em detalhes, geralmente apenas dizendo: "Isso não é verdade"; "*Passez outre*"; ou: "Já respondi a isso. Pedi ao funcionário que leia o relatório", ou dizendo alguma outra coisa breve.

Ela se recusou a ter sua missão examinada e julgada pela Igreja terrena. A recusa foi anotada. Ela negou a acusação de idolatria e de que tinha cobiçado a homenagem das pessoas. Disse:

— Se alguém beijou minhas mãos e minhas vestes, não foi porque desejei, e fiz o que pude para evitar.

Ela teve a coragem de dizer àquele tribunal mortal que ela não sabia que as fadas eram seres malignos. Ela sabia que era uma coisa perigosa de se dizer, mas não era da sua natureza falar nada além da verdade, quando ela falava. Perigo não era algo que a amedrontava em se tratando de verdade. O comentário foi anotado.

Ela recusou, como já fizera antes, quando lhe perguntaram se tiraria o traje masculino se lhe fosse dada a autorização para comungar. E acrescentou:

— Quando uma pessoa recebe o sacramento, a maneira como está vestida é insignificante e sem valor aos olhos de Nosso Senhor.

Ela foi acusada de ser tão teimosa ao se agarrar ao traje masculino que ela não o deixaria nem mesmo para obter o privilégio abençoado de ouvir a missa. Ela disse, com ardor:

— Prefiro morrer a ser infiel ao juramento que fiz a Deus.

Ela foi censurada por fazer o trabalho dos homens nas guerras e, assim, abandonar as atividades próprias de seu sexo. Ela respondeu, com um pequeno toque de desdém militar:

— Quanto ao trabalho das mulheres, há muitas outras que podem fazê-lo.

Para mim, sempre foi um conforto ver o espírito de soldada surgir nela. Enquanto ele permanecesse nela, ela seria Joana d'Arc, capaz de encarar os problemas e o destino.

— Parece que essa vossa missão, que afirmais ter recebido de Deus, era provocar guerras e derramar sangue humano.

Joana respondeu de maneira muito simples, contentando-se em explicar que a guerra não era seu primeiro passo, mas o segundo:

— No começo, pedia a paz. Quando esta era recusada, lutava.

O juiz misturou os borguinhões e os ingleses ao falar do inimigo contra o qual Joana foi guerrear. Mas ela mostrou que os distinguia, por meio de atos e palavras, pois como os borguinhões eram franceses, tinham direito a um tratamento menos brusco do que o dos ingleses. Ela disse:

— Quanto ao duque da Borgonha, tanto por meio de cartas quanto por seus embaixadores, solicitei que fizesse as pazes com o rei. Quanto aos ingleses, a única paz que lhes propunha era que deixassem o país e voltassem para casa.

Em seguida, ela disse que, mesmo com os ingleses, mostrara uma disposição pacífica, uma vez que lhes avisava por meio de proclamação que ia atacá-los.

— Se tivessem me escutado, teriam optado sabiamente pela paz — disse e, a essa altura, proferiu novamente sua profecia, dizendo enfaticamente: — Dentro de sete anos eles mesmos entenderão.

Então começaram a importuná-la novamente sobre o traje masculino, e tentaram persuadi-la a prometer voluntariamente descartá-lo. Eu nunca me aprofundei nisso, então acho que não é de se admirar que eu estava intrigado com a persistência deles no que parecia uma coisa banal, e não conseguia entender qual poderia ser a razão deles. Mas todos sabemos, agora. Todos sabemos, agora, que se tratava de outro de seus projetos traiçoeiros. Sim, se eles pudessem apenas conseguir fazê-la tirar formalmente o traje, poderiam jogar com ela um jogo que rapidamente a destruiria. Então eles continuaram o trabalho maligno até que, finalmente, ela explodiu e exclamou:

— Paz! Sem a permissão de Deus, não vou tirá-lo, mesmo que corteis minha cabeça!

Em certo momento, ela corrigiu o *procès-verbal*, dizendo:

— Isso me faz dizer que tudo o que fiz foi feito seguindo os conselhos de Nosso Senhor. Eu não disse isso, eu disse "tudo o que eu fiz bem".

Foi lançada uma dúvida sobre a autenticidade de sua missão, dada a ignorância e a simplicidade da mensageira escolhida. Joana sorriu. Ela poderia tê-los lembrado que Nosso Senhor, que não diferencia ninguém, escolhia com mais frequência as pessoas humildes para seus propósitos elevados do que os bispos e os cardeais; mas expressou a repreensão em termos mais simples:

— É prerrogativa de Nosso Senhor escolher Seus instrumentos onde Ele quiser.

Perguntaram-lhe que forma de oração ela usou para invocar os conselhos do Céu. Ela disse que a forma era breve e simples; então levantou o rosto pálido e repetiu, apertando as mãos acorrentadas:

— Querido Deus, honrando Vossa santa paixão, imploro, se me amais, que me reveleis o que sou para responder a esses clérigos. No que diz respeito ao meu traje, conheço a ordem em respeito à qual o coloquei, mas não sei de que maneira deverei tirá-lo. Rogo para que me digais o que fazer.

Ela foi acusada de ter ousado, contra os preceitos de Deus e de Seus santos, de assumir o império sobre os homens e se autoproclamar comandante em chefe. Isso tocou a soldada que estava nela. Ela reverenciava profundamente os padres, mas a soldada nela pouco reverenciava as opiniões de padres sobre a guerra; então, na resposta a essa acusação, ela não condescendeu em dar quaisquer explicações ou desculpas, mas se entregou à indiferença branda e à brevidade militar.

— Se fui comandante em chefe, foi para derrotar os ingleses.

A morte a encarava o tempo todo, mas não importava; ela adorava fazer aqueles franceses de coração inglês se contorcerem, e sempre que lhe davam uma abertura, ela estava pronta para espetar seu ferrão. Esses pequenos episódios a revigoravam. Seus dias eram desertos; esses episódios, oásis neles.

O fato de ela estar nas guerras com homens foi usado contra ela como sendo uma indecência. Ela disse:

— Sempre que podia, tinha uma mulher comigo, em cidades e em alojamentos. No campo, sempre dormia de armadura.

O fato de ela e sua família terem sido enobrecidas pelo rei foi usado contra ela como evidência de que a fonte de suas ações era sórdida e egoísta. Ela respondeu que não havia pedido essa graça ao rei; o ato veio dele.

Esse terceiro julgamento foi finalmente encerrado. E mais uma vez não houve nenhum resultado definitivo.

Possivelmente um quarto julgamento poderia conseguir derrotar a garota aparentemente invencível. Então o bispo maligno se pôs a trabalhar para planejá-lo. Ele nomeou uma comissão para reduzir a substância dos sessenta e seis artigos para doze mentiras compactas, como base para a nova tentativa. Foi o que fizeram. Demorou vários dias.

Enquanto isso, um dia, Cauchon foi à cela de Joana, com Manchon e dois dos juízes, Isambard de la Pierre e Martin Ladvenu, para ver se não conseguiria de alguma forma seduzir Joana a submeter sua missão ao exame e à decisão da Igreja Militante — ou seja, àquela parte da Igreja Militante que era representada por ele e por suas criaturas.

Joana, mais uma vez, recusou. Isambard de la Pierre tinha um coração em seu corpo, e tinha tanta pena da pobre garota perseguida que ele se aventurou a fazer uma coisa muito ousada; ele lhe perguntou se ela estaria disposta a ter seu caso levado ao Concílio de Basileia, e disse que este continha tantos padres que estavam do seu lado quanto do lado inglês. Joana exclamou que iria de bom grado ante a um tribunal tão justo como aquele; mas antes que Isambard pudesse dizer outra palavra, Cauchon virou-se selvagemente contra ele e esbravejou:

— Calai-vos, diabos!

Então Manchon se aventurou a fazer uma coisa corajosa também, embora o fizesse temendo imensamente por sua vida. Ele perguntou a Cauchon se deveria registrar na ata a apresentação de Joana ao Concílio de Basileia.

— Não! Não é necessário.

— Ah — disse a pobre Joana, reprovando —, escrevestes tudo o que há contra mim, mas não escrevereis o que há a meu favor.

Foi lamentável. Teria tocado o coração de um bruto. Mas Cauchon era pior do que isso.

CAPÍTULO 14

Joana luta contra as doze mentiras

Estávamos nos primeiros dias de abril. Joana estava doente. Ela adoeceu no dia 29 de março, no dia seguinte ao encerramento do terceiro julgamento, e estava piorando quando a cena que acabei de descrever ocorreu em sua cela. Era exatamente como Cauchon ir lá e tentar obter alguma vantagem de seu estado de fraqueza.

Tomemos nota de algumas das particularidades da nova acusação: "As doze mentiras".

Parte da primeira mentira diz que Joana afirma que encontrou sua salvação. Ela nunca disse nada disso. Também diz que ela se recusa a se submeter à Igreja. Não é verdade. Ela estava disposta a submeter todos os seus atos ao tribunal de Rouen, exceto aqueles feitos por ordem de Deus para cumprir sua missão. Aqueles que ela reservou para o julgamento de Deus. Ela se recusou a reconhecer Cauchon e seus servos como a Igreja, mas estava disposta a ir até ao papa ou ao Concílio de Basileia.

Uma cláusula de outra das doze mentiras diz que ela admite ter ameaçado de morte aqueles que não lhe obedecessem. Distintamente falsa. Outra cláusula diz que ela declara que tudo o que fez foi por ordem de Deus. O que ela realmente disse foi "tudo o que fizera bem", correção que ela mesma já fizera, como sabeis.

Outra das doze diz que ela afirma que nunca cometeu nenhum pecado. Ela nunca afirmou isso. Outra transforma em pecado o uso do traje masculino. Se assim fosse, ela tinha a permissão da alta autoridade católica para cometê-lo: do arcebispo de Reims e do tribunal de Poitiers. O décimo artigo mostrou ressentimento contra ela por "imaginar" que Santa Catarina e Santa Margarida falavam francês e não inglês, e politicamente eram favoráveis à França.

Primeiro, as doze mentiras deveriam ser submetidas aos doutores eruditos de teologia da Universidade de Paris e serem por eles aprovadas. Elas foram copiadas e estavam prontas na noite de 4 de abril. Então Manchon fez outra coisa ousada: escreveu na margem que muitas das doze mentiras atribuíam a Joana declarações que eram exatamente o oposto do que ela havia dito. Esse fato não seria considerado importante pelos membros da Universidade de Paris e não influenciaria sua decisão nem despertaria sua humanidade, caso tivessem alguma — o que não tinham, quando agiam politicamente, como no momento —, mas ainda assim era um ato corajoso do bom Manchon.

As doze mentiras foram enviadas para Paris no dia seguinte, 5 de abril. Naquela tarde houve um grande tumulto em Rouen, e multidões animadas se reuniram por todas as ruas principais, tagarelando e procurando notícias; pois soube-se, do lado e fora, que Joana d'Arc estava enferma e se aproximava da morte. Na verdade, as longas sessões a desgastaram, e ela estava realmente doente. Os chefes dos ingleses estavam consternados, pois se Joana morresse sem ser condenada pela Igreja e fosse para o túmulo sem ter seu nome manchado, a pena e o amor do povo transformariam seus erros, seus sofrimentos e sua morte em um santo martírio, e, na França, ela seria ainda mais poderosa morta do que viva.

O conde de Warwick e o cardeal inglês (Winchester) correram para o castelo e enviaram mensageiros aos médicos.

Warwick era um homem duro, rude, grosseiro, um homem sem compaixão. Lá estava a menina doente esticada, acorrentada em sua jaula de ferro; não se tratava de algo que levasse um homem a um discurso brusco, imagina-se; no entanto, Warwick falou sem rodeios em sua audição e disse aos médicos:

— Cuidai bem dela. O rei da Inglaterra não quer que ela tenha uma morte natural. Ela lhe é cara, pois ele pagou caro por ela, e ele não quer que ela morra, exceto na fogueira. Curai-a.

Os médicos perguntaram a Joana o que a deixara doente. Ela disse que o bispo de Beauvais lhe enviara um peixe, e achava que era isso. Então Jean d'Estivet irrompeu sobre ela, chamou-a de todos os nomes e a maltratou. Ele entendeu que Joana estava acusando o bispo de tê-la envenenado, como podeis imaginar; e não gostou nada disso, pois era um dos escravos mais afetuosos e incônscios de Cauchon, e indignou-o ver Joana prejudicando seu mestre diante daqueles grandes chefes ingleses, homens que poderiam arruinar Cauchon e que prontamente o fariam se tivessem a convicção de que ele era capaz de salvar Joana da fogueira envenenando-a, desfalcando assim os ingleses da alta quantia que pagaram por ela ao duque da Borgonha.

Joana estava com febre alta, e os médicos pediram para sangrá-la. Warwick disse:

— Cuidado com isso; ela é inteligente e é capaz de se matar.

Ele quis dizer que, para escapar da estaca, ela poderia desfazer o curativo e se deixar sangrar até a morte. Mesmo assim os médicos a sangraram, e ela melhorou. Mas não por muito tempo. Jean d'Estivet não conseguia ficar parado, ele estava muito preocupado e bravo com a suspeita de envenenamento de Joana; então retornou à noite e a atacou, fazendo com que a febre voltasse.

Quando Warwick soube disso, ficou de péssimo humor, ah, sim, pois sua presa ameaçava escapar novamente, e tudo devido ao zelo excessivo daquele tolo intrometido. Foi primorosa a maneira como Warwick praguejou contra d'Estivet — primorosa quanto à força, quero dizer, pois pessoas cultas disseram que a maneira de o fazer não foi boa. Depois disso, o intrometido ficou quieto.

Joana ficou doente por mais de duas semanas, até que melhorou. Ela ainda estava muito fraca, mas podia suportar um pouco de perseguição, sem que isso representasse um risco à sua vida. Para Cauchon, era um bom momento para recomeçar a perseguição. Então ele convocou alguns de seus doutores em teologia e foi para a masmorra onde ela estava. Manchon e eu o acompanhamos para registrar o encontro — isto é, para definir o que poderia ser útil para Cauchon e deixar de fora o resto.

Tive um choque ao ver Joana. Ela não passava de uma sombra! Foi difícil para mim entender que a criatura frágil com o rosto triste e a forma curvada era a mesma Joana d'Arc que eu havia visto tantas vezes, toda ardor e entusiasmo, liderando seus batalhões sob uma saraivada de mortes e as explosões luminosas das armas. Atormentou meu coração vê-la assim.

Mas Cauchon não se comoveu. Ele fez outro daqueles discursos inconsequentes, respingando hipocrisia e malícia. Disse a Joana que entre suas respostas havia algumas que pareciam pôr em risco a religião; e como ela era ignorante e não conhecia as Escrituras, ele levou alguns homens bons e sábios para instruí-la, se ela assim desejasse. Ele disse:

— Somos clérigos, e estamos dispostos por boa vontade, bem como por vocação, a obter a salvação de vossa alma e de vosso corpo, conforme estiver ao nosso alcance, assim como faríamos com nossos parentes mais próximos ou conosco. Apenas seguimos o exemplo da Santa Igreja, que nunca fecha o refúgio de seu seio contra qualquer um que esteja disposto a voltar.

Joana lhe agradeceu por essas palavras e disse:

— Parece que corro o risco de morrer desta doença; se for do agrado de Deus que eu morra aqui, imploro que eu possa ser ouvida em confissão e também receba o meu Salvador, e que eu possa ser enterrada em solo abençoado.

Cauchon pensou ter finalmente encontrado uma boa oportunidade; aquele corpo enfraquecido tinha medo de uma morte não abençoada e das dores do Inferno que viriam a seguir. O teimoso espírito se renderia, agora. Então ele disse:

— Se quiserdes os últimos sacramentos, deveis fazer como todos os bons católicos fazem e vos submeter à Igreja.

Ele ansiava pela resposta; mas, quando foi dada, não houve rendição; ela se manteve firme. Virou a cabeça e disse, cansada:

— Não tenho mais nada a dizer.

Cauchon ficou inquieto e levantou a voz de maneira ameaçadora, dizendo que quanto mais ela corria o risco de morrer, mais ela deveria corrigir sua vida; e novamente ele recusou as coisas que ela implorou, a menos que ela se submetesse à Igreja. Joana disse:

— Se eu morrer nesta prisão, imploro que me enterrem em solo sagrado; se não o fizerem, eu mesma me entregarei ao meu Salvador.

Houve mais algumas conversas do mesmo tipo, então Cauchon exigiu novamente, e imperiosamente, que ela se submetesse, bem como todas as suas ações, à Igreja. A ameaça e a violência que ele empregara não serviram para nada. O corpo estava fraco, mas o espírito dentro dele era o espírito de Joana d'Arc, e dele saiu a resposta firme com a qual eles já estavam tão familiarizados, e que realmente detestaram:

— Aconteça o que acontecer. Não farei nem direi outra coisa senão o que já disse em vossos tribunais.

Então os bons teólogos se viraram e a incomodaram com raciocínios, argumentos e Escrituras; e mantiveram os sacramentos como isca para sua alma faminta, e tentaram suborná-la para entregar sua missão ao julgamento da Igreja, isto é, ao julgamento deles, como se fossem a Igreja! Mas não adiantou nada. Eu poderia ter lhes dito isso antes, se eles tivessem me perguntado. Mas nunca me perguntavam nada; eu era uma criatura humilde demais para que me vissem.

Em seguida, a entrevista terminou com uma ameaça; uma ameaça de enorme importância; uma ameaça calculada para fazer um cristão católico sentir como se o chão estivesse afundando sob ele:

— A Igreja pede que vos submetais; se a desobedecerdes, ela vos abandonará como se fôsseis uma pagã!

Algo que não dá para imaginar, ser abandonada pela Igreja! Por aquele poder augusto em cujas mãos está alojado o destino da raça humana; cujo cetro se estende para além da constelação mais distante que cintila no céu; cuja autoridade domina os milhões que vivem e os bilhões que esperam tremendo, no purgatório, por resgate ou desgraça; cujo sorriso abre as portas do Céu, cuja cara fechada nos entrega ao fogo do Inferno eterno; um poder cujo domínio ofusca e menospreza as pompas e os espetáculos de uma aldeia. Ser abandonada por seu próprio rei. Sim, isso é a morte, e a morte não é pouco; mas ser abandonada por Roma, ser abandonada pela Igreja! Ah, a morte não é nada diante disso, pois isso seria o caminho para uma vida sem fim — e que vida!

Eu podia ver as ondas vermelhas se agitando no lago de fogo sem costa, podia ver os inúmeros condenados se erguerem e lutarem, afundarem e se erguerem novamente; e eu sabia que Joana estava vendo o que eu via, quando ela parou para refletir; e eu acreditava que ela deveria ceder agora, e eu realmente esperava que ela cedesse, pois aqueles homens eram capazes de fazer a ameaça e entregá-la ao sofrimento eterno, e eu sabia que era algo que condizia com a natureza deles.

Mas fui insensato ao pensar nisso e ter esperança. Joana d'Arc não foi feita como outras são feitas. Fidelidade aos princípios, fidelidade à verdade, fidelidade à sua palavra, tudo isso estava em seus ossos e em sua carne; eram partes dela. Ela não podia mudar, ela não podia expulsá-las. Ela era o espírito da fidelidade; a perseverança encarnada. Onde se posicionava e se mantinha, lá ficava; nem o próprio Inferno conseguiria movê-la.

Suas Vozes não lhe haviam dado permissão para aceitar o tipo de submissão que era necessária; portanto, ela permaneceria firme. Ela esperaria, fielmente, obediente, viesse o que viesse.

Meu coração parecia chumbo em meu corpo quando saí daquela masmorra; mas ela, ela estava serena, ela não estava perturbada. Ela tinha feito o que acreditava ser seu dever, e isso bastava; as consequências não eram problema seu. A última coisa que disse, dessa vez, transbordou serenidade e paz:

— Sou uma boa cristã, nascida e batizada, e boa cristã morrerei.

CAPÍTULO 15

Ela não teme a fogueira

Duas semanas se passaram; o dia 2 de maio chegou, o frio partiu do ar, as flores selvagens começaram a brotar nas clareiras e nos estreitos vales, os pássaros a cantar na floresta; toda a natureza brilhava com o sol, todos os espíritos foram revigorados, todos os corações estavam felizes, o mundo estava vivo, cheio de esperança e alegria, a planície além do Sena se estendia — suave, abundante e verde —, o rio estava límpido e adorável, víamos a delicadeza das ilhas frondosas, que lançavam reflexos ainda mais delicados de si sobre a água cintilante; e do alto dos despenhadeiros sobre a ponte de Rouen nossos olhos voltaram a se deleitar com a imagem mais primorosa e agradável de uma cidade que se aninha sob o arco do céu.

Quando digo que todos os corações estavam felizes e esperançosos, digo-o no sentido geral. Havia exceções — nós que éramos amigos de Joana d'Arc e a própria Joana d'Arc, a pobre garota encerrada no sombrio trecho de muralhas e torres poderosas: matutando na escuridão, tão perto da enxurrada de sol, mas tão impossivelmente longe dela; tão ansiosa por qualquer pequeno vislumbre dela, tão implacavelmente negado pelos lobos de togas pretas que estavam tramando sua morte e a difamação de seu bom nome.

Cauchon estava pronto para levar adiante seu trabalho deplorável. Ele ia tentar um novo esquema. Veria o que a persuasão poderia fazer — argumento, eloquência, versados sobre a incorrigível prisioneira da boca de um especialista treinado. Esse era o seu plano. Mas ler para ele os doze artigos não fazia parte dele. Não, até Cauchon tinha vergonha de colocar essa monstruosidade diante dela; até ele tinha um restinho de vergonha nele, bem no fundo, a um milhão de braças de profundidade, e esse restinho se afirmava agora e prevalecia.

Nesse belo dia 2 de maio, o obscuro grupo se reuniu na sala espaçosa no fundo do grande corredor do castelo: o bispo de Beauvais em seu trono e sessenta e dois juízes menos importantes diante dele, com os guardas e escrivães em seus postos e o orador em sua mesa. Então ouvimos o retinido distante das correntes, e logo Joana entrou acompanhada por seus guardiões e sentou-se no banco isolado. Ela parecia bem, e mais formosa e mais bela depois do descanso dos quinze dias de perseguição. Ela olhou ao redor e notou o orador. Sem dúvida, adivinhou a situação.

O orador tinha escrito todo o seu discurso, e o tinha em sua mão, embora o mantivesse fora de vista. Era tão espesso que parecia um livro. Ele começou com fluidez, mas no meio de um trecho florido, sua memória falhou e ele teve que dar uma olhada furtiva no manuscrito, o que prejudicou muito o efeito. Isso aconteceu novamente, e então uma terceira vez. O rosto do pobre homem estava vermelho de vergonha, toda a grande casa estava com pena dele, o que piorava a situação; então Joana fez um comentário que resolveu o problema:

— Lede o livro e vos responderei!

Ora, foi quase cruel a maneira como os veteranos cheirando a mofo riram; quanto ao orador, ele parecia tão perturbado e indefeso que qualquer um teria pena dele, eu mesmo tive dificuldade de não a sentir. Sim, Joana estava se sentindo muito bem após o descanso, e a malícia que lhe era inata ressurgiu. Não foi possível notá-la quando ela fez o comentário, mas eu a vi por trás das palavras.

Quando o orador se recompôs, foi sábio: seguiu o conselho de Joana. Não fez outras tentativas de oratória improvisada, mas leu o discurso diretamente de seu "livro". No discurso, ele resumiu os doze artigos em seis, e fez destes seu texto.

De vez em quando ele parava e fazia perguntas, e Joana as respondia. A natureza da Igreja Militante foi explicada, e mais uma vez Joana foi convidada a se submeter a ela. Ela deu a resposta habitual. Em seguida, foi questionada:

— Acreditais que a Igreja pode errar?

— Não acredito que ela possa errar; mas pelas minhas palavras e pelos meus atos feitos e proferidos por ordem de Deus, responderei apenas a Ele.

— Não há juiz na Terra? Nosso santo padre, o papa, não é vosso juiz?

— Não direi nada sobre isso. Tenho um bom Mestre que é nosso Senhor, e a Ele submeterei tudo.

Então vieram estas terríveis palavras:

— Se não vos submeterdes à Igreja, sereis declarada herege pelos juízes aqui presentes e queimada na fogueira!

Isso teria nos matado de medo — a vós e a mim —, mas o único efeito que teve em Joana d'Arc foi despertar seu coração de leão, e em sua resposta ouviu-se a nota marcial que, tal uma chamada de corneta, costumava agitar seus soldados:

— Não direi mais do que já disse; mesmo se visse o fogo diante de mim, confirmaria o que disse!

Era edificante ouvir novamente sua voz de batalha e ver a chama da batalha arder em seus olhos. Muitos ficaram inquietos; todo homem que era homem ficou inquieto, amigo ou inimigo; e Manchon arriscou sua vida novamente, a boa alma, pois escreveu à margem do registro, em letras claras, estas palavras corajosas: *Superba responsio!*, e lá elas permaneceram nesses sessenta anos, e podeis lê-las até hoje. *Superba responsio!* Sim, apenas isso. Pois a "esplêndida resposta" veio dos lábios de uma garota de dezenove anos, encarada pela morte e pelo Inferno.

Claro, a questão do traje masculino foi retomada; e, como de costume, foi longamente cansativo; também, como de costume, o suborno habitual foi oferecido: se ela retirasse o traje voluntariamente, eles a deixariam ouvir a missa. Mas ela respondeu como muitas vezes respondera:

— Irei com trajes femininos a todos os cultos da Igreja, se me for permitido, mas retomarei o outro traje ao voltar à cela.

Eles montaram várias armadilhas hesitantes para ela; ou seja, fizeram-lhe propostas presumidas e astutamente tentaram fazê-la se comprometer com um ponto das propostas sem se comprometer com outro. Mas ela sempre entendia a jogada e a desarmava. A armadilha era assim:

— Estaríeis disposta a fazer assim e assado se vos deixássemos partir?

Suas respostas era sempre assim, ou visavam a este efeito:

— Quando me deixardes partir, sabereis.

Sim, Joana estava em sua melhor forma naquele 2 de maio. Toda a sua inteligência estava aguçada e eles não conseguiam pegá-la. Foi uma longa, longa sessão, e todo o terreno antigo foi disputado novamente, cada centímetro dele, e o orador especialista trabalhou todas as suas persuasões, toda a sua eloquência; mas o resultado foi o de sempre: uma batalha travada, os sessenta e dois se retirando de sua base, a inimiga solitária mantendo sua posição original, dentro de suas linhas originais.

CAPÍTULO 16

Joana não esmorece diante do cavalete

O tempo brilhante, o tempo sublime, o tempo fascinante fez os corações cantarem, como eu já vos disse; sim, o povo de Rouen estava descontraído e alegre, e mais disposto e pronto para sair e rir à mínima ocasião; assim, quando foi espalhada a notícia de que a jovem na torre havia novamente vencido o bispo Cauchon, houve risos abundantes — risos abundantes entre os cidadãos de ambas as partes, pois todos odiavam o bispo. É verdade, a maioria do povo de coração inglês queria Joana queimada, mas isso não o impedia de rir do homem que odiava. Teria sido perigoso para qualquer um rir dos chefes ingleses ou da maioria dos juízes assistentes de Cauchon, mas rir de Cauchon ou D'Estivet e Loyseleur era seguro — ninguém relataria isso.

A diferença entre Cauchon e *cochon*[1] não era perceptível na fala, e por isso houve muitas oportunidades para trocadilhos; elas não foram descartadas. Algumas das piadas, contadas repetidamente, ficaram bem desgastadas em dois ou três meses; toda vez que Cauchon começava um novo julgamento, o povo dizia: "O espírito de porco está de volta"; e toda vez que o julgamento falhava, diziam: "Mais um serviço porco".

---

[1] Suíno, porco. [N. T. A.] / Em francês no original. [N. T.]

E assim, no dia 3 de maio, Noel e eu, vagando pela cidade, ouvimos muitos bocudos fazendo piadas e rindo, e quando passamos perto de outro grupo, orgulhosos de sua sagacidade e felicidade, ouvimos: "Por Deus, o espírito de porco insistiu pela quinta vez, e pela quinta vez fez um serviço porco!". E de vez em quando alguém era ousado o suficiente para dizer — mas dizia suavemente: "Sessenta e três e o poder da Inglaterra contra uma garota, e ela permanece em campo nas cinco vezes!".

Cauchon morava no grande palácio do arcebispo, e era protegido por soldados ingleses; mas mesmo havendo luzes acesas à noite, as paredes mostravam, na manhã seguinte, que um piadista grosseiro estivera lá com tinta e pincel. Sim, estivera lá e cobrira as paredes sagradas com fotos de porcos em todas as posições que não fossem lisonjeiras; porcos vestidos com roupas bispais e usando uma irreverente mitra inclinada sobre a cabeça.

Cauchon enfureceu-se e vociferou contra suas perdas e sua impotência durante sete dias; e então concebeu um novo esquema. Vereis do que se tratava; pois não tendes corações cruéis, e nunca adivinharíeis.

No dia 9 de maio houve uma convocação, e Manchon e eu juntamos nossos materiais e partimos. Mas dessa vez iríamos para uma das outras torres — não aquela onde ficava a prisão de Joana. Ela era redonda, sombria e imensa, construída da mais simples, espessa e sólida alvenaria — uma estrutura deprimente e assustadora.[2] Entramos na sala circular no piso térreo e o que vi me deixou abalado — os instrumentos de tortura e os carrascos prontos! Eis a alma sombria de Cauchon, profundamente sombria; essa é a prova de que a piedade não fazia parte de sua natureza. O que nos leva a nos perguntar se ele conheceu sua mãe ou se já teve uma irmã.

---

[2] A metade inferior permanece hoje como era antes; a metade superior é de uma data posterior. [N. T. A.]

Cauchon estava lá, bem como o vice-inquisidor e o abade de Saint-Corneille; também seis outros, entre eles o traiçoeiro Loyseleur. Os guardas estavam a postos e o cavalete, instrumento de tortura, estava lá; ao seu lado, via-se o carrasco e seus auxiliares, vestidos com calções e gibões carmesins, a cor ideal para aquele esquema sangrento. A imagem de Joana se levantou diante de mim esticada no cavalete, os pés amarrados a uma das extremidades, os pulsos à outra, e aqueles gigantes vermelhos girando o molinete e puxando os membros para fora de suas cavidades. Eu podia ouvir os ossos estalarem e a carne se despedaçar, e não entendi como aquele corpo de servos ungidos de Jesus misericordioso poderia se sentar ali e parecer tão plácido e indiferente.

Pouco tempo depois, Joana chegou e foi trazida. Ela viu o cavalete, viu os presentes e a mesma imagem que eu vi devia ter surgido em sua mente; mas achais que ela se intimidou, achais que ela estremeceu? Não, não havia nenhum sinal disso. Ela se endireitou e fez uma ligeira careta de desprezo com os lábios; mas, quanto ao medo, não havia vestígio dele.

Essa foi uma sessão memorável, mas a mais breve de toda a lista. Quando Joana tomou seu lugar, um resumo de seus "crimes" foi lido para ela, e Cauchon fez um discurso solene. Ele disse que, no decorrer de seus vários julgamentos, Joana se recusou a responder a algumas das perguntas e respondeu a outras com mentiras, mas que agora ele tiraria a verdade dela, e outras coisas nesse sentido.

Ele estava muito confiante dessa vez; tinha a certeza de que finalmente encontrara uma maneira de atingir o espírito teimoso da menina e fazê-la implorar e chorar. Ele conseguiria uma vitória, enfim, e calaria as bocas dos piadistas de Rouen. Vedes, ele era apenas um homem, afinal, e não podia suportar o ridículo mais do que os outros. Ele ergueu a voz e prometeu triunfar; seu rosto sarapintado se iluminou com todas as tonalidades e sinais de prazer maligno — roxo, amarelo, vermelho, verde; todas estavam presentes, às vezes com o azul opaco e esponjoso de um homem afogado, o mais assombroso de todos. Por fim, ele irrompeu arrebatadoramente e disse:

— Eis o cavalete, e ali estão os ministros! Revelai tudo agora ou sereis submetida à tortura. Falai!

Então ela deu aquela grande resposta, que viverá para todo o sempre; fê-lo sem escândalo ou bravura, e, no entanto, como ressoou boa e nobre:

— Não vos direi nada mais do que vos disse; não, nem mesmo se arrancardes os membros do meu corpo. E mesmo que, imbuída pela dor, eu dissesse algo diferente, eu sempre diria depois que era a voz da tortura que falara, não a minha.

Isso não aniquilou seu espírito. Deveríeis ter visto Cauchon. Derrotado novamente, e ele nem tinha sonhado com isso. Ouvi dizerem no dia seguinte, pela cidade, que ele tinha uma confissão completa escrita, no bolso, e pronta para Joana assinar. Não sei se era verdade, mas vos digo que provavelmente era, pois sua rubrica ao fim de uma confissão seria o tipo de evidência (para impressionar o público) que Cauchon e seu povo particularmente valorizavam.

Não, isso não aniquilou seu espírito, e sua mente clara não ficou turvada. Considerais a profundidade, a sabedoria daquela resposta, vinda de uma garota ignorante. Ora, não havia nem seis homens no mundo que achassem que palavras forçadas ditas por uma pessoa horrivelmente torturada fossem necessariamente palavras autênticas e verdadeiras, mas a camponesa iletrada colocou o dedo nessa falha com um instinto infalível. Eu sempre supus que a tortura trazia à tona a verdade — todos supunham; e quando Joana disse aquelas simples palavras sensatas, elas pareceram iluminar todo o lugar. Foi como um relâmpago à meia-noite que de repente revela um belo vale salpicado de riachos prateados e aldeias reluzentes e fazendas, onde antes havia apenas um mundo impenetrável de escuridão. Manchon olhou de esguelha para mim, e seu rosto transbordava surpresa; a mesma expressão foi vista em outros rostos. Imaginai: eles eram velhos e profundamente cultos, mas ali estava uma Donzela da aldeia capaz de lhes ensinar algo que eles não sabiam. Ouvi um deles murmurar:

— Realmente, é uma criatura maravilhosa. Ela colocou a mão sobre uma verdade aceita, tão antiga quanto o mundo, e a transformou em pó e lixo sob seu toque. Mas de onde ela tirou essa maravilhosa percepção?

Os juízes se aproximaram entre si e começaram a falar. A partir de palavras aleatórias ouvidas aqui e ali, ficou claro que Cauchon e Loyseleur insistiam para que a tortura fosse aplicada, enquanto a maioria dos outros se opunha vigorosamente a isso. Cauchon finalmente levantou a voz, áspera, e ordenou que Joana voltasse para a masmorra. Foi uma bela surpresa para mim. Eu não esperava que o bispo cedesse.

Quando Manchon chegou em casa naquela noite, ele disse que tinha descoberto por que a tortura não tinha sido aplicada. Havia duas razões. Uma delas era o medo de que Joana pudesse morrer sob tortura, o que não agradaria os ingleses; a outra era que a tortura não alteraria nada se Joana retirasse tudo o que dissera quando sentisse as dores; e quanto a colocar sua rubrica em uma confissão, acreditava-se que nem mesmo o cavalete a obrigaria a isso.

Então todos em Rouen riram novamente, e assim permaneceram por três dias, dizendo: "O espírito de porco insistiu pela sexta vez, e pela sexta vez fez um serviço porco". As paredes do palácio receberam uma nova decoração: um porco mitrado carregando um cavalete inutilizado no ombro e Loyseleur chorando em seu rastro. Muitas recompensas foram oferecidas pela captura desses pintores, mas ninguém se candidatou. Até mesmo a guarda inglesa fingiu cegueira e não viu os artistas trabalhando.

O bispo explodia de raiva. Ele não conseguia se reconciliar com a ideia de desistir da tortura. Era a ideia mais agradável que havia inventado, e não abriria mão dela. Logo, convocou alguns de seus acólitos no dia 12 e instou novamente a tortura. Mas fracassou. Alguns foram tocados pela fala de Joana; outros temiam que ela pudesse morrer sob tortura; outros não acreditavam que qualquer quantidade de sofrimento pudesse fazê-la rubricar uma confissão mentirosa. Havia catorze homens presentes, incluindo o bispo. Onze deles votaram completamente contra a tortura e se mantiveram firmes, apesar das agressões verbais de Cauchon. Dois votaram com o bispo e insistiram na tortura. Esses dois eram Loyseleur e o orador — o homem a quem Joana havia ordenado "ler seu livro"— Thomas de Courcelles, renomado advogado e mestre na arte da eloquência.

A idade me ensinou a, normalmente, ser indulgente ao falar, o que não acontece quando penso nestes três nomes: Cauchon, Courcelles e Loyseleur.

CAPÍTULO 17

O Supremo ameaçado

Mais dez dias de espera. Os grandes teólogos daquele tesouro de valioso conhecimento e tanta sabedoria, a Universidade de Paris, ainda pesavam, consideravam e discutiam as doze mentiras.

Eu tive pouco a fazer nesses dez dias, então os ocupei principalmente com passeios pela cidade, com Noel. Mas eles não nos agradavam, pois nossos espíritos estavam sobrecarregados de preocupações, e com relação a Joana, as perspectivas ficavam cada vez mais obscuras. Então, naturalmente, contrastamos nossas circunstâncias com as dela: a liberdade e a luz do sol com as trevas e as correntes; nossa camaradagem com sua solidão; o conforto que encontrávamos um no outro com seu total desamparo. Ela estava acostumada com a liberdade, mas agora não a tinha; era uma criatura que amava ficar ao ar livre, por natureza e por hábito, mas agora estava fechada dia e noite em uma jaula de aço, tal um animal; estava acostumada com a luz, mas agora estava sempre na escuridão, e todos os objetos ao seu redor eram foscos e espectrais; estava acostumada com os sons, que são o júbilo e a melodia de uma vida ativa, mas agora ouvia apenas a pegada monótona da sentinela, que ia de um lado para o outro; gostava de conversar com seus companheiros, mas agora não havia ninguém com quem conversar; tinha uma risada fácil, mas agora estava muda; tinha nascido para a camaradagem, e para o trabalho alegre e vibrante, e para todos os tipos de atividades prazenteiras, mas agora havia apenas tristeza e horas de chumbo, inação penosa, quietude pensativa, pensamentos que viajavam dia e noite e noite e dia e ao redor do mesmo círculo, e esgotavam o cérebro e partiam o coração de lassidão. Ela estava morta-viva; sim, morta-viva, é o que ela era. E havia outra coisa difícil nisso tudo. Uma jovem em apuros precisa ser consolada, tranquilizada, precisa do apoio e da simpatia de pessoas de seu próprio sexo, e dos delicados serviços e gentis auxílios que só elas podem fornecer; no entanto, em todos os meses de prisão sombria na masmorra, Joana nunca vira o rosto de uma garota ou de uma mulher. Pensai em como seu coração teria batido ao ver um desses rostos.

Refleti. Se entendestes quão grandiosa era Joana d'Arc, lembrai-vos de que ela foi, semana após semana, mês após mês, a um local parecido, em meio a circunstâncias parecidas, e confrontou os grandes mestres da França sozinha; confundiu seus esquemas mais astutos, derrotou seus planos mais hábeis, detectou e evitou suas ciladas e armadilhas secretas, destruiu seus projetos, repeliu seus ataques e se manteve em campo depois de cada combate; sempre firme, fiel à sua fé e aos seus ideais; desafiando a tortura, desafiando a estaca e respondendo às ameaças de morte eterna e às dores do Inferno com um simples "Aconteça o que acontecer, esta é minha posição e a manterei".

Sim, se entendestes quão grandiosa era a alma, quão profunda era a sabedoria e quão luminoso era o intelecto de Joana d'Arc, deveríeis estudá-la ali, onde ela lutou aquela longa luta sozinha — e não apenas contra os cérebros mais sutis e o aprendizado mais profundo da França, mas contra as ignóbeis enganações, as mais cruéis traições e os mais hostis corações encontrados em qualquer solo, pagão ou cristão.

Ela era grandiosa na batalha, todos sabemos disso; grandiosa para prever; grandiosa quanto à lealdade e ao patriotismo; grandiosa ao persuadir chefes descontentes e reconciliar interesses e paixões conflitantes; grandiosa na capacidade de revelar méritos e gênios onde quer que estivessem escondidos; grandiosa em discursos pitorescos e eloquentes; supremamente grandiosa no que dizia respeito ao dom de incendiar os corações de homens sem esperança com nobres entusiasmos, ao dom de transformar lebres em heróis, escravos e covardes em batalhões que marcham até a morte entoando canções. Mas são todas atividades exaltantes; elas mantêm a mão, o coração e o cérebro ligados ao trabalho; fornecem a alegria da realização, a inspiração que vem da agitação e do movimento, os aplausos que saúdam o sucesso; a alma transborda vida e energia, as faculdades ardem; cansaço, desânimo e inércia não existem.

Sim, Joana d'Arc sempre foi grandiosa, grandiosa em todos os lugares, mas foi mais grandiosa ainda nos julgamentos de Rouen. Ali, ela superou as limitações e as enfermidades de nossa natureza humana e realizou, sob condições aviltantes, desconcertantes e desesperadas tudo o que seu esplêndido acervo de forças morais e intelectuais poderia ter realizado se tivesse sido complementado pelas poderosas ajudas da esperança, da alegria e da luz, pela presença de rostos amigáveis e por uma luta justa e igualitária, com o mundo inteiro olhando e se maravilhando.

CAPÍTULO 18

Embora condenada, destemida

Após dez dias, a Universidade de Paris proferiu sua decisão sobre os doze artigos. A conclusão foi de que Joana era culpada de todas as acusações: ela devia renunciar aos seus erros e fazer concessões, ou seria abandonada ao braço secular para receber sua punição.

A decisão da universidade já tinha sido provavelmente tomada antes que os artigos lhe fossem transmitidos; no entanto, levou do dia 5 ao dia 18 para produzir seu veredito. Penso que o atraso pode ter sido causado por dificuldades temporárias relativas a dois pontos: 1. No que diz respeito a quem eram os demônios representados pelas Vozes de Joana; 2. No que diz respeito a saber se as santas falavam apenas francês.

Como já entendestes, a universidade decidiu enfaticamente que as Vozes vinham dos demônios; era preciso provar isso, e assim o fez. Ela descobriu quem eram aqueles demônios e os nomeou no veredito: Belial, Satanás e Beemote. Isso sempre me pareceu duvidoso, sem direito a muito crédito. É o que acho, por esta razão: se a universidade realmente soubesse que se tratava desses três, teria dito, por uma questão de coerência, como sabia disso, e não teria se limitado à mera afirmação, já que isso fez Joana explicar como sabia que as Vozes não vinham de demônios. Não parece razoável? Na minha opinião, a posição da universidade era fraca, e vos direi por quê. Ela afirmou que os anjos de Joana eram demônios disfarçados, e todos sabemos que os demônios se disfarçam de anjos; até esse ponto, a posição da universidade era forte; mas ela se contradiz quando alega que pode dizer quem são essas aparições ao passo que nega a mesma capacidade a uma pessoa com uma cabeça tão boa quanto a melhor que a universidade poderia produzir.

Os doutores da universidade tinham que ver as criaturas para saber disso; e se Joana tivesse sido enganada, há o argumento de que eles, por sua vez, também poderiam ter sido enganados, pois seu discernimento e julgamento certamente não eram mais claros do que os dela.

Quanto ao outro ponto que achei que podia ter dificultado o anúncio e atrasado a universidade, vou falar brevemente sobre ele, e passar adiante. A universidade decidiu que Joana blasfemava ao dizer que os santos falavam francês e não inglês, e que politicamente estavam do lado francês. Acho que foi isso que perturbou os doutores teólogos: eles decidiram que as três Vozes eram de Satanás e de dois outros demônios; mas também decidiram que as Vozes não estavam do lado francês, afirmando tacitamente estarem do lado inglês; então, estando do lado inglês, elas deveriam ser anjos, não demônios. Caso contrário, a situação teria sido embaraçosa. Como sabeis, sendo a universidade o corpo mais sábio, mais profundo e mais erudito do mundo, seus membros gostariam de seguir a lógica sempre que pudessem, devido à sua reputação; portanto, estudariam dias a fio, tentando encontrar alguma boa razão ponderada para provar que as Vozes eram demônios no Artigo 1º e provar que eram anjos no Artigo 10º. Mas desistiram. Não tiveram saída; até hoje, o veredito da universidade permanece assim — demônios no 1º, anjos no 10º; e não há como conciliar a discrepância.

Os enviados levaram o veredito a Rouen, e com ele uma carta para Cauchon, cheia de fervorosos elogios. A universidade o elogiou por seu zelo em caçar a mulher "cujo veneno havia infectado os fiéis de todo o Ocidente" e dera-lhe como recompensa, tão importante quanto a que lhe fora prometida, "uma coroa de glória imperecível no Céu". Só isso! Uma coroa no Céu; uma nota promissória e nenhuma assinatura; algo tão remoto; nem uma palavra sobre a arquidiocese de Rouen, que era o motivo pelo qual Cauchon estava destruindo sua alma. Uma coroa no Céu; depois de tanto trabalho duro, deve ter soado como um sarcasmo para ele. O que faria no Céu? Ele não conhecia ninguém lá.

No dia 19 de maio, um tribunal de cinquenta juízes sentou-se no palácio arquiepiscopal para discutir o destino de Joana. Alguns queriam que ela fosse entregue ao braço secular imediatamente para ser punida, mas os demais insistiram para que, antes, ela fosse mais uma vez "caridosamente admoestada".

Assim, a mesma corte se reuniu no castelo no dia 23, e Joana foi levada ao banco dos réus. Pierre Maurice, cônego de Rouen, fez um discurso para Joana no qual a advertira a salvar sua vida e sua alma, renunciando aos seus erros e se rendendo à Igreja. Ele concluiu com uma ameaça severa: se ela permanecesse obstinada, sua alma seria certamente condenada, e a destruição de seu corpo, provável. Mas Joana estava impassível. Ela disse:

— Mesmo se eu tivesse sido sentenciada, e visse o fogo diante de mim, e o carrasco pronto para acendê-lo... ou melhor, mesmo se eu estivesse no fogo, eu não diria nada além das coisas que eu disse nos julgamentos; eu as manteria até morrer.

Um silêncio profundo se seguiu, e durou alguns momentos. Senti-o sobre mim, como um peso. Sabia que era um presságio. Então Cauchon, sério e solene, voltou-se para Pierre Maurice:

— Tendes mais alguma coisa a dizer?

O padre se inclinou e disse:

— Nada, meu senhor.

— Prisioneira no banco dos réus, tendes mais alguma coisa a dizer?

— Nada.

— O debate está encerrado. A sentença será pronunciada amanhã. Levai a prisioneira.

Ela pareceu deixar o lugar ereta, nobre. Não sei dizer, minha visão estava turva de lágrimas.

Amanhã, 24 de maio! Exatamente um ano desde que a vi atravessar correndo a planície à frente de suas tropas, com o elmo de prata brilhando, a capa prateada flutuando ao vento, as plumas brancas fluindo, a espada erguida; que a vi atacar o acampamento dos borguinhões três vezes e conquistá-lo; que a vi se mover para a direita e cavalgar na direção das tropas de reserva do duque; que a vi se lançar contra elas em seu último ataque. E agora o dia fatal chegara, novamente — e vede o que trazia consigo!

CAPÍTULO 19

Nossas últimas esperanças de resgate falham

Joana fora julgada culpada de heresia, feitiçaria e todos os outros crimes terríveis anunciados nos doze artigos, e sua vida estava finalmente nas mãos de Cauchon. Ele poderia mandá-la para a fogueira imediatamente. Seu trabalho estava terminado, agora? Ele estava satisfeito? Não, de jeito nenhum. Quanto valeria seu arcebispado se o povo pusesse na cabeça a ideia de que essa facção de padres calculistas, escravizados sob o chicote inglês, condenara e queimara injustamente Joana d'Arc, a Libertadora da França? Isso seria fazer dela uma santa mártir. Então seu espírito ressuscitaria das cinzas de seu corpo, mil vezes reforçado, e varreria o domínio inglês para o mar, e Cauchon junto com ele. Não, a vitória ainda não estava completa. A culpa de Joana devia ser estabelecida por evidências que satisfizessem o povo. Onde essas evidências seriam encontradas? Havia apenas uma pessoa no mundo que poderia fornecê-las: a própria Joana d'Arc. Ela devia se condenar, e em público; ela deveria pelo menos parecer fazê-lo.

Mas como isso poderia ser conduzido? Semanas já haviam sido gastas tentando fazê-la se render — tempo totalmente desperdiçado. O que a persuadiria, agora? Ela tinha sido ameaçada de tortura, tinha sido ameaçada de ser queimada; o que restava? Doença, fadiga mortal, ver o fogo, estar diante do fogo! Era isso que restava.

Foi uma ideia astuta. Ela era apenas uma menina, afinal, doente e exausta, sujeita às fraquezas de uma menina. Sim, foi uma ideia astuta. Ela havia dito tacitamente que, sob as amargas dores do cavalete, eles seriam capazes de extorquir uma confissão falsa dela. Foi uma dica que valia a pena lembrar, e que foi lembrada. Ela havia fornecido outra dica ao mesmo tempo: que assim que as dores desaparecessem, ela retiraria a confissão. Essa dica também foi lembrada. Ela mesma lhes tinha ensinado o que fazer, como vedes. Primeiro, eles teriam de esgotar suas forças, depois assustá-la com o fogo. Em seguida, assustada, ela seria obrigada a assinar um documento. Mas ela exigiria a leitura do papel. Eles não podiam se arriscar a recusar isso, com o público lá para ouvir. Suponhamos que, durante a leitura, sua coragem voltasse? Nesse caso, ela se recusaria a assinar. Muito bem, essa dificuldade também poderia ser resolvida. Eles podiam ler um pequeno documento sem importância, depois colocar um outro longo com um conteúdo mortal em seu lugar e enganá-la para assiná-lo. No entanto, ainda havia outra dificuldade. Se a fizessem parecer abjurar, isso a libertaria da pena de morte. Eles poderiam mantê-la em uma prisão da Igreja, mas não poderiam matá-la. Isso não bastaria; apenas sua morte satisfaria os ingleses. Viva ela era um terror, na prisão ou fora dela. Ela já havia escapado de duas prisões. Mas mesmo essa dificuldade poderia ser gerenciada. Cauchon lhe faria promessas; em troca, ela prometeria tirar o traje masculino. Ele violaria suas promessas, e isso a afetaria tanto que ela não seria capaz de manter as dela. O lapso dela a condenaria à fogueira, e a fogueira estaria pronta.

Esses eram os vários movimentos; não havia nada a fazer a não ser praticá-los, cada um na ordem certa, e o jogo seria vencido. Era quase possível indicar com precisão o dia em que a garota traída, a criatura mais inocente da França, e a mais nobre, encontraria sua lamentável morte.

O mundo sabe, agora, que o plano de Cauchon foi tal como acabei de esboçá-lo, mas o mundo não o conhecia naquele momento. Há indicações suficientes de que Warwick e todos os outros chefes ingleses, exceto o mais alto, o cardeal de Winchester, não estavam por dentro do segredo, e que apenas Loyseleur e Beaupère, do lado francês, conheciam o esquema. Duvidei, algumas vezes, de que Loyseleur e Beaupère soubessem de tudo desde o começo. Bom, se alguém sabia, eram esses dois.

É costume permitir que os condenados passem sua última noite de vida em paz, mas essa graça foi negada à pobre Joana, se é que se pode confiar nos rumores da época. Loyseleur foi levado secretamente até ela, como padre, amigo e partidário secreto da França e odiador da Inglaterra. Ele passou algumas horas implorando que ela fizesse "a única coisa certa e justa": submeter-se à Igreja, como faria uma boa cristã; pois só assim ela sairia imediatamente das garras dos temidos ingleses e seria transferida para a prisão da Igreja, onde seria honrosamente tratada e guardada por carcereiras, mulheres. Ele sabia onde atingi-la. Ele sabia quão odiosa para ela era a presença de seus guardas ingleses duros e profanos; ele sabia que suas Vozes haviam prometido vagamente algo que ela interpretava como fuga, resgate, algum tipo de libertação e a chance de irromper sobre a França mais uma vez e concluir vitoriosamente a grande obra que ela havia sido encarregada, pelo Céu, de realizar. Ele também sabia disto: se seu corpo debilitado pudesse ser ainda mais enfraquecido pela falta de descanso e sono, agora, sua mente cansada ficaria atordoada e sonolenta no dia seguinte, e em más condições para responder às persuasões, às ameaças e ao fogo, limitando sua percepção no que diz respeito às armadilhas e às ciladas, que seriam rapidamente detectadas em seu estado normal.

Não preciso vos dizer que não houve descanso para mim naquela noite. Nem para Noel. Fomos ao portão principal da cidade antes do anoitecer, esperançosos, com base naquela vaga profecia das Vozes de Joana que parecia prometer um resgate à força no último momento. A incrível notícia tinha rapidamente se espalhado por toda parte: Joana d'Arc tinha sido finalmente condenada, e seria sentenciada e queimada viva no dia seguinte; assim, multidões de pessoas correram para o portão, e outras multidões eram recusadas pelos soldados; essas pessoas ou tinham passes de entrada duvidosos ou não tinham passe algum. Observamos com entusiasmo as multidões, mas não havia nada nelas que indicasse que eram nossos velhos camaradas de guerra disfarçados, e certamente não havia rostos familiares entre eles. Então, quando o portão finalmente foi fechado, nos afastamos tristes e mais decepcionados do que gostaríamos de admitir, seja pela fala ou pelo pensamento.

As ruas estavam cheias de homens exaltados. Era difícil abrir caminho. Perto da meia-noite, nossa caminhada sem rumo nos levou ao bairro da bela igreja de Saint-Ouen, onde havia muita agitação e obras. Na praça havia uma vastidão de tochas e pessoas; através de uma passagem vigiada que dividia a multidão, os trabalhadores carregavam tábuas e madeiras e desapareciam com elas ao passar pelo portão do cemitério. Perguntamos o que estava por vir; a resposta foi: "Cadafalso e estaca. Não sabeis que a bruxa francesa será queimada de manhã?".

Então fomos embora. Não tivemos coragem de ficar naquele lugar.

Ao amanhecer, estávamos no portão da cidade novamente; dessa vez com uma esperança que nossos corpos cansados e nossas mentes febris ampliaram a ponto de transformá-la em grande probabilidade. Ouvimos um relato de que o abade de Jumièges, com todos os seus monges, estava vindo para testemunhar a queima. Nosso desejo, estimulado por nossa imaginação, transformou esses novecentos monges em antigos defensores de Joana, e seu abade em La Hire, no Bastardo ou em d'Alençon; e nós os vimos enfileirados, sem serem contestados, e a multidão respeitosamente se dividindo e abrindo espaço enquanto eles passavam, com nossos corações em nossas bocas e nossos olhos nadando em lágrimas de alegria, orgulho e exultação; tentamos vislumbrar os rostos sob os capuzes, e estávamos preparados para dar sinal a qualquer rosto reconhecido de que éramos homens de Joana e de que estávamos prontos e ansiosos para matar e ser mortos pela boa causa. Mas como fomos tolos!

Éramos jovens, sabeis disso, e a juventude tudo espera, e em tudo crê.

CAPÍTULO 20

A TRAIÇÃO

Pela manhã eu me encontrava no meu posto oficial — em uma plataforma elevada à altura de um homem, no cemitério, sob os beirais de Saint-Ouen. Nessa mesma plataforma havia uma multidão de padres e cidadãos importantes, e vários advogados. Ao lado, com um pequeno espaço separando-as, havia outra plataforma maior, lindamente protegida contra o sol e a chuva; toda acarpetada e mobiliada com cadeiras confortáveis, duas das quais mais suntuosas do que as demais, e erguidas um nível acima das outras. Uma delas estava ocupada por um príncipe de sangue real da Inglaterra, Sua Eminência o cardeal de Winchester; a outra por Cauchon, bispo de Beauvais. As outras cadeiras estavam ocupadas por três bispos, pelo vice-inquisidor, por oito abades e pelos sessenta e dois frades e advogados que haviam sido juízes de Joana nos julgamentos anteriores.

Vinte passos à frente das plataformas havia uma terceira: uma pirâmide de pedras, construída em níveis recuados que formavam degraus. Dela subia aquela coisa horrível, a estaca; sobre a estaca, feixes de gravetos e lenha estavam empilhados. No chão, na base da pirâmide, havia três figuras carmesim: o carrasco e seus assistentes. Aos seus pés estava o que tinha sido uma bela pilha de tições, mas que agora era um ninho sem fumaça de carvão vermelho; a um ou dois pés disso havia um suprimento suplementar de madeira e gravetos compactados em uma pilha que chegava à altura dos ombros dos homens e continha uma quantidade de carga a ser carregada por seis cavalos. Imaginai o cenário. Parecemos tão delicadamente feitos, tão destrutíveis, tão insubstanciais; no entanto, é mais fácil reduzir uma estátua de granito a cinzas do que fazer isso com o corpo de uma pessoa.

O fato de ver a estaca me causou dores físicas e formigamento nos nervos do corpo; no entanto, embora eu virasse a cabeça, meus olhos sempre voltavam àquela imagem, tamanho é o fascínio que o horrendo e o terrível provocam em nós.

O espaço ocupado pelas plataformas e pela estaca foi mantido livre por uma parede de soldados ingleses, unidos de cotovelo a cotovelo, figuras eretas e firmes, belas e vistosas em seu aço polido; enquanto por trás deles, por toda parte, estendia-se ao longe uma planície nivelada de cabeças humanas; não havia janelas nem telhados, mas pontos pretos e massas de pessoas.

Mas não houve barulho nem alvoroço; foi como se o mundo estivesse morto. O impressionante silêncio e a solenidade foram acentuados por um crepúsculo plúmbeo, estando o céu escondido por um manto de nuvens tempestuosas baixas e suspensas; acima do horizonte longínquo, fracas piscadelas de raios de calor tremeluziam, e de vez em quando alguém capturava os murmúrios e as reclamações maçantes de trovões distantes.

Por fim, a quietude tinha sido quebrada. Para além da praça ergueu-se um som indistinto, mas familiar — frases bruscas e decididas de comando; em seguida, vi a planície de cabeças se dividindo, e o balanço constante de um exército em marcha foi vislumbrado entre elas. Por um momento, meu coração pulou. Era La Hire com seus capangas? Não, não era seu modo de andar. Não, era a prisioneira e sua escolta; era Joana d'Arc, sob a guarda, que estava chegando; fui novamente tomado pelo desânimo. Por mais fraca que ela estivesse, eles a faziam andar;

a deixariam cada vez mais fraca. A distância não era longa — uns noventa metros —, mas por mais curta que fosse, era uma carga pesada para uma pessoa acorrentada em um local por meses a fio, e cujos pés haviam perdido seus poderes por inação. Sim, fazia um ano que Joana conhecia apenas a umidade fria da masmorra, e agora ela se arrastava em meio ao calor abafado do verão, do vazio sem brisa e sufocante. Quando ela passou pela porta, caindo de exaustão, aquela criatura, Loyseleur, estava ao seu lado, com a cabeça inclinada na direção de seu ouvido. Soubemos depois que ele esteve novamente com ela na prisão naquela manhã, cansando-a com suas persuasões e seduzindo-a com falsas promessas, e que ele ainda estava realizando o mesmo trabalho na porta, implorando para que ela entregasse tudo o que seria exigido, e assegurando-lhe que, se ela fizesse isso, tudo ficaria bem: ela se livraria dos temidos ingleses e encontraria segurança no poderoso abrigo e na proteção da Igreja. Um homem miserável, um homem de coração de pedra!

No momento em que Joana estava sentada na plataforma, fechou os olhos e deixou o queixo cair; ficou ali, com as mãos aninhadas no colo, indiferente a tudo, pensando apenas em descansar. E ela estava tão branca de novo, branca como o alabastro.

Foi impressionante como os rostos daquela massa de humanos amontoada se iluminaram, interessados, e com que intensidade todos os olhos voltaram-se para a frágil garota! Mas era algo natural, pois perceberam que, finalmente, estavam olhando para aquela pessoa que tanto ambicionavam ver; pessoa cujo nome e cuja fama invadiram toda a Europa, e tornaram insignificantes todos os outros nomes e todos os outros notáveis, quando comparações eram feitas; Joana d'Arc, o prodígio da época, e destinada a ser o prodígio de todos os tempos! E eu podia ler, como se estivesse impresso em seus rostos maravilhados, as palavras que estavam à deriva em suas mentes: *Pode ser verdade, é crível que seja essa pequena criatura, essa garota, essa criança com um rosto bom, um rosto doce, um rosto bonito, um rosto querido e gentil, que tenha tomado fortalezas por meio de assaltos, liderado exércitos em ataques vitoriosos, tirado o poder da Inglaterra de seu caminho com um sopro e lutado uma longa campanha, solitária e sozinha, contra os cérebros reunidos e estudados da França, e que os teria vencido se a luta tivesse sido justa!*

Evidentemente Cauchon tinha medo de Manchon por causa de suas aparentes inclinações a favor de Joana, pois outro escrivão ocupava o lugar principal aqui, o que deixou meu mestre e eu sem nada para fazer, a não ser ficar sentados, ociosos, olhando.

Bem, eu achava que tinham feito de tudo para cansar o corpo e a mente de Joana, mas estava errado; mais um truque havia sido inventado. Passariam nela um longo sermão sob aquele calor opressivo.

Quando o pregador começou, ela lançou um olhar angustiado e decepcionado, depois voltou a baixar a cabeça. O pregador era Guillaume Erard, uma celebridade da oratória. Ele recebeu o texto das doze mentiras. Lançou sobre Joana, detalhadamente, todas as calúnias que haviam sido retidas naquela massa venenosa, e chamou-a de todos os nomes brutais marcados nas doze mentiras, virando um redemoinho de fúria enquanto prosseguia; mas seus esforços foram desperdiçados, ela parecia perdida em sonhos, não fez nenhum sinal, não parecia ouvir. Por fim, ele lançou este apóstrofe:

— Ó, França, como fostes maltratada! Sempre fostes o lar do cristianismo; mas agora, Charles, que se proclama vosso rei e governador, endossa, herege e cismático que é, as palavras e atos de uma mulher insignificante e infame! — Joana levantou a cabeça e seus olhos começaram a queimar e a piscar. O pregador se voltou a ela: — É para vós, Joana, que falo, e vos digo que vosso rei é cismático e herege!.

Ah, ele poderia maltratá-la para contentar seu coração; ela poderia suportar isso; mas enquanto ainda não estivesse morta, ela não poderia ouvir, pacientemente, uma única palavra contra aquele ingrato, aquele cão traiçoeiro, nosso rei, cujo lugar apropriado era ali, naquele momento, com a espada na mão, derrotando os répteis e salvando a mais nobre serva que já tivera no mundo, e ele teria estado lá se ele não fosse exatamente como acabo de anunciar. A alma leal de Joana ficou indignada e ela se virou para o pregador, lançando-lhe algumas palavras com a coragem que a multidão reconheceu ser intrínseca a ela:

— Pela minha fé, senhor! Ouso dizer e jurar, sob pena de morte, que ele é o cristão mais nobre de todos os cristãos, e o melhor amante da fé e da Igreja!

Houve uma explosão de aplausos da multidão — o que irritou o pregador, pois ele estava ansioso para ouvir uma expressão como essa, e agora que ela foi finalmente dita, caiu sobre a pessoa errada: ele havia feito todo o trabalho, e ela havia levado todo o espólio. Ele bateu o pé e gritou para o xerife:

— Fazei com que ela se cale!

Isso fez a multidão rir. Uma turba não tem muito respeito por um homem adulto que tem que chamar um xerife para protegê-lo de uma garota doente. Joana havia prejudicado mais a causa do pregador com uma única frase do que ele havia ajudado com uma centena de frases; extremamente aborrecido, teve dificuldade de recomeçar. Mas ele não precisava se incomodar; não havia motivo para isso. Era principalmente uma turba inglesa. Ela tinha apenas obedecido a uma lei de nossa natureza — uma lei irresistível: desfrutar de uma resposta espirituosa e prontamente entregue e aplaudi-la, não importando quem a dê. A turba estava do lado do pregador; tinha apenas sido transitoriamente seduzida; logo voltaria. Afinal, ela estava lá para ver a garota sendo queimada, e em breve teria esse prazer; ficaria contente.

Logo o pregador convocou formalmente Joana para se submeter à Igreja. Ele expôs a exigência com confiança, pois

Loyseleur e Beaupère lhe deram a ideia de que ela estava desgastada até os ossos, exausta, e não seria mais capaz de resistir; e, de fato, ao olhar para ela, parecia que eles estavam certos. No entanto, ela fez mais um esforço para se manter firme, e disse, cansada:

— Quanto a isso, já respondi aos meus juízes. Eu lhes pedi que relatassem tudo o que eu disse e fiz ao nosso santo padre, o papa; a quem, e a Deus acima de tudo, apelo.

Novamente, com a sabedoria que lhe era inata, ela dissera palavras de tremenda importância, mas ignorava seu valor. De qualquer forma, elas não lhe teriam sido proveitosas, agora, com a estaca ali e os milhares de inimigos ao seu redor. No entanto, fizeram todos os clérigos presentes empalidecer, e o pregador rapidamente mudou de assunto. Os criminosos fizeram bem em retroceder, pois o apelo de Joana, de seu caso, ao papa, tirava imediatamente de Cauchon qualquer autoridade sobre ele, e anulava tudo o que ele e seus juízes já haviam feito e tudo o que fariam a partir de então.

Joana logo reiterou, depois de mais um pouco de conversa, que ela havia agido por ordem de Deus no que dizia respeito a seus atos e a suas declarações; então, quando uma tentativa foi feita para implicar o rei, e amigos dela e dele, ela parou. E disse:

— Não atribuo a ninguém meus atos e minhas palavras, nem ao meu rei nem a qualquer outra pessoa. Se neles houver alguma culpa, sou a única responsável.

Perguntaram-lhe se não retiraria as palavras e os atos declarados maldosos pelos juízes. Aqui a resposta provocou confusão e dano novamente:

— Eu os submeto a Deus e ao papa.

O papa, de novo! Era muito embaraçoso. Uma pessoa fora convidada a submeter seu caso à Igreja e o consentira, sincera, oferecendo-se para submetê-lo ao chefe, o santo padre. O que mais alguém poderia exigir? Como alguém poderia responder a uma pergunta tão formidavelmente irrespondível como essa?

Os juízes, preocupados, se juntaram e sussurraram, planejaram, conversaram. Chegaram então a esta conclusão assaz instável, e foi o melhor que puderam fazer, estando tão fisicamente próximos a ela: disseram que o papa estava muito longe e que, de qualquer maneira, não era necessário ir até ele, porque os juízes presentes tinham poder e autoridade suficientes para lidar com o caso, e eram de fato "a Igreja", até certo ponto. Em outro momento, eles poderiam ter sorrido com essa presunção, mas não agora; não se sentiam suficientemente confortáveis.

A turba, que começava a perder a paciência, demonstrava um aspecto ameaçador; cansada de ficar de pé, cansada do calor escaldante; e o trovão se aproximava cada vez mais, o relâmpago brilhava mais intensamente. Era necessário acabar logo com isso. Erard mostrou a Joana um formulário escrito, que havia sido preparado e finalizado de antemão, e pediu-lhe que o abjurasse.

— Abjurar? O que é abjurar?

Ela não conhecia a palavra. Massieu explicou. Ela tentou, mas estava quebrada, exausta, e não conseguia entender seu significado. Era tudo uma mistura, uma confusão de palavras estranhas. Desesperada, gritou, suplicando:

— Apelo à Igreja universal, quer eu deva abjurar ou não!

Erard exclamou:

— Deveis abjurar imediatamente, ou sereis queimada imediatamente!

Ela olhou para cima, para aquelas palavras horríveis, e pela primeira vez viu a estaca e a massa de carvão em brasa — mais em brasa e ameaçadora do que nunca, na escuridão da tempestade que se intensificava. Ofegante, ela cambaleou para fora de seu assento, murmurando e resmungando incoerentemente, e olhou vagamente para as pessoas e para a cena ao seu redor, como se estivesse atordoada, ou achando que estava sonhando, sem saber onde estava.

Os padres se aglomeraram em torno dela implorando-lhe que assinasse o papel; muitas vozes suplicavam e a incitavam a fazê-lo ao mesmo tempo; tumulto, gritos e muita emoção tomaram o local. "Assinai! Assinai!", gritavam os padres; "Assinai e sereis salva!". Loyseleur insistia em seu ouvido: "Fazei o que eu disse, não vos destruais!".

Joana disse, queixando-se, às pessoas:

— Ah, não, não é nada bom me enganar.

As vozes dos juízes se juntaram às dos outros. Sim, até o ferro de seus corações derreteu, e eles disseram:

— Ó, Joana, temos tanta pena de vós! Retirai o que dissestes, ou deveremos entregar-vos para que recebais vossa punição.

Houve então outra voz, vinda da outra plataforma, ressoando solenemente e sobrepondo-se ao barulho: era Cauchon, lendo a sentença de morte! Todas as forças de Joana tinham sido consumidas. Ela olhou ao seu redor, desnorteada, depois lentamente se ajoelhou, inclinou a cabeça e disse:

— Eu me submeto.

Eles não lhe deram tempo para que ela reconsiderasse — sabiam que seria um grande risco. No momento em que as palavras saíram de sua boca, Massieu já estava lendo a abjuração, e ela passou a repetir as palavras depois dele mecanicamente, inconscientemente e sorrindo; pois sua mente errante estava longe, em algum mundo mais feliz.

Então aquele pequeno documento de seis linhas foi deixado de lado e um longo documento, de muitas páginas, foi colocado em seu lugar, e ela, sem notar nada, o rubricou, dizendo, com desculpas comoventes, que não sabia escrever. Mas um secretário do rei da Inglaterra estava lá para cuidar desse problema; ele guiou a mão dela com a dele, e escreveu seu nome — *Jehanne*.[1]

---

[1] Esta é a única vez que Twain utiliza a grafia original. [N. T.]

O grande crime foi executado. Ela assinou — o quê? Ela não sabia, mas os outros sabiam. Ela assinou um documento confessando que era feiticeira, mentirosa, cruel, perversa, que negociava com demônios, blasfemava contra Deus e Seus anjos, adorava sangue, promovia a perturbação da ordem pública e tinha recebido ordens de Satanás; e sua assinatura a obrigou a voltar a usar trajes femininos. Havia outros compromissos, mas bastava este último para destruí-la. Loyseleur avançou e a elogiou pelas "ótimas decisões do dia". Mas ela ainda devaneava, e mal o ouviu.

Logo Cauchon pronunciou as palavras que dissolveram a excomunhão e a restauraram à sua amada Igreja, com todos os queridos privilégios de adoração. Ah, isso ela ouviu! Ficou claro ao ver a profunda gratidão que se alastrou em seu rosto e o transfigurou, alegremente. Ah, mas como foi efêmera sua felicidade! Pois Cauchon, sem um tremor de piedade na voz, acrescentou estas palavras esmagadoras:

— E para que ela se arrependa de seus crimes e não os repita, ela é condenada à prisão perpétua, com o pão da aflição e a água da angústia!

Prisão perpétua! Ela nunca tinha sonhado com isso; tal coisa nunca lhe havia sido sugerida por Loyseleur ou por qualquer outro. Loyseleur havia dito e prometido claramente que "tudo ficaria bem". E as últimas palavras que Erard lhe dissera, naquela mesma plataforma, quando ele a exortara a abjurar, anunciaram a promessa direta e clara de que, se ela o fizesse, ficaria livre da prisão.

Ela ficou atordoada e sem palavras por um momento; então se lembrou, o que foi para ela um consolo, de que segundo outra promessa clara feita pelo próprio Cauchon, ela seria prisioneira da Igreja, pelo menos, e seria vigiada por mulheres no lugar de brutos soldados estrangeiros. Então ela se virou para o corpo de padres e disse, com triste resignação:

— Agora, homens da Igreja, levai-me para a prisão e não me deixeis mais nas mãos dos ingleses.

Ela juntou as correntes e se preparou para andar. Mas, ah! Foi quando foram pronunciadas estas palavras vergonhosas de Cauchon, seguidas de uma risada zombeteira:

— Levai-a para a prisão de onde ela veio!

Pobre menina maltratada! Ela ficou muda, paralisada, parecia golpeada. Foi lamentável vê-la assim. Tinham-na iludido, traído, mentido para ela; ela enfim entendeu tudo.

O ribombo de um tambor rompeu a quietude, e por apenas um momento ela pensou na libertação gloriosa prometida por suas Vozes — foi o que li no êxtase que iluminou seu rosto; mas então ela viu a escolta de soldados que a levaria à prisão e a luz desapareceu, para nunca mais reviver. Ela começou a balançar a cabeça, fazendo um movimento que era digno de pena, lento, para cá e para lá, como alguém que está sofrendo uma dor indizível, ou quando o coração está partido; tristemente, ela se afastou de nós, com o rosto nas mãos, soluçando amargamente.

CAPÍTULO 21

Trégua para a tortura

Não se sabe se alguém em Rouen estava envolvido no secreto jogo baixo que Cauchon estava jogando, além do cardeal de Winchester. Então podeis imaginar o espanto e a estupefação da vasta turba e das multidões de clérigos reunidas nas duas plataformas ao verem Joana d'Arc se afastando, por fim, viva e inteira, escapando de suas garras, depois daquela enfadonha espera, de toda a fascinante expectativa.

Ninguém foi capaz de se mexer ou falar por um tempo; o espanto universal foi paralisante, era inacreditável ver a estaca ali, desocupada, uma vez que sua presa tinha partido.

Então, de repente, os presentes irromperam em uma fúria de raiva; maldições e acusações de traição começaram a voar livremente; e, sim, até pedras: uma pedra quase matou o cardeal de Winchester — passou bem perto de sua cabeça. Mas o homem que a jogou não tinha culpa, pois estava agitado, e uma pessoa agitada nunca acerta o alvo.

Houve um grande tumulto, de fato, por um tempo. Em meio a isso, um capelão do cardeal até se esqueceu das boas maneiras, a ponto de atacar o próprio augusto bispo de Beauvais, sacudindo o punho diante de seu rosto e gritando:

— Por Deus, traidor!

— Mentira! — respondeu o bispo.

Ele, traidor! Oh, longe disso; ele certamente era o último francês contra o qual qualquer britânico tinha o direito de apresentar essa acusação.

O conde de Warwick também perdeu a paciência. Ele era um soldado valente, mas quando se tratava de usar suas faculdades intelectuais — chicanas, esquemas e truques delicados —, ele não conseguia enxergar um palmo adiante do nariz. Então explodiu, como guerreiro que era, e jurou que o rei da Inglaterra estava sendo usado de maneira traiçoeira, e que Joana d'Arc seria autorizada a ser queimada na fogueira. Mas o confortaram, sussurrando em seu ouvido: *Não vos incomodeis, senhor; em breve a teremos novamente.*

Talvez notícias como essa tenham se espalhado, pois as boas notícias circulam rápido, assim como as más. De qualquer forma, os furiosos logo se acalmaram, e a enorme massa se desfez e desapareceu. Assim chegamos ao meio-dia daquela temível quinta-feira.

Nós, dois jovens, estávamos felizes; mais felizes do que qualquer palavra pode expressar, pois não tínhamos ciência do segredo, assim como quase ninguém. A vida de Joana estava a salvo. Sabíamos disso, e isso bastava. A França ouviria falar desse dia infame — e então... ora, então seus galantes filhos, milhares e milhares, multidões e multidões deles, se reuniriam ao seu estandarte e sua ira seria como a ira do oceano quando os ventos tempestuosos o varrem; e eles se lançariam contra a cidade condenada e a oprimiriam como as marés resistentes do oceano, e Joana d'Arc marcharia novamente!

Em seis dias, sete dias, uma semana curta, a nobre França, a grata França, a indignada França trovejaria por aquelas portas; contaríamos as horas, os minutos, os segundos! Ó dia feliz, ó dia de êxtase, como nossos corações cantavam em nossos peitos! Pois éramos jovens, sim, muito jovens.

Achais que a exausta prisioneira foi autorizada a descansar e a dormir depois de ter gastado o pouco que restava de suas forças arrastando seu corpo cansado de volta para a masmorra? Não, não houve descanso para ela, com aqueles cães de caça em seu encalço. Cauchon e alguns de seus homens a seguiram até sua toca imediatamente; eles a encontraram atordoada e aborrecida, com as forças mentais e físicas em estado de prostração. Disseram-lhe que ela havia abjurado; que ela havia assumido compromissos — dentre eles, voltar a usar o traje destinado ao seu sexo; e que, se ela se negasse, a Igreja a expulsaria de vez. Ela ouviu as palavras, mas não significavam nada para ela. Ela estava como uma pessoa que tomou um narcótico e está morrendo de sono, morrendo de vontade de descansar daquele incômodo, morrendo de vontade de ser deixada em paz, e que mecanicamente faz tudo o que o perseguidor pede, tomando apenas notas desinteressadas das coisas feitas, mas registrando-as vagamente na memória. E assim Joana colocou o vestido que Cauchon e seus homens levaram para ele; logo voltaria a si mesma, mas no início teve uma vaga ideia de quando e como a mudança ocorrera.

Cauchon foi embora, feliz e contente. Joana voltara a usar o vestido feminino sem protestar; também havia sido formalmente advertida contra recaídas. Ele tinha testemunhas desses fatos. Não havia nada melhor do que isso. Mas suponhamos que ela não tivesse nenhuma recaída... Ora, então ela seria forçada a tê-la.

Será que Cauchon sugerira aos guardas ingleses que, a partir de então, se eles quisessem tornar um verdadeiro inferno o cativeiro da prisioneira, não receberiam nenhuma notificação oficial? Talvez sim, pois foi assim que os guardas começaram a agir imediatamente, e não receberam nenhuma notificação oficial. Sim, a partir daquele momento a vida de Joana naquela masmorra tornou-se quase insuportável. Não me peçais para continuar. Não posso.

CAPÍTULO 22

Joana dá a resposta fatal

Sexta-feira e sábado foram dias felizes para Noel e para mim. Nossas mentes estavam tomadas pelo esplêndido sonho de que a França despertaria; a França, tal um leão, sacudindo sua juba; a França marchando, a França nas portas da cidade, Rouen em cinzas e Joana livre! Nossa imaginação ardia; estávamos delirando, cheios de orgulho e alegria. Pois éramos muito jovens, como eu já disse.

Não sabíamos nada sobre o que tinha acontecido na masmorra na tarde passada. Supúnhamos que, como Joana havia abjurado e sido levada de volta ao seio clemente da Igreja, ela estava sendo gentilmente tratada, e sua prisão estava tão agradável e confortável para ela quanto as circunstâncias permitiam. Então, contentes, planejamos nossa contribuição para o grande resgate, e treinamos nossa parte da luta repetidamente durante dois felizes dias — os mais felizes que já vivi.

Chegou domingo de manhã. Eu estava acordado, apreciando o clima ameno e preguiçoso, e pensando. Pensando no resgate, no que mais? Eu não pensava em nada além disso. Eu estava absorvido por isso, bêbado de tanta felicidade. Até que ouvi uma voz gritando no fundo da rua, e quando ela ficou mais próxima entendi as palavras: "Joana d'Arc teve uma recaída! Chegou a hora da bruxa!". Meu coração parou, meu sangue gelou. Isso foi há mais de sessenta anos, mas aquela nota triunfante soa hoje tão claramente em minha memória quanto soou em meus ouvidos naquela remota manhã de verão. Somos tão estranhos; as lembranças que poderiam nos deixar felizes se vão; as lembranças que quebram nossos corações permanecem.

Logo outras vozes repetiram a afirmação — dezenas, vintenas, centenas de vozes; todo mundo parecia contaminado por essa brutal alegria. E havia outros clamores — o barulho de pés apressados, parabéns alegres, explosões de risos grosseiros, o rufar de tambores, o estrondo e as batidas de bandas distantes profanando o dia sagrado com a música da vitória e dos agradecimentos.

Por volta do meio da tarde veio uma convocação para Manchon e eu irmos à masmorra de Joana — uma convocação de Cauchon. Mas, a essa altura, a desconfiança já havia dominado os ingleses e seus soldados novamente, e todos em Rouen estavam raivosos, ameaçadores. Pudemos ver muitas evidências disso de nossas próprias janelas — punhos agitados, olhares sinistros, marés tumultuadas de homens furiosos passando pela rua.

Soubemos que no castelo as coisas estavam indo muito mal, de fato; que havia uma grande turba ali reunida que considerava a recaída uma mentira e um truque sacerdotal, e entre eles muitos soldados ingleses meio bêbados. Além disso, essas pessoas tinham passado das palavras aos atos. Haviam colocado as mãos sobre clérigos que estavam tentando entrar no castelo, e tinha sido difícil resgatá-los e salvar suas vidas.

Então Manchon se recusou a ir. Ele disse que não daria um passo à frente sem a proteção de Warwick. Na manhã seguinte, Warwick enviou uma escolta de soldados, e então fomos. Enquanto isso, as coisas não tinham se pacificado, mas piorado. Os soldados nos protegeram de danos corporais, mas quando passamos pela grande turba no castelo fomos atacados com insultos e epítetos vergonhosos. Eu até que suportei bem, e disse a mim mesmo, com uma secreta satisfação: *Dentro de três ou quatro dias, rapazes, usareis vossas línguas de outra forma, e eu estarei lá para ouvir.* Para mim, eles estavam praticamente mortos. Quantos deles ainda estariam vivos depois do resgate que estava por vir? Não mais do que o suficiente para divertir o carrasco por meia hora, certamente.

O relato revelou-se verdadeiro. Joana teve uma recaída. Ela estava lá, sentada, acorrentada, vestida novamente com seu traje masculino. Não acusou ninguém. Era o jeito dela. Não era de seu feitio responsabilizar um servo pelo que seu mestre o fizera fazer, e agora tudo estava claro, ela sabia que quem a desrespeitara na manhã anterior não tinha sido o subordinado, mas o mestre — Cauchon.

Eis o que aconteceu: enquanto Joana dormia, no início da manhã de domingo, um dos guardas roubou seu vestido e colocou o traje masculino em seu lugar. Ao acordar, ela pediu o vestido, mas os guardas se recusaram a devolvê-lo. Ela protestou, e disse que estava proibida de usar o traje masculino. Mas eles continuaram a recusar. Ela teve que se vestir, dada sua modéstia; além disso, viu que não poderia salvar sua vida se precisasse lutar por ela contra traições como essa; então vestiu as roupas proibidas, sabendo qual seria o fim. Ela estava cansada de lutar, coitadinha.

Nós seguimos Cauchon, o vice-inquisidor e os outros — seis ou oito —, e quando vi Joana ali sentada, desanimada, desamparada e ainda acorrentada, quando eu esperava encontrar sua situação tão diferente, eu não sabia o que fazer. Fiquei extremamente chocado. Eu talvez tenha duvidado da recaída; ou talvez tenha acreditado nela, mas sem entender.

Cauchon tinha vencido. Por muito tempo ele exibira um olhar atormentado, irritado e desgostoso, que havia então desaparecido, dando lugar ao contentamento e à serenidade. Seu rosto roxo transbordava uma felicidade tranquila e maldosa. Arrastando suas vestes ele parou, imponente, na frente de

Joana, com as pernas afastadas, e assim permaneceu por mais de um minuto, regozijando-se e apreciando ver a pobre criatura arruinada, ela que lhe havia possibilitado a conquista de um lugar tão elevado a serviço do humilde e misericordioso Jesus, Salvador do Mundo, Senhor do Universo — no caso de a Inglaterra cumprir sua promessa a ele, Cauchon, aquele que não cumpria promessa alguma.

Logo os juízes começaram a interrogar Joana. Um deles, chamado Marguerie, tendo mais discernimento do que prudência, comentou sobre a mudança de roupa de Joana, e disse:

— Há algo suspeito nisso. Como poderia ter acontecido sem que os outros fossem coniventes? Será que ocorreu algo pior?

— Mil demônios! — gritou Cauchon, furioso. — Calai-vos!

— Armagnac! Traidor! — gritaram os soldados de guarda, e correram para Marguerie com as lanças niveladas.

Com muita dificuldade ele escapou de ser executado com as lanças atravessando seu corpo, e não esboçou nenhuma outra tentativa de ajudar no inquérito, pobre homem. Os outros juízes prosseguiram com os interrogatórios.

— Por que voltastes a usar o traje masculino?

Não entendi direito a resposta dela, pois naquele momento a alabarda de um soldado escorregou acidentalmente de seus dedos e caiu no chão de pedra, mas achei que entendia Joana dizer que ela o havia colocado por iniciativa própria.

— Mas prometestes e jurastes que não voltaríeis a fazer isso.

Eu estava ansioso para ouvir a resposta a essa pergunta e, quando a ouvi, foi exatamente o que eu imaginava. Ela disse, bem calmamente:

— Nunca pretendi não o usar novamente, nem nunca jurei que o faria.

Eu tinha certeza, o tempo todo, que ela não sabia o que estava fazendo e dizendo na quinta-feira, na plataforma, e essa resposta era a prova de que eu não tinha me enganado. Então ela acrescentou:

— Mas eu tinha o direito de vesti-lo de novo, porque as promessas que me foram feitas não foram mantidas. Promessas de que eu deveria ser autorizada a ir à missa e a receber a comunhão, e que eu deveria ser libertada da escravidão dessas correntes, mas elas ainda estão em mim, como vedes.

— No entanto, abjurastes e prometestes, principalmente, não voltar a usar o traje masculino.

Então, tristemente, Joana estendeu as mãos amarradas para esses homens insensíveis e disse:

— Prefiro morrer a continuar assim. Mas se elas puderem ser retiradas, e se eu puder ouvir a missa, e ser levada para uma prisão penitenciária, e ter uma mulher perto de mim, eu serei boa, e farei o que vos parecer bom.

A essas palavras, Cauchon deu uma fungadela zombeteira. Honrar o pacto que ele e os seus fizeram com ela? Cumprir suas condições? Qual era a necessidade disso? Tinha sido bom fazer concessões, temporariamente, para ter alguma vantagem; mas elas já não tinham mais utilidade — que se pensasse em algo novo e mais importante. Voltar a usar o traje masculino foi suficiente para todos os propósitos práticos, mas talvez Joana pudesse ser levada a acrescentar algo a esse crime fatal. Então Cauchon lhe perguntou se suas Vozes haviam falado com ela desde quinta-feira — e ele a lembrou de seu abjuramento.

— Sim — ela respondeu.

E então veio à tona que as Vozes haviam falado com ela sobre o abjuramento — contaram-lhe sobre isso, suponho. Ela inocentemente reafirmou a origem celestial de sua missão, e fez isso com o semblante imperturbável de alguém que não estava consciente de que já tinha conscientemente repudiado isso. Eu estava convencido, mais uma vez, de que ela não tinha noção do que estava fazendo naquela quinta-feira de manhã na plataforma. Finalmente, ela disse:

— Minhas Vozes me disseram que foi errado eu confessar que não foi correto o que fiz.

Então ela suspirou e disse, com simplicidade:

— Mas foi o medo do fogo que me fez fazer isso.

Ou seja, o medo do fogo a fizera assinar um documento cujo conteúdo ela não havia entendido na época, mas só agora, por meio da revelação das Vozes e do testemunho de seus opressores.

Naquele momento ela estava sã e descansada; sua coragem havia voltado, e com ela sua lealdade inata à verdade. Corajosa e serena, voltara a falar, sabendo que isso entregaria seu corpo ao fogo que tanto a aterrorizava. A resposta foi bastante longa, bastante franca, totalmente livre de dissimulações ou paliações. Isso me fez estremecer; eu sabia que ela estava pronunciando sua sentença de morte. O pobre Manchon também sabia. E ele escreveu na margem lateral: *RESPONSIO MORTIFERA*.

Resposta mortífera. Sim, todos os presentes sabiam que era, de fato, uma resposta mortífera. O ambiente foi, então, tomado por um silêncio como o de uma enfermaria quando os vigilantes dos moribundos respiram fundo e dizem suavemente, entre si: "Acabou".

Aqui, da mesma forma, tudo tinha acabado; mas um pouco depois, desejando encerrar o assunto, Cauchon perguntou:

— Ainda acreditais que as Vozes são de Santa Margarida e de Santa Catarina?

— Sim, e que elas vêm de Deus.

— Embora tenhais negado isso no cadafalso?

Ela afirmou, então, de maneira direta e clara, que nunca tinha tido qualquer intenção de negar isso, e que se — eu notei o "se" — "se ela tivesse feito algumas retratações e revogações no cadafalso, era por medo do fogo, e era uma violação da verdade".

De novo, vedes? Ela certamente não sabia o que tinha feito no cadafalso antes que essas pessoas e as Vozes lhe contassem. E ela concluiu a dolorosa cena com estas palavras, nas quais havia uma nota cansada que chegava a ser comovente:

— Prefiro fazer minha penitência de uma só vez; deixai-me morrer. Não posso mais suportar a prisão.

O espírito nascido para o sol e a liberdade ansiava tanto a libertação que a aceitaria de qualquer forma, inclusive dessa.

Vários juízes deixaram o local perturbados e tristes, ao contrário de outros. No pátio do castelo encontramos o conde de Warwick e cinquenta ingleses esperando, impacientes, as notícias. Assim que Cauchon os viu, gritou, rindo — penseis em um homem destruindo uma pobre menina sem amigos e depois tendo coragem de rir disso:

— Não vos preocupeis, acabamos com ela!

CAPÍTULO 23

A HORA SE APROXIMA

Os jovens podem afundar em abismos de desânimo, e foi o que aconteceu com Noel e comigo; mas recuperam rapidamente as esperanças, e foi o que aconteceu conosco. Evocamos aquela vaga promessa das Vozes e dissemos um para o outro que a libertação gloriosa aconteceria "no último momento" — "daquela outra vez não era o último momento, mas este, sim; e isso acontecerá agora; o rei virá, La Hire virá, e com eles nossos veteranos, e atrás deles toda a França!". E assim estávamos cheios de coragem de novo, e já podíamos ouvir, de maneira fantasiosa, a música empolgante, o choque entre os aços, os gritos de guerra e o alvoroço do início, e de maneira fantasiosa víamos a prisioneira livre, sem correntes, empunhando sua espada.

Mas esse sonho também ia passar, e não daria em nada. Tarde da noite, quando Manchon entrou, disse:

— Venho da masmorra, e vos trago uma mensagem daquela pobre criança.

Uma mensagem para mim! Se ele tivesse notado, acho que teria me descoberto, descoberto que minha indiferença em relação à prisioneira era um fingimento; pois fui pego desprevenido, e fiquei tão comovido e tão exaltado por ser tão honrado por ela, que devo ter mostrado o que sentia por meio de meu rosto e de minhas maneiras.

— Uma mensagem para mim, Vossa Reverência?
— Sim. É algo que ela deseja que seja feito. Ela disse ter notado o jovem que me ajuda, e que ele tinha um rosto bom; e ela achou que ele pudesse lhe fazer uma gentileza. Eu disse que sabia que o faríeis, e perguntei o que era, e ela disse se tratar de uma carta. Ele poderia escrever uma carta para sua mãe? Eu disse que sim. Mas eu disse que eu mesmo poderia escrevê-la, e com prazer; mas ela disse não, que meus encargos eram pesados, e ela achava que o jovem não se importaria em fazer esse serviço para alguém que não pudesse fazê-lo sozinha, pois ela não sabia escrever. Então eu disse que enviaria alguém para vos chamar, e com isso a tristeza desapareceu de seu rosto. Era como se ela fosse ver um amigo, coitadinha, não tem amigos. Mas não obtive a permissão. Fiz o melhor que pude, mas as ordens permanecem rigorosas como sempre, as portas fechadas contra todos, exceto contra os oficiais; como antes, apenas os oficiais podem falar com ela. Então voltei para lhe contar o ocorrido, e ela suspirou, e ficou triste novamente. Isto é o que ela implora que escrevais à sua mãe. É uma mensagem um pouco estranha, que para mim não significa nada, mas ela disse que a mãe entenderia. Deveis "transmitir o extremo amor que tem pela família e os amigos da aldeia, e dizer que não haverá salvação, pois nesta noite, a terceira vez em doze meses, e a última, ela teve a visão da Árvore".
— Que estranho!
— Sim, estranho, mas é o que ela disse; e disse que seus pais entenderiam. Ela ficou, por um momento, perdida em sonhos e pensamentos, e seus lábios se moveram, e eu a peguei murmurando estas linhas, que ela disse mais de duas ou três vezes, e pareciam lhe dar paz e contentamento. Eu as escrevi, achando que poderiam ter alguma ligação com sua carta e ser úteis; mas não; eram uma mera lembrança, flutuando ociosamente em uma mente cansada, e não têm significado algum, pelo menos nenhuma relevância.

Peguei o pedaço de papel e li o que eu sabia que leria:

"E quando, no exílio vagarmos,
desfalecermos ansiando te ver
Ó, aos nossos olhos, ascende!"

Não havia mais esperança. Eu sabia, agora. Eu sabia que a carta de Joana era uma mensagem para Noel e para mim, bem como para sua família, e que seu objetivo era banir as esperanças vãs de nossas mentes e nos contar de sua própria boca sobre o golpe que cairia sobre nós, para que nós, sendo seus soldados, soubéssemos que sua ordem era suportá-lo, da mesma forma como ela faria, e nos submeter à vontade de Deus; e assim, obedecendo, encontrar alívio em nossa tristeza. Essa era Joana, sempre pensava nos outros, nunca em si mesma. Sim, seu coração doía por nós; ela pensava em nós, os mais humildes de seus servos, e tentava suavizar nossa dor, aliviar o fardo de nossas preocupações; ela que estava bebendo as águas da amargura; ela que estava andando no vale da sombra da morte.

Escrevi a carta. Podeis imaginar como foi difícil, não preciso explicar. Escrevi com a mesma pena que havia colocado no pergaminho as primeiras palavras ditadas por Joana d'Arc; a convocação feita aos ingleses para desocupar a França, dois anos atrás, quando ela era uma moça de dezessete anos. Redigi, naquele momento, as últimas palavras que ela ditaria. E então a quebrei. Pois a pena que servira a Joana d'Arc não poderia servir a nenhuma pessoa que viesse depois sem que esta fosse desvalorizada.

No dia seguinte, 29 de maio, Cauchon convocou seus servos, e quarenta e dois deles responderam. É bondoso acreditar que os outros vinte se envergonharam de ir. Os quarenta e dois a declararam uma herege impenitente e a condenaram a ser entregue ao braço secular. Cauchon agradeceu. Em seguida, enviou ordens para que Joana d'Arc fosse transportada na manhã seguinte ao local conhecido como Mercado Antigo; e que ela fosse então entregue ao juiz civil, e pelo juiz civil ao carrasco. Isso significava que ela seria queimada.

Durante toda a tarde e toda a noite de terça-feira, dia 29, a notícia se espalhou, e os camponeses se reuniram para ir a Rouen ver a tragédia — todos, pelo menos, que podiam provar sua simpatia pelos ingleses e ser admitidos. A multidão ficava cada vez mais densa nas ruas, a emoção crescia mais e mais. E algo pôde ser novamente notado, algo que fora notado mais de uma vez, antes: o coração de muitas dessas pessoas sentia pena de Joana. Sempre que ela estava em grande perigo isso se manifestava, como agora — com uma tristeza comovente e aflita, visível em muitos rostos.

Na manhã seguinte, quarta-feira, Martin Ladvenu e outro frade foram enviados a Joana para prepará-la para a morte, e Manchon e eu fomos com eles — um serviço difícil para mim. Atravessamos os corredores escuros e sinuosos, penetrando cada vez mais fundo aquele vasto coração de pedra, e finalmente ficamos diante de Joana. Mas ela não percebeu. Estava sentada com as mãos no colo e a cabeça curvada, pensando, com o rosto muito triste. Não dava para saber no que ela estava pensando. Em sua casa, nos pastos pacíficos e nos amigos que ela não podia mais ver? Em seus erros, em seus bens abandonados e nas crueldades que lhe haviam sido impostas? Ou na morte, a morte que ela tanto ansiava, e que agora estava tão perto? Ou no do tipo de morte que ela teria? Eu esperava que não, pois ela temia apenas um tipo de morte, ao qual ela tinha indescritível horror. Eu achava que ela tinha tanto medo que, com força de vontade, ela tiraria isso completamente da cabeça, e esperaria e acreditaria que Deus teria pena dela e lhe concederia uma morte mais fácil; por isso, talvez, as terríveis notícias que lhe levávamos poderiam surpreendê-la, por fim.

Ficamos em silêncio por um tempo, mas ela ainda não tinha consciência de nossa presença, ainda estava profundamente concentrada em suas tristes reflexões, distante. Então Martin Ladvenu disse, suavemente:

— Joana.

Ela olhou para cima, dando um pequeno sobressalto, com um sorriso triste, e disse:

— Sim? Tendes uma mensagem para mim?

— Sim, minha pobre criança. Sede forte. Conseguireis ser forte?

— Sim — respondeu bem suavemente, e sua cabeça caiu novamente.

— Vim preparar-vos para a morte.

Um leve calafrio percorreu seu corpo cansado. Houve uma pausa. No silêncio, pudemos ouvir nossas respirações. Então ela disse, ainda com a voz baixa:

— Quando será?

As notas abafadas de um sino tocando flutuaram em nossos ouvidos, ao longe.

— Agora. A hora se aproxima.

O leve calafrio passou novamente.

— É tão cedo, tão cedo!

Houve um longo silêncio. As palpitações distantes do sino pulsavam, e ficamos imóveis, escutando. Até que o silêncio foi quebrado.

— Que tipo de morte?

— No fogo!

— Oh, eu sabia, eu sabia!

Ela saltou descontroladamente, colocou as mãos nos cabelos, começou a se contorcer e a soluçar, oh, foi tão penoso, e a chorar e a sofrer e a se lamentar, e a se virar para um lado, depois para o outro, e a procurar nossos rostos, suplicante, como se esperasse encontrar ajuda e amizade neles, coitadinha; ela que nunca havia negado isso a qualquer criatura, até mesmo aos inimigos feridos em campos de batalha.

— Oh, quanta crueldade, quanta crueldade me tratar assim! E meu corpo, que nunca foi profanado, deve ser consumido hoje e transformado em cinzas? Ah, preferiria ser decapitada sete vezes a sofrer essa morte deplorável. Se me submeti foi porque me fora prometida a prisão da Igreja, e se lá estivesse, e não aqui nas mãos dos meus inimigos, esse destino miserável não teria se abatido sobre mim. Oh, rogo a Deus, o Grande Juiz, contra a injustiça que me foi feita.

Nenhum dos presentes pôde suportar isso. Eles se viraram, com as lágrimas escorrendo em seus rostos. Em um momento eu estava de joelhos aos pés dela. Imediatamente ela pensou apenas no meu perigo, e se inclinou e sussurrou em meu ouvido: "Levanta-te! Não te arrisques, bom coração. Deus te abençoe sempre!", e senti o aperto rápido de sua mão. Minha mão foi a última que ela tocou na vida. Ninguém viu; a história não conhece nem conta, mas é verdade, assim como digo. Logo em seguida ela viu Cauchon chegar, e foi até ele e o repreendeu, dizendo:

— Bispo, sois o responsável pela minha morte!

Ele não ficou envergonhado nem tocado, mas disse, calmamente:

— Ah, tende paciência, Joana. Morrereis porque não mantivestes vossa promessa, mas voltastes a cometer pecados.

— Pobre de mim! — disse ela. — Se tivésseis me colocado na prisão da Igreja, e me deixado com guardiões corretos e adequados, como prometestes, isso não teria acontecido. E por isso vos convoco a responder diante de Deus!

Cauchon estremeceu, parecendo menos plácido do que antes, e se virou e foi embora. Joana ficou um pouco contemplativa. Acalmou-se, mas ocasionalmente enxugava os olhos, e de vez em quando soluços balançavam seu corpo; mas a violência deles estava se modificando, e os intervalos entre eles estavam ficando mais longos. Finalmente, ela olhou para cima e viu Pierre Maurice, que havia entrado com o bispo, e lhe disse:

— Mestre Pierre, onde estarei nesta noite?
— Não tendes boas esperanças em Deus?
— Sim, e por Sua graça estarei no Paraíso.

Martin Ladvenu a ouviu em confissão; então ela implorou pelo sacramento. Mas como conceder a comunhão a alguém que tinha sido publicamente excluída da Igreja e não tinha mais direito a privilégios do que um pagão não batizado? O irmão não podia fazer isso, mas ordenou que perguntassem a Cauchon o que deveria fazer. Todas as leis, humanas e divinas, eram semelhantes para este homem; ele não respeitava nenhuma delas. Ordenou que fosse concedido a Joana o que ela desejasse. Talvez as últimas palavras que ela dirigira a ele tivessem-no atingido e feito com que sentisse medo; mas não conseguiu alcançar seu coração, pois era algo que ele não tinha.

A Eucaristia foi levada para a pobre alma, que tanto a ansiara naqueles últimos meses de solidão. Foi um momento solene. Enquanto estávamos nas profundezas da prisão, os pátios públicos do castelo enchiam-se de multidões formadas por humildes homens e mulheres, que tinham sabido o que estava acontecendo na cela de Joana e tinham vindo com os corações amolecidos para fazer não sabiam o quê, para ouvir não sabiam o quê. Não sabíamos disso, pois não os víamos. E havia outras multidões da mesma classe reunidas em massa fora dos portões do castelo. E quando as luzes e os outros acompanhamentos do Sacramento passaram por eles, chegando a Joana na prisão, todos se ajoelharam e começaram a orar por ela, e muitos choraram; e quando a cerimônia solene da comunhão começou na cela de Joana, ao longe um som comovente chegou aos nossos ouvidos, gemendo: as multidões invisíveis cantavam a litania para uma alma que partia.

O medo que Joana d'Arc tinha da morte ardente fora embora, para não mais voltar, exceto por um instante fugaz; logo passaria, e a serenidade e a coragem tomariam seu lugar, permanecendo com ela até o fim.

CAPÍTULO 24

Joana, a mártir

Às vinte e uma horas, a Donzela de Orléans, Libertadora da França, partiu na graça de sua inocência e juventude para dar sua vida pelo país que amava com tanta devoção e pelo rei que a abandonara. Ela se sentou na carroça que era usada apenas para criminosos. Em um aspecto, ela foi tratada pior do que um criminoso; pois, enquanto estava a caminho de ser condenada pelo braço civil, já tinha seu julgamento inscrito na mitra que cobria sua cabeça: HERÉTICA, IMPENITENTE, APÓSTATA, IDÓLATRA.

Na carroça, o frade Martin Ladvenu e o *maître* Jean Massieu a acompanhavam. Ela parecia bem feminina, doce e santa com seu longo manto branco, e quando uma rajada de luz solar a inundou enquanto ela emergia da escuridão da prisão e ainda estava enquadrada no arco do portão sombrio, as multidões reunidas de pessoas pobres murmuraram "Uma visão! Uma visão!", e caíram de joelhos orando, e muitas das mulheres chorando; e a comovente invocação à moribunda ressurgiu, e foi retomada e mantida em uma majestosa onda de som que acompanhou a condenada, consolando-a e abençoando-a, durante todo o caminho doloroso até o local da morte. "Cristo, tende piedade! Santa Margarida, tende piedade! Rezai por ela, santos, arcanjos e mártires abençoados, rezai por ela! Santos e anjos, intercedei por ela! Da vossa ira, bom Deus, livrai Joana!

Oh, Senhor Deus, salvai-a! Tende misericórdia dela, nós vos suplicamos, bom Senhor!".

É justo e verdadeiro o que uma das histórias conta: "Os pobres e os desamparados não tinham nada além de suas orações para dar a Joana d'Arc; e essas, acreditamos, tinham sua utilidade. Há apenas alguns outros eventos mais comoventes registrados na história do que essa multidão em prantos e indefesa, orando, segurando velas acesas e ajoelhando-se na calçada aos pés das paredes da prisão da velha fortaleza".

E foi assim ao longo de todo o caminho: milhares e milhares de pessoas amontoadas ajoelhadas, a perder de vista, espalhando as suaves chamas amarelas das velas, tal um campo estrelado de flores douradas.

Mas alguns não se ajoelharam: os soldados ingleses. Eles ficaram um ao lado do outro, em cada lado da estrada pela qual passara Joana, e a cercaram por todo o caminho. Atrás dessas paredes vivas, via-se as multidões ajoelhadas.

Passado algum tempo, um homem desvairado, vestido de padre, surgiu chorando e se lamentando; então passou através da multidão e das barreiras de soldados e se jogou de joelhos diante da carroça de Joana; levantando as mãos e suplicando, exclamou: "Ó, perdão, perdão!". Era Loyseleur!

Joana o perdoou; perdoou-o com aquele coração que só conhecia o perdão, a compaixão, a piedade por todos que sofrem, independentemente de suas ofensas. E ela não disse nenhuma palavra de censura ao pobre coitado, que trabalhara dia e noite com dolo, perfídia e hipocrisia para traí-la e levá-la à morte. Os soldados o teriam matado, mas o conde de Warwick salvou sua vida. Não se sabe o que aconteceu com Loyseleur. Para suportar seu remorso, escondeu-se do mundo.

As duas plataformas e a estaca, que antes estavam no cemitério de Saint-Ouen, estavam agora na praça do Mercado Antigo. As plataformas foram ocupadas como no primeiro dia, uma por Joana e seus juízes e a outra por grandes dignitários, sendo os principais deles Cauchon e o cardeal inglês Winchester. A praça estava cheia de pessoas, que também enchiam as janelas e os telhados dos blocos de edificações ao redor. Quando os preparativos terminaram, o barulho e o movimento gradualmente cessaram, e uma solene e impressionante espera dominada pela quietude se seguiu.

E então, por ordem de Cauchon, um eclesiástico chamado Nicholas Midi pregou um sermão, explicando que quando um ramo da videira — que é a Igreja — adoece e apodrece, deve ser cortado; caso contrário, faz com que toda a videira apodreça e a destrói. Ele quis fazer uma analogia a Joana: sua maldade era uma ameaça e um perigo para a pureza e a santidade da Igreja e, portanto, sua morte era necessária. Ao fim de seu discurso, virou-se para ela e fez uma breve pausa. Em seguida, disse: "Joana, a Igreja não pode mais vos proteger. Ide em paz!".

Joana havia sido totalmente isolada, um ato que representava o abandono da Igreja, e ficou lá sentada, sozinha, à espera do fim, com paciência e resignação. Cauchon se dirigiu a ela. Tinham-no aconselhado a ler para ela o documento da abjuração, que ele levou consigo; mas mudou de ideia, temendo que ela proclamasse a verdade — que ela nunca havia abjurado conscientemente — e assim o envergonhasse e escancarasse sua infâmia eterna. Ele se contentou em adverti-la a ter em mente suas maldades, a se arrepender delas e a pensar em sua salvação. Então, de modo solene, declarou-a excomungada e separada do corpo da Igreja. Disse a última palavra e a entregou ao braço secular, para ser julgada e sentenciada.

Joana, chorando, ajoelhou-se e começou a rezar. Para quem? Para si? Não, para o rei da França. Sua voz se elevou, doce e clara, e penetrou todos os corações com seu páthos apaixonado. Ela nunca pensou nas traições dele para com ela, nunca pensou na deserção dele para com ela, nunca se lembrou de que era devido à ingratidão dele que ela estava ali, prestes a ter uma morte miserável; ela se lembrou apenas de que ele era seu rei, de que ela era sua súdita leal e amorosa, e de que seus inimigos haviam minado sua causa com relatórios malignos e falsas acusações, e de que ele não pôde se defender. E assim, na própria presença da morte, ela esqueceu suas próprias preocupações para implorar a todos que a escutavam que fossem justos com ele; que acreditassem que ele era bom, nobre e sincero, e de forma alguma culpado por quaisquer atos dela, que não foram nem aconselhados nem incitados por ele, estando totalmente isento de qualquer responsabilidade por eles. Então, para encerrar, ela implorou, com palavras humildes e comoventes, para que todos os presentes rezassem por ela e a perdoassem, tanto seus inimigos quanto aqueles que a olhavam amigavelmente e sentiam pena em seus corações.

É difícil afirmar que algum daqueles corações não havia sido tocado; inclua-se os ingleses, os juízes e os muitos lábios que tremiam e os muitos olhos borrados de lágrimas; sim, até mesmo o do cardeal inglês, com seu coração político de pedra, mas um coração humano de carne.

O juiz secular que deveria ter proferido o julgamento e pronunciado a sentença estava tão perturbado que esqueceu seu dever, e Joana foi para a morte sem ser sentenciada — portanto, o julgamento foi concluído ilegalmente, da mesma forma que começou. Ele só disse aos guardas: "Levai a prisioneira"; e ao carrasco: "Cumpri vosso dever".

Joana pediu uma cruz. Ninguém foi capaz de dá-la. Mas um soldado inglês quebrou um pau em dois, cruzou os pedaços e os amarrou juntos, e lhe deu uma cruz, movido pelo seu bom coração; ela a beijou e a colocou em seu peito. Então Isambard de la Pierre foi à igreja mais próxima e, ao voltar, entregou-lhe uma cruz louvada; ela também a beijou, e pressionou-a arrebatadoramente contra o peito, e depois a beijou repetidamente, cobrindo-a de lágrimas e derramando sua gratidão a Deus, às santas, aos santos.

E assim, chorando, com a cruz nos lábios, ela subiu os cruéis degraus até a frente da estaca, com o frade Isambard ao seu lado. Foi então ajudada a subir até o topo da pilha de lenha que fora construída em torno da parte inferior da estaca e ficou sobre ela, com as costas contra a estaca, ofegando, enquanto o mundo a olhava. O carrasco subiu ao seu lado e enrolou correntes ao redor de seu corpo esguio, prendendo-a à estaca. Em seguida ele desceu, para terminar o terrível ofício, deixando-a sozinha — ela que tinha tido tantos amigos nos dias de liberdade, que tinha sido tão amada e tão querida.

Tudo isso eu vi, embora vagamente e com os olhos embaçados de lágrimas; mas não pude suportar o resto. Continuei no meu lugar, mas o que vos contarei agora sei pelos olhos dos outros e pela boca dos outros. Sons trágicos perfuraram meus ouvidos e feriram meu coração enquanto eu estava lá, sentado, mas é como digo: a última imagem registrada por meus olhos naquele momento desolador foi a de Joana d'Arc com a graça de sua adorável e pura juventude; e essa imagem, intocada pelo tempo ou pela deterioração, permanece comigo, todos os dias. Agora vou continuar.

Se alguém tivesse achado que ela se retrataria no momento solene em que todos os transgressores normalmente se arrependem e confessam, e diria que seus grandes atos tinham sido malignos e que Satanás e seus demônios eram os mandantes, esse alguém teria errado. Isso não passava em sua mente inocente. Ela não estava pensando em si nem em suas preocupações, mas nos outros, e nos males que poderiam recair sobre eles. E olhando com os olhos sofridos ao redor, onde se erguiam as torres e os pináculos daquela bela cidade, ela disse:

— Oh, Rouen, Rouen, devo morrer aqui, e serás tu meu túmulo. Ah, Rouen, Rouen, temo imensamente que sofras pela minha morte.

Um cheiro de fumaça subiu e passou pelo seu rosto. Ela foi tomada pelo pavor e gritou: "Água! Água benta!", mas logo seus medos se foram, e não voltaram mais para torturá-la. Ela ouviu as chamas crepitando sob ela, e imediatamente sentiu angústia por uma criatura que estava em perigo. Tratava-se do frade Isambard. Ela lhe deu a cruz e implorou que ele a erguesse em direção ao rosto dela, para que seus olhos nela descansassem e encontrassem esperança e consolo, até que ela entrasse na paz de Deus. Ela o fez sair de perto do perigo do fogo. Satisfeita, disse:

— Mantende-a sempre à minha vista, até o fim.

Cauchon, aquele homem sem vergonha, não suportando a ideia de deixá-la morrer em paz, foi em sua direção, todo sujo de crimes e pecados, e gritou:

— Venho, Joana, para vos exortar pela última vez a vos arrepender e a buscar o perdão de Deus.

— Sois o responsável pela minha morte — ela respondeu, sendo essas suas últimas palavras na Terra.

Então a fumaça betuminosa, atravessada por clarões vermelhos de chama, enrolou-se, espessa, e a escondeu de vista; e do coração dessa escuridão sua voz subiu forte e eloquente em oração, e quando por momentos o vento cortou um pouco da fumaça para o lado, houve vislumbres velados de um rosto virado para cima e de lábios em movimento. Finalmente, uma maré de chamas misericordiosamente rápida explodiu para cima, e ninguém mais viu o rosto nem a forma. A voz estava calada.

Sim, ela tinha nos deixado. Joana d'Arc! Palavras não bastam para narrar a transformação de um mundo rico em um mundo vazio e pobre!

CONCLUSÃO

O irmão de Joana, Jacques, morreu em Domrémy durante o Grande Julgamento em Rouen. Isso seguiu a profecia que Joana fizera nos pastos, quando disse que o resto de nós iria para as grandes guerras.

Quando seu pobre pai ouviu falar do martírio, teve o coração partido, e morreu.

Sua mãe viveu ainda por muito tempo, com o auxílio de uma pensão que lhe fora cedida pela cidade de Orléans. Vinte e quatro anos após a morte da ilustre filha, ela viajou até Paris, no inverno, e esteve presente ao debate de abertura que deu origem ao Processo de Reabilitação, na catedral de Notre-Dame. Paris estava cheia de gente, de toda a França, ali presente para ver a venerável dama, e foi comovente vê-la passar pelas reverentes multidões de olhos molhados enquanto seguia na direção das grandes homenagens que a aguardavam na catedral. Com ela estavam Jean e Pierre, não mais os jovens alegres que marcharam conosco de Vaucouleurs, mas veteranos devastados pela guerra, cujos cabelos começavam a embranquecer.

Depois do martírio, Noel e eu voltamos para Domrémy, e logo que o condestável Richemont substituiu De La Trémoïlle como conselheiro-chefe do rei e começou a concluir o grande trabalho de Joana, colocamos o arnês, voltamos ao campo de batalha e lutamos pelo rei nas guerras e nos confrontos sucessivos, até que a França fosse libertada dos ingleses. Era o que Joana desejaria que fizéssemos; e, morta ou viva, para nós seu desejo era uma ordem. Todos os sobreviventes da equipe pessoal foram fiéis à sua memória e lutaram pelo rei até o fim. Estávamos sempre dispersos, mas quando Paris caiu, estávamos juntos. Foi um grande dia e uma grande alegria; mas foi triste ao mesmo tempo, porque Joana não estava lá para marchar conosco até a capital capturada.

Noel e eu ficamos sempre juntos, e eu estava ao seu lado quando a morte o reivindicou. Foi na última grande batalha da guerra. Batalha em que também caiu o velho grande inimigo de Joana, Talbot. Ele tinha 85 anos de idade, e passou toda a vida em batalhas. Um verdadeiro leão velho, com a juba branca fluindo e o espírito indomável; sim, e a indestrutível energia também, pois ele lutou tão cavalheirescamente e vigorosamente naquele dia como o melhor homem ali presente.

La Hire sobreviveu ao martírio por treze anos; sempre lutando, é claro, pois era do que ele mais gostava na vida. Não o vi todo esse tempo, pois estávamos muito distantes, mas sempre ouvia falar dele.

Bastardo de Orléans, d'Alençon e d'Aulon viveram para ver a França livre, e para testemunhar na Reabilitação, assim como Jean e Pierre d'Arc, Pasquerel e eu. Mas eles já estão descansando em paz, há alguns anos. Dentre aqueles que lutaram ao lado de Joana d'Arc nas grandes guerras, apenas eu continuo vivo. Ela disse que eu viveria até que as guerras fossem esquecidas — uma profecia que falhou. E que falharia mesmo se eu vivesse mil anos — pois qualquer coisa que tenha tido contato com Joana d'Arc é imortal.

Os membros da família de Joana se casaram e deixaram descendentes. Seus descendentes são membros da nobreza, mas o nome de família e o sangue lhes fornecem honras que nenhum outro nobre recebe ou pode esperar ter. Vistes, ontem, como todos descobriram a cabeça ao longo do caminho quando as crianças vieram me cumprimentar. Não porque são nobres, mas porque são netas dos irmãos de Joana d'Arc.

Agora, vamos à Reabilitação. Joana coroou o rei em Reims. Como recompensa, ele permitiu que ela fosse caçada até a morte e não fez esforço algum para salvá-la. Durante os vinte e três anos seguintes, ele permaneceu indiferente à memória dela; indiferente ao fato de que seu bom nome havia sido manchado por um padre devido às ações que Joana praticara para salvar o rei e seu cetro; indiferente ao fato de que a França estava envergonhada e desejava ter a justa fama da Libertadora restaurada. Indiferente durante todo esse tempo. Então ele repentinamente mudou e mostrou-se ansioso para obter, ele mesmo, justiça para Joana. Por quê? Finalmente ficou grato? O remorso atacou seu duro coração? Não, ele tinha uma razão melhor — melhor para o tipo de homem que era. Ei-la: agora que os ingleses haviam sido finalmente expulsos do país, eles estavam começando a chamar a atenção para o fato de que o rei havia conseguido sua coroa pelas mãos de uma pessoa que comprovadamente, pelos padres, tinha ligação com Satanás e foi queimada por isso, como bruxa. Portanto, que valor ou autoridade ele tinha? Nenhum valor; nenhuma nação poderia permitir que tal rei permanecesse no trono.

Já era hora de se mexer, e foi o que o rei fez. Foi assim que Charles VII foi tomado pelo impulso de fazer justiça à memória de sua benfeitora.

Ele apelou ao papa, e o papa nomeou uma grande comissão de clérigos para examinar os fatos da vida de Joana e julgar a sentença. A comissão se reuniu em Paris, em Domrémy, em Rouen, em Orléans e em vários outros lugares, e prosseguiu com os trabalhos durante vários meses. Ela examinou as atas dos julgamentos de Joana, interrogou o Bastardo de Orléans, o duque d'Alençon, d'Aulon, Pasquerel, Courcelles, Isambard de la Pierre, Manchon, eu e muitos outros cujos nomes vos são agora familiares; também interrogaram mais de uma centena de testemunhas cujos nomes vos são menos familiares — os amigos de Joana em Domrémy, em Vaucouleurs, em Orléans e em outros lugares, e uma série de juízes e outras pessoas presentes nos julgamentos de Rouen, na abjuração e no martírio. O exaustivo trabalho chegou à conclusão de que o caráter e a história de Joana eram impecáveis e perfeitos. O veredito foi registrado e perdura para todos os sempre.

Eu estava presente na maioria dessas ocasiões, e vi novamente muitos rostos que não via fazia um quarto de século; entre eles alguns rostos bem amados — os de nossos generais e o de Catherine Boucher (casada, infelizmente!), e também alguns outros rostos que me encheram de amargura, como os de Beaupère, Courcelles e vários de seus companheiros malditos. Vi Hauviette e Pequena Mengette, agora na altura de seus cinquenta anos e mães de muitos filhos. Vi o pai de Noel e os pais de Paladino e Girassol.

Foi bonito ouvir o duque d'Alençon elogiar as capacidades esplêndidas de Joana como general, e ouvir o Bastardo endossar esses louvores com sua língua eloquente e depois ir em frente e dizer o quão doce e boa Joana era, cheia de coragem, ardor, impetuosidade, malícia, alegria, compaixão e tudo o que era puro e belo, nobre e adorável. Ali, diante de mim, ele a trouxe novamente à vida, e torturou meu coração.

Aqui termino minha história sobre Joana d'Arc, aquela garota maravilhosa, sublime personalidade, com um espírito que, sob um aspecto, é inigualável e sempre será: a pureza quanto a todas as formas de egoísmo, interesse próprio, ambição pessoal. Nela, nenhum traço dessas características pode ser encontrado, pesquisai à vontade; e isso não pode ser dito de nenhuma outra pessoa cujo nome aparece na história profana.

Para Joana d'Arc, o amor ao país era mais do que um sentimento — era uma paixão. Ela era o gênio do patriotismo. Ela era o patriotismo personificado, concreto, encarnado, palpável ao toque e visível aos olhos.

Amor, misericórdia, caridade, força moral, guerra, paz, poesia, música. Tudo isso pode ser simbolizado como preferirdes, por uma personalidade de qualquer sexo e idade; mas uma menina esguia, na flor da juventude, coroada como mártir, tendo nas mãos a espada que cortou as amarras de seu país, não deveria isso, nada mais do que isso, representar o patriotismo ao longo dos séculos, até o fim dos tempos?

© Copyright desta tradução: Editora Martin Claret Ltda., 2022.
Título original: *Personal Recollections of Joan of Arc*

direção Martin Claret
produção editorial   Carolina Marani Lima
                     Mayara Zucheli
direção de arte José Duarte T. de Castro
capa e ilustração de miolo André Ducci
diagramação Giovana Quadrotti
tradução Carla de Mojana di Cologna Renard
preparação Mayara Zucheli
revisão Carolina Lima
impressão e acabamento Ipsis Gráfica e Editora

Dados Internacionais de Catalogação na Publicação (CIP)
(Câmara Brasileira do Livro, SP, Brasil)

Twain, Mark, 1835-1910
  Recordações pessoais sobre Joana D'Arc / Mark Twain;
[tradução Carla de Mojana di Cologna Renard]. – 1. ed. —
São Paulo : Martin Claret, 2023.

Título original: Personal Recollections of Joan of Arc.
ISBN 978-65-5910-238-9

1. Ficção norte-americana 2. Joana D'Arc, Santa, 1412-1431
– Ficção I. Título.

23-141250   CDD-813

Índices para catálogo sistemático:
1. Ficção: Literatura norte-americana 813
Aline Graziele Benitez – Bibliotecária – CRB-1/3129

EDITORA MARTIN CLARET LTDA.
Rua Alegrete, 62 – Bairro Sumaré – CEP: 01254-010 – São Paulo, SP
Tel.: (11) 3672-8144 – www.martinclaret.com.br
1ª reimpressão - 2024